고발과 연루

한국계 미국 소설에 나타난 오리엔탈리즘

이 저서는 2017년 대한민국 교육부와 한국연구재단의 지원을 받아 수행된 연구임 (NRF-2017S1A6A4A01021029). 원제는 "한국계 미국 소설을 통해서 본 소수민 역사와 서사 형식의 정치학"임.

고발과 연루

한국계 미국 소설에 나타난 오리엔탈리즘

이석구

Indictment or Complicity?:
The Question of Orientalism in Korean American
Fiction

역락

故 신광현 교수를 추모하며

십여 년 전에 나는 아시아계 미국 문화학자 리사 로우 교수의 초빙을 받아 캘리포니아대학교 샌디에이고 캠퍼스에서 방문학자로 머물렀었다. 당시 나는 이창래의 소설을 읽는 재미에 빠져서 소설 『제스처 라이프』에 관한 논문을 쓰고 있었다. 로우 교수와 이창래 문학에 관해서 이야기를 나누던 도중 나는 언젠가 한국계 미국 소설에 대해서 저술을 하고 싶다는 희망을 피력하였다. 그때 로우 교수는 "한국계 미국 소설가들 중에는 누가 있죠?"라고 물어왔다. 누가 있는지 정말 몰라서 묻는 것인지, 아니면 저술을 쓸 만큼 저명한 한국계 소설가들이 많이 있는지를 반문하는 것인지, 그 순간 판단이 잘 서지 않았다. 그때 나의 머리에는 이창래와 노라 옥자 켈러, 그리고 가깝게 지내던 개리 박이 떠올랐지만, 당황스럽게도 다른 작가들의 이름이 더 이상 생각나지 않았다. 나의 주 전공이 영국 소설이다 보니 한국계 미국 소설에 대해서 많이 알지 못했던 것이 제일 큰 이유였겠지만, 지금 생각해보면 당시만 해도 한국계 미국 작가들에 대한 논의가 영미 비평계에서 지금처럼 활발하지는 않았지 않나 싶다. 무엇보다 '규모의 경제'라는 측면에서, 한국계 미국 문학은 영국 문학과 미국 문학의 정전에 밀렸다. 현재는 유망한 젊은 한국계 작가들이 많이 나오고 있지만, 미국 문학 내

소수민 문학이라는 점에서는 그때나 지금이나 크게 다른 것 같지는 않다. 어쨌거나 나는 당시 나의 무지함으로 인해 로우 교수에게 한국계 미국 문학에 대해서 자랑할 기회를 놓치고 말았다.

이후 나는 한국계 미국 작가들의 소설을 읽는데 빠져들었고, 특히 내게 익숙한 문화와 역사가 이들의 작품에서 어떻게 반영되어 있는지를 알아보는 것이 무척 흥미로웠다. 나의 주 전공이 따로 있다 보니 내가 몸을 담고 있는 학과에서 이 작가들을 가르칠 기회가 없는 것이 아쉬웠지만, 그래도 이 작가들이 고민했던 당대의 사회적 현안에 관하여 생각하는 재미가 작지 않았다. 이들의 작품에 대한 근자의 비평을 접하면서 내가 받은 인상은, 소위 영미권의 정전, 그 중에서도 특히 백인 남성 작가들의 작품이 신식민주의적 함의나 백인남성중심주의적 사유로 인해 신랄하게 비판받아온 것과 대조적으로, 한국계 미국 소설은 대체로 체제 비판적인 텍스트로 '대접 받는다'는 점이었다. '대접 받는다'는 표현을 쓴 이유는, 미국 주류 집단을 비판하는 소설이 그렇지 않은 소설보다 진보적이며, 약자의 편에 서서 정의를 대변하는 아우라를 부여받기 때문이다. 한국계 미국 작가들이 영미의 문단에서 차지하는 상대적으로 주변적인 위치, 그리고 아시아인들이 백인 사회에서 그간 받아온 차별 등을 고려할 때, 이민자들의 애환을 그려내는 한국계 미국 소설이 주류 사회에 대하여 일종의 '소금' 역할을 해온 것은 어쩌면 당연한 것이며, 그러한 점에서 내가 참고로 한 비평들은 작품의 중요한 양상을 제대로 지적한 것이라고 여겨진다. 그러나 이러한 비평이 충분히 강조하지 못한 부분도 있는데, 그 이유는 주로 이 작품들과 미국 주류 사회의 관계에 초점을 맞추었기 때문이라고 생각된다.

한국계 미국 문학이나 이민자 문학이 다루는 대상에는 도착국의 문화뿐만 아니라 출발국의 문화도 포함이 된다. 근간의 비평은 도착국의 주류 집단에 대한 텍스트의 입장을 분석하는데 천착한 결과, 이 서사들이 출발국과 맺는 관계에 대해서는 제대로 주목하지 못한 감이 없지 않다. 한국계 미국 소설에 관한 본 저술의 논의는 여기에서 출발한다. 이민자 문학에 대한 평가는 도착국 및 출발국에 대한 작품의 입장을 모두 고려할 때 균형을 유지할 수 있다는 전제 말이다. 이를테면, 켈러의 『종군 위안부』의 주인공 순효/아키코가 일본군의 성노예로, 결혼한 후에는 미국인 선교사 남편의 성노예로 살면서 겪어야 했던 착취나 억압에 대한 논의는 탈식민주의나 페미니즘의 관점에서 많이 이루어졌지만, 그녀의 몸이 새겨진 출발국의 역사나 문화가 제대로 재현된 것인지, 혹은 무속인이 된 아시아 여성에 대한 재현이 영미 문화 시장의 편견에 영합하는 면은 없었는지에 대한 논의는 찾기가 쉽지 않다. 본 저술의 결론에서 자세히 다루었지만, 놀랍게도 이러한 논의는 기성 비평에서가 아니라 이 작품들을 구매한 독자들이 온라인 구매 사이트에 남긴 후기에서 발견된다.

　이창래의 『제스처 라이프』를 봐도 사정이 크게 다르지 않다. 이 작품이 거둔 예술적인 성취, 주인공이 낯선 사회에 정착하는 과정에서 겪었어야 했던 고초, 그가 결말에서 보여주는 디아스포라 주체로서의 면모 등에 관한 기성의 논의는 상당한 성취를 거두었다고 여겨진다. 그러나 조선인으로 태어나 일본인이 되었다가 다시 미국 시민이 된 주인공에게 인종주의자로서의 면면은 없는지, 만약에 그런 면이 있다면 백인 사회의 아시아인을 인종주의자로 그려내는 것이 무엇을 함의하는지에 관한 논의를 기성 비평에서 찾기란 쉽지 않다. 특히, 일본군의 성노예로 끌려온 조선인 소녀 K와 관련하여 작가가 들려주는 서정적이고도 유려한 묘사는 많은 비평가들로부터 뜨거운 찬사를 받았는데, 이러한 예술적인 성취가 K의 비극적인 삶과 죽음에 합당한 것인지에 관한 논의도 더 진전시킬 필요가 있다. 미국 사회 내에서 아시아 출신의 작가가 갖는 위치나 주류 사회에 대한 그의 비판에 주목하다 보니, 소설의 다른 면에 대해서는 충분한 논의가 이루어지지 못한 것이다.

이러한 관점에서 본 저술은 한국계 이민자 문학이 백인 주류 집단의 인종주의에 어떠한 비판적인 각을 설정하는지도 다루지만, 이러한 서사들 내에서 자가 오리엔탈리즘(Self-Orientalism)이 작동하지는 않는지의 여부, 이러한 서사들이 영미 문화 시장의 다문화적인 취향이나 주류 사회의 보수적인 정치학과 어떤 관계를 맺는지에 관한 분석도 포함한다. 즉, 이 작품들이 주류 사회의 차별을 비판하는 대항 담론의 역할을 하면서, 동시에 이민자에게서 음습하거나 끔찍한 과거를 기대하는 영미권의 이국주의적 취향을 충족시켜주지는 않는지의 문제, 그리고 이 작품들이 제기하는 소수민의 생존 문제가 애초의 문제의식에 걸맞은 서사적 전개와 종결을 부여받는지, 아니면 주류 사회가 거부하지 않을 유의 '적당한' 해결로 끝이 나는지의 문제를 본 저술에서는 심도 있게 분석한다. 이민자의 대항 담론이 주류 집단이 승인한 '순치된 정치학'의 한계를 벗어나지 못하거나 이를 공고히 해주는 가능성을 논한다는 점에서, 본인은 이 저술의 제목으로서 '고발과 연루'를 선택하였다. 고발과 연루는 상호 모순적인 개념으로 여겨지지만, 본 저술에서는 비판의 주체와 비판의 대상 간에 공생이나 제휴 등 다양한 관계가 가능함을 지적하고 싶었다.

본 저술에서 다루는 작품들에 관한 나의 정치적인 판단에는 기성 비평가들의 견해와는 다른 점이 많다. 차학경, 켈러, 이창래, 수잔 최 등의 작품은 예술적인 성취에서 있어서는 최고의 수준을 자랑하지만, 이민자들의 문화적 유산에 관한 재현이라는 관점에서 보았을 때, 작가마다 정도의 차이는 있을지언정, 정확성과 진정성에 있어 문제가 작지 않다는 것이 나의 판단이다. 본 저술은 이와 같이 주요 작품들의 다양한 면에 대한 나의 솔직한 평가를 기록한 것이다. 열렬한 찬사 못지않게 날이 선 비판도 작품에 대한 깊은 애정의 표현이요, 작품의 의미적 지평을 넓히는 중요한 기여라고 믿기에 그렇다. 같은 의미에서 본 저술의 부족함에 대하여 매서운 비판이 있다면 이를 감사하게 받겠다. 학문적 공동체의 존재 의의란 궁극적으로 동료 연구자에 대한 인정과 비판에 있지 않겠는가.

돌이켜 보면 연세대학교에서 자리를 잡은 지 만 23년이 된다. 이 세월을 같이 보낸 분들 중에는 영어영문학과의 동료 선생님들 외에도 독어독문학과의 이민행 선생님, 동기인 사학과의 도현철 선생님과 노어노문학과의 최건영 선생님, 지금은 퇴임하신 노어노문학과의 조주관 선생님이 계신다. 담근 지 오래된 술에 매료되는 술꾼처럼, 시간이 지날수록 나는 이분들의 인품에 반한다. 이분들과 같은 캠퍼스에서 연구하고 가르치게 되어 영광스럽게 생각한다. 이 세월은 또한 체육교육학과의 조광민 선생님과 김영선 선배와도 함께 했다. 사실 이분들과의 인연은 내가 학부생이었던 운동부 시절로 거슬러 올라가니, 시간으로 따지면 40년이 넘는다. 후배들을 맏형의 마음으로 챙겨주는 조광민 선생님과 낙천적인 성격으로 우리를 항상 웃게 만드는 김영선 선배에게 감사의 마음을 전한다. 이 두 선배님과 세월의 궤적을 같이 하였을 뿐만 아니라 같은 학과의 동료이자 선배인 이경원 선생님이 계신다. 육친의 정으로 후배를 아껴준 그의 인간됨에 어떻게 감사해야 할지 모르겠다. 나의 인생의 굴곡이 그의 인생의 깊이에 비할 수 있을까마는 내가 힘들어 할 때 항상 그가 있어주었다. 이경원 선생님에게 깊은 감사의 마음을 표한다.

분량이 적지 않은 책을 선뜻 출판해줄 것을 약속해주신 역락의 이대현 사장님, 시원찮은 글을 반듯한 책으로 만드시기 위해 많은 수고를 하신 이태곤 편집이사님과 편집부 선생님들, 그리고 초고를 읽어준 대학원생 전지희에게 감사의 마음을 전한다.

내게 늘 고마운 사람이었지만 생전에 고마움을 제대로 표시 못했던 한 사람에게 이 책을 바치고 싶다. 올해로 그가 세상을 떠난 지 10년이 되었다. 1986년 겨울이던가. 우리는 겨울 찬바람으로 악명 높은 영천에서 장교 후보생으로 처음 만났다. 우리 중대에서 그와 내가 유일하게 영문학 전공이어서 그런지 서로 죽이 잘 맞았던 것 같다. 우리는 서로 상대방의 내무반을 오가며 영문학에 관해 이야기를 나누면서 정 든 사회와 격리된 외로움을 달랬다. 힘든 시간이었지만, 점잖으면서도 자상한 성격을 가진 그와 있으면 나의 마음에 큰 위안이 되었다. 제대한 후 친구는 미국 유학에 필요한 시험 정보도 주고, 비평이론에 대해서 아는 바가 없던 내게 쟈크 라캉과 폴 드 만을 소개해주기도 했다. 그는 나보다 영문학에 대해서 아는 바가 훨씬 많았지만 학식을 자랑하지 않았고, 그래서 그에게서 배우는 것이 자존심이 상한다고 생각되지 않았다. 내가 기억하는 그는 소탈한 성품이었지만 옷을 세련되게 잘 입는 댄디였고, 훌륭한 학자였지만 인생을 즐길 줄 아는 도락가이기도 했다. 조교수 초년 시절에 나는 이 인품 좋은 학자와 같은 직장에서 지내고 싶은 마음에서, 농담반 진담반으로 연세대로 직장을 옮길 것을 몇 번 권했던 기억이 있다. 그럴 때마다 그는 빙그레 웃으면서 내가 서울대를 지켜야지라고 대답하는 것이었다. 그의 수줍은 미소가 아른거리고, 그의 부드러운 목소리가 귀에 들리는 듯하다. "서울대의 키팅"이라 불리는 친구는 갑자기 세상을 떠났고, 나는 그를 제대로 추모하지 못했다. 추모 행사가 있다는 소식은 두어 번 들었지만 발걸음이 떨어지질 않았다. 타계 10주기를 맞이하여 존경하는 친구에게 이 책을 바친다.

기괴함, 환상 그리고 위험이 당신의 취향이라면,
야성을 맛볼 이 기회를 놓치지 마세요.

타르탄 영화배급회사 "극단적인 아시아"(Asia Extreme) 광고

제1장

이민자 문학과
오리엔탈리즘

1.
기회주의적 제3세계주의
•

      본 저서는 다음의 질문에서 출발한다. 한국 독자와 비평가들의 관심을 많이 받은 『제스처 라이프』(*A Gesture Life* 1999)와 같이 한국의 아픈 역사를 다루는 한국계 미국 소설은 영미권의 문화 시장에서 어떤 식으로 수용되어왔는가? 이 질문에 대하여 많은 비평가가 정치적인 해석에 바탕을 둔 호의적인 대답을 해왔다. 한 시각에 의하면, 소수민의 삶에 관한 이창래(Chang-rae Lee 1965~)의 묘사는 백인 사회가 불편해할 질문을 제기하는 효과를 거둔다. 백인 주류 사회에서 어렵게 확보한 사회적 지위를 종국에 포기하는 조선인 출신 주인공의 행동에 주목하는 국내외의 많은 비평가들이 이 해석적 경향에 동의하지 않나 싶다. 이 경우 『제스처 라이프』는 미국 주류 사회를 비판하는 메시지를 들려주거나, 혹은 유사한 맥락에서 '모범적 소수민'의 전형(典型)이 백인들을 위해 은밀하게 수행하여 온 정치적 성격을 폭로하고, 이를 재고할 것을 요구하는 것으로 해석된다. 이때 '정치적 성격'이라 함은 아시아 출신의 이민자들을 모범적인 시민으로 호명함으로써 이들을 체제 내에 순기능적인 세력으로 편입시키며, 또한 이들을 성공적인 정착 사례로 치켜세움으로써 다른 비(非)아시아계 소수민들의 사회적인 불만을 선제적으로 잠재우려는 주류 사회의 정치적 의도를 일컫는다.

모범적 소수민이 다인종 국가 미국에서 수행하는 '장기판의 말'과 같은 역할에 관하여 일레인 김은 일찍이 다음과 같은 주장을 한 바 있다.

> 이 나라에서 아시아계 미국인들은 백인과 흑인들 간의 혹은 라틴계 간의 완충지대이다. 복종적이고 순종적이며 의사 결정권자들의 명령을 효율적으로 수행하는 아시아계 미국인들은 중하위 관리자층, 상급 사무직, 소규모 사업자 직군에서 점차 눈에 띈다. 이데올로기적으로 우리는 모범적인 소수민의 자리를 차지하여, 인종주의가 유색 인종을 억압하고 있지 않다는 산 증거 역할을 한다.[1]

이러한 인종적 현실을 염두에 두었을 때, 조선인 출신의 주인공이 오랫동안 공을 들여 정착한 백인 사회를 결국에는 떠날 수밖에 없음을 그려냄으로써, 이창래는 주류 사회가 선전해 온 모범적 소수민과 이민자의 현실 사이에 중대한 간극이 있음을 지적하는 것으로 해석된다. 이러한 비평을 따르는 외국 학자의 평가 중에는, 이창래의 소설이 동화주의(assimilationist) 문학에 대하여 중대한 개입을 한다는 평이나 현실 세계에서 모범적 소수민의 패러다임을 재평가할 것을 요구

---

1 Elaine Kim, "Defining Asian American Realities through Literature", *A Companion to Asian American Studies*, ed. Kent A. Ono, Blackwell, 2005, p.198.

한다는 평이 있다.[2] 국내 학자들의 평가 중에는, 백인 사회에서 인정받기 위해 주인공이 취해 온 제스처를 "인종차별의 압력에 대[하여 미리 친] 방어막"으로 읽는 비평, 주인공의 양녀가 보여주는 일탈을 인종주의에 "정면으로 맞서는 반항"으로 간주하는 비평, 혹은 모든 것을 내려놓고 떠나는 주인공의 마지막 행동에서 호미 바바(Homi Bhabha)의 수행성 개념에 비견되는 "동화를 벗어나려는 시도"를 읽어내는 비평이 있다.[3]

한국계 미국 작가들에 관한 호의적인 평가는 하와이 출신의 한국계 작가 노라 옥자 켈러(Nora Okja Keller 1965~)에 관한 비평에서도 잘 드러난다. 켈러의 첫 소설 『종군 위안부』(Comfort Woman 1997)가 이민자 출신의 여성에게 "자신만의 목소리와 주체성"을 주었다는 비평, 이 소설이 전통적 가부장제와 일본 제국주의가 여성에게 강요한 이중의 굴종을 비판한다는 비평이 대표적인 예이다.[4] 켈러의 두 번째 소설 『여우 소녀』(Fox Girl 2002)의 주제가 여성에 의한 "주체성의 추구"로 읽힌 것이나 하인즈 인수 펭클(Heinz Insu Fenkl 1960~)이 발표한 『나의 유령 형의 기억』(Memories of My Ghost Brother 1996)이 온전한 주권을 갖지 못한 국

---

2   Hamilton Carroll, "Traumatic Patriarchy: Reading Gendered Nationalism in Chang-Rae Lee's *Gesture Life*", *Modern Fiction Studies* Vol.51, No.3, 2005, p.593; Joan Chiung-huei Chang, "*A Gesture Life*: Reviewing the Model Minority Complex in a Global Context", *Journal of American Studies* Vol.37, No.1, 2005, p.148.

3   나영균, 『제스츄어 인생』: 신역사주의적 고찰」, 『현대영미소설』 7권 2호, 2000, 112 면; 김미현, 「동화와 전이: 이창래의 『제스처 라이프』」, 『새한영어영문학』 52권 2호, 2010, 22면.

4   Gui-woo Lee, "'Fatherland' and Gender: Transnational Feminism in Nora Okja Keller's *Comfort Woman* and Lan Cao's *Monkey Bridge*", *Modern Fiction in English* Vol.14, No.2, 2007, p.278; 이수미, 『종군 위안부』에 드러난 억압적 식민담론」, 『미국학논집』 35권 2호, 2003, 257면.

가의 슬픈 노래라는 비평도 작품을 호의적으로 읽은 예이다.[5] 수잔 최 (Susan Choi 1969~)의 첫 소설 『외국인 학생』(*The Foreign Student* 1998)에 대한 평가도 다르지 않다. 고부응과 나은지의 관점에 의하면, 한국인 미국 유학생이 백인 여성과 맺게 되는 연인 관계는 편협한 미국 남부 사회의 인종주의에 맞서는 저항으로 해석된다.[6]

이민자 문학에 관한 평가의 반대편에는 이민자들의 담론에서 형상화되는 출신국의 문화나 역사가 제3세계를 상품화한 것이라는 비판이 있다. 서구에서 활동하는 제3세계 출신 작가들의 담론을 "기회주의적인 제3세계주의"라고 비판한 아이자즈 아마드가 이를 대변한다. 그에 의하면, 아시아계 작가들의 문학에서 동양은 본래의 모습을 잃고 서구의 다문화적인 문화 시장의 입맛에 맞추어 이국화된 곳, 즉 "동양화된 제3세계"로 다시 태어난다.[7] 이차세계대전 이전에는 서양인들이 동양 담론을 만들고 유통했다면, 이제는 서양에서 자리 잡은 아시아계 작가들과 지식인들의 손에 의해 동양 담론이 만들어진다는 것이다. 그러니 문제는 동양 담론이 서양의 문화 시장의 기대와 요구로부터 얼마나 자유로울 것인가 하는 것이다. 이와 관련하여 대만계 미국인 비평가 셩메이 마는 "오리엔탈리즘과의 제휴 관계에서 창작하는 아시아계 미국인들만이 서구의 주류 독자들로부터 대표적인

---

5 이소희, 『여우 소녀』에 나타난 또 하나의 디아스포라와 여성의 몸」, 『영미문학페미니즘』 15권 1호, 2007, 103면; 이선주, 『내 유령 형에 대한 기억』—반(反)주권국가의 만가」, 『미국 소설』 14권 2호, 2007, 153-173면.

6 고부응과 나은지, 「수잔 최의 『외국인 학생』과 초민족적 공간」, 『미국 소설』 15권 1호, 2008, 46면.

7 Aijaz Ahmad, *In Theory: Classes, Nations, Literatures*, Verso, 1992, p.86, p.94.

소수민의 목소리로 인정받을 가능성이 있다"[8]고 지적한 바 있다. 이를 달리 표현하면, 서양의 메트로폴리스가 승인한 제3세계 담론만이 서구의 문화 시장에 진입하고 유통될 특혜를 부여받게 된다.

본 저술은 이민자 문학에 관한 선행 연구의 안목을 존중하면서도, 이들과 차별화되는 시각을 정립하고자 한다. 이를테면, 『제스처 라이프』나 『나의 유령 형의 기억』을 체제 비판적인 서사로 읽은 연구들은 주인공이 백인 주류 사회나 전근대적인 한국 사회에서 생존하기 위해 저질렀던 위선이나 기만적 행동의 비극성을 강조하거나 주류 사회의 동화주의 정책에 대한 이들의 거부의 몸짓에 초점을 맞추었고 그러한 점에서 일정한 비평적 성과를 거두었다. 그러나 논의의 초점을 사회적 주변인으로서 주인공이 겪은 역경에 맞춘 결과 정작 주인공에 관한 작가의 묘사가 서구의 인종적 편견에 부합하는지의 여부, 이 소설을 주류 사회에 대한 비판으로 읽을 때 그 비판이 어느 정도 진정성을 가진 것인지, 혹은 '국외 소재'(extra-national material)의 사용이 텍스트에서 구체적으로 어떤 기능을 수행하며, 또한 영미의 문화 시장과 어떤 관계를 맺는지 등에 관한 심도 있는 질문을 제대로 하지 못한 감이 있다.

아시아 영화와 서양 문화 시장의 관계를 다룬 글에서 개리 니덤은 아시아 영화가 영미 시장에서 "이국주의, 신비, 그리고 위험의 특징을 갖는 '동양에 관한 전형적인 판타지를 충족시켜 주었다"[9]고 평한 바

---

8 Sheng-Mei Ma, *The Deathly Embrace: Orientalism and Asian American Identity*, U. of Minnesota Press, 2000, p.iixi.

9 Gary Needham, "Japanese Cinema and Orientalism", *Asian Cinemas: A Reader and Guide*, eds. Dimitris Eleftheriotis & Gary Needham, U. of Hawaii Pres, 2006, p.9.

있다. 그런 점에서 보았을 때, 이창래의 『제스처 라이프』가 『시카고 트리뷴』(Chicago Tribune)지로부터 "비극적이며, 전율적이고, 숨 막히는 소설"이라는 평가를 받았고, 이 평가가 리버헤드(Riverhead)판 소설의 뒤표지에 실려 있는 것이 우연한 일은 아니라고 본다. 다르지 않은 맥락에서 미국의 주류 매체가 유통하는 다인종적·다문화적 재현이 실은 "미국의 전통적인 오리엔탈리즘적 주제를 새롭게, 글로벌하게 각색한 것"[10]이라는 주장을 새겨들어 봄 직하다. 반면 유의할 점은, 아마드가 이민자 문학에 대해 제기한 "기회주의적 제3세계주의"가 하나의 중요한 비평적인 척도이기는 하나, 이러한 시각만으로 다양한 이민자 문학에서 작동하는 인종 정치학의 미묘한 양상을 읽어내기가 항상 쉽지는 않다는 사실이다.

이민자 문학을 논할 때 탈식민주의 비평이 빠져들기 쉬운 오류 중의 하나가 '특정 소재의 존재' 유무만을 두고 내리는 도매금의 평가일 것이다. 이민자 문학에서 사용된 이국적 소재나 이미지가 서구의 입맛에 맞도록 동양을 정형화(定型化)시킨다는 비판도 자칫 그것이 비판하는 대상과 유사한 유의 문제를 안고 있을 수 있다. 무슨 말인가 하면, 이민자 문학에서 발견되는 이국적 소재를 증거로 삼아 이를 비판하는 행위가 실은 같은 한계를, 즉 '소재주의적 비평'이라는 한계를 못 벗어나는 것일 수도 있다는 것이다. 이러한 시각으로는 소재 너머에 존재하는 텍스트의 심층적인 의미를 제대로 파악할 수 없으며, 혹은 그 반대로 서구의 오랜 편견이 텍스트 내에서 은밀하고 미묘하게 작

---

10 Minjeong Kim & Angie Y. Chung, "Consuming Orientalism: Images of Asian/American Women in Multicultural Advertising", *Qualitative Sociology* Vol.28, No.1, 2005, p.77.

용하는 방식도 제대로 논의할 수 없다. 즉, 이 잣대로는 조선인 성노예라는 동일한 소재를 다룬 『제스처 라이프』와 『종군 위안부』를 정치적 기획의 측면에서 변별시키기 힘들며, "기지촌 여성"을 다룬 『여우 소녀』와 『나의 유령 형의 기억』도 동일한 정치적 의제나 효과를 지니는 작품으로 볼 수밖에 없다. 그러니 소재의 유무가 중요한 것이 아니라 이 소재가 작품 속에서 어떠한 역할을 하는지, 구체적으로 이 소재가 작가의 정치적 혹은 사회적 기획에 어떻게 봉사하는지, 한 걸음 더 나아가 문화 시장에서 이 소재가 어떻게 소비되는지에 관한 논의가 없이는, 이국주의에 대한 비판이나 오리엔탈리즘에 대한 비판 모두 소재주의 비평에 불과하다는 비판에 열려 있게 된다.

2.
자가 오리엔탈리즘과
내부 식민주의

•

    아시아계 미국 문학과 '자가 오리엔탈리즘'(self-Orientalism)의 문제는 일찍이 1970년대와 1980년대에 아시아계 미국 문학의 성격을 두고 벌어졌던 중국계 미국인들 간의 논쟁에서 목격된 바 있다. 이 논쟁을 여기서 복기하는 일은 한국계 미국 문학이 오늘날 당면한 문제를 사유하는 데 적지 않은 도움이 되리라 판단된다. 이 논쟁의 발단은 진보적인 문예지인 『우려하는 아시아 학자들의 회보』의 1972년 가을 특집호에 중국계 문인 프랭크 친이 출간한 「차이나타운 카우보이의 고백」 그리고 그와 동료 학자들이 같은 지면에 실은 「아이이! 아시아계 미국 문학 소개」에서 시작되었다. 친은 이 평론에서 캘리포니아주 주 정부와 연방정부가 중국계 노동자들이 본국에 두고 온 가족들의 미국 입국을 막았을 뿐만 아니라 이들이 미국에서 부동산을 구입하는 것을 금지하였던 과거의 반(反)중국 정책을 지적한다. 중국계 미국인이 받았던 인종차별의 이면에는 중국계 미국인들을 언젠가는 중국으로 다시 돌아갈 '반쯤 동화된 외국인'으로, 즉 일종의 '여행자'로 규정하는 미국 정부의 예단적인 시각이 있었다. 친이 당대의 아시아계 미국 문학에 내린 평가도 이러한 안목에 착안한 것이다. 그에 의하면, 아시아계 미국 문학이 아시아계 이민자들을 온전한 미국인이 아닌 "외국인 거주자"로 정형화해 온 바가 있으며, 그러한 점에서 이 문학이 "백인 인종주의의 선전물"[11]에 불과하다는 것이다.

미국에서 중국계 출신이 받아온 차별은 무엇보다 미국의 대중문화에서 흔히 발견되는 인종적인 정형에 의해 합법화되어왔다. 미국 대중문화가 재생산해 온 중국인의 이미지에 대해서 친은 다음과 같이 설명한다.

> 우리가 남성성을 결여한 인종이라는 정형이 미국 문화 전체에 너무나 철저하고 또 미묘하게 퍼져 있다 보니, 그것이 미국인의 잠재의식 속에서 편안하게 자리를 잡아버렸다. 마치 백인 농장주가 충직한 흑인 하인을 대하듯, 백인의 미국은 우리 남성들에 대해 느긋하고 무관심하다. 미국이 우리를 집에서 부리는 흑인으로 만들어놓은 것이다. 우리가 인내심이 강하고, 복종적이고, 미적이며, 수동적이고, 협조적이며, 본래 여성적이고, "유교적인" 특징을 갖췄다고 칭찬하며, 백인 남성이 꿈꿔온 소수 민족이 되기 위해 보존되어야 하는 우스꽝스러운 중국 문화의 유형으로 우리를 상상하면서 말이다. 백인이 꿈꾼 우리의 정체성이 여성적이기에, 우리의 힘, 우리 인종의 힘을 보유하는 역할은 여성들의

---

11 Frank Chin, "Confessions of Chinatown Cowboy", *Bulletin of Concerned Asian Scholars* Vol.4, No.3, 1972, p.62, p.65.

못이 된다. 이 꿈의 소수민에 속하는 꿈의 여성들은 당연히
그들의 남정네보다는 백인 남성을 선호한다.[12]

위의 비판을 요약하자면, 중국계 미국인은 미국의 대중문화에서 "충
직한 흑인 하인"으로 정형화되어왔다. 중국계 남성들에게서 위협적인
남성성을 거세함으로써 이들을 고분고분하고 우스꽝스러운 존재로,
즉 백인들이 꿈꾸어온 "이상적인" 소수민으로 만들었다는 것이다. 사
실 이러한 비판은 새로운 것이 아니다. 그런데도 친의 비평이 논란을
불러일으킨 이유는 미국계 중국인에 관한 정형 담론이 다름 아닌 중
국계 작가들의 손에 의해 공고히 되어왔다고 그가 주장하였기 때문
이다.

이러한 지적은 물론 백인 인종주의의 한 면만을 고려한 것이다.
중국계 이민자를 순종적인 흑인 하인으로 재현해 온 정형이 있다면
그 반대 성질의 것도 있기 때문이다. 평론 「인종주의적 사랑」에서 친

---

12   Ibid., p.67.
13   『푸 만추의 성』 영문판 영화 포스터, 『푸 만추의 신부들』 프랑스어판 영화 포스터,
     『이집트에 온 찰리 챈』의 영화 포스터.

과 그의 동료 제프리 폴 챈은 인종주의적 정형을 "수용 가능한 모델"과 "수용 불가능한 모델"로 분류한다. 이에 의하면 인종 담론의 한편에 푸 만추(Fu Manchu)와 제로니모(Geronimo)가 있다면, 다른 한편에는 찰리 챈(Charlie Chan)과 톤토(Tonto)가 있다.[14] 푸 만추는 영국의 소설가 색스 로머(Sax Rohmer 1883~1959)에 의해 20세기 초에 처음 만들어진 후, 100여 년이 넘게 서구의 TV 드라마, 영화, 만화 등 대중문화에서 수없이 재창조되어 음모와 암살에 능한 '동양인 악한'의 역할을 맡아왔다. 반면, 찰리 챈은 1925년에 얼 데어 비거스(Earl Derr Biggers 1884~1933)가 만들어낸 호놀룰루 경찰청의 중국계 명탐정이다. 제로니모는 19세기 후반에 미국과 멕시코에 맞서 영토를 지키기 위해 싸웠던 아파치족의 지도자이자 주술사이며, 톤토는 30년대의 서부 영화에서 백인 주인공을 보조하는 역할을 한 북미 원주민 캐릭터이다. 이들 중 한편이 백인의 평화와 질서를 위협한다면, 다른 한편은 미국의 질서와 가치를 보호하는 데 앞장을 선 셈이다. 이처럼 뚜렷한 역할 구분에도 불구하고, 푸 만추 같은 인물에 대해 백인 주류 사회가 느끼는 증오나 찰리 챈에 대해 그들이 느끼는 사랑 모두 알고 보면 같은 뿌리인 인종주의에서 연원한다는 것이 친과 챈의 주장이다.

70년대 이후의 아시아계 미국 문학에 대해 제기된 비판에는 정형화의 문제 외에 역사적 정확성과 문화적 진정성의 문제가 있다. 이는 제1세계 문화 시장의 입맛이나 도착국 독자의 취향에 맞추느라 출발국의 문화를 왜곡하는 일 없이, 얼마나 재현의 대상을 심도 있게 묘사하느냐의 문제로 요약된다. 다시 비평가 친의 비판으로 돌아가 보자.

---

14 Frank Chin & Jeffery Paul Chan, "Racist Love", *Setting through Shuck*, ed. Richard Kostelanetz, Ballantine Books, 1972, p.65.

친은 「차이나타운 카우보이의 고백」을 발표한 지 약 20년이 지난 후 동료들과 함께 편저한 『큰 소리로 아이이!: 중국계와 일본계 미국문학 선집』에 실린 글에서, 재현의 정확성이라는 관점에서 70년대와 80년 대의 작품들에 대하여 가차 없는 비판을 제기한다. 그가 문제로 삼는 대표적인 작가들 중에는 『여성무사』(*The Woman Warrior* 1976)로 영어권 독자들에게 아시아계 문학을 알리는 데 성공한 맥신 홍 킹스튼(Maxine Hong Kingston 1940~), 『조이 럭 클럽』(*Joy Luck Club* 1989)의 출판과 소설의 영화 제작을 통해 중국계 이민자들의 삶을 대중문화에 착근시킨 에 이미 탠(Amy Tan 1952~), 그리고 『M 버터플라이』(*M Butterfly* 1988)로써 브 로드웨이 흥행에 성공한 데이비드 헨리 황(David Henry Hwang 1957~)이 있다.

이 성공한 중국계 작가들에 대한 친의 날 선 비판을 들어보자.

> 킹스튼, 황, 그리고 탠은 역사상 가장 널리 알려진 아시아
> 문학과 설화의 전통에서도 가장 잘 알려진 작품들을 대담
> 하게 날조하였으며, 모든 인종을 통틀어 처음으로, 아시아
> 계 인종 중에서는 분명히 첫 번째로 그런 날조를 한 작가들
> 이다. 자신들의 날조를 합법화하기 위해 이들은 아시아계
> 미국인의 역사와 문학을 날조해야 했고, 중국계 미국 사회
> 를 정착시킨 이민자들이 중국 문화와의 관계를 상실했다
> 고, 그래서 새 경험과 잘못된 기억을 결합하여 이러한 전통
> 적 이야기들을 새롭게 만들어냈다고 주장해야 했다. 그들
> 은 이 새로운 형태의 역사를 통해 정형화에 기여한다.[15]

---

15 Frank Chin, "Come All Ye Asian American Writers of the Real and the Fake", *A Companion to Asian American Studies*, ed. Kent A. Ono, Blackwell, 2005, p.135.

고발과 연루

구체적으로 『조이 럭 클럽』에 대한 친의 비판에 의하면, 이 소설에서 발견되는 이야기들, 특히 백조가 되고 싶어 하는 오리에 관한 동화, 여성의 가치가 남편의 트림 소리가 얼마나 큰지로 판단되는 중국 사회 이야기, 중국이 아니라 "미국에서 태어나고 자라나 완벽한 영어를 구사하고 누구도 비웃지 못하는 그런 딸을 꿈꾸는 어머니"에 관한 이야기는 중국의 전래 문화와 관련이 없으며 백인이 만들어낸 인종주의적 서사와 다르지 않다. 중국에서 오리는 동화의 주제가 아니고, 여성의 가치를 남편의 트림 소리의 크기로 측정하는 관습은 중국의 어느 옛 동화에서도 찾을 수 없다는 것이 친의 반론이다.

킹스튼이 『여성무사』에서 들려주는 「목란의 노래」(The Ballad of Mulan 木蘭辭)도 "날조된 설화"의 한 예이다. 오늘날까지 중국 어린이들이 애창하는 노래가 된 이 고대 중국의 시는 중국 남북조 시대의 북위(386~534)를 배경으로 한다. 이 시의 내용은 대략 다음과 같다. 주인공 목란이 몸이 불편한 아버지를 대신하여 칸의 부름을 받아 전쟁에서 나라를 지키는 공훈을 세운다. 이에 칸은 높은 관직을 제의하지만 목란은 이를 거절하고 가족에게로 돌아온다. 친에 의하면, 킹스튼은 이 노래의 가사를 멋대로 변형하여 "여성"과 "노예"가 중국에서는 같은 문자로 표기된다는 허위 주장을 하며, 또 목란의 부모가 그녀의 등에 문신으로 글을 새긴다는 등 원전에 없는 내용을 추가함으로써, 중국 문화를 잔인하고도 여성 혐오적인 것으로 그려냈다. 헨리 황도 여성의 등에 글씨를 문신함으로써 서신을 전달하는 이 잔인한 '상상된' 악습을 오프브로드웨이 연극인 『보트에서 막 내린 자들』(FOB)에서 재사용함으로써 중국의 문화에 대한 의도적인 왜곡에 기여한다.[16]

---

16 Ibid., pp.134-135.

친과 챈의 비평은 백인의 인종주의를 고발하고 중국계 문인들의 왜곡된 문화번역을 지적하는 성과에도 불구하고 여성 비평가들로부터 혹독한 비판을 받게 된다. 이들이 남성성에 관한 가부장제의 믿음을 공고히 하고 성차별주의를 지원하였다는 평가를 메를 우(Merle Woo)를 비롯한 중국계 비평가들로부터 받게 된 것이다. 이러한 시각에서 보았을 때 문제가 되는 친의 주장을 보자. 그에 의하면, 미국의 대중문화가 그려내는

> 우리의 고결함은 효율적인 주부의 고결함이다. 최악의 경우 우리는 독창성, 대담함, 육체적인 용맹함, 창조성 같은 전통적인 남성적 특징을 결여한 여성적이고 유약한 존재가 되어 경멸을 받게 되었다.[17]

킹-콕 청의 비판에 의하면,[18] 위의 주장을 함에 있어 친과 그의 동료들은 "가사(家事)의 효율성"을 여성적인 것으로 비하하고, 독창성, 대담함, 용맹함, 창조성 등과 같은 덕목들을 모두 남성적 덕목으로 간주하는 등 성차별 담론을 비판의식 없이 사용하였고, 그로 인해 가부장제의 성차별주의에 협력하였다.

친과 그의 동료 편집자들이 『큰 소리로 아이이!: 중국계와 일본계 미국문학선집』을 간행했을 때, 이들의 의도는 백인 담론에 맞설 담론을 벼려내는 것이었다. 백인의 담론에서 아시아인들이 "여성적으로"

---

17 Chin & Chan, op. cit., p.68.

18 King-Kok Cheung, "The Woman Warrior versus The Chinaman Pacific: Must a Chinese American Choose between Feminism and Heroism?", *A Companion to Asian American Studies*, ed. Kent A. Ono, Blackwell, 2005, p.160, pp.162-163.

순종적으로 정형화되어 온 관행을 반박하기 위해 남성성과 영웅주의를 강조하게 된 것인데, 대항 담론을 만들어내는 과정에서 성차별적인 담론을 들여옴으로써 아시아계 이민자 집단 내부에서 또 다른 위계질서와 억압의 문제를 초래한 것이다. 그러한 점에서 친과 그의 동료들에 대해 제기된 여성주의적 비판은 기성의 탈식민주의 비평에서도 목격된 바 있는 "내부 식민주의"에 관한 비판을 닮았다. 제국에 대항하는 과정에서 피지배자들이 '대오의 단일화'를 위해 식민지 내부의 다양한 목소리들을 틀어막음으로써 식민지 내부에서 또 다른—성적인–식민화를 저질렀다는 것이 그 비판의 내용이다. 백인의 인종주의에 대항하려는 노력이 또 다른 유의 억압을 피지배 집단 내에서 발생시키는 것은 아닌가 하는 비판적 성찰은 필요하고 또 중요하다. 그런 점에서 친과 그의 동료들에 대하여 아시아계 여성 비평가들이 제기한 비판은 귀담아들을 가치가 있다.

그러나 이를 전제로 한 후 논의를 더 진전해 볼 필요도 또한 있다. 『여성무사』를 옹호하는 쪽에서는, 이 소설에서 드러나는 역사와 문학 전통에 관한 변형이 왜곡이 아니라 "가부장적 신화를 재형상화하고 상상적 가능성을 불러내는"[19] 창작이라고 옹호한 바 있다. 이를테면 중국계 학자 메를 우는 중국계 남성 문인들이 동료 여성 문인을 "백인 연인을 위해 아버지를 배반한 포카혼타스"라고 부르는 것은, 그간 이 여성들이 동료 남성 작가들에게 보여준 후원, 즉 이들의 작품 낭독에 참석하고 그들의 작품을 구매하고 논평을 해주는 등의 열성적인 지원을 무시하는 것이라고 반박한다. 그는 또한 중국계 남성들이 백인

---

19 Ibid., p.162.

의 인종주의에 맞서 싸운 것은 인정받을 만하나, "독창성, 대담함, 용맹함, 그리고 창조성"을 전통적인 남성의 미덕으로 여기고, 또 남성들이 공동체의 지도자가 되어야 한다고 생각하였다는 점에서, 이들이 백인의 남성성 개념을 수용한 것[20]이라는 결론을 내린다.

유사한 맥락에서 패트리샤 추도, 친의 기획이 중국계와 일본계 미국인들을 윤리적이고 고결하며 자부심 있는 사람으로 그려내고 싶어 하는 욕망에 의해 좌우되며, 그가 생각하는 민족적 특징은 특정한 중국 텍스트와 일본 텍스트에 관한 개인적인 해석에 토대를 둔 것, 즉 이성애적이고도 남성적인 코드를 가진 것[21]이라고 주장한 바 있다. 친과 그의 동료들의 대항 담론이 성차별주의와 편협한 편 가르기를 극복하지 못했으며, 그들이 주장하는 민족적 특징이 다분히 주관적이라는 것이다. 마땅한 지적이다. 그럼에도 불구하고 이러한 비판이 친과 챈의 비평에서 제기되는 문제의 함의를 충분히 다루지 못한 아쉬움은 남는다. 친과 챈이 아시아계 미국 문학에 관하여 제기하는 "역사적 정확성"의 문제에 대해서 우나 추 같은 여성 비평가들처럼 "상상의 자유"라는 논법에 기대어 반박하는 것도 하나의 대답은 되겠으나, 이 문제의 폭과 깊이에 좀 더 천착하는 대응이 있었으면 하는 바람이 있기 때문이다. 이 문제가 그리 단순하지 않은 이유는, 오랜 세월 동안 사랑을 받아온 민족 서사를 변형하고 재창조하는 시도는 한편으로는 표현과 창작의 자유라는 측면에서는 허용되어야 하지만, 만약 그 서

---

20 Merle Woo, "Letter to Ma", *This Bridge Called My Back: Writings by Radical Women of Color*, eds. Eherrie Moraga & Gloria Anzaldua, Kitchen Table, 1981, p.145.

21 Patricia P. Chu, *Assimilating Asians: Gendered Strategies of Authorship in Asian America*, Duke U. Press, 2000, p.67.

고발과 연루

사가 민족의 역사성을 담지하는 공적 지식의 측면을 가지고 있다면, 해당 공동체의 역사적인 재현 문제와 관련된다는 점에서 조심스러워야 하기 때문이다. 이 문제는 결론에서 다시 논의하기로 한다.

3.
문학, 역사, 하부 텍스트

·

한국계 미국 작가들이 애용하는 소재에는 일제 강점기 한국의 역사, "잊혀진 전쟁"이라고 불리는 한국전쟁, 종군 위안부 문제, 그리고 해방 이후 기지촌 여성들의 매춘 문제 등이 있다. 일레인 김은 한국이 영미권의 독자에게 어떻게 알려져 왔는지, 그리고 한국인 이민자들이 백인의 언어를 습득했을 때 어떤 일이 벌어지는지를 다음과 같이 요약한다.

대부분의 미국인들이 한국에 대해서 알고 있는 바는 미군이나 선교사들이 창녀들, 거지들, 고아들에 대해 들려준 것들이다. 그 고아 중 많은 수가 혼혈인데, 이들이 자신의 입으로 말하는 적은 없고, 신식민주의와 복음주의가 떠맡은 개화의 임무에 의해 구원된 영혼으로 재현될 따름이었다. 언젠가 이 원주민들이 제국의 중심부로 돌아와서 아주 다른 위치에서 영어로 반박을 할 날이 오리라는 것을 이 [미국

인들이 상상하기란 힘들었을 것이다.[22]

이 인용문에서 일레인 김은 미국인들이 퍼뜨린 선정적인 이국주의나 오리엔탈리즘을 한국계 미국 작가들이 반박하고 있다는 취지로 말을 하지만, 이 비평가가 예로 든 선정적인 소재들은 제국의 중심부에 정착한 아시아인들, 즉 대부분의 한국계 미국 작가들의 작품에서도 여전히 발견된다. 차학경(Theresa Hak Kyung Cha 1951~1982)에서부터 하인즈 인수 펭클, 노라 옥자 켈러, 수잔 최, 이창래, 제인 정 트렌카(Jane Jeong Trenka 1972~), 수키 김(Suki Kim 1970~), 개리 박(Gary Pak 1952~)에 이르기까지 대부분의 한국계 미국 작가들이, 미국의 주류 문화 시장에서 '이국적'이라 여겨질 한민족의 역사를 중요한 소재나 주제로 사용하여왔기 때문이다.

한국계 미국 문학의 이러한 경향을 고려하건대, 본 저술에서는 이 이민자 문학을 평가함에 있어서 역사성을 중요한 잣대 중의 하나로 삼는다. 그러나 역사와의 부합성을 중요시한다고 해서 역사적으로 정확한 작품이 그렇지 못한 작품보다 우수하다는 입장을 취하지는 않는다. 모든 문학은 일차적으로 당대나 과거의 사회에 관한 이야기요, 그런 점에서 역사와 분리하여 생각할 수 없다. 그렇지만 문학이 역사가 아닌 이유는 문학은 역사를 가공을 위한 일차적인 재료로 삼을 뿐, 과거를 '있는 그대로' 재구성하기를 시도하지는 않기 때문이다. 역사는 문학이 자신만의 방식으로 재구성하고, 변형하고, 문제화하고, 또

---

22 Elaine H. Kim, "Myth, Memory, and Desire: Homeland and History in Contemporary Korean American Writing and Visual Art", *Holding Their Own: Perspectives on the Multi-ethnic Literatures of the United States*, eds. Dorothea Fischer-Hornung & Heike Raphael-Hernandez, Stauffenburg Verlag, 2000, p.80.

해결책을 제시하는 '재료'요, '대상'이다. 여기서 '재구성하는 대상'이라는 표현을 쓴 이유는 과거지사(過去之事)로서의 역사가 있는 그대로 문학 텍스트에 들어오는 것이 아니라, 소설과 관계를 맺는 순간 새로운 형태를 부여받기 때문이다. 이 새로운 형태는 원자료라고 할 수 있는 과거지사에 기반을 둔 것이기는 하되, 작가의 정치적·사회적 현안에 맞추어 선택되고 변형되어 생겨난 것이다. 이는 『외국인 학생』에서 수잔 최가 묘사하는 해방 이후의 한국 현실이 당대의 역사에 바탕을 둔 것이기는 하나, 동시에 작가의 정치적 의제에 의해 변형된다는 뜻이다. 영문학에서 예를 들자면, 『킴』(Kim 1901)에서 러디야드 키플링 (Rudyard Kipling 1865~1936)이 묘사하는 인도의 현실이 작가의 개인적인 신념이 투영되거나 이데올로기에 의해 '여과된 역사'로 이해되어야지, 누구에 의해서도 무엇에 의해서도 매개되지 않은 궁극적인 지평으로서의 역사로 보아서는 안 되는 것과 같은 이치이다. 과거지사로서의 역사는 궁극적인 지평으로 텍스트 너머에 있을 뿐이며, 텍스트가 대응하거나 인용하거나 반박하거나 문제화하는 역사는 이 궁극적인 지평을 '다시 쓴 것'이다.

프레드릭 제임슨은 작품 내에서 작가에 의해 재구성된 컨텍스트를 역사적 혹은 이데올로기적 "하부 텍스트"(subtext)[23]라고 불렀다. 그에 의하면 문학 작품은 고유의 하부 텍스트를 모체로 삼는다. 이를 달리 표현하면, 소설의 하부 텍스트는 작품마다 다르게 구성되며, 그렇기에 하부 텍스트와 문학 텍스트는 동시 발생적이라고 할 수 있다. 또한, 하부 텍스트는 문학 텍스트를 탄생할 수 있게 하지만, 그렇다고 해

---

23 Fredric Jameson, *The Political Unconscious*, Cornell U. Press, 1981, p.81.

고발과 연루

서 문학 텍스트 내에서 반드시 가시적인 형태로 존재하지는 않는다. 물론 단순한 수준의 텍스트라면 역사적 하부 텍스트가 소설에서 사건이 벌어지는 배경과 일치하는 경우도 있다. 그러나 작품의 상징성과 정치성이 고도화되고 정교해질수록, 역사적 하부 텍스트는 소설에서 단순한 배경 이상의 의미를 띤다. 그것은 작품의 탄생을 가능하게 하지만 그렇다고 해서 반드시 작품 내에서 가시적인 형태로, "주어진 조건"으로 온전하게 자리를 잡고 있지는 않다. 하부 텍스트가 작품이 다루는 사건의 모체의 역할을 하기는 하되, 그렇다고 해서 문학 텍스트와의 관계가 반드시 투명한 것은 아니기 때문이다. 이를테면, 하부 텍스트에 관한 직접적인 재현이나 거론이 작가의 자기 검열이나 당대의 지배 이데올로기에 의해 억압될 수도 있으며, 심지어는 문학 텍스트가 특정한 하부 텍스트나 역사를 부정하기 위해 쓰인 것일 수도 있다는 점에서 그렇다. 이는 비단 문학연구에만 해당하는 것이 아니며 역사 연구에도 적용된다. 거칠게 표현하자면, 우파 정권이 탄생시킨 역사 텍스트는 좌파가 이해하고 있는 역사를 부정하기 위해 쓰인 것이 아닌가. 그 반대도 마찬가지이다. 그러니 비평의 임무는 문학 텍스트의 탄생을 가능하게 한 역사적 하부 텍스트를 문학 텍스트로부터 역으로 추적해내는 것이다. 제임슨의 표현을 빌리면, 해석 작업이란 "문학 텍스트가 이 역사적 하부 텍스트를 다시 쓴 것임이 드러나도록 문학 텍스트를 다시 쓰는 행위이다."[24]

　본 저술에서는 한국계 미국 작가들의 작품을 분석할 때 이 작품들이 어떠한 하부 텍스트를 가졌는지에 주의를 기울일 것이다. 이 하부

24　Ibid.

텍스트에는 작가의 개인적인 전기도 포함이 되지만 해방 직후 기지촌의 실상, 일본 제국이 벌인 태평양 전쟁, 한국전쟁, 한인 이민자들의 미국 정착사 등 한민족의 역사와 직접 관련된 것들이 있다. 그래서 본 연구에서는 각 소설의 역사적 하부 텍스트를 당대에 관한 역사 기록과 병치하여 읽음으로써 각 작품의 역사적 컨텍스트가 어떠한 정치적 현안을 위해, 혹은 어떠한 개인적인 이유로 재구성되었는지를 논하고자 한다. 물론 작품의 하부 텍스트와 병치될 '역사 기록'도 글쓰기에 의해 매개되었다는 점에서는 하나의 텍스트에 지나지 않는다. 그렇지만 모든 하부 텍스트가 인식론적인 면에서 동등하지는 않다는 점은 유의할 만하다. 역사가 텍스트를 통해 매개될 때 그것이 변형, 왜곡, 수정되는 정도와 폭은 개인마다, 작품이나 기록의 성격에 따라, 혹은 시대에 따라 다르게 나타날 수 있기 때문이다. 제임슨이 역사에 대한 직접적인 접근, 즉 "텍스트에 의해 매개되지 않은 역사"에 대한 접근이 불가능하다고 주장한 바 있지만, 그렇다고 해서 역사 재현에 관한 옳고 그름의 판단이 불가함을 주장한 것은 아니었다. 본 저술에서는 한국계 미국 소설을 역사화 함으로써, 이 서사들이 출발국의 역사와 문화를 재현할 때 어떠한 수정이나 오류 혹은 왜곡을 보여주는지, 그러한 변형이 어떠한 개인적·사회적 현안에 의해 추동되었으며, 그 의미가 무엇인지를 구체적으로 분석한다.

4.
소설과 재현의 정치학
•

본 연구는 구체적으로 영미권에서 국외 소재나 주제가 각 서사에서 어떤 방식으로 재현되어왔는지, 특히 어떤 특정한 방식으로 '소비'되도록 의도되지는 않았는지 하는 질문을 제기한다. 이러한 의제에 주목하게 된 이유 중의 하나는 『제스처 라이프』를 읽을 때 받는 인상이 유사한 주제를 다룬 다른 작품들을 대할 때와는 완연히 다르기 때문이다. 여기서 비교해 볼 만한 작품은 켈러의 『종군 위안부』와 『여우 소녀』이다. 켈러의 작품에서 서사화되는 소위 '에스닉'(ethnic)한 소재가 독자에게 주는 인상은 마치 카뮈나 사르트르의 주인공들이 처음으로 실존적 경험을 하게 될 때 겪는 생경함이나 역겨움의 충격에 비유될 만한 것이다. 일반적인 독서 경험에 비추어 볼 때, 『여우 소녀』의 주인공이 미군에게 윤간당하는 장면이나 『종군 위안부』에서 어린 위안부가 살해되는 장면을 독자가 상상적으로나마 다시 방문하고 싶은 욕구를 갖기란 쉽지 않다. 반면 『제스처 라이프』에 등장하는 조선인 소녀 끝애의 '몸'은 켈러의 주인공들과는 상당히 다른 식으로 재현된다는 인상을 받게 된다. 본 저서에서 자세히 다루겠지만, 그런 점에서 이 재현에 대한 독자와 비평가들의 반응도 분노나 공감보다는 '소비'라는 표현이 어울린다고 여겨진다. 이 지점이 바로 본 연구가 주목하는 부분 중의 하나이다. 『제스처 라이프』에서 사용된 인종적 소재가 켈러의 소설에서 발견되는 소재보다 조금이라도 덜 폭력적이거나 덜 참혹한 것은 아니라고 판단되는데, 그런데도 이 작품 간에 차이가 있다면 국외 소재가 '재현되는' 방식, 즉 서사화되는 방식의 차이라고 본 연구는 주장한다. 유사한 시각에서 수잔 최의 『외국인 학생』에서 발견되는 해방 이후의 한국 사회에 관한 묘사, 수키 김의 『통역사』 (*Interpreter* 2003)에서 나타나는 뉴욕의 한인사회에 관한 묘사가 어떠한 점에서 주류 사회를 비판하는 기능을 하며, 또 어떠한 점에서 오리엔탈리즘에 영합하는 부분이 있는지 논의해 볼 수 있을 것이다.

본 연구는 폴 리쾨르가 "의심의 해석학"(hermeneutics of suspicion)[25]이라고 부른 관점에서 한국계 미국 작가들의 작품을 분석하고자 하는데, 특히 '이국적 소재'가 이 작가들에 의해 어떻게 사용되는지를 점검하고자 한다. 앞선 논의한 바 있는 중국계 미국 비평가 친과 그의 동료들의 문제 제기도 바로 이 '국외 소재'의 선택에 관련된 것이었다. 특정한 소재의 선택, 그리고 이를 서사화하는 방식이 백인 주류 사회의 이국주의 취향이나 인종주의적 편견을 강화하는 결과를 낳았다고 보았기 때문이다. 친과 챈이 제기한 문제는 한국계 미국 문학에서도 일정 부분 유효하다. 그러니 본 연구에서는 그들의 문제의식을 참고로 하되, 그 문제의 본질을 결국 흐리게 만든 논쟁의 전철을 피하면서

---

25 Paul Ricoeur, trans. Denis Savage, *Freud and Philosophy: An Essay on Interpretation*, Yale U. Press, 1970, p.27.

도 생산적인 논의를 할 수 있으리라 전망한다. 궁극적으로 본 연구는 이민자의 소설을 서구 추수적인 자가 오리엔탈리스트 담론으로 환원시키지 않으면서도, 이 소설을 추동하는 인종 정치학의 성과와 한계를 검증해 나갈 수 있으리라 판단한다. 이를 달리 표현하면, 이국적 소재를 다루었다고 해서 기회주의적 제3세계주의라고 보는 도매금의 판단이나, 문화적 차이를 다루는 소수민 담론이라고 해서 전복적 기능을 수행하는 것으로 해석하는 시각 모두 지양해야 할 필요가 있다는 것이다. 본 연구는 출발국의 역사나 도착국의 현실이 한국계 미국 소설에서 어떻게 재구성되는지, 그러한 소재가 어떤 용도로 사용되며, 이국적 현실의 서사화를 위해 어떤 재현의 전략이나 기법이 동원되는지, 또한 이 작품들이 영미권 문화 시장에서 수용되는 방식까지를 총체적으로 고려함으로써, 이민자 문학을 항상 따라다니는 국내외의 비평적 논란에 생산적이고도 유효한 논의의 방향을 제시할 수 있으리라 전망한다.

문명사회는 어떤 상황에서도 역사를 수정하거나
부정하는 일을 허락해서는 안 된다. [……]
고통받은 이들을 기억하고 그들의 목소리에 귀 기울이고,
과거의 현재의 희생자들을 위로하고,
인권과 인간의 존엄성을 보호할 책무가 문명사회에는 있다.

에니 F. H. 팔레오마배가, 2007. 2. 15
미하원 위안부 청문회 소위원회 위원장

제2장

성노예 서사와
미국식 재현 문법

1.

도쿄 전범 재판의 침묵

•

      사실 "종군 위안부"라는 말은 일본 제국이 자국 군대의 성노예들에게 붙인 완곡어법이라는 점에서 애초부터 역사의 왜곡을 안고 태어난 용어이다. 이 표현이 옳다면 그것은 잘해야 일본이 전쟁 초기에 신속한 빚 탕감을 대가로 동원할 수 있었던, 매춘업에 종사하는 자국 여성들에게 적용될 때뿐이다. 이러한 생각은 물론 2000년에 열린 여성 국제 전범 법정에서 위안부로 활동한 일본인 직업여성들도 성노예제의 피해자로 포함하기로 한 결정[1]과는 다른 의견이다. 일본군의 성노예 동원에 관한 공식 문건을 최초로 발견한 요시미 요시아키에 의하면, 일본군 최초의 위안소는 일본이 만주사변을 일으킨 다음 해인 1932년 3월에 중국 상하이에 설치된 해군 위안소였다. 이 최

---

[1] C. Sarah Soh, *The Comfort Women: Sexual Violence and Postcolonial Memory in Korea and Japan*, U. of Chicago Press, 2008, p.42. 일본의 페미니스트 역사학자 후지메 유키(Fujime Yuki)가 제기한 바 있는 주장, 즉 전쟁 전의 일본의 공창제도가 실질적으로 성노예제와 다를 바가 없었으며 군이 운영한 성노예제는 이 이전 제도의 연장이라고 한 주장이 여성국제전범재판정의 이 결정을 전격적으로 이끌어냈다.

초의 군 위안소에서 일한 여성 중 102명은 일본인이었고, 29명은 조선인이었다. 이 조선인 여성들은 "위안" 업무에 동원되기 전에는 일본에 거주하였던 것으로 추정된다.

1937년 12월에서 1938년 2월까지 있었던 '난징 대학살'에서 가장 잘 드러났듯, 중국에서 전쟁을 수행하던 일본군은 민간인 살상, 절도, 방화 등의 범죄 외에도 현지의 여성들을 무차별 성폭행하였고, 이러한 행위는 현지인들의 반일 정서를 불러일으켜 일본의 점령지 통치를 어렵게 만들었다. 이에 대한 대응책으로 일 군부는 위안소의 본격적인 경영을 고려하게 되었다. 식민지 전쟁이 확대됨에 따라 더 많은 군인이 투입되었고 이에 따라 더 많은 여성이 필요로 되었던 반면, 초기에 동원된 직업여성들의 높은 성병 유병률로 인해 군부가 "깨끗한" 여성들을 필요로 하게 되었던 것이다.[2]

일본인 직업여성들도 위안소에서 일했지만, 이들의 위상은 여타 위안부들과는 확연히 달랐다는 것이 일본인 역사학자의 증언이다. 다나카 유키에 의하면, "일본인 매춘부들은 고위 장교들을 상대로 하는 위안소에서 주로 일하였고, 그들은 [다른] 아시아의 위안부들보다 나은 환경에 있었다." 일본 여성들의 임무는 "황제의 충실한 신민이 될 훌륭한 일본 아이들을 낳고 양육하는 것"이지 남자들의 성욕을 채우는 것은 아니라고 믿었다는 점에서 일본 군부는 "나치의 우생학적 이데올로기"를 따르고 있었다.[3] 일본 제국이 아시아 태평양 전쟁 동안 위안소 운

---

2 Yoshiaki Yoshimi, trans. Suzanne O'Brien, *Comfort Women: Sexual Slavery in the Japanese Military during World War II*, Columbia U. Press, 1995, pp.43-51; Keith Howard, ed., *True Stories of the Korean Comfort Women*, Cassell, 1995, pp.13-14.

3 Yuki Tanaka, *Japan's Comfort Women: The Military and Involuntary Prostitution during the War and Occupation*, Routledge, 2002, pp.31-32.

고발과 연루

영을 위해 동원한 성노예의 수는, 일본이 패망과 더불어 전쟁 범죄 기
록을 모두 소각하였기에 정확하지는 않지만 대략 10만-20만 명에 이르
는 것으로 추산된다.[4] 태평양 전쟁을 수행하던 일본군은 점차로 군의
사기를 위안부에 의존하게 되었다. 이를 위해 일본군은 헌병과 경찰조
직을 이용하여 점령지 현지의 행정관에게 동원해야 할 여성 인원을 할
당하거나, 민간 업자들과 계약을 맺어 이들로부터 "위안부들"을 넘겨
받았다. 그래서 강제와 위계에 의한 동원이 조선, 중국, 필리핀, 태국,
베트남, 말레이시아, 인도네시아, 대만 등 광범위한 지역에서 대규모로
이루어졌는데, 그중 조선인 여성들이 가장 큰 피해자였다.

5

---

4 Ustinia Dolgopol, *Comfort Women: An Unfinished Ordeal: Report of a Mission*,
   International Commission of Jurists, 1994, p.7. 다나카 유키는 군인 40명당 1명의
   위안부를 배치한다는 일본군의 1941년의 7월 계획을 근거로 했을 때, 일본군 전
   체 수가 350만 명이었음을 고려하다면 위안부의 수가 약 8만-10만 명에 이르렀을
   것으로, 그리고 이 중 80%가 조선인이었을 것으로 추산한다. Tanaka, op. cit., p.31
   참조. 요시미 요시아키에 의하면 위안부의 수는 5만-20만으로 추산된다. Yoshimi,
   op. cit., p.29. 유엔 인권위 산하 '차별 방지와 소수민 보호 소위원회'에 게이 맥두걸
   (Gay McDougall) 조사관이 제출한 보고서는 20만 명이 넘는 위안부가 동원되었다고
   기록한다. "Contemporary Forms of Slavery: Systematic Rape, Sexual Slavery and
   Slavery-like Practices during Armed Conflict", *Comfort Women Speak: Testimony
   by Sex Slaves of the Japanese Military*, ed. Sangmie Choi Schellstede & Soon Mi Yu,
   Holmes & Meier, 2000, p.136.
5 아시아 및 인근 지역에서 운영되었던 위안소 현황. Dolgopol, op. cit., p.10; 1944년

역사학자들의 연구에 의하면, 일본 군부는 위안소에 관하여 자세한 규정을 두었고, 적어도 문서상으로는 그 규정에 따라 위안소가 운영되었다. 이 학자들이 참고로 한 증인들에 의하면 위안소의 사용은 무료가 아니었다. 당시 병사 월급이 6엔에서 10엔 사이였다고 하는데, 마닐라의 한 위안소에서 사용된 요금표에 의하면 계급과 시간에 따라 요금은 1엔에서 15엔으로 다양했다. 그러니 적어도 개인업주가 군의 위탁을 받아 운영하는 위안소에서 군인들은 자신의 월급으로 구매한 표를 위안부에게 주었고, 그 여성은 하루 동안 모은 표를 다음 날 아침 업주에게 주어 정산을 하는 형식을 취했다고 한다. 이러한 주장을 하는 역사학자 중 한 사람인 다나카는 이 주장에 이어서 이 여성들이 업주로부터 정당한 대가를 실제로 받은 경우는 드물었다고 덧붙인다.[7] 한국인 위안부 중에서도 드물게 돈을 받았고, 이 돈 중 일부

8월 버마에서 생포된 조선인 위안부들과 이들을 조사했던 일본계 미국 군인들의 모습. Tanaka, op. cit., p.41.

6 중국의 위안소에 줄을 선 일본 군인들의 모습. Tanaka, op. cit., p. 58.

7 Ibid., pp.54-55; Howard, op. cit., p.21.

를 부모에게 부친 예도 있다고 하지만, 위안부들이 받은 군표는 전쟁이 끝난 후 대부분 휴짓조각이 되었고, 군 우체국에 모아둔 예금은 화폐 개혁으로 인해 푼돈이 되거나 아예 찾을 수 없는 경우가 대부분이었다고 한다.[8]

한국과 일본 정부의 요청으로 1995년에 유엔 인권위원회가 조사를 시작한 후, 1996년 1월에 인권조사관 라디카 쿠마라스와미(Radhika Coomaraswamy)가 작성한 보고서도 오키나와, 일본, 상하이 및 그 외 중국 지역, 그리고 필리핀에서 위안소 운영 규정이 발견되었음을 지적한 바 있다. 이어서 이 보고서는 다음과 같이 부연한다.

> [이 규정에 의하면] "위안부들"이 제대로 대우로 받을 수 있도록 많은 주의를 기울였던 듯 보인다. 술과 칼의 (반입) 금지, 운영 시간 규정, 적정한 보수 지급, 그 외 최소한의 예의범절이나 공정한 대우처럼 보이는 제도를 시행하려는 이 시도들은 야만적이고도 잔혹한 위안소 실태와 현격한 대조를 이루었다.[9]

즉, 문건으로 존재했던 규정과 위안소 운영 실태 간에는 큰 차이가 있었던 것이다.

일본이 이차세계대전에서 패망한 직후인 1945년 10월에 17개 연합국을 대표하여 유엔의 전쟁범죄조사위원회가 설립된다. 극동 및

---

8 Yoshimi, op. cit., pp.143-144.

9 "Report of the Special Rapporteur on Violence against Women, Its Causes and Consequences", *Comfort Women Speak*, ed. Sangmie Choi Schellstede, Holmes & Meier, 2000, pp.114-115.

태평양 소위원회가 중국에 설립되어 동아시아 지역에서 있었던 전쟁 범죄를 조사하게 되는데, 실제 조사는 각국에 설립된 전쟁 범죄국에 일임되었다. 그 결과 유엔의 전쟁범죄조사위원회는 국제 전범재판에서 기소를 이끌어냈던 32개의 범죄 행위를 적시할 수 있었다. 이 중 다섯 번째와 여섯 번째가 "강간"과 "강요된 매춘을 목적으로 하는 소녀들과 여성들의 유괴"였다.[10] 그래서 마침내 1946년 5월 3일에 도쿄에서 열린 극동국제군사법정에 일본의 총리와 장관을 포함한 고위 정치인과 군 장성 28명이 세워지고, 이들에 대한 기소는 "평화에 대한 범죄", "살인", "통상적인 전쟁 범죄", 그리고 "인류에 대한 범죄"로 나뉘게 된다. 그러나 정신과 치료가 필요한 1명을 제외한 피고인들 모두가 이 범죄들에 대해 "무죄"임을 항변한다. 예상과 달리 재판이 2년 반이나 걸렸지만, 재판 도중 사망한 2명과 정신이상으로 법정에서 불기소된 1명을 제외한 25명이 마침내 교수형을 비롯한 유죄판결을 받게 된다.

이 사건은 전쟁을 일으킨 국가의 지도자들을 역사상 처음으로 국제법의 이름으로 재판한 경우였다. 동시에 이는 1945년 이전에 침략 전쟁을 국제법으로 처벌한 전례가 없었다는 점에서는 논란이 있었던 재판이었다. 실제 전쟁을 총괄 기획하여 A급 전범으로 사형 선고를 받았던 도조 히데키가 "종국적으로 이 재판은 정치 재판이다. 이것은 승자의 정의에 불과하다"[11]는 말을 남긴 것도 이러한 맥락을 염두에

---

10 Nicola Henry, "Memory of an Injustice: The 'Comfort Women' and the Legacy of the Tokyo Trial", *Asian Studies Review* Vol.37, No.3, 2013, pp.366-367.

11 Richard H. Minear, *Victor's Justice: The Tokyo War Crimes Trial*, Princeton U. Press, 1971, p.3.

둔 것이었다. 히데키의 이 진술에서 제목을 가져온 저술 『승자의 정의』를 출간한 리처드 마이니어는 잔혹 행위와 달리 침략전은 국제법에 따른 처벌 대상이 아니라는 주장을 한 바 있다.[12]

피해 당사국 국민의 관점에서 보았을 때도 이 재판은 또 다른 의미에서 "승자의 정의"에 불과하였다. 유엔의 전쟁범죄조사위원회가 모았던 방대한 조사 결과 중 난징 대학살에서 있었던 집단 강간을 제외하고는, 여성들에 대해 저질러진 어떤 성범죄도 법정에서 언급되지 않았기 때문이다. 이 법정에서 일본의 전범들은 성노예 동원에 대해서는 기소되지 않았고, 따라서 처벌되지도 않았는데, 그 이유로는 이 재판이 미국을 비롯한 승전국의 승리를 자축하고 일본을 비방하여 벌주고자 하는 의도에서 비롯되었다는 해석, 연합국 군인들도 위안소를 이용하였기 때문에 성노예에 관한 한 승전국과 패전국 모두에게 면죄부를 줄 수밖에 없었을 것이라는 해석이 있다.[13] 성범죄에 대하여 도쿄 전범 재판이 보여준 사법적 침묵은 일본이 전쟁 범죄에 대한 책임을 회피하거나 어쩔 수 없이 인정해야 할 상황에 이르러서야 제한적인 책임을 인정하였다가 곧 이를 번복하는 빌미를 주고 있다는 점에서 오늘날까지 피해자를 생산하고 있다.

새삼스러운 말이지만, 노라 옥자 켈러(Nora Okja Keller 1965~)의 『종군위안부』(Comfort Woman 1997)에 대해서 다양한 평가가 있을 수 있겠으나, 위에서 언급한 바 있듯 이차세계대전이 종료된 직후 승전국들이

---

12 인류 사상 처음으로 국제법의 이름으로 패전국을 심판한 뉘른베르크와 도쿄 전범 재판의 합법성 여부에 대해서는 논란이 있다. Ibid., pp.34-73. 이와 대조되는 의견으로는 Yma Totani, *The Tokyo War Crimes Trial*, Harvard U. Press, 2008 참조.

13 Henry, op. cit., pp.367-369.

특정 전쟁 범죄에 대하여 보여준 침묵, 그리고 그 침묵의 행위로 인해 발생한 '역사의 부정'(否定)에 대항하여 이 소설이 거둔 성과에 관한 논의가 가장 눈에 띈다. 본 저술에서는 켈러의 소설이 일본 정부의 침묵과 전범 재판의 사법적 침묵에 대항하여 거둔 공론화의 기여를 전제로 하되, 그럼에도 불구하고 위안부에 관한 재현이 영미권 독자의 취향을 고려한 나머지 희생자들의 목소리를 왜곡한 점은 없느냐는 질문을 제기한다. 이 질문에 답함에 있어 본 저서는 주인공이 동료 위안부의 혼령과 맺는 관계에 주목한다. 대부분의 켈러 학자들이 이 관계를 군국주의와 가부장제에 대한 저항을 가능하게 하는 여성 간의 연대로 간주한 것과 달리, 본 저술에서는 이러한 재현이 궁극적으로 위안부들을 탈역사화함으로써 배상 요구나 명예 회복과 관련된 현실의 사법적 영역에서 피해자들을 배제하는 역효과를 논의한다. 이러한 관점에서 본 연구는 작가가 채택한 이민자 서사의 재현 문법이 어떻게 끔찍한 착취와 억압의 역사를 후경화하는지에 주목한다.

2.
침묵 깨트리기와 성장 서사

•

『종군 위안부』의 의의는 "동시대의 민족지학을 동원하여 역사-현실을 재구성"함으로써 "세기말의 징후적 기억상실증을 심문하는 문건"이라는 한 비평에 잘 요약되어 있다.[14] 이 작품은 작가 켈러가 1993년 하와이 주립대학에서 열렸던 인권 심포지엄에서 일본군 성노예 중의 한 명이었던 황금자 할머니가 한 증언을 듣고 감명을 받아 쓴 것이다. 이 작품의 의의에 관한 켈러 자신의 표현을 빌리면,

> 어떤 점에서는 어머니의 사연을 |베카가 발견한 것은 위안부 여성들의 이야기를 세상 사람들이 발견하는 것과 유사합니다. 이분들이 알려지지 않은 채, 인정받지 못한 채, 역사에서 소멸한 채 죽지는 않으실 겁니다. 이 여성들이 인정을 받는 데에 저의 소설이 도움을 줄 수 있어서 몸 둘 바를 모르겠고 또 자랑스럽기도 합니다. 제가 이 소설을 쓰고 있

---

14 Su-Kyoung Hwang, "Silence in History and Memory—Narrating the Comfort Woman", *Trans-Humanities* Vol.2, No.1, 2010, p.196.

었을 때 "위안 여성/들"로 인터넷 검색을 하면 "가사 활동"이
라는 결과를 발견하곤 했습니다. 저의 책이 출판된 후 "위안
여성"으로 검색을 해보면 한국인과 필리핀인 위안소 생존
자들에 관한 리뷰와 기사들을 발견하게 되어 만족스러웠습
니다.[15]

『종군 위안부』에 관한 국내 학자들의 그간 비평은 크게 두 가지, 즉 가
부장적 식민주의에 대한 비판적 개입, 그리고 한국계 여성 이민자의
자아 추구에 맞추었다고 여겨진다. 첫 번째 관점을 취하는 비평에서
는 일제가 저지른 동아시아의 식민화뿐만 아니라 미국의 신식민주의
도 비판의 대상으로 적시된다. 이러한 시각에서 보았을 때, 주인공 순
효(Kim Soon Hyo)가 위안소에서 "아키코 41"번이 되어 겪는 생활은 일
본의 전쟁 범죄를 고발하는 증거가 된다.

　부모님이 모두 돌아가신 후 순효의 큰 언니는 기울어진 집안을 일
으키기 위해 결혼을 고려하게 되고, 결혼 지참금을 마련하기 위해 막
내 순효를 일본군에 팔아넘긴다. 만주의 한 위안소로 끌려간 어린 순
효는 그곳에서 위안부들의 뒤치다꺼리를 하게 된다. 그런데 어느 날
위안소에서 "아키코 40번"으로 불리던 인덕(Induk)이 갑자기 정신이상
증세를 보인다. 인덕은 일본군을 비판하면서 이들이 조선과 자신의
몸을 겁탈하는 일을 멈추라고 외친다. 그러나 그녀는 곧 일본군에 의
해 무참히 처형을 당하고, 이 일이 있고 난 뒤 순효는 인덕의 역할을
대신하라는 명령을 받는다. 그 과정을 작가는 다음과 같이 묘사한다.

15　Young-Oak Lee, "Nora Okja Keller and the Silenced Woman: An Interview",
　　MELUS Vol.28, No.4, 2003, p.155.

아직 초경(初經) 전이었음에도 나는 가장 많은 돈을 건 군인에게 경매되었다. 그 이후는 모두에게 공짜로 주어졌다. 나는 내가 다시는 하혈을 멈추지 못하리라 생각했다. 인덕이 미치지 않았다고 생각한 이유가 그랬다. 그녀는 제정신을 차려가는 중이었다. 도망칠 계획이었던 것이었다. 군인들이 숲에서 가져온 시신은 인덕이 아니었다. 그것은 아키코 41번, 그건 바로 나였다.[16]

위 인용문에서 작가는 제정신으로는 버티기 힘든 위안소에 던져진 여성에게는 죽음만이 폭력의 광기에서 벗어나는 유일한 해방구임을 밝힌다. 또한, 인덕의 시신과 동일시하는 순효의 모습을 통해 앞으로 시작될 성노예의 삶이 죽음과 다를 바 없는 시간임을 암시한다.

위의 대목은 또한 일본군의 성노예제에 대하여 일군의 일본인들이 제기해 온 주장을 반박하는 의의를 갖는다. 일본군의 위안소 운영이 사실로 드러나자 일부 일본 학자들과 전직 군인들은 이 제도가 위안부 여성들에게는 수입이 좋은 영업이었다고 옹호한 바 있다. 치바대학의 역사학자 이쿠히코 하타(Ikuhiko Hata)가 대표적이다. 그에 의하면, 성범죄를 저지른 범죄자들은 조선의 지방 행정관들, 매춘업자들, 그리고 딸을 판 조선인 부모들이다. 그 이유는 그들 모두 조선의 딸들이 어디로 팔려 가는지를 알고 있었기 때문이라는 것이다. 하타는 또한 일본군과 위안부 계약을 맺은 대부분의 여성이 15엔~20엔에 불과했던 일반 병사의 월급보다 최고 110배를 벌었다고 주장한다.[17]

---

16 Nora Okja Keller, *Comfort Woman*, Penguin, 1997, p.21.
17 "Report of the Special Rapporteur", op. cit., pp.117-118.

이와 비슷한 주장은 태평양 전쟁에 참전했던 전직 일본 군인에게서도 들려온다. 다큐멘터리 『침묵의 소리』에 실린 인터뷰에서 도쿠다 마사노리(Tokuda Masanori)는 다음과 같이 주장한다.

> 나는 위안부들이 천황의 군대를 위해 강제적으로 봉사했다는 최근의 보고서들을 완전히 부정할 수 있습니다. 전투지에서 여성들은 고향에서보다 더 많은 돈을 벌 수 있었기 때문에 전투지 가까이에서 일하게 해달라는 청원을 많이 했습니다. 그래서 천황의 군대는 기간이 제한된 계약직을 만들었고 그렇게 해서 청원자들은 전장으로 갔습니다. 계약 기간이 끝난 후 그들은 고향으로 돌아가야 했습니다. 전투지에서 근무했던 위안부들은 고향에서 일본인들보다 더 풍요로운 생활을 할 수 있었습니다. 한국인 위안부들과 일본인 위안부들은 동등한 대우를 받았습니다. 당시 대만인과 한국인들은 국적이 일본인이었습니다. 한국인과 대만인에 대한 차별은 없었습니다.[18]

이쯤 되면 일본군 성노예에 관한 논쟁은 상이한 '기억 간의 전쟁'으로 확대된다. 일부 위안소에서 위안부에게 경제적인 대가가 지급된 사례를 전체의 경우로 확대하여 역사를 왜곡하는 경향에 대해 켈러의 작품은 직접 개입한다. 역사를 왜곡하는 주장은 일본군의 성노예로 끌려갔던 황금주 할머니도 정면으로 반박한 바 있다. "돈은, 무슨 돈을 받아?

---

18 Dai Sil Kim-Gibson, dir., *Silence Broken: Korean Comfort Women*, Center for Asian American Media, Videofile, 1999, *Kanopy* <https://indiana.kanopystreaming.com/video/silence-broken-korean-comfort-women>.

그 부대 안에 들어가면 돈이 소용없어. 도망을 가나, 어디를 나가기를 하나, 뭐 사 먹을 게 있나, 누구 줄 게 있나, 아무 돈이 필요 없어."[19]

켈러의 소설로 다시 돌아가면, 위안소에서 임신한 아기를 강제로 낙태 당하던 날 순효는 감시가 소홀한 틈을 타서 아픈 몸을 이끌고 탈출한다. 이윽고 도달한 압록강에서 자살을 시도하나 실패한다. 그 후 순효는 천신만고 끝에 서양 선교사들이 운영하는 평양의 한 전도관에 도착하게 된다. 순효는 위안소 생활의 트라우마로 인해 청력을 일시적으로 상실하게 되고 또한 위안부로서의 전력이 탄로 날까 두려워 입을 다물고 지낸다. 전도관의 선교사 브래들리(Bradley)는 순효를 길 잃은 어린 양이라 부르며 특별한 관심과 애정을 보이나, 순효는 그에게서 사적인 욕망의 시선을 발견한다. 하루는 브래들리에 의해 이끌려 예배에 참석한 순효는 생각한다.

> 그가 설교하는 도중 강조를 하기 위해 연단을 손바닥으로 칠 때마다 나의 귀에는 일본군 신병들 앞에서 여자들이 벌거벗겨진 채 엉덩이를 맞는 소리가 들렸다. 신도들이 일어나 두꺼운 책을 펴서 책장을 넘길 때 나의 귀에는 군인들이 잠시 싫증을 느끼게 된 여성들 발 앞으로 쏘아댄 총탄이 팅겨 나오면서 내지르는 소리가 들렸다.[20]

물론, 순효의 이러한 반응은 과거의 심리적 상흔을 벗어나지 못하였기에 나타나는 징후이다. 현재의 시간에 안착하지 못하는 그녀의 정신이

---

19 Ibid.

20 Keller, op. cit., p.70.

현재의 사건에서 충격적인 과거만을 읽어내기 때문이다. 동시에 위안소와 교회가 병치 되는 이 장면은 현지의 문화를 존중하지 않는 기독교의 공격적인 선교 방식, 무엇보다 서양 식민주의의 첨병으로 기능한 기독교의 역사에 대한 비판으로서도 의미가 있다. 기독교와 일본군이 식민지의 개인을 다루는 방식에 있어 보이는 유사성은, 순효가 위안소에서 "아키코 41번"으로 강제 개명 당했듯, 전도관에서도 개종 당한 후 "메리"라는 새 이름으로 불리는 사실에서도 암시된다.[21]

일본이 패망한 후 전도관에 머무르고 있던 여느 한국 아이들과 달리, 오갈 데가 없었던 순효는 선교사 브래들리를 따라 미국으로 갈 것을 선택하게 된다. 선교사의 아내가 되어 미국으로 간 그는 남편의 선교 업적을 입증하는 홍보물로 봉사하게 된다. 미국 전역을 돌아다니며 하는 강연에서 브래들리는 한복을 차려입은 순효를 자신의 옆에 세워 "낙후된 동양"에서 그가 벌인 구원 사업의 산 증거로 삼은 것이다. 가정에서도 순효는 옷차림과 머리 스타일까지 남편의 지시에 따라야 한다. 집에서는 "허리에 포인트를 준 흰색 블라우스와 엉덩이가 끼이고 무릎까지 내려올까 말까 한 검푸른 치마"를 입어야 했고, 또한 머리는 쪽을 지어 올려야 했고, 실수로 머리를 올리는 것을 잊었을 때는 남편으로부터 심한 질책을 당하였다. 반면 잠자리에서 브래들리는 아내에게 쪽을 진 머리를 풀어 늘어뜨리기를 요구했다.[22] 낮에는 주인이 있는 몸임을 알리기 위해 기혼녀의 표식을 달아야 했고, 밤에는 남

21 Samina Najmi, "Decolonizing the Bildungsroman: Narratives of War and Womanhood in Nora Okja Keller's *Comfort Woman*", *Form and Transformation in Asian American Literature*, eds. Xiaojing Zhou & Samina Najmi, U. of Washington Press, 2005, p.223.

22 Keller, op. cit., p.107.

편의 욕정을 돋우기 위해 그 표식을 떼어내야 했던 것이다.

종교, 인도주의, 희생 등의 언어로 포장을 하였지만 실은 순효와 결혼하게 된 의도가 "하나님이 아니라 자기 자신을 위해서"[23], 즉 자신의 욕정과 사리사욕을 채우기 위한 것이었다는 점에서, 또 결혼이 그녀의 몸과 행동을 통제하고 훈육하는 합법적 수단으로 이용되었다는 점에서, 브래들리의 행동은 미국이 약소국에 대해 보여주는 온정주의 이면의 위선을 알레고리적 수준에서 폭로한다. 미국의 신식민주의에 관한 비판은 앞서 논의한 바 있는 전도관에서 새 삶을 찾게 된 조선인 아이들에 관한 묘사에도 발견되는 것이다. 한 비평의 예를 들면, "아키코가 일본군 부대에서 미국인 전도관으로 옮겨 가게 된 것은, 전쟁 후의 헤게모니의 변화뿐만 아니라 미국에 의한 아시아의 여성화와 지배를 의미하며, [……] 이차세계대전 이후에 있을 미군의 아시아 점령을 예견한다."[24] 그러니 이 소설의 주된 메시지는 일본군에서 백인 남성으로 주인이 바뀔 뿐 계속되는 "아키코의 몸에 대한 식민화"[25]를 비판한 것으로 해석된다.

『종군 위안부』는 또한 한국계 미국인의 성장 서사로도 주목을 받았다. 이러한 시각은 일본군의 전쟁 범죄보다는 그것이 개인에게 미치는 영향에, 특히 순효와 딸 베카(Beccah)의 관계에 초점을 맞춘다. 한 주장에 의하면, 이 소설은 순효가 은둔의 삶에서 나와 정체성을 찾게 되고, 베카가 소수 민족 가정의 자녀로서 성장기 문제를 극복하고

---

23 Ibid., p.95.

24 Hwang, op. cit., p.211, p.213.

25 이수미, 앞의 글, 252면; Patricia P. Chu, *Assimilating Asians: Gendered Strategies of Authorship in Asian America*, Duke U. Press, 2000, p.64.

역사적 책임의식을 갖춘 여성으로 성장하는 것을 보여 준다.[26] 이 소설에서 성장의 주제에 주목하는 비평 중에는 순효와 베카가 한국과의 정신적인 유대 관계를 유지하면서도 미국의 "문화적 시민권"을 행사하는 것으로, 혹은 다민족적이거나 "초민족적인 유동성"(transnational mobility)을 취득하는 것으로 보기도 한다.[27] 이러한 비평들은 모두 켈러의 주인공이 이민자로서 겪는 상황에 주목하는 성과는 거두었지만, 이러한 주제가 서사화되는 방식에 문제는 없는지, 그리고 이 서사가 기성의 성장 서사나 이민자 서사와 어떻게 다른지에 대해서는 논의의 여지를 남겨두고 있다.

켈러의 소설에 대해 장르적인 접근법을 취하는 비평가들은, 켈러가 전통적인 성장 서사를 아시아적 맥락과 페미니즘 맥락에서 어떻게 변용하고 전복하는지에 주목한다. 이러한 논의는 기성의 성장 서사가 보수적인 인종적 · 성적 정치학에 복무해왔음을 주장한다. 괴테의 『빌헬름 마이스터의 수업 시대』(Wilhelm Meister's Apprenticeship 1795)로 대표되는 기성의 성장 서사가 유럽인 남성 주인공이 힘든 세상 경험을 통하여 성장하는 자아 발견의 패러다임을 갖는다면, 에스더 라보비츠가 주장한 바 있듯, 여성 성장 서사는 비정치적이고 순응적인 독일의 부르주아 이데올로기와 결별하며 비전통적이고 반항적인 주인

26　Sungran Cho, "Adieu: The Ethics of Narrative Mourning—Reading Nora Okja Keller's *Comfort Woman*", *Modern Fiction in English* Vol.10, No.1, 2003, p.3.

27　Min Hoe Kim, "Transnational Memory of a Comfort Woman and Ethnic Identity in Nora Okja Keller's *Comfort Woman*", *American Fiction Studies* Vol.20, No.1, 2013, pp.203-223; So-Hee Lee, "Cultural Citizenship as Subject-Making in *Comfort Woman* and *A Gesture Life*", *Feminist Studies in English Literature* Vol.14, No.2, 2006, pp.91-123.

공의 발전을 동반한다.[28] 여성 성장 서사도 인종적인 단층선에 의해 다시 나뉘는데, 주류 사회에 속하는 백인 여성의 성장과 유색인 여성의 성장이 다르기 때문이다. 그런 점에서 유색인 여성의 성장 서사는 백인 여성의 성장과는 다른 형식을 필요로 한다는 주장이 일군의 학자들에 의해 제기된 바 있다.[29] 소수민 여성들은 백인 주류 문화가 강요하는 제약과도 싸워야 하지만, 동시에 자신이 속한 소수민 공동체의 편견과도 싸워야 한다는 점에서 이들이 "이중의 위험"에 처해 있다는 보니 브랜들린의 주장,[30] 백인 주인공과 달리 직업의 선택권이 제한된 소수민 주인공에게는 직업적 소명(召命)의 실현이 항상 가능한 것은 아니며, 과거나 과거에 관한 기억을 쉽게 뒤로 하고 나아갈 수 없다는 핀치아 펑의 주장[31]이 인종 간 성장 과정의 차이를 강변한다.

이러한 맥락에서 보았을 때, 성장 소설은 한편으로는 대안적인 정체성이나 역사를 무시하거나 삭제하고, 다른 한편으로는 백인 남성의 권력에 기여하는 특정한 정체성이나 행동 규범을, 특정한 에토스를 정당화하는 방식으로 작용해왔다. 이러한 사유는 로우에 의해 다음과 같이 표현된다.

---

28 Esther Labovitz, *The Myth of the Heroine: The Female Bildungsroman in the Twentieth Century*, Peter Lang, 1988, p.246.

29 Bonnie Hoover Braendlin, "*Bildung* in Ethnic Women Writers", *Denver Quarterly* Vol.17, No.4, 1983, pp.75-87; Sondra O'Neale, "Race, Sex, and Self: Aspects of Bildung in Select Novels by Black American Women Novelists", *MELUS* Vol.9, No.4, 1982, pp.25-37; 여성 성장소설에 관한 논쟁을 개괄한 글로는 Najmi, op. cit. 참조.

30 Braendlin, op. cit., p.76.

31 Pin-Chia Feng, *The Female Bildungsroman by Toni Morrison and Maxine Hong Kingston*, Peter Lang, 1997, p.7, p.8.

성장 소설은 개인이 어린 시절의 순수함에서 성숙된 개화
(開化)의 상태에 이르는 발달을 서사화하는 주요 형식, 개인
과 사회 질서 간의 화해를 최종 목적으로 삼는 발달 과정을
서사에 담는 주요 형식으로 등장했다. 자아 형성에 관한 소
설은 정전 중에서도 특별한 위치를 부여받게 되는데 그 이
유는, 독자로 하여금 윤리적 성숙을 다루는 성장 서사와 동
일시하도록 만들고, 이상화된 "민족적 주체"와의 동일시를
통해 개인의 특수성과 차이를 포기하도록 만드는 그런 유
의 성장 서사와 동일시하도록 유도하기 때문이다. [32]

로우의 관점에서 보았을 때 성장 소설은 기성 권력에 봉사하는 문화
적 기제에 불과하다. 이와 관련하여 켈러가 선보인 유의 서사가 보수
적인 성장 소설에 대항하며 출현한 새로운 문학 장르인지, 혹은 성장
소설이라는 장르의 틀 내에서 새로운 형식적인 실험을 한 것인지에
대해서는 이견이 있을 수 있다. 또한 기성 장르와 변별되는 형태로 출
현한 장르의 경우도 이 새 형식이 주류 사회의 헤게모니와 어떤 관계
를 맺어왔는지에 대해서도 의견이 다를 수 있다.

　소설은 결코 단성적인 장르가 아니다. 그러니 성장 소설에서 흔히
발견되는 화해와 타협의 종결 구도, 동화에 초점을 맞춘 성장/발달,
다양한 규범의 제시, 순응주의 등의 특징과 대립되는 요소들이 도입
되었다고 해서, 해당 서사를 실패한 성장 소설이나 대항 성장 소설로
볼 것은 아니라는 주장[33]도 가능하다. 별개의 문학 형식으로 간주되

32　Lisa Lowe, *Immigrant Acts*, Duke U. Press, 1996, p.98.

33　Stella Bolaki, *Unsettling the Bildungsroman: Reading Contemporary Ethnic
　　American Women's Fiction*, Rodopi, 2011, p.13.

　　　　　　　　　　　　　　　　　　　고발과 연루

든, 기성의 문학 장르 내에서 전복적인 글쓰기를 한 것이든, 여성 이민 자의 경험을 담아내려는 노력이 새로운 형식적 실험을 거쳐 왔다는 점은 부인할 수 없다. 이러한 주장에 동의한다면 『종군 위안부』가 성 장 소설이냐 아니냐의 논쟁보다는, 이 서사가 어떠한 점에서 기성의 서사적 특징을 물려받고 있고 또 어떤 점에서는 그렇지 못한지를 알 아보고, 그러한 특징의 유무가 어떤 정치적 함의를 가지는지를 분석 하는 작업이 더 생산적인 논의가 아닌가 싶다.

3.
여성 이민자의
전복적 글쓰기?

•

 패트리샤 추는 아시아계 미국 작가들의 소설이 행복한 결혼으로 끝나는 유토피아적인 플롯을 피하는 경향이 있음을 언급한 적이 있다. 아시아계 미국 소설에 관한 추의 중요한 안목을 자세히 들여다보면, 아시아계 작가의 주인공들이 행복한 결혼을 하지 못하는 이유는, 결혼이 대체로 공동체 내에서의 개인의 성공적인 정착이나 통합을 의미하는 것일진대 아시아계 미국인 주인공들이 실제로 그러한 수준의 동화를 성취하지 못하였기 때문이다. 그래서 결혼-정착-동화의 패러다임 대신에 등장하게 된 서사 유형 중에는 동화를 가능하게 해줄 백인 배우자를 찾는 이민자 로맨스, 그 외에도 아시아계 어머니를 비체화(abjection) 하는 유형, 아시아계 미국인을 오이디푸스적 갈등에 처한 예술가아들로 재현하는 유형, 아시아계 미국 여성을 감상적인 영웅이나 용감한 이민자 조상, 혹은 헌신적인 딸로 재현하는 유형 등이 있다. 한편 에이미 탠과 같은 아시아계 여성 작가들은 "이민자 로맨스"로 요약되는 서사 형식을 어머니와 딸의 관계로 초점을 재조정하여 "모녀 로맨스"를 탄생시킨다. 이 새로운 서사 유형에서 미국에서 태어난 딸은 이민자 출신 어머니에게 미국을 표상하는 존재이다. 또 이민자 출신 어머니들은 "신화적이고 본질적인 자연의 힘", "후진적이고 억압적이며 탈역사적인 문화의 증인이자 희생자", "페미니스트 트릭스터(trickster)이자 미국 오리엔탈리즘의 비판자", 그리고 "아시아계 미국인의 페미니즘 정신의 원천"으로 제시되어왔다.[34]

아시아계 미국 여성 작가들의 서사에서 비평가 추가 발견한 "이민자 어머니"에 관한 재현 전략은 켈러의 소설에도 적용이 가능하다. 선교사 브래들리는 아내의 육아 과정에 개입함으로써 모녀가 하나가 되는 것을 방해한다. 그러나 그는 일찍 사망함으로써 서사에서 제외되고 소설의 초점은 자연스럽게 모녀의 관계에 맞추어진다. 순효는 미국으로 이민을 떠나기 전에 고국의 흙을 맛보기도 하고, 미국에 정착한 후에는 목사관 앞뜰의 흙으로 차를 끓여 마심으로써, 배 속의 아기가 땅과 돈독한 유대를 갖도록 노력한다. 이러한 순효의 모습은 먹고 마시고 싶은 것까지 억제해가며 복중 아기의 건강을 위하는 '현실의 어머니' 모습과는 다르다. 특히 순효가 아기와 땅의 유대를 위해 흙으로 차를 끓여 마시는 장면에서는 작가가 주인공을 사실적으로 그려내기를 잠시 유예한 것이 아닌가 싶은 생각까지 든다. 그런 점에서 순효는 신화적인 존재, 즉 추가 말한 "신화적이고 본질적인 자연의 힘"에 가까운 존재이다.

일제국의 식민지였던 조선에 태어난 딸로서 조선의 가부장제뿐만 아니라 일본의 인종주의적이고 성차별적인 문화, 군국주의 문화로 인

---

34 Chu, op. cit., p.19, p.22.

해 고통받았다는 점에서 순효는 "후진적이고 억압적인 문화의 증인이자 희생자"이다. 또한 인덕의 혼과 교통하며 사람들의 과거를 꿰뚫어 보고 미래를 예언한다는 점에서 순효는 트릭스터 혹은 무속인의 역할을 하며, 남편 브래들리의 인종주의와 위선을 드러낸다는 점에서는 미국적 오리엔탈리즘의 비판자이기도 하다. 마지막으로, 자신의 과거를 담은 육성 녹음테이프를 남김으로써 베카가 어머니의 과거를 이해하고, 이러한 이해를 통해 베카의 삶을 변화시킨다는 점에서, 순효는 추가 지적한 바 있는 "아시아계 미국인의 페미니즘 정신의 원천"이라는 역할을 충실히 수행한다.

순효와 인덕의 혼령 간의 관계는 이 소설에 신화적인 차원을 더해주는 그 이상의 의미를 띤다. 둘의 특별한 관계는 무엇보다도, 순효가 압록강 강변에서 기진맥진하여 쓰러져 삶을 포기했을 때 인덕의 혼이 그녀의 몸에 들어와 삶의 의지를 불러일으켜 준 데서 잘 드러난다. 순효가 위안소 생활의 비밀을 혼자만의 것으로 간직한 채 전도관의 누구와도 교류하지 못하고 고립된 삶을 갈 때도, 인덕의 혼은 그녀를 찾아와 외로움을 달래준다. 그때 순효는 인덕의 혼과 자신의 몸을 공유하겠다고 약속한다. 그래서 인덕은 순효의 미국 생활까지 따라와서 그녀와 교감을 나눈다. 이러한 교감은 정신적인 것일 뿐만 아니라 성적인 것으로 발전하게 되고, 그 결과 순효는 성적인 만족을 위해 남편에 의존하지 않아도 된다. 인덕은 순효가 위안소에서 만난 한국인 동포이기도 하지만, 순효 어머니의 모습, 순효 할머니의 모습, 또한 아주 오랜 여성 조상의 모습과 겹치는 것으로 묘사되기도 한다.[35] 정신

---

35 Keller, op. cit., p.54.

적·육체적 구원자이자, 동성애의 연인이요, 페미니즘 동지로서의 인덕에 대해 패트리샤 추는 다음과 같이 정리한다.

> 켈러는 아키코[순효]로 하여금 오이디푸스 전(前)단계의 이상적인 어머니, 어머니의 저항 정신의 현현, 모국을 상징하는 인덕이라는 이름을 가진 초월적 타자를 만들어내게 한다. [아키코]가 상상하는 이 의미 있는 타자의 개념은 살해당한 위안부 인덕의 혼이며, 일본군 부대에서 겪은 폭력, 도주와 기아, 미국인 선교들에 의한 "입양", 세례와 결혼, 이민, 출산, 그리고 남편의 증오스러운 포옹을 그녀가 모두 이겨내도록 한다. 간단히 말해서 인덕은 이중의 기능을 수행한다. 대리모로서의 그녀는 아키코의 주체를 긍정함으로써 일본이 아키코의 자아를 박탈해버린 행위에 대항한다. 민족주의적이며 페미니스트적인 한국인의 정신으로서의 그녀는 개종과 결혼에 의한 미국화의 음모에 아키코가 저항할 수 있도록 해 준다.[36]

이렇게 말하고 보면 인덕의 혼은 순효가 삶의 위기마다 절실히 필요로 하였던 모든 것을 포괄하는 이상적 타자이다.

위의 비평에서 패트리샤 추가 빠트린 부분은 인덕의 혼이 위에서 거명한 역할들 외에, 즉 친구이자 연인이고, 어머니이자 동지인 역할 외에 '과거의 굴레' 역할도 한다는 점이다. 이러한 사실은 이 혼령과

---

36 Patricia Chu, "'To Hide Her True Self': Sentimentality and the Search for an Intersubjective Self in Nora Okja Keller's *Comfort Woman*", *Asian North American Identities: Beyond the Hyphen*, eds. Eleanor Ty & Donald C. Goellnicht, Indiana U. Press, 2004, p.70.

교감하는 한 순효가 자신과 인덕을 매개하는 연결고리인 위안소의 과거로부터, 과거에 관한 기억으로부터 자유롭지 못할 것임을 의미한다. 인덕은 그녀를 죽음과 소외에서 구해주는 동시에 과거의 트라우마에 다시 묶어 놓은 것이다. 이민자 순효의 서사는 현재에도 계속되는 그녀의 끔찍한 아시아적인 유산, 즉 일 제국의 성노예로서 살아야 했던 끔찍한 "기억"의 굴레와 벌이는 싸움에 관한 이야기이다. 그러한 점에서 순효의 이야기는 패트리샤 추가 의미한 바와는 다른 면에서 아시아계 여성 서사의 특징을 구현한다. 펑이 주장한 바 있는 유색인 여성의 성장 서사론을 여기서 복기해보면,

> 전통적인 성장 서사에서 [백인 남성] 주인공이 하게 되는 여정(旅程)과는 대조적으로, 우리가 문학에서 접하게 되는 유색인 여성은 그들의 어린 시절과 청소년기를 쉽게 뒤로 하고 나아갈 수 없다. [……] 달라붙는 기억들로 만들어진 강력한 거미줄에 걸린 힘없는 벌레처럼 [……] 피할 수 없는 과거가 소수민 여성의 딜레마임을 이 주인공은 잘 보여준다. "성장"의 무게가 너무나 커 그것은 소수민 여성이 평생 짊어져야 할 앨버트로스로 남는다.[37]

간섭하고 훈육하는 남편과 사별한 후 순효가 하와이에서 보내는 시간도 트라우마로부터 자유롭지 못하다. 순효는 자신의 몸과 영혼을 망가뜨리는 위안소로부터, 자신의 영혼을 포섭하려는 전도관으로부터, 자신의 몸을 이용하고 통제하는 남편과의 결혼 생활로부터 차례

---

37   Feng, op. cit., p.8.

로 탈출하는 데 성공하였다. 그러나 그 악몽 같은 시간에 관한 기억을, 과거의 상흔을 극복하지는 못했다는 점에서 펭이 지적한 "앨버트로스"를 평생 목에 걸어야 할 존재이다.

　이 앨버트로스는 순효뿐만 아니라 그녀의 딸의 목에서도 발견된다. 과거 위안소에서 겪었던 일에 관한 트라우마가 딸의 삶에도 지대한 영향을 미치기 때문이다. 순효는 베카를 나쁜 귀신으로부터 보호해야 한다고 믿고 온갖 퇴마 의식들을 행하지만, 그녀의 행동은 딸을 친구들로부터 고립시킬 뿐만 아니라 종내에는 자신만이 알고 있는 악몽의 세계로 딸을 불러들이게 된다. 베카를 포획하게 된 악몽의 세계에 대하여 베카 자신의 증언을 들어보자.

> 옆집의 상냥한 메리가 롤리팝 라운지[스트립바]에서 근무를 마친 후 집으로 돌아왔을 때 현관문을 따는 소리, 목욕물을 받을 때 요란한 소리를 내며 수도 파이프를 지나가는 물소리는 [내게] 사자(使者)가 자신의 턱을 우두둑거리고 피의 강물을 후루룩하고 마시는 소리가 되었다. 위층에 거주하는 노인이 [……] 거동할 때마다 나는 쿵쿵거리는 소리는, 사자가 사냥을 위해 벽에서 모습을 드러내는 소리가 되었다.[38]

악귀를 믿는 어머니로 인해 베카는 정상적인 삶을 살지 못하게 된다. 일상의 사소한 불운한 사건마저도 모두 악귀의 출현이나 "살"의 출현으로 해석하도록 교육되기 때문이다. 베카의 표현을 빌리면 "내가 말대꾸를 할 때마다, 늦잠을 잘 때마다, 칠월칠석날 칠성장군을 위해 공

38　Keller, op. cit., p.44.

양물을 바치는 것과 같은 간단한 일을 깜박 잊을 때마다, 어머니는 불붙인 향을 나의 머리 주변에서 흔들고는 '살!'이라고 외쳤다."[39] 한번은 베카가 욕실에서 비틀즈의 노래를 크게 부르고 있었는데, 이때 순효가 들이닥쳐 뜬금없이 "너도 귀신 소리를 듣니?"하면서 귀신이 우는 소리를 재현해 보인다. 어머니의 울음소리가 너무나 무서웠던 베카는 두 손으로 귀를 꼭 막은 채 "내겐 안 들려, 내겐 안 들려"하고 큰소리로 노래한다. 그 끔찍한 이야기를 듣지 않으려고 몸부림치는 것이다.

이렇게 자라난 베카는 사춘기에 접어들면서 생겨나는 성징(性徵)을 어머니로부터 숨긴다. 그 이유는 어머니가 자신의 몸에 대해 보여주는 지나친 관심이 싫어서이다. 순효가 딸의 성적 성숙에 대해 갖는 관심은 근본적으로 두려움과 관련이 있다. 그녀에게 있어 성적인 성숙은 곧 "취약해짐"[40]을 의미하기 때문이다. 다시니 제야투라이가 지적한 바 있듯, 딸의 육체적 성숙에 대해 순효가 보여주는 경계심은 여성으로서 성숙해짐으로써 성폭력을 겪게 된 과거의 트라우마에서 생겨나는 것이다.

성에 관한 순효의 부정적인 인식은 결국 딸에게로 전이된다. 베카가 성징의 발달을 자연스러운 성장 과정으로 받아들이지 못하고 감추어야 할 것으로 인식하기 때문이다. 그녀는 돋아나는 음모를 순효가 알아차리기 전에 뽑아버리고, 가슴이 커지는 것을 감추기 위해 무릎까지 오는 큰 티셔츠를 입어서 친구들과 보건교사의 주목을 받기도 한다. 하루는 베카가 남자 친구 맥스(Max)와 첫 성관계를 맺고 집으로 돌아오는데, 이때 순효는 딸을 향해 입에 담지 못할 욕을 퍼부으며

---

39 Ibid., p.82.

40 Ibid., p.81.

그녀의 음부를 공격하려 한다. 딸이 성적으로 난잡한 악령에 씌었다고 생각한 것이다. 칼을 들고 덤비는 어머니를 향해 베카는 "어머니! 저예요"를 외쳐보지만, 혼령에 쐰 순효는 딸을 알아보지 못한다. 순효의 이러한 행동은 성과 이성 교제에 대한 부정적인 관념을 딸에게 심어 준다.[41] 그래서 이 일이 있은 후 베카는 "어머니의 눈으로"[42] 연인을 보게 된다. 그러자 맥스의 부정적인 면들이 자꾸 눈에 들어와 더이상 그와 사귈 수가 없게 된다. 순효는 자신이 살고 있는 지옥에서 딸을 보호하자고 하였지만 결과적으로 그 지옥으로 딸을 끌어들이고 만 것이다.

비평가들에 의하면, 순효는 말로 표현할 수 없었던 과거를 테이프에 녹음하면서 과거를 대면할 수 있게 되고, 이로 인해 일종의 치유 과정을 겪게 된다. 베카 또한 어머니가 남겨놓은 테이프를 청취함으로써 어머니가 겪은 치유의 과정을 목격하게 될 뿐만 아니라 자신도 치유에 동참하게 된다. 모녀의 화해, 딸의 아시아적 정체성 수용, 그로 인한 정신적 성숙이라는 구도로 이 소설의 결론을 내리고 보면, 켈러의 소설은 맥신 홍 킹스튼의 『여성무사』나 에이미 탠의 『조이 럭 클럽』이 보여준 아시아계 여성 이민자의 서사를 닮았다. 반면, 이 소설에서 비평가들이 주목하지 못한 사실은 순효에게 정신적인 힘이 되어준 인덕의 혼령이 여성 동지라는 의미만을 갖지는 않는다는 점이다. 본 연구는 순효에게 있어서 인덕이 궁극적으로 극복되어야 할 대상이라

---

41 Dashini Jeyathurai, "Intergenerational Transmission of Trauma in Nora Okja Keller's *Comfort Woman*", *Asian Journal of Women's Studies* Vol.16, No.3, 2010, p.68, p.71.

42 Keller, op. cit., p.136.

고 주장한다. 주인공에게 힘을 실어주는 "아시아계 미국인의 페미니즘 정신의 원천"이 실은 궁극적으로 엑소시즘의 대상이라는 점에서 켈러의 소설이 아시아적 유산에 대해 보이는 태도는 그리 단순하지 않다. 이 모순이 함의하는 바는 다음 절에서 논하도록 한다.

4.

탈역사화와 대리보상

·

『종군 위안부』에는 두 가지 서사가 존재한다. 하나는 순효의 것이고 다른 하나는 딸 베카의 것이다. 이 두 서사는 소설에서 단순히 병렬 배치되어 있지는 않다. 순효의 서사는 과거를 회고하는 형태를 띠며, 베카의 서사는 하와이에서의 삶을 현재 시점에서 기록한 것이다. 작가는 베카의 서사로 작품을 시작하고 또 베카의 서사로 작품을 끝냄으로써 베카의 서사에 소설의 프레임 역할을 부여한다. 흥미로운 사실은 베카의 시각에서 조망된 어머니의 모습과 순효의 기억 서사에서 드러나는 자신의 모습이 판이하게 다르다는 것이다. 물론 두 순효 사이에는 시간적 차이가 있기는 하나, 이러한 시간의 경과만으로 그 차이를 설명하기란 힘들다. 먼저 두 순효를 비교해보자.

> 엄마가 나를 향해 닭을 흔들자 닭의 간과 내장이 침대보 위로 철버덕하고 떨어졌다. "아이고!" 엄마는 내장을 닭 속으로 집어넣으면서 소리를 질렀다. [……] 엄마는 나의 잠옷을 거머쥐더니 그걸로 닭을 감싼 후, 그 무더기로 나의 머리 주

위에 원을 그리고는 노래를 부르며 방 밖으로 뛰쳐나갔다. [……] 닭을 겨드랑이에 낀 채 엄마는 현관문의 잠금장치를 더듬었다. 끙끙대며 가까스로 문을 연 엄마는 난간으로 달려가서는 거리 한복판을 향해 닭을 던져버렸다. 나의 잠옷 소매들이 마치 아래로 끌어당기는 몸체로부터 날아서 도망가려는 듯 공중에서 펄럭거렸다.

딸아이를 가졌을 때 나는 방 바깥 정원의 흙을 떠서 차를 만들었다. 나는 그 흙을 마셔 나의 자궁 안에 있는 아이에게 자양분을 공급했다. 그 아이가 단 한 번이라도 고향이 없다고, 길을 잃었다고 느끼지 않도록 말이다. 출산 후에도 나는 같은 흙을 나의 젖꼭지에 문지르고 또 딸아이의 입술에도 발랐다. 그래서 처음 입으로 받아먹었을 때, 엄마의 분신인 흙, 소금과 젖을 처음 맛보았을 때, 내가 현재에도, 미래에도 항상 그녀의 고향이 될 것임을 그 아이가 알 수 있도록.[43]

위의 두 인용문 모두 순효의 행동을 묘사한 것이고, 둘 다 현대 과학의 관점에서 보았을 때 미신에 가까운 사건을 그려낸 것이다. 차이가 있다면, 첫 번째는 베카의 시점에서 이루어진 서술이고, 두 번째는 순효의 시점에서 이루어진 서술이다.

첫 번째 사건은 베카가 저승사자를 보았다고 하자 순효가 즉석에서 벌이는 푸닥거리, 즉 저승사자를 속여서 베카가 아니라 닭을 저승으로 데려가도록 하는 눈속임 '미니 굿'이다. 이를 두 번째 사건과 비교해보자. 아기가 훗날 자기가 태어난 땅의 흙과 모체를 알아볼 수 있도

43 Ibid., p.45, p.113.

고발과 연루

록 태중 아기에게 흙을 끓인 차를 먹이고, 출산 후에도 아기에게 흙 맛을 보이는 순효의 행동은 이성적인 관점에서 보았을 때 닭 푸닥거리만큼이나 황당하기 짝이 없는 것이다. 즉, 두 사건 모두 황당하다는 점에서 다를 바가 없지만, 독자에게 다가오는 바는 완전히 다르다. 두 번째 사건에서는 모성의 보호 본능이 측량할 수 없는 깊이를 가진 것으로 엄숙하고도 진지하게 묘사된다. 반면 첫 번째 사건은 동일한 모성의 보호 본능이 작동하고 있음에도 불구하고 코믹하기 그지없다. 순효가 닭을 치켜들었을 때 하필이면 내장이 "철버덕"하고 떨어지는 것, 그녀가 "아이고" 소리 지르며 흩어진 내장을 닭의 뱃속으로 다시 집어넣는 행동, 그렇게 수습한 닭을 한쪽 팔에 낀 채 현관문을 열려고 끙끙대는 모습, 마침내 문을 박차고 나가서 딸아이의 잠옷으로 싼 닭을 거리로 던져버리는 장면 모두 엄숙함이나 진지함과는 거리가 멀다. 순효의 이 행동이 얼마나 우스꽝스러운 것인가는, 포물선을 그리며 낙하하는 닭을 감싼 잠옷의 소맷자락이 공중에서 펄럭거리는 모습을 보고, 베카가 소맷자락이 "아래로 끌어당기는 몸체로부터 날아서 도망가려는 듯" 보였다고 소감을 밝히는 부분에서도 잘 드러난다.

순효의 서사에서는 인덕의 혼령과의 접신(接神)도 개인의 구원과 관련된 엄숙하고도 진지한 사건으로 묘사된다. 평양의 전도관에서 벌어진 첫 접신 장면을 보자. "나는 [그 손]에 입을 맞추었고 그녀에게 나의 두 손을, 나의 두 눈을, 나의 피부를 바쳤다. 그녀는 내게 구원을 약속했다." 반면 베카의 서사에서 어머니의 접신은 동네 사람들로부터 점을 봐주고 푼돈을 버는 영업의 형태로 드러난다. 베카의 상식적인 시각에서 보았을 때 어머니는 시원찮은 점쟁이, 자신의 또래 학급 친구들로부터도 놀림을 받는 엉터리 무속인으로 제시된다. 베카는 신들린 어머니를 보고 "내가 알던 엄마는 전원이 꺼져버린 듯, 체크아웃해 버린 듯했고, 어떤 다른 사람이 그 자리를 빌리게 된 것 같았다"고 묘사한다. 동일한 접신의 상황이 베카의 서사에서는 전자기기의 전원이 꺼지는 것 정도로 하찮고도 일상적인 사건에 비교됨으로써 진지함이나 신성함을 부정당한다.

무속인 노릇을 하는 순효는 베카의 서사 여러 곳에서 희화화된다. 순효는 어느 날 밤 딸의 발이 갑자기 부어오른 것을 발견하고는 '살'이 박힌 것이라고 생각하여 이를 빼내는 무속 치료를 한다. 무속에서 '살'(煞)은 모진 귀신의 기운을 의미하는데, 이를 마치 몸에 박히는 화살 같은 것으로 이해한 것도 우습지만, 베카의 발이 애초에 부어오르게 된 연유가 어머니 몰래 바다 현장 학습에 참가하였다가 산호 조각이 발에 박혔기 때문인데, 이를 알지 못하고 '살'의 탓으로 돌리는 순효의 무속 행위는 독자가 보기에는 근거 없는 미신 정도로 여겨진다.

음력 설날이 되면 순효는 딸의 한 해 신수를 봐준다. 베카가 12살이 되던 해에도 딸의 점을 봐주느라 순효는 쌀과 동전을 한주먹 집어서 눈을 감은 채 접시를 향해 던진다. 그러나 그렇게 던진 쌀과 동전은 접시 근처에도 못 가서 떨어진다. 순효는 이 황당한 실수를 만회하기 위해 흩어진 쌀과 동전을 얼른 주워 모은 후, 이번에는 실수가 없도록 이것들을 아예 접시 바로 위에서 떨어뜨려 보지만, 이번에도 어처구니없게 과녁을 완전히 빗나가고 만다.[44]

실수를 거듭하는 순효의 모습이 딸에게 어떻게 비치는지 보자.

---

44 Ibid., p.96, p.4, p.74.

고발과 연루

엄마는 눈을 떴고 이번에도 접시에서 완전히 빗나갔음을
알았을 때 양팔로 몸을 감싸고는 몸을 흔들었다. '아이고, 아
이고' 그녀는 신음했다. 엄마는 노래를 불렀고 몸을 떨며 흔
들었고 마침내는 몽롱한 [접신] 상태로 빠져들었다.[45]

접시에 쌀도 제대로 던져 넣지 못하는 행동도 그렇지만, 그러한 실수
에 대해 순효가 보이는 반응은 계속되는 실수에 당황하는 '어린아이'
의 행동에 비견될 만하다. 순효가 이러한 실수 끝에, 즉 크게 당황한
결과로 인덕의 혼령과 접신하게 된다는 사실은, 작가가 인덕과 순효
에 대하여 이전에 보여준 관심의 진정성을 의심하게 만들고, 이들이
받았던 고통과 인내에 대하여, 인덕의 혼과 순효가 맺은 여성 동지의
관계에 대하여 그가 보여주었던 경의와 존중을 적지 않게 훼손한다.
　베카의 운이 좋지 않게 나온 해에는 순효는 딸이 함부로 나다니지
못하게 한다. 엄마의 동행 없이는 버스도 못 타게 하고, 학교에서 이
루어지는 일체의 현장 학습에 참여하는 것도 금한다. 순효는 딸을 보
호하기 위해 각종 부적을 딸아이의 속옷에 몰래 달아놓을 뿐만 아니
라, 액을 막는답시고 딸의 학교를 찾아갔다가 학생들의 놀림감이 되
기도 한다. 이처럼 순효는 살, 사자, 홍액, 붉은 죽음 등 자신이 믿는 온
갖 종류의 악귀와 나쁜 운수로부터 자신과 딸을 지키기에 여념이 없
다. 그러니 순효의 유사 종교 행위는 인덕의 혼령이 방문하는 시간에
만, 즉 접신이 이루어지는 시간에만 국한되지는 않는다. 사실 그녀의
매 순간이 악귀나 살과의 전쟁이다. 그러한 점에서 순효는 온전히 세
속적인 존재가 아니다. 그녀에게 있어 현재의 시간은, 인간적인 성격

45　Ibid., p.74.

을 지닌 초자연적인 세력들, 즉 선한 귀신과 악한 귀신들이 난무하는 영원의 시간과 중첩되거나 연결되어 있다. 영원과 현재가, 세속과 초월이, 이승과 저승이 상호 침투하는 공간에 그녀를 이런 식으로 세움으로써 켈러가 무엇을 성취할 수 있었을까? 일본군의 성노예였던 여성에게는 전쟁은 끝났을는지 모르나 고통의 시간은 종료되지 않았다는 메시지인가? 그런 메시지를 세상에 전달하려고 하였다고 보기에는 하와이에서의 순효의 삶이 너무 황당하고도 우스꽝스럽게 묘사되고 있다. 또한 딸을 나쁜 운수로부터 보호하고자 일념에서 하는 그녀의 행동이 아이러니하게도 딸의 정상적인 성장과 사회화를 방해하는 결과를 낳는 것으로 묘사된다.

위안부에 관한 켈러의 소설에서 발견되는 이러한 문제를 지적한다고 해서, 당사자가 아닌 한 누구라도 위안부 문제를 논할 자격이 없다는 메시지를 준비하고 있는 것은 물론 아니다. 앞서 강조한 바 있듯, 켈러의 이 소설이 위안부 문제에 관한 대중의 인지도나 관심을 고양하는 데 기여한 바는 응당 인정받아야 할 일이다. 강조하고 싶은 바는, 이러한 인정과는 별개로, 성노예 생활의 후유증으로 고통받는 여성을 초자연적이거나 상상적인 힘들과 교류하거나 이들과의 싸움에 몰입해 있는 존재로, 그것도 우스꽝스러운 존재로 묘사하는 행위가 '사죄와 배상이라는 도덕적·법적 문제와는 무관한 탈역사적인 공간에 이 피해자를 위치시키는 것은 아닌가' 하는 질문도 제기되어야 한다는 것이다. 또한, 이 피해자가 피해의 후유증을 무속 영업의 자본으로 삼는다는 줄거리가 '역사를 부정하는 세력들에 대항하여 위안부 할머니들이 벌이는 지난한 투쟁의 의미를 삭감시켜버리는 것은 아니냐는 질문도 제기될 법한 것이다. 다르지 않은 맥락에서, 이 소설이 일본군이 운영한 위안소의 잔혹함을 구체적으로 서술함에 불구하고, 시공간을 넘어선 여성들의 강인함이나 이들의 연대를 강조하다 보니 그 구체성이 삭제되는 경향으로 흘러가게 되었다는 캔디스 추의 주장[46]도 여기에서 음미해볼 만하다.

성노예 문제의 탈역사화라는 관점에서 보았을 때, 바리공주 신화에 관한 기성의 긍정적인 평가도 다시 점검해봄 직하다. 차학경의 『딕테』를 다루는 챕터에서 논의하겠지만, 바리데기 공주에 관한 신화는 부모에 대한 지극한 효성과 남편에 대한 각종 봉사를 강조하는 가부장적 가치를 담고 있다. 이 민간 신앙은 순효의 서사에서 새롭게 쓰인다. 순효가 딸에게 들려주는 바리공주 신화에서 오구왕 부부는 일곱 번째 딸을 버리는 대신 이를 삼신할미에게 바친다. 어느 날 왕과 왕비가 죽게 되자 저승사자가 이들을 지옥으로 데리고 간다. 바리공주는 지옥문을 지키는 저승사자를 "보리, 쌀, 오렌지, 위스키"와 같은 뇌물로 산만하게 만들어 부모님을 구출하고, 그래서 모두가 천국에서 천사로 환생하게 된다.[47]

이건종이 지적한 바 있듯, 순효가 다시 쓴 바리공주 신화에서는 원문에 등장하는 부처와 미륵이 나오지 않는다. 원문에서는 부처가 등장하여 오구왕 부부의 명으로 바다에 버려진 공주를 한 노부부에게 인도하고, 또한 서역 세상의 미륵은 공주에게 아내로서의 봉사를 받은 후 생명수를 떠갈 것을 허락한다. 그러나 순효가 다시 쓴 이야기

---

46 Kandice Chuh, "Discomforting Knowledge: Or, Korean 'Comfort Women' and Asian Americanist Critical Practice", *Journal of Asian American Studies* Vol.6, No.1, 2003, p.19.

47 Keller, op. cit., pp.48-49.

에서 공주는 "남성들의 도움이 없이 홀로 임무를 완수한다." 그런 점에서 이건종은 이 이야기를 여성의 주체성을 강조하고 남성중심주의를 비판하는 것으로 해석한다.[48] 이렇게 보았을 때, 바리공주가 겪어야 했던 고초는 소설에서 순효의 고초와, 미륵을 위해 아들을 낳아야 했던 공주의 처지는 순효의 위안소 생활과, 바리공주의 생존은 순효의 탈출과 각각 병치된다. 이러한 관점에서 가부장적 가치를 담은 바리공주 신화는 한국의 가부장제와 남성중심주의뿐만 아니라 일본의 가부장제와 군국주의, 식민주의 모두를 비판하는 기능을 하는 것으로 확대 해석된다.

켈러가 한국의 신화와 민담을 페미니즘의 시각에서 전복적으로 다시 썼다는 주장과 관련하여 고려할 점은, 이와 같은 예술적인 성취가 다른 한편으로는 하위 계층으로서 순효의 지위를 정치적 진공 상태로 이전시키고, 그리하여 순효가 전쟁 범죄의 희생자로서 현실의 세상에서 마땅히 제기했어야 할 요구를 선제적으로 봉쇄하고 있다는 사실이다. 작가는 가부장제와 군국주의에 대한 그녀의 저항을 민간신앙이라는 상상적이고도 신화적인 공간 내에서 연출할 뿐만 아니라, 다른 위안부들의 원혼을 저승으로 이끄는 무당/귀신이라는 승화된 역할을 그녀에게 최종적으로 맡긴다. 그런데 이 정신적인 승화가 텍스트에서 유일한 해결책으로 다루어진 나머지, 그것이 물질적인 배상을 대리해버린다는 데에 문제가 있다. 현실적인 배상의 문제나 사죄를 요구할 권리가 텍스트 내에서 아예 제기되지도 못하게 된 것이다.

대부분의 비평가와 독자들이 순효가 겪는 정신적 승화에, 즉 그녀

---

48   Kun Jong Lee, "Princess Pari in Nora Okja Keller's *Comfort Woman*", *Positions: East Asia Cultural Critique* Vol.12, No.2, 2004, p.437, p.440, p.432.

고발과 연루

가 받게 되는 이 비물질적인 보상에 비상한 관심을 보여준 것도 소설에서 작동하는 탈역사화의 전략을 비판적으로 보지 못한 결과가 아닌가 싶다. 이러한 관점에서 보면 정신적인 공간에서 순효는 이미 승리자이다. 한 비평을 인용하면, "비록 고통스러운 것이라 할지라도 자신의 경험을 자신의 음성으로 이야기할 수 있는 자는 진정한 주체를 가진 승리자이다."[49] 순효가 받게 되는 이 대리보상은 순효 당대에서 멈추지 않는다. 어머니가 남긴 녹음테이프를 듣고 난 베카가 어머니의 아시아적 유산, 어머니의 비밀스러운 고통을 이해하게 되고, 그래서 어머니를 위한 사제(司祭)가 될 것을 약속하기 때문이다. "당신의 넋이 강을 건널 때 제가 당신의 육신을 돌볼게요. 제가 지켜드릴게요. 제가 어머니를 보내 드릴게요. [……] 제가 당신의 바리공주가 되어 끌어올려 드릴게요."[50] 이렇게 해서 패트리샤 추가 말하는 "모녀 로맨스"가 완성이 된다. 그러나 이 로맨스의 완성이 독자에게 제공하는 만족감과 쾌는 현실 세계에로의 개입의 필요성이나 절박성을 그만큼 축소시킨다는 점에서 사실 '허위 위식'에 가깝다.

켈러의 소설을 민담을 다시 쓴 텍스트가 아니라 이민자의 서사로 보더라도 문제는 있다. 이민자들이 도착국에서 겪게 되는 삶의 실상에 대해 오도할 가능성이 농후하기 때문이다. 남편과 사별한 이후의 순효에 관한 묘사에서 아시아계 이민자들이 미국에서 흔히 맞닥뜨리게 되는 차별과 배제가 잘 보이지 않기 때문이다. 『종군 위안부』에서 이민자의 삶은 순효와 딸이 함께 사는 "축축하고 어두운" 아파트로, "곰팡이 핀 카페트"와 "녹슨 욕조", 그리고 "표면이 벗겨지는 플라스틱

---

49 이수미, 앞의 글, 257면.

50 Keller, op. cit., p.208.

벽"[51] 등으로, 즉 제유적으로 나타날 뿐이다. 주류 사회가 세워놓은 차별의 벽이 살과 액운에 대항하여 순효 모녀가 벌이는 '무속 전쟁'에 의해 심각하게 후경화되어버렸기 때문이다.

켈러의 소설에서 독자에게 허락되는 광경은 한국계 이민자가 사는 현실의 삶이 아니라 아시아적 민속지학이나 무속학의 관점에서나 다루어질 법한 주인공의 내면적인 삶, 즉 탈물질화된 삶이다. 하와이는 이 심령적인 세상이 구조적인 인과 관계가 없이 느슨하게 연결된 바깥세상으로, "하나우마 베이", "알라 와이 수로" 등 지역색으로 특화된 배경으로만 존재할 뿐이다. 그렇게 느껴지는 이유는 소설 속에서 그려진 하와이가 그곳에 거주하는 한인들의 역사로부터 단절되어 있기 때문이다. 달리 표현하면, 켈러가 그려내는 하와이 거주 한인의 삶은 한인들의 이민 역사와 분리된 결과 그 삶의 주인공이 굳이 순효가 아니더라도, 굳이 한인 이민자가 아니더라도 크게 문제가 되지 않을 법한 그런 삶이다. 순효 대신에 중국계 미국인을 주인공으로 삼아도 소설 후반부의 진행에 큰 무리가 없다는 뜻이다. 그러한 점에서 이 소설이 소수민에 속하는 작가의 개인적인 이해관계를 표명하고 있으며, 한국계 이민자들이 겪는 인종차별에 대한 비판이 위안부 문제와 중첩적으로 표현되어 있다는 강현이의 주장[52]에는 재고의 여지가 분명 있다.

---

51   Ibid., p.124.

52   Laura Hyun Yi Kang, "Conjuring 'Comfort Women': Mediated Affiliations and Disciplined Subjects in Korean/American Transnationality", *Journal of Asian American Studies* Vol.6, No.1, 2003, p.31.

5.

미국식 재현 문법

•

『종군 위안부』는 '행복한 결혼'의 결말을 갖지 않는다. 그러
한 점에서 이 소설에는 "이민자 서사"의 구조에 부합하는 면이 있다.
베카는 행복한 결혼 대신 계몽과 이해를 얻는다. 이 계몽이 어머니의
'사후에' 이루어진다는 점에서는 다소 정형적 구도를 탈피하기는 하
지만, 이 결말은 대체로 킹스튼과 탠이 효시를 보인 이민자 서사의 공
식과 일치한다. 출발국에서 어머니가 겪었던 고통이 한편으로는 아시
아 국가들을 후진국으로 낙인찍는 미국인들의 정형화를 강화해 주며,
다른 한편으로는 그러한 사실의 발견으로 인한 충격적인 여파가 더
큰 서사적 구조 내에서, 즉 어머니의 사연에 관한 발견으로 인해 딸의
정신분석학적 치료가 시작되는 그런 구조 내에서 해결되거나 봉쇄된
다.[53] 이러한 공식에 충실하게 켈러는 작품의 결미에 베카의 계몽과
치유를 위한 계기를 준비해둔다. 이미 언급한 바 있듯, 이 발견의 계
기는 모두 어머니의 과거에 관한 것이다. 어머니가 그간 모아둔 위안

---

53 Chu, op. cit., "To Hide Her True Self", p.62.

부 관련 신문 기사들, 주한 미국 대사관에서 어머니 앞으로 보내온 편지, 그리고 어머니가 자신의 굿을 녹음한 카세트테이프를 접합으로써 베카는 어머니의 과거에 대해서 배우게 된다. 베카는 이 배움을 통해서 어머니가 그간 보여준 이상한 행동을 이해하게 되고, 어머니의 유산을 자신의 정체성의 일부로 받아들이게 된다.

이 일련의 과정에 동반되는 베카의 정신적인 성숙과 독립은 직장 상사인 연인 샌포드(Sanford)과의 관계에서도 암시된다. 그녀가 나이 차가 많이 나는 백인 남성과 불륜의 관계를 맺은 것은 메꿀 수 없었던 존재의 결여감으로부터, 정신이 이상한 아시아계 어머니를 둔 소수민 출신이라는 낙인으로부터 도피하고 싶었던 욕망과 무관하지 않다. 백인 남성을 연인으로 둠으로써 인종적 콤플렉스를 극복하고, 나이 차가 많이 나는 남성과의 만남을 통해 부모가 만족시켜주지 못한 피보호(被保護)의 욕구를 채우기를 기도한 것이다. 이 백인 남성에 대한 의존으로부터 베카가 독립하여 자존감을 회복하게 되는 사건은 샌포드가 그녀의 집으로 찾아 왔을 때 상징적으로 드러난다. 베카가 어머니의 굿 테이프를 크게 틀자 이웃이 아파트 사무실에 소음 불만을 제기했고, 베카가 관리인의 말을 듣지 않자 관리실에서 아파트 계약서에 보증인으로 이름을 올린 샌포드에게 연락을 취한 것이다. 이윽고 현장에 도착한 샌포드가 문을 열라고 소리 지르지만, 베카는 문을 여는 대신 고등학교 미술 시간에서 양손 검지와 검지를 사용하여 사각형 모양을 만들어 구도 잡는 법을 배운 것을 문득 기억해내곤, 샌포드를 그 손가락 구도에 넣어 무한히 작게 만들어버린다.[54] 연인에게 던진

---

54   Keller, op. cit., p.198.

"안녕. 어머니가 저를 부르고 있어요"라는 말에서 암시되듯 베카의 삶에서 이제 순효가 백인 남성의 자리를 대신하게 된다.

이러한 서사 구조에 따르는 문제 중의 하나는, 어머니의 과거를 발견하게 됨으로써 딸이 정신적으로 치유되거나 성숙해지는 플롯의 특성상, 아시아적 유산이나 아시아계 어머니의 사연이 딸의 미국 생활을 질적으로 향상시키거나 안정적으로 만드는 '도구'로서 역할을 하는 데 있다. 앞서 논의한 바 있듯, 성노예의 기억을 안고 살아야 하는 순효의 삶이 베카의 서사에서 희화화되는 경향이 있음을 고려할 때, 또한 순효의 과거가 처음에는 베카가 성장하는데 장애 요인으로 작용하다가 나중에는 소설의 결미에 예비된 '발견'을 통해 그의 왜곡된 정체성이 정상 궤도로 돌아가게 되는 서사적 전개를 고려할 때, 이 소설에서 아시아적 유산은 그 자체로서 중요한 것이 아니라 미국인 여성의 자기 발전을 위한 도구로서 의미를 갖는다는 생각이 단순한 우려라고는 여겨지지 않는다. 위안부에 관한 이 소설의 관심이 끔찍했던 역사나 그 역사를 살았던 개인에 맞추어져 있다기보다는, "현재의 필요"에 의해 더 추동되어 보인다고 언급한 캔디스 추의 지적[55]은 이러한 관점에서 곱씹어볼 만한 것이다. 이 소설에서 발견되는 이러한 문제는 켈러가 이 소설을 쓸 때 염두에 두었던 출판 시장이나 독자층과 무관하지 않다는 것이 본 저서의 주장이다.

이러한 지적과 함께 고려해 볼 만한 중요한 사실은 이 소설을 읽은 후에 독자들이 보이는 반응이다. 비평가 앨리슨 레이필드는 『종군 위안부』와 관련하여 아마존닷컴에 올라와 있는 33편의 독자 후기

---

55 Chuh, op. cit., p.18.

를 조사하였는데, 이에 의하면 33편 중 다섯 편이 별 두 개 이하의 평점을 주는 부정적인 평가였다. 이 다섯 중 네 개의 후기에서 독자들은 켈러가 에이미 탠을 모방하였다고 비난하였고, 또 소설에서 발견되는 "한국 여성과 이민자를 정신분열증을 겪는 이방인으로 묘사한 오리엔탈리즘"과 "모녀의 영적인 관계를 다루는 쿠키-커터식의 정형적인 아시아 여성 작가의 플롯"에 대하여 좌절감을 토로하였다. 레이필드는 이 후기의 이면에서, 인종적으로 정형화된 플롯이 백인 독자를 염두에 둔 것이고, 이러한 소설의 공식이 상업적으로나 예술적으로 성공하기를 원하는 작가들의 창작을 심각하게 제약하지 않는가 하는 염려를 읽어낸다. 반면, 긍정적인 평가를 남긴 독자 중 30퍼센트가 『종군 위안부』를 위안부의 역사를 소개해 주는 교육적인 텍스트로 인식하였고, 이보다 더 많은 수가 이 소설에서 희생의 스토리를 기대하였으며, 특히 아시아계 여성이 자식에게 나은 삶을 주기 위해 희생을 감내하는 유의 스토리를 긍정적으로 보았다. 레이필드에 의하면, 이 "나은 삶"이 미국에서 이루어지기에 미국 독자들에게 이 소설이 문화적으로 공감할 수 있는 이민자 서사로 받아들여질 수 있었다. 특기할 사실은 누구도 순효가 미국인 남편에 의해 학대받는 사실은 언급하지 않았으며, 순효가 하와이에서 겪게 되는 가난이나 소외의 문제도 언급하지 않았다는 점이다.[56]

레이필드의 이 수용 연구는 이 소설을 미국의 신식민주의와 가부장제에 비판적으로 개입하는 텍스트로 읽는 비평가들의 주장을 무색

---

56 Allison Layfield, "Asian American Literature and Reading Formations: A Case Study of Nora Okja Keller's *Comfort Woman* and *Fox Girl*", *Reception: Texts, Readers, Audiences, History* 7, 2015, p.70, p.71.

하게 만든다. 『종군 위안부』에 제기될 수 있는 이러한 문제들을 고려할 때, 이 소설의 전복성은 일반 독자들이 감지할 수 있는 주제가 아니고, 고도의 비평 훈련을 받는 학자들의 세계에서만 존재하는 것이 아닌가 하는 의문이 생겨난다. 켈러의 이 소설이 주류 사회의 입맛에 맞추어 이국주의나 개인의 자기 발견(전), 그리고 미국적 삶의 우월함 등의 주제를 적당히 배합시켰다는 비판이 가능하다면 이러한 맥락에 서일 것이다.

한 인터뷰에서 켈러는 신문사의 부고란 담당 기자로 일하는 베카의 역할에 대해서 질문을 받은 적이 있다. 망인의 삶을 기록하는 베카가 정작 본인 어머니의 인생에 대해서는 잘 모르고 있다가 어머니의 사연을 마침내 발견하게 되는 사건의 전개가, 세상 사람들이 "숨겨진" 위안부의 사연에 대해 발견하게 되는 것과 유사하다고 작가는 대답한다. 미군 기지의 매춘 문제는 세상에 이미 많이 알려진 반면, 위안부 문제에 대해서는 한국에서도 미국에서도 이를 인정하지도 논의하지도 않기에, 이러한 "목소리의 부재(不在)"로 인해 자신이 위안부들의 문제에 개입하게 되었다고 작가는 술회한다.[57]

그러나 위안부 할머니들에게 목소리가 없었기에 목소리를 주어야 했다는 진술은 흘려듣기에는 다소 문제적이다. 이 소설이 출간되기 2년 전인 1995년에 이미 김학순 할머니를 비롯한 19명의 증언을 담은 한국인 위안부의 영문판 증언집 『한국인 위안부들의 실화』(*True Stories of the Korean Comfort Women*)가 출간된 바 있기 때문이다. 그뿐만 아니라 1990년에 37개에 이르는 여성, 시민, 종교, 학생 단체들이 모여 '한국정신대 문제 대책 협의회'를 발족시켰고, 이 단체가 성노예로 희생된

---

57 Young-Oak Lee, op. cit., p.155, p.159.

할머니들이 일본 정부를 상대로 벌이는 소송을 지원하기 시작하였다. 1991년에 최초로 김학순 할머니가 기자 회견을 열어 참상을 고발하고, 도쿄에서 열린 재판에서 증언을 하였고, 정신대 신고 전화가 개설되어 추가 증인이 확보되었다. 그래서 1992년 1월 8일부터 일본 대사관 앞에서 일본군 성노예 문제 해결을 위한 정기 수요 집회가 시작되었다. 1992년에는 유엔 인권위원회에서 일본군 위안부 문제가 상정되었고, 1993년에는 비엔나 세계인권대회, 1995년 베이징에서 열린 세계여성대회에서도 일본군 위안부 문제에 관한 결의안이 채택되었다. 1996년 1월에는 유엔 인권위원회 결의에 따라 '일본국 성노예 문제에 관한 보고서'가 채택되었다.

이 소설이 출간되기 전에 이미 위안부 할머니들은 기자 회견을 수차례 열었고, 각종 국제 인권위와 법정에서 증언하였고, 일본의 사법부에서 배상과 사죄를 요구하는 등 일본의 전쟁 범죄를 세계에 널리 알리고 있었기에, 문제의 '이슈화'라는 점에서는 상당한 성공을 거두고 있었던 것이다. 그러니 켈러가 이 할머니들에게 목소리를 주었어야 했다는 회고는 이러한 사실에 정확하게 부합하지는 않는다. 이 할머니들의 목소리를 광고하는 효과를 더해주었다면 모를까. 설령 그렇다고 하더라도 켈러의 손을 거친 이 할머니들의 재현에서는 현실에서 이 할머니들이 줄기차게 내 온 저항의 목소리가 들리지는 않는다. 이 희생자 집단에 관한 묘사가 단순한 묘사에 그치지 않고 이들의 목소리를 대신하는 우를 범하고 있다는 것이 나만의 생각일까. 하위 계층의 재현과 관련하여 스피박이 줄기차게 비판한 바 있듯,[58] 묘사로서

---

58 Gayatri Spivak, "Can the Subaltern Speak?", *Marxism and the Interpretation of Culture*, eds. Cary Nelson & Lawrence Grossberg, U. of Illinois Press, 1988, p.277;

의 재현(re-presentation)과 대표로서의 재현(representation)이 켈러의 텍스트에서 위험하게 혼동되고 있음은 반드시 지적하고 싶은 문제이다.

1999년에 제작된 다큐멘터리 『침묵의 소리』에서 이루어진 할머니들의 증언을 들어보자.

> 나는 챙피한 거 없어요. 왜냐하며는 우리나라가 약해서 왜놈들한테 강제로 거기 가서 그렇게 고역을 당했는데 그걸 창피하다고 생각하는 사람은 나는 좀 이상하다고 생각해. 아뇨. 왜, 창피해요. 그래서 내가 고향에 돌아와서 친구들한테고 그 부락민들한테 다 공개적으로 얘기했어요. 하나도 내가 숨기는 일 없이. 챙피한 거는 우리를 갔다가[가지고] 거다가[그곳으로] 그렇게, 예, 저거 맛대로[저희 마음대로] 말이지, 이런 참, 이런 노예매이로[노예처럼] 부린 거 아니에요, 노예보다도 더하지요 성노예. 그렇게 부린 일본 정부가 부끄러워야 될 일을 왜 우리가 부끄러워야 합니까? 10원도 좋고, 100원도 좋고, 1000원도 좋아요. 일본 정부에서 합법적으로 배상을 한다면 그 돈은 받을 수 있어. 돈을 준다는 것은, 민간 기금을 준다는 것은, 이거는 있을 수가 없어요. 우리가 이 당한 것만 해도 원통하고 분한데 왜 우리가 창녀가 됩니까?

> 대가리 큰 놈은 대가리 큰 놈 먹고, 대가리 적은 놈은 대가리 적은 놈 먹고, 국회의원은 국회의원대로 먹고, 대통령은

이석구, 『저항과 포섭 사이: 탈식민주의 이론에 대한 논쟁적인 이해』, 소명, 2016, 671-680면.

대통령대로 먹고, 대통령 아들은 아들대로 먹고. 이게 무슨 짓거리예요! 그러니 있는 놈만 살지, 없는 놈은 죽으라는 팔자여. 그러면 우리 세상은 짓밟히라는 세상이야, 이게. 나는요. 공부를 못했지만요. 내 이름자도 못 써요. 나는 딴 소원이 없어요. 딱 한 가지 소원이 있어. 이 정치를 한번 흔들고 싶어. 내가요 없는 사람 살리고 전 세계를 기냥 흔들고 싶어요. 그런 맘밖에 안 가졌어요.[59]

위에서 첫 번째 인용문은 정서운 할머니의 증언이고, 두 번째 인용문은 황금자 할머니의 것이다. 정서운 할머니의 증언에서 드러나듯, 위안부 할머니들은 자신의 목소리를 내는 데 있어 주저하는 바가 없다. 김학순 할머니가 1991년에 기자 회견을 자청하여 진실을 처음 밝히게 되는데, 첫 증언이 힘들었지, 그 이후로는 봇물 터지듯이 공식적인 증언과 비판이 쏟아져 나왔기 때문이다.

켈러가 『종군 위안부』를 쓰게 된 것도 바로 이 할머니들의 공식 증언 중의 하나를 들었기에 가능하였다. 정서운 할머니는 일본 총리의 개인적인 유감 표명이 아니라 일본 정부의 공식적인 사과와 배상을 당당히 요구하는 할머니들 중의 한 분일뿐이다. 이분들이 사과와 배상을 요구하는 '피해자'의 위치에만 서 있지 않다는 점을 보여준다는 점에서 황금자 할머니의 증언도 주목할 만하다. 인용문에서 드러나듯 황 할머니는 개인적인 억울함에 대하여 호소하기보다는, 한국의 정치인들과 권력자들의 부패, 그리고 강자가 약자를 착취하는 것이 합법화된 한국 사회의 불의를 고발한다. 약자를 보호해주지 못하는 한국

---

59 Kim-Gibson, dir., op. cit.

사회에 맞서 약자를 대신해서 목소리를 내는 것이다. 이런 증언들을 접할 때, 이분들에게 목소리가 없기에 목소리를 주기 위해 소설을 쓰게 되었다는 켈러의 진술은 현실의 상황을 좀 제대로 인식하지 못한 것이 아닌가 싶다. 무엇보다 이분들에게 목소리를 주는(?) 방식에 관해서도 좀 더 고민을 했어야 했다. 켈러의 비평가들 중 유일하게 캔디스 추가 『종군 위안부』에 대해 비판적인 시각에서 문제 제기를 제기한 바 있는데, 그의 문제의식으로 이 챕터를 끝내고자 한다. "켈러의 소설은 침묵을 깨는 행위에 관한 비판적 사유 없이 그것을 특권화할 때 생기는 문제들을 보여 준다."[60]

---

60   Chuh, op. cit., p.17.

"조국 경제 발전에 기여해 온 소녀들의 충정은
진실로 칭찬할 만하다"

민관식 문교부 장관, 1973

"국가는 기지촌 내 성매매를 방치·묵인하거나 기지촌의 운영·관리를
위해 최소한도로 개입·관리한 데 그치지 않고 위안부들을 '외화를 벌어
들이는 애국자'라고 치켜세우는 등의 애국 교육을 통해 기지촌 내 성매
매 행위를 능동적·적극적으로 조장·정당화했다"

서울고법 민사 22부 판결문*

---

* "조국 경제 발전에 기여한 소녀들의 충정은…", 『한겨레』 2014.7.4; "'국가가 미군
기지촌 성매매 조장' 첫 판결 … 배상 범위 확대", 『한겨레』 2018.2.8.

기지촌의 기억과
대항 오리엔탈리즘

1.

기지촌, 문명의 대립항

•

하인즈 인수 펭클(Heinz Insu Fenkl 1960~)의 첫 소설 『나의 유
령 형의 기억』(*Memories of My Ghost Brother* 1996)은 작가가 태어나서 12세
까지 살았던 인천 부평의 미군 기지촌에 관한 기억을 토대로 쓴 자전
적 소설이다. 이 서사에서 미군을 남편으로, 애인으로, 성적 서비스를
제공하는 고객으로 두고 살아가야 했던 기지촌 여성들과 그 가족들
의 애환이 1960년대~1970년대 초의 한국 사회를 배경으로 펼쳐진다.
작가의 의도가 어떠하였든지 간에 서양의 독자가 이 소설에서 발견
하는 기지촌의 모습은 서양 담론에서 곧잘 발견되는 전형적인 문화
적 타자의 모습이다. 『나의 유령 형의 기억』에서 드러나는 부평 기지
촌은 그곳 주민이 생존을 위해서는 무엇이든 하는 도덕적 무정부 상
태에 가까운 곳이다. 그렇게 그려진 부평은 서구의 오리엔탈리스트
서사가 그려내 온 '발전의 동인'을 결여한 사회상에 부합한다. 사이드
(Edward Said)가 잠재적인 오리엔탈리즘의 특징으로서 동양의 "다름, 기

이함, 후진성, 말 없는 무관심, 관통 가능한 여성성, 나태한 순응성"[1]을 든 바 있는데, 이 특징의 대부분이 인수의 기지촌 묘사에서 드러난다. 그런 점에서 이 소설은 이국적 소재에 관한 독자의 선정주의적 기대를 충족시켜 줄 수 있는 작품이다. 그러나 이러한 특징만으로 펭클의 소설을 오리엔탈리즘 계열로 규정하기에는 무리가 있는데, 그 이유는 이 서사에 선정적인 오리엔탈리즘의 요소 못지않게 그것을 반박하는 요소도 발견되기 때문이다.

이러한 양면성은 한국 여성과 미군 간의 불균형적인 권력 관계에 관한 묘사에서 발견된다. 미군과 결혼하고 싶어 무엇이든지 할 준비가 되어 있는 한국인 여성들을 등장시킴으로써 소설은 한편으로는 제3세계의 빈곤과 범죄로부터 개인을 해방시켜 줄 수 있는 강력한 남성적 보호자나 특권적인 후견인으로 미국을 각인시킨다. 동시에 이 소설은 이 남성적인 백인 보호자들이 얼마나 인종주의적이며, 또한 자신의 인종적 편견을 제3세계의 타자에게 얼마나 강요하였는지를 드러냄으로써, 오리엔탈리즘이 공고히 해 온 해방자로서의 서구 제국의 이미지를 반박한다. 본 연구는 펭클의 소설에 사용된 어떤 이야기 코드들이 오리엔탈리즘과 부합하며, 동시에 어떤 다른 점에서 이 소설이 사이드가 정의 내린 오리엔탈리즘의 특징으로부터 이탈하는 파격을 보이는지, 또 그러한 파격의 한계는 무엇인지를 논의한다.

소설의 주된 배경이 되는 인수(Insu)의 가족이 이모의 가족과 함께 세 들어 사는 저택은 기괴함, 비극성, 미신, 원시주의 등의 이미지로 묘사된다. 일제 강점기에 한 일본군 대령이 그 집에서 수만 명의 조선

1 Edward Said, *Orientalism*, Vintage Books, 1979, p.206.

인을 재미 삼아 고문하여 죽였을 뿐만 아니라, 대령 자신도 이오지마 항전에서 패배한 후 할복하였다는 비극적인 사연이 그 집에는 서려 있다. 두 번째 주인인 한국인 상인은 그 집을 싸게 매입할 수 있었는데, 그 이유는 전 주인에게 그의 사후 유골의 재를 정원에 뿌려주기로 약속하였기 때문이었다. 그는 이 약속을 충실히 이행했을 뿐만 아니라 무당을 고용하여 대령과 그가 죽인 무수한 희생자들의 원혼을 위로하는 굿을 해주었다고 한다.[2] 소설에서는 이러한 사연이 완전히 헛소문은 아님을 제시하는데, 무엇보다도 현재의 집주인 황씨가 두 번째 주인의 조카여서 이 사연을 아저씨에게서 직접 들었다고 말하기 때문이다. 그뿐만 아니라 주인공 인수도 집 정원에서 일본군 대령의 유령을 수차례 목격한다.

그러니 서사의 초입에서부터 독자는 학살, 할복, 원혼, 무당, 굿과 같이 신비하고도 끔찍한 동양의 미신적인 모습을 맞닥뜨리게 된다. 특히, 어린 인수의 주변 세계는 귀신을 보았다는 증언과 귀신과 도깨비에 관한 이야기들이 난무한다. 이 증인 중에는 먼저, 밤늦게 집으로 돌아오는 길에 귀신에 잡혀서 나무에 묶였다가 아침이 되어 보니 자신을 나무에 묶은 끈이 긴 풀잎 몇 개였다고 주장하는 인수의 큰아버지가 있다. 그 이후로 그가 귀신을 연구해서 귀신 쫓는 법을 알게 되었다고 주변 사람들은 말한다. 그 외에도 본인이 직접 도깨비를 혼내주었다고 주장하는 인수의 이모부가 있다. 인수의 어머니가 "형부"라고 부르기에 인수도 따라서 그렇게 부르게 된 이 형부(Hyongbu)라는 인물은 인수에게 구미호 이야기나 심마니였던 종조부의 도깨비 목격

2   Heinz Insu Fenkl, *Memories of My Ghost Brother*, Plume, 1997, p.5.

담에 이르기까지 온갖 초자연적인 이야기들을 들려준다.[3] 그러니 주인공 인수의 성장 서사에서 귀신과 도깨비는 낯선 존재가 아니다.

인수의 집과 가족을 설명하는 코드가 원시주의, 이국주의, 샤머니즘이라면, 그의 집을 둘러싼 기지촌의 주변 환경은 타락한 성, 자살, 유산, 범죄, 폭력, 오염 같은 코드로 설명된다. 펭클 학자들의 글에서 여러 번 인용된 적이 있는 인수가 살았던 기지촌의 골목 묘사를 소설의 다른 대목과 비교하면서 읽어 보자.

> 나보다 몇 살 더 먹지도 않은 여자애들이 몇 달러에 미군의 성기를 빨아주고, 내 또래 남자애들이 미군의 남색질을 받아주며 마치 둘 사이가 가족의 친구인 척하는 골목길을 나는 걸어갔다. 날카롭게 갈은 갈퀴 모양의 흑인용 빗에 찔린 남자를 도랑에서 보았고, 순식간에 휘두른 면도날에 내 어깨도 베어봤고, 도둑의 머리통을 내가 벽돌로 갈겼던 적도 있었다. 우리는 모두 노랑머리들, 코쟁이들, 양키들로부터 돈을 빨아내기 위해 최선을 다하고 있었다. 양색시들, 반반한 소년들, 매춘부들과 포주들, 모두가 같은 것을 얻으려고 혈안이 되어 오수와 오줌이 흐르고, 숨 막히는 악취가 떠도는 좁은 골목길을 어슬렁거렸다.

> 이곳에는 전에도 와 본 적이 있었지만 얼마나 조용하고 얼마나 아름다웠는지를 기억하지 못했었다. 도로를 줄지어 선 나무들은 내가 바깥에서 본 그 어떤 나무들보다도 더 컸고 건물들은 더 단단하고 땅에 더 견고하게 뿌리를 박은 것

---

3 Ibid., p.26, pp.38-40, pp.47-53.

처럼 보였다. 공기조차도 달라서 사람의 마음을 진정시켜
주는 청량한 것이었다. 용산 기지는 육군 근무지원 사령부
보다도 더 한적해 보였다.[4]

첫 번째 인용문에서 드러나듯, 기지촌은 이처럼 폭력, 절도, 매춘, 남
색, 추악함, 잠재적 질병의 원천으로 기억된다. 두 번째 인용문은 인수
가 용산 기지 내의 학교로 등교한 첫날 본 기지의 모습이다. 에어컨과
히터가 철에 맞춰 가동되며 먹을 것이 넘쳐나는 이곳은 위생적이고
아름다운 땅, 근대의 물질적인 풍요가 항상 넘치는 문명의 땅이다. 이
처럼 소설에서 기지촌은 근대 문명의 대립항으로 부각되면서 독자의
뇌리에 이분법의 '영원한 열등항'으로 각인된다.

　인수가 자라난 기지촌의 골목길에 관한 재현에 의하면, 부평은 돈
이 곧 생존이고, 생존을 위해서는 무엇이든 저질러질 수 있는 곳임이
암시된다. 돈이 도덕, 양심, 예의범절, 법 등 모든 규범과 가치를 압도
해버렸다는 점에서 그곳은 공공의 이익이나 기타 윤리적 코드에 의
해 구애받지 않는 '제어되지 않은 자본주의'가 지배하는 추악한 약육
강식의 정글이다. 또한 기지촌은 엄연히 대한민국의 영토이면서도,
미군에 의존하지 않고서는 생존이 불가능하다는 점에서, 미국에 경제
적으로 종속된 미니 식민지이다. 기지촌은 엄연히 한국의 사법체계
아래에 있지만, 그 법은 외국 군대에 봉사하기 위해 존재할 뿐이다.

　1945년 해방과 더불어 진주한 미군의 "위안"을 위해 인천 부평에
처음 생겨난 기지촌은 1960년대에 이르러 전성기를 맞았다. 이 무렵
방방곡곡에 생겨난 미군 기지에는 6만 2천 명의 미군이 배치되었고,

4　Ibid. p.249, p.95.

이들을 상대로 영업을 하는 여성들의 수가 3만 명에 이르렀다고 한다.[5] 베트남 전쟁에 대한 국내 여론이 나빠지자 미국 정부는 1969년에 닉슨 독트린을 발표하여 아시아권 내의 미군을 감축하거나 철수하려는 의지를 표명하였다. 주한 미군이 감축될 가능성을 염려한 한국 정부는 미군의 안전과 편의를 봐주기 위해 더욱더 적극적으로 나서게 된다. 한국의 법 제도가 자국민의 인권을 희생시켜 가며 주한 미군에 봉사한 가장 대표적인 예가, 1971년에 시작된 한국 정부와 미군의 합동 기지촌 정화 캠페인이다. 기지촌의 역사에 관한 이진경의 연구가 밝히듯, 이 시기에는 기지촌 여성들을 상대로 애국심을 고취하는 교양 강좌가 매달 개최되었고, 미군의 성병 예방을 위해 업소 여성들의 보건증 소지 및 등록증 발급을 의무화하였고, 정기적인 성병 검사를 의무화하되 검사비는 여성이 부담하게 했다. 이 여성 중 성병 보균자는 격리하여 치료했고 자비로 치료비를 부담하게 했다. 그리하여 기지촌은 미군 헌병이 상시로 검문하고 검사를 강제할 수 있는 미군 통제 하의 지역으로 변하였다.[6]

기지촌은 외국 군대의 주둔에 의존하지 않고서는 경제적 자립이 불가능하다는 점에서 미군 기지와 분리될 수 없는 관계를 맺고 있다. 캐서린 문의 연구가 밝히듯, 이러한 경제적 의존은 한국의 기지촌에만 해당하는 것은 아니었고, 베트남 전쟁 당시 미군의 휴양지로 사용되었던 오키나와와 태국, 미 공군과 해군이 위치한 필리핀의 앙겔레스와 올롱가포 등 아시아 각국에 흩어져 있던 기지촌의 공통점이었

5　Jin-kyung Lee, *Service Economies: Militarism, Sex Work, and Migrant Labor in South Korea*, U. of Minnesota Press, 2010, p.21.

6　Ibid., pp.26-30.

　　　　　　　　　　　　　　　고발과 연루

다.[7] 이러한 예속에도 불구하고 미군 기지와 미니 식민지 간에는 국가 간에서 발견되는 유의 경계선이 쳐져 있어 인적·물적 자원의 이동을 엄격하게 제한하거나 차단하였다.

인수가 백인 아버지와 함께 미군 기지창을 방문하던 날, 주인공은 미군 기지와 바깥 세계 간의 단절이 어떤 것인지를 두 눈으로 직접적 목격하게 된다.

> 마침내 우리는 육군 근무지원 사령부의 정문에 도착했는 데, 정문 앞에는 열댓 명의 여성들이 자신을 영내로 데려가 줄 미군을 기다리며 줄 서 있었다. 어머니가 나를 사령부에 데리고 올 때마다 간난 누나를 보았던 곳이 이곳이었다. 때 로는 우리가 몇 시간 후에 다시 정문으로 돌아왔을 때도 간 난 누나는 아직도 지나가는 미군을 부르며 뙤약볕 아래에 서 있었다. 만약에 간난 누나가 미군 하사관과 결혼했더라 면 누나는 줄 맨 앞으로 갔을 테고, 헌병은 아무 말 없이 누 나를 들여 보내줬을 텐데.[8]

인수가 부평의 근무지원 사령부의 정문에서 발견하는 한국인 여성들 은 제국의 PX가 약속하는 물질적 풍요에 이끌려 어떻게 하면 제국과 기지촌 간의 경계선을 넘어볼까 하고 줄을 선 무리이다. 이들 중 한 명이 인수 아버지 펭클을 향해 던진 추파—"하사니임, 굳 타임 한번 줄 게. 나 들여보내 줘?"—에서 드러나듯 이들이 국가 내에 쳐진 국경선

---

7 Katherine H. Moon, *Sex among Allies: Military Prostitution in U. S.-Korea Relations*, Columbia U. Press, 1997, p.32.

8 Fenkl, op. cit., p.68.

제3장 기지촌의 기억과 대항 오리엔탈리즘 | 103

을 넘기 위해 사용하는 것은 몸뚱이다. 이들은 그 경계선을 영구히 넘어서기 위해서 미군과의 결혼을 꿈꾸지만 그 꿈을 이루는 이는 많지 않다.

미군 기지 앞에 줄을 선 여성들 중 많은 수가 간난(Gannan)처럼 잘해야 미군에게는 "넘버원 섹스 파트너"로 취급되다 버림을 받고, 그래서 어떤 이들은 목숨을 끊기도 한다. 미군과 재혼하기 위해 모종의 반윤리적인 결정을 내려야 했던 인수 어머니, 흑인 남편 사이에서 난 혼혈아 아들이 딸려오는 것을 상대 백인 미군이 싫어하기에 재혼을 위해 아들을 희생시켜야 했던 제임스 어머니, 자신이 불임인지 모르는 미군 남편 몰래 혼외 관계에서 자식을 봄으로써, 자식을 통해 결혼 생활을 지키려는 장미 어머니 등 기지촌의 아내들과 어머니들은 약육강식의 정글에서 살아남기 위해서, 궁극적으로 미국행 티켓을 따내기 위해서 자식도 앞길의 장애가 되면 제거하고 혼외 관계도 불사해야만 하는 존재들이다. 전쟁 신부들이 생존을 위해 자식들을 대상으로 잔인한 "생명 정치학"(bio-politics)[9]을 실시하는 것이다.

기지촌이 미군 기지로부터 경계선에 의해 단절되었다면, 기지촌은 한국 사회로부터도 단절되어 있었다. 인수의 이모부인 형부의 입에서도 들려오듯, 당시 기지촌의 여성들이 "양색시"나 "똥갈보"라고 불린다는 사실은 기지촌과 바깥세상 간에 걸쳐 있는 도덕적인 경계

---

9 Jodi Kim, "I'm Not Here, If This Doesn't Happen': The Korean War and Cold War Epistemologies in Susan Choi's *The Foreign Student* and Heinz Insu Fenkl's *Memories of My Ghost Brother*", *Journal of Asian American Studies* Vol.11, No.3, 2008, p.299; Junghyun Hwang, "Haunted by History: Heinz Insu Fenkl's *Memories of My Ghost Brother* and 'Ghostly' Politics in the Shadow of Empire", *Journal of American Studies* Vol.44, No.1, 2012, p.108.

선을 잘 드러낸다. 이 도덕적 경계선을 따라 법적이고 인종적인 경계선도 쳐졌는데, 한국 정부가 기지촌의 유흥 시설에 내국인의 출입을 금지함으로써 이 두 세계 간의 인적 소통을 최대한 막았기 때문이다. 이러한 단절과 금기를 비웃기라도 하는 듯 바깥 세계와 미국의 미니 식민지 간에는 왕성한 양방향의 경제적 관계가 있었다. 당대의 도덕적인 금기가 예외적으로 허락해준 이 유대 관계는 한국의 주류 사회가 "양색시"라고 경멸하였던 미군의 한인 아내들과 성 파트너들에 의해 유지되었다. 미군의 아내들과 윤락녀들이 PX에서 사들인 물품이 암거래 시장에서 높은 가격에 거래되었다는 사실은 1960년대의 기지촌이 바깥 세계에 선망의 소비재를 제공하는 통로 역할을 하였고, 그런 점에서 풍요의 상징으로 기능하였음을 반증한다. 시골에서 농사를 짓던 인수의 사촌 간난이 부평으로 올라와 양색시로 일하게 된 것도 기지촌이 당대의 하층계급 한국인들에게 가난에 찌든 삶을 벗어나는 지름길로 인식되었기 때문이다.

2.
미군의 인종주의와
'불명예 백인'

•

『나의 유령 형의 기억』에서는 복마전(伏魔殿)과 같은 기지촌 내의 한국인들의 추악한 모습도 강조되지만, 미군의 문화가 기지촌을 어떻게 인종화하였는지도 드러난다. 한국계 미국인의 정체성과 관련하여, 그 정체성이 한국인의 고유한 문화에 기반을 두고 있다는 주장, 혹은 그 정체성이 한국계 미국인의 사회적인 역사에 뿌리박고 있다는 주장[10]이 있다. 이에 대해 영문학자 임지현은 한국계 미국인의 정체성은 "흑인의 기호에 의해 선(先)구성된 것"이라고 반박한다. 한국계 미국인의 정체성이 다른 인종 범주와의 관계에 의해 결정되는 상대적인 것이라고 보는 것이다. 이를 입증하기 위해 임지현이 드는 예는, 한국의 기지촌에서 한국인과 백인은 서로 뚜렷이 구분되는 반면, 한국인과 흑인의 구분은 분명하지 않다는 사실이다. 이러한 비대칭적인

---

10   Elaine H. Kim, "Korean American Literature", *An Interethnic Companion to Asian American Literature*, ed. King-Kok Cheung, Cambridge U. Press, 1997, p.158.

고발과 연루

인종 역학은 인수가 백인 아버지에 대해 느끼는 거리감이나 아버지가 다른 백인과 맺는 관계의 친밀감과 비교해 볼 때 그 존재가 잘 드러난다. 일례로, 아버지가 근무하는 판문점을 인수가 방문했을 때, 그는 아버지와 백인 부하 사이에서 동질성과 신뢰에 토대를 둔 친밀한 관계를 발견한다. 그때 인수는 자신이 이 관계에 결코 동참할 수 없을 것이라고 느낀다. 인수의 이 좌절감은 한국인과 백인 간에 존재하는 건널 수 없는 인종적인 벽에 기인하는 것이다. 반면, 기지촌에서 목격되는 한국인과 흑인 간에는 인종적인 벽이 존재하지 않을 뿐만 아니라, 흑인 남성과 한국인 여성 간에 태어난 혼혈아들이 예외 없이 흑인으로 간주된다는 사실은 한국계 미국인의 정체성이 흑인 범주에 의해 포섭되고 결정될 수 있는 것임을 입증한다. 이는 한국인들이 흑백의 이분법적인 인종 구도와 맞닥뜨리게 될 때 이들에게는 독자적인 인종적 정체성이 허락되지 않음을 의미한다.

기지촌의 한국인 여성들은 미군의 인종적 이분법을 구성하는 두 항 중 어느 항과 관계를 맺느냐에 따라 해당 범주 내로 흡수되며, 특히 차등적인 내부자의 지위로 흡수되는 양상을 보인다. 단적인 예가 기지촌에서 백인을 상대하느냐 흑인을 상대하느냐에 따라 한국인 여성들도 두 집단으로 분류되고, 한번 그런 라벨이 붙고 나면 다른 집단으로의 이동이 허용되지 않는다는 사실이다. 작품에서 인수의 집에 모인 어머니 친구들의 대화 중 장미의 어머니가 신참 클럽 여성에게 하는 충고를 들어보자. "이 바닥에 뛰어들기 전에 흑인 미군을 상대할지, 백인 미군을 상대할지 정해야만 해. [……] 백인 놈들은 네가 흑인과 지내는 걸 한 번이라도 보게 되면 네게 손도 대지 않으려고 할 거야. 네게서 검댕이가 묻어 나온다고 생각하나 봐. 네가 백인과 연애를 하면, 흑인을 상대하는 여자들도 너와 어울리려고 하지 않을걸."[11] 이 충고는 기지촌 여성들이 흑인을 상대하는 매춘부와 백인을 상대하는 매춘부로 엄격히 분리되었던 기지촌의 실태를 가감 없이 보여준다. 미군의 골칫거리였던 흑백 간의 차별은, 미군들이 실제로 기지촌 내에서 흑인 출입 업소와 백인 출입 업소를 처음부터 구분했고 그러한 불문율을 어기는 미군과 여성은 봉변을 당했다는 사실[12]이 잘 드러낸다. 미군의 인종주의가 기지촌까지 점령한 것이다.

잠자리 상대에 따라 한국인 여성의 인종적 범주가 자동적으로, 불가역적으로 결정된다는 사실은 백인의 인종주의가 기지촌의 한국인 여성을 제3의 인종 범주로 인정하지 않음을 의미한다. 임지현은 이 경우 한국인의 정체성이 "흑인과 백인의 인종적 의미가 각인되는 백지장"[13]으로 작용한다고 보았다. 그러나 유의할 사실은, 한국인 여성이 백인 미군을 상대하는 여성으로 분류되었다고 해서, 즉 그의 몸에 백인을 상대하는 파트너의 의미가 각인되었다고 해서, 그 여성이 상대 미군과 같은 백인의 범주에 온전히 포함되었다고 볼 수는 없다는 점이다. 이 여성의 몸에 각인된 의미는 백인에게만 성을 봉사하라는 한낱 '서비스 규정'에 지나지 않기 때문이다.

미국인의 인종적 정체성이 파트너 여성의 인종적 정체성을 일정 부분 결정하는 관례는 미군과 결혼한 한국인 여성들에게도 적용

---

11 Fenkl, op. cit., p.210.

12 Moon, op. cit., p.80.

13 Jeehyun Lim, "Black and Korean: Racialized Development and the Korean American Subject in Korean/American Fiction", *Journal of Transnational American Studies* Vol.5, No.1, 2013, n.g. <https://escholarship.org/uc/item/2vm8z5s2>.

이 된다. 제임스의 어머니는 흑인 미군과 결혼하여 제임스를 임신하게 되나 월남전에서 남편이 사망하여 혼자가 되었다. 인수 어머니가 나중에 친구들과 나누는 대화에서 제임스 어머니에 관한 소식이 들려오는데, 이에 의하면 그녀가 백인 미군과 새로 결혼했고, 아들 제임스는 어쩌다 도랑에 빠져 죽고 말았다고 한다. 이 이야기를 들은 장미 어머니는 그 백인 미군이 "흑인 아들"을 둔 여자와 결혼하고 싶어 하지 않았을 터인데, 마침 운명적으로 결혼의 걸림돌이 제거되었다는 투로 논평한다. 그러나 이 이야기를 인수에게서 전해들은 형부는 제임스의 죽음과 관련하여 자신이 생각하는 잔인한 진실을 거침없이 밝힌다. 그에 의하면, 제임스가 빠져 죽었다고 하는 백마장의 도랑은 물이 발목에 찰 정도로 얕은 곳이다. 그러니 제임스가 익사했을 리가 없고 살해당했다고 봐야 한다는 것이다. 이때 살인자로 지목되는 이는 바로 제임스의 어머니이다. 형부가 추측하는 살인 동기는, "검둥이 자식을 둔 갈보와 결혼하려는 사람은 없기" 때문이다.[14] 제임스가 사라짐으로써 그의 어머니가 백인 미군과 재혼할 수 있게 되었다는 사실은 흑인 남편을 둔 한인 여성은 곧 흑인이라는 미군의 인종주의적 사고가 기지촌을 지배하고 있음을 드러낸다.

임지현의 "백지장 이론"에서 비춰 보았을 때, 백인과 결혼한 한국 여성은 백인으로 취급될까? 백지장 이론이 적용되려면 독일계 미국인과 결혼한 인수의 어머니는 백인의 인종적 지위를 부여받아야 한다. 그러나 이는 일부만 옳다. 우선, 백인과 결혼한 기지촌의 한국 여성이 동료 여성들이 부러워하는 특권을 받게 됨은 사실이다. 미군과

---

14 Fenkl, op. cit., p.229.

의 결혼이 미군 기지의 풍요를 누릴 수 있는 자격을 주고, 궁극적으로는 풍요의 나라인 미국행 티켓을 준다는 점에서 그렇다. 그런 점에서는 흑인 미군과의 결혼도 다르지 않지만, 백인 미군과의 결혼은 이러한 물질적·법적 특권 외에 '백인 클럽'에 가입하게 되는 상징적인 특권도 추가로 제공한다. 출생의 권리가 아닌 결혼 제도를 통해 백인 사회에 편입된다는 점에서 이 여성들은 일종의 "명예 백인"이라고 부를 수 있겠다. 그러나 백인 미군과 결혼한 기지촌 출신의 여성들이 백인 사회에서 십중팔구 주변적인 위치에 서게 된다는 사실을 동시에 고려한다면, 엄격히 말하자면 이 여성들을 "불명예 백인"이라고 부르는 것이 실체적 진실에 더 가까울 것이다. 그런 점에서 미국인과의 관계에 의해 한국인의 인종적 정체성이 결정된다는 백지장 이론은 제한적으로만 유효하다.

결혼을 통해 한국인 여성들에게 주어진 "불명예 백인"의 지위는 인수 아버지가 집 밖에서 가족을 대하는 태도에서도 잘 드러난다. 식사 중 밥을 흘렸다고 다짜고짜 아들의 얼굴을 손으로 가격하는 난폭하고 성급한 면도 그에게는 있지만, 아들을 미군 기지의 스낵바에 데리고 가서 아들이 좋아하는 것을 사주고, 키플링의 소설 『킴』을 선물로 사주는 등 그는 나름 자상한 면이 있는 아버지이다. 그러나 동료들이나 부하들이 있는 곳에서 그가 보이는 태도는 이와 많이 다르다. 인수가 갓 태어났을 때 이모가 정류소에서 기다렸다가 미군 버스에 내리는 펭클에게 갓난아기인 인수를 안겨준 적이 있다. 이모는 첫아들을 보고 싶어하는 아버지의 마음을 헤아려 한 일이지만, 펭클은 자신이 혼혈아의 아버지라는 사실이 밝혀져서 수치심에 얼굴을 붉힌 바 있다. 집에 도착한 후 펭클은 동료 미국인들이 보는 데서 한국인으로부터 혼혈아 자식을 받아 안게 되었다고 아내에게 불같이 화를 낸다. 이후에도 그는 아내나 아들과 같이 있는 모습을 부하들에게 보여주지 않으려고 하는데, 그 이유는 부하들에게 그런 모습을 보이는 것이 자신의 권위를 손상시킬 것이라고 생각해서이다.[15]

인수 아버지의 이러한 태도는 한국인 여성이 결혼 제도에 의해 백인의 가족 구성원이 되더라도 그녀와 그녀의 혼혈 자식은 백인 사회의 차별로부터 완전히 자유롭지는 못할 것임을 예고한다. 아내가 미군 클럽의 한인 여성들과 어울리는 것을 펭클이 싫어하는 것도 이 여성들의 직업이 대부분 사회적인 인정을 받지 못한다는 점이 작용하였겠지만, 동시에 '백인 클럽' 내에서 인수 어머니의 불확실한 위치와도 관련이 있다. 한국인 매춘 여성들과의 빈번한 교제가 그렇지 않아도 불안정한 '백인 가족'의 지위를 손상시킬 수 있음을 펭클이 염려하였기 때문이다. 제임스 어머니와 사귀는 백인 미군이 한국인 여성을 매개로 "하층 인종"인 제임스와 혈연으로 엮이는 것에 알레르기 반응을 보였듯, 자의식 강한 펭클도 기지촌의 한국인들과 어울림으로써 아내가 입게 될 사회적 지위의 추락에 대해, 그리고 그것이 자신에게 미칠 영향에 대해 걱정하는 것이다.

---

15 Ibid., p.63, p.131.

3.
한국 주류 사회의 비판

·

　　유럽이 아프리카 출신의 흑인을 노예로 삼은 지가 4백여 년이 넘었고, 미국의 노예제도도 버지니아의 제임스타운에 흑인 노예가 실려 온 1619년까지 거슬러 올라가는 것이니, 백인의 인종주의는 이처럼 장구한 지배와 착취의 역사에 의해 생성된 공고한 것이다. 반면 아시아에 대한 서구의 지배와 착취도 그 역사가 짧다고는 할 수 없지만 아프리카 출신의 흑인처럼 집단적인 노예제의 희생이 되는 불운을 겪지는 않았다. 캐서린 문의 연구가 밝히듯, 20세기에 미군들 사이에 팽배했던 아시아인에 대한 인종주의는 미국이 태평양 전쟁과 월남전을 수행하였던 것과 무관하지 않다. 문의 비평을 보자.

　　로이드 루이스의 연구가 밝히듯, "[베트남]에 배치된 모든 종류의 군 기관에서 근무하는 군인들은 동일한 정신교육을 받았던 것을 기억한다. 그 내용은 "동양인은 적(敵)이고 열등하다"는 것이다. 베트남 사람들을 지칭했던 인종적인 용어들, "국(gook), 슬랜트, 슬로프, 딩크 …… 그 외 대여섯 가지

지역적인 변형어들"은 황색 피부를 한 민족들을 지칭할 때 [이차세계대전 때 일본인들을, 한국전쟁 때에는 한국인들과 중국인들을 그렇게 불렀듯] 이미 이전에 사용되었던 것들이다." [……] 미국 사회 내에서 아시아인에 관한 인종적인 정형은 아시아 여성들에 관한 성적인 정형과 결합되었고, 이는 미군이 아시아에서 기지촌 매춘에 나서도록 조장하였다.[16]

기지촌 여성들에 대한 인종적인 차별은, 펭클의 소설에서 제임스와 그의 어머니가 미군 통근 버스에서 내릴 때 이들을 향해 "시팔 고래 같은 년", "엄마 고래와 새끼 검둥이"[17]라고 욕을 퍼붓는 백인 미군이나 공적인 영역에서 한국인 식구들과 같이 노출되기를 꺼려하는 인수 아버지에게서만 발견되는 것은 아니다. 아이러니하게도 소설에서 기지촌 여성에 대하여 가장 인종적인 편견을 가진 이는 인수의 이모부인 형부이다. 형부는 하는 일 없이 술과 담배로 세월을 보내며 처제의 집에 얹혀산다. 그를 먹여 살기 위해 아내와 처제, 질녀 간난, 나중에는 본인의 딸까지 기지촌에서 노동의 품을 팔아야 했다. 아내는 가사 노동으로, 처제 인수 어머니는 암거래로, 간난은 매춘으로 그를 먹여 살리고, 그의 딸 해순(Haesun)도 장성한 후에는 매춘으로 그의 약값을 댄다.

사회적인 폐인에 가까운 형부는 가정폭력에 의존함으로써, 또 '과잉한 남성성'에 관한 이야기를 만들어내고 주위에 들려줌으로써, '기지촌의 잉여 인간'으로서 상처받은 자존감에 대한 보상을 받고자 한

---

16 Moon, op. cit., p.33.
17 Fenkl, op. cit., p.96.

다. 그가 만취해 들어온 날 다음 날 용수와 해순의 몸에서 어김없이 발견되는 시퍼런 멍도 같은 맥락에서 이해될 수 있다. 상처받은 자존 감에 대한 보상을 자식에 대한 폭력에서 찾은 것이다. 그는 자신보다 몇 배나 크고 힘센 도깨비를 혼내 준 일화나 구미호와 결혼한 고조부 가 그 괴물을 처형함으로써 마을을 구하게 된 일화를 인수에게 들려 주는데,[18] 두 이야기 모두 그의 거세된 남성성을 보상하는 서사적 기 제로 작용한다. 도깨비를 혼내 준 일화에서는 그 자신이 직접 현명한 용자(勇者)의 모습으로 등장하는 반면, 구미호 이야기에서는 조부를 주인공으로 등장시키되 이 조상과 동일시함으로써 상상적 보상을 추 구하는 것이다.

형부는 인수에게 담배 심부름과 커피 심부름을 시키는 대가로 옛 날이야기를 들려주는 등 인수와 특별히 친밀한 관계를 맺는다. 형부 는 하루는 인수에게 열심히 공부해서 자기처럼 되지 말라고 충고한 다. 이에 인수는 미군사관학교에 들어가 아버지처럼 미군이 되려 한 다고 대답한다.

> 그러려면 공부를 열심히 해야 한다. 그렇지 않으면 [네 아
> 빠] 같이 별 볼 일 없는 군인이 되고 말아. 그러면 전쟁이 일
> 어나고 있는 이름도 없는 나라에 가게 되고, 검둥이 갈보와
> 한번 붙고는 개와 결혼하는 거지. 너는 너무 마음이 고와 탈
> 이야.[19]

---

18 Ibid., pp.47-53, pp.37-41.
19 Ibid., p.221.

형부의 이 진술에서 인수 아버지에게는 반면교사(反面教師)의 역할이 맡겨진다. 문제는 이 교육적 충고에서 백인 펭클이 인수의 어머니와 결혼하게 된 것이 "검둥이 갈보와 한번 붙고는 결혼한 것"과 같은 수준에 놓이게 된다는 사실이다. 사실, 펭클이 인수의 어머니를 만나게 된 것이 십중팔구 기지촌의 클럽일 것이라는 점에서 인수의 어머니가 매춘 여성이었을 가능성이 높다. 그런 점에서 형부의 진술이 틀렸다고 할 수는 없다. 또한, 인수 어머니와의 결혼이 펭클의 사회적 지위를 낮추었으면 낮추었지 높이지는 못하였다는 점에서도 펭클이 사회적으로 별 볼 일 없는 인물이 되었다는 형부의 평가는 사실로부터 그리 멀지 않다.

그런데 문제는 인수에게 주는 애정 어린 충고에서 인수 어머니나 클럽의 여성들이 "검둥이 갈보"로 지칭되고 있다는 사실이다. 형부의 입을 통해서 들리는 인종주의적 언사는 그가 미군의 인종주의를 무비판적으로 수용하였음을 입증한다. 이러한 일화를 통해 작가는 미군의 인종주의뿐만 아니라 기지촌의 여성을 대하는 기지촌 바깥의 시각 즉 한국인 남성들의 시각까지 비판의 도마에 올린다. 기지촌에서 일하는 여성 식구들의 노동에 의존해 살아가면서도 이들을 "검둥이 갈보"로 여기는 형부의 이중성이, 기지촌이나 그곳에서 살아가는 한국인 여성을 바라보는 한국 사회 전체의 이중성을 징후적으로 드러내기 때문이다. 1965년의 미군 감찰 보고서에 의하면,

> 매춘 행위 등이 [한국] 국민 총생산의 상당한 양을 차지하기에, 한국 정부가 이 상당한 수입의 원천을 삭감하는 조치를 진지하게 열의를 가지고 강제할 것을 기대할 수는 없다. 보

건복지부의 한 관리가 논평한 바 있듯, "당신네 미국인들은, 정부의 지원이 전혀 필요치 않을뿐더러 몇 천이라고 셀 수 도 없는 많은 사람의 생계를 가능하게 해주는 수입원을 삭감하라는 요구를 우리에게 한다."[20]

이 인용문에서 미군이 요구한 "수입원 삭감"의 내용은 다름 아닌 한국 정부가 기지촌 정화에 적극적으로 개입하라는 요구였다. 미 8군 정보 장교의 예측에 의하면 1960년대에 주한 미군이 한국의 국민 총생산에 기여하는 비중이 25%에 이르렀다. 한국이 경제적으로 비약적인 성장을 한 후인 1987년에 이 수치는 10억 달러, 국민 총생산의 1%로 바뀐다.[21] 또한, 한국 정부는 70년대에 공격적인 관광 정책을 실시하여 한국 여성의 성 서비스가 본격적인 사업으로 확장되고 발전하는 데 한몫을 하였다. 70년대에 일본인들의 "기생 관광"의 공급지로 한국이 급부상하게 된 것도 당시의 관광 정책과 무관하지 않았다. 당시 한국으로 기생 관광을 온 일본인 남성 중 한 명은 『나의 유령 형의 기억』에서도 언급된다. 인수는 스무 살이 되던 해 참석한 한 가족의 결혼식에서 제임스의 이종 여동생 수지(Suzie)를 만난다. 그때 그는 수지의 얼굴에서 긴 흉터를 발견한다. 이 흉터는 그녀의 고객이었던 한 일본인 은행가가 면도날로 그어 놓은 것이었다.[22]

---

20 Moon, op. cit., p.44에서 재인용.
21 Ibid.
22 Fenkl, op. cit., p.233.

기지촌 매춘이 한편으로는 주한 미군에 대한 보상으로서 국가 방위에 기여하였다면, 다른 한편으로는 외화 가득을 통해서 국민 총생산에 기여하였고, 주한 미군으로부터 여염집 처녀들을 보호하는 역할도 하였다. 또한, 한국의 부르주아 계급은 이 성 노동자들이 미군 PX에서 반출한 고급 소비재를 통해 그들의 높은 소비 욕망을 충족시킬수 있었다. 1960년대와 1970년대 한국의 경제 발전이 이처럼 이 여성들의 성 노동에 의존하였지만, 한국 사회는 기지촌 여성들을 "타락한 여성"으로 도덕적인 낙인을 찍었고, 이러한 사회적 편견 때문에 이들은 기지촌 매춘에 한 번 빠져들면 다시는 빠져나오기가 힘들었다. 그러니 『나의 유령 형의 기억』에 등장하는 인물인 형부는, 한편으로는 이 성 노동자들에게 의존하면서 다른 한편으로는 이들을 "갈보"나 "검둥이 갈보"라고 부르며 도덕적으로 정죄한 당대 한국의 주류 사회를 대변한다.[24]

펭클의 텍스트는 형부 같은 한국인들이 미군의 인종주의와 공모하였을 뿐만 아니라 한국의 오랜 성차별주의에 젖어 있음을 폭로한

---

23 1970년대 동두천의 기지촌 풍경 (사진. 구와바라 시세이).
24 이와는 달리 형부를 민족주의자로 보는 주장으로는 Hwang, op. cit., p.111 참조.

다. 형부의 여성 혐오는 그가 술에 만취해 해순, 용수 그리고 인수를 강으로 데려가서 배를 태워주는 일화에서도 잘 드러난다. 술에 취해 노를 젓는 아버지의 모습이 위태위태하게 느낀 해순이 도중에 돌아가자고 애원을 하나 형부는 딸의 간청을 무시한다. 공포에 질린 해순은 차라리 도중에 배에서 내리기 위해 배의 난간을 잡고 물에 들어가려 하였으나 수심이 보기보다 깊어 어쩔 줄을 몰라 한다. 형부는 딸에게 도움을 주기는커녕 해순을 배 난간에 매단 채 아무 일 없다는 듯 천천히 노 저어간다. 그뿐만 아니라 용수와 인수가 해순을 구하려 하자 그렇게 하면 너희들도 물에 빠뜨리겠다고 겁박한다. 그 결과 해순은 이 물놀이에서 초죽음이 되었다가 살아난다. 나중에 인수가 왜 그랬냐고 묻자 형부는 대답한다. "걔는 계집애야. 여자는 가문의 혈통을 더럽힐 수 있지. 여자는 너의 정기를 모두 빨아 먹어버려. 다른 여자들처럼 걔도 자라서 못 된 년이 될 거야. [……] 못 된 년들. 항상 자신이 남자보다 많이 안다고 생각하지."[25] 이 설명에 의하면, 해순이 그날 저지른 죄는 술 취한 아버지의 물놀이 계획이 위험하다고 판단한 것이고, 그런 판단을 내림에 있어 아버지보다 사리판단이 뛰어난 척하였다는 것이었다.

형부의 진술의 기저에 있는 여성 혐오는 그가 가부장적인 전통 사회로부터 물려받은 것이기도 하지만, 그가 딸의 사리 바른 행동에 대해서까지 혐오를 드러내는 것은 아내와 처제의 노동에 의탁하는 자신의 못난 처지에 관한 자의식이 발동한 것이기도 하다. 자신이 평소에 멸시하는 여성에 의존하는 처지였기에, 딸마저 자신의 물놀이 계

---

25 Fenkl, op. cit., pp.46-47.

획에 반대하자 이를 남성 자존심에 대한 상처로 받아들인 것이다. 형부가 남성성의 과시와 여성 혐오주의를 동시에 보여주는 경향에 대해 그레이스 홍은 당대 한국 남성이 처한 모순에서 그 설명을 찾는다. 즉, 박정희의 군사 정권 하에서 국방의 의무에 동원되는 한국 남성은 그에 걸맞은 초남성성(hypermasculinity)을 보여주도록 요구받지만, 동시에 한국이 주한 미군에 안보를 의존하는 미국의 신식민지라는 점에서 군사주의적 초남성성은 한국 남성들에게는 애초부터 성취가 불가능한 것이었다. 이러한 모순이 한국 남성들로 하여금 남성성의 과시에 집착할 뿐만 아니라 남성 자존심이 받는 상처에 대하여 민감하게 반응하게 만들었고, 그에 대한 반발로서 동료 여성을 혐오하게 되었다는 것이다.[26]

이처럼 펭클의 서사는 한편으로는 기지촌의 여성들 사이에 만연한 인종주의가 실은 미군으로부터 나온 것임을 적시하면서도, 다른 한편으로는 인종주의자이자 성차별주의자인 형부를 등장시킴으로써, 기지촌의 한국인들을 도매금으로, 미군이 들여온 악덕의 '피해자'로 재현하기를 거부한다. 특히 형부를 이중적인 잣대를 가진 한인 남성의 전형으로 구축함으로써 한국 사회가 기지촌의 억압적인 현실에 책임 있는 공범이자 범죄의 수혜자임을 암시한다. 앞서 논의한 바 있듯 기지촌에 관한 선정적인 묘사를 포함하고 있음에도 불구하고, 이 소설이 오리엔탈리즘과의 정합성뿐만 아니라 맹목적인 피해자 도덕주의를 깨트릴 수 있는 것은 이처럼 기지촌의 인종 관계를 '억압자 대(對) 피해자라는 이분법적인 시각에서 보기를 거부하기 때문이다.

---

26   Grace Kyungwon Hong, "Ghosts of Camptown", *MELUS* Vol.39, No.3, 2014, p.58.

4.

이민자 서사의 파격

•

　　논의의 방향을 조금 틀어서 이민자 서사 형식이라는 관점에서 이 소설의 결말을 한번 보도록 하자. 아시아계 미국 작가들은 자신의 인종적인 유산이나 아시아계 미국인이 당면한 의제와 관련하여 글을 쓰고 싶은 '욕망'과 아시아계 독자가 소수에 불과한 '출판 시장' 사이에서 고민을 하지 않을 수가 없다. 다수의 독자에게 낯선 소재라고 여겨질 내용을 출판해야 하는 입장에서 시장의 반응을 예측해보지 않을 수 없기 때문이다. 이러한 상황에서 아시아계 작가는 이민자의 현실과 관련되기는 하나 대부분의 독자들에게도 친근하게 여겨질 소재를 전략적으로 선택함으로써 주류 출판 시장에서 생존을 모색하게 된다.

　　패트리샤 추에 의하면, 모든 인종에게 보편적으로 호소할 소재 중에서 이민자 출신의 작가들이 선택한 것은 "가족 간의 갈등, 노력과 교육을 통한 자기 개발의 욕망, 개인의 편견과 인종주의 등의 사회적 불의에 대항하여 싸우는 미국식 투쟁"[27]이다. 이러한 소설에서 정의와 개인적인 욕망을 추구하는 일은 주로 미국에서 태어난 이민자 2세에게 맡겨지고, 가족에 전해 내려오는 오랜 전통을 보호하거나 전달하는 일은 아시아 출신의 부모에게 맡겨진다. 또한, 아시아계 작가들은 미국 주류 문학의 성장 서사 전통을 받아들여 이를 "모녀 로맨스"로 변형시킴으로써, 형식의 전용을 통하여 소수민 문학의 활로를 찾게 된다. 모녀 로맨스의 전형적인 결말은 "어머니가 남긴 텍스트를 딸들이 읽거나, 어머니에 관련된 결정적이고도 성장을 동반하는 진실을 배우게 되는 장면"[28]의 형태를 취한다. 패트리샤 추는 이러한 플롯이 아시아계 여성 작가들뿐만 아니라 남성 작가들에게서도 변형된 형태로 발견된다고 주장하는데, 대표적인 경우가 펭클의 『나의 유령 형』과 거스 리(Gus Lee)의 『영예와 의무』(Honor and Duty)이다.

아시아계 이민자 문학에 관한 패트리샤 추의 진단은 펭클의 소설을 상당 부분 설명해주기도 하지만, 동시에 이 소설이 여타 아시아계 작가들의 서사와 변별되는 지점들을 가리기도 한다. 켈러의 소설에 관한 논의를 잠시 복기해보자. 앞서 『종군 위안부』는 '행복한 결혼'의 결말을 갖지 않는다고 했다. 결혼 대신 베카가 계몽과 이해를 얻기 때문이다. 어머니 순효가 종군 위안부였다는 충격적인 사실을 발견하고, 이러한 발견이 미국인 딸이 성장하면서 갖게 된 트라우마나 정체성에 관한 문제를 해결해준다는 점에서, 켈러의 소설은 "이민자 서사"의 구조에 충실하다는 진단을 내린 바 있다. 『나의 유령 형의 기억』

---

27   Patricia P. Chu, *Assimilating Asians: Gendered Strategies of Authorship in Asian America*, Duke U. Press, 2000, p.62.

28   Ibid., 80.

의 결말도 이와 유사한 형태를 띤다. 인수가 꿈에서 여러 번 본 적이 있는 아이의 정체가 작품의 결미에서 밝혀지며, 그 아이가 어머니를 괴롭혀왔던 가족의 비밀이었다는 점에서 그렇다.

꿈 이야기를 자세히 하자면, 인수가 꾸었던 문제의 악몽에는 항상 소복을 차려입고 날이 시퍼런 칼을 든 할머니가 등장한다. 이 꿈에서 인수의 식구들은 모두 잠이 들어있고 인수만 깨어 있어, 이 할머니가 식구 중 누군가를 해치려는 것을 인수 혼자만 알고 있다. 꿈에서 인수는 소리를 질러 식구들을 깨워야 할지 말아야 할지를 고민한다. 소리를 지르면 할머니가 소리 지른 자신을 가만 둘리 없고, 그렇다고 잠자코 있자니 잠든 식구 중 누군가를 해칠 것 같으니, 이러지도 저러지도 못한 채 혼자 진땀을 흘리는 것이다. 그 순간 누군가가 문간에 나타나게 되고 그 누군가를 쫓아서 할머니가 사라지는 바람에 인수는 위기를 모면한다. 이 꿈에서 깰 때마다 인수는 노파를 유인한 문제의 인물이 낯이 익을 뿐만 아니라 자신과 무척 닮았다는 사실을 기억하고는, 그의 정체에 대해 궁금해 한다. 또한, 그를 꿈에서 볼 때마다 인수는 "공포에 질릴 뿐만 아니라 말할 수 없는 슬픔"[29]을 느끼게 된다. 작품 결미에서도 인수는 같은 꿈을 꾸는데, 이때 그는 그 아이가 쿠리스토 (Kuristo)라는 자신의 형이라는 생각을 난데없이 하게 된다. 그런 형이 실제로 있었는지 아버지에게 물었을 때, 아버지는 꿈에 나타난 쿠리스토가 "크리스토퍼"의 한국식 발음이 아니라 "크라이스트", 즉 예수님일 것이라고 설명해주고, 다시는 그런 꿈 이야기는 하지 말라고 면박을 준다.

---

29   Fenkl, op. cit., p.203.

인수 가족의 미스터리는 결미에서 사촌 해순의 입을 통해 설명된다. 해순에 의하면, 쿠리스토는 어머니가 펭클과 재혼하기 위해서 입양을 보내어야 했던 인수의 이부형(異夫兄)이었다. 즉, 인수의 어머니는 백인 전남편과의 사이에서 쿠리스토를 두었었다. 그녀는 혼자가 된 후 펭클을 만나게 되었고 그와 재혼하고 싶어 했지만, 펭클이 쿠리스토를 입양시킬 것을 결혼 조건으로 내걸었던 것이다. 형의 존재에 관한 발견은 인수에게 계몽의 순간을 가져다준다. 피상적인 수준에서 그 계몽의 의미는 인수가 반복적으로 꿨던 꿈에 나타난 아이가 누군지를 마침내 알게 되었다는 데 있다. 좀 더 심오한 의미로는, 인수가 자신을 무의식적인 수준에서 괴롭혀왔던 문제의 원인을 규명할 수 있게 되었을 뿐만 아니라, 더불어 자신과 가족에 대해 심층적인 시각을 갖게 되었다는 데 있다. 이 시각에 의하면, 소복을 입고 가족을 위협하는 할머니의 존재는 인수가 무의식중에 느끼고 있었던 형에 대한 일종의 '부채의식'이 불러낸 것이다.

인수의 부채의식에 대해서 좀 더 살펴보면, 우선 형의 희생이 없었다면 인수 어머니가 재혼할 수 없었을 테고, 그러면 인수나 여동생 안나(An-na)도 태어날 수 없었을 것이다. 또한, 펭클과의 결혼이 있었기에 인수 어머니는 남편이 벌어주는 미군의 봉급과 더불어 PX 물품을 암시장에 내다 팔아 얻는 수익으로써 이모네를 포함하는 대가족을 부양할 수 있었다. 그런 점에서 쿠리스토의 희생이 없었다면 인수네 대가족의 안녕이 심각한 위협을 받거나 가족이 뿔뿔이 흩어지게 되었을 것이다. 그러니 할머니는 인수 가족의 미래를 쥐고 있는 운명의 여신쯤 되는 존재이고, 쿠리스토가 이 할머니에게 스스로를 바침으로써 인수 가족이 탄생할 수 있었던 것이다. 이진경이 지적한 바 있듯,[30] 인수 아버지는 집안의 비밀을 숨기기 위해 쿠리스토가 크라이스트의 한국식 발음일 것이라고 인수에게 둘러댔는데, 쿠리스토가 예수님처럼 자신의 희생을 통해 다른 사람들을 살려냈다는 점에서, 그의 이 얼버무린 대답은 쿠리스토 존재의 핵심을 꿰뚫는 진술이다.

어린 쿠리스토를 입양 보내야 했던 어머니의 참담한 심정은 아들을 입양 기관에 보냈다가 다시 찾아가는 일을 그녀가 두 번이나 했다는 사실에서 드러난다. 보다 못해 입양 기관에서 그렇게 하면 다시는 아이를 맡지 않겠다고 인수 어머니를 위협했고, 가족이 나서서 쿠리스토를 그녀가 알지 못하는 기관에 맡겨버림으로써 그녀를 단념시킬 수 있었다.[31] 그러나 작품의 끝에서 어머니에게는 또 다른 비밀이 있음이 드러난다. 월남전에서 살포된 고엽제의 영향으로 펭클이 암에 걸리게 되고, 그는 치료를 위해 미국으로 귀국하게 되는데, 이때 가족들도 미국으로 따라갈 준비를 하게 된다. 이때 어머니는 인수에게 자신이 미국행을 결심하게 된 데에는 또 다른 이유가 있음을 털어놓는다. 어머니는 미국에 가면 입양되어 떠난 쿠리스토를 찾을 소망을 품고 있었던 것이다. 병세가 위중한 남편이 언젠가는 자신의 곁을 떠날 터이니 그때 장남을 찾을 계획이었던 것이다.

이렇게 말하고 보면, 『나의 유령 형의 기억』은 패트리샤 추가 말한 "모녀 로맨스"의 변형 서사의 결말에 충실하다. 주인공이 "어머니에 관련된 결정적이고도 성장을 동반하는 진실을 배우게 되는 장면"이 작품의 결미에서도 벌어지고 있다는 점에서 말이다. 마치 베카가

---

30 Lee, op. cit., p.168.

31 Fenkl, op. cit., p.264.

어머니의 녹음테이프에서 진실을 알게 되고, 이러한 발견이 이민 2세 대로서의 그녀의 정체성에, 과거에 대한 그녀의 시각과 그녀의 미래의 삶에 중요한 변화를 가져다줄 것으로 예측되듯이 말이다. 그런 점에서 『나의 유령 형의 기억』은 일종의 '종결의 미'(closure)를 제시한다. 결말이 자신의 삶이나 주변에 대해 주인공이 갖는 인식에 변화를 가져온다는 점에서는 그렇다. 동시에 고려할 사실은 이 결말이 주인공이 성장기에 가졌던 문제를 조명해주기는 하나, 그 결과 그의 삶이 받게 되는 영향을 "노력과 교육에 의한 자기 개발"과 같은 유의 성장으로 보기는 힘들다는 점이다. 가족의 비밀을 파악하였을 때 인수가 보이는 반응을 염두에 둘 때 그렇다.

인수가 악몽을 꾸는 장면으로 되돌아가 보자. 인수는 꿈에서 가족을 칼을 든 할머니로부터 구해준 이가 쿠리스토 형임을 직관적으로 깨닫게 된다. 이때의 인수 모습을 보면,

> 고개를 돌렸고, 열려진 우리 방의 문을 통해 본 어머니의 잠든 얼굴에서 미소를, 꿈속에서 막 지은 어머니의 미소를 보았다고 생각했다. 그 순간 나는 어머니가 증오스러웠다. 할머니의 번뜩거리는 칼날에서 우리를 구해 준 쿠리스토도 증오했다. 증오감이 너무나 강렬하다 못해 나의 목구멍에서 아지직 하는 소리와 함께 목석같이 뻣뻣한 나의 몸이 일시에 폭발하였다. [……] 차가운 눈물이 흘렀고, 한쪽 눈에서 펑펑 흘러내린 눈물이 다른 쪽 눈을 지나 요를 적셨다. 나는 누구보다도 나 자신을 가장 증오할 것임을 알았다.[32]

---

32 Ibid., p.247.

이진경의 주장처럼 쿠리스토를 포기한 당사자가 어머니이므로 희생양을 찾고 있던 꿈속의 노파를 인수 어머니라고 볼 수도 있겠다.[33] 그러나 이러한 견해는 인수의 증오가 어머니뿐만 아니라 쿠리스토 형에게도, 또 인수 자신에게도 향한 것임을 간과하고 있다. 주인공이 어머니를 증오한다고 말했다고 해서 이 소설이 "모친 혐오"를 표출하고 있다고 본다면, 같은 논리에 의해 이 소설에 자기혐오와 형제 혐오도 추가해야 할 것이다. 그러나 인수가 해순의 이야기를 정말 제대로 이해했다면, 무엇보다 어머니가 자의에 의해 아들을 포기한 것이 아니며, 사랑하는 아들과 생존 사이에서 모진 선택을 강요받았다는 점에서 어머니가 제일 큰 희생자였음도 이해할 수 있었을지 모른다. 그러니 이 소설에 모친 혐오를 귀속시키는 해석은 인수의 이해력이나 공감력을 과소평가한 것이라고 여겨진다.

그럼에도 불구하고 남는 의문은 '왜' 인수가 누구보다 큰 희생을 치렀던 어머니, 영문도 모르고 미소를 띤 채 잠들어 있는 어머니뿐만 아니라 가족을 위해 희생한 형과 자신까지 증오한다고 하는 것일까 하는 점이다. 이 꿈을 꾸기 전날 인수의 가족에게 일어난 일이 그의 심정을 이해하는 데 있어 하나의 단초가 될 수 있다. 인수가 이 꿈을 꾸기 전날 어머니가 병석에 드러눕게 되는데, 이때 그는 어머니가 삶의 의욕을 상실한 모습을 보게 된다. 이때 인수는 "절벽을 향해 돌진

---

33 이 소설에서 핵심적인 역할을 하는 인수의 이 악몽을 다룬 선행 연구가 많지는 않다. 본 연구와는 달리 꿈에서 나타난 노파가 인수의 어머니이며, 따라서 이 작품이 모친 공포증과 여성 혐오주의를 담고 있다는 이진경의 주장이 있다. Lee, op. cit., p.169. 이 주장은 국내 학자의 글에서도 발견된다. Hwang, op. cit., p.117. 이와 달리 쿠리스토가 "이름 없이 죽어간 기지촌 사람들의 존재를 기억해내는 집합 기억의 통로"라는 주장도 있다. 변화영, 「혼혈인의 디아스포라적 기억의 재구성」, 『한국문학논총』 제65집, 2013, 635면.

하는 사람"이 느낄 법한 절망감을 느낀다고 토로한다. 흥미롭게도 이 때 인수는 과거에 본 어떤 영화의 주인공을 기억해내고 그와 감정 이입하면서 절망감이 배가된다. 문제의 영화는 북한 군인의 총부리에 어머니를 잃은 가족에 관한 것인데, 인수가 기억하는 장면은 아이가 화장터의 불길에서 막 나온 아직 뜨거운 어머니의 유골을 향해 달려들려고 하고, 아버지가 이를 필사적으로 막는 장면이다. 이 장면을 떠올리면서 인수는 슬픔에 흐느낀다.

다시 인수 어머니의 병환 문제로 돌아와 보자. 형부가 들려주는 자초지종에 의하면 인수의 어머니는 아들을 하나 더 원하는 남편을 기쁘게 해주기 위해 임신을 하였는데, 그렇게 해서 갖게 된 아들 딸 쌍둥이를 조산하게 되면서 병석에 눕게 되었다. 왜 아기들이 죽느냐고 묻는 인수에게 형부는 대답한다. "때로 아기들은 그냥 죽어. 너의 어머니는 쌍둥이를 가질 준비가 안 되어있었지. 특히 안나를 낳은 지가 얼마 안 되었거든. 너와 너의 그 못된 여동생을 먹여 살릴 돈도 없고."[34] 경제적인 부양 능력이 충분하지 않으면서도 아들을 또 원하는 아버지, 남편 몰래 암시장 거래를 해야만 생계가 가능한 형편에도 불구하고 남편의 만족을 위해 또 임신을 시도해야 했던 어머니의 처지, 빠듯한 집안 살림에 부담이 되는 자신과 여동생, 이 모든 것에 관한 어린 인수의 복잡한 심경이 바로, 어머니에 대한 동정심과 원망으로, 가족의 탄생이 가능하도록 희생이 된 형에 관한 죄책감과 원망으로, 그런 형의 희생으로 태어난 자신에 대한 혐오로 표출된 것이다.

인수는 기지촌의 많은 혼혈아 가족이 그토록 원하는 미국행이 자

---

34 Fenkl, op. cit., p.245.

신의 가족에게는 아무런 해결책이 되지 못함을 잘 알고 있다. 어머니가 미국으로 갈 여행 채비를 할 때, 인수가 반드시 미국에 가야 하느냐고 반문하는 것도 그러한 이유에서이다. 자신과 가족에 관한 그의 회의적인 시각은 작품의 결미에서 어머니에게 던지는 질문 "어떻게 아들을 떠나보내게 만든 남자와 결혼을 할 수 있었어요?"[35]에서 잘 드러난다. 그러한 점에서 인수의 인식이 작품의 결미에서 계몽되고 고양된 것은 사실이나 이러한 인식의 발전이 그의 가족이 안고 있는 경제적인 문제의 해결을 가져오지도, 형이 한 희생에 대해 그가 느끼는 죄의식을 경감시키지도 않는다. 오히려 희미하게 무의식적으로 느끼고 있었던 부채의식을 더욱 강렬하게 확인시켜 줄 뿐이다. 그러한 점에서 이 서사의 결말에는 주인공의 인식적인 발전은 있으되, 이러한 발전이 주인공의 사회 적응은 말할 것도 없으려니와 그의 정신적 평화나 치유에 기여를 하지는 못한다. 가족의 진실을 알고 난 후 고통이 배가되는 이러한 유의 성숙은 로우가 정리한 바 있듯, 전형적인 성장소설의 패턴, 즉 "개인과 사회 질서 간의 화해를 최종 목적지로 갖는 발달 과정을 서사화"[36]하는 것과 다를 뿐만 아니라, 패트리샤 추가 공식으로 내놓은 "모녀 로맨스"의 남성적 버전과도 일치하지 않는다. 모녀 로맨스에서는 딸이 어머니가 과거에 감내해야 했던 시련에 대해 알게 됨으로써, 그동안 자신을 괴롭히던 문제에서 자유롭게 되는 일종의 해방의 결말이 있다. 반면, 인수에게는 이러한 해방이 허락되지 않는다. 그러한 점에서 펭클의 서사는 이민자 성장소설의 미국식 재현 문법을 거부한다.

35 Ibid., p.267.
36 Lisa Lowe, *Immigrant Acts*, Duke U. Press, 1996, p.98.

『나의 유령 형의 기억』이 보여주는 이러한 파격을 제대로 이해하기 위해서는 새로운 서사적 관점이 필요하다. 핀-치아 펭이 주장한 바 있는 유색인 여성들의 성장 서사론을 복기해보자.

> 전통적인 성장 서사에서 [백인 남성] 주인공이 하게 되는 여정(旅程)과는 대조적으로 우리가 문학에서 접하게 되는 유색인 여성은 그들의 어린 시절과 청소년기를 쉽게 뒤로 하고 나아갈 수 없다. […] 달라붙는 기억들로 만들어진 강력한 거미줄에 걸린 힘없는 벌레처럼 […] 피할 수 없는 과거가 소수민 여성의 딜레마임을 이 주인공은 잘 보여준다. "성장"의 무게가 너무나 커 그것은 소수민 여성이 평생 짊어져야 할 앨버트로스로 남는다.[37]

가족의 생존을 위해 버려진 형에 관한 기억은 인수에게 "평생 짊어져야 할 앨버트로스"이다. 형의 희생으로 인해 가족이 생존할 수 있었다는 부채의식으로부터 자유롭지 못한 인수에게 화해와 치유는 꿈꿀 수 없는 사치품일 뿐이다. 이러한 관점에서 보았을 때, 그가 "마치 절벽을 향해 돌진하는 사람이 추락이 불가피함을, 곧 있을 추락이 죽음처럼 피할 길이 없음을, 알고 있지만 이를 막을 수 없을 때 느끼는 절망"[38]을 느꼈다고 말할 때, 이는 그가 앞으로도 이 죄의식으로부터 자유로울 수 없음을 암시한다.

---

37   Pin-Chia Feng, *The Female Bildungsroman by Toni Morrison and Maxine Hong Kingston*, Peter Lang, 1997, p.8.

38   Fenkl, op. cit., pp.242-243.

5.
오리엔탈리즘을 넘어?

•

　　사이드에 의하면 오리엔탈리즘과 그것이 묘사하는 대상과
의 관계는 "외재성"(外在性 exteriority)의 특징을 갖는다. 이는 오리엔탈
리스트 서사가 동양의 내부가 아닌 외부에 위치해 있다는 뜻이다. 이
외재성으로 인해 오리엔탈리스트는 동양을 있는 그대로 보여주지 못
하고, 서양을 위해서, 서양이 이해할 수 있는 방식으로 동양을 재현할
수밖에 없다.[39] 그러한 점에서 사이드의 이론에 있어 "외재성"은 필연
적으로 '재현의 왜곡' 개념으로 이어진다. 동양에 관한 외부인의 어떠
한 재현에서도, 그의 이해관계나 인지적 한계에 따라 동양이 환원적
으로 재구성될 수밖에 없다는 뜻이다. 반면 앞서 다룬 바 있듯, 『나의
유령 형의 기억』에서는 주요 인물들이 다면적인 관점에서 묘사됨으로
써 심리적인 깊이와 입체감을 얻게 된다. 또한, 작가는 화자인 인수의
시선을 '따뜻한 내부인'의 시각으로 설정함으로써 그와 그가 묘사하는
대상 간의 거리를 좁히는 효과를 거둔다. 이는 한국의 기지촌이라는

39　Said, op. cit., p.20, p.21.

　　　　　　　　　　　　　　　　　　　　　　고발과 연루

이국적인 소재가 선택되었음에도 불구하고 이 작품이 이국적 소재에 따르는 선정주의를 어느 정도 탈피하는 데 중요한 역할을 한다.

이러한 관점에서 인수 어머니에 관한 평가도 재고할 만하다. 인수 어머니는 펭클과의 재혼을 위해 인륜에 어긋나는 행위를 한 바 있다. 그녀는 제임스의 어머니처럼 생존을 위해서는 무엇이든지 할 수 있는 비도덕적인 기지촌 여성의 면모, 가족의 생존을 위해 남편이 금지하는 암거래까지 해야 하는 인물, 즉 백인 가부장제의 희생자로서의 면모, 그럼에도 불구하고 남편이 집을 떠나 있는 동안에는 클럽에 나가서 사교 활동도 하고, 암거래도, 도박도, 기지촌의 직업여성들과의 친교도 하면서 삶을 즐기는 주체적인 면모를 보인다. 남편이 집에 없는 기간 동안 그녀의 달라진 모습에 관하여 인수는 다음과 같이 표현한다. "엄마는 아버지가 없을 때 더 행복해 보였다. 더 젊어진 것처럼 더 예뻐 보였다."[40] 박형지의 표현을 빌리면 "그녀가 처한 상황에 관한 이야기를 들어보면 그녀는 환멸에 빠져야 하지만, 그녀는 패배한 모습으로 거의 비춰지지 않는다."[41]

이러한 내부자의 시각으로 기지촌이 조망되기에 지독한 성차별주의자이자 인종주의자이기도 한 형부조차 종국에는 '인간적인 위엄'이 서사 내에서 허락된다. 형부는 술을 진탕 마신 뒤 침을 맞다가 뇌경색

---

40 Fenkl, op. cit., p.121.

41 Hyungji Park, "Western Princesses in the Great Game: U.S. Military Prostitution in *Memories of My Ghost Brother*", *Modern Fiction in English* Vol.14, No.3, 2007, p.317. 이 주장은 이선주의 연구에서도 발견된다. 그에 의하면 인수 어머니는 "매춘여성의 또 다른 스테레오 타입인 연약한 희생자의 모습"으로 나오지 않는다. 이선주, 「기지촌 혼종 가족의 초상―『유령 형의 기억』」, 『현대영미소설』 18권 3호, 2011, 141면.

이 와서 중풍 증세에 시달리게 된다. 그러던 그가 마침내 세상을 떠나게 되는데, 해순이 발견한 그의 최후는 목을 감은 줄을 캐비닛 손잡이에 매달은 채 캐비닛에 기대어 있는 모습이었다. 그러나 그의 사인(死因)은 목을 매달아서가 아니라 두 번째로 찾아온 뇌경색이었다. 사실 첫 번째 뇌경색 이후 일어설 수 없었던 그가 앉은 상태에서 목을 매기란 애초부터 불가능한 시도였다. 그의 이 기이한 죽음에 관한 인수의 해석과 유가족의 해석을 들어보면,

> 아마도 그에게 뇌경색이 [또] 왔었고, 현재보다 더한 병자가 되어 가족에게 짐이 되어 여생을 보내느니 목숨을 끊으려는 결정을 마지막 순간에 내렸을지 모르겠다. 그의 난봉, 만취, 폭력에도 불구하고 가족들은 그가 자신이 만든 올가미에 목을 집어넣으려 애를 쓰다가 심장마비가 왔다고 믿음으로써 그에 대해 좋게 기억하는 예우를 해주었다.[42]

이처럼 형부가 자신이 평소 착취하던 가족을 위해 마지막 순간에 "애처로우면서도 고결한" 희생을 한 것으로 해석함으로써, 소설은 그가 생전에 저지른 비인간적인 행위를 "좋은 기억"으로 예우하여 덮는다.

　이와 유사하게 인수는 기지촌 내에서 엄청난 범죄 행위가 드러났을 때도 이에 관한 도덕적 판단을 유보한다. 제임스 어머니가 백인 미군과 재혼하기 위해 흑인의 피가 섞인 아들을 희생시킨 행동에 관한 그의 반응이 가장 대표적인 예이다. 훗날 이 사건을 회고하면서 인수는 이렇게 생각한다.

42　Fenkl, op. cit., p.233.

제임스의 어머니를 증오한다고 말한다면 이는 적절치 않은 것일 터. [……] 회고해 보건대, 그리고 지금도 그렇지만 복수심을 느끼고, 그녀가 벌을 받기를 빌고 그렇게 끝내는 것이 더 쉬울 거야. 그러나 내가 당시에 느꼈고 지금도 느끼는 것은 엄청난 공허함이었지. 내가 느낀 것은, 심오한 슬픔, 운명주의, 이 세상이 원래 그렇다는 지식, 비난의 행로는 화살의 비행이 아니라 폭풍우 속의 빗발처럼 미친 듯이 흩뿌려지는 것이라는 지식이었어. 제임스의 어머니를 비난할 수도 있었지. 그러나 그렇게 하는 것은 너무도 단순한 행동이어서 당사자에게 공평하지는 않았을 것이야. 결국 비난은 없고 인내만 있다.[43]

제임스의 어머니가 아들을 죽였다는 물증은 없지만, 심정적으로 그렇게 했으리라고 추측된다. 인수는 제임스 어머니의 행동을 비난하는 것이 그녀의 상황을 충분히 고려하지 못한 "단순한 행동"이며, 따라서 공평한 처사가 아니라는 판단을 내린다. 이 생각을 하는 화자는 기지촌에 살던 어린 인수일 뿐만 아니라 20세의 성인이 되어 이를 회고하는 인수이기도 하다. 이 두 명의 인수가 이 장면에서 독자에게 요청하는 것은 제임스의 어머니를 단죄하기 전에 그녀가 자식을 죽이는 극단적인 행동을 하게 된 연유를 살펴봐 달라는 것이다. 지옥 같은 기지촌을 벗어나 미국으로 가기 위해서 다른 방도가 없었으니, 그런 상황에 처해 본 적이 없는 이들은 이 여성에게 돌을 던지기 전에 한 번 더 생각해보라는 뜻일 것이다.

---

43 Ibid., p.232.

같은 맥락에서 보면, 자식을 가짐으로써 불임인 미군 남편과의 결혼 생활을 지키기 위해 혼외 관계를 서슴지 않는 장미 어머니의 행동도 기지촌 바깥의 윤리적 잣대로 판단할 일이 아니다. 이러한 인수의 생각에 동의하지 않는 독자가 있다면, 이어지는 인수의 생각을 읽어야 한다. "여성들이, 심지어는 헌신적인 어머니들조차도 미국이라는 신비한 미래와 자식들을 맞바꾸려 함을 나는 알게 되었다. 그 후 이들은 모두 서양의 땅에서 후회하면서 이를 되돌아볼 것이다." 인륜을 어긴 여성들이 양심의 가책이라는 벌을 모두 받고 있다고 생각함으로써, 인수는 독자가 혹시라도 이들이 죄의 대가를 치르지 않고 살고 있다고, 즉 정의가 이루어지지 않았다고 생각할 가능성을 차단한다.

결론적으로, '따뜻한 내부자의 시각'에 의해 기지촌 여성들의 삶을 심층적으로 묘사함으로써 이 계층에 관한 미국 주류 사회의 편향된 시각뿐만 아니라 한국 사회의 편향된 시각도 교정한다는 점에서 작가는 서구에 의해 재생산되어온 전형적인 오리엔탈리스트 서사와 한국의 주류 담론 모두를 반박한다. 또한, 그는 비정한 한인 어머니들의 문제를 지적하고, 이들이 자책감으로부터 자유롭지 않을 것이라고 예측함으로써 판단의 공정성과 객관성을 확보한다. 이러한 면모에도 불구하고, 작지 않은 문제가 이 서사에서 발견된다. 궁극적으로 인수가 기지촌의 비극의 책임을 '우리 모두'에게 돌리기 때문이다. 인수의 표현을 다시 빌리면, "비난의 행로는 화살의 비행이 아니라 폭풍우 속의 빗발처럼 미친 듯이 흩뿌려지는 것"이다. 그러다 보니 작가가 향수와 연민으로 그려낸 이 기지촌에는 최종적으로 책임을 지는 자가 없다. 내부자로서 인수가 갖는 동정적인 시선은 언제부터인가 사회의 악은 "공동 책임"이라는 결론을 준비하고 있는 셈이다. 그리고 책임이 익명의 우리 모두에게로 분배되는 순간 책임의 정확한 소재는 사라진다. 기지촌의 개개인의 희생자에 대해 주인공이 느끼는 슬픈 책임의식이 기지촌의 구조적인 문제에 대하여 책임을 묻는 비판을 잠식하고 마는 것이다.

앞서 인수의 서사가 이국적 소재주의나 오리엔탈리즘을 넘어설 수 있는 근거로서 이 소설이 미군의 인종주의에 관한 지적과 더불어 기지촌 한국인들을 미군의 일방적인 희생자로 만들기를 거부한다는 점을 들었다. 또한, 한국의 주류 사회가 도덕적으로 정죄하였던 기지촌의 주민들을 "피와 살이 있는 인간"으로 복권시키고 있다는 점도 그 이유 중의 하나임을 논의한 바 있다. 문제는 소설을 이국주의와 오리엔탈리즘에서 구출하는 이 인간적인 관점이 종국에는 소설의 비판적인 기능을 상당 부분 훼손시키고 있다는 데 있다.

나는 이 건물을 한 번이라도 내 집이라고
부를 수 있는지 의문스러워진다.

이창래 『제스처 라이프』

제4장

아시아계 이민자의
재인종화

1.
한국 담론과 미국 승리주의

•

　수잔 최(Susan Choi 1969~)의 첫 소설 『외국인 학생』(*The Foreign Student* 1998)은 미국 테네시 주 스와니(Sewanee)의 남부대학교(University of the South)에 유학을 온 한국인 안창(Ahn Chang)이 백인 여성 캐서린(Katherine Monroe)과 맺는 관계를 중심축으로 하여 두 주인공의 현재와 과거를 교차 편집하여 보여준다. 작가가 대담에서 밝힌 바 있듯,[1] 이 소설은 작가 가족의 전기를 일정 부분 반영하였다는 점에서 비평가들의 관심을 끌기도 하였다. 소설에서 일본 제국대학을 졸업한 영문학자이자 교수로 등장하는 안창의 아버지가 작가의 할아버지 최재서(1908~1964)를 모델로 하였다는 점도 그렇고, 6·25 이후 미국 남부로 건너와서 수학에 몰두하는 유학생 안창이 해방 이후 수학을 공부하러 미국 중서부로 유학을 떠난 작가의 아버지 최창을 닮았다는 점이 그러하다. 반면 최의 세 번째 소설 『요주의 인물』(*A Person of Interest* 2008)

1　Susan Choi, "A Conversation with Susan Choi", *Acta Koreana* Vol.7, No.2, 2004, p.186.

은 2000년에 미국 사회를 떠들썩하게 만들었던 "웬호 리(Wen Ho Lee) 사건"을 배경으로 하였다는 점에서 비평가들의 관심을 끌었다. 대만 출신의 과학자인 웬호 리는 핵무기 설계도를 중국에 유출한 혐의로 기소되었으나 정작 재판에서 미국 정부는 아무런 혐의도 밝혀낼 수 없었다. 이 과학자는 자신이 겪은 옥고에 대해 연방정부로부터 손해 배상을 받아냈고, 전기『나의 국가 대 나』(My Country Versus Me 2001)를 출 간하여 자신의 억울함을 호소했다. 본 저술은 최의 이 두 소설을 통해 이민자의 시각에서 본 한국과 미국 주류 사회의 문제를 검토하고, 이 에서 더 나아가 이민자를 다루는 작가의 시각에는 어떠한 문제가 있 는지를 논의한다.

우선, 『외국인 학생』에서 작가는 두 주인공의 과거와 현재를 씨줄 과 날줄로 하여 서사를 만들어낸다. 한편으로는 조선의 해방과 독립, 그리고 6·25 전쟁이라는 혼란스러운 시기에 관한 안창의 기억을 그 의 현재의 삶과 교차시키고, 다른 한편으로는 캐서린의 어린 시절에 관한 기억을 그녀의 현재의 삶과 병치시키는 것이다. 이 소설은 아시 아계 미국인 문학상과 스티븐 터너상(Steven Turner Award)을 수상하였으 며, 또한 LA 타임즈가 1998년에 선정한 '최고의 소설 베스트 텐'에 포 함되는 문학적인 인정을 받았다.

이 작품에 관한 기성의 비평을 소개하자면, 창과 캐서린이 미국 사 회에서 소수자의 위치에 있음에 주목하며, 이 주인공들이 주류 사회 에 저항하는 가능성에 초점을 맞춘 연구가 있다. 고부응과 나은지의 관점에 의하면, 친일파 조선인 지식인을 아버지로 둔 창은 일본, 미국, 한국의 문화적 영향력의 경계선에 위치한 인물이다. 창은 어릴 때 유 학을 간 일본에서 군국주의적 일본의 민족주의와 동일시할 것을 요구받는다. 창이 성장하여 미국 공보원에서 일할 때는 상관 피터필드 (Peterfield)가 그의 이름을 척(Chuck)으로 바꾸어 부르며, 미국으로 유학 온 이후에는 미국식 발음을 요구받는 등 주인공은 미국 주류 사회로부터도 일정한 정체성을 강요받는다. 이러한 맥락에서 보았을 때, 한국인 유학생 창이 남부의 여성 캐서린과 맺게 되는 연인 관계는 "주류 집단의 주변부를 넘어서 새로운 가능성을 여는 제3의 시공간"[2]을 보여주는 것으로 평가된다. 이는 당대의 미국 남부 사회가 세워놓은 인종주의의 벽을 고려한 해석이다. 국외 비평 중에는 창과 캐서린, 그리고 대학 식당에서 일하는 창의 흑인 동료들에 관한 묘사에 주목하며, 작가가 1950년대 미국이 대내외적으로 수행해 온 통합 및 봉쇄 정책을 넘어서는 "불순한 욕망"을 추구하는 "경계적인 주체"들을 그려내고 있다는 파리크의 주장[3]이 있다.

이 비평들은 대체로 창과 캐서린의 서사가 미국 주류 사회의 동화주의를 거부하는 저항적인 소설이라는 데에 의견의 일치를 보인다. 이러한 비평이 주류를 이루는 가운데, 이 소설이 타인종과의 로맨스와 전쟁이라는 경쟁적인 이야기들을 "물타기"로 도입함으로써 당대 남부의 인종적인 유산을 제대로 다루지 않고 넘어갔다는[4] 정혜연의 비평은 특기할만하다. 황은덕도 창과 캐서린이 문화 "번역의 윤리를

---

2 고부응과 나은지, 「수잔 최의 『외국인 학생』과 초민족적 공간」, 『미국 소설』 15권 1호, 2008, 46면.

3 Crystal Parikh, "Writing the Borderline Subject of War in Susan Choi's *The Foreign Student*", *Southern Quarterly* Vol.46, No.3, 2009, pp.61-62.

4 Hyeyurn Chung, "Love Across the Color Lines: The Occlusion of Racial Tension in Susan Choi's *The Foreign Student*", *American Fiction Studies* Vol.20, No.2, 2013, p.59.

기반으로" 서로의 언어적 · 문화적 차이를 포용함으로써 새로운 소통의 장을 열기는 하나 저항적 주체가 되기에는 미흡하다는 평가를 내린다.[5] 이러한 비평과는 다른 맥락에서 이 소설에서 이루어지는 역사 재현에 관한 비평이 있다. 그 중에는 이 소설이 친일파 후예의 연애를 다루는 소설에 지나지 않으며 한국전을 단순한 배경으로 삼은 서사, 즉 역사적 인식을 결여한 서사라는 정은경의 비판이 있다.[6] 반면 김영미에 의하면, "사회 현실에 관한 구체적인 인식"이 전란(戰亂)에 휩싸인 비극적인 시대인 1950년대의 한국 사회와 이차세계대전 이후 물질적 번영을 누리던 미국 남부 소도시의 삶에 관한 작가의 묘사에 잘 나타나 있다. 그는 다만 미국 남부라는 공간에서 벌어지는 두 주인공의 사랑에 관한 묘사가 둘 간의 인종적 · 민족적 차이를 얼마나 잘 재현하였는지에 대해서는 의문의 여지가 있음을 밝힌다.[7]

이 소설의 역사 인식에 관한 최고의 찬사는 다니엘 김과 조디 김의 글에서 발견된다. 다니엘 김에 의하면, 이 소설은 봉쇄의 수사법을 사용하는 냉전 체제의 이분법이 아니라 "한국인의 시각에서" 6 · 25 전쟁을 다룬 것으로서, 이러한 시각은 승리주의적인 미국의 역사 서사를 반박하고 이 전쟁이 식민 정권의 붕괴에서 생겨난 내란이자 강대국의 개입에 의해 상황이 더 악화된 내란임을 드러낸다.[8] 이보다 먼저

---

5 황은덕, 「디아스포라와 문화번역: 수잔 최의 『외국인 학생』을 중심으로」, 『현대영미소설』 20권 1호, 2013, 152면, 169-170면.

6 정은경, 「식민지 지식인 후예의 사랑」, 『디아스포라 문학: 추방된 자, 어떻게 운명의 주인공이 되는가』, 이룸, 2007, 130면.

7 김영미, 「쑤전 최의 『외국인 학생』에 나타난 아시아 남성과 백인 여성의 사랑」, 『영미문학연구』 17집, 2009, 154면.

8 Daniel Kim, "'Bled In, Letter by Letter': Translation, Postmodernity, and the Subject of Korean War: History in Susan Choi's *The Foreign Student'*", *American Literary*

조디 김은 이 소설이 "공식적이고 민족주의적인 냉전 역사, 인식론, 존재론의 이분법적 논리를 혼란스럽게 만드는 비판적인 냉전 글쓰기"[9] 라고 부른 바 있다.

종래의 냉전 시각에 의하면, 6·25는 동아시아로 확장하던 공산주의 세력이 한반도를 집어삼키려는 것을 미국이 막아준 고마운 봉쇄의 사례였다. 반면 위의 비평가들에 의하면, 수잔 최의 소설은 한반도가 일제로부터 해방된 이후 통일 국가로 향하려는 노력이 강대국들의 "식민주의적이고 제국주의적인 개입의 연속"에 의해 좌절되는 것을 비판하거나, 아니면 "19세기 후반 이후 미국이 다른 나라들에게 유사 식민주의 국가, 신식민주의 국가, 혹은 단순히 식민주의 국가로서 어떻게 행동했는지"를 비판함으로써 식민주의의 유산을 제대로 이해하려는 "탈식민주의적 역사 쓰기"라는 성취를 거둔다.[10] 이와 크게 다르지 않은 맥락에서, 작품 내에서 작가의 서술과 주인공의 진술을 구분하면서, 작가의 서술이 주인공의 상투적인 역사관을 새롭게 보완하며 미국의 개입에 대해서 다음 세대에서나 볼 수 있는 비판을 개진하고 있으며, "세심한 연구를 바탕으로 하여 한국전쟁에 관한 기록"을 보여준다는[11] 조세핀 박의 찬사가 있다.

『외국인 학생』을 분석함에 있어 본 연구는 두 가지의 주제, 즉 '냉

History Vol.21, No.3, 2009, p.551.

9 Jodi Kim, "I'm Not Here, If This Doesn't Happen': The Korean War and Cold War Epistemologies in Susan Choi's *The Foreign Student* and Heinz Insu Fenkl's *Memories of My Ghost Brother*", *Journal of Asian American Studies* Vol.11, No.3, 2008, p.282.

10 Ibid., p.288; Daniel Kim, op. cit., pp.559-560.

11 Josephine Nock-Hee Park, *Cold War Friendships: Korea, Vietnam, and Asian American Literature*, Oxford U. Press, 2016, p.94, p.104.

전 인식'과 '오리엔탈리즘'이라는 서구의 편향된 인식론에 초점을 맞춘다. 우선, 본 연구는 1950년대의 한국과 미국 남부에 관한 수잔 최의 묘사가 현실에 관한 "구체적인 인식"을 잘 보여준다거나 팽창과 봉쇄라는 이분법적인 냉전 시각이 아닌 "한국인의 시각"에서 6·25를 조망한다는 평가와는 다른 전제에서 출발한다. 일부 비평가들이 지적한 바 있듯, 수잔 최가 주인공 창의 역사적 혹은 사회적 인식이 편향되어 있음을 숨기지 않는 것은 사실이다. 그러나 이러한 비판적 거리가 텍스트 내에서 발견된다고 해서 작가의 세계관이나 역사관마저 공정하고 객관적이라는 보장은 사실 없다.

창이 냉전 인식에 함몰되어 있음을 비판적으로 드러냄으로써 작가가 자신의 메타담론에 냉전 체제를 문제화하고 극복하려 하는 객관적인 인식론의 지위를 부여하는 인상을 주는 것은 사실이다. 그러나 미군정(1945. 9. 9~1948. 8. 14)과 이승만의 우파 정권에 대해 제기하는 날 선 비판에도 불구하고, 이 메타담론에서 냉전 인식이 여전히 발견된다고 본 연구는 주장한다. 즉, "의심의 해석학"에서 조망했을 때, 작가가 미군정과 그 이후의 정권이 정치적으로 이용했던 냉전 인식을 비판의 도마에 올리기는 하지만, 본인도 그러한 냉전 시각을 완전히 떨쳐버릴 수 없었다는 것이 본 연구의 요지이다. 또한, 수잔 최는 백인들의 뇌리 깊이 뿌리를 박은 오리엔탈리즘의 존재를 드러냄으로써, 소설의 메타담론에 일종의 계몽적인 지위, 즉 대항 오리엔탈리즘으로서의 특권적인 지위를 부여한다. 그러나 본 연구는 이러한 제스처가 서사 내에서 1950년대의 미국에서 가장 큰 사회적 파장을 일으켰던 중요한 인종적 현실을 은폐하는 역할을 하는 것이 아닌가 하는 의혹을 제기한다. 그뿐만 아니라 백인 사회의 오리엔탈리즘을 드러냄으로써 텍스트가 획득할 수 있었던 대항 오리엔탈리즘이라는 지위도 아시아인에 관한 문제적인 묘사에 의해 심각한 손상을 입게 된다. 이러한 문제는 『요주의 인물』에서 더욱 선명하게 드러난다는 것이 본 연구의 주장이다.

2.
해방 이후의 역사와
미군정의 시각

•

일제 강점기 최고의 지식인이자 영문학자인 안창의 아버지는 작가 수잔 최의 할아버지 최재서를 "느슨하게" 모델로 삼은 것으로 알려져 있다. 소설에 등장하는 안창의 아버지와 유사하게 최재서는 경성제국대학 법문학부에서 영문학을 전공한 후 조선인으로서는 최초로 제국대학의 강사로 임용되었고, 또한 영국 런던대에서도 수학한 식민지 조선의 최고 엘리트였다. 그가 본격적으로 활동하게 되는 1930년대에는 주로 주지주의(主知主義) 문학비평에 심취해 있었으나, 중일전쟁 이후부터 해방까지의 시기에는 황군위문작가단(皇軍慰問作家團)을 발의하고, 『국민문학』 발간 등을 통해 일본의 조선인 전쟁동원에 적극적으로 협력한 대표적인 부역 인사였다. 반면 수잔 최의 소설은 안창의 아버지가 저지른 부역에 대해서 자세한 이야기를 들려주지는 않는다. 그가 사전 편찬 작업을 하고 있었다는 정도와 본인이 일본 제국을 위해 일하는 것이 실은 일본 강점기 이후를, 한국이 해방될 때를 준비하는 것이라는 자기 방어조의 시국관을 들려주기는 하지만 말이다.

일본이 이차세계대전에서 패한 후 아버지가 부역 인사로 투옥되는 등 가세가 기울게 되자 창은 예정되어 있던 도쿄로 유학을 가지 못하고 국내의 한 고등학교에 입학하게 되는데, 이때 김재성을 만나게 된다. "학교에서 가장 가난한 학생인" 김재성은 미국 선교협회의 장학금을 받아 학교에 다니게 된 인물이다. 두 소년은 어른들의 눈을 피해 담배와 술을 함께 하며 "어떻게 인생을 잘 살 것인지"를 격렬하게 논하고, "새 정부를 전복할 계획"[12]을 세우는 등 이상적인 세계를 꿈꾸는 동지로서 우정을 키워나간다. 그러다 김재성은 공산당에 가입하여 좌익 활동에 열중하게 되고 창도 그의 영향을 받아 자신도 공산당에 가입하고자 하는 마음을 먹는다. 그러나 김재성은 그에게 학자의 길을 권한다. 혁명가로서의 김재성의 순수한 열정은 그가 공산당에 가입한 이유를 창에게 들려줄 때 잘 드러난다. "네가 누리는 자유 때문이었어. 너는 돈 때문에 고민하지 않아도 되었잖아. [······] 모두가 그걸 누려야 돼."[13]

창과 김이 보여주는 타락한 현실 세계에 관한 고민을 강조함으로써, 수잔 최는 공산주의가 새로운 세상을 원하는 젊은이들에게 하나의 대안적 이데올로기로 작용하고 있음을 암시한다. 그러나 이러한 호의적인 평가는 일시적인 것이다. 작가는 곧 이 이데올로기가 남한에서 의미 있는 결과를 맺지 못하고 실제로 사회적 혼란을 가중시켰음을 통렬하게 비판하기 때문이다. 흥미로운 점은 좌익과 더불어 미군정과 이승만 정권도 작가의 풍자와 비판의 칼날에서 자유롭지 못

---

12   Susan Choi, *The Foreign Student*, HarperFlamingo, 1998, p.71.

13   Ibid., p.88.

하다는 점이다. 일례로, 교회 강연에서 창은 미국이 자유 민주주의를 지키는 선한 수호 세력이라는 시각을 견지하지만, 이러한 시각은 해방 이후 한국 사회가 빠져들게 된 혼란에 관한 화자의 묘사와 충돌한다. 남한을 군정 통치한 이 '선한 세력'이 효율성과 정당성 모두에서 문제적인 것으로 드러나기 때문이다. 화자의 논평에 의하면, 해방 이후 남한을 접수한 미 24군단 사령관 하지 중장은 워싱턴의 반대와 맥아더 사령관의 무시에 부딪혀 항상 좌절하여 하루빨리 "귀국해서 퇴역하고 싶은" 장군이다. 또한, 그의 군대는 "사기를 잃고 맥 빠지고 게으른" 군인들로서 "한국을 증오"하는 인물들로 그려진다.[14]

해방 이후의 혼란상에 관한 화자의 묘사를 보면, 이승만 정권의 무능함과 억압적인 면도 지적하지만 이에 못지않게 농민들의 일관된 저항에 혼란의 책임을 돌린다는 점 또한 분명해진다.

> 이승만의 정부는 억압적이고, 무능했으며, 엄청나게 인기가 없었다. 남한 전역에서 일어난 농민 반란이 식량 보급을 인질로 삼았다. 기차도 다니지 않았다. 하지는 질서 유지를 위해 소대들이 필요했다. 그러나 그에게 남아 있는 것은, 장비를 모두 갖추고 손상 없이 존재하는 유일한 치안 조직은, 일본인들이 만든 국립 경찰이었다. 그들을 해체하는 것은 선택지가 아니었다. 그러나 하지가 그랬듯, 이들을 사용하기 위해서 더 많은 치안력이 필요로 되었다.[15]

---

14 Ibid., p.66, p.65.

15 Ibid., p.65.

이 인용문에서 작가의 비판의 화살은 하지 사령관이 이끌었던 비효율적인 미군정, 무능한 이승만 정권, 그리고 좌익게릴라들과 투쟁을 함께 한 농민들 모두에게로 향해 있음이 드러난다. 미군, 좌익, 우익 모두가 한국 사회의 무정부적인 혼란에 기여하는 것으로 무차별적으로 그려지는 것이다.

그러나 남한 전역에서 농민 봉기가 있었기에 하지가 어쩔 수 없이 일제가 만든 경찰조직을 이용할 수밖에 없었고, 그 결과로 상황이 이전보다 더 나빠졌다는 위의 진술은 후반부는 맞고 전반부는 틀렸다. 미군정이 부활시킨 경찰조직으로 인해 남한의 사회적 안정이 더 흔들린 것은 사실이다. 그러나 농민들의 반란으로 치안이 어려워져 일제의 경찰조직을 부활시켰다는 것은 역사적 인과 관계를 바꾸어놓은 것이다. 또한, 일제의 경찰 기구가 유일한 선택지라는 진술, 그리고 남한 전역에서 일어나 농민 봉기가 식량 보급을 인질로 삼았다는 화자의 진술도 사실관계를 바로 잡을 필요가 있다.

해방 이후 당대의 역사는 조선총독부로부터 치안 권한을 위임받은 여운형이 이끄는 조선건국준비위원회(이하 건준)가 해방과 동시에 국내 치안, 식량 확보 및 배분, 정치범 및 사상범 석방을 우선적으로 담당하였음을 기록하고 있다. 이규태의 연구에 의하면, 건준이 중앙정부가 되고 다양한 민중 자치조직이 하부 행정기관으로서 전국에 생겨나는데, 2주일 만에, 즉 8월 말경에 결성된 지방 자치조직의 수가 145개를 넘었다. 이 숫자는 당시 조선 전국의 행정단위인 군(郡)의 66% 이상을 차지하는 것이었다. 중앙에서는 학생과 청년 2천 명이 가입한 건국 치안대가 결성되었고, 지방에서도 자치조직이 경찰서, 신문사, 회사, 학교, 공장, 병원 등의 주요 기관들을 접수하여 운영하였다. 건준의 전국 치안 장악력은 8월 16일부터 25일 사이에 조선 전역에서 발생한 사건 수가 시간이 지나면서 어떤 변화를 보였는지를 보면 알 수 있다.[16]

앞서 인용한 문단에는 당대의 한국 사회를 바라보는 시각뿐만 아니라 연대기적으로도 오류가 있다. 이승만 정권과 하지의 군정권이 동시에 언급되고 있다는 사실이 대표적인 예이다. 화자는 소설의 다른 곳에서도 하지 중장이 한국군(ROKA)을 창설하기 위해 "이승만 정부의 새 공보부"에 들러 고등학교를 갓 졸업한 새 직원 안창을 통역관으로 스카우트해갔다고 말한 바 있다.[17] "이승만 정부"라는 어구가 있음에 유의한다면, 하지 중장의 창군 시기는 남한의 단독정부가 들어선 1948년 8월 15일 이후의 일이어야 할 것이다. 그런데 문제는 단독정부가 수립되자마자 하지는 군 통수권을 이승만에게 이양하고 같은 해 8월 27일자로 한국을 떠났다는 점이다. 그러니 역사적 사실을 제대로 반영하려면, 하지가 국군이 아니라 국군의 전신이 되는 '조선경비대' 창설을 위해 노력했고, 이를 위해 이승만 정권이 아닌 군정에 봉사할 한국인 중에서 안창을 선택했다고 했었어야 할 것이다.

하지는 1945년 11월 미군정청 내에 국방사령부를 설치하여 국군

16　이규태, 「해방 직후 건국준비위원회의 활동과 통일국가의 모색」, 『한국근현대사연구』 36집, 2006, 14-17면. 해방 이후 조선에서 일어난 사건 수는 1985년 8월 16일 64건으로 시작해서 17일 189건, 18일 278건으로 최고치를 찍은 후, 19일 135건, 20일 165건, 21일 42건, 22일 33건, 23일 7건, 24일 0건, 25일 1건으로 줄어든다. 이 사건 중에서도 경찰서 습격이 149건으로 가장 많았고 일제 지배의 상징인 신사 등의 파괴가 136건으로 그 다음을 차지하며, 그 외 군청 및 일반 행정관서에 대한 습격 86건 등으로 일반적인 범죄보다는 일제의 유산의 해체와 관련된 사건이 다수였다. 건준의 활동에 대해서는 김광식, 「8·15직후 한국사회와 미군정의 성격」, 『역사비평』 1집, 1987, 49-72면 참조.

17　Choi, op. cit., *Foreign Student*, p.66.

고발과 연루

창설 작업에 착수하였고, 1946년 1월 15일에 남조선 국방 경비대를, 같은 해 6월 15일에는 조선 해안 경비대를 창설하였다. 1948년 8월 15일 새 정부에 의해 국군이 편성되었을 때, 이 남조선 국방 경비대는 육군으로, 조선 해안 경비대는 해군으로 편입된 바 있다. 이러한 역사를 고려할 때 안창이—국군이 아니라!—경비대의 창설을 도왔다는 묘사가 옳으려면, 그가 1945년 11월부터 1946년 6월 정도까지 이 업무에 종사한 것으로 봐야 한다. 그러나 이렇게 말하고 보면, 역사는 바로잡을 수 있으되 소설의 타임 라인과 충돌이 생겨난다. 왜냐하면 "창이 1945년 가을에 15세였고" 같은 시기에 고등학교 첫 학기를 시작하였다는 표현이 소설에서 발견되기 때문이다. 또한 "1948년 봄에 한국 경비대의 시골 지소들이 습격당하던 때"에 창이 김재성과 함께 고등학교에 재학 중이라는 표현이 소설에서 발견되기 때문이다.[18] 따라서 하지 중장이 한국에서 군정 사령관으로 실제로 근무했던 1945년 9월~1948년 8월의 기간은 창의 고교 재학 기간과 정확하게 겹친다. 그러니 서사의 타임 라인을 따르면 창이 고등학교 1학년 재학 중에 하지를 도운 셈이다. 이러나저러나 해방 이후 한국에 대한 묘사에 있어 이 소설은 역사와의 충돌을 피할 수가 없다.

수잔 최의 한국 서사에 있어 더 큰 문제는 그가 중요한 측면에서 미군정의 시각을 반복하고 있다는 사실이다. 즉, 미군정과 이승만 정권의 탄압에 대한 다수 농민과 노동자의 저항을 공산주의에 동조하는 "좌익게릴라의 봉기"로 보았단 점에서, 작가는 해방 이후 한국을 '우익 대 좌익'이라는 이분법적인 대결 구도로 보았던 미군정과 남한

---

18   Ibid., p.68, p.69, p.77.

의 우익 세력의 인식론을 답습하고 있는 것이다.[19] 이렇게 말했다고 해서 수잔 최가 당대의 우익 세력과 동일시하였다는 뜻은 아니다. 앞서 논의한 바 있듯, 이 소설에서는 좌익과 더불어 미군정과 우익 세력도 비판을 면하지 못하기 때문이다. 그러나 중요한 점은, 수잔 최가 남한의 역사를 들여다볼 때 당시의 정국을 움직인 중요한 요인 한 가지를 외면함으로써 우익 세력의 시각에 동조하는 결과를 낳게 된다는 것이다.

미군정과 그 뒤를 잇는 이승만 정권에 대하여 다수의 민중이 실망하고 저항하게 된 기저에는 친일 부역세력의 재등장이 있었다. 해방 이후 민중의 시각에서 보았을 때, 이 부역세력이 집권 여당으로 옷을 갈아입고 등장하게 된 것은 식민지 해방이 무한 연기된 것과도 같았다. 그러니 미군정은 남한에서 친미 반소 정권을 세우는 것을 최우선 과제로 삼음으로써 탈식민 해방을 무한 연기하는 데 가장 큰 역할을 하게 된 셈이다. 이러한 사실을 완전히 외면한 결과 수잔 최는 4·3 사건과 같은 농민 봉기나 10월 대구 항쟁과 같은 노동자 봉기로 시작하여 곧 경상도와 전라도, 충청도로 불길처럼 번져 나간 민중의 항쟁을 "좌익 이데올로기"의 준동으로밖에 설명할 수 없었다.[20] "1945년의

---

19 해방 이후 한국의 정치적, 경제적 상황에 관한 하지의 오판은 다음을 볼 것. Bonnie B. C. Oh, "Introduction: The Setting", *Korea under the American Military Government 1945-1948*, ed. Bonnie B. C. Oh, Praeger, 2002, p.3; 김광식, 앞의 글, 58-62면, 67-69면; 김창진, 「8·15직후 광주지방에서의 정치투쟁」, 『역사비평』 1집, 1987, 108-127면; 최영묵, 「미군정의 식량생산과 수급정책」, 『역사와 현실』 22집, 1996, 55-98면.

20 관련 사료는 장준갑, 「미군정의 제주 4·3 사건에 대한 대응: 폭력과 학살의 전주곡」, 『전북사학』 31집, 2007, 211-212면 참조; Bruce Cumings, *The Origins of the Korean War Vol II: The Roaring of the Cataract 1947-1950*, Princeton U. Press, 1990, p.252.

신탁통치 반대 운동은 민족자결주의의 발로로서 좌우익 모두가 똑같이 참여한 것"[21]이었지만, 이 운동도 수잔 최의 텍스트에서는 같은 식으로 취급된다. 이러한 연유로 해서 수잔 최가 그려내는 해방 이후 남한의 정치사는 냉전 이데올로그가 훗날 두고두고 그려내는 그림에 가까이 수렴하며, 창이 자신의 취향이라고 부르는 "플롯의 단순함"과 "도덕적인 선명성"을 성취하게 된다. 이 성취는 또한 작가로서 수잔 최가 가진 역사적 비전의 실패이기도 하다. 이와 관련된 자세한 논의는 다른 지면을 빌려 다시 하고자 한다.

---

21 Sang Young Choi, "Trusteeship Debate and the Korean Cold War", *Ruptured Histories: War, Memory, and the Post-Cold War in Asia*, eds. Sheila Miyoshi Jager & Rana Mitter, Harvard U. Press, 2007, p.16.

3.
흑백 갈등과 인종적 색맹주의
•

    6·25가 발발하고 서울이 북한군에 의해 점령되었을 때, 창
은 은둔 생활을 함으로써 위기를 넘긴다. 유엔군과 국군이 성공적으
로 반격을 시도하여 수도 서울을 회복하고 북진을 하였지만, 중공군
의 개입으로 전세가 완전히 바뀌게 된다. 1·4 후퇴를 얼마 앞둔 어
느 날 창은 부산으로 갈 목적으로 피난민 배를 타나 의도치 않게 제
주도에 내리게 된다. 그곳에서 동창생 김재성이 활동하고 있다는 말
을 들은 적이 있는 그는 친구를 찾아서 게릴라 근거지로 갔다가 좌익
게릴라로 오인을 받아 국군에 의해 체포된다. 창은 곧 부산으로 압송
되어 모진 고문을 당하게 된다. 그는 자신에게 게릴라 근거지를 소개
해준 친(親)좌익 미국인 목사의 이름을 불고 나서야 풀려나게 된다. 고
문으로 만신창이가 된 그는 부산으로 피난을 와 있던 부모를 찾아가
는데, 그의 어머니는 거지 행색을 한 그를 처음에는 알아보지 못한다.
가족으로부터도 배척당했다고 느낀 창은 자신이 가족과 민족에 관련
된 의무로부터 해방되었음을 선언한다. 그는 부산의 미공보원에서 2

년을 더 일한 다음 미국으로 유학을 떠나게 되는데, 이때 그는 국적만 한국인이지 민족과 국가에 대한 소속감을 상실한 탈민족적인 경계인으로 변모해있다.

테네시 주의 소도시 스와니의 대학에서 공부하게 된 창의 눈을 통해 묘사되는 남부는 그가 살았던 한국과는 판이하게 다르지만 놀랍게도 닮은 면도 있다. 태평양을 사이에 둔 두 장소에 관한 재현에 있어 가장 큰 차이점은, 창의 눈을 통해서 목격된 남한의 혼란상이 적나라하게 냉소적일 정도로 심정적인 거리를 두고 묘사되는 반면, 미국 남부의 재현에 있어서 창과 화자 모두 남부의 고질적인 사회 병폐에 대해 지극히 조심스러운 태도를 취한다는 데 있다. 반면, 두 장소의 재현이 놀랍도록 닮은 면은 두 재현 모두에서 종류가 다른 일종의 은폐가 작동한다는 점이다. 1950년대의 남한에 관한 창의 재현에서 당대 혼란의 원인이었던 친일 부역세력의 재등장이 선동을 일삼는 좌익과 무능한 우익 간의 대결 구도에 의해 은폐된다면, 같은 시기의 미국을 뒤흔든 인종 문제도 방법만 다를 뿐 심각하게 후경화되거나 은폐되고 있다. 당대 미국 사회에서 폭발적으로 일어난 인종 갈등은 캐서린을 다루는 서사에서도, 안창의 미국에서의 삶을 다루는 서사에서도 후경화된다. 캐서린의 서사에서는 이 여주인공이 연상의 연인으로 인해 받게 되는 심적인 고통에 배타적으로 주목함으로써, 또한 안창의 서사에서는 그가 한국에서 겪은 고문으로 인해 얻게 된 트라우마에 주목함으로써, 당대 남부를 뒤흔들어놓았던 인종적 갈등이 텍스트 내에서 묻히게 된다. 그뿐만이 아니다. 흑인 인물이 등장할 때조차도 흑백 간의 인종 갈등은 "너그러운 백인 주인"과 "충직한 흑인 하인"이라는 인종적인 정형 담론의 도입을 통해서 희석되고, 또한 주인공을 피부색에 무심한 '인종적인 색맹'으로 만듦으로써 텍스트에서 실질적으로 배제된다.

안창이 스와니에 도착하게 되는 때는 1955년으로서 그의 나이가 25세 되던 해이다. 이때의 미국 남부는 모든 공공기관에서 흑백을 분리하였던 짐 크로 법(1876~1965)이 지배하던 곳이었고, 그로 인해 인종 갈등의 긴장이 극도로 달했던 때였다. 그러나 소설은 이 첨예한 인종적인 현실 대신에 캐서린과 안창의 내면의 삶에, 이들의 트라우마적인 과거와 현재의 뒤얽힘에 초점을 맞춘다. 두 주인공의 공통점은 이들이 누구에게도 털어놓을 수 없는 과거를 가지고 있고, 그래서 주위 사람들과 공감 관계를 맺음에 있어 어려움을 겪는다는 데 있다. 안창의 유학 생활에 영향을 미치는 과거의 사건은 제주 4·3 봉기이다. 안창은 스와니에 도착한 후에도 4·3 사건에 연루되어 받은 고문에 관한 악몽을 자주 꾼다. 그뿐만 아니라 미국 생활에서 언어적·문화적 차이로 인해 주위의 사람들과 감정적인 교류를 하는 데 어려움을 느낀다. 반면 캐서린의 경우 그녀의 과거는 로맨스에서 비롯되지만, 이 사건이 그녀의 현재를 고통스럽게 한다는 점에서는 창과 크게 다를 바가 없다. 14세가 되던 해에 캐서린은 아버지의 대학 동창이자 남부 대학에서 셰익스피어를 가르치는 42세의 영문과 교수 애디슨(Charles Addison)의 유혹에 빠져 그와 연인 관계를 맺는다. 28살이나 연상인 이 남자와의 관계는 그녀의 청춘을 저당 잡아버리고 주위로부터 그녀를 소외시키는 결과를 낳는다. 둘 사이의 관계를 알게 된 어머니 글리(Glee)가 캐서린을 냉대하자 딸은 자살을 시도하기도 하며, 결국 두 사람은 모녀의 관계를 잃게 된다. 고통스럽게 성장한 캐서린은 대학에 진학하지만 일 년 만에 학업을 포기하고 방황한다. 결국 그녀는 스와니로 다시 돌아와 애디슨의 은밀한 연인으로 살아간다.

　연령의 차이로 인해 캐서린과 애디슨은 이성 관계를 서로 다른 시각에서 바라보게 되고, 이러한 차이는 캐서린을 힘들게 한다. 이를테면, 애디슨은 캐서린을 존중하여 그녀를 "여성 어른"으로 대한다고 하지만, 그 말이 무엇인지 도무지 이해할 수 없는 어린 캐서린에게 그의 태도는 자신을 "시험하고, 신경을 건드리고, 싸움을 거는 것"[22]으로만 여겨질 뿐이다. 둘이 서로를 필요로 하는 것은 사실이지만, 캐서린은 이 관계를 유지하기 위해 대가를 치르는데, 그중 하나는 강퍅해진 마음이었다. 아버지뻘 되는 연인을 만나 14년간 마음고생을 한 결과 28세라는 나이에 어울리지 않게 그녀의 정신이 지쳐버리고 만 것이다. "그녀는 항상 그[애디슨]에게 빚을 진 것처럼 여겼다. 그렇다고 해서 그가 대가를 요구하지 않은 것은 아님을 그녀는 알고 있었다. 그는 그녀를 마모시켰고, 마모를 버티고 남은 그녀의 부분은 강퍅해졌다."

　캐서린이 치러야 했던 또 다른 대가는 소외이다. 캐서린은 자신의 사회적 위치에 대해 안창에게 슬며시 털어놓는다. 그녀는 자신이 기숙사 사감 웨이드(Wade) 부인의 주벽(酒癖)이나 남부대학 부총장의 가정부 레스튼(Reston) 부인이 부총장을 짝사랑하고 있다는 사실 등 동네 노부인들의 비밀을 모두 알고 있는 유일한 인물이라는 사실을 창에게 들려준다. 그리고 이들이 캐서린에게 비밀을 털어놓게 된 연유를 다음과 같이 설명한다. "모든 사람이 나를 신뢰해요. 내가 도덕적 판단을 내릴 수 없음을, 내가 무슨 말을 한들 아무도 믿지 않을 것임을 그들이 알고 있기 때문이죠."[23] 캐서린의 이 발언은 그녀가 애디슨 교

22　Susan Choi, op. cit., *Foreign Student*, p.136.

23　Ibid., p.176.

수의 연인이라는 사실을 마을의 알 만한 사람들은 다 알고 있음을, 그래서 이 마을에서 그녀가 은연중에 배척당하고 있음을 또한 드러낸다. 스와니에서 그녀의 비체화(卑體化 abjection)된 위치는 안창의 기숙사 동료인 크레인(Crane)이 그녀를 "애디슨의 창녀"[24]라고 부르는 사실에서 단적으로 드러난다. 이처럼 안창과 캐서린 둘 다 과거의 사건이 그들의 현재를 구속하고 있다는 점에서 과거의 포로이다. 작가는 캐서린이 에디슨과의 관계에서 겪는 정신적 고통을 심도 있게 조명하고, 이와 동시에 캐서린이 애디슨을 떠나 과연 창과 맺어질 것인가 하는 멜로드라마적인 주제를 중심 화두로 제시하는데, 이는 서사의 관심을 자연스럽게 미국의 인종주의적 현실로부터 멀어지게 만든다.

그러나 창이 미국에 도착하는 1955년은 인종분리정책이 미국 남부뿐만 아니라 미국 전역을 떠들썩하게 만든 해이다. 특히 남부에서는 1896년에 대법원이 '플레시 대 퍼거스 재판'에서 합법화한 공립학교의 인종 분리에 대해 전미유색인지위향상협회(NAACP)가 위헌 소송을 걸게 되고, 그 결과 1954년 5월 17일에 대법원에서 열린 '브라운 대 토피카 교육위원회 재판'에서 인종 분리가 위헌이라는 판결을 받게 된다. 그러나 이 판결로 인해 흑백 분리가 해결된 것은 아니었다. 오히려 흑백 분리는 많은 곳에서 더욱 강고해졌다. 101명이나 되는 남부 출신의 국회의원들이 흑백 분리를 사수하겠다는 "남부 매니페스토"를 1956년에 발표하는 등 차별 반대 운동이 보수적인 남부 백인들의 강력한 저항에 부딪히게 되었기 때문이다. 그해 3월 2일에 앨라배마 주 몽고메리에서 15세의 흑인 소녀 클로뎃 콜빈(Claudette Colvin)이,

---

24 Ibid., p.221.

같은 해 12월 1일에는 로자 파크스(Rosa Parks)가 버스에서 백인에게 좌석을 양보하기를 거부하였다고 해서 체포되는 일이 발생한다. 이 사건은 버스 회사가 차별을 철폐하기까지 13개월에 걸친 흑인들의 버스 보이콧 운동을 일으키는 등 미국 최초의 대규모 흑인 인권운동을 촉발시킨다.

1955년 8월 28일에는 시카고에서 미시시피 주 마니(Money)에 있는 친척 집을 방문하던 중인 에멧 루이스 틸(Emmett Louis Till 1941~1955)이라는 흑인 소년이 백인 기혼여성에게 농을 걸었다는 확인되지 않은 이유로 인해 린치를 당한다. 그 후 그는 머리에 총격을 받고 사망한 채 발견된다. 그의 시신은 사망한 지 사흘 만에 발견되는데, 에멧의 어머니는 "그들이 나의 아들에게 무슨 짓을 하였는지"를 폭로하기 위해 관 뚜껑을 연 채 장례식을 거행하기로 한다. 린치로 인해 형체를 알아볼 수 없을 정도로 망가진 에멧의 시신이 신문을 통해 전국에 보도되면서, 이 사건은 미국 전역을 인종주의에 대한 분노로 들끓게 만든다. 이 사건이 인권운동에 미친 영향력에 대하여, 몽고메리에서 버스 보이콧 운동을 촉발시킨 로자 파크스는 다음과 같이 증언한다. 그때 "저는 에멧 틸을 생각했어요. 물러설 수가 없었어요."[25] 콜빈, 파크스, 그리고 에멧의 어머니의 결정에서 드러나듯, 1950년대는 인종차별에 대한 흑인들의 저항이 격렬해지고, 이에 따르는 대규모 인권운동이 일어나기 시작한 시기이다. 그러나 『외국인 학생』에서 남부의 이러한 인종적 현실은, 인권을 주장하는 의식이 깬 흑인들도, 흑인들을

---

25 Lisa Vox, "The Emmett Till Story Played a Key Role in the Civil Rights Movement," *ThoughtCo.*, Mar. 08, 2017 <https://www.thoughtco.com/emmett-till-biography-45213>.

탄압하는 백인 인종주의자들도 창의 눈을 통해서나 화자의 논평에서 드러나지 않는다.

1955년에 미국의 전역을 뜨겁게 달구었던 흑백 간의 갈등은 수잔 최의 텍스트에서 원천적으로 차단되는데, 이는 백인 인종차별주의자와 "과격한" 흑인 모두를 텍스트에서 배제함으로써 가능해진다. KKK단의 고위직 "그랜드 드래건"이 이 소설에 등장하기는 한다. 크레인의 아버지가 바로 그인데, 이 남부의 인종주의자는 아들과 함께 추수감사절을 보내러 방문한 창을 온정주의적인 태도로 대할 뿐 인종차별주의자로서의 진면목을 보여주지는 않는다. 크레인의 표현을 빌자면, 아버지가 가입한 KKK단은 "사교클럽과 같은 것"[26]일 뿐이다. 소설에서 백인 인종주의자는, 추수감사절을 함께 보내기 위해 창과 출발하던 당일 창을 놀리느라 크레인이 던진 농담, 즉 "사람들이 동양인의 목을 매달지는 않아. [……] 목을 매달 동양인들이 그쪽에는 없거든"이라는 농담 속에서나 존재한다.

수잔 최의 서사에는 흑인들이 거의 보이지 않거나 보이더라도 정치적인 의미가 박탈된 존재들일 뿐이다. 백인들을 온정적인 인물로, 대체로 너그러운 존재로 그려내다 보니 흑인들도 충직하게 묘사되는 것이다. 이 소설에서 흑인은 부엌과 레스토랑 같은 서비스 영역에서만 잠깐 발견되는데, 이들은 한결같이 너그럽고 우아한 백인들에게 충실히 봉사하는 불평할 줄 모르는 하인들이다. 캐서린의 어머니 글리가 파티를 주최할 때 그 댁 부엌에서 일하는 이름 없는 "키친 보이들"[27]이 대표적인 예이다. 이 흑인들은 그들이 매일 해왔을 일인 요리

---

26 Susan Choi, op. cit., *Foreign Student*, p.62.

27 Ibid., p.30.

용 불을 붙이는 데도 어려움을 겪는 것으로 묘사된다. 이 한심한 모습을 보다 못해 초대 손님인 애디슨이 요리사 우두머리에게 "불쏘시개"가 무엇인지 모르냐고 물을 정도이다. 이 소설에서 이름이 언급되는 흑인은 극소수이며, 그중 한 명이 잭슨 부인(Mrs. Jackson)이다. 이 여성은 글리가 딸을 코트린(Courtlin)의 이성 친구로 맺어주기 위해 가족 만찬을 준비할 때, 그 댁 부엌에서 잠시 모습을 드러내고는 다시는 보이지 않는다. [28]

소설에서 유일하게 한 번 이상 모습을 드러내는 흑인들은 남부대학의 학교 식당에서 일하는 직원들이다. 이 중에서 이름이 알려져 있는 흑인은, 개학 직후 있었던 첫 금요일 만찬에서 정장을 차려입은 모습이 인상적이어서 웨이터인 줄 모르고 창이 악수를 한 적이 있는 루이스(Louis)뿐이다. 이들은 소설에서 "루이스와 그의 총각 일행"으로 불릴 뿐 개체로서 대접받지 못한다. 크리스마스 연휴 기간에 오갈 데가 없었던 창은 이들과 식사를 한 번 같이 하게 된다. 이 흑인들은 작품의 결미에서, 창이 시카고에서 하게 된 여름 아르바이트에서 100불을 훔친 것이 발각되어 장학금과 학적을 잃고, 훔친 돈을 갚기 위해 학교 식당에 일하게 될 때 다시 등장한다. 이때 "루이스와 그의 총각 일행"은 창을 동료로 받아주고, 그로 인해 창은 "확실성에 관한 믿음과 자신감"[29]을 회복하게 된다. 흥미로운 사실은 이처럼 흑인 동료들의 도움을 받았음에도 불구하고, 식당에서 흑인 종업원을 마주칠 때를 제외하고는 창이 피부색에 무관심하다는 사실이다. 화자 또한 등장인물의 피부색에 대해 무관심하다. 주인공과 화자가 인종차별의 표지가

---

28 Ibid., p.113.

29 Ibid., p.324.

되는 피부색에 무심하다는 사실은, 한편으로는 이들이 주위의 사람들을 피부색이라는 렌즈를 통해 보지 않음을 의미할 수도 있지만, 다른 한편으로는 현실에서 벌어지고 있는 '차별'에 무심함을 의미할 수도 있다는 점은 특히 유의할 만하다.

1950년대에 미국에서 벌어지고 있던 인종차별에 관한 주인공의 감수성이 어느 정도인지 한번 보자. 짐 크로 법은 그 법이 폐지되기까지 공공기관뿐만 아니라 철도, 버스 등 남부의 모든 공공 운송수단에서 흑백을 분리시켰다. 이 법이 엄연히 살아있던 1956년 여름에 창은 시카고에서 아르바이트를 하기 위해 그레이하운드 버스를 이용한다. 이 시기의 그레이하운드에도 흑백의 분리가 분명히 있었으련만, 주인공은 이러한 좌석의 구분에 대하여 인지하지 못한다. 즉, 버스를 앞뒤로 절반씩 나누어 뒤쪽 절반은 흑인석으로, 앞쪽 절반은 백인석으로 운용했을 터인데, 버스에 탄 주인공은 이 둘 중 어느 편에 앉아야 할지 고민하지 않으며, 피부색에 따라 좌석이 분리되는 광경이 그의 시야에 포착되지도 않는다. 피부색에 관한 한 '색맹'에 가까운 그가 이 버스에서 유일하게 색을 인지하는 경우는 도중에 그의 옆에 앉게 된 어린 남자아이의 머리카락 색이 "금발"[30]임을 깨달을 때뿐이다. 그 외에는 시카고로 향한 전체 여정 동안 그의 눈에는 피부색이 포착되지 않는다.

창의 시카고 여행을 처음부터 한번 살펴보자. 시카고행 버스를 타기 위해서 창은 스와니 남쪽의 도시 차타누가(Chattanooga)에서 환승을 한다. 이때 창은 길 건너편에서 남쪽행 버스를 기다리는 승객을 한 명

---

30 Ibid., p.228.

발견한다. 창은 자신을 향해 미소를 띠고 있는 이 외로운 승객을 면밀히 관찰하며, 그가 자기보다 10년이나 15년 연배일 것이라고 추측도 하고, 그가 어디로 향하는지를 상상해보기도 한다. 마침내 버스가 도착하고 버스에 올라탄 이 낯선 여행자는 떠나가면서 갑자기 창을 향해 열렬히 손을 흔들고 창도 이에 열렬히 화답한다. 이 갑작스러운, 그렇기에 더 따뜻해 보이는 동료애에도 불구하고, 창의 눈을 통해 본 이 승객은 인종적인 특성이 없다. 이 두 사람의 조우에 대해 한 페이지의 설명을 할애하는 화자도 이 승객이 어느 인종인지 말해 주지 않는다. 훗날 시카고에서 뉴올리언스행 버스를 탔을 때 주인공이 하게 되는 여행도 다르지 않다. 당시 남부의 그레이하운드 버스 정류소에는 승객 대기실에도 흑백의 분리도 있었지만, 창은 이 흑백을 분리한 두 시설 중 어느 것을 이용하였는지를 인지하지도, 기억하지도 못한다. 창이 여행 중에 마주치는 여행자들은 피부색이 특정되지 않는다는 점에서 피부색에 근거하여 차별이 이루어진 당대의 역사에서 탈맥락화된 존재, 정치적·사회적 특성이 제거된—현실의 승객이 아니라—승객의 '관념'일 뿐이다.

4.

대체재로서의 오리엔탈리즘

•

　　인종적 특성이나 다양성에 관한 무관심은 창이 1956년
의 여름을 지내게 되는 시카고에 관한 서사에서도 작동한다. 1950년
시카고의 흑인은 총 360만 인구 중 49만 명으로 전체 시 인구의 약
13.6%였으며, 1960년에는 총 350만 명 중 81만 명으로 22.9%로 점증하
는 추세였다.[31] 그러나 이는 공식적인 통계일 뿐 1950년에 출간된 여
행안내서 『시카고 컨피덴셜』에 의하면, 당시 이 도시의 흑인 인구는
75만 명으로서, 시카고는 "지구상에서 가장 흑인이 많이 모인 도시"[32]
라고 불렸다. 소설에 의하면 창이 시카고에서 잡게 되는 첫 숙소는 이
흑인들의 집단 거주지로부터 멀지 않았다. 실제로 그의 숙소에서 가
까운 도시철도 '엘'의 루즈벨트 역은 흑인들의 범죄구역으로 악명이

31　Campbell Gibson & Kay Jung, "Historical Census Statistics on Population Totals
　　by Race, 1790 to 1990, and by Hispanic Origin, 1970 to 1990, for Large Cities and
　　Other Urban Places in the United States", *Working Paper No. 27*, U.S. Bureau of the
　　Census, Population Division, 1998, 표 14.

32　Jack Lait & Lee Mortimer, *Chicago Confidential*, Dell, 1950, p.42.

높았던 브론즈빌(Bronzeville)의 루-존즈 역으로부터 불과 두 개의 역밖에 떨어져 있지 않은 곳, 거리상으로는 3마일이 채 되지 않는 곳에 있었다.

당시 브론즈빌이 어떠한 곳이었는지 『시카고 컨피덴셜』의 설명을 들어보자.

> 지갑 털치기는 거의 매분 일어난다. 갖가지 형태와 단계의 매춘이 성행한다. (팔로 목을 조름으로써 피해자를 뒤에서 공격하는) 강도가 전형적인 절도 방식이며, 이는 남성들뿐만 아니라 여성들에 의해서도 저질러진다. 범죄가 너무 일상화되어서 숨기려고 하지도 않으며, 경찰이 불러 세워도 행인들 앞에서 부끄러워하지도 않는다. 브론즈빌에서는 경찰을 제외한 모든 사람이 그런 것들을 목격하는 듯하다. [……] 브론즈빌에 대해 몇 가지 수치를 제시하자면, 약 20만 명의 사람들이 제5구역에 산다. 이는 도시의 전체 인구의 6퍼센트에 못 미친다. 39개의 경찰 구역이 있다. 가장 최근의 공식 집계에 의하면, 1947년에 시카고에서 저질러진 모든 살인의 21퍼센트가, 모든 절도의 11.2퍼센트가, 모든 강간의 29퍼센트가, 모든 가중 폭행의 18.4퍼센트가 제5구역에서 저질러졌다.[33]

이 모든 현장에서 불과 3마일이 되지 않는 거리에 떨어져 있음에도 불구하고, 창은 브론즈빌이나 그 인근에서 횡행하는 범죄를 목격하지 못한다. 그뿐만 아니다. 그의 시카고 체류기에는 흑인에 관한 언급이

---

33 Ibid., pp.47-48.

단 한 번도 발견되지 않는다. 흑인이 인근에 없었던 것일까, 아니면 그의 시야에는 아예 흑인이 입력되지 않는 것일까?

『시카고 컨피덴셜』의 공저자들은 시카고를 여행하는 여행자들이 피해야 할 흑인 우범지역을 친절하게 설명해준다. 이러한 세심함과 대조적으로, 이들이 흑인 여행자들이 조심해야 할 '백인 우범지역'에 대해서 침묵한다는 사실은 매우 시사적이다. 1950년대의 시카고는 백인의 테러로도 악명이 높았기 때문이다. 이 시기의 대표적인 백인 테러로는 1951년 7월에 시서로 지역(Cicero)의 시립 아파트 단지로 이사 온 한 흑인 가족을 상대로 4천 명의 백인들이 저지른 테러, 그리고 트럼벌 파크 홈즈(Trumbull Park Homes)의 시립 아파트에서 흑인 거주자들에 대해 백인들이 10여 년 동안 저지른 테러(1953~1963)를 들 수 있다. 이 중 두 번째 사건에 관한 기록을 보자.

> 흑인들이 거리를 걸어 다닐 권리, 아파트 단지 옆의 (이 역시 트럼벌 파크라고 불린) 공원과 인근 교회를 다닐 권리가 뜨겁게 부정되었다. 일터로 출근하는 흑인들은 아파트 출입용 경찰 일지에 서명한 후, 무장 경관의 호송차를 얻어 타고 95번가와 스테이트가의 교차로나 95번가와 카티지 그로브가의 교차로로 가야만 했다. 이 안전한 지점에 도착한 후에야 그들은 호송차에서 내렸다. 흑인들이 이처럼 범죄자처럼 다루어지는 모욕에 대해 불만을 토로한 후, 1954년 5월에서야 세단형 경찰차가 항상 지저분하고 악취가 나는 왜곤형 경찰차를 대체하였다.[34]

---

34 Arnold R. Hirsch, "Massive Resistance in the Urban North: Trumbull Park, Chicago, 1953-1966", *The Journal of American History* Vol.82, No.2, 1995, p.533.

아파트 단지 내 흑인 입주자들에게 백인 거주자들이 조직적으로 가하는 테러가 진정될 기미가 보이지 않자, 1954년 3월 19일에 시카고의 흑인 상공회의소가, 1955년 10월에는 시카고의 전미유색인지위향상협의회와 일군의 시민단체들이 각각 대규모의 항의 집회를 개최한다. 오죽하였으면 『시카고 디펜더』지와 종교 단체들이 1954년 8월 22일을 백인 폭도들의 영혼을 위해 기도하는 "국민 기도의 날"로 정하기까지 하였을까. 『시카고 디펜더』지는 이 날 4천만의 국민이 기도에 참여한 것으로 추정하면서, "남북전쟁 이후 미국인들이, 트럼벌 파크 홈즈의 백인 폭도들을 위해서 기도하느라 쏟은 만큼의 정신적인 에너지를, 죄인들을 용서해 주실 것을 하나님께 간청하느라 쏟았던 적이 없었다"고 보도한 바 있다.[35] 이런 사실을 고려한다면 『시카고 컨피덴셜』의 공저자들은 백인 여행자들에게 브론즈빌 방문을 경고하듯, '흑인 여행자들'에게 95번가의 남쪽 지역을 방문할 때 안전에 유의할 것을 공지했어야 했다. 물론 이들이 백인의 인종주의에는 눈을 감았던 터라 이들의 여행안내서에서 그런 내용이 발견된 턱이 없다. 유사한 상황이 수잔 최의 소설에서도 발생한다.

수잔 최는 안창을 백인의 인종차별뿐만 아니라 이에 대한 흑인의 저항에도 눈을 감게 만든다. 안창이 시카고에서 체류하는 동안, 백인들의 질서를 위협하기도 하고 또 자신들만의 특색으로 시카고의 문화를 다양하게 만들던 흑인들의 존재를 주인공의 시야에서 배제하였고, 또 백인들의 거주지로 전입해 들어오는 흑인 가족들을 상대로 테러를 가했던 백인 폭도들도 배제함으로써, 시카고를 흑백의 갈등을

---

35 Ibid., p.543.

알지 못하는 곳으로, 즉 탈인종적인 도시로 만든 것이다. 피부색에 관련하여 창이 보이는 무관심은 그가 도시철도를 탑승할 때도 드러난다. 창이 처음으로 철도를 타고 시카고 북쪽으로 향하던 날 수없이 많은 사람이 그가 탄 전철을 타고 내리지만, 창의 시야에는 이들에 관한 인종 정보나 피부색이 입력되지 않는다. 그가 탄 전철은 사람들로 붐비지만, 그의 관심을 끄는 건 동료 탑승객들이 아니라 철도 옆 가까이에 늘어선 "사무실, 열악한 작업장, [그리고] 창고의 창문들" 너머로 보이는 건물 내부의 풍경이다.[36] 시카고의 리틀 도쿄로 거주지를 옮긴 후 출퇴근하기 위해 매일 하게 되는 철도 여행에서도 창은 승객들의 다양한 피부색이나 옷차림이나 머리 모양 등 인종에 따른 문화적 차이에 대해서 인지하지 못한다.

창의 미국 생활에 관한 서사에서 수잔 최는 휘발성 높은 인종 갈등을 다루는 대신 '비교적' 온건한 형태의 인종차별을 들여온다. 그중 하나가 동양에 관한 미국인들의 선입견이다. 1950년대의 흑백 갈등을 대신하는 미국인의 오리엔탈리즘은 창에게 한국인들이 "나무에서 사느냐"고 묻는 남부의 어리석은 백인 교인들에게서, 캐서린과 함께 있는 "그를 어떻게 생각해야 할지 몰라" 두 사람을 빤히 쳐다보는 동네 주유소 옆 카페 내의 백인 고객들에게서, 내쉬빌의 한 레스토랑을 방문했을 때는 이 커플을 "쳐다보지 않으려고 조심"하는 가까운 테이블의 고객들에게서 발견된다.[37] 즉, 소설에서 그려지는 인종차별은 창의 이국적인 모습에 시선을 떼지 못하는 유의 결례이거나 한국인의 문화적 수준을 우습게 아는 편견 정도의 형태를 취한다. "결례"의 수준

---

36 Susan Choi, op. cit., *Foreign Student*, p.240.

37 Ibid., p.39, p.37, p.146.

고발과 연루

을 넘어서는 동양인에 대한 비하 사건이 소설에서 잠시 등장하기는
하나, 이도 악명 높았던 짐 크로 법이 지배하는 남부가 아니라 창이
아르바이트를 하러 간 북부의 시카고에서 발생한다.

창이 시카고에서 잡은 여름 일자리는 제본을 다시 하기 위해 겉표
지와 바인딩을 떼어낸 중고 책에서, 혹시 이전의 책 주인이 책갈피 속
에 넣어두고는 잊어버린 돈이 없는지 점검하는 일이었다. 그런데 제
본소의 여직원 프란(Fran)은 창이 책 속에서 돈을 발견하고도 자기에
게 신고를 하지 않는다고 의심을 한다. 그는 급기야 창에게 "찢어진
눈을 한 개새끼"[38]라는 욕을 퍼붓는다. 아무리 외국인을 얕잡아보았기
로서니 돈을 숨겼을지도 모른다는 의심만으로 이 여성이 성인 남성
에게 입에 담기 쉽지 않은 욕을 내뱉는 것은 현실성이 다소 떨어지는
설정이기는 하다. "찢어진 눈을 한"(slanty-eyed)라는 표현이 흔히 동양인
의 외모를 비하하는데 사용된다는 사실을 고려한다면, 안창을 도둑으
로 모는 프란의 언사는 오리엔탈리즘적인 언어폭력에 해당된다. 프란
의 의심과 언어폭력을 견디다 못해 안창은 자신의 돈 1달러를 책 속
에 넣어둔 후, 마치 책 속에서 이를 발견한 양 프란에게 가져다준다.
그러나 프란은 이마저도 의심을 한다. 그보다 큰 금액을 발견하고도
이를 감추기 위해, 즉 의심을 무마하려는 의도에서 1달러만 내놓았다
고 생각하는 것이다. 그러다 우연히 책 속에서 100불을 발견했을 때,
안창은 그 돈을 가지고 캐서린을 만나러 시카고를 떠나버리고 만다.

그러니 작가는 1950년대의 미국 사회를 격랑 속으로 몰아넣었던
흑백의 갈등을 소설에서 배제하고, 이를 아시아인에 관한 백인의 작

---

38 Ibid., p.237.

은 편견으로 대체한 셈이다. 이 대체 소재의 장점은 대규모 인권운동을 촉발시킨 백인들의 흑인 차별보다 텍스트에서 '관리'하기가 쉽다는 점이다. 여기서 관리하기가 쉽다는 말은 폭력적이고도 휘발성 강한 역사를 참조하지 않아도 되기에, 서사 내에서 해결책을 찾기가 수월함을 의미한다. 당대 현실의 가장 중요한 이슈로부터 멀찍이 비켜섬으로써, 이 텍스트는 대다수 독자층을 구성하는 백인 독자의 심기를 불편하게 하지 않는 유리한 지점을 독자와의 관계에서 확보할 수 있게 된다.

5.

아시아 디아스포라의 재인종화

•

『외국인 유학생』에서 백인 사회의 오리엔탈리즘에 관한 폭로가 오리엔탈리즘보다 휘발성이 높은 인종주의에 관한 논의나 비판을 우회하는 효과를 낳았다면, 수잔 최가 『외국인 학생』을 출간한 지 10년이 되는 해에 발표한 세 번째 장편 소설 『요주의 인물』에서 백인 인종주의는 더 적극적으로 다루어진다. 그러나 이 소설에서도 백인의 인종주의에 관한 조명이 종국적으로 오리엔탈리즘적인 함의를 들여오거나 이를 공고히 한다는 점에서 문제적이다. 이 소설은 1999년에 스파이 혐의로 기소된 웬호 리 사건과 "유나바머"(Unabomber)로 잘 알려진 전직 수학 교수이자 우편 폭탄 테러리스트인 테드 카진스키(Ted Kaczynski) 사건을 모델로 삼았다.

우선, 수잔 최는 소설의 발단으로 핵무기 제조 비밀의 유출 사건이 아니라 우편물 폭탄 테러 사건을 선택한다. 주인공 리(Lee)는 미국 중서부의 한 대학에서 정년을 기다리며 한가로운 삶을 살아가는 65세의 수학과 교수이다. 그의 비극은 옆 사무실의 동료 교수 헨들리

(Hendley)가 우편물 폭탄에 의해 목숨을 잃으면서 시작된다. 폭발 사건이 있은 직후 리는 과거에 자신의 동료였다고만 밝히는 사람으로부터 한 통의 편지를 받게 된다. 리는 이 동료라는 인물이 지금은 사별한 아내 아일린(Aileen)의 전(前)남편이자 박사 과정에서 함께 공부했던 동료 게이더(Lewis Gaither)라고 추측한다. 리, 아일린, 게이더는 과거에 불행한 삼각관계에 있었다. 리와 아일린의 불륜으로 인해 게이더의 가정이 파탄이 났고, 그후 아일린은 리와 결혼한다. 그러나 그녀는 게이더와의 사이에서 낳은 아들 존(John)을 게이더에게 빼앗기게 되었을 때 남편 리가 그녀를 도와주지 않아서 원망을 품게 된다. 시간이 지나면서 리는 자신에게 편지를 보낸 이가 게이더이고, 그가 폭탄 테러리스트라는 심증을 갖게 된다. 자기에게 왔었어야 할 복수의 폭탄이 헨들리에게 잘못 배달된 것이라고 추정한 것이다. 작가는 사건의 실체에 관한 독자의 궁금증에 답하지 않다가 결말에 가서야 폭탄 테러리스트가 리의 또 다른 박사 과정 동료였던 화이트헤드(Donald Whitehead)임을 밝힌다.

이 소설이 이처럼 유나바머 사건을 한 인유의 축으로 삼아 전개된다면, 이 작품은 동시에 "웬호 리" 사건을 다른 인유의 축으로 삼는다. 웬호 리 사건을 간략히 설명하면, 대만 출신의 리는 미국에서 유체역학 박사학위를 받은 후 시민권을 취득하고, 로스 알라모스 연구소에서 이십 년 넘게 근무해온 핵무기 과학자였다. 중국의 핵무기 개발을 감시하고 있던 로스 알라모스 연구소는 1992년에 이르러 중국이 W-88이라는 최신 핵탄두 제조에서 비약적인 발전을 거두게 되었음을 인지하게 된다. 사건의 발단은 중국이 미국의 핵무기 기술을 불법적으로 취득하지 않고서는 이러한 성과를 내는 것이 불가능할 것이라는 결론을 로스 알라모스의 과학자들이 내리면서 시작된다. 해당 핵탄두 기술을 취급하는 로스 알라모스 연구소에 대해 연방수사국의 내사가 시작되고, 대만 출신의 웬호 리가 용의자로 지목을 받게 된 것이다.

웬호 리는 1999년에 핵무기 기밀을 중국에 넘긴 혐의로 연방수사국에 의해 체포된다. 그는 59가지 죄목으로 기소되고 법정 판결이 나기도 전에 9개월이 넘게 구금된다. 그뿐만이 아니다. 그는 기소도 되기 전에 파면을 당하고 그의 신상이 대중 매체에 노출된다. 그러나 정작 재판에서 연방수사국은 그의 유죄를 입증하지 못했고, 그 결과 웬호 리는 기소된 거의 모든 죄목에서 무죄임이 판명된다. 그는 보안이 되지 않는 컴퓨터에 저장해서는 안 될 문서를 저장하고, 이를 다시 이동식 저장 장치인 마그네틱테이프에 옮긴 죄목에 대해서만 양형 거래로서 인정을 한다. 그러나 리는 이미 9개월 이상 투옥되어 있었기에, 이 죄목에 대해서는 형을 이미 마친 것으로 간주되어 재판이 끝나자 바로 풀려난다. 그간 그에게 보석을 허가하지 않았던 재판장 파커 (Parker)는 이 판결을 내린 후 리에게 개인적으로 사과를 하고 연방정부가 리에게 저지른 인권 침해에 대해 혹독한 비판을 하게 된다. 이 사건은 리가 연방정부에 소송을 걸어 거액의 배상을 받게 됨으로써 끝이 나게 된다. 이것이 대중에게 알려진 웬호 리 스파이 사건의 전모이다.[39]

『요주의 인물』의 주인공 리가 우편 폭탄 테러리스트로 주목을 받

---

39 Matthew Purdy, "The Making of a Suspect: The Case of Wen Ho Lee", *The New York Times* 4 Feb. 2001; "Wen Ho Lee Freed after Guilty Plea", *ABC News* 13 Sep. 2000.

는 순간부터 그의 삶은 웬호 리의 사건과 밀접한 관계를 맺는다. 소설의 주인공 리와 웬호 리 간의 유사성 중의 하나는 두 인물 모두 "인종 프로파일링"(racial profiling)을 정부 기관으로부터 당하게 된다는 점이다. 인종 프로파일링은 피부색이나 인종을 기반으로 범죄의 용의자를 특정하는 수사를 일컫는다. 이 프로파일링의 문제에 관한 이선주의 논평을 빌리면, "흔한 예로 중동계 미국인은 공항에서 테러리스트라는 의심을 받아 몸수색을 강하게 받고, 아프리칸 미국인과 히스패닉 미국인은 교통위반 혐의로 검색을 빈번히 당한다. 보다 위중하게 법정에 기소되는 사건에서 인종적 프로파일링이란 인종을 근거로 하여 특정 범죄에 대해 피의자 혐의를 두는 '선택적인 인종적 기소'(selective racial prosecution)를 말한다."[40] 웬호 리 사건을 다룬 평자들도 한결같이 리가 중국인이었기 때문에 중국 정부를 위해 일하는 스파이라는 혐의를 받았다고 지적한다.[41]

『포스트모더니티의 역사』에서 아리프 딜릭은 싱가포르에서 개최된 한 학술대회의 일화를 소개한 바 있다. 그에 의하면, 미국의 한 문화 인류학자가 중국인 디아스포라에 관한 발표를 한 후, 한 싱가포르 사회학자가 자신은 디아스포라 중국인도, 초국적 중국인도 아닌 싱가포르인일 뿐이라고 반박하였다. 이 사회학자는 미국의 학자들이 이런 유의 정체성, 즉 디아스포라적 정체성을 사람들에게 강제하는 습관이 있다고 지적하였다. 미국 학자들이 디아스포라적 정체성을 즐겨 논하

---

40 이선주, 「인종적 프로파일링의 주체화 과정—웬호 리 사건과 수잔 최의 『요주의 인물』을 중심으로」, 『현대영미어문학』 33권 4호, 2015, 117면.
41 colleen lye, "The Literary Case of Wen Ho Lee", *Journal of Asian American Studies*, June 2011, pp.249-282.

고발과 연루

는 이유 중의 하나는 이 개념이 문화적 동질성이나 순수성에 관한 도착국의 주장을 반박함으로써 동화주의 정책에 거스르는 담론적 효과를 갖기 때문이다. 옹(Aihwa Ong)과 노니니(Donald Nonini)의 표현을 빌리면, 디아스포라 중국인은 "단기 체류, 부재, 향수, 때로는 유배와 상실을 대가로 치르는 여정을 통해 얻게 되는 시각, 근대성에 대한 다중적 시각을 가졌기에, 중국, 아시아의 다른 나라들, 서구 모두에 대한 동시적인 지향성을 갖게 된다." 상이한 복수의 나라에 소속되는 경험을 함으로써 복합적이고 폭넓은 문화적·이념적 지평을 갖게 되는 이점이, 어느 한 나라의 이념적 호명을 거부할 수 있는 정신적 자원이 디아스포라 경험자들에게는 있다는 것이다.[42]

그러나 딜릭이 정작 하고 싶은 이야기는 다음에 나온다. "문화에 관한 디아스포라적 개념이 해당 디아스포라 집단의 사회적 정치적 복합성에 대한 적절한 고려 없이 사용될 때, 또 다른 물화(reification)의 과정을 일으켜 새로운 형태의 문화적인 지배, 조종, 상품화의 길을 열게 된다." 여기서 "물화"(物化)란 원래의 복합적인 성격을 상실하고 탈맥락화되어 편협하고 왜곡된 의미로 사용된다는 뜻이다. 중국인 디아스포라에 속하는 천차만별의 집단들, 이를테면 말레이시아 거주 중국인, 태국 거주 중국인, 한국 거주 중국인, 싱가포르 거주 중국인 등이 있음에도 불구하고, 이 다양한 집단의 복합적이고 상충되는 성격을 모두 무시하고 하나의 "중국인"으로, 그것도 본토 중국인과 같은 유의 종족집단으로 단순화하여 이해할 때, 이보다 더한 왜곡이 없는 것이다. 앞서 인용한 싱가포르 사회학자의 견해에 따르면, 싱가포르 중국

---

42 Arif Dirlik, *Postmodernity's Histories: The Past as Legacy and Project*, Rowman & Littlefield, 2001, pp.173-174. 옹과 노니니의 주장은 딜릭의 책에서 재인용.

인들은 종족적으로만 중국인일 따름이지 중국과의 문화적 동질성을 느끼지 않는다. 중국계 미국인의 경우에도 이민 3세대 정도가 되면 크게 다르지 않으리라. 그럼에도 불구하고 이들을 '해외 중국인'이라는 하나의 범주로만 간주한다면, 이는 중국인의 혈통만 가졌을 뿐 백인과 다를 바 없는 미국인을 중국인으로 '재인종화'하는 잘못을 범하는 것이다.

재인종화의 문제가 가장 극명하게 드러난 예가 웬호 리와 수잔 최의 주인공 리 교수가 겪게 된 인종적 프로파일링이다. 소설의 주인공 리 교수는 몇 가지 실수로 인해 주위의 의혹을 사서 연방 수사관으로부터 조사를 받게 되고, 급기야는 거짓말 탐지기 검사까지 받게 된다. 폭발 사건이 있은 직후 받은 익명의 편지를 숨기려다 발각이 되고, 편지를 보낸 이의 정체에 대해서 둘러대다가 의심을 사게 된 것이다. 리는 자신의 불륜으로 인해 가정이 망가진 게이더의 존재에 대해서 생각하고 싶지 않았고, 기억하고 싶지 않은 이 과거에 대해서는 타인에게 더더욱 말하고 싶지 않았기 때문에 이 편지의 존재를 수사관에게서 숨기려 했지만, 수사관에게는 이러한 태도가 수상쩍게 여겨졌던 것이다. 마침내 리는 사실을 털어놓고 또 거짓말 탐지 검사도 통과한다. 그러나 놀랍게도 검사 결과가 연방수사국 본부에 보내졌을 때, 관계자들은 이 결과를 놓고 "결정적이지 않은 것"으로 해석한다. 즉, 그에 대해 계속해서 수사를 하겠다는 의지를 보이는 것이다. 리는 이 이해할 수 없는 결정에 충격과 낙담을 토로한다.

수사관 모리슨(Jim Morrison)은 충격을 받은 리의 이해를 구한답시고 연방수사국의 관행에 대한 비밀 한 가지를 털어놓는다.

리 교수, 극소수의 사람들만이 특권으로서 알고 있는 한 가
지를 들려주겠습니다. 우리 분야에서는—연방정부 차원에
서 법 집행을 하는 분야죠—한 가지 일반적인 신념이 있습
니다. 무슨 말인가 하면, 일반적으로 공유하는 사항이어서
동의하지 않는 사람이 거의 없다는 겁니다. 그것은, 거짓말
탐지기가 듣지 않는 특정한 인종적 문화적 배경을 가진 사
람들이 있다는 겁니다. 다른 사람들에게는 거짓말 탐지기
가 놀랄 정도로 정확한데, 이 특정 집단에게는 무용지물 정
도가 아니라 그보다 더 나쁘다는 겁니다. 음성의 결과를 내
니까요. 항상. 거짓말을 전혀 탐지해내지 못합니다. 누구도
그 이유를 알지는 못합니다. 어쩌면 유대 기독교적인 우리
주류 사회의 기본 윤리성이 이 사람들에게 없어서 일지도
모르겠습니다. 어쩌면 진실에 대해 상대적인 개념을 가지
고 있거나 죄책감을 결여해서 일지도 모르겠습니다. 이유
가 무엇이든 간에 이들에게는 거짓말 탐지기를 사용할 수
가 없습니다.[43]

박형지가 주장한 바 있듯 이 거짓말 탐지 테스트 장면은, 아시아계 미
국인에 대한 주류 사회의 인종화에 대하여 작가가 가장 집중적으로
비판하는 부분이다.[44] 모리슨의 이 고백이 놀라운 것은 특정 인종에게
거짓말 탐지기가 통하지 않는다는 주장도 그렇지만, 더 근본적으로
인종적, 종족적 범주에 의해 윤리적 의식의 유무를 나누고 있는 점이

43 Susan Choi, *A Person of Interest*, Penguin, 2008, pp.199-200.
44 Hyungji Park, "Diaspora, Criminal Suspicion, and the Asian American: Reading
    Native Speaker and *A Person of Interest* from across the Pacific", *Inter-Asia
    Cultural Studies* Vol.13, No.2, 2012, p.245.

다. 이러한 사유에 의하면, 기독교를 믿는 서양 문화는 진실과 거짓의 구분이 가능한 반면, 아시아 문화는 상대주의가 지배하기에 거짓과 진실의 구분이 명확할 수가 없다. 그러니 이러한 문화에서 자라난 아시아인들이 죄의식을 결핍한 것은 당연한 것이고, 따라서 거짓말 탐지 테스트를 무력화시키는 것도 당연한 것이 된다.

리가 이러한 프로파일링을 당한 것은 사실 이번이 처음이 아니다. 그는 미국에 도착한 후 맞이한 두 번째 여름에 하게 된 장거리 버스 여행을 기억해낸다. 그가 목적지에 닿자마자 두 명의 수사 요원이 기다렸다는 듯이 그를 조사하게 된다. 이들은 리가 동양인의 외모를 하였다는 사실만으로 그를 중국 스파이로 예단한 것이었다. 또한, 그들은 여느 아시아계 이민자와 달리 리가 준수한 영어를 구사한다는 사실에 스파이라는 심증을 더욱 굳히게 된다. 리가 자신이 중국인이 아님을 증명해 보인 이후에도 이 요원들은 쉽게 의심을 거두어들이지 않는다. 설령 중국인이 아니라도 중국인 친구가 있지 않냐고 그를 다그치는 것이다.[45]

요원들의 태도는 미국 주류 사회가 아시아계 이민자들을 대하는 태도를 잘 요약해 보인다. 아시아 출신 이민자들은 미국에 머문 세월이 아무리 오래더라도 결코 "우리"의 일부가 될 수 없고, 따라서 언제까지나 "그들"로, 즉 출발국 민족의 일부로 남는다는 것이다. 이 논리에 의하면, 해외 거주 중국인들은 모두 본토 중국인들과 이념적으로나 정서적으로 혹은 문화적으로 같은 부류이다. 딜릭의 표현을 다시 빌리면,

---

45 Susan Choi, op. cit., *Person of Interest*, p.144.

이 새로운 디아스포라 담론은 중국인을 본질화함으로써 새
로운 인종주의를 양성하는 비옥한 토양을 만들어냈다. 이
디아스포라 개념에는 무엇보다도 중국계 미국인과 (중국 내
의 중국인을 포함하는) 그 밖의 중국인들 간의 차이를 삭제한
책임이 있다.[46]

이러한 관점에 의하면, 해외 중국인은 모두 잠재적인 공산주의자요,
중국 정부를 위해 언제라도 일할 수 있는 스파이인 것이다.

흥미로운 사실은 작가가 소설에서 리의 종족적 정체성을 분명하
게 밝히지 않았다는 점이다. 그를 중국계 이민자로 간주하는 비평[47]도
있으나 리가 중국계인지는 확실하지가 않다. 장거리 여행에서 만난
연방수사관의 조사를 받았을 때, 자신은 중국어를 한마디로 못한다
는 리 자신의 진술[48]을 고려하면 그렇다. 다른 주장에 의하면, 작가는
리의 종족적 정체성을 불확실하게 함으로써, 즉, 중국계나 한국계 이
민자에서 흔히 발견되는 성씨 리(Lee)만을 밝힘으로써, 주인공의 평범
함을 강조하고, 이를 통해 아시아계 이민자라면 누구라도 그와 같은
입장에 놓일 수 있음을 암시한 것이다.[49] 리의 조국에 대해 굳이 밝혀
보자면, 사실 그가 한국인일 가능성이 제일 높다. 텍스트에서 발견되
는 그의 배경에 관한 몇 안 되는 정보 중에는, 그가 어렸을 때 "폭력적

---

46 Dirlik, op. cit., p.176.

47 이선주, 앞의 글, 121면; Matt Shears. "Race, fear collide in Choi's 'Person'", SFGATE,
    17 February 2008, http://articles.sfgate.com/2008-02-17/books/17142812_1_wen-
    ho-lee-consciousness-federal-investigation; Hyungji Park, op. cit., p.243.

48 Susan Choi, op. cit., *Person of Interest*, 144

49 노은미, 「아시아계 이민자에 대한 감시와 미국적 규범: 『요주의 인물』을 중심으
    로」, 『현대영미소설』 24권 1호, 2017, 37면.

인 내전"을 겪었고, 어렸을 때 일본어를 배웠다는 진술, 공산당에 의해 가족이 해를 입었다는 진술, 마지막으로 "공산군이 자신의 나라를 침략했을 때 흰 솜옷을 입고 눈 속을 기어왔다"[50]는 것 정도이다. 이러한 정보를 종합적 고려한다면, 아시아의 나라 중 공산 침략을 받았고, 일본의 지배를 받았으며, 내란을 겪은 나라는 한국뿐이라는 점에서 리는 한국인일 것으로 추정된다.[51]

수잔 최는 미국 사회에서 인종주의가 공적인 영역과 사적인 영역 모두에서 작동함을 고발한다. 이러한 맥락에서 작가는 황색 저널리즘과 구분되지 않는 미국의 대중 매체에 대해서도 책임을 분명한 어조로 묻는다. 리가 연방수사국의 용의자가 되었다는 소식이 퍼져나가고, 그의 집이 압수 수색을 당하자 그는 순식간에 방송 기자들의 먹잇감이 되고 만다. 리의 집에 압수 수색이 있던 날 수사관 모리슨은 리의 집 마당 앞까지 쳐들어와 진을 친 방송 기자들에게 리가 "요주의 인물"일 뿐 용의자는 아니라고 강조한다. 하지만 기자들은 이미 사실을 앞질러간다. 모리슨의 설명이 끝나자마자 "곧 고발이 되나요?" 혹은 "곧 용의자로 전환될 것이라고 생각해도 되나요?"[52]라고 묻는 기자들의 모습은, 이들의 뇌리에 리가 이미 범죄자로 각인되어 있음을 드러낸다.

아시아계 피의자의 인권에 대해서 손톱만큼의 고려도 없는 미국 언론 매체의 행태는, 리의 신상이 당일 신문에 요주의 인물로서 수사

50 Susan Choi, op. cit., *Person of Interest*, p.7, p.34, p.144, p.333.

51 Richard Eder, "Innocent but inept, an emigre arouses suspicion", *The Boston Globe*, Mar 9 2008, http://archive.boston.com/ae/books/articles/2008/03/09/innocent_but_inept_an_emigr_arouses_suspicion/?page=full.

52 Susan Choi, op. cit., *Person of Interest*, p.215.

고발과 연루

를 받았다는 기사와 함께 대문짝만하게 실렸다는 사실에서도 드러난다. 이선주도 지적한 바 있듯,[53] 리를 범죄인으로 예단하는 언론의 문제점은 아일린과 게이더 사이에서 난 아들 존의 입을 통해서도 들려온다. 그는 신문에서 리에 관한 기사와 사진을 보고 "사진 찍힌 사람보다 사진을 찍은 기자의 의도가 더 잘 드러나는" 사진이라고 생각한다. 즉, 기자가 의도를 가지고 리 교수가 "무언가를 숨기고, 모자로 얼굴을 가리려 하는 것"처럼 보이게 만든 것임을 파악한 것이다. 리를 다루는 신문 기사들은 "이 남자가 누구인가?"라는 질문을 헤드라인으로 걸어서 독자들의 호기심을 증폭시키며, 그의 비사교적인 성격을 강조하는 이웃들의 진술을 곁들여 독자들의 마음속에 용의자로서의 리의 이미지를 굳힌다.[54]

리는 자신이 박사학위를 받은 중서부의 I 대학에서 자리를 잡게 되는데, 처음에는 이 조그만 도시의 이웃들과 친밀한 관계를 유지한다. 물론 그는 여전히 주위 사람들에게는 기이한 존재였다. 그러나

> 그의 기이함에 관한 기이한 사실은 사람들이 그를 좋아한다는 점이었다. 사람들은 그를 변종으로, 배경이 모호하고 신중한 영어를 구사하는 교외의 율 브린너 같은 존재로 보았지만, 동시에 가정에 헌신하는 아버지의 모습도 보았고, 그래서 그를 받아들였다.[55]

---

53 이선주, 앞의 글, 124면.

54 Susan Choi, op. cit., *Person of Interest*, p.220, p.265.

55 Ibid., p.163.

절대다수가 백인인 이 중서부의 대학 도시에서 아시아 출신의 주인 공은 인종적인 "변종"이라고 여겨진다. 그러나 리가 이성애, 결혼, 가 족 가치 등 백인 중산층의 규범을 충족시키게 되면서, 이웃들이 그를 '포용할 수 있는 변종'으로 간주하게 된 것이다. 여기서 고려할 사실은, 리가 백인 공동체에 무난히 편입될 수 있었던 것이 무엇보다도 그가 백인 여성과 결혼했다는 사실과 무관하지 않다는 점이다. 그가 매일 딸 에스더를 유모차에 태우고 나갔을 때, 그를 따뜻하게 맞이해주는 이웃들은 딸아이 친구들의 부모들이기도 했지만, 실은 아내 아일린의 친구들이었기 때문이었다.

그러나 리는 아일린에 이어 두 번째로 결혼한 미치코(Michiko)와도 이혼을 한 후에는 독신으로 지내게 되는데, 이때 상황은 많이 달라진 다. 그는 자신이 더이상 공동체의 일원이 아님을 깨닫게 된다. 이는 10년 전에 그가 이사 들어 온 집에 관한 묘사에서도 은유적으로 드러 난다. "그의 정원은 결코 땅에 뿌리를 박지 못했고, 그의 집은 정원에 뿌리를 박지 못했다." 리가 같은 곳에서 10년을 살았지만, 집으로 초대 할 만한 이웃을 만들지 못했다는 사실도 그가 이 공동체에서 얼마나 고립된 존재인지를 잘 드러낸다. 리가 연방수사국의 조사를 받는다는 소식이 알려지자마자, 그의 이웃들이 그를 대하는 태도는 이전의 무 시하는 태도에서 180도로 바뀌게 된다. 압수 수색이 있던 날 이웃들 은 그가 집 안에 있는지 없는지, 만약 집 안에 있다면 어디에 숨었는 지를 알아내려고 한다. 어떤 이는 그의 정원까지 침입해 들어와서 그 의 소재를 파악하려고 한다. 이웃의 젊은 여자는 일부러 그를 찾아와 서 다음과 같은 말을 비수 같이 던지고 가기도 한다. "알려 줄 것이 있 는데,…… 내게는 어린 두 딸이 있어요. 만약 당신이 이 아이들에 대해

서 **생각을 하기만** 해도 내가 후회하게 만들어 줄 겁니다."[56] 이쯤 되면
이웃들이 리를 대하는 태도는 맹목적인 '외국인 혐오'와 다르지 않다.
이처럼 인종주의가 정부 기관과 같은 공적 영역에서뿐만 아니라 사
적인 영역인 이웃들에게서도 발견되는 것임을 드러냄으로써, 작가는
백인 주류 사회의 건강하지 못한 면을 신랄한 어조로 폭로한다.

---

56   Ibid., p.133, p.217; 원문강조.

6.

아시아계 이민자의 정죄(定罪)

•

     백인 인종주의에 대한 비판에도 불구하고 수잔 최의 소설이 불편하게 여겨지는 이유는, 이러한 비판이 아시아계 이민자에 대한 또 다른 유의 정죄(定罪)를 밑그림으로 삼고 있기 때문이다. 우선 텍스트를 자세히 들여다보면, 리가 우편 폭탄 테러리스트로 오인을 받게 된 것이나, 그가 어려움에 처했을 때 주위의 사람들이 그에게 정신적인 아군이 되기는커녕 그를 용의자로 의심하게 된 것에 대해, 다른 사람이 아닌 리 본인의 책임이 큰 것으로 묘사된다. 앞서도 언급한 바 있지만, 무엇보다 리가 연방 수사관의 의혹을 사게 된 데에는 그가 받았던 익명의 편지에 대해 계속해서 말을 바꾸었다는 사실이 있다. 또한, 학과의 직원들과 동료 교수들이 그에게 의심을 품게 된 데에는 그가 헨들리의 죽음과 관련하여 보여준 이해할 수 없는 행동들이 있다.

    우선 연방 수사관과의 관계부터 보자. 수사관 모리슨이 리가 최근에 받았던 우편물의 목록을 가지고 와서 발신인 이름이 없는 편지에 대해 질문하자 리는 크게 당황한다. 이 익명의 편지는 언뜻 보아 오랜

지기의 안부를 묻는 평범한 내용이다. 편지를 쓴 이가 폭발 사고 직후 TV 인터뷰를 하는 리의 모습을 우연히 보고 무척 반가웠고, 그가 지금도 옛날처럼 왕자와 같은 외모를 지녔다고 칭찬하며, 이제는 지난날의 좋지 않았던 감정을 잊고 잘 지냈으면 좋겠다는 희망을 피력하는 내용이기 때문이다. 그러나 이 편지는 정반대로 해석된다. 리는 이 옛 동료라는 자가 아일린의 전남편 게이더라고 단정하고, 그가 자신의 안부를 묻는 척하면서 실은 모욕하는 편지를 보냈다고 생각하고 분노할 뿐만 아니라, 이런 편지를 받은 사실에 대해 수치심을 느낀다. 그래서 모리슨이 편지에 대해 물어왔을 때 그는 옛 친구가 안부를 묻는 편지를 보낸 것이라고 말한다.

편지에 관한 리의 설명은 적어도 표면적으로는 진실이다. 그러나 리 본인의 해석에 의하면 이는 거짓말이다. 자신을 조롱하기 위해 보낸 편지라고 그가 믿기 때문이다. 리가 이처럼 거짓말 아닌 거짓말을 한 것에 당황해하고 있을 때, 모리슨은 그 편지를 보여줄 것을 요청한다. 그러자 금방 안부 편지라고 둘러댔는데 조롱과 증오의 내용이 담긴 편지를 보여줘야 한다는 생각에 리의 당혹감은 몇 배로 커진다. 자신이 금방 한 거짓말이 탄로 날 것이 두려웠던 리는 앞서 한 거짓말을 덮기 위해서 그 편지를 버렸다는 또 다른 거짓말을 하고 만다. 그러나 이 거짓말은 리의 발목을 계속해서 잡는다. 다음번에 모리슨이 찾아 왔을 때, 리는 게이더에게 답장을 보내봤지만 반송되었다는 말을 엉겁결에 한다. 지난번 면담 때에는 아무 말이 없다가 이제야 그 말을 하는 것에 대해 의심을 품게 된 모리슨은 리가 발송인이라고 주장하는 게이더에 대해서 자세히 말해 달라고 요청한다. 그러자 이번에 리는 게이더에 대해 잘 모른다고 대답함으로써 그가 "옛 친구"라고 말한 이전의 진술을 부정하고 만다.

　모리슨이 또 찾아왔을 때, 리는 비로소 편지를 버리지 않았다는 사실과 함께 게이더와의 불편했던 관계에 대해서 고백하지만, 그를 신뢰하지 못하게 된 수사관들은 그를 거짓말 탐지 테스트에 넘긴다.[57] 비록 고의는 없었지만 리의 이러한 행동은 모리슨 같은 이가 보기에는, 아시아인은 거짓말하는 것을 대수롭지 않게 여긴다는 기존의 인종적 인식을 정당화하는 것이다 .거짓말 탐지 테스트를 앞두고 리는 자신을 돌아보며 생각한다.

> 그는 정직한 사람이었다. 오히려 정직한 것이 문제라면 문제였다. [헨들리의] 장례식에 가지 않은 것도 가식적인 행사를 참을 수가 없었기 때문이었다. 그의 영원한 죄라면 겉치레를 제대로 꾸미지 못하는 것, 자신이 쓰면 좋았을 가면의 존재조차 알지 못했던 것이었다. 장례식에 가서 눈물 몇 방울을 흘렸어야 했다. [……] 아일린과 게이더 사이에 난 아들을 키웠어야 했고, "너나 에스더나 똑같은 나의 자식이야" 같은 말들을 했어야 했다. 잔디를 다룰 줄 아는 조경사를 고용했어야 했고, 미치코가 챙겨간 골동품이 남긴 빈자리를 메이시 백화점에서 구입한 싸구려 물건들로 채웠어야 했다.[58]

이 인용문과 관련하여 언급할 만한 해석은, "가족, 이웃, 직장에 걸쳐 광범위하게 존재하면서 때로는 전횡적인 태도로 역할을 강요하고 순응을 요구하는" 주류 사회의 규범을 리가 따르지 않았기 때문에 주인

57　Ibid., pp.139-140, pp.175-180.

58　Ibid., p.182.

고발과 연루

공에게 불행이 닥쳤다는 주장이다. 즉, 집단의 사회적·문화적 규범에 역행함으로써 사람들의 주목을 받게 되고, 또 "관계의 망에서 어울리지 못하는 모습"을 보여주었기에, 그가 요주의 인물로 전락했다는 것이다. 이러한 맥락에서 보았을 때, 리에게 닥친 불행은 미국적 규범이 내포하는 집단적 수용성과 배타성을 통렬하게 폭로하는 것이다.[59] 그러나 이 해석은 절반만 옳은 것이다.

위 인용문에서 리는 만약에 자신이 했었더라면 주위 사람들과 조화를 이룰 수 있어 좋았겠지만, "정직한 것이 흠인" 성품 때문에 그가 하지 못했던 "가식적인" 처신에 대해서 생각한다. 이때 제기될 법한 질문은 그가 하지 못한 이 일들이 과연 가식적이고 겉치레에 불과한 것인가 하는 것이다. 이웃들이 하듯 조경사를 고용하여 잔디 뗏장을 심는 대신, 그는 직접 씨를 뿌려서 잔디를 키워 보려다가 조경에 실패하였지만 이를 그대로 방치하였다. 두 번째 아내가 시민권을 따자마자 이혼을 요구하고 그의 세간까지 탈탈 털어간 후, 그는 집안의 텅 빈 자리를 싸구려 가구라도 사서 채우는 대신 그대로 방치하였다. 이런 점에서 주인공이 미국의 평균인과 조금 다른 삶을 살고 있었고, 그 때문에 그가 이웃들에게 조금 다르게 비친 것이 사실일는지 모른다. 그러나 억울하게 목숨을 잃은 동료의 장례식장에 가지 않은 것은 이런 '다름'과는 유가 다른 것이다. 고인에 대한 최소한 예의를 지키는 것을 방기하는 행위이기 때문이다. 이것은 조경을 어떤 식으로 할 것인가와 같은 선택의 문제가 아니라 인간으로서의 기본적인 윤리의 문제이다. 이를 가식적인 행사라고 부른다면, 그런 행동이야말로 모

---

59 노은미, 앞의 글, 42면.

리슨이 말한 인종적 프로파일링의 내용, 즉 아시아인들에게는 진실과 거짓의 경계선이, 윤리와 비윤리의 경계선이 불분명하다는 인종주의적 사유를 확인해주는 셈이 된다.

존의 문제도 그렇다. 자신과의 불륜 때문에 남편과 헤어지게 된 아일린과 함께 살기로 하였으면, 그녀가 그토록 아끼는 아들 존도 아내를 위해 받아들여 친자식처럼 기르는 것이 인륜을 지키는 행위일 터인데, 이를 가면을 쓰는 것과 같은 위선으로 느껴져서 못하겠다고 한다면 그는 도대체 어떤 인간인가? 그리고 이를 정직한 성품의 문제로 돌리는 것은 역으로 그의 성품에 대해 무엇을 말해 주는가? 사실 리의 이기주의 때문에 아일린은 그와 사는 동안 행복하지 못했다. 게이더와 헤어진 후 아일린은 존의 양육권을 전남편에게서 빼앗아오기 위해 노력했고, 그녀가 이 세상에서 기댈 수 있는 사람은 리밖에 없었지만, 리는 아내에게 힘이 되어주기를 거절했다. 또한, 아일린이 심리적으로 자신에게 전적으로 의존하고 있음을 잘 알고 있었기에, 리는 아일린을 함부로 대해도 된다고 생각했다. 아일린에게 "자신과 아이 둘 중의 하나를 선택할 것을 강요할 힘이 [그에게는] 있었고, 그래서 슬픔에 빠진 그녀를 위로하거나 고무하거나 도와주기를 거부할 수 있는 한 그렇게 했다"[60]는 것이 텍스트의 증언이다.

리의 비인간적인 면모는 게이더와 루스(Ruth)가 존을 데리고 사라져버렸을 때, 이를 "기적" 같은 일로 여기는 데서도 잘 드러난다.

마치 신께서 개입하신 것과도 같았다─게이더에게 경의를

---

60   Susan Choi, op. cit., *Person of Interest*, p.131.

고발과 연루

표할 일—그것도 가장 예측하지 않았던 방향에서 말이다. 실제로 그 일이 벌어지기 전에도, 리는 아일린에게 두 사람의 미래에는 존이 끼어들 틈이 없다는 사실을 분명히 하려고 노력했다. 아일린이 계속해서 존을 데리고 오려고 노력한다면 자신이 떠나버릴 것이라고 말하지는 않았는데, 그이유는 그런 협박을 할 필요가 없어졌기 때문이었다. 리에게 있어 존은 상관이 없다기보다 더 좋지 않은 존재, 헝클어진—그러나 이제는 기적적으로 잘 매듭지어진—과거에서 풀려나온 불쾌한 실 끄트머리에 지나지 않았다.[61]

아일린이 목숨처럼 소중하게 생각하는 존을 사라져야 할 불쾌하고 하찮은 존재 정도로 본다는 점에서, 리는 배우자에 대한 기본적인 존중심을 결여한 인물이다. 이보다 더 나쁜 점은, 존과 관련된 대화에서 아일린이 침묵하자 이를 자신의 말에 대한 "동의"로 해석하는 것이다. 리의 이러한 면모는 그가 얼마나 타인의 감정에 대한 배려나 관심이 부족한 인물인지를 드러낸다.

주인공에 관한 텍스트의 설명을 좀 더 들여다보자. 존에 대한 리의 부정적인 태도의 이면에는 단순한 이기주의 이상의 심리가 있다. 본인이 인정하고 싶지는 않았지만, 아일린의 몸에 대한 독점적인 소유욕과—이와 무관하지 않은—게이더에 대한 시기심과 열등감이 근저에 있는 것이다. 이 독점적인 소유욕은 아일린과 불륜의 관계에 있었던 초기에도 발동하였고, 그로 인해 리가 아일린을 내쳤던 적이 있다. 사람들의 눈을 피해 불륜을 저지르던 사무실에서 두 사람이 만난

---

61   Ibid., p.164.

어느 날, 아일린이 남편의 아이를 임신한 사실을 리에게 알린다. 그때 리는 별안간 그녀를 한 대 때리고, 게이더를 쳐 죽이고 싶은 충동에 사로잡히게 된다. "자신이 전적으로 소유했다고 느낀 몸뚱이에 그간 다른 남자의 씨앗이 자라고 있었다"[62]는 생각에 걷잡을 수 없는 분노를 느낀 것이다. 아일린의 몸에 대한 병적인 독점욕이 그녀를 자기보다 먼저 차지한 게이더에 대한 증오심으로 발전한 것이다. 게이더에 대한 그의 증오심을 들어보면, "오, 리는 게이더의 선점을 혐오했다. 몇 십 년 전 리가 아일린을 처음 만나기도 전에 그녀를 발견해서 결혼하여 자기의 아이를 갖게 한 게이더. 게이더가 선수를 쳤고 창조했고 소유했던 것이다."[63]

비록 종국적으로 아일린을 차지한 이는 리였지만, 리는 그녀를 선점하지 못했기에 자신이 온전한 남편이라고 느끼지 못한다. 존에 대한 리의 도를 넘은 불쾌감도 알고 보면 이 아이가 게이더가 아일린을 선점한 살아있는 증거로 여겨졌기에 때문이었던 것이다. 리의 이기주의와 독점적인 소유욕의 정도를 보건대 그와 아일린의 결혼 생활이 이혼으로 끝이 난 것도 무리가 아니다. 리는 부인하지만 아일린과의 결혼 생활에 관한 진실은 작품 후반에 아일린의 언니 노라(Nora)의 입을 통해서 들려온다. 그에 의하면, 아일린은 항상 리가 자기를 떠날지도 모른다는 공포 속에 살았다. 그래서 존을 데려오고 싶었지만, 만약 그렇게 하면 리가 떠날까 봐 그렇게 하지 못했다는 것이다.[64] 이 원망과 아들에 대한 자책감 때문에 아일린은 결국 리와 이혼하게 된다.

---

62   Ibid., p.29.

63   Ibid., p.294.

64   Ibid., pp.301-302.

그러니 존을 거두어 에스더와 똑같은 자식으로 키우는 것을 겉치레로 규정하고, 자신의 정직한 성품 때문에 그러지 못했다고 리가 치부하는 것은 자기기만이다. 이 자기기만보다 더 문제적인 것은 자신은 스스로에게 정직하려고 노력하였지만, 그 결과 오히려 주위의 오해와 박해를 받게 되었다고 생각하고, 그래서 그가 스스로를 억울한 고통을 감내하는 의로운 인간으로 추켜세우고 있다는 점이다. 자신이 정직한 사람이고 "정직한 것이 문제라면 문제였다"라는 주인공의 생각이 이를 반영한다.

리의 정신적인 문제, 즉 그의 시기심과 자기기만은 헨들리와의 관계에서도 드러난다. 리는 첨단 연구자로서 이름을 날릴 뿐만 아니라 학생들의 인기를 한 몸에 받는 젊은 과학자 헨들리에게 시기심을 느끼고 있었다. 게다가 헨들리는 겸손의 미덕을 갖지는 못한 인물이었다. 학과의 직원 손드라도 인정한 바 있듯 이 유망한 학자에게는 잘난 체를 하는 결점이 있었다. 리는 학과의 시니어 교수들까지 헨들리 앞에서 알랑거리는 모습이 가증스러웠고, 헨들리가 레이철(Rachel) 같은 백인 미녀를 차지한 것도 배알이 뒤틀렸다. 게다가 헨들리라는 존재는 "리로 하여금 더 쓸모가 없어지고 더 사랑받지 못하는 존재임을 느끼게 만들었다."[65] 리는 자신이 인기가 없고 점점 무용지물이 되고 있다는 자학적인 열등감을 과학계에서 주목을 받는 젊은 학자에 대한 증오감으로 변모시킨다. 그래서 헨들리가 그에게 친근하게 말을 건넬 때도 리는 무뚝뚝하게 대하곤 했다. 이처럼 시기하던 헨들리의 사무실에서 폭발이 있었을 때, 리에게 떠오른 첫 번째 생각은 "아, 잘됐

---

65 Ibid., p.9.

다"[66]였다. 누군가가 리의 복수를 통쾌하게 해준 셈이었다.

리는 헨들리의 사고에 대해 즉각적으로 "끔찍한 기쁨"을 느끼지만, 곧 자신의 "옹졸함"에 혐오를 느끼기도 한다.[67] 그러나 이러한 반성은 오래가지 못한다. 헨들리가 입원해 있는 동안 병문안도 가지 않으며, 그가 결국 사망했을 때 추모식에도 참석하지 않기 때문이다. 헨들리의 사망 소식이 있은 후에야 리는 무거운 마음으로 학과로 출근한다. 병문안도 못 하고 고인을 떠나보낸 것에 대한 자책감으로 마음이 무거운 것이 아니다. "자신이 폭탄 사고의 생존자이기 때문에, 혹은 헨들리를 병문안하지 않았기 때문에 사람들의 면밀한 관찰의 대상이 될 것"이라는 예측,[68] 달리 표현하면 요주의 인물이 될 것이라는 예측 때문에 마음이 무거운 것이다. 리의 이러한 심리가 흥미로운 점은 고인에 대한 일말의 미안함도 없이 주위의 시선에 대한 우려가 그의 정신을 온통 차지하고 있다는 사실이다. 이러한 사유와 행동은 단순히 비사교적인 성격의 탓으로만 돌릴 수는 없으며, 그의 인간성에 관하여 근본적인 질문을 제기한다. 수잔 최의 작품이 불편하게 다가오는 이유 중의 하나도 바로 여기에 있다. 한편으로는 공적인 영역과 사적인 영역에서 이루어지는 아시아계의 인종화(racialization)나 정형화(stereotyping)를 비판적으로 지적하면서, 바로 그 백인 중심주의의 과녁이 되는 주인공을 단순히 백인 사회의 '부적응자'가 아니라 '반사회적인 인물'로 그려내기 때문이다. 더 나아가 그가 공동체에 속할 자격이 있는지의 문제를 제기하기 때문이다.

---

66 Ibid., p.5.

67 Ibid., p.9.

68 Ibid., p.77.

7.
공동체 봉사를 통한 이민자의 구원?

•

종국에 리는 변모한다. 자기기망에서 깨어나는 자각의 과정은 범인을 실제로 만나면서 시작된다. 자신을 곤경에 빠트린 게이더를 잡기 위해 그와 만나기로 약속한 아이다호 주의 오두막을 찾아갔지만, 알고 보니 범인은 전혀 예측하지 못한 인물이었다. 그동안 게이더를 범인으로, 복수의 괴물로 생각하고 증오감을 키워 왔던 리는 그제야 자신의 잘못을 깨닫는다. 이 깨달음은 일련의 다른 깨달음을 낳는다. 그는 우편물 폭발이 있기 전에도 게이더를 증오했었다. 리는 자신이 아일린에게 저지른 잘못에 대해 느꼈던 수치심과 자책감을 지우기 위해 게이더를 필요로 했음을 깨닫는다. 그의 표현을 직접 빌리면, "자신의 비열한 행위들에 대한 핑계로서, 아마도 상대적으로 더 그럴듯한 남편이라고 느끼기 위해서 악인 게이더를 필요로 했던 것이다."[69]

---

69 Ibid., pp.322-323.

아이다호의 산속 오두막에서 리가 만난 범인은 화이트헤드로 밝혀진다. 화이트헤드는 리와 박사 과정을 같은 시기에 밟은 동료 학생으로서 리는 그를 탁월한 수학자로 기억을 해왔다. 그래서 자신의 평범한 모습을 생각할 때마다 '잘 나가는 친구' 화이트헤드를 떠올리면서 자신과 비교하곤 했었다. 그러나 화이트헤드는 우수한 수학자로서의 재능에도 불구하고 잘 나가기는커녕 기술 문명에 대한 증오심을 폭력으로 표출하는 테러리스트로 변해 있었다. 리는 자신과 화이트헤드가 상호 기망의 망(網)에서 자신에게 유리한 상상을 타인에게 투사해왔음을 깨닫는다. 리는 한편으로는 증오의 망상을 게이더에게, 선망의 망상을 화이트헤드에게 투사했고, 화이트헤드는 열등감과 시기심에 괴로워하던 학창 시절의 리를 "왕자같이" 우아한 인물로 생각하고, 리에게 동지애의 망상을 투사해왔던 것이다. 망상과 자기기만에서 깨어난 리의 변화는 아일린과의 결혼 생활의 실패가 "오롯이 자신의 잘못"[70]이라고 인정하는 데서 극명하게 드러난다.

리는 우여곡절 끝에 아이다호로 수사망을 좁혀온 수사관 모리슨을 다시 만나게 되고, 화이트헤드의 체포에 도움을 주기로 결정한다. 그가 생명의 위협에도 불구하고 이 결정을 내리게 된 것은 그가 과거에 수행하지 않았던 "책무"와 관련이 있다. 물론 자신이 "순교"를 하더라도 게이더나 아일린, 그리고 존에게, 헨들리와 레이철에게, 그가 이기적으로 굴었던 이들에게 저지른 잘못을 되돌릴 수 없음을 리는 잘 알고 있다.[71] 비록 자신으로 인해 고통을 받았던 사람들에게 직접 속죄는 할 수 없지만, 굳이 하지 않아도 될 위험한 일을 공동체를 위해

---

70 Ibid., p.342.

71 Ibid., p.326.

자원함으로써, 마음의 짐을 조금이라도 가볍게 하려는 것이다. 혹은 적어도 자신이 보기에 조금은 구원받을 만한 인간이 되기를 시도하는 것이다. 앞서 주류 사회의 인종주의의 과녁이 되는 주인공을 단순한 부적응자가 아닌 반사회적인 인물로 그려내는 것이 불편하게 다가온다고 말한 바 있다. 이는 아시아계 작중인물이 흠결 없는 존재로 그려지기를 기대해서가 아니다. 콜린 라이는 이 소설에서 죄 없는 희생자의 초상화를 그려내지 않은 것이 수잔 최의 전략적 선택이었다고 옹호한 바 있다. 죄 없는 희생자를 아시아계 주인공으로 삼았을 때, 결백함이라는 전제가 아시아계의 법적 권리를 지키는 데는 도움이 되겠지만, 소설의 정치학이 애국적 민족주의나 국가의 도구적 관점에 의해 좌우되는 결과를 낳는다는 것이 라이의 주장이다.[72] 결백한 아시아계를 주인공으로 선택하면 소설의 정치적 지평이 출발국의 민족주의나 국가주의의 놀음판이 된다는 주장도 그렇지만, 그 반대로 단순한 희생자가 아닌 흠결이 있는 주인공을 선택하였울 때 소설의 정치적 지평이 민족주의를 넘어설 있다는 주장은 너무 단순한 논리가 아닌가 생각된다.

사실 수잔 최의 소설은 바로 이러한 주장을 반박하는 예가 될 수 있다. 특히, 흠결이 있는 아시아계 주인공을 선택했을 때 소설의 비전이 민족주의 지평을 넘어선다는 주장이 항상 옳지는 않다는 반증이 될 수 있다. 그 이유는 흠결 있는 아시아계 주인공의 눈을 통해 미국 사회의 인종주의를 적시하는 소설의 비판이 민족주의 지평을 넘어서기는 커녕, 어느새 주인공의 심리적인 문제, 즉 자신의 흠결에 대한 수

---

72   lye, op. cit., p.263.

치심과 죄의식을 그가 어떻게 해소해내는지를 그려내는 일종의 사이코드라마에 의해 잠식되기 때문이다. 이 사이코드라마에서 아시아계 이민자가 겪는 정신적이고도 도덕적인 문제의 해결이 생명의 위험을 무릅쓰고 테러리스트 체포에 협조하는 유의 공동체를 위한 자원봉사를 통해서 가능해진다는 서사의 패턴은, 이민자들이 주류 사회에서 느꼈던 고립과 소외, 차별의 문제를 개인의 문제로, 사회적인 불의와 갈등의 문제를 개인의 심리적이고도 정신적인 문제로 환원시키는 결과를 가져온다. 주인공에 관한 이러한 시각은 도착국에서의 적응의 문제를 오롯이 이민자의 책임으로 돌리는 주류 사회의 시각, 도착국에 적응하지 못하는 이민자를 두고 그가 공동체에 속할 자격이 있는지를 묻는 주류 사회의 시각과 일치한다.

주류 사회의 이 시각을 가장 잘 내면화한 이가 이창래의 『제스처라이프』의 주인공 하타이다. 한국인으로서 태어나 일본 가정에 입양되어 자라났다가, 성인이 된 후 미국의 한 백인 마을에 자리를 잡은 하타는 모범적인 소수민의 전형이다. 그는 이민자들이 주류 사회에 대해 취해야 할 모범적인 태도를 다음과 같이 요약한다. "어떤 장소에서 편안함을 느끼느냐 못 느끼느냐의 문제에 있어서, 가장 주된 책임은 나 자신에게 있다고 항상 느껴왔다네. 그것이 왜 다른 사람의 책임이어야 하지?"[73] 이민자들의 특수성을 고려하지 않는다는 점에서 하타의 이 주장은, 이민자가 도착국에서 받게 되는 차별의 문제를 이민자 자신의 개인 문제로, 도착국의 문화에 완전히 동화되지 못한 그의 책임으로 돌리는 백인 주류 사회의 시각과 정확하게 일치한다.

---

73 Chang-rae Lee, *A Gesture Life*, Riverhead, 1999, p.135.

디아스포라 정체성에 관한 논의를 하면서 딜릭은 역사성과 장소의 중요성을 강조한 바 있다. 디아스포라가 개인이나 집단의 구체적인 현실을 떠나서 추상적인 의미로 쓰이게 되었을 때, 그 디아스포라에 포함되는 개인이나 집단을 억압하는 방식으로 작용할 수 있기 때문이다. 이를테면, 한국전쟁 이후 중국과 한국의 적대관계 때문에 대만 국적을 취득한 한국 거주 화교들과 중국과의 수교 이후 한국에 들어온 본토 중국인들은 이데올로기적으로 같은 부류가 아니다. 추상적인 의미로서 디아스포라를 사용하는 것은 이 두 부류의 중국인들을 "해외 중국인"이라는 하나의 범주로 취급하는 것과 같은 유의 오류를 저지르는 것이다. 딜릭은 디아스포라가 이런 식으로 본질화되는 것에 대한 대안으로서 새로운 디아스포라 개념을 제시한다. 그가 제시하는 디아스포라 정체성은 "장소를 거쳐 온 역사적 여정"(historical trajectory through places)으로 정의된다. 그에 의하면 "장소들을 거치면서 이루어진 만남은 망각과 새로운 취득을 모두 동반한다. 과거는 지워지지 않으며 새로 쓰인다. 마찬가지로 새롭게 취득하였다는 것은 새 환경 속으로 사라지는 것이 아니라 미래의 가능성을 확산시키는 것을 의미한다."[74] 딜릭의 이 주장을 여기서 소개하는 이유는 수잔 최가 그려내는 아시아계 주인공을 최종적으로 자리매김하고 싶어서이다.

이민자의 정체성을 망각과 취득의 상호 역학의 산물로 본다면, 이러한 시각에서 리를 어떻게 평가할 수 있을까? 믿기 어렵지만, 소설에 의하면 리는 출국과 동시에 조국을 깡그리 잊어버린 인물이다. "애국심이 반으로 나누어지는 갈등도 없었고, 가슴을 찌르는 향수도 느껴

---

74 Dirlik, op. cit., p.193.

지지 않았으며, 음식도 그립지 않았다."[75] 수잔 최는 주인공을 이처럼 조국에 대해서 조금의 애착도 느끼지 않은 이민자로 만듦으로써 그에게서 문화적 뿌리를 박탈해버린다. 즉, 딜릭이 말한 다시 쓰이는 것으로서의 망각은 없고, 영원한 기억상실증만 주인공 리에게 있는 셈이다. 그렇다면 정체성을 만들어내는 역학 관계의 또 다른 축인 "새로운 취득"은? "새로운 취득"이 주위 환경으로의 동화나 조화를 의미할진대, 30년 넘게 자리 잡은 중서부의 작은 도시에서 마음이 통하는 이웃 하나 제대로 만들지 못한 리는 새로운 취득도 제대로 하지 못한 것 같다. 작품의 결미에서 그간 소원했던 딸의 방문을 기대하게 된 이 정신적 무국적자는 엄청난 대가를 치르고서야 겨우 올바른 가족생활의 첫걸음을 떼는 것으로 묘사된다. 이민자에게서 과거를 지우는 것은 그에게서 정신적인 위안과 연대의 관계를 영원히 빼앗는 것이다. 생각해보면, 이 '정신적인 안전망을 갖지 못한 리가 일련의 정신병리적인 증후들, 즉 독점욕, 시기심, 이기주의, 증오심을 보이는 것은 결코 놀라운 일이 아니다. 그렇다면 작가가 애초에 아시아계 이민자 주인공에게서 과거를 지워버린 이유가 무엇일까? 어떤 대의에 복무하도록 의도된 것일까? 실로 궁금하지 않을 수 없다.

---

75 Susan Choi, op. cit., *Person of Interest*, p.145

고발과 연루

"아시아계 미국인"은 자연스럽지도
고정적이지도 않은 범주이다.
그것은 사회적으로 구성된 단일체요,
정치적인 이유로 인해 자리 잡게 된,
상황에 따른 위치일 뿐.

리사 로우 『이민법』

제5장

징후적으로 읽는
디아스포라 서사

1.
마슈레의 징후적 읽기[1]

•

　이창래(Chang-rae Lee 1965~)의 『제스처 라이프』(*A Gesture Life* 1999)는 출간 이후 많은 국내외 비평가들로부터 문제작으로 평가받았다. 이 작품의 문제성은 무엇보다도 노라 옥자 켈러의 『종군 위안부』에 이어 조선인 위안부의 문제를 서구의 문화 시장에서 성공적으로 담론화시키고 있다는 점에 있다. 인터뷰와 우리말 번역본에 실린 작가 서문에서도 각각 드러나듯, 이창래는 위안부 할머니들의 육성을 통해 들은 태평양 전쟁의 참상을 토대로 이 소설을 썼다. 이렇게 해서 미학적으로 태어난 "위안부" 문제는 서구 독자들의 관심을 새롭게 끌게 된다. 켈러의 작품이 제국주의나 부권주의의 지배를 받는 여성들에게 빼앗긴 목소리를 돌려주는 기획으로 비평가들로부터 환영받았

1　이 챕터는 다음의 두 졸고를 보완한 것임. 「『제스처 라이프』에 나타난 '차별'과 '차이'의 징후적 읽기」, 『영어영문학』 56권 5호, 2010, 907-930면; Suk Koo Rhee, "Consumable Bodies and Ethnic (Hi)stories: Strategies and Risks of Representation in *A Gesture Life*", *Discourse: Journal for Theoretical Studies in Media and Culture* Vol.34, No.1, 2012, pp.93-112.

다면, 이창래의 작품도 크게 다르지 않은 관점에서 호평을 받아왔다. 켈러의 소설에 관한 국내의 비평을 다시 환기해보면, 이민자 출신의 어머니에게 "자신만의 목소리와 주체성"을 주었다는 이귀우의 주장이나 민족주의적 가부장제와 일본 제국주의가 여성에게 강요한 이중의 굴종을 비판한다는 이수미의 주장이 있다.[2] 이창래의 소설에서도 종군 위안부에 관한 문제 제기가 이루어지며, 이는 주인공이자 화자인 하타(Franklin Hata)의 기억 서사의 중요한 축을 구성하고 있다. 서사의 주인공을 일본군 소속이자 피지배자 한국인으로 설정함으로써, 이창래는 소설에 대한 비평적 판단을 쉽지 않게 만들었지만, 비평가들은 대체로 이 소설이 제국주의를 비판하고 억압받는 여성 주체를 되살려낸다는 평가나 아시아계 이민자를 차별하는 미국의 인종주의를 비판한다는 평가를 내린다.

국내의 평가 중에는 하타의 제스처를 "인종차별의 압력에 대[하여 미리 친] 방어막"으로 보는 비평, 그의 양녀 서니(Sunny)의 일탈을 인종주의에 "정면으로 맞서는 반항"으로 간주한 비평, 하타와 서니가 "문화적 시민권"을 획득하거나 행사하는 방식이 비극적이었음을 지적하는 비평[3]도 위에서 언급한 내용과 다르지 않은 맥락에서 제기된 것이다. 『제스처 라이프』에서 미국 주류 사회에 대한 비판을 읽어내는 국

---

2   Gui-woo Lee, "'Fatherland' and Gender: Transnational Feminism in Nora Okja Keller's *Comfort Woman* and Lan Cao's *Monkey Bridge*", *Modern Fiction Studies* Vol.14, No.2, 2007, p.278; 이수미, 「종군 위안부에 드러난 억압적 식민담론」, 『미국학논집』 35권 2호, 2003, 257면.

3   나영균, 「『제스츄어 인생』: 신역사주의적 고찰」, 『현대영미소설』 7권 2호, 2000, 112면; So-Hee Lee, "A Comparison of *Comfort Woman* and *A Gesture Life*: The Use of Gendered First Person Narrative Strategy", *Asian American Literature Association Journal* 9, 2003, pp.1-25.

외 시각으로는 해밀튼이나 챙의 비평이 대표적이다. 해밀튼에 의하면 이 작품은 "성장 서사"의 전형적인 전개 과정을 거부함으로써, 아시아 계 미국 작가들이 미국 문학을 상대로 해 온 "의미 있는 개입"[4]을 보여 준다. 여기서 성장 서사가 문제가 되는 이유는 성장 서사의 최종 목적 지가 기성 질서와 개인 간의 화해이기 때문이다. 즉, 이창래의 소설이 주인공의 정착 실패를 통해 기성 질서와 화해하기를 거부하고 있다는 것이 해밀튼의 주장이다. 챙의 비평도 이와 크게 다르지 않은데, 그에 의하면 이 소설은 "모범적인 소수민"의 이미지를 해체하는 주인공을 그려냄으로써 전형적인 소수 민족 서사의 범주를 벗어난다.[5]

국내 비평도 이 작품의 결말에서 메트로폴리스에 대한 반항이나 저항의 시각을 읽어낸다는 점에서 이와 유사하다. 소설의 결말이 동 화(assimilation)와는 다른 길인 초민족주의나 디아스포라를 지향한다는 주장[6]이 그 예이다. 혹은 주인공이 오랫동안 정착하느라 공을 들인 도시를 떠나는 최종 행동을 호미 바바의 시각에서 읽어내기도 하는 데, 이에 의하면

---

4 Carroll Hamilton, "Traumatic Patriarchy: Reading Gendered Nationalism in Chang-Rae Lee's *Gesture Life*", *Modern Fiction Studies* Vol.51, No.3, 2005, p.593.

5 Joan Chiung-huei Chang, "*A Gesture Life*: Reviewing the Model Minority Complex in a Global Context", *Journal of American Studies* Vol.37, No.1, 2005, p.147.

6 이선주, 「이창래의『제스처 인생』─패싱, 동화와 디아스포라」,『미국 소설』31권 2호, 2008, 261면; 이숙희, 「스파이와 모델 마이너리티를 넘어서:『네이티브 스피커』와『제스처 인생』에 나타난 디아스포라적 주체의 가능성」,『새한영어영문학』51 권 2호, 2009, 149면; Young-Oak Lee, "Gender, Race, and the Nation in *A Gesture Life*", *Critique* Vol.46, No.2, 2005, p.158.

동화를 향한 움직임과 그것에서 벗어나려는 시도에서 하타의 선택과 행동은 중요하다. 바바가 수행성을 사이공간이라는 새로움의 한 양상으로 제시하듯, 이 행동은 질서 안으로 포획되고 규정될 수도 있지만 변화를 부를 수도 있다.[7]

하타의 마지막 행동을 이처럼 탈식민주의의 이론적 관점에서 읽을 때, 이창래의 소설은 메트로폴리스의 동화주의 정책에 포획되기를 거부할 뿐만 아니라, 특정 국가나 민족이 구성원들에게 제공하는 안정되고 고정된 정체성 자체를 거부하는 반(反)본질론적이며 초민족적인 서사로 이해된다.

앞서 간략히 언급한 바 있듯, 『제스처 라이프』는 두 서사, 즉 일본에서의 어린 시절과 태평양 전쟁의 참전을 다루는 '기억 서사'와 그가 전쟁 이후 미국으로 이민 온 후의 삶을 다루는 '이민자 서사'로 나누어져 있다. 이 작품에 관한 선행 연구들은 전쟁에 관한 기억이나 그에 관한 망각이 주인공에게 어떠한 영향력을 미치는지를 섬세하게 분석하는 데 주력해왔다. 예컨대, 하타가 일본 제국과의 관계를 공고히 함에 있어, 조선인 성노예 끝애(Kkutaeh)를 어떻게 이용하였는지, 그리고 양녀 서니가 주인공의 미국 생활 정착에 있어 어떤 역할을 하였는지 등에 천착하는 연구들이 있었다. 이처럼 주인공의 기억이 갖는 정치성이나 심리적 의미에 관한 논의는 이미 상당히 이루어진 반면, 그의 현재 서사에 관한 논의, 특히 그가 정착한 미국 동부의 작은 도시 베들리 런(Bedley Run)에 대한 기성의 논의는 미진한 감이 있다. 이를 달

---

7   김미현, 「동화와 전이: 이창래의 『제스처 라이프』」, 『새한영어영문학』 52권 2호, 2010, 22면.

리 표현하면, 기성 연구는 미국 주류 사회가 이민자들에게 동화를 강요한다는 전제, 즉 이민자의 문화적 다양성을 부정하고 이들을 도착국의 가치 체계 내로 가둔다는 전제에서 출발한다. 그런데 정작 주류 사회의 억압적인 면모가 이창래에 관한 기성 연구에서 제대로 드러나 있지 않다는 것이다.[8] 그도 그럴 것이 베들리 런에 관한 진실은 일인칭 화자를 매개로 재현되면서 상당 부분 은폐되고 있는데, 이 은폐에 주목한 연구가 드물기 때문이다.

본 연구에서는 주인공 하타가 베들리 런을 어떤 사회로 제시하는지, 또한 베들리 런의 어떠한 모습이 그의 시각에서는 제대로 포착되지 못하는지를 '징후적 읽기'를 통해서 밝히고자 한다. 징후적 읽기에 관한 마슈레(Pierre Macherey)의 주장에 의하면, 서사에 있어 침묵이 반드시 결여나 부재를 지시하는 것은 아니다. 때로 침묵은 언술보다 더 많은 것을 드러낼 때가 있는 법인데, 비평가의 임무는 이 말하지 않은 진실, 즉 "다른 진실"(the other truth)을 드러내는 것이다. 이 다른 진실은 어떤 이유로 해서 책이 말할 수는 없지만, 그럼에도 불구하고 책의 일부분이기에 텍스트 내에서 계속 인유된다. 그러나 그렇다고 해서 그것은 명료하게 표명된 적은 없는 진실이다. 마슈레의 『문학생산이론』에서 인용하면, "비평의 목표는 책과 관련이 없지는 않지만 그렇다고 해서 책에 표명된 내용은 아닌 진실을 말하는 것이다."[9]

8　작품에서 '명시적으로' 드러나는 인종주의에 관한 논의는 몇몇 국내의 비평에서 다루어진 바 있다. 레니가 겪은 인종 차별과 기지의 집에서 들려오는 오리엔탈리즘 담론에 주목하는 비평으로는 박보량, 「제스처 라이프(A Gesture Life): 이민사회 속에서의 하타의 정체성 모색」『미국 소설』2권 2호, 2005, 130면, 138-141면이 대표적인 예이다.

9　Pierre Macherey, trans. Geoffrey Wall, *A Theory of Literary Production*, RKP,

징후적 읽기의 시각에서 보았을 때 하타의 자전적 서사에는 명시적으로 말하는 부분보다 말하지 않은 부분에, 혹은 말하기를 거부하는 부분에 중요한 진실이 숨겨져 있다. 이 진실의 내용은 한편으로는 주인공이 처한 불평등한 권력 관계나 그의 굴종적인 태도를, 다른 한편으로는 기성 질서나 가치에 대한 그의 회의(懷疑)를 지시하고 있다는 점에서 다층적인 것이다. 베들리 런과 하타의 관계를 새롭게 조명함으로써 본 연구는 하타의 서사가 어떤 점에서 전복적인지, 동시에 어떠한 점에서 한계를 지니는지를 논의한다. 또한, 본 연구에서는 『제스처 라이프』에 관한 선행 연구의 안목을 높이 사되, 소설의 결미에서 목격되는 하타의 새로운 출발이 디아스포라로 간주될 수 있는지의 여부를 결론 부분에서 재고한다.

1966, p.83.

2.
베들리 런의 진실
•

베들리 런은 어떤 사회인가? 하타에 의하면, 베들리 런은 그를 따뜻하게 받아들이고, 그의 사업이 성공하도록 물심양면으로 지원한 인정 많은 도시이다. 베들리 런에서 자신이 받는 환대에 관한 증거로서 하타는, 자신이 도시 중심부에 있는 가게들에 들어서면 "하타 의사 선생이시군요"라고 누군가가 항상 인사를 건넨다는 사실, 자신의 취향을 잘 파악하고 있는 식품 가게의 여주인이 "늘 드시는 걸로죠?"라며 피클을 덤으로 싸주는 친절을 베푸는 사실 등을 든다. 이처럼 자신이 누리게 된 환대에 대해 하타는 생각한다.

> 내가 친근하고 외향적인 성격의 노인이거나 정말로 사람들을 만나는 것을 좋아해서만이 아니라, 내가 이곳에 누구 못지않게 오래 살았고, 무엇보다 나의 이름이―이는 사람들에게 기이하고도 유쾌하게 여겨졌을 뿐만 아니라 어쩐지 마을을 긍정한다고 여기게 된 사실인데―일본 이름이라는

점이 그 연유였던 것이다.[10]

마을에서 자칭 "존중받고 존경받는다"는 하타의 주장은 동네의 부동산 중개업자 리브 크로포드(Liv Crawford)가 확인해준다. 그에 의하면, "하타 선생이 곧 베들리 런이죠." 베들리 런에서 하타가 누리는 특별한 지위는 베들리 런이 그곳에 정착하는 이민자나 여타 전입자들을 따뜻하게 환대하는 배려 깊은 곳이라는 예상을 하게 만든다. 그러나 이러한 예상은 하타의 양녀 서니나 인도계 레니(Renny Banerjee)의 진술과 대조하여 보면 사실이 아닐 수도 있다는 생각이 든다. 예컨대, 서니는 하타가 현재 누리는 사회적 인정이 실은 "선물 공세"로 얻은 것임을 지적한 바 있다. 레니도 최근 들어 자신이 피부색으로 인해 겪은 수모를 토로한 바 있는데, 그에 의하면 공원에서 부인네들이 자기를 피할 뿐만 아니라 담배 가게 주인이 자신을 제3세계인으로 취급하였다는 것이다.[11] 이들의 관점에서 보면, 하타가 베들리 런에서 누리는 환대의 지위는 다른 이민자들에게는 주어지지 않는 특별한 것이요, 예외적인 것이다.

하타(및 리브)와 서니(및 레니) 간의 진실 게임에서 누가 옳고 그른지를 가리기란 쉽지 않다. 하타가 화자의 특권을 쥐고 있는 반면, 서니와 레니의 발언은 화자를 매개로 해서만 독자에게 전달되니 진실을 가리기가 쉽지 않은 것이다. 그러니 하타의 발언 속에서 모순적인 요소는 없는지, 즉 그의 진술을 부정하는 단서는 혹시 없는지 살펴보기로 하자.

---

10 Chang-rae Lee, *A Gesture Life*, Riverhead, 1999, p.2.

11 Ibid., p.95, p.136, pp.133-134.

내가 처음 베들리빌에 도착했을 때, 나의 존재에 주목하는 이는 거의 없는 듯했다. 이들이 다른 도시의 사람들과 달라서가 아니었다. 적어도 본질적으론 다르지 않았다. [……] 아마도 그때만 해도 베들리빌이 여전히 베들리빌이었기에, 즉 (몹시 그렇게 되고 싶었던) 베들리 런이 아니었기에, 새 전입자는 누가 되었든지 간에 전체 인구수와 세원(稅源)에 보탬이 된다고 여겨졌던 것이리라. 그때는 1963년이었고, 이 나라를 내가 당시 조금 여행하며 돌아본 바에 의하면, 모든 사람이 대체로 함께 모여 살았는데, 예외가 있다면 도시의 중국인들이나 흑인들로서, 이들은 이런저런 이유로 해서 자기네들끼리 살았다. 나는 내가 어느 곳에 정착하게 되면, 이 사람들처럼 취급되리라 생각했었고, 사실 마음의 준비도 되어 있었다. 그러나 내가 어디를 가든, 특히 이곳 베들리 런에서, 사람들은 내가 달갑지 않은 손님이 아니라는 말을 기어이 해주는 것이었다.[12]

위 인용문에서 화자가 전달하고자 하는 내용의 요지는, 자신이 베들리 런에서 예상치 않게 특별한 대우를 받았다는 사실이다. 동시에 이 인용문은 화자가 말하고 싶지 않은 바도 동시에 징후적으로 드러내고 있다. 마슈레가 강조한바, "작품의 이해에 있어 정작 주목해야 할 부분은 종종 그 작품이 명확히 말해 주지 않는 바로 그 부분"[13]이라는 주장을 염두에 둔다면, 하타가 결코 말하고 싶지 않은 내용이 실은 그의 서사를 이해하는데, 아시아계 이민자로서 그가 살아야 했던 삶을

---

12 Ibid., p.3; 원문강조.

13 Macherey, op. cit., p.87.

이해하는데 가장 필요한 단서가 된다.

위 인용문에서 화자는 자신이 베들리빌에서 거의 "주목받지 못하는 존재"라는 주장을 한 후, 이어서 주민들이 자기에게 "달갑지 않은 존재가 아니라는 말을 기어이 해 준다"고 말하는데, 이는 사실 모순어법에 속한다. 왜냐하면 사람들이 자신에게 "기어이" 환영의 말을 들려준다는 사실은 그가 베들리빌에서 실상 '주목받는' 존재임을 의미하기 때문이다. 그렇다면 하타는 왜 자신이 곧 부정하게 될 "주목받지 못하는 존재"라는 표현을 애초에 사용하였을까? 어쩌면 화자는 특정 어휘의 사용을 피하고 싶었을는지도 모른다. 베들리빌에서 자신에게 주목하는 사람이 거의 없었다고 화자가 말했을 때, 그가 정말로 하고 싶었던 말은 어쩌면, 그의 존재가 주민들의 시선을 받지 못하였다는 뜻이 아니라 그의 '인종적 차이'가 주목받지 못하였다는 뜻이다. 이를 달리 표현하면, 베들리빌에서 그가 '인종차별'을 받지 않았다는 말을 하고 싶었던 것이다. 즉, 자신이 새로 정착한 동네에서 인종차별을 받지 않았는데, 그러한 사실은 동네의 백인들이 자신에게 와서 "당신은 달갑지 않는 존재가 아니요"라고 굳이 호감을 밝히는 데서도 알 수 있다는 말을 하고 싶었던 것이다.

여기서 중요한 사실은, 하타가 특정한 용어를 회피하고자 하였지만, 그의 침묵이 의도와는 반대로 아시아계 이민자의 어두운 위상을 은연중에 드러내고 있다는 점이다. 인용문의 중간에 나오는 하타의 또 다른 진술, 당시 베들리빌의 내부 사정 때문에 전입자는 누구든 환영받았다는 진술을 고려할 때, 이러한 추측에는 설득력이 있다. 물론 여기서 '내부 사정'이란 다름 아닌 주민 수의 증가에 따른 세원 확보를 의미한다. 이 진술을 뒤집어 보면, 그런 내부 사정만 아니었더라면 베들리빌의 백인들이 하타 같은 인물에, 그의 인종적 차이에 "주목"하였을 것임을 뜻한다. 더구나 베들리빌이 자신에게 "주목"하지 않은 이유가 아직 베들리 런이 못 되었기 때문이라는 주인공의 설명은, 베들리빌과 달리 그 후신인 베들리 런이 현재 이민자들의 문화적·인종적 차이에 "주목"하는 사회라는 사실도 동시에 은연중에 드러낸다.

하타가 이처럼 당대 미국 사회의 인종차별에 관해 눈과 귀를 막고 있을 뿐만 아니라 그와 관련된 어휘까지도 자신의 서사에서 허용하지 않으려 한다는 사실은 흑인 및 중국인과 관련하여 이어지는 그의 언급에서도 암시된다. 여기서 주목할 바는 화자가 유색 인종이 백인들과 어울리지 못하는 사실을 언급하기는 하되, 이를 인종차별의 문제로는 표현하지 않는다는 사실이다. 하타의 표현을 빌리면, "모든 사람이 대체로 함께 모여 살았는데, 예외가 있다면 도시의 중국인들이나 흑인들로서 이들은 이런저런 이유로 해서 자기네들끼리 살았다." 이 설명에서 유색 인종을 섬과 같은 존재로 만든 미국의 제도적인 요인이나 사회 구조적인 요인이 "이런저런 이유로 해서 자기네끼리 살았다"라는 모호한 설명으로 대체되고 만다. 같은 맥락에서, 자신도 이들과 "같은 취급"을 받을 것이라고 예상을 했다는 하타의 완곡한 표현 역시 인종차별이라는 부담스러운 정치적 용어를 회피하려는 의도를 띤 것이다. 특정한 정치적 용어를 회피하려는 그의 행위의 이면에는 미국 사회의 인종적인 현실과의 대면을 피하고 싶은 심정이 존재한다.

위 인용문과 관련하여 또 다른 흥미로운 사실은 베들리빌의 주민들이 새로운 전입자인 자신을 "주목"하지 않았는데, 그 이유가 이 주민들이 실상 다른 도시의 주민들과 본질적으로 달라서가 아니라는 주장을 주인공이 펼친다는 점이다. 그는 이어서 식물학적 은유를 사용하여 다음과 같이 역설한다.

> 내가 보기에는 궁극적으로, 한 지역의 사람들은 숲속 한편
> 에 자라나는 식물처럼 공통의 환경과 영향력에 노출되는
> 듯하다. 많은 종류의 식물들이 있을 수 있으되, 해당 지역의
> 토양과 기후만이 비옥하게나, 빈곤하게나, 혹은 무심하게,
> 다양한 식물군을 먹여 살리는 것이다.[14]

위의 주장을 요약하자면, "해당 지역의 토양과 기후만이 다양한 식물
군을 먹여 살린다"는 것이다. 식물과 토양 (혹은 기후)의 관계를 사용하
는 이 수사는 언뜻 보기에 그럴싸한 생물학적 진실을 담고 있다. 그
리고 그 진실은 이민자와 정착 사회 간의 떨어질 수 없는 관계에 관
한 것이다. 특히, 이 주장은 어떤 꽃이나 나무든 차별 없이 대하는 숲
속의 토양처럼 베들리빌이 모든 주민들을 공평하게 대우하는 공정한
사회임을, 다양한 식물을 키우는 "공통의 토양"임을 강조하는 것으로
해석될 수 있다.

   그러나 이 진술을 '문화적 생존'이라는 틀에 놓고 보면 이야기가
달라진다. 이 틀에서 놓고 보면 이 진술에는 주류 사회가 이민자들에
게 어떠한 태도를 취하는지, 혹은 소수민 출신의 이민자가 주류 사회
에서 살아남기 위해서 어떤 태도를 취해야 하는지를 섬뜩하게 암시
하는 바가 있다. 다양한 식물군의 생존에 관여하는 요소를 오롯이 "해
당 지역의 환경"에만 한정시키는 사유는 다른 곳으로부터 이식되어
온 개체의 경우 '이전의 성장 환경'이 그 개체에 그간 행사해 온 영향

---

14 Chang-rae Lee, op. cit., p.3.

고발과 연루

력을, 그 개체에 아직 잔존할 수도 있을 과거의 영향력을 하나의 성장 변수로서 배제한다. '문화적 생존'이라는 틀로 번역했을 때, 이는 곧 이민자를 일종의 "백지상태"(tabula rasa)로 환원시키는 메트로폴리스의 정책과 관행을 인유한다. 이민자가 가지고 들어오는 외래문화가 "해당 지역의 토양과 기후"에 할 수 있는 기여의 가능성을 부정한다는 점에서, 또한 그의 문화적 정체성이 도착국의 기성 질서에 의해 새롭게 쓰여야 할 것임을 상정한다는 점에서, 이 진술은 주류 사회와 소수민 간의 권력 관계에 관한 냉혹한 진실을 암시한다.

위와 같은 시각에서 보았을 때, 앞서 하타가 베들리 런에서 자신이 사회적 인정을 누리게 된 연유로서 소개한 바 있는 설명은 다시 검토할 만하다. 주인공에 의하면, 그가 주민들의 환대를 받게 된 연유는 무엇보다 자신의 이름에 있다. "무엇보다 일본 이름이라는 점"이 주민들에게 "기이하고도 유쾌하게 여겨졌을 뿐만 아니라 어쩐지 마을을 긍정한다고 여기게 된" 것이다. 주인공의 이러한 설명에는 독자를 오도하는 부분이 있다. 우선 베들리 런의 주민들이 이국적인 이름을 "기이하고도 유쾌하게" 받아들일 뿐만 아니라 그 이름이 "마을을 긍정하는" 것으로 여긴다는 주장은 독자로 하여금 이 도시가 이민자의 문화적 차이에 대해서 긍정적이거나 이를 환영하는 태도를 가지고 있다는 생각을 갖게 만든다. 그러나 이러한 생각은 앞서 밝힌 바 있는 진실, 즉 베들리빌이 통상 이민자들을 "주목"하는 사회라는 암시, 혹은 베들리빌이 미국의 여타 도시와 본질적으로 다르지 않다는 하타 자신의 이전 발언과 명백히 상충되는 것이다. 이때 의문이 생겨난다. 그러면 왜 베들리빌 혹은 베들리 런은 하타를 예외적으로 받아들인 것일까? 혹은 이 도시가 그를 예외적으로 받아들이기는 한 것인가? 자신을 환대했다는 주인공의 진술이 다른 진실을 감추고 있는 것은 아닐까? 이 진실은 하타의 서사에서 명시적인 언어로 표현되어 있지는 않다.

이 서사의 진실은 하타가 텍스트의 다른 곳에서 아무렇지도 않은 듯 털어놓은 사실, 즉 정착 과정 초기에 "때때로" 겪었던 "몇몇 하찮은 어려움"이라는 표현에 숨어 있다. 예컨대, 하타는 동네 아이들이 처음에는 자신이 경영하는 의료품 가게의 창가에 기대어 서서 그를 향해 인상을 쓰기도 하였으며, 이들이 가게 앞 보도에 분필로 글을 써놓거나, 그가 쓰는 쓰레기통의 손잡이에 자동차 차축 윤활유를 발라놓은 일이 있음을 슬쩍 토로한다. 그러면서 이러한 사건들을 "짓궂은 아이들의 장난"으로 치부한다. 물론 하타의 말대로 이 사건들이 장난일 수도 있겠지만, 주목할 사실은 아이들의 이러한 인종주의적 행동을 동네 어른들이 제지하거나 나무랐다는 말이 하타의 회고에서 발견되지 않는다는 점이다. 아이들이 유색인 남성 어른을 향해 거리낌 없이 인상을 쓰거나 골탕을 먹일 수 있는 동네라면 그곳은 도대체 어떤 곳일까? 아이들이 인종주의적인 발언과 행동을 거리낌 없이 행한다는 사실은 하타를 포함하는 유색인 이민자들에 대한 동네 어른들의 태도에 대하여, 이 "환대하는" 동네의 진짜 성격에 대해 시사하는 바가 크다.

하타는 아이들이 자신을 골탕 먹여도 경찰에 보고한 적이 없고, 이들을 직접 대면한 적도 없었지만, 결국에는 이런 행동이 모두 사라지게 되었다고 말한다. 하타가 들려주는 바에 의하면, 그 이유는 이러한 행동들이 애초에 소소한 장난이었기 때문이다. 그러나 아이들의 인종주의적인 행동에 대해 하타가 무대응의 태도로 대응한 데는 사실 다른 이유가 있을 수 있는데, 그 이유는 하타가 전혀 다른 맥락에서 들려주는 한 일화에서 추론이 가능하다. 그는 한 동업자들의 모임에서 일본인 3세를 만나게 되는데, 이때 두 사람이 다소 묘한 상황에 처하게 되었음을 기억한다. 그에 의하면, 두 사람은 처음에는 '동포 일본인'을 만나게 되었다는 생각에 흥분했지만, 곧 서먹서먹한 관계가 되고 말았다. 하타는, 이 일본계 3세가 자신이 너무 미국화된 사람으로 하타에게 비춰질 것을 염려하였던 것인지, 아니면 이민 1세대인 하타 자신이 상대방에게 제대로 된 미국인으로 여겨지지 않을 것을 염려해서 서먹하게 된 것인지 궁금해 한다. 그러다 그는 마침내 두 사람이 서로 살갑게 대하지 못했던 이유를 문득 깨닫게 된다. 하타의 표현을 빌리면, 회의장의 대중 속에서 단 두 명의 일본인이 "같이 있었기에 다른 사람들과 달랐다고 느낀 것이었다. 그리고 이러한 사실이 우리가 어느 정도 주변과 어울리지 않는다는 느낌을 갑작스럽지만 부인할 수 없이 갖게 만든 것이다."[15] 이 일화는 소수민 이민자라면 누구나 갖는 주류 사회와의 '차이'에 대한 불안을 예시한다. 그리고 이 불안의 근저에는 '차이의 인식'이 가져다줄 '차별'에 대한 두려움이 있다. 그런 점에서 이 일화는, 하타 자신이 극구 숨기고자 했던 진실, 즉 그가 주류 사회와 맺는 관계가 실은 얼마나 불평등한 권력 관계인지를 암시한다.

이창래에 의하면 이민자가 갖게 되는 이러한 불안감은 그가 평생 안고 가야 할 문제이다. 한 인터뷰에서 작가는 "이민자들이 느끼는 이런 불안감이 몇 세대를 내려가면 없어진다고 생각하는가?"라는 질문을 받고서 다음과 같이 대답한다. "어떤 새로운 이민자도 이러한 종류의 불안으로부터 자유롭지 못하다고 생각됩니다. 그건 불가능한 일이고, 또 생존하기 위해서는 필요한 것일지도 모릅니다."[16] 원어민이 아

---

15   Ibid., p.20.
16   Young-Oak Lee, "Language and Identity: An Interview with Chang-rae Lee",

니라면 누구나 갖게 되는 불안감으로부터 자신도 자유롭지 못하다고 이창래는 같은 인터뷰에서 고백한다. "가장 근원적인 의미에서 저는 아직도 원어민이 아닙니다. 저는 아직도 [미국 사회에서] 저의 위치와 말에 대해 자의식을 가지고 있으니까요."[17] 그러니 하타가 취한 '무대응의 대응' 이면에는 바로 도착국에서 이민자들이 느끼는 불안감이 있다. 즉, 하타가 망나니 같은 아이들을 잡아서 훈계하거나 징벌할 생각을 꿈에도 하지 못하는 이유는, 아이들의 행동을 단순한 장난이라고 여겼을 수도 있지만 근본적으로 그가 백인 주류 사회와 불평등한 권력 관계에 서 있었기 때문이다. 자신의 문화적·인종적 차이가 주류 사회의 "주목"을 받을까 전전긍긍해 하는 상황에서, 아이들의 인종주의적인 행동을 문제시하고 나설 리가 만무한 것이다.

Amerasia Journal Vol. 30, No.1, 2004, p.217.

17   Ibid., p.219.

3.

문화적 차이와 전복적 가능성

•

간(間)문화적 접촉을 대항 문화적인 관점에서 파악하는 이론가들에 의하면, 이주나 이민과 같이 국가 간의 경계선을 벗어나는 이동 현상은 궁극적으로 민족국가 내에서 새로운 이질적인 문화, 즉 혼종적인 문화가 출현하는 요인으로 작용한다. 새롭게 출현한 이 혼성 문화는 국가 엘리트들이 숭상하기를 강요하는 민족국가의 근간인 문화적 단일성과 동질성에 개입하여, 주류 문화를 내부로부터 변모시킬 가능성을 낳는다. 이 혼성 문화의 출현은 제3세계 출신의 이민자들이 정착한 제1세계의 메트로폴리스에서뿐만 아니라 계절노동자나 여행자가 타문화를 접촉하고 돌아오는 제3세계 국가 내에서도 가능한 것이다. 메트로폴리스와의 관계에서 보았을 때, 이민자들은 전자의 문화적 영향력 아래에서, 그것의 동화주의 정책 아래에서 변모하기도 하지만, 반대로 메트로폴리스의 문화를 내부에서 이질적으로 만들 수도 있다. 이러한 주장은 "여행 이론"으로 유명한 제임스 클리포드(James Clifford)나 "혼종성 이론"으로 잘 알려진 바바의 주장에서 발견된다.

간문화적 접촉의 역동성에 주목하는 클리포드는 문화적인 정체성을 "주어진 것"이 아니라 "협상되는 것"[18]이라고 부른 바 있다. 반면 바바는 간문화적 접촉의 상호주의를 다음과 같이 이론화한다.

> 문화적 차이의 목표는, 통합을 거부하는 소수민의 언술적 위치에서 지식의 총체를 새롭게 표명하는 것으로서, 그것은 같은 형상으로 되돌아오지 않는 반복이요, 하위 계급적인 의미화가 이루어지는 다른 공간들을 생산하며, 추가했다고 해서 총계 속에 통합되지 않고, 오히려 권력과 지식의 산술적 예측을 방해하는 정치적·담론적 전략을 낳는 근원 내부의 마이너스와 같은 것이다.[19]

위 인용문에서 바바가 언급하는 "추가"되는 존재는 다름 아닌 하타와 같이 서구의 메트로폴리스에 정착하게 된 제3세계 출신의 이민자들이다. 비록 이들의 몸은 메트로폴리스에 있으되 출발국에서 받은 문화적 세례를 그대로 간직하고 있기에, 이들은 도착국의 동화주의 정책에 쉽사리 포섭되지 않는다. 이들이 주류 문화를 모방할 때조차도, 이들의 모방은 모방 대상에 함몰되는 결과를 가져오기는커녕, 주류 사회의 예측을 깨고 새로운 이질적인 의미 공간을 메트로폴리스 내에서 생성시킨다.

간문화적 접촉이 갖는 전복적인 성격에 관한 바바와 클리포드의

---

18   James Clifford, *The Predicament of Culture: Twentieth-Century Ethnography, Literature, and Art*, Harvard U. Press, 1988, p.273.

19   Homi Bhabha, *The Location of Culture*, Routledge, 2004, p.162.

이론은 베들리 런과 하타의 관계를 새롭게 이해할 수 있는 하나의 관점을 제공한다. 하타는 베들리 런 주류의 행동 양식이나 가치관을 철저히 모방한 결과 주위로부터 "제대로 정착한 주민"이라고 평가를 받는다. 그러나 하타 같은 인물이 "제대로 정착한" 베들리 런은 흔히 알고 있듯 다양한 문화들이 각기 고유한 색을 유지하며 한데 어울리는 다문화적인 도시와는 거리가 멀다. 비평가 리사 로우가 주장한 바 있듯, 다문화주의에서 강조하는 다양한 문화의 동등함이 실은 인종적 차별의 현실을 은폐한다[20]는 점에서 다문화주의에도 문제가 있다. 그러나 알고 보면 베들리 런은 이러한 은폐의 노력조차 제대로 하지 않는 곳이 아닌가 하는 생각이 든다.

베들리 런이 이민자들이나 여타 전입자들을 어떤 태도로 대하는지는 리브의 입을 통해서도 드러난다. 경제적인 성공을 거둔 후 뉴욕 시를 떠나 교외의 조용한 마을을 찾는 부자들과 하타의 차이점에 대해 리브는 다음과 같이 레니에게 말한다. "당신이 이곳으로 오는 것이죠, 레니. 돈으로 이곳을 당신의 것으로 만들거나, 당신의 피부색인 커피색으로 이곳을 바꾸는 것이 아니라. 굴복을 환영하고 행복하게 굴복하는 것 외에는 어떤 일도 해서는 안 되는 것이죠."[21] 전입자가 자신의 태생적 문화로 도착지를 바꾸려 들어서는 안되며 현지의 문화에 '투항'해야 한다는 리브의 견해는 베들리 런 주류 사회의 정신적인 현 주소를 가감 없이 보여준다. 주류 사회에 대한 하타의 굴종적인 자세는 베들리 런이 인종주의적 색채를 띠게 되었다고 불평하는 레니에게 해주는 충고에서 가장 적나라하게 드러난다. "레니, 자네가 동의하

---

20 Lisa Lowe, *Immigrant Acts*, Duke U. Press, 1996, p.30.
21 Chang-rae Lee, op. cit., p.136.

지 않을는지 모르겠지만, 어떤 장소에서 편안함을 느끼느냐 못 느끼느냐의 문제에 있어서 가장 주된 책임은, 나 자신에게 있다고 항상 느껴왔다네. 그것이 왜 다른 사람의 책임이어야 하지?"[22]

그러나 '주류 사회로의 투항'이 이민자로서 하타가 살아온 삶을 온전히 설명해내지는 못한다. 유색 이민자의 신분에서 '백인보다 더 백인다운' 시민으로 성공적으로 변모하였음에도 불구하고, 하타는 자신의 삶이 의미와 즐거움으로 충만하다고 느끼지 못하기 때문이다. 일례로, 베들리 런에서 어렵게 노력해서 사회적 인정을 얻은 그의 삶에서 그러한 성취가 당혹스럽게 여겨지는 순간들이 발견된다. 그의 표현을 빌리면,

> 그러나 이 모든 친밀한 관계에는 당혹스러운 면이 있다. 어째서, 언제 일어났는지, 혹은 지금 그런 일이 정녕 일어나고 있는지 알 길이 없지만, 무슨 일이 일어나고 있음은 확실하다. 왜냐하면 나는 집 바깥으로 나가서, 그래서 주변의 땅을 걸어보고, 날카롭게 각진 지붕을, 따뜻한 색으로 칠한 세월의 성상이 서린 집의 정면을, 그것들을 처음으로 보는 양 쳐다보기를 계속하는데. 그럴 때면 나는 이 건물을 한 번이라도 나의 집이라고 부를 수 있는지 의문스러워진다.[23]

하타에게 있어, 마운트 뷰에 위치한 그의 저택은 단순한 거주지 이상의 의미를 띤다. 도시의 많은 부자들이 탐내는 이 튜더풍의 이층집은

---

22 Ibid., p.135.

23 Ibid., p.22.

그가 성취한 "아메리칸 드림"의 물질적인 증거일 뿐만 아니라, 이민자임에도 불구하고 그가 베들리 런의 '백인 클럽'의 회원권을 따는 데 성공했다는 상징적인 표식이다. 리브의 표현을 빌리면 "가장 고급스러운 지역의 멋진 집"에 살며 은퇴를 누리는 하타가 마침내 이 도시의 상징적인 인물이 된 것이다.

그러나 하타는 자신의 사회적 위상을 공고히 해준 이 상징물로부터 갑작스러운 소외감을 느끼게 된다. 모라루의 표현을 빌리면 집이 "집 같지 않을 뿐만 아니라 기괴함마저 주는 것이다."[24] 그는 그간 친교를 쌓기 위해 그토록 노력을 기울인 지인들과의 관계에서도 갑작스러운 당혹감을 느끼게 된다. 마치 익숙하게 여겨졌던 사물들이 가면을 벗어던진 양 세상이 갑자기 낯설게 느껴지는 것이다. 베들리 런의 일등 시민의 내부에서 일어나는 이 소외 현상은 그가 애지중지한 공동체와의 관계가 '균열'을 일으키고 있음을, 혹은 그 관계가 애초부터 균열 위에 세워졌음을 암시하는 것이다.

사실 하타가 백인 공동체로부터, 그것이 지향하는 가치로부터 이탈하고 있었다는 조짐은 이전에도 암시된 바 있다. 일과 중의 하나인 수영을 마친 후 난롯가에 앉았을 때, 그는 문득 "자신의 손으로 가꾼 사랑스러운 장소"에서 "슬픔"과 "공허하고 차가운 미"[25]를 발견하고 불안해한다. 이민자로서 물질적·사회적 성공을 거둔 하타가 자신의 분신이라고 할 만큼 애지중지하는 저택에서 느끼는 이 뜻밖의 감정은 아시아계 이민자가 백인 공동체와 맺는 자기 동일시의 관계가 궁극

---

24 Christian Moraru, *Cosmodernism: American Narrative, Late Globalization, and the New Cultural Imaginary*, U. of Michigan Press, 2011, p.140.

25 Chang-rae Lee, op. cit., p.24.

적으로 어떤 '억압'이나 혹은 '결여'에 기초한 것일 수밖에 없음을 암시한다. 여기서 억압된 것은 다름 아닌 하타가 미국의 문화적 시민권을 행사하기 위해 반납했던 (한국계) 일본인으로서의 문화적 정체성과 기억이요, 결여한 것이라고 하면 미국 시민권이 그에게 줄 것이라고 기대했지만 줄 수 없었던 '민족적 일체감'이다. 모라루에 의하면, 베들리 런의 주민들이 하타와 맺는 관계는 이웃으로서가 아니다. 그들이 하타에게서 보는 것은 부동산이요, 인상적인 저택의 소유일 따름이다.[26] 비록 하타의 서사가 병원 직원 레니나 부동산 중개업자 리브, 경관 코모(Como)와 같은 공동체의 공적·사적 운영자들과 맺은 우정과 배려로 충만한 관계를 자랑하는 듯하나 이는 실상 과시에 지나지 않는다. 이 과시는 내부의 결여와 억압을 의식적으로 감추기 위해 동원되었다는 점에서 오히려 슬픈 진실을 징후적으로 드러내는 것이다.

이러한 맥락에서, 베들리 런의 변두리에서 암약하는 반(反)사회적인 존재인 기지(Gizzi)의 집을 하타가 방문하게 되는 일화는 다시 읽어 볼 만하다. 가출한 양녀 서니를 찾아 나선 하타는 코모의 친절한 제보에 따라 터너가(街)에 위치한 기지의 집을 방문한다. 그는 파티가 한창인 그곳에 모인 손님 중 많은 수가 유색 인종이라는 사실을 발견하고 적지 않게 놀란다. 하타의 표현을 빌리면, 그곳에서 그가

즉각적으로 깊은 인상을 받은 것은 많은 수의 파티 손님들이 흑인이거나 푸에르토리코인이었다는 점이다. 베들리 런에서 유색인은 보기가 드물었는데, 특히 공적인 행사에서 그랬고, 더구나 "유색인이 섞인" 모임은 결코 본 적이 없었

---

26 Moraru, op. cit., p.139.

다. 때때로 메리 번즈의 컨트리클럽에서 있었던 친교의 시간이나 댄스 모임에 참가해 보면 내가 유일한 유색인이었는데, 이에 대해 나는 대수롭게 여기지는 않았지만, 그럼에도 불구하고 여전히 불편한 감정을 느꼈다. 마치 목의 살갗을 파도록 풀을 잔뜩 먹여놓은 칼라를 찬 것과 같은 기분 말이다. 그러나 여기서는 모두가 개의치 않는 듯했고, 나는 그러한 사실에 기이하게 고무되었다.[27]

베들리 런에는 유색인이 드물 뿐만 아니라 "유색인이 섞인" 모임도 없었다는 하타의 증언은 베들리 런이 어떠한 공동체인지를 시사한다. 그리고 이 "대수롭게 여기지 않았던" 경험이 은연중에 시사하는 바는, 백인 연인 번즈(Burns)와 함께 참여했음에도 불구하고 컨트리클럽의 모임에서 주인공이 그간 느낀 불편한 감정이나, 기지의 집에서 다른 유색인들과 함께 있게 되었을 때 그가 느끼게 된 편안함이 다시 확인해 준다. 이러한 일련의 사실에 비추어 보았을 때, 리브와 하타의 공언에도 불구하고 하타는 베들리 런에서 행복한 '민족적 일체감'을 누릴 수 없었던 존재임이 드러난다. 하타의 사회적 존재 깊숙이에서 발견되는 이 결여는 미국 시민으로서의 정체성과 아시아계 이민자로서의 정체성 사이의 균열에서 발생하는 것이다. 백인들 사이에서 느꼈던 불편함에 관한 하타의 토로는, 비록 그것이 위장되고 은폐된 형태의 발언이기는 하되, 그럼에도 불구하고 완전한 동화를 이민의 종착지로 설정한 민족 서사나 이민자 문학의 텔로스를 반박하는 효과를 갖는다.

하타의 삶이 메트로폴리스의 정책자들이 기대하듯 모범적인 동화

---

27 Chang-rae Lee, op. cit., pp.101-103.

의 시나리오대로 진행될 수 없었던 연유에는 하타가 베들리 런과 맺은 불평등한 권력 관계만 있는 것이 아니다. 그에 못지않게 하타의 인종적 과거, 즉 그의 뇌리에 순간순간 모습을 드러내는 전쟁의 기억 또한 그의 순조로운 정착을 방해하여왔다. 이와 관련하여 하타와 여성 등장인물들의 관계에 주목한 해밀튼은 끝애와 서니의 서사가 하타의 동화주의 서사에 지속적으로 개입하고 도전한다고 주장한 바 있다. 하타가 끝애와 서니를 "비체화"시킴으로써 자신이 주류 계급으로 편입하는 것을 용이하게 만들려고 시도하지만, "[하타가] 시민권을 형성하는 과정에서 비체화된 (비)주체가 트라우마적인 주체로 되돌아와, 그들의 비체화를 통해 가능해진 바로 그 민족 서사를 해체시킨다"[28]는 것이다.

해밀튼의 이러한 비평적 안목은 한편으로는 하타가 주류 사회의 일원으로 안착하지 못한 경위를 통찰력 있게 설명해주지만, 다른 한편으로는 하타의 내면세계에서 일어나는 사건, 즉 심경의 변화나 죄의식 같은 정신적인 고통이 마치 비체화된 여성들의 적극적인, 작위적인 개입의 결과로 생겨난 것인 양 묘사한다는 점에서 문제적이다. 이 비체화된 여성 중 한 명은 이미 오래전에 사망하였으며, 다른 한 명은 오래전에 집을 떠났다는 점을 고려할 때 그러하다. 이러한 지적이 물론 사회적 약자에게 빼앗긴 목소리를 돌려주고자 하는 비평적 의도를 문제시하려는 것은 아니다. 부재하거나 사망한 여성을 주체적인 인물로 내세우는 것이 사회적 약자를 오랫동안 괴롭혀 온 재현과 권력의 문제를 바로 잡기에 올바른 방법인가 하는 질문을 제기하는

---

28 Carroll, op. cit., p.612.

고발과 연루

것이다. 저항이 부재하는 곳에서 저항을 읽어내는 이러한 독법은 현실 세계의 여성이 당면한 억압의 문제가 제대로 논의되거나 극복의 방안이 진지하게 모색되기도 전에, 여성이 텍스트에서 "주체로서 부활함"[29]으로써 문제를 조기에 해결해버리는 바람직하지 못한 결과를 낳을 수 있기 때문이다.

이 소설의 전복적인 가능성을 주인공의 인종적인 과거에서 찾아볼 수 있는 것은 사실이다. 그러나 그 가능성이 서니나 끝애가 "트라우마적 주체"가 될 수 있다는 사실에서 연유하는 것은 아니다. 이 소설의 전복적인 성격은 하타의 정신세계 깊숙한 곳에 자리 잡은 끝애에 관한 기억이나 일본 제국주의 사회에 관한 기억과 관련이 있기는 하되, 구체적으로 이민자의 인종적인 과거나 문화적 정체성이 그렇게 쉽게 지워지고 다시 쓰일 수 있는 성질의 것이 아님을 드러낸다는 데에 있다. 도착국의 동화주의 정책에도 불구하고 이민자의 일상에서 끊임없이 모습을 드러내는 인종적·문화적 기억은 바바가 지적한 "근원 내부의 마이너스"와 유사하다. 바바의 표현을 빌리면, 메트로폴리스는 "되돌릴 수 없을 정도로 다중적이 되면서 그것의 현대적 공간에서 생겨나는 불안감"[30]을 전치하기 위해 민족을 동질적인 통합체로 의미화하려 하지만, 메트로폴리스 내부에 깃들은 문화적 차이나 기억은 억압된 것이 끝내 회귀하듯 내부에서 차이의 공간을, 간극(liminality)의 공간을 만들어낸다. 그러한 점에서 하타는 동화주의 문학이나 메트로폴리스의 이민 정책이 전제로 하는 "백지상태"로서의 이민자의 개념을 반박해 보인다. 이는 하타를 저항의 주체로 추대하는 것이 아

---

29   Ibid.

30   Bhabha, op. cit., p.149.

니라, 그가 처한 상황이 메트로폴리스의 인식론적인 기반에 오류나 문제가 있음을 드러내며, 메트로폴리스의 동화 정책에 역행한다는 의미이다. 이 챕터에서 '저항'이 아니라 '전복적 가능성'이란 용어를 쓴 것도 이러한 맥락에서이다.

하타의 이민 서사가 상당히 제한된 의미이기는 하지만 일종의 대항 담론의 가능성을 갖는 순간이 있기는 하다. 그 순간은 주인공이 단순히 백인 공동체로부터 소외감이나 불안감을 느끼는 때가 아니다. 이는 마치 사회 부적응자가 모두 저항적인 영웅이 되지는 않는 것과 같은 이치다. 하타의 행동을 사회 부적응자가 내지르는 불평의 수준을 넘어서게 만드는 것은, 그가 이민자로서 이룬 성취에 대해 보이는 태도이다. 세속적 성공의 징표인 마운트 뷰의 집을 두고 그가 "멋지기는 하나 상시적인 위조"[31]라고 부른 바 있는데, 이는 일차적으로 하타가 그간 '황색 피부, 백색 가면'이라는 제스처로 살아온 자신의 삶을 비판하는 의미를 띤다. 이 발언은 또한 자신이 동일시해 온 미국 주류 사회의 가치를 질문에 부치는 행위이기도 한데, 그 이유는 그에게 있어 마운트 뷰의 집이 "아메리칸 드림"의 결정체이기 때문이다. 미국 사회가 이민자에게 약속한 꿈은 궁극적으로 그가 피부색을 탈색하고 하나의 보편적인 노동 단위로서 자본주의 경제체제에 편입될 때 성취가 가능한 것이다. 여태껏 하타는 이 세속적인 미국의 신화를 충실히 좇아 "소유의 즐거움들"[32]을 한껏 누려 왔다. 이 세속적인 추구의 결정체가 마운틴 뷰의 저택임을 고려할 때, 이 자랑스러운 저택을 "위조"라고 부르는 하타의 행동은 이민자로서의 그의 삶을 추동해 온 미

---

31 Chang-rae Lee, op. cit., p.352.

32 Ibid., p.137.

국적 가치의 진정성에 대하여 질문하는 의미를 띤다.

하타가 은밀히 토로하는 삶의 삐걱거림은 "모범적인 소수 민족"에 관한 주류 사회의 인식이나 아시아계 이민자에 관한 정형 담론과 대조하여 보았을 때도 의미를 부여받는다. 아시아인에 관한 신·구 이미지를 비교하면서, 일레인 김은 새롭게 등장한 인종 담론의 내용과 이데올로기적 효과를 다음과 같이 정의한 바 있다.

> 1940년대 이후로 아시아인들을 "모범적 소수민"으로 보는 것이 유행하게 되었다. […] 백인 사회에 결코 도전하지 않음으로써, 이 모범적인 아시아계 소수민은 인종주의적 범죄에 대한 면죄부를 백인 사회에 줄 뿐만 아니라, 감사하는 마음이 부족한 나머지 경솔하게 불평등에 항의하거나 혹은 스스로를 너무 "대단하게" 생각하는 소수민들의 잘못을 지적한다. 이 "선량한" 아시아인은 영원한 열등항으로서 미국적 삶에 동화될 수 있다. 그에게서 요구되는 것이라고는, 자신에게 주어진 위치를 즐겁게 받아들이고, 자신의 인종적, 문화적 배경 중 백인 주류 사회를 불쾌하게 만드는 것은 어떤 것이든 거부하는 것이다. 물론 그는 자신의 의견을 결코 밝혀서는 안 된다.[33]

모범적인 소수민의 이미지는 주류 사회가 세워놓은 각종 장벽과 싸워야 하는 소수민들의 어려운 처지를, 그들이 메트로폴리스에서 맞닥뜨리게 된 불평등과 차별을 모두 은폐하는 역할을 한다는 점에서 문

---

33 Elaine Kim, *Asian American Literature: An Introduction to the Writings and Their Social Context*, Temple U. Press, 1982, pp.18-19.

제적이다. 그뿐만 아니다. 인종적 정의를 요구하는 이들에게 그들이 처한 현재의 불행에 대한 책임을 돌림으로써 그들의 적법한 요구에서 합법성을 박탈하기도 한다. 이러한 맥락에서 보았을 때 하타가 백인들 사이에서 느끼는 불편한 감정이나 자신의 삶에서 느끼는 염증은 미국 사회에 성공적으로 적응한 "행복한 아시아인"이라는 인종적 정형을 탈신화화하는 기능을 가진다. 그러한 점에서 하타가 "모범적 소수민의 지위를 공고히 하기보다는 해체하기를 원한다"[34]는 챙의 의견은 소설을 다소 앞서 나간 면이 없지는 않지만 그럼에도 불구하고 설득력이 있다.

---

34 Chang, op. cit., p.147.

4.
디아스포라와
성장 서사의 한계

•

    로우는 출판문화의 한 형태로서의 영미 소설이 "개인과 '상상의 공동체' 간의 통합"이 이루어지는 특권적인 장(場)이라고 주장한 바 있다. 개인과 사회 질서와의 화해를 최종 목적지로 삼는 성장 소설이 문학의 중요한 하부 장르로 떠오르게 된 것도 이러한 맥락에서이다.[35] 로우의 이 안목에 비추어 보았을 때, 하타의 서사는 기성 질서와 화해하기를 거부하는 유의 서사라는 인상을 준다. 주인공이 작품의 결미에서 기성 사회에 대한 지분을 모두 포기하고 유랑의 길을 떠나려 하기 때문이다. 서두에서 언급한 바가 있듯, 하타의 이 출발은 적지 않은 국내의 평자로부터 긍정적인 평가를 받았다. 이러한 평가에 의하면, 소설의 결미는 새로운 디아스포라적 주체나 초민족적 주체의 탄생을 알리는 것이다.

    여기서 디아스포라의 의미를 살펴보는 것이 소설의 결말에 관한

---

35 Lowe, op. cit., 98.

논의를 진전시키는데 도움이 되리라 본다. 디아스포라의 의미는 주로 출발국과의 관계에 의해 정의되어왔다. 윌리엄 새프란에 의하면 디아스포라의 구성 요건은 "조국에 관한 기억과 신화", "비전의 공유(共有)", "도착국에 완전히 동화될 수 없다는 믿음", "조국에 대한 이상화(理想化)" 외에도 "조국의 번영과 보존에 모두가 헌신해야 한다는 믿음", "장기간에 걸친 민족 공동체 의식의 유지", "언젠가 돌아갈 곳으로서의 조국의 개념" 등을 포함한다.[36] 클리포드의 글에서도 유사한 안목이 발견된다.

> 디아스포라는 비록 여행을 동반하기는 하되 일시적이지 않다는 점에서 여행과 다르다. 고향을 떠나 집단적인 고향들을 만들고, 공동체에 거주하며 이를 운영한다는 점에서, 그것은 종종 개인주의적인 초점을 가진 망명과도 다르다.[37]

디아스포라에 관한 이 논의를 염두에 두고, 소설의 결말 부분에서 출발을 다짐하는 하타의 생각을 들여다보자.

> 만약 리브의 예측이 맞고 만사가 계획대로 된다면, 나는 남은 재산으로 여기를 떠나서 얼마나 남았을지 확실치 않은 나의 여생을 검소하게 살아갈 만큼을 갖게 될 것이다. 어쩌면 나는 서니가 가지 않을 곳으로, 남으로, 서로, 어쩌면 더 멀리, 대양을 넘어, 이전에 살았던 땅에 도착할지도 모르겠

---

36 William Safran, "Diasporas in Modern Societies: Myths of Homeland and Return", *Diaspora* Vol.1, No.1, 1991, pp.83-84.

37 James Clifford, "Diasporas", *Cultural Anthropology* Vol.9, No.3, 1994, pp.307-308.

다. 그러나 이 여행이 어떤 유의 순례가 될 것이라고는 생각
지 않는다. 나의 운명이나 숙명을 찾아다니지는 않을 테니.
너그러운 망자(亡者)나 창조주의 모습에서 위안을 찾지는
않을 테니.[38]

위 인용문에서 드러나는 하타의 출발은 클리포드가 말한 디아스포라
의 필요조건인 여행을 동반하기는 하되, 이 여행의 최후의 종착지가
어떤 곳일지는 확실치 않다. 새프란과 클리포드의 정의에 의하면, 디
아스포라는 뿌리에 관한 애착이나 귀소 의식을 갖는데, 하타에게 있
어서는 그 뿌리가 무엇인지도 불분명하다.

사실 주인공이 미국을 떠난다는 가정 아래에서 어느 나라가 향수
나 애착의 대상이 될 것인지를 생각해보는 것은 흥미롭다. 왜냐하면
유랑을 떠나는 그에게 있어 디아스포라 출발국은 한국이나 일본, 그리
고 미국이 될 수 있지만, 그의 출생과 성장 환경을 고려한다면 사실 이
중 어느 곳에도 그가 애착을 갖지는 못하기 때문이다. 한국에 대해서
그가 가지고 있는 인연의 끈이라고 해봐야 어릴 적부터 동일시하기를
거부했던 비참한 재일 조선인들에 대한 기억에 지나지 않는다. 일본과
의 관계에 있어서도 하타는 제국과의 동일시를 통해서 소속감을 얻으
려고 애를 썼지만, 그것도 용이하지 않았다. 태평양 전쟁에 참전한 것
도 전쟁이 주는 소속감과 일체감을 얻기 위했기 때문이라는 그의 고백
[39]이 역으로 드러내듯, 식민지 출신인 그를 일본 제국은 따뜻하게 받아
들이지 않았다. 어디에도 소속되지 않았다는 불안감이, 주인공의 표현

38　Chang-rae Lee, op. cit., p.356.

39　Ibid., p.224.

을 빌리면 "한 곳에 있으면서도 그곳에 존재하지 않는 기분, 그 만성적인 존재의 조건"[40]이 항상 그를 떠나지 않았다. 주인공의 이러한 고백은 그의 인생이 애초부터 일종의 결여를 타고 난 것이며, 이 결여를 메우려는 노력에도 불구하고 어느 곳에서도 존재의 닻을 내릴 수 없었음을 시사한다. 일본 제국에서 피지배자의 신분으로 어린 시절을 보낸 후 일본인 가정의 양자로 들어간 이력에서 드러나듯, 출신국과의 동일시를 일찍부터 포기하게 된 그에게 고향은 없다. 이러한 맥락에서 보았을 때 하타의 여행은 출발국에 대한 귀속감이나 근원에 대한 향수를 여권과 함께 챙겨가는 유의 여행이 아니다. 그의 출발은 한 번도 뿌리를 제대로 내려 본 적이 없는 부평초의 삶으로 되돌아가는 출발이다. 소설의 결말을 디아스포라적 주체의 탄생으로 경축하는 비평에 쉽게 동조할 수 없는 이유가 여기에 있다.

이러한 반론에도 불구하고 소설이 긍정적인 결말을 맺고 있다는 기성의 비평에 나름의 설득력이 있다면, 그 이유는 하타의 출발이 상당한 자기 지식이나 각성을 동반하기 때문일 터이다. 이를테면, 하타가 흑인의 피가 섞였다고 해서 마음으로부터 받아들이지 않았던 양녀 서니와 화해를 하는 행위, 그리고 서니와 그의 흑인 연인에게서 난 손자 토마스(Thomas)에 대해 주인공이 갖게 되는 애정은, 결미에 이르러 그가 일종의 정신적인 성장을 이룰 수 있었음을 추측하게 한다. 그뿐만이 아니다. 물에 빠진 레니를 구해내고, 병원비가 필요한 어린 패트릭(Patrick)에게 치료비를 남기는 등, 하타가 베푸는 선행은 그가 인도주의적인 가치를 지향하는 인물로 변모하고 있음을 보여준다. 선행을 제스

---

40 Ibid., pp.289-290.

고발과 연루

처로 베풀던 삶에서 탈피하여 진심으로 타인을 위하는 행동을 하게 된 것이다. 이러한 결론은 주인공으로부터 무엇인가 긍정적인 변화를 보고 싶어하고 작품의 결미에서 의미 있는 종결을 경험하고 싶어하는 독자의 기대에 부응한다. 그러나 이 의미 있는 종결도 정치적·사회적 맥락에서 고려했을 때 상당히 거슬리는 면이 있다. 그 이유는 베들리 런의 인종주의에 관한 이전의 문제 제기가 텍스트에서 사라지게 되기 때문이다. 주인공의 결말이 갖는 함의는 이 챕터의 끝에서 다시 논의하기로 한다.

5.
미학주의의 (탈)정치성

•

『제스처 라이프』는 다양한 결을 지니고 있는 소설이다. 본 저서에서는 하타의 현재 서사에서 드러난 베들리 런과 그의 관계에 대해 논의를 집중하였지만, 이 소설에는 그 외에도 정치학과 미학의 관계, 하타와 서구 오리엔탈리즘의 관계, 하타의 계급적 편견 등 많은 문제들이 발견된다. 예컨대, 쳉도 지적한 바 있듯,[41] 종군 위안부의 비극적 역사의 문제를 작가가 미학적으로 처리하는 것이 온당한 것인가에 관한 문제 제기가 있을 수 있다면, 다른 한편 하타가 유색인에 대해 보이는 편견이 서구의 오리엔탈리즘과 어떤 관계를 갖는 것인지, 또는 하층민들이 주로 거주하는 이웃 도시 에빙튼(Ebbington)에 대한 하타의 태도에서 아시아인에 대한 새로운 정형화가 발견되는 것은 아닌지 등의 문제가 있을 수 있다. 이중 정치학과 미학의 관계에 대하여 끝애를

41　Anne Anlin Cheng, "Passing, Natural Selection, and Love's Failure: Ethics of Survival from Chang-rae Lee to Jacques Lacan", *American Literary History* Vol.17, No.3, 2005, pp.553-574.

중심으로 논의해보자.

하타의 기억 서사의 중심에는 한국인 소녀 끝애가 있다. 끝애가 움직이는 전시(戰時)의 공간은 감금, 폭력, 윤간, 자살, 살인, 영아살해가 벌어지는 끔찍한 곳이다. 그러나 하타가 들려주는 이러한 전쟁 범죄 이야기가 문제적인 이유는 그의 재현에서 아시아가 혐오스럽고 극단적인 곳으로 묘사되어서가 아니라, 그런 끔찍함에도 불구하고 매혹적인 곳으로 제시되어서이다. 『제스처 라이프』의 한국어 번역판 서문에서 이창래는 일본군의 성노예로서 살아야 했던 할머니의 증언을 들었을 때 "표현할 수 없는 인간적인 슬픔"[42]을 느꼈다고 서술한 바 있다. 그러나 하타가 독자들을 초대하는 서사의 공간은 놀랍게도 비탄과 억압이 독자의 마음을 무겁게 누르는 곳만은 아니다. 끝애와 그녀의 "위안소" 동료가 겪어야 했던 겁탈, 소용없는 저항, 폭력적인 죽음에 관한 하타의 묘사는 그처럼 비극적인 사건에 합당한 정서적 반응을 독자에게서 일으키지 못하는 경향이 있다. 무슨 말인가 하면, 노라 옥자 켈러의 『여우소녀』를 읽은 독자 중 그 소설에서 묘사되는 성폭력의 처참함을 다시 떠올리고 싶어하는 이를 찾기란 쉽지 않다. 반면, 『제스처 라이프』는 유사한 비극적 사건이 감각적이고 매력적인 사건으로 독자에게 다가온다. 일례로, 아마존닷컴에서 발견되는 한 리뷰에 의하면, 이창래의 이 작품은 "서정적인 완벽함"을 갖춘 "무한하고도 우아한 비탄을 담은 이야기"[43]로 평가된다. 이러한 문체적 특징은

---

42 이창래, 정영목 역, 『제스처라이프』 개정판, 랜덤하우스중앙, 2005, 7면.

43 Amazon review, October 23, 2012 <http://www.amazon.com/A-Gesture-Life-Novel/dp/1573228281/ref=sr_1_1?ie=UTF8&qid=1350967228&sr=8-1&keywords=gesture+life.>

작가가 "서스펜스를 우아하게 창조한다"는 『뉴욕 타임즈』지의 서평이나 "재능 있는 젊은 작가가 우리에게 아름답게 직조(織造)된 이야기를 들려준다"는 『크리스천 사이언스 모니터』지의 서평[44]에서도 드러난다.

『정치적 무의식』에서 제임슨은 소설의 형식과 역사와의 관계를 논한 바 있는데, 그에 의하면 특정한 시대의 현실은 그것이 서사화되는 순간 그 서사의 장르적 특징이나 기법에 의해 탈역사화될 수 있다. 적어도 조지프 콘래드(Joseph Conrad)의 『로드 짐』(Lord Jim 1899)에 관한 제임슨의 설명에 의하면 그렇다. 그에 의하면, 19세기 말의 바다는 일차적으로 제국주의적 자본주의가 세력을 팽창하는 장소이자 하층계급의 노동이 벌어지는 곳이다. 그러나 『로드 짐』에서 바다는 이러한 경제적·계급적 의미를 박탈당하고, 바다와 관련된 경제적 현실이 "모더니즘의 기법"에 의해 전치된다. 이때 모더니즘은 경제적 "내용에서 현실적인 성격을 박탈하여 그것을 순수하게 미학적인 수준의 소비재로 변형시킨다."[45] 모더니즘의 기법에 의해 다시 쓰인 '바다'는 짐의 백일몽이나 환상에서 드러나듯 미학적인 이미지와 인상들의 집합으로 변모한다는 것이다. 『로드 짐』에 비견할 만한 다시쓰기가 『제스처 라이프』에서도 벌어진다는 것이 본 저술의 주장이다. 콘래드의 해양모험 소설에서 특정한 경제적인 현실이 인상주의 기법에 의해 다시 쓰였다면, 이창래의 소설에서는 종군 성노예를 둘러싼 전장의 현실은

---

44 Verity Ludgate-Fraser, "Determined Quiet After a Desperate Past", *Christian Science Monitor*, August 26, 1999 <http://www.csmonitor.com/1999/0826/p19s2. html>; Michiko Kakutani, "'A Gesture Life': Fitting in Perfectly on the Outside, but Lost Within", *New York Times*, August 31, 1999 <http://www.nytimes.com/ books/99/08/29/daily/083199lee-book-review.html>.

45 Fredric Jameson, *The Political Unconscious*, Cornell U. Press, 1981, p.214.

'기사도적 로맨스' 기법에 의해 다시 쓰인다. 이 다시쓰기를 함에 있어 작가는 때로는 서정적인 형식을, 또 때로는 멜로물의 형식을 빌려올 뿐만 아니라, 사랑, 감금, 구출, 낭만적인 도피, 정념과 의무 간의 갈등과 같은 로맨스의 장르적 요소들을 죄다 들여온다. 그러니 성노예의 고통스러운 삶이 로맨스 장르를 거치면서 비극적인 성격을 잃고 미학적 소비재로 변형되는 것이다.

이 다시 쓰인 로맨스에서 하타는 정의로운 기사의 역할을 자임하며, 끝애에게는 '지하 감방'에서 구출되어야 할 희생양의 역할이 주어지고, 주인공의 사랑과 도피의 계획을 방해하는 '사악한 마법사'의 역은 하타의 직속상관인 오노(Ono) 대위가 맡는다. 감금된 여성의 몸과 영혼을 두고 선과 악의 싸움이 벌어지는 버마의 정글은, 외부로부터 단절되어 있다는 점에서 '마법의 기운이 감도는 중세의 성'이다. 부대의 최고 책임자인 사령관이 진통제에 의존하여 살아가다시피 하는 무력한 인물이기에, 이 버마의 작은 부대는 실제로 전권을 행사하는 오노 개인의 '성(城)'과 다를 바가 없다. 로맨스에 등장하는 마법의 성과 이 오지의 일본군 부대는 둘 다 외부로부터 단절되어 있다는 사실 외에도, 이 부대가 "본토와 적 모두에 의해 잊혀져"[46] 역사에서 현실감을 상실한 존재라는 점에서도 유사하다. 정글 속의 이 비현실적인 공간을 오노 대위는 냉혹한 의지력과 마법에 비견될 비의적(祕儀的)인 지식으로 장악하고 있다. 이러한 기괴한 개인적인 특징 외에도 인간의 생명을 경시한다는 점에서도 오노는 로맨스의 사악한 마법사를 닮았다. 의학 실습을 목적으로 한 사병의 가슴을 열어 심장을 멈추게

---

46 Chang-rae Lee, op. cit., p.225.

했다가 다시 소생시키기를 반복하다 결국 그를 죽게 만드는 오노의 모습은 이야기 속의 사악한 마법사보다 더 사악하고 비정한 존재이다. 끝애와 관련하여 "무시무시한 계획"을 품고 있는 이 인물은 병자와 약자들을 위한 안식처로 쓰여야 할 구급실을 끝애를 수감하는 감옥으로 만들어버린다. 창문이나 그 외 다른 적절한 환기구도 없이 "빛이 들어오지 않은 비좁은"[47] 이 공간은 정녕 로맨스에 등장하는 지하 감옥을 닮았다.

기사도 로맨스와 하타의 기억 서사 간의 차이는, 주인공이 끝애를 구출해내려는 영웅적인 의도를 실행에 옮기려 하나 그의 능력이 의도에 못 미친다는 데서 발견된다. 그의 괴물 같은 정적에 견주어 보았을 때 이 기사는 여러 가지 면에서 왜소한 편이다. 지식으로 보나 계급으로 보나 하타는 자신의 정적인 오노를 주인으로 모시는 도제에 가깝다. 자신의 열등한 위치를 하타는 다음과 같이 고백한 바 있다. "나는 심장 수술에 관한 그의 예비적인 실습이 보여주는 기술과 방법을, 교과서나 교본에는 암시만 되어 있을 뿐인 그의 기술과 방법을 배우기를 희망하였다."[48] 엄청난 지식으로 무장된 그의 정적은 하타의 부족한 면을 사정없이 질타할 뿐만 아니라, 자신의 호통으로 인해 그가 위축되는 모습을 보는 것을 즐긴다. 상사인 오노에게 복종해야 할 뿐만 아니라 조선인이라는 사회적인 낙인까지 찍혀 있는 하타에게는 이 정적을 물리칠 만한 사회적·상징적 자원이 없다. "야망도 없고 두려움으로 가득 찬"[49] 하타를 위해 기사도 로맨스에서 굳이 그 역할을

---

47 Ibid., p.240.

48 Ibid., p.178.

49 Ibid., p.171.

찾는다면 영웅적인 기사보다는 '난쟁이'가 더 어울린다.

그러나 이 난쟁이 같은 하타도 종국에는 두려움을 극복하여 그의 정적에 도전을 하기는 한다. 그는 오노에게 "공격을 가하는 생각"을 하고, 자신의 "의지의 무게 아래에서 오노가 절망하며 고통받는 이미지"를 떠올리며 쾌감을 느낀다. 이 상상의 도전은 어느 날 현실로 옮겨지는데, 사실 이 도전도 하타가 주도한 것은 아니고 오노가 도발하였기 때문에 발생한 것이다. 끝애가 하타 아닌 다른 남자의 아이를 가졌다고 주장하면서, 오노가 하타를 태아의 "양아버지"라고 놀렸기 때문이다. 끝애에 대한 사랑이 이런 식으로 조롱을 받자 하타의 참았던 분노가 폭발하게 된다.

> 나는 그의 복부를 정면으로 받았고, 그 충격으로 그는 숨을 못 쉬었다. 숨을 돌리기 위해 잠시 누워있던 그가 천천히 일어났다. 나는 그에게 다시 가격하기를 원했지만, 오른손에 힘을 실었을 때, 오른쪽 어깨가 젖은 종이처럼 잘려지는 것 같았다. 그래서 내 어깨가 완전히 탈구되었음을 알게 되었다. 그 고통이 너무 심한 나머지 대위가 나의 배에 주먹질을 했을 때 아무렇지도 않게 느껴졌다. 그가 차고 있던 리볼버 권총을 꺼내어 나를 한 번, 두 번 혹은 여러 번 후려쳤을 때, 나는 나 자신으로부터 이탈되어 무감각하게 지켜볼 따름이었다. 그가 공이치기를 뒤로 당겨 총구의 차가운 끝부분을 나의 이마에 갖다 대었다.[50]

50　Ibid., pp.270-271.

이처럼 하타는 분노의 화신처럼 선제공격을 시도하나, 싸움은 오노가 하타의 머리통에 총을 겨누는 것으로 끝나게 된다. 이처럼 싱거운 결말로 끝남에도 불구하고, 하타의 반항이 그의 기억 속에서 비교적 장엄한 언어로 포장되어 있음은 주목할 만하다. 이 싸움에 관한 그의 기억 서사에서는, 어떻게 주먹이 오고 갔으며 또 주먹다짐의 고통스러운 결과가 어떠했는지가 마치 비디오의 느린 재생처럼 한 장면 한 장면 상세하게 묘사된다. 하타가 겪는 위기, 의무와 사랑 간에서 경험하는 갈등, 남성성 간의 충돌, 실존적인 딜레마가 이처럼 주목을 받는다는 점에서, 하타의 상상의 로맨스는 남성적인 장르에 속한다.

6.
카타크레시스,
지연된 독해(讀解)의 효과
•

반면, 끝애의 죽음에 관한 하타의 묘사는 오노 대위와 벌인 결전에 관한 묘사와 매우 대조적이다. 자신의 영웅적인 저항을 '느린 재생'과 같이 자세히 들려주던 것과 달리, 하타의 서사 어디에서도 끝애의 비극적 죽음이 구체적인 언어로 묘사되지 않기 때문이다. 그 결과 독자는 정작 무슨 일이 일어났는지를 파악하는 데 어려움을 겪는다. 본 연구는 이창래의 서사에서 위안부 여성이 처한 현실이 있는 그대로 사실적인 언어로 전달되기보다는 미학적인 목적을 위해 변형된다고 주장한다. 이러한 재구성으로 인해 끝애의 서사는 비극성이나 고통의 생생함을 잃는다. 버마의 오지로 끌려온 다른 위안부 소녀들과 달리 끝애는 오노 대위의 관리를 직접 받는 인물이다. 끌려온 다른 조선인 소녀들은 일본군에게 성 서비스를 제공하는 일을 강요당하나, 끝애는 이 치욕스러운 일을 얼마간 유예 받는다. 끝애와 같이 끌려온 그녀의 언니는 성노예의 삶을 견디다 못해 엔도(Endo) 상병의 도움을 받아 일찍이 생을 마감한다.

부대 병원에 감금되어 있던 끝애는 오노 대위를 살해하고, 이어서 다른 일본인 군인의 얼굴도 수술용 메스로 그어버린다. 치욕스러운 삶을 피할 길이 없으니 상대를 도발함으로써 일본군의 손에 죽기를 선택한 것이다. 자상(刺傷)을 입은 군인은 끝애에게 폭력을 행사하기 시작하는데, 이때 일인칭 화자인 하타가 사령관의 호출을 받아 현장을 떠나고, 그 결과 독자는 끝애가 어떻게 되었는지 알 수가 없게 된다. 사령관의 처소에서 돌아온 하타는 끝애를 찾아보지만 그녀의 행방은 묘연하다. 그러던 중 그는 군 위안소를 운영하는 민간인 책임자 마쓰이(Matsui) 마담과 마주치게 된다. 마쓰이는 하타에게 끝애가 당한 일에 대해서 정확하게 말해 주지 않는다. 마쓰이의 입에서 들려오는 말은 사건에 관한 정보라기보다는 마쓰이 자신의 분노어린 책망이다. "이런 일이 일어날 것이라고 그 년에게 내가 말했었지. 멍청한 년. 내가 말했어. 그렇게 굴다간 뒈질 거라고. 아니 죽는 것보다 더할 것이라고."[51] 마쓰이의 이 말은, 하타의 서사에서 끝애의 결말을 직설적으로 적시한 유일한 진술이다. 이 진술의 구체적인 의미는 아래에서 곧 밝혀진다.

하타는 이윽고 기억을 더듬어 끝애의 최후에 관한 자신의 목격담을 독자에게 들려주기는 한다. 문제는 이 서술이 자세할수록 그 내용이 모호해진다는 점이다. 하타가 들려주는 끝애의 결말, 독자의 이해를 방해하는 그의 '설명'을 들어보자.

---

51   Ibid., p.304.

나무의 꼭대기 부분이 지는 해를 가리고 있어, 그곳의 공기는 유난히 서늘하였다. 그곳은 내가 가본 다른 곳과 대체로 같았다. 위생병으로서 작업을 하는 동안 나는 냄새도 맡을 수 없었고, 볼 수도, 들을 수도 없었다. 그 남은 것들을 손으로 거두는 동안 나의 손은 느낄 수도 없었고 그것들의 무게도 느낄 수 없었다. 나는 내가 발견한 또 다른 쪼끄만 요정 같고 기적과도 같이 온전한 형체를 감지할 수도 없었고, 다리와 발 모양의 형체도, 완전히 축복받은 몇 갈래로 나뉜 손의 형체도 볼 수 없었다. 혹은 얼굴도, 완전한 볼과 이마도 볼 수 없었다. 그것의 원시의 잠은 아직 깨지 않았고, 방해도 받지도 않은 채. 나는 내가 무엇을 하고 있는지도 몰랐거나 어느 부분도 기억할 수 없었다.[52]

이 묘사는 독자가 상황을 이해할 수 있도록 정보를 전달해주기보다는, 오히려 독자의 이해를 가능한 최대로 방해하는 목적을 띤 것 같이 느껴진다. 그도 그럴 것이 주인공의 묘사가 너무 모호하다 보니 서술의 대상이 정작 무엇인지 알 길이 없기 때문이다. 이 묘사에서 등장하는 대상을 지칭하는 유일한 지시어는 "그 남은 것들"(such remains)과 "쪼끄만 형체"이다.

독자의 이해를 더욱 어렵게 만드는 것은 하타의 문장에서 발견되는 특이한 구문이다. 먼저 이 서술문에는 두 가지 대상이 어렴풋이 그려지는데, 그중 하나가 앞서 언급한 바 있는 "남은 것들"과 "쪼끄만" 무엇이다. 화자는 이것들을 "발견"하였다고 말함으로써 이것들의 물질적 존재를 인정한다. 동시에 그는 이 물리적인 인지(認知)를, "냄새를

---

52 Ibid., p.305.

맡지도, 보지도, 듣지도 못하였다"는 말로써 부정해버린다. "그 남은 것들"을 거두면서도 그 일을 하는 손들은 그것들을 느낄 수가 없었고, 자신이 "발견"하였다고 하는 작은 형체를 자신이 정작 "감지"할 수 없었다는 것이다. 화자가 사용한 부정문으로 인해 대상에 관한 묘사가 대상의 형체를 분명히 하는 것이 아니라, 형체를 삭제하는 결과를 낳는다. 이는 서술의 모호성이라는 문제를 일으킬 뿐만 아니라 텍스트를 대하는 독자의 태도도 바꾸어놓는다는 점에서 문제적이다. 후자의 의미를 부연하면, 주인공이 수습하고 있는 '조각난 것들'은 일본군이 저지른 범죄와 일차적인 관련이 있는 것이다. 그러나 이 조각들의 정체가 정작 무엇인지를 추론해야 한다는 점에서 독자에게 이것들은 범죄의 결과물로서의 의미보다는 '인식론적인 측면'에서 중요성을 띠게 된다. 즉, 독자의 관심이 더이상 일본군의 전쟁 범죄 행위가 아니라 대상의 모호성을 놓고 벌어지는 해석 가능성으로 옮겨 가게 되는 것이다.

앞의 인용문의 모호함은 무엇보다도 하타가 서술의 대상인 희생자에게서 '인간'의 지위를 박탈한다는 사실에서 유래한다. 이 모호성은, 하타가 현장에 도달하자마자 받게 되는 파편적인 인상을 사건이 벌어진 후에 갖게 되는 종합적이고도 총체적인 시각에서 재구성하여 들려주는 대신, 있는 그대로 실시간으로 들려주기를 선택함으로써 발생하게 된다. 그 결과 현장에서 발견된 조각난 몸은 하타의 서술에서 "남은 것들"로만 지칭될 뿐, 그가 한때 사랑했던 사람으로 재구성되지 못한다. 적어도 한동안은 말이다. 흥미로운 점은 인격을 박탈당한 몸의 조각들이 이러한 "해석의 지연"에 의해 미학적 소비의 대상으로, 서정성을 띠는 이미지로 변모한다는 사실이다. '언어 오용'(catachresis)

이 여기서 중요한 역할을 한다. 인용문으로 돌아가 보자. 하타가 묘사하는 "쪼끄만" 형체는 일본군이 저지른 범죄에 희생당한 이 중의 한 명임에 분명할 터이다. 문제는 이때 주인공이 사용하는 언어가 희생자에게 어울리지 않는다는 사실이다. 이 희생자가 어린이들의 이야기책에나 나올 법한 "원시의 잠이 든" "요정 같은 형체"를 띤 것으로 묘사되기 때문이다. 그것의 몸은 "기적과 같이 온전한", "완전히 축복받고", "완전한"과 같은 어휘로 묘사된다. 이러한 서정적인 언어들이 전달하는 이미지는 순수함과 평화로움이다. "쪼끄만 것"이 사실 일본군에 의해 난자당한 끝애의 몸에서 나온 미성숙한 태아라는 점을 고려한다면, 피비린내 나는 현실을 이보다 더 오도하는 표현도 없다. 이와 같은 '언어 오용'이 가능한 이유는 살인 사건에 관한 해석이, 파편적인 인상을 총체적으로 재구성하는 작업이 텍스트에서 무한 지연되고 있기 때문이다.

특정한 목표를 향해 직선적으로 전개되는 전통적인 목적론적 서사와 비교해보았을 때, 해독이 어렵거나 불가해한 주인공의 과거에 초점을 맞춘다는 점에서 이 소설은 비평가들이 주장한 바 있듯 저항적인 의미를 띨 수도 있다. 미국의 민족 서사들이 이민자들을 '동화주의'라는 목적론적 틀 내로 포섭해 온 반면, 이창래의 서사는 등장인물의 과거를 해독이 불가능한 것으로 제시한다는 점에서 말이다. 즉, 이창래의 글쓰기는 이민자들을 주류 민족의 에토스를 받아쓰는 일종의 백지상태로 취급하는 주류 사회의 관행에 제동을 거는 행위로 여겨질 수 있다. 이러한 관점에서 캔디스 추는 다음과 같은 주장을 한다. 이 소설은 "등장인물들의 근원을 밝히기를 거부함으로써, 이들이 누군지를 설명해주는 정체성 형성에 관한 목적론적 서사들을 불가능하게 한다."[53] 이민자들의 신속한 동화를 위해 이들의 고유한 정체성과 과거의 경험을 말소시켜버리는 주류 사회의 환원적인 관행을 문제시한다고 볼 수 있다는 것이다. 다만 추의 이 안목 있는 비평에 동의하기 위해서는 한 가지 가능성을 무시해야 한다. 이민자 출신의 등장인물에게 투명성을 주기를 거부하는 행위, 즉 이들의 과거의 경험을 해독하기 어려운 데이터의 형태로 제시하는 재현 행위가 독자와의 관계에서 보았을 때 미학적인 행위일 뿐만 아니라 쾌를 주는 경험이 될 수도 있다는 점 말이다.

서사의 비밀스러운 의미(내부)로의 접근이 거부될 때, 즉 등장인물의 근원이나 그의 과거에 대한 직접적인 접근이 허락되지 않을 때, 독자는 서사 내부로의 길을 찾기 위해 주어진 단서들이나 표현에 주의를 기울여 읽게 된다. 도대체 무슨 일이 일어났으며, 자신이 무슨 단서를 놓쳤기에 전체적인 그림이 이해가 안 되는지 궁금해하면서 말이다. 여기에서 주목해야 할 바는, 이때 독자가 서사의 결이나 형식적 특징에 주의를 기울이는 행위가 그 자체로 보답을 받는 행위라는 사실이다. 작가의 표현을 빌리면, 그 이유는 "이야기 행위에 드라마가 있기" 때문이다. 론 호건(Ron Hogan)과의 인터뷰에서 이창래는 다음과 같이 말한다.

[하타가 무엇이 일어났는지를 당신에게 전달만 해주고 그대로 내버려 두는 것이 내게는 매우 중요했습니다. 묘사되

---

53 Kandice Chuh, "Discomforting Knowledge: Or, Korean 'Comfort Women' and Asian American Critical Practice", *Journal of Asian American Studies* Vol.6, No.1, 2003, p.14.

는 사건과 사건을 차분하고 평온하게 서술하는 사람 간의 괴리가 너무 커서 들려주는 행위 자체에도 드라마가 있게 됩니다. 내게는 그것이 이야기가 들려주는 드라마의 일부입니다.[54]

『제스처 라이프』에서 사건의 전모와 일인칭 화자의 묘사 간에 괴리를 생성시킴으로써, 독자가 "드라마"를 느끼도록 의도하였음을 위의 인터뷰는 밝히고 있다. 독자가 사건의 전모를 꿰맞추면서 쾌를 느끼게 되는 이 "드라마"는 텍스트에 내재된 구조적인 부분이다. 물론 사건의 전모를 꿰맞추는 작업은 텍스트를 온전히 이해하게 되기까지 상당한 시간과 수고를 필요로 한다.

이러한 서사 기법에 따르는 문제 중의 하나는, 태평양 전쟁에 관한 하타의 기억과 관련하여 작동하는 '독해의 지연' 전략이 궁극적으로 독자의 관심을 기억의 내용보다는 그것의 형식적 구조에, 즉 과거(비밀)의 내용보다는 그것의 해독 과정에 돌린다는 데 있다. 영국 작가 조지프 콘래드가 『어둠의 심연』에서 한 표현을 빌리면,[55] 진실이나 역사적 현실은 "안개"처럼 희미하고 모호한 반면, 이야기의 "껍질"에 해당하는 형식이 주목을 받는 것이다. 독자의 관심을 텍스트의 형식으로 돌리는 이 서사에서 끝애를 비롯한 조선인 처녀들의 삶과 죽음의 스토리는 독자에게 심미적 쾌를 제공하는 매개체가 되면서 그 비극성을 상당 부분 잃게 된다.

---

54 Ron Hogan, "Chang-rae Lee: I'm a Fairly Conventional Guy, but I'm Bored with Myself a Lot", Beatrice Interview, www.beatrice.com/interview/lee/.

55 Joseph Conrad, *Heart of Darkness: An Authoritative Text, Backgrounds and Sources, Essays in Criticism*, 3rd ed., ed. Robert Kimbrough, Norton, 1988, p.9.

이런 유의 서사에서 주인공이 감추려고 하는 진실은 그가 연인이라고 주장하는 끝애의 진술과 그의 진술을 병치하여 읽을 때 비로소 암시될 수 있을 뿐이다. 둘 간의 사랑에 관한 하타의 기억과 끝애의 진술을 비교해보자.

그녀는 따뜻하고 조용했고, 나는 얼굴을 그녀의 목 뒤 편에 부드럽게 밀착시켜, 기름기 밴 머리의 사향 냄새를 들이마셨다. 마침내 나는 그녀의 몸을 만지기 시작했다. 나는 그녀의 둔부의 솟아오른 부분에 손을 댔고, 그것이 얼마나 유연하고, 아담하고 싱싱한지를 즉시 느낄 수 있었다. 나는 혼란스러웠고 순수했고, 마치 어떤 엄청난 살아있는 존재가 나의 팔을 따라 빠르게 흐르며 나의 아무것도 모르는 몸 전체로 퍼져나가는 듯, 신기하게 생기가 회복됨을 느꼈다. [……] 나는 그녀의 드러난 몸이란 몸에는 모두 입을 맞추었다. 그녀의 작은 유방에도 입을 맞추었고, 유방에서는 당장에라도 감미로운 액체가 흘러나오는 듯했다. 나는 목이 막혔지만 개의치 않았다. 그리고는 매우 신속하고 자연스럽게, 순결하게 그지없이 일이 끝났다.

저는 당신의 도움이 필요하지 않아요! [……] 결코 당신의 도움을 바라지 않았어요. 무슨 말인지 모르겠어요? 절 좀 내버려 둘 수 없나요? 당신은 나를 사랑한다고 생각하지만, 당신은 젊고 점잖아서 자신이 정말 무엇을 원하는지 몰라요. 제가 말씀드리지요. 그것은 나의 성(性)이에요. 나의 성기 말

이에요.[56]

하타의 기억에 의하면, 둘의 결합은 "순결하기 그지없는" 것이다. 그러나 이 기억을 끝애의 진술과 대조해볼 때, 하타가 마음속으로 키워오던 로맨스의 기만을 폭로하는 진실이 순간적으로 번득인다. 이 진실은 하타의 기억 서사를 지탱해 온 미학적 구조를 뒤흔들 만한 성질의 것이다. 하타에게는 로맨스였지만 상대가 볼 때는 잘해야 강제로 끌려온 성노예와의 섹스요, 엄밀히 말하자면 성폭력에 지나지 않기 때문이다. 그러나 소설에서 이 진실은 특별한 주목을 받지 못하는데, 그도 그럴 것이 하타의 기억에 애초부터 모호하고 혼란스러운 부분이 있고, 무엇보다도 주인공의 기억 서사가 원래 그의 이익과 소망의 충족을 도모하는 성격을 띠기 때문이다.

---

56 Chang-rae Lee, op. cit., pp.259-260, p.300.

7.

인종주의와 관음증

•

하타가 "근면하고" "나서지 않으며" "예의 바른" 면모를 지녔다는 점에서 동양인에 대한 서구의 정형에 부합하는 인물이라는 지적이 제기된 바 있다.[57] 이창래의 소설에 깃든 오리엔탈리즘에 대한 지적인 것이다. 그러나 이러한 비평에서도 제대로 다루어지지 않은 것이 있는데, 그것은 인종차별주의자로서의 하타의 면모이다. 소설에서는 하타가 오리엔탈리즘에 맞춰 정형화된 부분도 있지만, 그 자신 서구의 편견을 내면화한 오리엔탈리스트이기도 하다는 것이 본 저술의 주장이다. 일본 제국의 장교로서 아시아에 대해 가졌던 그의 견해가 대표적인 사례이다. 태평양 전쟁에 관한 그의 주장에 의하면, 아시아 문화는 "경화증(硬化症)에 걸린 화농한" 것이기에, 일본 제국의 군인

---

57 Belinda Kong, "Beyond K's Specter: Chang-rae Lee's *A Gesture Life*, Comfort Women Testimonies, and Asian American Transnational Aesthetics", *Journal of Transnational American Studies* Vol.3, No.1, 2011, n. p.; Eunah Lee, *The Sensibility of the Adopted: Trauma and Childhood in the Contemporary Literature and Cinema of East Asia and Its Diaspora*, Ph. D. Dissertation, Michigan State U., 2016, pp.114-115.

들이 아시아의 도덕적 타락에 맞서 "파푸아 뉴기니와 인도네시아에서 [……] 버마에 이르기까지 곳곳에서 투쟁하고 있다."[58] 하타의 인종주의는 동료 아시아인들에 대한 편견에 그치지 않는다. 미국으로 이민을 온 후 하타는 이제 백인들의 인종적 편견을 내면화한다. 인종주의자로서 그의 면모는 가출한 양녀 서니를 찾아 들르게 되는 동네 오키즈(Orchids)에 관한 그의 묘사에서 드러난다.

오키즈는 주로 하층계급 백인과 유색인들이 거주하는 베들리 런 외곽의 동네이다. 이 낙후된 동네는 하타의 의식에 일종의 질병의 근원지로, 멀리해야 할 지리적·병리학적 타자로 각인되어 있다. 우선 오키즈와 베들리 런 사이를 강이 가로지른다는 사실에서부터 주인공은 오키즈가 일종의 검역 대상처럼 격리되어 있다는 인상을 받는다. 오키즈의 초입에서 "판자로 출입구를 막은 집들"을 본 하타는 옛날 일본에서 전염병이 도는 곳임을 경고하기 위해 마을 입구에 걸은 검은 깃발(구로하타)을 떠올린다. 여기서 아이러니는 하타의 일본 성씨가 그를 양자로 입양한 일본인 가정의 성씨를 따라 구로하타로 지어졌다는 사실이다. 이는 주인공이 끝애나 서니와 같은 주변 인물에게 어떤 존재로 다가오는지 암시하는 기능을 한다. 가까이 해서는 안 될 인물인 것이다.

하타에게는 이 오키즈 초입에서 발견되는 출입구를 막은 집들이 아무것도 모르는 채 이 지역을 찾아드는 방문객들에게 이곳이 위험지역임을 알리는 경고의 표식처럼 여겨진다. 오키즈와 전염지역 간의 유사성은 하타가 터너가(街)에 있는 기지의 집을 찾아갈 때도 발견

---

58   Chang-rae Lee, op. cit., p.154.

된다. 기지의 집은 "막다른 길의 끝"에 있는데, 이 위치는 마치 이 주소의 거주자들이 바깥세상으로부터 고립되어야 할 필요성을 강조하는 듯하다. 기지의 집 외관을 묘사할 때 하타는 무질서를 강조한다. 그곳은 "쓰레기 더미, 병들, 그리고 낡은 신발과 속옷이 나뒹구는" 곳으로서, 무질서와 자포자기의 정신이 지배하는 곳이다. 이처럼 기지의 집과 그의 동네에 관한 하타의 묘사는 하층계급 유색인들에 대한 주류 사회의 시각을 빼닮았다.

하타가 방문한 시점에 기지의 집에서는 파티가 벌어지고 있었는데, 이 유색인들의 회합에 대한 하타의 반응도 그가 내면화한 인종주의와 무관해 보이지 않는다. 우선 그의 뇌리에서 기지 집의 내부는 마약과 음주, 음란함이 난무하는 악의 소굴에 가깝게 각인된다. 하타는 파티에 참석한 여성들에게서, 그가 어린 시절 바닷가 고향 마을에서 본 적이 있는 매춘부들을 연상하고, 이들에게 성적 타락의 혐의를 씌운다. 그는 그들을 "악취가 나는 몸뚱이들의 늪지"[59]라고 여기며 피하려 든다. 이들과의 접촉을 더이상 피할 수 없는 상황에 이르게 되자, 하타는 마치 전염병이라도 만나게 된 듯 부엌 뒷문을 통해 황급히 바깥으로 몸을 피한다. 이처럼 주인공의 눈을 통해 목격된 유색인들은 근거리 접촉을 삼가야 할 '위험한 타자'이다.

마침내 하타는 가출한 딸 서니를 그곳에서 발견하게 되는데, 이 장면 또한 그의 내면에서 작용하는 인종적·성적 정치학의 존재에 대해 시사하는 바가 크다. 하타가 발견하는 서니는 남자들 앞에서 성행위를 연상시키는 도발적인 몸놀림을 하고 있었다.

---

59   Ibid., p.99, p.101, p.105.

그녀의 두 손이 노출이 심한 셔츠를 가로질러, 맨살을 드러낸 허벅지를 아래로, 위로 압박하면서 자신의 몸을 애무하고 있었다. [……] 링크가 서니의 배에, 그녀의 옆구리 아래로, 그녀의 성기에 입 맞추기를 계속했다. 그는 마치 그녀에게 그런 식으로 집중하기 위해 거기 존재하는 것처럼, 중단 없이 모든 신경을 집중하여 입 맞추기를 계속했다. 그녀의 몸이 긴장했고 기대감에 넘쳤다. 그러자 그녀는 그를 향해 몸을 기울였고, 그의 얼굴에 자신의 몸을 힘을 줘 밀착시켰다. 그가 몸을 굽히더니 서 있는 서니의 허벅지를 잡은 채들어 올렸다. 아무런 무게도 없는 양 그녀가 공중에 솟아올랐다. 그가 얼굴을 그녀의 가랑이 사이에 묻었다. 지미 기지가 바지를 벗더니 천천히 자위를 시작했고, 서니가 그를 향해 웃기 시작했다. 처음에는 깔깔대더니 곧, 기지가 자신에게 하는 행동만큼이나 저속하고 사악한 음조의 악마적인 웃음이 흘러나왔다.[60]

이 도발적인 장면을 이전에 하타가 떠올린 바 있는 정글에서의 살해 장면과 비교해보면 매우 흥미로운 결과가 나온다. 앞서 논의한 바와 같이 하타는 끝애의 죽음에 관해서 중요한 정보를 숨길 뿐만 아니라, 사건의 성격에 적절치 않은 낭만적이고도 서정적인 언어를 사용함으로써, 그녀의 최후를 매우 모호하게 만들었다. 반면 위 인용문에서 하타는 구체적인 몸의 부위와 연쇄적인 행동과 그에 대한 상대의 반응 등 지엽적인 사실 하나하나를 사실적인 언어로 묘사하고 있다. "그 장면을 도저히 눈 뜨고는 보아줄 수 없었다"고 고백한 양아버지치고는,

---

60 Ibid., pp.114-116.

마치 느린 동작으로 돌린 비디오처럼 상세하게 상황을 '즐기듯' 전달하고 있다는 말이다. 양녀의 성적 도발에 관한 하타의 집중력 있는 묘사는 서니가 그에게 성적 대상이 아닌가 하는 의구심을 불러일으킬 정도이다. 이러한 독자의 반응을 예상이라도 한 듯 하타는 이 혐의를 선제적으로 부인한다. "나는 물론 걔가 어렸을 때, 그리고 나중에 큰 다음에도 그렇지만, 걔의 몸이 어떤 것이었는지를 알고 있었다. 어느 선량한 아버지라도 으레 하듯, 그렇게 그 아이를 보았다."[61] 문제는 서니의 몸놀림에 관한 하타의 고도로 집중적인 서술 행위가 그의 주장을 반박한다는 데 있다.

　서니와 그의 연인 링컨(Lincoln Evans) 간의 유사 성행위를 묘사함에 있어, 하타는 서니의 도발적인 몸동작과 링컨의 자극에 대한 그녀의 반응을 자세히 전달한다. 이처럼 세심한 공을 들임으로써 하타는 이 사건을 독자에게 마치 실시간으로 보여주는 듯한 효과를 거둔다. 이 은밀한 행위가 마치 독자의 눈앞에서 벌어지고 있는 듯이 생생하게 전달되는 것이다. 그러한 점에서 하타는 자신과 독자를 이 사건과 관련하여 일종의 관음적인 위치에 세우게 되는 셈이다. 이들은 서니와 그의 연인 간의 유사 성행위를 훔쳐보는 관객의 위치뿐만 아니라, 이 둘의 행위를 지켜보는 또 다른 관음적 관객인 기지의 자위행위도 훔쳐보는 위치에 서게 된다. 그러나 하타에게 있어 관음적인 위치는 그와 시선을 공유하는 독자보다 훨씬 더 문제적이고 복합적인데, 그 이유는 서니와의 관계에 있어 그가 생물학적으로는 타인일지 몰라도, 법적으로는 아버지이기 때문이다. 이러한 문제를 해결하는 하나의 방

61　Ibid., p.114.

법은 자신이 탐닉하는 대상을 도덕적으로 정죄하는 것이다. 이때 도덕적 정죄는 그가 음란한 장면을 보기는 하였지만 즐기지는 않았다는 증거로 쓰이게 된다. 앞의 인용문에서 드러나듯, 하타는 서니의 웃음을 "저속하고 사악한" 것이라 부름으로써 그녀의 도덕성을 부정하고, 이어서 "악마적"이라고 부연함으로써 그녀의 정신의 온전함마저 부정한다.

그러나 서니에 대한 하타의 정죄 행동에는, 여느 아버지가 딸의 자유분방한 행동에 대해 보일 반응과 비교해 볼 때 지나친 면이 있다. 딸의 성적 조숙함에 대한 그의 반응이 얼마나 과도한지는 그가 서니를 발견하기 전에 들어간 다른 방에서 잘 드러난다. 이 방에서 그는 남녀가 성행위를 하는 것을 목격하는데, 그 순간 그는 이 여성이 서니라고 단정한다. 이때 하타는 자기가 지니고 있던 단검을 떠올리며, "자신의 분노의 위력을 다해 이 몸뚱이들에 타격을 가하고, 있는 힘을 다해 이들을 찢어놓고 싶은"[62] 충동을 느낀다. 이와 같은 하타의 살인적인 충동은 남자 친구와 성행위를 하는 딸을 발견한 '여느 아버지'의 평균적인 분노를 넘어서는 것이다.

---

62 Ibid., p.104.

8.
텍스트가 말하지 않은 것

•

　　서니와 그녀의 연인에 대해 하타가 과도한 분노를 표출하게 되는 이유는 그가 들려주는 이야기가 아니라 '들려주지 않은 이야기'에서 발견된다. 기지의 집에 들어서기 전부터 하타는 이 악의 소굴에서 딸의 탈선을 발견할지도 모른다는 불안감이나 공포감을 느끼고 있었다. 딸의 일탈에 관한 그의 단정적인 생각을 들어보자. 그로서는 이제 곧 맞닥뜨리게 될 상황이 "얼마나 끔찍할 장면일지, 얼마나 지독하게 엉망이고 타락한 모습일지 상상하는 것이 괴로웠다."[63] 이 진술에서 빠져 있지만 유의미한 것은 서니가 '어떤 상대'와 함께 있을까에 대한 두려움, 달리 표현하면 어떤 특정한 상대가 그녀와 함께 있지나 않을까 하는 두려움이다. 기지의 집에 처음 도착했을 때 하타는 유색인들 속에 섞이게 되는데, 이러한 상황에 대해 그는 "기이하게 힘이 났다"고 증언한 바 있다. 특기할 사실은, 비슷한 인종과 함께 있다는 사실에서 유래하는 이 즐거움이 "서니가 이들과 함께 살고 있다"는

63　Ibid., p.102.

데 생각이 미치자 사라지고 만다는 점이다. 서니가 유색인과 어울리는 사실이 달갑지 않은 것이다. 더욱더 흥미로운 점은 이후부터 하타가 파티 손님들의 피부색에 관한 언급을 더이상 하지 않는다는 사실이다. 심지어는 그가 성행위를 가까이서 지켜보게 되는 익명의 남녀의 인종적 정체성에 대해서도 하타는 아무런 언급을 하지 않는다. 마치 그곳 손님들의 피부색을 그가 갑자기 더이상 인지하지 못하게 된 것처럼 말이다. 파티 손님들의 피부색에 관한 이 갑작스러운 침묵은, 하타가 갑작스럽게 보여주는 이 색맹(色盲) 현상은, 서니의 성 파트너가 유색인일 가능성에 대한 그의 두려움과 관련이 있다.

하타가 베들리 런에서 그간 유색인들로부터 거리를 두기 위해 얼마나 노력해왔는지를 고려한다면, 서니가 흑인과 함께 있는 장면이 그에게 얼마나 큰 충격이 될 것인지가 쉽게 이해될 수 있다. 하타는 유색 인종의 범주에서 벗어나기 위해 유색인들을 멀리하였을 뿐만 아니라, 유색인으로서의 자신의 과거를 탈색시키기 위해 노력해왔다. 미합중국 국부(國父) 중 한 명의 성씨를 따서 프랭클린이라고 개명한 것도 자신의 인종적인 과거, 즉 조선인이자 일본인으로서의 과거를 삭제하기 위한 것이었다. 베들리 런에서 그가 가까이 지내는 유일한 유색인은 레니 정도이다. 레니는 비록 인도인 혈통을 타고났지만, 적어도 하타가 보기에 그는 주류 사회의 상징에 가까운 인물이다. 하타의 표현을 빌리면, "레니 베너지, 비록 동인도 출신임에도 내가 매우 미국적인 남성으로 생각하는 인물이다."[64]

그러니 상상해보라. 만약 가출한 딸이 흑인 남자와 동거하게 된다

---

64 Ibid., p.37.

면, 그뿐만 아니라 그와의 사이에서 혼혈아를 낳는다면? 이제 백인 마을의 상징적인 존재가 되었다고 자부하는 하타에게 이는 회복할 수 없는 사회적인 타격이 될 것이다. 실제로 서니가 흑인 남자의 아이를 낳게 되자, 하타는 이를 "개인적이고도 가족적인 면에서의 실패"[65]로 여기며 괴로워한 바 있다. 앞서 서니가 링컨과 성적인 유희를 하고 있을 때, 하타가 평균적인 아버지의 분노를 넘어서는 지나치게 과도한 반응을 보인 것도 이러한 맥락에서 이해될 수 있다. 딸의 성적 타락도 문제지만 딸이 '흑인'과 놀아난다는 사실이 더 큰 충격으로 다가온 것이다.

여기서 주목할 만한 사실은 하타가 화자로서 자신의 인종주의적 사유를 정당화하는 방식이다. 이를테면 기지의 집에서 혹시 서니가 발견될까 두려워하는 순간 하타의 뇌리에는 엉뚱하게도, 위안부로 끌려온 한 한국인 소녀가 도망치려다가 붙잡혀 오게 되는 장면이 떠오른다.[66] 일본군의 손에 겁탈을 당하게 될 운명인 이 한국인 소녀와 기지의 집에서 발견될지도 모를 서니를 병치시킴으로써, 화자로서 하타는 어떤 효과를 의도한 것일까? 이러한 장면의 병치를 통해 주인공은 예상되는 서니의 성적 일탈을, 곧 벌어질 것으로 예상되는 성노예의 겁탈과 같은 선상에 두려고 한 것은 아닐까? 일탈과 겁탈을 뭉뚱그려서 하나의 사건 범주에 넣음으로써, 혹은 적어도 둘 간의 구분을 모호하게 만듦으로써, 그가 딸의 일탈을 대했을 때 보이게 되는 과도한 반응을—겁탈에 대한 분노가 정당화가 되듯—정당화하는 효과를 누릴 수 있었던 것은 아닐까.

65 Ibid., p.341.
66 Ibid., pp.111-112.

고발과 연루

딸의 일탈에 대해 하타가 보이는 과도한 반응이나 두려움은 궁극적으로 '유전(遺傳)'과 관련이 있다. 딸과 흑인 남성 간의 성적인 관계가 하타의 가계(家系)를 '더욱더' 훼손할 것으로 예측된다는 점에서 그렇다. 이때 '더욱더'라는 표현을 쓴 이유는 일본인계 미국인으로서 새로운 가정을 꾸리고자 했던 그의 기획이 사실 서니에 의해 이미 절반은 훼손되었기 때문이다. 처음에 그는 일본인 아이를 입양하려고 하였다. 그러나 그것이 여의치 않게 되자 한국인 아이로 타협을 한다. 그렇게 해서 서니가 미국으로 오게 되는데, 이 아이를 처음 만났을 때 하타는 서니가 혼혈아임을 한눈에 알아차린다. 서니의 "두껍고 곱슬한 검은 머리털과 검은 피부"에서 아이의 인종적 정체성을 눈치 챈 그는 이 아이가 "미군과 현지의 술집 여자 간의 방탕한 하룻밤"의 결과물이라고 단정 짓는다. 그리고는 자신의 가계의 인종적 순수성을 유지하려는 희망이 "[서니]의 혈관 깊숙이 흐르는 다른 색(혹은 색들)"으로 인해 "망쳐졌다"고 한탄한다.[67] 자신의 가계에 흑인의 피가 섞인 것에 대해 하타가 평소에 이렇게 심한 거부감을 느낀다는 점을 고려할 때, 서니가 흑인 남자 친구와 함께 있는 모습을 보았을 때 하타가 살인적인 충동을 느끼게 되었다는 사실은 놀랍지 않다. 단순히 딸의 성적 일탈이 문제가 아니라 그가 꿈 꿔왔던 순수한 가계가 흑인의 피로 물들게 되는 사태, 흑인 혼혈 양녀에 더하여 흑인 사위까지 맞이하게 되는 "참혹한" 사태가 발생할 것이라고 예견된다는 점에서, 그의 극단적인 반응을 이해할 수가 있다.

딸이 흑인과 몸을 섞는 것에 대한 하타의 두려움은 손주의 세대에

---

67 Ibid., p.204

들어 자신의 핏줄이 거의 흑인이 된다는 데 생각이 미치자 노골적인 분노로 변한다. 가출한 서니가 링컨의 아이를 임신한 상태에서 아버지의 도움을 받기 위해 집으로 돌아오는데, 이때 하타의 진노는 극에 달한다. 그녀를 차에 태우고 가는 길에 그는 딸의 상태에 대해 다시 생각하고

> 분노하게 된다. 어떻게 이런 곤경에 스스로를 빠트릴 수 있담? 얼마나 오랫동안 [출산을 미룰 수 있다고 생각한 거야? 그 연인이란 놈은, 그렇게 진실되고 진지하고 부드럽다고 서니가 침이 마르도록 칭찬하던 놈은 어디 있는 거야? 얼마 전에 어디에선가 곡 몇 가지를 녹음이라도 했나 보지. 그러나 그놈이 자신의 트럼펫이라도 소유했을까? 아니면 그마저도 몇 주간의 환상적인 쾌락과 망상을 위해 전당포에 잡혔을까? 그 아이가 사과도, 변명도, 설명도 할 필요성을 느끼지 않는 것을 보았을 때 나의 분노는 갑절로 커졌고 아주 잠시나마 악한 마음이 들어서 생각하길, 그래 지금 안전띠를 풀자. 그래서 오래된 교외의 도로에 인접한 채석공의 집 벽을 향해 [……] 달리는 이 차가 이 속도로 부딪히게 하자. 우리 둘 다 죽는 거야.[68]

서니가 링컨의 아기를 가졌다는 소식을 들었을 때, 하타는 이처럼 딸을 죽이고 자신도 죽어야겠다는 생각을 하게 된다. 하타가 이런 비극적인 결말을 상상하게 된 데에는, 흑인의 피가 섞인 딸을 둔 데다, 이제는 흑인 사위에 흑인 손자까지 보게 되는 상황을 "치욕스럽고 당혹

68　Ibid., pp.339-340.

　　　　　　　　　　고발과 연루

스럽다"[69]고 여기게 된 것과 무관하지 않다.

그러나 작품의 결미에 이르러 하타는 변모하게 된다. 집을 떠난 서니가 아들 토마스와 함께 인근 지역으로 이사 오게 된 것을 알게 되고, 이들을 몰래 방문한 하타는 손주에 대한 사랑이 마음속에서 솟구치는 것을 느끼게 된다. 그는 서니와 화해할 뿐만 아니라 자신이 그토록 아끼던 저택을 팔 것을 결심한다. 그는 그 판매 대금으로 하타의 의료기 상점을 산 이후 도산하게 된 백인 부부의 아들 패트릭의 의료비를 부담하기로 결심할 뿐만 아니라, 그 상점을 다시 사들여 서니에게 유산으로 물려주기로 한다. 그 후 자신은 정처 없이 떠날 것을 계획한다.

> 내일, 이 집이 활기차고 사람들로 가득 찰 때 나는 바깥에서 그 안을 들여다볼 것이다. 나는 어딘가로 이 마을의 어느 곳, 혹은 이웃 마을의 어느 곳, 혹은 5천 마일 떨어진 어느 곳으로 이미 떠나게 될 것이다. 나는 돌아가서 도착하게 될 것이다. 이미 집에 다 왔으니.[70]

비평가들은 이러한 결말을 두고 이 소설에서 새로운 구원의 가능성이 제시되는 것으로, 그래서 이 소설이 소속보다는 자유를 중시하는 디아스포라 서사로 분류된다고 주장한다.[71] 심지어는 하타의 마지막

---

69 Ibid., p.340.

70 Ibid., p.356.

71 이숙희, 앞의 글, 133-156면; Young-Oak Lee, op. cit., "Gender, Race, and the Nation", pp.146-159; 이선주, 「기지촌 혼종 가족의 초상—『유령 형의 기억』」, 『현대영미소설』 18권 3호, 2011, 153-173면.

행동이 모범적 소수민의 정형을 깨트리는 것이라고 보기도 한다.[72]

본 저술에서 『제스처 라이프』에 대해 제기하는 문제는, 이 소설이 미국 주류 사회의 인종주의를 은근하게 비판하기는 하되 서사의 주 초점을 주인공 내면에서 발견되는 모순과 허위에, 특히 흑인에 대한 그의 편견에 초점을 재조준한다는 데 있다. 그렇게 함으로써 백인 주류 사회에 대하여 그렇지 않아도 은밀하게 제기된 텍스트의 비판이 논의의 가장자리로 밀려나게 되고, 그 결과 비판적 효력을 상당 부분 상실하게 되기 때문이다. 기성 연구에서도 지적된 바 있듯, 이 소설에서 집중적으로 부각되는 하타의 모순에는 부권주의와 인종주의가 있다. 하타는 과거에 자신의 동포인 한국인들을 비하하고 일본 제국의 신민이 되기를 기도한 바 있듯, 현재에서는 유색인과의 거리 두기를 통해 미국 주류 사회에 편입되기를 시도하는 인물이다. 서니가 혼혈아임을 발견하였을 때 그가 참혹하도록 느낀 실망감이나, 서니가 흑인 연인의 아기를 갖게 되었을 때 그가 보여주는 극도의 분노에서 드러나듯, 텍스트는 하타의 이러한 위선에 초점을 맞춤으로써 주류 사회의 인종주의에 관한 비판적인 메시지를 일정 부분 상쇄시키고 만다.

작품의 결미에서 하타는 위선적인 면모를 어느 정도 극복한 듯이 보인다. 그러나 이 최종적인 변모를 통해 하타가 자기모순을 해결하고 일종의 내적 성취를 거둘는지는 몰라도, 주류 사회의 배타주의나 세속화된 아메리칸 드림에 대하여 그의 서사가 징후적으로 보여주었던 비판적인 시각은 온전한 사회 담론으로 살아나지 못한다. 소설이 주인공의 내적 평화의 성취와 새로운 인생 출발이라는 극히 사적이

---

72 Chang, op. cit., p.147.

고 비정치적인 결말로써 끝나기 때문이다. 달리 표현하면, '인종적인 갈등'이나 '사회의 지배 가치에 대한 도전'이 개인의 정신적 성장을 다루는 사적인 서사의 패러다임에 의해 포섭되거나 대체되고 마는 꼴이다. 이러한 맥락에서 보았을 때, 아시아계 이민자 문학에 대한 팔럼보-류의 설명이 시사하는 바가 크다. 그에 의하면 모범적인 소수 민족의 서사는 "주류 사회와의 동일시를 통해 이데올로기적 모순을 자아의 내부로 흡수해버리는 내면성"[73]을 특징으로 갖는다. 앞서 인용한 바 있듯, 하타가 레니에게 들려주는 반성이 곁든 충고, "어떤 장소에서 편안함을 느끼느냐 못 느끼느냐의 문제에 있어서 가장 주된 책임은 나 자신에게 있다고 항상 느껴왔다네"가 연상되는 대목이다. 이러한 시각에 의하면, 모범적 소수민 담론은 "특별한 동화(assimilation)의 전범, 즉 사회 비판을 내면의 성찰로 유도함으로써 '인종적 딜레마'를 자연스럽게 해결하는 유의 전범을 구성한다."[74] 사실 주인공이 주류 사회를 떠나려고 한다는 점에서 그의 서사는 전형적인 동화주의 문학의 패러다임을 이탈하기는 하나, 주인공이 정신적 성장을 위해 내면의 성찰에 주력하는 과정에서 사회 비판이 증발한다는 점에서 이창래의 소설은 팔럼보-류가 말하는 소수 민족 담론의 특징에 근접한다.

결론적으로, 이 소설의 결말이 각인하는바, 정신적 각성을 통하여 도덕적이고 윤리적인 주체로 다시 태어나는 주인공의 모습은 성장 서사가 차별이나 억압과 같은 사회적인 문제를 다루게 될 때 안게 되는 한계를 잘 보여준다. 사회적인 문제를 이처럼 개인적인 차원에서

---

73 David Palumbo-Liu, *Asian/American: Historical Crossings of a Racial Frontier*, Stanford U. Press, 1999, p.397.

74 Ibid.

해결하는 것은, 메트로폴리스에서 경제적·문화적 생존을 위해 고군분투하는 소수민에게 적절한 저항의 전략도, 대안적인 비전도 보여주지 못한다. 앞서 소설 결말의 하타가 "모범적 소수민의 지위를 공고히 하기보다는 해체하기를 원한다"[75]는 챙의 의견을 가리키며 소설을 다소 앞서 나간 면이 없지는 않다고 지적한 바 있는데, 이 지적은 바로 이러한 한계를 염두에 둔 것이다.

---

75   Chang, op. cit, p.147.

추리 소설에서 결코 심판을 받지 않는 것이 있는데
그것은 법이다.

데니스 포터, 『범죄의 추적』

제6장

코리아타운의
하드보일드 탐정

1.

이민자의 삶과 추리 소설

•

수키 김(Suki Kim 1970~)의 첫 소설 『통역사』(*The Interpreter* 2003)
는 주인공 수지 박(Suzy Park)이 부모의 살해에 얽힌 비밀을 풀어나가
는 내용을 다룬다. 이 소설이 처음으로 출간되었을 때, 『뉴욕타임즈』
의 북 리뷰는 신통치 않은 편이었다. 이 북 리뷰를 쓴 캐서린 다이크
만은 "도대체 미스터리가 [주인공]을 내버려두지 않는다"는 평을 남
긴 바 있다. 사건을 파헤치려는 노력을 특별히 기울이지 않아도 계속
벌어지는 일련의 사건들로 인해, 주인공이 사건의 해결을 위해 행동
하지 않을 수 없음을 지적한 것이다. 이 평은 작품의 전개를 추동하
는 힘이 다소 작위적임을 비판한 것이라 생각된다. 다이크만은 또한
스릴러적인 속성으로 인해 주인공의 심리적인 깊이나 성격이 충분히
발달되지 못하였다는 지적을 더한다. 인물의 심리에 관한 조명이 미
진함에 대한 실망을 다이크만은 다음과 같이 표현한다. 『통역사』에서

---

1   Katherine Dieckmann, "Found in Translation", *The New York Times*, Jan. 26, 2003
    <https://www.nytimes.com/2003/01/26/books/found-in-translation.html>.

정말 해결되어야 하는 미스터리는 수지 그녀 자신이다. 욕망, 상실, 욕구의 모습, '애도자의 얼굴'을 한 이 젊은 여성은 도대체 누구인가?" 이러한 리뷰에도 불구하고 수키 김은 이 첫 작품으로써 우수 유색인 작가에게 수여되는 '경계를 넘어선 펜 문학상'(Pen Beyond Margins Award), 그리고 편견과 인권의 문제를 다룬 작품에게 수여되는 '구스타프 마이어즈 우수 도서상'(Gustavus Myers Outstanding Book Award)을 2004년에 수상하는 영광을 안았다.

주인공 수지의 직업이 탐정과는 거리가 먼 통역사이고, 범죄에 관련된 증거도 자신이 통역을 맡은 법정 사건에서 우연히 취득한 것이라는 점에서, 이 작품을 정통 추리물로 보기에는 무리가 있다. 그렇지만 추리 소설이나 범죄 소설에서 공식처럼 발견되는 범죄의 발생, 증거의 습득, 용의자 심문, 추리에 의한 범죄의 해결 등에 상응하는 구조적인 요소들이 발견된다는 점에서 이 소설은 추리 소설의 장르에 속한다. 또한 미국 이민 이후의 수지의 가족의 삶을 다룬다는 점에서 이 소설에는 이민자 서사 장르에 부합하는 면도 있다. 수지의 방황뿐만 아니라 그녀의 언니 그레이스(Grace), 그리고 부모 박씨 부부가 미국에서 겪는 고통스러운 삶의 궤적이 이민자 서사의 특징인 문화적인 혼란, 인종차별, 주류 사회에 대한 동화라는 주제적 틀 내에서 전개되기 때문이다.

『통역사』에 관한 기성 연구에는 정신분석학적 관점을 취하는 글들과 소수민 추리 소설이라는 관점에서 분석한 글이 있다.[2] 국내 연구에

---

2 전자의 부류에는 지젝의 관점을 취하는 에린 닌과 라캉을 이론을 이용하는 줄리아나 창의 연구가 있다. erin Khuê Ninh, "The Mysterious Case of Suki Kim's *The Interpreter*", *Journal of Asian American Studies* Vol.20, No.2, 2017, pp.193-217;

서는 이 작품을 아시아계 이민자의 삶을 다룬 이민자 서사로 보는 견해가 주를 이룬다. 아마도 추리 소설이 대중적인 장르이다 보니, 이 서사의 추리 소설적인 면모가 학자들의 관심을 못 끌었는지도 모르겠다. 이 소설을 이민자 서사로 보는 비평에서는 전복적 성향이 강조되는 경향이 있는데, 이를테면 두 언어, 두 문화 사이에서 수지의 가족이 적절한 문화번역을 하는 데 실패함을 보여줌으로써, 이 소설이 미국과 한인사회 간의 권력 관계에 뿌리박은 불평등을 고발한다는 평이 있다.[3] 이와는 다소 다른 시각에서, 수지가 미국 사회의 차별적인 구조를 인식하게 되고 한국계 이민자 사회와의 유대 관계를 새롭게 발견하나, 주류 사회에 대한 주인공의 문제의식이 결말에 가서는 흐려진다는 주장,[4] 또 작가의 주제는 "소수자의 관점에서 중심부의 문화를 주체적으로 수용하는 가능성을 모색하는 것"[5]이라는 주장이 있다.

이 소설을 추리물로 접근한 모니카 치우에 의하면, 이 소설은 수지의 부모를 통해, 미국 주류 사회가 동양인 이민자들에게 붙여놓은 "수동성"이라는 라벨을 제거하는 기여를 한다. 수지가 소설의 결미에서 알아내듯, 박씨 부부는 생존을 위해서 한인 동포를 경찰과 이민국에 고발함으로써 시민권을 부여받고, 힘없는 한인들을 협박하여 재산을 모을 수 있게 된다. 정당한 법의 절차를 무시하고 생존을 위해서 동포

Juliana Chang, *Inhuman Citizenship: Traumatic Enjoyment and Asian American Literature*, U. of Minnesota Press, 2012.

3 Jeongyun Ko, "Translating Korean American Life: Suki Kim's *The Interpreter*", *American Fiction Studies* Vol.18, No.1, 2011, pp.185-186.

4 김영미, 「창래 리의 『원어민』과 숙이 김의 『통역사』에 나타난 한국계 미국인의 정체성 문제」, 『현대영미소설』 13권 2호, 2006, 50면.

5 이선주, 「혼종문화 속의 수행적 주체로서의 수키 김과 창래 리」, 『미국 소설』 18권 2호, 2011, 215면.

마저 팔아넘긴다는 점에서, 박씨 부부는 "양순하고 말 잘 듣는 아시아 이민자"[6]의 정형에서 이탈한다. 구은숙도 이 소설이 "한국계 미국인 공동체의 암울한 현실을 그려냄으로써, 모범적 소수민, 성공한 아시아계 미국인, 기회의 땅으로서의 미국과 같은 신화를 해체한다"[7]고 주장하였다.

본 연구에서는 선행 연구에서 큰 주목을 받지 못했던 추리 소설의 관점에서 수키 김의 소설을 고려한다. 이를 위해 먼저, 이 소설이 추리 소설의 어떠한 형식이나 요소를 도입하며, 또 어떤 점에서 추리물의 정형적인 패턴을 탈피하거나 변형하고 있는지를 논한다. 김수연은 작가가 "누가 범인인가의 질문을 진실의 발견에 관한 인식론적 질문으로 대체"하고 있다고 주장하며 이 소설을 "형이상학적인 추리물"[8]로 보았다. 그러나 이민자 가정의 문제, 한인사회 내부의 부정의(不正義), 주류 사회와 유색 인종 간의 갈등을 다룬다는 점에서, 구은숙과 치우가 주장한 것처럼 이 서사를 종족적 추리 소설(ethnic detective story)로 분류하는 것이 더 설득력이 있다고 여겨진다. 수지의 과거를 들여다보면, 부모의 살해 외에도 여성에 대한 폭력, 즉 가부장적 가정에서 딸들과 아내가 받은 고통과 상처가 발견된다. 이러한 고통을 극복하

---

6 Monica Chiu, *Scrutinized!: Surveillance in Asian American Literature*, U. of Hawaii Press, 2014, p.81, p.82.

7 Eunsook Koo, "Immigrants as Detectives and Cultural Translators: Suki Kim's *The Interpreter*", *Comparative Korean Studies* Vol.11, No.2, 2003, p.29; 김수연도 이 소설이 모범적 소수민의 이미지를 해체함을 주장한 바 있다. Soo Yeon Kim, "Lost in Translation: The Multicultural Interpreter as Metaphysical Detective in Suki Kim's *The Interpreter*", *Detective Fiction in a Postcolonial and Transnational World*, eds. Nels Pearson & Marc Singer, Ashgate, 2009, p.201.

8 Kim, op. cit., p.196.

려는 시도로 소설이 끝난다는 점에서, 이 서사를 '페미니스트 범죄 소설'(feminist crime fiction)에 속한다고 볼 여지도 있다. 그뿐만 아니라 탐정 자신의 심리, 인간과 사회의 문제들, 특히 가정폭력과 아동 학대와 같이 여성들의 관심사 및 인종과 계급 문제를 다룬다는 점에서, 이 소설은 델라 카바(F. A. Della Cava)와 엥겔(M. H. Engel)이 "인도주의적 범죄 소설"(humanist crime fiction)[9]이라고 부른 장르와도 유사하다. 이러한 점을 고려한다면, 『통역사』는 소수민 추리 소설, 페미니스트 범죄 소설, 인도주의적 범죄 소설의 요소를 고루 가진 중첩적인 장르, 즉 추리물의 크로스오버로 보는 것이 무난하다.

그러나 본 저술에서는 추리 소설의 하부 장르 중에서도 이 소설과 거리가 멀다고 여겨지는 "하드보일드 범죄 소설"(hard-boiled crime fiction)과의 유사성에 대해서 논한다. 사실 『통역사』는 앞서 거론한 장르들 외에도 마르시아 뮬러(Marcia Muller), 새라 파레츠키(Sara Paretsky), 수 그 래프튼(Sue Grafton) 등이 1980년대 이후에 유행시킨 "하드보일드 여성 탐정물"과 부분적으로 닮았기는 하다. 무엇보다 이 텍스트가 이전의 여성 탐정 소설들이 보여준 "일인칭 서사 형식, 가부장적 제도의 범죄를 마주하게 된 여성들의 경험"[10]에 관심을 보여주기 때문이다. 그러나 본 연구가 수키 김의 소설과 비교하고자 하는 추리물 전통은, 80년

---

9 F. A. Della Cava & M. H. Engel, "Racism, Sexism and Antisemitism in Mysteries Featuring Women Sleuths", *Diversity and Detective Fiction*, ed. K. G. Klein, Bowling Green U. Press, 1999, pp.38-59; F. A. Della Cava & M. H. Engel, *Sleuths in Skirts: Analysis and Bibliography of Serialized Female Sleuths*, Routledge, 2002; Adrienne E. Gavin, "Feminist Crime Fiction and Female Sleuths", *A Companion to Crime Fiction*, eds. Charles J. Rzepka & Lee Horsley, Wiley-Blackwell, 2010, p.267에서 재인용.

10 Gavin, op. cit., p.265.

대에 유행하였던 여성 하드보일드 추리물이 아니라, 그것의 원형이라고 할 1920년대에서 1940년대까지 유행하였던 남성 하드보일드 추리물이다. 수키 김의 소설은 작품을 써 내려가다가 무엇을 써야 할지 "확신이 서지 않으면 총을 든 사나이가 문을 열고 들어오게 하라"[11]라는 레이먼드 챈들러(Raymond Chandler)의 조언이 요약해 보이는 유, 즉 폭력과 살인이 다반사로 일어나는 폭력적인 하드보일드 범죄물로부터는 거리가 멀다. 이러한 차이에도 불구하고 본 연구는 대실 해미트(Dashiell Hammett)가 선보인 하드보일드 범죄 소설의 전통이 『통역사』에서 의미 있는 공명을 하고 있다고 주장한다. 무엇보다도, 악이 응징되기는 하되 선에 대한 믿음을 가질 수 없으며, 피해자와 가해자 모두 정도의 차이는 있을지언정 범죄에 연루되어 있다는 점에서, 수지의 세상은 하드보일드 범죄 소설의 '악이 팽배한 세계'와 닮았다. 그런 점에서 '거칠고도 남성적인 미국식 언어'를 사용하는 것으로 알려진 이 마초적인 장르가 한인 이민자로서 작가가 가진 문제의식을 형상화하는 데 어떠한 역할을 하는지를 논하고자 한다.

본 저술에서는 하드보일드 범죄물에서 흔히 발견되는 도덕적 모호성, 거대 주체 비판, 개인주의, 감상주의라는 네 가지 키워드를 중심으로 수키 김의 소설을 논의한다. 이러한 관점에서 보았을 때, 이 소설은 한편으로는 사회적 약자를 보호할 의무를 방기한 기성 질서에 대하여 강력한 비판을 제기하지만, 다른 한편으로는 주인공 수지가 '선과 악'의 도덕적 이분법에 얽매이기를 거부하고 자신의 신념대로 행동하며, 궁극적으로는 자기 이익을 도모하기를 잊지 않는다는 점에

---

11 Raymond Chandler, "Introduction", *Fingerman* by Raymond Chandler, Ace, 1960, p.6.

고발과 연루

서, 하드보일드 주인공의 전매특허인 반(反)감상적이고도 '완고한 개인주의'(rugged individualism)를 극화한다. 본 연구가 최종적으로 주장하고자 하는 바는, 수지가 작품의 결미에서 하드보일드 주인공으로 완성되는 순간 아이러니하게도 거대 주체를 비판함으로써 이 소설이 견지해왔던 전복적인 성격이 손상되며, 그 결과 주류 사회의 동화주의와 손을 잡게 된다는 것이다. 그러나 이러한 퇴행적인 정치적 성격이 결론에서 갑작스럽게 나타난 것이 아님에 주목할 필요가 있다. 미국 사회의 구조적인 문제를 논쟁화하는 과정에서 이 소설은 이미 이민자 사회를 게토화하는 경향을 보여 왔기 때문이다. 애초부터 이민자들의 문화적 유산을 특정한 과거의 시점에 동결시키고 있다는 점에서, 이 소설의 결론은 소설의 기저에서 작용하는 오리엔탈리즘에 의해 이미 쓰여 있었다는 것이 본 저술의 주장이다.[12]

---

12 이 챕터에서 하드보일드 추리물의 관점에서 『통역사』를 논한 내용 중 일부는 Suk Koo Rhee, "Suki Kim's *The Interpreter*: A Critical Rewriting of the Hard-Boiled Detective Fiction Genre", *Genre: Forms of Discourse and Culture* Vol.53, No.2, 2020, pp.159-182에 실린 내용을 보완한 것임을 밝힌다.

2.
추리 소설의 형식과 변형

·

    찰스 제프카에 의하면, 추리 소설에 일관되게 나타나는 요소 중에는 첫째, "탐정", "해결되지 않았지만 반드시 범죄일 필요는 없는 미스터리", 그리고 "미스터리를 푸는 조사 과정"이 있다. 두 번째로, "독자에게 미스터리를 지속적인 관심거리로 제공하는 것", 그리고 "독자의 추론 능력을 가동시키는 능력"이 있다.[13] 제프카는 이 중 두 번째 그룹의 요소들이 추리 소설에 필수적인 부분이라고 보지는 않지만, 사실 이들이 서사 내에서 어느 정도로 역할을 하느냐에 따라 많은 소설들이 추리 소설의 범위 안에 포함될 수도, 그렇지 않을 수도 있다. 영어권 독자에게 잘 알려진 찰스 디킨스의 『위대한 유산』(*Great Expectations* 1861)의 예를 들자면, 주인공 핍(Pip)이 신사 계층에 편입될 수 있도록 도와주는 후원자 매그위치(Magwich)의 정체가 한동안 가려져 있다는 점에서, 이 소설에는 플롯 전개에 중요한 미스터리가 자리 잡고 있다. 그러나 이 후원자의 정체를 밝히는 것이 소설의 주요 관심

---

13   Charles J. Rzepka, *Detective Fiction*, Polity Press, 2005, p.10.

고발과 연루

사가 아니라는 점에서, 이 서사에서 미스터리는 독자에게 "지속적인 현안"으로 제시되지 않는다. 핍이 자신의 은밀한 후원자가 미스 해비샴(Havisham)이라고 오해하면서 후원자에 관한 비밀을 밝히는 노력을 더이상 기울이지 않기 때문이다. 그 결과 소설을 읽는 독자도 미스터리를 풀기 위해 추론할 필요성을 못 느낀다.

『통역사』의 주인공 수지는 컬럼비아대학 지도교수인 타미코(Yuki Tamiko)의 남편이자 동아시아 미술 분야의 학자인 데이미언(Damian Brisco)과 헤어진 후 5년간 은둔하다시피 한다. 그녀가 데이미언과의 4년에 걸친 동거를 그만두게 된 결정적인 이유는, 집안의 반대를 무릅쓰고 집을 나온 후 부모가 괴한의 총탄에 맞아 사망하게 되고 이에 대한 죄의식을 떨쳐버릴 수 없었기 때문이다. 그런데 은둔 중인 수지에게 일련의 사건들이 계속해서 발생한다. 매년 부모의 기일이 있는 11월이 되면 어머니가 생전에 좋아했던 붓꽃이 그녀의 집에 배달되고, 항상 벨이 네 번 울리고는 끊어지는 전화가 계속 걸려오며, 심지어는 어떤 동양인 남성으로부터 미행을 당하는 등 미스터리가 끊임없이 발생한다. 이 수상스러운 일들이 모두 부모의 사망과 관련되어 있음이 나중에 밝혀진다는 점에서, 이 소설은 제프카가 말한 바 있는 "관심거리로서 미스터리를 독자에게 지속적으로 제공하는" 추리 소설의 첫 번째 요건을 충족시킨다. 이러한 시각에서 보았을 때, "도대체 미스터리가 수지를 내버려 두지 않는다"는 다이크만의 불평은, 직업 탐정이 아닌 이상 주인공이 하나의 사건을 계속 생각하고 이를 해결하기 위해 모든 노력을 경주하는 경우를 생각하기가 힘들다는 점을 고려하지 못한 것이다. 즉, 수지를 가만히 놔두지 않는 이 사건들의 발생은 탐정이 아닌 평범한 개인을 하나의 미제 사건에 지속적으로 연

루시키기 위해서 서사 내에 들여올 수밖에 없는 장치로 이해되어야
한다.

구조주의 문학이론가 츠베탕 토도로프는 추리 소설 비평가들 사
이에 고전이 된 글 「추리 소설의 위상학」에서 이 장르의 중요한 요소
로서 일곱 가지를 꼽은 바 있다. 이를 소개하면,

> 1) 최소한 한 명의 탐정, 한 명의 범죄자, 한 명의 희생자(시
>   체)가 있을 것
> 2) 범인은 전문적인 범죄자나 탐정이어서는 안 되고, 개인
>   적인 이유로 살인함
> 3) 사랑 이야기는 추리 소설에서 다루지 않음
> 4) 범인은 어느 정도 중요한 인물이어야 함
> 5) 모든 것은 합리적으로 설명하고, 환상적인 요소는 배제
>   함
> 6) 묘사나 심리적 분석을 배제함
> 7) 이야기에 관한 정보와 관련해서 작가와 독자가 같은 위
>   치에, 범인과 탐정이 같은 위치에 설 것
> 8) 뻔한 상황과 해결을 배제함[14]

모든 훌륭한 추리물이 토도로프의 기준을 모두 충족시키는 것은
아니다. 수키 김의 소설도 이 기준 모두를 충족시키지는 못한다. 소설
의 결말에서 드러나듯, 범인이 한인 갱단의 한 명이었다는 점에서 전
문적인 범죄자가 아니어야 한다는 토도로프의 2번 기준에 부합하지

---

14   Tzvetan Todorov, "The Typology of Detective Fiction", *Modern Criticism and
     Theory: A Reader*, 2nd ed., eds. N. Lodge & D. Woods, Longman, 2000, p.49.

않으나, 이 범죄자가 돈이 아닌 개인적인 이유로 살해한다는 점에서는 같은 기준에 부합하고, 또한 범인이 언니의 연인이었다는 점에서는 4번 기준에 부합한다. 연인 데이미언과의 관계가 서사에 포함되어 있기는 하나 이것이 소설의 주된 관심은 아니라는 점에서 『통역사』는 3번 기준에 부합한다. 반면, 아버지에 대하여 반발하는 주인공의 심리나 부모가 사망한 후 갖게 된 죄의식 등 심리 분석을 포함하고 있다는 점에서 이 소설은 6번 기준을 어긴다. 그 외의 기준들, 범인, 시신, 탐정 세 가지가 있어야 한다는 기준, 합리적인 설명에 의존해야 한다는 기준, 범인과 탐정, 작가와 독자가 같은 인식론적 위치에 서야 한다는 기준, 그리고 뻔한 결말을 지양해야 하는 기준 등을 이 소설은 모두 충족시킨다.

　토도로프에 의하면, 추리 소설에는 두 가지 이야기가 내포되어 있다. 하나는 범죄 사건이요, 다른 하나는 범죄를 수사하는 탐정의 이야기이다. 추리 소설은 항상 범죄가 일어난 후에 들려주는 유의 서사이므로 범죄가 일어나는 상황을 실시간으로 들려줄 수 없다. 그런 점에서 범죄에 관한 첫째 이야기는 "부재에 관한 이야기"(story of an absence)라 할 수 있다. 반면, 수사에 관한 두 번째 이야기는 존재하기는 하되 그 자체로는 아무런 의미가 없는, 범죄 이야기와 독자 간의 매개물일 따름이다.[15] 하드보일드 범죄 소설을 확립한 작가 중의 한 명인 챈들러는 이를 "범죄자에게 알려진 이야기와 작가에게 알려진 이야기"로 구분하며, 전자는 "범죄의 실현과 이를 숨기려는 행위"로 구성되며, 후자는 독자에게 "들려주는 것"이라 설명한 바 있다.[16] 수키 김의 소설에

15　Ibid., pp.44-46.

16　Frank MacShane, ed., *The Notebooks of Raymond Chandler*, Weidenfeld and

서도 범죄에 관한 이야기는 실시간으로 전달되지 않고, 주인공 수지의 조사에 의해 재구성되는 전형적인 추리 소설의 패턴을 따른다. 즉, 결말에 이르러서야 독자는 앞서 나왔던 단서의 조각들을 모아 큰 그림을 완성할 수 있는 것이다. 앞서 마주쳤지만 무심코 지나쳤던 조각들을 다시 생각해내고 그것의 숨겨진 의미를 새롭게 파악하는 회고적 각성을 제라르 쥬네트는 "아나렙시스"(analepsis 後述法)[17]라고 부르고, 이때 새롭게 의미를 부여받는 정보의 조각들을 "사전 언급"(advance mention)이라고 이름 붙인 바 있다.

『통역사』에서 발견되는 무수한 "사전 언급들" 중 중요한 몇 가지 예를 들어보자. 첫 번째 정보는 수지가 몬탁의 한 술집에서 수집하게 된 그레이스의 행적이다. 소설의 초입에서 수지는 롱아일랜드의 동쪽 끝에 위치한 몬탁을 찾는다. 그 이유는 부모의 기일을 맞이하여 부모의 유해를 뿌린 몬탁의 등대에서 그 죽음을 기리고자 한 것이다. 그런데 몬탁에서 들른 한 술집의 바텐더가 그녀를 보고 구면인 듯이 행동한다. 수지는 처음에는 의아해하다가 사람들이 자신과 쌍둥이로 여길 정도로 많이 닮은 언니와 자신을 이 바텐더가 혼동하고 있음을 알아차린다. 수지는 바텐더에게 언니인 척 행동함으로써 몇 가지 정보를 얻게 되는데, 그중 하나는 언니가 며칠 전에 들러서 2인용 범선을 대여해주는 보트 대여 업소에 대해 문의했다는 것이고, 다른 하나는 언니가 자신은 수영을 통 못한다고 말하고 다녔다는 사실이다.

수지는 또한 자신이 통역사로 불려간 한 법정에서 돌아가신 부모

Nicolson, 1976, p.42.

17 Gerard Genette, trans. Jane E. Lewin, *Narrative Discourse: An Essay in Method*, Cornell U. Press, 1972, p.40.

고발과 연루

에 관한 정보를 우연히 얻게 된다. 수지는 자신이 통역 서비스를 해준 한인 이성식(Lee Sung Shik)으로부터 박씨 부부가 한인사회에서 적을 많이 만들었다는 사실을, 특히 김용수(Kim Yong Su)라는 사람이 수지의 부모 때문에 무척 억울한 일을 당했다는 사실을 알게 된다. 그래서 수지는 김용수를 찾아가지만, 그에게서 미국 이민 직후 어려웠던 그의 과거사와 자살한 그의 아내가 몬탁에 묻혔다는 이야기만 듣게 될 뿐, 부모의 사망에 관한 단서를 얻는 데는 실패한다. 수지 부모에 관한 또 다른 정보는 이들의 사망 사건을 조사한 형사 레스터(Lester)로부터 들려온다. 레스터에 의하면, "공포의 사인방"(Fearsome Four)이라는 한인 갱단이 부모의 사망에 연루되어 있었다. 그런데 최근 경찰이 마약 첩보를 받아 공포의 사인방 중 세 명을 체포했는데, 그중 한 명이 수지의 부모 살해 건으로 체포된 줄 알고서 몇 가지 사실을 털어놓았다는 것이다. 이에 의하면, 이 갱들이 5년 전에 수지 부모가 운영하던 브롱스 가게에 가기는 했으나, 그들이 그곳에 도착했을 때 수지의 부모가 이미 사망해 있었다고 한다. 수지는 레스터 형사로부터, 이 갱단이 야쿠자를 흉내 내어 손가락을 잘라 조직에 충성을 맹세했고, 네 명 중 DJ라고 불리는 한 명이 수지 부모가 살해된 직후 한국으로 추방당했다는 사실도 알게 된다. 또한, 수지는 코리아타운의 한 룸살롱의 간판에서 일곱 개의 별 문양을 보게 된다. 수지는 그 문양을 어디선가 본 듯한 인상을 받지만 정확한 기억을 떠올리지는 못한다. 마지막으로 수지는 최근에 연락이 끊어진 언니가 영어 교사로 일하는 고등학교를 방문하는데, 이때 우연히 보게 된 학교 뉴스레터에서 언니가 BMW를 모는 젊은이와 사귄다는 사실을 알게 된다.

이 단편적인 정보들은 작품의 결말에 이르러 박씨 부부의 사망과 모두 연결되면서 하나의 큰 그림을 구성한다. 우선, 김용수를 두 번째 방문한 자리에서 수지는 중요한 정보를 얻는다. 김용수에 의하면, 박씨 부부는 한인 불법 체류자들을 고발하는 이민국의 끄나풀이었고, 그래서 박씨로 인해 위협을 느낀 한인 청과상들이 갱단을 고용했을 가능성이 높다는 것이다. 또한 수지는 십 대 때 부모 몰래 담배를 피우던 언니가 사용한 재떨이의 바닥에 일곱 개의 별 표시가 있었다는 사실을 기억해낸다. 이렇게 해서 언니가 한인 타운의 룸살롱 세븐스타와 관련이 있다고 추론을 하게 된 수지는 세븐스타의 여주인 미나(Mina)와의 전화 통화에서 이를 최종적으로 확인한다. 그녀는 미나로부터 그레이스가 어렸을 때부터 마리아나(Mariana)라는 가명으로 룸살롱에 출입하였고, DJ를 비롯한 갱단과 어울렸다는 사실도 알아낸다. 이어서 수지는 그레이스의 동료 교사로부터 그레이스의 남자 친구가 손가락이 하나가 없다는 말을 듣고서, 그 남자가 한국으로 추방되었다가 최근에 돌아온 공포의 사인방 중 마지막 인물, 즉 DJ임을 알아차리게 된다.

이처럼 레스터와 김용수로부터 받은 정보, 그레이스가 사용하던 재떨이의 문양에 관한 기억, 미나에게서 들은 사실 등을 종합함으로써 수지는 대략 다음의 추리를 할 수 있게 된다. 공포의 사인방이 한인 청과상들의 청탁을 받아 박씨 부부를 습격하기로 되어있었으나, DJ가 박씨 부부를 간발의 차로 먼저 살해하였고, 그후 그가 동료들에게 이를 뒤집어씌우려고 하였다. 사건 직후 DJ가 추방되고, 갱단이 해체되고, 애초에 이들을 고용했던 한인들도 모두 입을 다물게 됨으로써, 이 살인 사건은 미궁에 빠지고 말았던 것이다. 이처럼 부모의 총격사에 관련된 비밀이 작품의 결말에 이르러 모두 드러남으로써, 토도로프가 말한 첫 번째 서사, 즉 과거에 있었던 범죄에 관한 서사가 완성된다.

그러나 여느 추리 소설과 달리 수키 김의 소설에는 첫 번째 서사가 하나가 아니다. 그 이유는 『통역사』의 미스터리가 하나가 아니기 때문이다. 수지 부모의 죽음이 최초의 미스터리라고 한다면, 그레이스가 두 번째의 미스터리를 구성한다. 이를테면, 그레이스와 관련하여 이런 의혹들이 생겨난다. 왜 그레이스는 애초에 DJ와 어울리게 되었을까? 또 DJ가 다시 미국으로 밀입국해 들어왔을 때, 그레이스는 왜 부모를 죽인 이 살인자와 다시 어울리게 되었을까? 왜 그녀는 부모 사망 이후 부모의 재산을 정리하고 종적을 감추었을까? 왜 그레이스는 몬탁에서 범선을 대여하려고 했을까? 그런 점에서 수지는 서로 얽혀 있는 두 가지 사건, 즉 부모 살해 사건과 그레이스와 관련된 미스터리를 동시에 추적하고 있는 셈이다. 수지가 몬탁의 술집 바텐더에게서 들은 정보에 의하면, 그레이스는 2인용 범선을 빌려 타고 부모의 유해가 뿌려진 바다로 나가려는 계획을 하고 있었던 것 같은데, 그 후로는 완전히 행방불명이 되고 말았다. 수지는 몬탁 앞바다에서 있었던 최근의 해난 사고를 신문에서 검색한 결과 5일 전에 선박 전복 사고가 한 건 있었고, 이와 관련하여 오른손 손가락이 하나 없는 아시아인 남성의 시신이 발견되었다는 기사를 발견한다. 같은 기사에 의하면, 그와 동행한 아시아인 여성의 시신은 발견되지 않았다. 미스터리의 마지막 퍼즐은, 수지가 그레이스의 대학 동창인 마리아(Maria Sutpen)에게서 들은 정보에 의해 맞추어진다. 마리아에 의하면, 대학 시절의 그레이스는 어떤 물에 던져 놓아도 살아남을 수 있을 만큼 수영 실력이 뛰어났다는 것이다. 그 말을 들은 수지는 몬탁의 해난 사고가 부모를 살해한 연인 DJ에 대한 그레이스의 복수극이었고, 언니는 살아서 어딘가에서 몸을 숨기고 있음을 확신하게 된다. 그러니 매년 부모의 기일에 붓꽃을 보내왔던 사람도, 최근까지도 벨이 정확하게 네 번 울린 끝에 전화를 끊었던 인물도 실은 언니였다는 심증을 굳히게 된다. 이러한 스토리 전개를 보았을 때, 『통역사』는 데니스 포터가 추리 소설을 정의할 때 사용한 표현인, "뒤로 가기 위해 전진하는 발견의 행위에 전념하는 장르"[18]와 일치한다.

---

18 Dennis Porter, *The Pursuit of the Crime: Art and Ideology in Detective Fiction*, Yale U. Press, 1981, p.29.

3.
추리 소설의 정치성

·

추리 소설이 기성 질서와 어떠한 관계를 맺는지는 비평가에 따라 의견이 분분하다. 앞서 언급한 토도로프에게 있어, 문학 작품 내에 형상화되는 시대적 상황은 작품을 분석하는데 그다지 큰 기여를 하지는 못한다. 추리 소설의 내적 논리와 형식에 관심을 가진 구조주의자였기에, 토도로프에게 있어 역사는 사건의 배경이라는 단순한 기능 이외의 의미를 가지지 못하였다. 반면, 추리 소설을 정치적인 관점에서 보는 비평가들도 있는데, 이 중 적지 않은 수의 평자들이 이 장르가 보수적인 기능을 수행하는 것으로 주장한다.[19] 이러한 시각은 "추리 장르의 작품이 항상 기성의 사회 질서를 대변한다"[20]고 본 포터의 주장에 잘 나타나 있다. 마르크스주의적 관점을 채택하는 프랑코 모레티도 추리 소설을 지배 이데올로기가 장악한 대중문화의 일부로

---

19 추리 소설과 범죄 소설에 관한 역사적인 개괄은 다음의 글을 참조할 것. Heta Pyrhönen, "Criticism and Theory", *A Companion to Crime Fiction*, eds. Charles J. Rzepka & Lee Horsley, Wiley-Blackwell, 2010, pp.43-56.

20 Porter, op. cit., 125.

파악한 바 있다. 모레티의 주장을 들어보자.

> 추리 소설은, 순수하고 단순한 제도적 억압보다 훨씬 더 효
> 과적인 것으로 입증된 문화의 억압적 능력에 바치는 찬가
> 이다. [셜록] 홈즈의 문화는, 혹은 추리 소설은, 그것이 설립
> 하는데 기여한 대중문화처럼 당신이 어디에 있든지 통제력
> 을 행사한다. 이 문화는 사회적 존재의 일부로서의 개인에
> 관한 중요한 자료를 모두 알고 있고, 정리하고, 또 정의 내
> 린다. 모든 이야기는 벤담의 파놉티콘, 즉 자유주의가 총체
> 적인 가독성으로 변모하였음을 알려주는 이상적인 감옥을
> 반복한다.[21]

이 주장에 의하면, 추리 소설이 스스로를 봉헌하는 사회는, 사회의 정
해진 기준으로부터의 일탈 행위가 어김없이 질서의 수호자에 의해
발각되고, 추적되어, 결국에는 징죄되는 곳이다. 범죄자가 숨을 곳이
없는 공동체 공간은 준법 시민이라면 환호할 곳이겠지만, 모레티가
보기에 개인의 모든 사적인 행위가 법의 시선 앞에서 완전히 가독(可
讀)한 것으로 만들어진다는 점에서, 추리 소설이 그려내는 사회는 '빅
브라더'가 지배하는 억압적인 공간이다.

    그러나 영국의 정통 추리 소설들과 달리, 1920년대에 새롭게 시작
되어 1950년대까지 전성기를 누린 미국의 추리 소설은 더이상 주류
사회의 시각이나 중산층의 신념을 대변하지 않는다. 이 시기에 등장
한 하드보일드 범죄 소설에서는 모레티가 주장한 "순응이 결백이요,

---

21   Franco Moretti, *Signs Taken for Wonders: On the Sociology of Literary Forms*,
     Verso, 1988, p.143.

                                        고발과 연루

개성이 범죄"[22]라는 공식이나, 포터의 명제인 "탐정의 도덕적 합법성이 의문에 부쳐지는 법이 없다"[23]는 주장이 쉽사리 적용되지 않는다. 고전적인 추리물이 그려내는 사회에서도 탐욕, 무책임한 이기주의, 잔인함과 같은 악덕이 그 사회를 흔들어놓기는 한다. 그러나 그곳은 이러한 서사화가 반대의 가치들, 즉 선한 가치들의 승리를 궁극적으로 예비해 놓은 공간이다. 그런 점에서 숀 머캔은 "고전적인 추리 서사는 겸손한 부르주아 미덕이 사라지는 것을 우화화함으로써 그 미덕에 바치는 찬가"[24]라고 주장한 바 있다.

그러나 이러한 추리물이 상정하는 선한 가치가 항상 승리하는 사회에 관한 믿음, 합리적인 개인들 간의 약속에 따라 세워진 자유주의에 관한 믿음은, 20세기 초엽, 특히 일차세계대전을 거치면서 위협을 받게 된다. 이러한 변화를 머캔은 다음과 같이 요약한다.

> 이 시대[20세기]의 많은 주도적인 지식인들이 보기에, 기업으로의 경제력 집중, 국가의 급속한 성장, 뿌리 깊은 사회적 악과 정치적 갈등이 만연하는 현상은, [코난] 도일의 이야기의 핵심에 있는 고전적 자유주의 이론을 시대에 뒤떨어진 것으로 만들었으며, 그의 소설에서 발견되는 암묵적인 도덕적 중심—자유롭고 책임 있는 개인들로 이루어진 사회의 이미지—이 향수적인 신화로 느껴지게 만들었다.[25]

22　Ibid., p.135.

23　Porter, op. cit., 125.

24　Sean McCann, *Gumshoe America: Hard-Boiled Crime Fiction and the Rise and Fall of New Deal Liberalism*, Duke U. 2000, p.14.

25　Ibid., p.16.

하드보일드 추리물 작가들은, 인간의 선량함에 관한 믿음이나 선한 인간들로 구성된 자유주의적 사회에 관한 믿음이 현실에서는 통용되지 않음을 뼈저리게 느낀 자들이다. 그 결과 하드보일드 추리물에 등장하는 탐정은, 자신이 개인의 일탈을 정죄함으로써 스스로를 정화하는 거대한 도덕적 질서의 일부가 아니라 실은 거대한 악의 체제의 일부에 지나지 않음을 깨닫고, 그러한 냉소적 인식을 견뎌내야 하는 존재이다. 그러한 점에서 하드보일드 탐정물은 범죄로 인해 훼손된 질서를 회복하기보다는 사건의 배경에 있는 사회적 모순이나 계층 간의 갈등을 폭로하는데 적지 않은 에너지를 소비한다.

수키 김의 서사를 정치적인 맥락에서 놓고 논의한다면, 『통역사』는 위에서 언급한 추리 소설 중 어느 유형에 가까울까? 이 질문에 대답하기 위해서, 앞에서 재구성해 본 과거의 범죄를 좀 더 들여다볼 필요가 있다. 언뜻 보면, 작품의 결말에서 살인자가 누구인지 밝혀질 뿐만 아니라 범인 DJ가 그레이스에 의해 계획된 사고사로 보복을 당한다는 점에서, 이 작품에서는 비록 사적(私的) 정의이기는 하나 일종의 정의가 실현된 것처럼 보인다. 즉, 서사의 종결부가 범인이 훼손한 이전의 사회적·도덕적 질서를 회복한다는 점에서, 이 소설이 기성의 가치에 대한 재확신과 순응을 보여준다고 볼 수 있을 것이다. 그러나 수키 김의 소설을 이렇게 정리하는 것은 이 추리 서사의 중요한 몇 가지 양상을 고려에서 제외하는 것이다. 이 해석은 또한 주인공인 탐정의 이야기를 제외하고—러시아 형식주의자들이 패뷸라(fablua)라고 부른—사건의 얼개만을 재구성한 것을 근거로 한 것이다. 토도로프가 "두 번째 이야기"라고 부른 '탐정의 이야기' 중 수지가 프리랜서 통역 업무를 통해 만난 피의자들에 관한 묘사, 어린 시절에 관한 수지의 회고, 무엇보다 서사의 결말은 이 소설에서 기성 가치가 재확인된다고 보는 견해가 섣부른 것임을 시사한다.

미국으로 이민을 갈 결심을 할 때 누구나 미국인이 될 것을 꿈꾼다. 그러나 수지가 경험한 바에 의하면, 이민자 가정의 자녀들에게 있어 '미국인이 되는 꿈'은 정말로 한낱 꿈에 지나지 않는다. 미국 학생이라면 응당 누려야 할 권리를 박탈당한 경험을 수지는 다음과 같이 씁쓸하게 회고한다. 수지와 언니 그레이스가

> 전학을 간 학교들에서 댄스파티는 사치였다. 대부분의 아이들이 이민자 가정 출신이었던 것이었다. 어떤 소년도 하룻밤을 위해 100불을 선뜻 쓸 수 없었다. 어떤 소녀도 주름 장식 치마가 어울리지 않았다. 핑크빛 공단은 백인 소녀들을 위한 것이었다. 리무진? 아버지가 택시 운전수인데 리무진을 불러? [……] 수지가 알고 있기로 고등학교는 달콤한 16세와는 상관이 없는 곳이었다. 사물함을 향해 가다가 강도나 당하지 않으면 다행이었다. 마약조직을 단속하기 위해 학교 입구에 기다리고 선 경찰들로부터 몸수색이나 당하지 않으면 재수가 좋은 날이었다. 멋진 소녀, 옆집 소녀, 진정한 미국인 연인은 퀸즈의 밑바닥 삶에서 만들어지지 않았다.[26]

수지가 다닌 학교의 아이들에게 있어, 정장을 입고 리무진을 불러 타고 참석하는 학교 댄스파티는 영화에서나 볼 수 있는 것이다. 이런 성장 배경을 가진 이민자 가정의 자녀들은, 앞으로 자신이 미국 사회에

---

26 Suki Kim, *The Interpreter*, Farrar, Straus and Giroux, 2004, p.123.

서 어떠한 위치에 서게 될 것인지를 일찍부터 알게 된다. 미국인이 될 수 있다는 "꿈이 얼마나 허황된 것인지"[27]를 고통스럽게 체험하게 되기에, 이들은 그 꿈을 포기하는 법을 일찍부터 배운다. 이처럼 이민자 가정의 상황을 가감 없이 드러낸다는 점에서 이 소설은 기성 질서가 숨기고 싶은 현실을 적나라하게 폭로한다.

이민자들은 사회의 주변 집단 중에서도 하층에 속하며, 이민자 중에서도 불법 체류자들은 조르조 아감벤이 논한 바 있는 소위 "호모 사케르"의 벌거벗은 삶[28]을 사는 경계인들이다. 수지의 표현을 빌리자면, 이들은 "고객, 경찰, 조사관, 지방 검사, 국세청 직원, 이민국 직원 앞에서 영원한 죄인이다. 그렇다, 미국은 기회의 땅이라고 한다. 그러나 기회가 바로 눈앞에서 손짓을 해도 그들은 이를 알아채지도 못할 것이다."[29] 불법 체류자들이 팔자를 고칠 기회가 코앞까지 다가와도 이를 알아보지 못하는 이유는, 이들이 미국에서 '문화적 · 언어적 섬' 으로 존재하기 때문이다. 미국 사회 내에서 살고 있다고는 하지만 언어가 낯설다 보니 사회의 유기적인 부분이 아닌 것이다. 이들은 미국 사회의 영원한 이방인이요, 잠재적인 추방자이다. 수지의 아버지에게 가게를 빼앗겼을 때, 법에 호소하기는커녕 이민국 직원이 도착하기 전에 도망가야 했던 김용수 부부가 대표적인 예이다.

영주권자도 문제를 일으키는 순간, 즉 법망에 포착되는 순간 냉혹한 제재를 받는다는 점에서는 불법 체류자와 크게 다르지 않다. 영주

---

27 Ibid., p.122.

28 Giorgio Agamben, trans. Daniel Heller-Roazen. *Homo Sacer: Sovereign Power and Bare Life*, Stanford U. Press, 1998, p.8.

29 Suki Kim, op. cit., p.238.

권자로서 가게를 운영하던 최정순(Choi Jung Soon)은, 자신의 가게에서 물건을 훔치고 자신에게 되레 인종적인 욕설과 함께 주먹질을 한 흑인 소녀를 칼로 찌른 혐의로 3년을 복역하게 된다. 이로 인해 가족들과 소원해지는 등 충분히 대가를 그녀는 치렀지만, 주류 사회가 보았을 때 그녀는 중범죄를 저지른 추방 대상자에 불과하다. 최정순을 형사 법정에 세운 이민국은 그녀의 가정사를 집요하게 파고든다. 그녀의 딸이 아버지의 폭행을 경찰에 신고한 전력, 그리고 그 딸이 결국에는 가출한 사건을 들추어냄으로써 검찰은 이 부부에게 가정을 꾸릴 자격이 없는 사람들이라는 딱지, 자신의 가정을 스스로 파괴한 사람들이라는 딱지를 붙인다. 이들을 애당초 영주권이 주어지지 말았어야 할 부류로 만들어버리는 것이다. 그 결과 최정순은 강제 추방을 당하게 된다.[30] 수지의 눈을 통해서 작가는 새로운 삶을 위해 모든 것을 정리하고 미국으로 온 이들에게 미국은 "기회의 나라"도, "이민자의 나라"도 아니었다는 사실을 강조한다. 작품의 결미에 이르러 수지의 부모를 살인한 범인이 마침내 심판을 받았다고 해서, 이 소설이 그려내는 사회가 정의에 한 걸음 더 가까워졌다고 생각하기 힘든 이유가 여기에 있다. 그 정의가 인종차별적인 사회를 근본적인 의미에서 조금도 바꾸어놓지 못하기 때문이다.

30　Ibid., p.274.

4.
거대 주체 비판

•

      수키 김의 추리 소설에서 진정한 악당은 누구인가? 박씨 부부가 브롱스에서 청과 가게를 운영하고, 퀸즈에서 주택을 구입할 수 있었던 것은, 이들이 남의 가게에서 밤낮으로 품을 팔았기도 했지만, 결정적으로는 경찰과 이민국을 등에 업고 교포사회의 약자들을 등쳤기 때문이다. 수지가 만난 적이 있는 김용수가 바로 이들로 인해 가장 큰 피해를 입은 부류에 속한다. 불법 체류자의 신분이기에 자기 명의로 가게를 살 수 없었던 김용수는 수지의 아버지에게 공동 투자의 형태를 취하되 시민권자인 그의 명의로 가게를 사서 같이 운영할 것을 제안한다. 그러나 수지의 아버지는 투자하는 시늉만 하다가 가게의 명의가 자신에게로 넘어오자마자, 김씨 부부를 이민국에 고발하겠다고 협박하여 이들을 가게에서 쫓아낸다. 김용수는 이런 날강도 짓을 경찰에 고발하기는커녕, 강제 출국을 피하기 위해 아내와 함께 도망쳐야만 했다. 그의 아내는 상심한 나머지 목숨을 끊는다. 수지의 부모로 인해 억울한 일을 당한 사람은 김용수만이 아니었다. 김용수의 증

언에 의하면,

> 당신의 부모는 이민국과 경찰을 등에 업고 있었어. 사실 아
> 무도 건드릴 수가 없는 존재였지. 누군가가 출국을 당하고,
> 누군가의 가게가 문을 닫게 되고, 누군가가 평생 모은 저금
> 을 도둑맞을 때마다, 사람들이 할 수 있는 일이라고는 자신
> 이 다음 차례가 아니길 바랄 뿐이었어. 당신의 부모는 그들
> 에게 선택권을 주지 않았어.[31]

이쯤 되면 이 소설에서 악당은 한인 갱단 "공포의 사인방"이 아니다.
한인 갱단은 한인 이민자들이 인정사정없는 동료 업자로부터 스스로
를 보호하기 위해 들여온 자구책이었을 따름이다.

공포의 사인방 중 한 명인 DJ 또한 박씨 부부를 실제로 살해하기
는 했으나, 그렇다고 해서 그를 냉혈적인 악인의 반열에 올리는 것은
문제적이다. DJ가 자신의 탐욕이나 원한 때문이 아니라 억압적인 가
정으로 인해 고통받는 연인 그레이스의 모습을 보다 못해 살인을 저
질렀다는 점에서, 그의 사정이 이해가 아주 불가능한 것이 아니기 때
문이다. 세븐스타의 여주인 미나가 불평하듯, DJ는 자신에게 헌신적
으로 대하는 미나는 아랑곳하지 않고 오로지 그레이스만을 생각하며
사는 인물이다. 그는 그레이스가 희생당하고 있으며, 그레이스를 구
해줘야 하며, 또 그레이스가 얼마나 고독한지 모른다[32]는 둥 연인밖
에 모른다. 그레이스를 지키기 위해 가능한 모든 노력을 했다는 점에

---

31 Ibid., p.243.

32 Ibid., p.280

서, 그는 악인이 아니라 로맨스에 등장하는 의인, 납치된 공주를 구출하는 기사의 역할을 한 셈이다. 따지고 보면, 갱단을 고용한 한인 청과상들도 악당과는 거리가 먼 존재들이다. 박씨로부터 협박과 착취를 당했던 청과상들의 상황이 얼마나 절박하였는지는 김용수의 입을 통해 증언된다. "누가 당신의 부모를 죽였든지 간에 그들은 희생자였어. 그들은 절망적이었어. 나보다도 더."[33] 이쯤 되면 가해자가 악인이요, 피해자는 선인이라는 일반적인 도덕적 이분법을 이 소설에 적용하기가 어려워진다.

박씨 부부조차도 그들의 사연을 들여다보면 희생자의 면모가 있다. 주류 사회의 권력에 의해 이용당하다 결국 폐기 처분된다는 점에서 그렇다. 김용수의 진술을 더 들어보자.

> 경찰, 이민국—그들 모두는 어쨌거나 당신의 부모로부터 짜낼 것은 다 짜냈지. 당신의 부모로부터 짜낸 탈법에 관한 정보를 이용하여 그렇게 많은 한인 가게들을 공략했지. 이건 모두 정치야. 백인의 정치. 이 사건을 이제 종결할 수 있어서 경찰은 희희낙락할 거야. 이제는 소용이 없게 된 끄나풀을 한국인 청과업자 일당이 제거해주니 얼마나 완벽해! 한인들이 같은 한인을 죽인다—이민자들은 기생충이라는 그들의 이론을 입증해주는 거야.[34]

이처럼 박씨 부부는 주류 집단의 권력의 네트워크에서 이중적인

---

33 Ibid., p.244.

34 Ibid.

위치에 서 있다. 동료 한인들의 관계에서는 백인의 대리인으로서 권력을 행사하나, 그들 자신 백인의 권력 앞에서는 생존을 위해서, 시민권의 취득을 위해서 비열한 짓을 하지 않을 수 없었던 것이다. 이민국이 불법 체류자 단속을 이유로 한인 타운을 들쑤시는 것이 사회 정의를 실현하기 위해서가 아니라 실은 '백인의 정치'의 한 부분이라고 김용수는 질타한다. 백인 주류 사회가 근면하고 능력 있는 아시아계 경쟁자를 도태시킴으로써 기득권을 지키려고 부린 술수라는 것이다. 경찰이 이제 와서 박씨의 동료 한인 청과상들을 범인으로 체포하더라도, 이는 정의를 세우는 데 목적이 있는 것이 아니라 이민자 공동체를 문제적인 집단으로 정형화하려는 '인종 정치'의 일부임을 김용수는 신랄한 언어로 고발한다.

이처럼 눈에 쉽게 드러나는 범죄의 이면에 더 큰 사회의 구조적인 악이 도사리고 있음을 폭로하고 있다는 점에서 『통역사』는 하드보일드 추리물을 닮았다. 포터의 표현을 다시 빌리면, 하드보일드 범죄 소설에서 "애초의 범죄는, 조사하는 도중에서야 그 거대한 규모와 그것의 무소부재 함이 조금씩 파악되는 그런 악(惡)이 피상적으로 드러난 징후에 지나지 않는다."[35] 1920년대~1940년대에 들어 미국 추리물에서 이러한 경향이 뚜렷하게 드러나게 된 배경에는 20세기 초에 들어 비대해진 국가 권력과 개인의 경제생활을 점차로 장악하게 된 기업 자본주의가 있다. 코난 도일이 그려낸 이전의 소설에서도 사회적인 긴장이 있었지만 이는 해결이 불가능한 유는 아니었다. 반면, 훗날의 하드보일드 추리물에서 거대 주체가 제기하는 갈등이나 문제는

---

35 Porter, op. cit., p.40.

개인이 해결할 수 있는 성질의 것이 아니다. 하드보일드 범죄 소설에 등장하는 공간은 챈들러의 표현을 빌리면 "법이 이익과 권력을 위해 멋대로 주무르는" 곳이다. 그곳은 "스스로를 파괴할 기계를 발명한 문명이, 기관총을 처음으로 손에 쥐어 본 갱단원이 느끼는 그런 도착(倒錯)적인 쾌감을 느끼며, 그 [기계]를 사용하는 법을 익히는 그런 세상"[36]이다. 그러한 점에서 초기의 하드보일드 추리물은, 특히 해미트의 추리물은, 숀 머캔의 표현을 빌리면 "사회적 합의가 위협받았다가 재창조되는 것을 보여주는 것"이 아니라 "한때는 초월적이고도 사심이 없는 것으로 여겨졌던 제도와 신념이 사람들을 형성하고, 틀 지우고, 조종하는 방식"[37]을 비판적으로 드러냈다. 수지도 부모의 살해범을 찾아나섰다가 더 큰 사회의 구조적인 악을 마주치게 된다는 점에서 『통역사』도 그와 다르지 않다.

수지가 새삼 발견하는 사실은 법과 정의는 주류 사회에서 작동하는 기제일 뿐이며, 유색인들과 이민자들은 별개의 세상에 속해 있다는 점이다. 이성식의 통역을 위해 호출을 받고 브롱스의 형사 법정에 도착한 수지는 사람들이 보안 검사를 받기 위해 길게 늘어선 줄을 보면서 생각한다.

> 틀림없이 그녀가 여기서 유일한 아시아인일 것이다. 주변의 모든 사람들이, 보안요원들, 수갑을 찬 채 경찰에 의해 끌려가는 이들, 그리고 왜 여기에 와 있는지 하나님만이 아

---

36 Chandler, op. cit., p.5; Lee Horseley, *Twentieth-Century Crime Fiction*, Oxford U. Press, 2005, p.70.

37 McCann, op. cit., p.111.

실, 줄을 선 나머지 사람들을 포함하여 모두가 흑인인 듯했다. 그렇지만 변호사 중에는 흑인인[sic] 경우가 종종 있었다. 판사들이 흑인인 경우는 거의 전무했다. 그들 중 누구도 여기에 줄을 서지 않았다. 뒤편 어딘가에 있는 전용 입구를 사용하는 것이 틀림없었다. 권력의 구조는 분명했다. 감옥에 갇히는 자와 가두는 자의 관계는 인종의 문제였다. 달리 생각할 수가 없었다.[38]

법정 입구에서 보안 검사를 받기 위해 줄 선 사람들의 피부색을 보며, 수지는 기성의 권력 구조가 인종적으로 구성되어 있다는 사실을 새삼 깨닫는다. 인종적 경계선이 법의 집행자와 범죄자를 구분하는 경계선과 일치함을, 열외로 인정받는 소수와 줄을 서는 다수를 구분하는 경계선과 일치함을 깨달은 것이다.

국가 권력에 대한 수지의 비판적인 인식은, 부모가 이민국을 위해 수행한 끄나풀의 역할, 그리고 어렸을 때 그레이스가 영어 소통이 원활하지 못한 부모를 대신하여 그 일에 동원되었다는 사실을 알게 되면서 더욱 강렬해진다. 특히, 주류 사회의 권력을 상징하는 이민국에 대한 수지의 태도는 비판적이다 못해 정죄적이기까지 하다. 최정순의 통역을 위해 이민국 건물에 들어섰을 때, 수지는 10여 년 전에 부모와 함께 그레이스 언니가 이곳을 방문했을 때를 상상한다. 어린 나이임에도 불구하고 이런 일에 연루된 것이 수치스러워 몸 둘 바를 몰라 "고개를 수그린 언니의 눈에 뜨겁게 맺혔을 눈물"을 수지는 생각한다. 수지는 불법 체류의 약점을 잡아 그의 "부모를 꾀고, 마지막 명령

---

38 Suki Kim, op. cit., p.87.

을 내렸을, 그러나 그들이 총격을 당했을 때 고개를 돌렸을 이민국 직원[39]을 찾아내려고 주위를 살핀다. 그러나 이 무소불위의 권력 기관은 그것이 저지른 범행에 대해 아무런 흔적도 남기지 않았음을 깨닫는다. 이쯤 되면 이 소설에서 다루는 진짜 범죄자는, 박씨 부부도, 박씨 부부의 살인범도 아니라, 박씨 부부의 약점을 잡아 이들이 한인사회의 내부 고발자 역을 하게 만든 이민국과 이민국이 대표하는 백인 기득권층이다.

수지의 서사는 시민권자로부터, 영주권자, 그리고 불법 체류자에 이르기까지 다양한 한인들의 모습을 그려내는데, 이중 누구도 아메리칸 드림을 성취한 사람은 없다. 이민자 사회를 움직이는 약육강식의 법은 수지가 통역을 맡았던 적이 있어 알게 된 사건에서 드러난다. 헌츠 포인트(Hunts Point)에서 한인이 경영하는 델리 가게가 전소(全燒)되는 사건이 발생하는데, 화재 보험을 들지 않았기에 주인은 한순간에 거리로 나앉게 된다. 그는 과거에 건물주가 알바니아계 갱단을 불러들여 그에게 협박했으며, 이 방화도 건물주의 사주를 받은 이들이 저지른 것이라고 법에 호소하였다. 그 지역의 경기가 최근 들어 부쩍 좋아지자 알바니아계인 건물주가 임대료를 올리려 했고, 몇 년 전부터는 그를 아예 쫓아내려고 했다는 것이다. 이 사연을 접한 수지는 이 사건이 잘만 하면 『뉴욕포스트』지의 첫 면을 장식할 수도 있다고 생각하고, 몇 주 동안 관련 기사를 신문에서 찾아보지만 아무것도 발견하지 못한다.[40] 주류 사회는 이민자들의 절박한 상황에 관심이 없는 것이다.

---

39 Ibid., p.264.

40 Ibid., p.88.

고발과 연루

수지가 휴정 시간에 변호사들의 한담을 우연히 들은 바에 의하면, 노동부는 백인의 정치권력과 밀접한 관계를 맺고 움직인다. 선거철이 다가와서 시장이 전시용 이벤트를 필요로 할 때면, 노동부가 이민자들의 불법 고용에 대한 감시를 강화한다는 것이다.[41] 즉, 불법 고용에 대한 단속이 정치인이 백인들의 표를 얻기 위해 벌이는 이벤트라는 것이다. 그러니 주류 사회의 법과 정의는 특권층의 이익을 보장해 주는 수단에 지나지 않는다. 이들에게 있어 이민자들은 미국 시민이 아니라 잠재적 범죄자이며, 수지의 부모처럼 백인의 권력이 필요하면 써먹었다가 효용성이 떨어지면 언제든지 폐기하는 도구에 지나지 않는다. 이처럼 개인의 범죄를 넘어서 그 이면에 도사리고 있는 이민국이나 노동부, 경찰, 법원이 표상하는 기성의 공권력을 죄인으로 소환한다는 점에서, 이 소설은 영국 전통 추리물의 서사 패턴을 명백히 넘어선다.

수키 김의 소설에서 주인공은 이민자 가정 출신이고, 또한 그녀의 눈을 통해 조망되는 문제가 이민자의 삶이다. 그럼에도 불구하고 이 소설은 기존의 아시아계 이민자 서사 문법과는 많이 다른 형태를 취한다. 패트리샤 추의 지적에 의하면, 아시아계 이민자의 서사에는 "가족 간의 갈등, 노력과 교육을 통한 자기 개발의 욕망, 개인의 편견과 인종주의를 포함하는 사회적 불의에 대항하여 싸우는 미국식 투쟁"[42] 등이 주요 주제를 이룬다. 『통역사』는 "불의에 대항하는 미국식 투쟁"을 제외하고는, 패트리샤 추가 분석하는 이민자 서사의 특징을 닮지

---

41 Ibid., p.94.

42 Patricia P. Chu, *Assimilating Asians: Gendered Strategies of Authorship in Asian America*, Duke U. Press, 2000, p.62.

않았다. 또한, 이 "미국식 투쟁"이라는 요소도 내용을 자세히 들여다보면, 이민자 서사가 흔히 전제로 하는 "선한 피해자 대 악한 인종주의"라는 도덕적 이분법을 탈피하고 있다는 점에서, 이 소설은 비평가 추가 주장하는 이민자 서사의 문법과는 다른 형태를 보여준다.

5.

도덕적 모호성과 자율성

•

    하드보일드 추리 소설의 탐정들은 폭력적이고 부패한 도시의 공간을 넘나드는 소위 '터프 가이'다. 그는 아가사 크리스티(Agatha Christie)의 미스 마플(Marple)처럼 조용한 시골 마을의 독서클럽이나 사교계에 속해 있는 점잖은 회원 출신도 아니며, 코난 도일(Conan Doyle)의 셜록 홈즈(Sherlock Holmes)같이 사교성은 다소 모자라지만 지식과 교양을 갖춘 신사도 아니다. 1920년대부터 미국에서 꽃을 피우기 시작한 이 장르의 출현에는 당대의 싸구려 소설, 서부 영화, 프론티어 로맨스가 기여하였다. 이 장르는 1920년에 창간된 잡지 『검은 가면』(*Black Mask*)의 영향력 아래 당대 대중문화를 주도하게 된다. 해미트의 『핏빛 수확』(*Red Harvest* 1929)에 등장하는 컨티넨털 흥신소의 요원 컨티넨털 옵(Continental Op)이 그러하듯, 하드보일드 탐정은 개인과 국가/거대 기업 간의 갈등에서 양쪽 모두에 다리를 걸치고 있다. 그는 약자의 처지를 동정하는 편이나, 그렇다고 해서 누구의 편도 결정적으로 들지는

않는다는 점에서 가변적이고도 모호한 주체 위치를 갖는다.[43]

수지는 여성 하드보일드 추리물에 등장하는 '터프 걸'과는 다르다. 이를테면, "거친 언어를 쓰고, 자기 입장을 고수하며, 얻어맞기도 하나 필요할 때는 폭력과 살인도 저지르는"[44] 『A는 알리바이의 A』(*A is for Alibai* 1982) 의 전직 경찰관 여주인공 킨지 밀호운(Kinsey Millhone)과 같은 인물과는 다르다. 더구나 해미트와 챈들러가 만들어낸 남성성의 원조, "거리, 당구장, 노동조합, 유치장, 공장, 슬럼가의 언어"[45]를 짧게 내뱉는 터프 가이와도 물론 다르다. 그럼에도 불구하고 뉴욕의 법정에서 한인 피의자나 증인을 통역하는 일을 하는 수지에게는, 거대 주체와 개인 간의 갈등을 대함에 있어 해미트의 탐정 주인공을 연상시키는 부분이 있다.

우선, 수지는 검사 측에 의해 고용되어 이민자들에게는 저승사자와도 같은 이민국의 업무를 돕는 역할을 한다. 그러나 그는 한인들이 자신에게 불리한 증언을 하거나 혹은 적절히 대답하지 못할 경우, 아무도 눈치 채지 못하게 그들의 진술을 즉석에서 수정하거나 "치장을 하여" 번역한다. 그래서 검사로부터 일주일의 수입이 얼마나 되는지를 묻는 질문을 받은 피고가 수입을 5백 불로 줄여서 말해도 되는지 수지에게 한국말로 물어올 때, 수지는 "나의 수입은 나의 개인 정보입니다. 대략 5백 불 정도입니다만 정확하진 않아요"라는 외교적인 대답을 대신 해준다. 수지가 피고인을 위해 이와 같은 개입을 하는 이유는

---

43 Andrew Pepper, "The 'Hard-boiled' Genre", *A Companion to Crime Fiction*, eds. Charles J. Rzepka & Lee Horsley, Wiley-Blackwell, 2010, p.145.

44 Gavin, op. cit., p.265.

45 David Madden, ed., *Tough Guy Writers of the Thirties*, Southern Illinois U. Press, 1968, p.xix.

고발과 연루

이민자 사회의 특수성을 잘 알고 있기 때문이다. 사회보장번호도, 영주권도 없고, 따라서 사회보장의 혜택도 받을 자격이 없는 이들이 모여 있는 이민자 사회는 이들의 형편에 맞는 "나름의 법"[46]에 의해 운영되는 곳이다. 이 현실의 법에 따라 움직이는 사회 속으로 미국법이 갑자기 폭력적으로 들어와서, 세금 포탈 가능성을 염두에 두고 한인 이민자를 심문하는 것이 공평하지 않음을 수지는 알고 있기 때문이다.

교통사고 후 후유증을 호소하는 한 한인이 법정에 섰을 때도 수지는 유사한 개입을 한다. 반대 측 변호사가 피의자에게 사고 당시에는 아프지 않으니 구급차가 필요 없다고 경찰에게 진술해 놓고서 이제 와서 아프다고 하면, 두 진술 중 하나는 거짓말이 아니냐고 다그친다. 이에 피고가 자신은 결백하다고 중얼거릴 뿐 제대로 대응하지 못하자, 수지는 당시에는 사고로 인한 "충격을 받았었기에 아픈 줄 몰랐으나 집에 들어와서 쓰러졌다"고 대신 대답한다.[47] 한국인들은 고통을 느끼는 상황에서도 자신의 개인적 상태를 평가절하 하여 말하는 문화적 특성을 수지는 알고 있기 때문이다. "수치의 문화권"에서 살아온 한국인들은 공적인 영역에서 아픈 모습을 보이는 것도 자제하는 문화적인 훈련을 받았지만, 미국의 변호사들이나 검사들이 이러한 사실을 알 턱이 없는 것이다. 그러한 점에서 수지의 법정 개입에는 탈식민주의 추리 소설의 특징으로 지적되기도 하는 소수민 사회에 관한 민족지학적 지식이나 "실질적인 인류학"[48]이 작용한다. 만약 자신의 이

---

46 Suki Kim, op. cit., pp.14-15.

47 Ibid., p.16.

48 Ed Christian, "Introducing the Post-Colonial Detective: Putting Marginality to Work", *The Post-Colonial Detective*, ed. Ed Christian, Palgrave, 2001, p.2.

러한 행동이 발각되면 "즉시 해고될 것"[49]이라는 사실을 모르는 바가 아니지만, 수지는 자신이 옳다고 믿는 바를 실천하는데 주저함이 없다. 수지가 수행하는 통역 업무의 이중성에 주목한 모니카 치우는, 수지가 법정에 의해 고용되어있지만 법정의 권위에 철저히 따르지 않고 독자적으로 행동한다는 점에서, 그녀를 "이민자들을 호의적으로 보지 않는 제도의 공범이자 저항 세력"[50]이라고 부른 바 있다.

특기할 사실은, 사회적 약자에 대하여 그녀가 보여주는 공감에서 일종의 거리감이나 냉소주의가 발견된다는 점이다. 이성식을 처음 대면하게 된 법정에서 수지는 그가 어딘가 어울리지 않게 "일요일 예배를 보러 나온 것처럼" 정장을 차려입었음을 발견한다.

> 그것이 법 앞에서 그들이 존경심을 보여주는 방식이다. 비록 그러한 노력으로 인해 원고 측이 경제적인 어려움을 호소하는 그들의 주장을 거짓으로 오인하기는 하지만 말이다. 그러나 법정 진술은 이민 노동자들에게는 큰 사건이었다. 검사 사무실로부터의 소환은 말할 것도 없고, 미국 법정에 불려 나오는 일이 매일 일어나는 일은 아니었으니까. 식료품 가게에서, 손톱 소제 가게에서, 세탁소에서 일주일에 7일을 일하는 이들이 언제 그들의 가짜 구찌와 가짜 알마니와 가짜 롤렉스를 걸쳐 볼 기회가 있겠는가?[51]

이 인용문에서 묘사되는 한인 이민자들은 그들이 차려입은 정장이

---

49 Suki Kim, op. cit., p.16.

50 Chiu, op. cit., p.89.

51 Suki Kim, op. cit., p.89.

고발과 연루

자신이 하려는 진술을 반박하고 있다는 사실을 알아채지 못할 만큼 상황 판단이 어둡다. 그들은 또한 도착국에서의 사회적 지위에 맞지 않게 가짜 명품을 걸치고 자랑하는 사람들이기도 하다. 수지가 냉소적으로 지적하듯, 한인 노동자들이 가짜 명품을 사는 데는 신분에 어울리지 않는 허영심을 만족시키려는 의도가 있을 것이다. 그러나 이들이 가짜 사치품을 걸치는 데에는 도착국에서 그들이 차지하게 된 굴욕적인 사회적 위치를 보상받으려 하는 심리도 있을 것이다. 그러나 이러한 속사정은 수지의 냉소적인 서사에서 조명되지 않는다.

수지가 하드보일드 탐정과 공유하는 또 다른 특징으로 개인적인 행위 규범이 있다. 개인적인 규범이 기성의 도덕이나 법과 충돌할 때, 수지는 개인적인 규범을 우선시하는 경향을 보인다. 레너드 카수토는 하드보일드 범죄 소설과 행위 규범의 관계에 대해서 다음과 같이 설명한다.

> 하드보일드 범죄 소설은 전형적으로 억세고 말수가 적은 주인공을 등장시키는데, 이 인물이 항상 탐정의 역으로 나오지는 않는다. 그는 자신이 속해 있는 사회의 타락한 도덕성을 대신하는 행위 규범을 확립함으로써, 자신이 뛰어들어야 하는 비정한 세상을 헤쳐 나간다. 이 규범은 자기 보호와 허무주의적 의무감을 강조하는 것인데,『말타의 매』(1930)에서 대실 해미트의 주인공 샘 스페이드가 말한 바 있듯 "무언가라도 해야 하는" 상황이기에 느끼는 그런 의무감이다.[52]

---

52 Leonard Cassuto, *Hard-Boiled Sentimentality: The Secret History of American Crime Stories*, Columbia U. Press, 2008, p.4.

해미트의 주인공 샘 스페이드(Sam Spade)가 예시하듯, 하드보일드 탐정의 특징은 "전통적인 사회적 합의와 낯익은 경건함을 완전히 불신하는 데서 오는 대담함과 개인주의"로 요약된다.[53] 수지는 법정에서 하는 통역 업무에서 약자를 은밀히 돕기도 하지만, 사적인 이익을 챙기기 위해 공적인 업무를 오용하는 일도 서슴지 않는다. 피의자 이성식을 통역하는 자리에서 그가 과거에 수지 부모의 가게에서 일했다는 진술이 나오자, 수지는 검사와 피의자 몰래 검사의 질문 내용을 바꾸어 통역함으로써, 부모의 살해에 관련된 정보를 피의자로부터 얻어낸다. 자신이 생각하는 정의를 실현하기 위해 행동하면서도 자신의 이익을 돌보는 것을 게을리하지 않으며, 가해자와 피해자 어느 쪽에도 완전한 충성을 바치지 않고 다양한 주체 위치를 오간다는 점에서, 수지는 하드보일드 탐정의 특징인 자율성이나 독립성을 구현해 보인다.

　　수지의 자율성은 다른 사람들이 그의 행동에 대해 어떻게 생각할지 모르는 바가 아니지만, 그렇다고 그것에 구애받지 않는다는 점에서도 잘 드러난다. 데이미언과의 과거이나 현재 사귀고 있는 마이클과의 불륜이 그 예이다. 딸이 29살이나 연상인 백인 유부남과 사귀는 것을 알고 경악한 아버지가 "백인 유부남의 창녀"라고 비난하자, 수지는 벌떡 일어나 "제가 당신의 딸이 아니었으면 좋겠어요"라는 한마디를 던지고는 집을 나온다.[54] 그리고는 다시는 부모를 찾지 않는 그의 모습에서 알 수 있듯, 수지는 자신이 한번 결정한 일에 대해서는 포기하지 않는 성향의 소유자이다. 불륜의 관계를 유지하는 것을 수치스

53　Lee Horseley, "From Sherlock Holmes to the Present", *Companion to Crime Fiction*, eds. Charles J. Rzepka & Lee Horsley, Wiley-Blackwell, 2010, pp.32-33.

54　Suki Kim, op. cit., p.33

고발과 연루

러워하지 않는다는 점에서 수지의 자존감은 도덕성 위에 존재한다. 마이클과의 관계도 그렇다. 소설의 첫 장에서 그녀가 걸치고 나오는 검은색 캐시미어 외투는 "그녀가 사는 아파트 월세의 두 배에 달하는 가격이고, 세로줄 무늬의 바지는 할리우드의 인사들에 어울릴 만큼 맵시가 있는 것"[55]이다. 이 의복들이 프리랜스 통역가가 생활비를 아껴서 사 입을 만한 물품이 아니라는 점을 고려한다면, 이 사치품들은 마이클이 섹스의 대가로 그녀에게 준 선물임을 쉽게 추측할 수 있다. 실제로 수지는 마이클이 선물해 준 옷을 가리켜 "돈으로 직조하여 만든 것 같은 옷"[56]이라고 부른 적이 있다. 이처럼 그녀는 불륜의 대가로 받는 선물을 사용하는 것에 대해 거리낌이 없다. 수지가 마이클과의 불륜 관계를 친구 젠(Jen)에게 털어놓을 때조차도, 이 고백이 그녀의 자존감이나 자신에 관한 신념을 훼손시키지는 못한다. 수지의 강력한 자긍심은 한인 변호사가 휴정 시간에 커피 심부름을 시켰을 때, 일언반구도 없이 자리를 박차고 나와 버리는 데서도 잘 드러난다.

---

55 Ibid., p.3.

56 Ibid., p.28.

6.
하드보일드 속의 감상주의
•

전형적인 하드보일드 추리물이라고 해서 마초적인 남성주의에 대한 숭배만이 발견되는 것은 아니다. 카수토에 의하면,[57] 감상주의 소설에서 하드보일드 범죄 소설의 요소가 발견되듯, 그 반대의 경우도 가능하다. 감상주의가 공감력이나 이타주의를 지향한다면, 하드보일드적인 태도는 강고한 개인주의에 해당될 텐데, 텍스트가 둘 중 하나의 가치를 공공연히 추종한다고 해서 다른 가치가 텍스트에서 완전히 배제되는 것은 아니라는 것이다. 이를테면 미국의 유혹 소설(seduction novel)이나 감상주의 소설에서도 이기적인 악당들이 등장하며, 집단 중심의 공감과 개인주의 간의 갈등이 극화된다. 마찬가지로 하드보일드 범죄 소설의 주인공도 비슷한 유의 갈등을 경험하며, 상반된 가치들이 등장인물들을 통해 표상되기도 한다. 『말타의 매』를 예로 들면, 자신이 정한 규칙 외에는 어떤 것도 인정하지 않으며 자기 보호를 절대의 가치로 삼은 샘 스페이드가 한쪽 편에 있다면, 반대편

57　Cassuto, op. cit., p.9.

에는 그의 비서 이피 페린(Effie Perrine)이 있다. 카수토의 표현을 빌리면, "개인적인 이득에 대한 집요한 추구로 한통속이 된 인물들 가운데서 이피를 가장 도덕적인 인물로 만드는 특질인, 타인을 위해 희생하려는 마음이 두드러져 보인다. [……] 이 소설에서 이피가 가족 관계를 유지하는 유일한 인물인 것은 우연이 아니다."[58]

해미트의 『말타의 매』가 탐욕에 의해 추동된 배신이 꼬리를 물고 일어나는 비정한 세상을 그려낸다면, 『핏빛 수확』은 거대 기업, 부패 경찰, 갱단이 지배하는 냉혹한 세계를 그려낸다. 『핏빛 수확』의 무대가 펄슨빌(Personville)으로 이름 붙여진 사실이 상징하듯, 이 서사의 세계는 인간적 관계가 모두 단절된 개인들만이 있는 곳이다. 그곳은 결혼한 사람도 없고, 오로지 "인간적 관계를 갖지 못하는 범죄자들"[59]만이 모여 있는 곳이다. 이처럼 해미트의 세계가 "사람들이 더이상 관계 속에서 살 수 없는 곳"[60]이라면, 수키 김이 그려내는 다민족 도시 뉴욕도 인간적인 관계가 타락하고, 비정한 권력이 자신의 이익만을 챙기는 곳으로 그려진다. 즉, 돈과 성에 대한 욕망이 횡행하는 뉴욕이 가족이나 가정을 갖기에 부적절한 곳임을 고발하는 것이다. 수지와의 불륜으로 이혼하게 되는 데이미언의 가정이 그렇다. 데이미언의 유일한 혈육인 여형제가 일리노이 주에 살지만, 둘은 몇 년이 지나도록 서로 안부도 잘 묻지 않는다. 데이미언의 전처 타미코 교수는 변호사를 통해서만 데이미언에게 연락을 취한다. 내연녀를 둔 마이클의 결혼 생활도 온전한 것이 아니고, 수지가 뛰쳐나오고 그레이스도 도망치다

---

58   Ibid., p.50.

59   Ibid., p.58.

60   Ibid., p.50.

시피 떠난 박씨 가정은 더더욱 상황이 나쁜 경우였다. 김성수는 박씨 부부에게 사기를 당한 후 아내를 잃고 홀아비가 되었다. 최정순의 가족도 학대로 인해 딸이 일찍이 가출한 데다, 최정순마저 추방되면서 남편만 미국에 홀로 남게 된다. 그레이스의 대학 친구인 마리아는 임신한 상태에서 한인 남편에게 버림받고 혼자서 딸을 키우는 처지이다. '망가진 가정'은 최근의 하드보일드 탐정물에서도 드물지 않게 발견되는 주제이다. 찰스 윌포드(Charles Willeford)의 모슬리(Mosley) 시리즈가 대표적인 예인데, 네 편의 모슬리 시리즈 중 두 번째 소설인 『죽은 자를 위한 새 희망』(New Hope for the Dead 1985)에서 살인 사건은 뒷전으로 밀려나고 대신 "망가지고 수선된 가정과 가족, 한 부모, 적절한 양육"[61]이 주요 주제로 부각된다.

가정과 가족의 주제는 『말타의 매』에서도 중요한 의미를 부여받는다. 소설의 끝부분에서 탐정 스페이드는 거짓 단서를 좇아 어느 집에 도착한다. 잠겨져있는 집의 문을 열 열쇠를 구하기 위해 주인공은 옆집을 기웃거리는데, 이 이웃집은 그가 찾은 집과 극명한 대조를 이룬다. 하나는 잡초가 웃자란 황폐한 빈집이요, 다른 하나는 소설에서 유일하게 "아이가 발견되는" 불이 켜져 있는 집이기 때문이다. 카수토는 여기에서 척박하고 강고한 하드보일드 세계의 지평을 따뜻하게 비추는 인간애의 빛을 발견한다. 그의 표현을 빌리면, "이 비교를 통해서 이 황량한 추리 서사는 활기 있는 가족 이야기에 의해 실질적으로 압도당한다. 해미트가 깊은 감정이 가능한 곳을 향해 손짓하는 것이다."[62] 이러한 가치의 대조가 『통역사』에서도 발견되기는 한다. 그러나

---

61 Ibid., p.6.

62 Ibid., p.50.

해미트의 서사와 달리 『통역사』에서는 인간적인 관계나 인간적인 가치의 실패가 더 황량하게 느껴진다.

　『통역사』에서는 수지의 대학 동창 젠이 인간애를 표상한다. 수지가 4학년 때 데이미언과 동거를 시작하면서 학교를 자퇴하려고 하자 젠은 그래도 대학은 마칠 것을 그녀에게 충고한다. 수지가 결국 데이미언과도 갈라선 후 오갈 데가 없어지자, 젠은 그녀를 "아무런 질문 없이"[63] 받아주고 최소한의 사회생활이 가능해지도록 치유의 장소를 제공해준다. 수지가 마이클과의 불륜 관계를 시작했을 때 경악하며 만류한 이도 젠이다. 젠은 "이제는 [이 복수]를 지켜봐 줄 관객이 없잖아"라는 말로 친구를 설득하며, 자신의 인생을 내팽개친 친구를 위해 눈물을 흘린다.[64] 데이미언과의 불륜이 억압적이었던 부모에 대한 반항의 의미라도 띠었다면, 마이클과의 불륜은 도대체 무슨 의미를 갖는지 질문함으로써, 친구를 정상적인 삶으로 되돌리려고 애쓰는 것이다. 이처럼 친구에 대한 충심을 상징하는 젠이 소설에서 따뜻한 가족을 둔 인물, 추억이 있는 집을 가진 유일한 인물로 등장하는 것은 놀랍지 않다. 젠은 대학에 진학한 이후에도 몇 달이 멀다 하고 부모의 집에 들른다. 코네티컷에 있는 부모의 저택에는 "바비 인형과 낡은 큐어[락 밴드 명] 포스터와 상트페테르부르크에서 고교 수학여행 때 찍은 스냅 사진으로 가득 찬 게시판이 젠이 어릴 때 쓰던 방에 그대로 보존되어 있"[65]다. 수지가 갖지 못한 가족 간의 애정과 정겨운 학창시절의 추억이, 개인의 역사가 젠에게는 있다.

63　Suki Kim, op. cit., p.160.

64　Ibid., pp.70-71.

65　Ibid., p.38.

따뜻한 소속감을 주는 젠의 코네티컷 저택의 반대편에는 수지의 휑한 아파트가 있다. 이 아파트에 관한 수지의 태도는 '애착의 결여'로 요약된다. "이 아파트는 임시 보호소를 닮았다. 이곳에는 애틋함이, 꽃 무늬 침대보도, 꽃무늬에 상응하는 두베 커버도, 액자에 넣은 어릴 때의 사진도 없다. 사실 수지는 그 어떤 것에도 애착을 느낀다고 생각하지 않는다."[66] 이성식의 진술을 통역하기 위해 브롱스의 법원에 들렀을 때, 수지는 그곳이 자신의 아파트와 닮았다는 사실을 직관적으로 깨닫는다.

> 그 방의 검소함은 전형적인 지방의 자치 기관을 연상시키는 것이었다. 창문을 없앤 것은 의도적이었다. 틀림없이 감옥이 이럴 거라는 생각이 들었다. 벽은 모두 희끄무레한 흰색으로 칠해져 밀폐되어 있었다. 책상과 의자는 너무나 특색이 없어서 K 마트에서 전시된 것들을 그대로 들고 나온 듯했다. 희한하게도 이곳은 자신의 아파트를 연상시키는 부분이 있었다. 황량함, 차가운 정적, 끝이 없는 기다림이. 아직 새벽 4시일지도 몰랐다. 그리고 수지는 잠이 들기를 바라며 홀로 깨어 있는지도 몰랐다.[67]

일체의 인간적인 관계로부터 단절되어 있다는 점에서, 수지의 아파트는 "시간이 가기를 기다리는 곳"일 따름이며, 그러한 점에서 감옥을 닮았다.

---

66 Ibid., p.37.
67 Ibid., p.89.

수지의 가족은 미국으로 이민을 온 후 매년 이사를 다녀야 했다. 가족들과 한 곳에서 오랫동안 살며 살가운 시간을 같이 보낸 적이 없기에, 주워온 "찢어진 매트리스"[68]를 바닥에 놓고 항상 임시 거처에서 지내는 것처럼 살아야 했기에, 그녀에게는 현재의 정서적 황량함을 극복할 과거의 추억이 없다. 이 결여는 근원적인 것이다. 수지의 표현을 빌리면, "오랫동안, 내가 기억할 수 있는 한 오래, 무언가, 근원적인 무언가가 잘못되어 있었다. 마치 내게는 가정이 애초에 없었던 것처럼."[69] 이민 이전의 생활에 관한 기억도 그녀에게는 없다. 한국과 관련하여 그녀가 기억하는 유일한 것은 가족과 함께 서울의 한 근교에서 살았던 아파트의 엘리베이터 정도이다.[70] 한 곳에 정주하지 못하고 끝없이 층층을 움직여야 하는 엘리베이터는 수지의 가족이 살아야 했던 부표 같은 삶을 상징한다.

　　폭력이 증명하는 인간성의 상실이라는 측면에서 보았을 때, 하드보일드 고전이 단연 수키 김의 소설을 압도할 것이다. 그럼에도 불구하고 수키 김의 소설이 더 황량하게 느껴지는 이유는, 따뜻한 인간애를 유일하게 상징하고 인간적인 가치의 수호자로 제시되는 젠마저도 현실의 벽에 부딪혀 평소의 신념을 철회하기 때문이다. "편집자들은 작가들과 성관계를 맺고, 작가들은 취재원들과 성관계를 맺는" 잡지계에서 일하면서도 젠은 사려분별과 낙천주의를 잃지 않는다. 그러나 어느 날 익명의 내부자가 자신을 모함하는 바람에 직장 생활에 심각한 위협을 받게 된다. 젠은 수지에게 인생에 관한 슬픈 깨달음을 다음과 같이 토로한다.

68　Ibid., p.122.

69　Ibid., p.161.

70　Ibid., p.43.

중요한 것은, 포크너도, 조이스도, 데리다도, 그 외 4년 동안 학교가 우리의 머릿속에 채워줬던 것이 무엇이든, 그것이 아니었어. 수십만 불의 수업료를 받아먹고 우리에게 환상을 심어주다니 얼마나 뛰어난 사기술이야! 우리를 울게 만드는 것은 문학과 의미론이 아니었어. 중요한 건, 눈에 띄려고 편집자에게 아부하는 유치한 적에 맞서서, 자신의 자리를 지키는 그런 기본적인 싸움이었어. 생존은 두뇌와는 무관하더라고. 누구의 낯가죽이 더 두껍냐의 문제지. 대학에서 배운 모든 윤리와 정의를 잊어버렸나의 문제이기도 하고.[71]

위협을 받은 것은 직장에서의 자리였지만, 이 사건에서 그녀가 정말로 잃은 것은 인간적인 가치에 대한 믿음이다. 자신의 삶을 지탱해 온 대학에서 배운 가치들이 실은 '정글'이 쓴 위선적인 가면에 지나지 않았다고 토로하기 때문이다.

『통역사』가 살인과 음모가 횡행하는 『말타의 매』보다 더 황량하게 느껴지는 또 다른 이유는 따뜻한 가족애에 대한 그리움이 텍스트에서 전혀 다루어지지 않아서가 아니다. 역설처럼 들릴지 모르지만, 그러한 그리움이 발견되기 때문에 황량함이 더 크게 다가온다고 하는 편이 정확하다. 인간적인 가치에 대한 인지가 없다면 비인간적인 것이 주는 비정함도 느낄 수 없듯, 이상적인 가정에 대한 그리움이 있기에 그것의 부재가 더욱 아프게 느껴지는 것이다. 부모의 기일을 기리기 위해 몬탁행 기차를 탄 수지는 상상한다.

---

71 Ibid., p.160.

그들이 막 이사 들어간 파스텔 색조의 해변의 집. 아빠가 최근에 변덕을 부린 결과, 해변, 등대, 달빛, 뉴욕의 가장자리. 새로 산 지프차를 타고 온 엄마가 수지를 역에서 픽업할 때 웃으며 말하지. "이런 집에 살게 될지 누가 알았겠니!" 비 내리는 11월의 날씨에도 불구하고, 끈 사이로 햇볕에 탄 부분과 그렇지 않은 부분의 줄이 분명하게 드러나는 하늘색 탱크탑을 입고, 크리스챤 디오르 선글라스를 걸친 채 운전대를 잡은 엄마. 아빠는 넙치를 잡으러 나가시고. 나중에 스시로 먹을 요량으로 동네 어부에게 얇게 썰어달라고 하시겠지. 한국 식료품 가게에서 산 선물 보따리를 드리면 부모님은 기뻐하시면서 그걸 푸시지. 몬탁은 플러싱이 아니고, 우드사이드도, 잭슨 하이츠도 아니니, 인근 몇 마일 내에 한인 식료품점이 없거든. 입맛을 다시며 병에 든 김치, 말린 오징어, 명란을 보시겠지. 부모님이 어린이처럼 웃으시고, 그들의 얼굴빛이 너무 눈부셔 수지는 눈을 찡그려야 할 거야.[72]

『통역사』에 감상주의가 깃들어 있다면 바로 이 부분이다. 따뜻한 가족관계에 관한 그녀의 상상을 그려내고 있다는 점에서 그렇다. 그러나 그녀의 가족이 이런 삶을 구가했던 적은 한 번도 없었고 앞으로도 그럴 가능성은 제로이다. 한 번도 가져보지 못했고 앞으로도 불가능한 것을 갈망한다는 점에서 이 그리움은 고통이다.

---

72 Ibid., p.46.

7.
강고한 개인주의
.

　　기성의 도덕률을 대하는 수지의 태도는 작품의 결말에서 가장 선명하게 드러난다. 부모의 살해에 관련된 전모를 파악한 수지는 레스터 형사에게 전화 메시지를 남긴다. 한국인 청과상들이 갱단에게 살인 청부를 맡겼고, 이 청과업자들의 명단에 김용수가 있으니, 그를 족치면 다른 공범들의 이름을 불 것이라는 것이다. 이 메시지는 여러 가지 면에서 진실이 아니다. 앞서 언급한 바 있지만, 청과업자들이 갱단에게 살인 청부를 한 적은 없으며, 그저 박씨 부부가 자신들을 괴롭히지 못하도록 적당히 위협해 줄 것을 청탁하였을 뿐이다. 게다가 DJ를 제외하면 이 갱단도 박씨 부부의 죽음과는 무관하다. 또한, 수지가 고발한 김용수도 본인의 주장에 의하면 이 한인 청과상들과 행동을 함께하지 않았다. 만약 그가 이 일에 연루되어 있었더라면, 한인 갱단에 관한 사실을 굳이 피해자의 딸에게 털어놓았을 리가 없다. 그러니 박씨 때문에 가게와 아내와 삶의 희망을 모두 잃은 김용수를 살인의 공동정범으로 모는 수지의 행위는 다분히 문제적이다.

수지는 왜 거짓 제보를 했을까? 이 질문에 답하기 위해서는 레스트 형사에게 전화 메시지를 남기기 직전의 수지의 마음을 읽어야 한다. 수지는 언니가 해난 사고를 고의로 일으켰다는 가능성에 생각이 미치자 이 일련의 사건이 실은 언니의 복수극이었다는 사실을 깨닫고는 다음과 같이 생각한다. "한인 갱단을 엿 먹였고, 부모를 증오한 한인 청과상들을 엿 먹였고, 이민국을 엿 먹였고, 브롱스의 검사를 엿 먹였고, 무엇보다 레스터 형사를 엿 먹였어." 세븐스타의 주인 미나가 전해준 바에 의하면, 공포의 사인방 중 세 명은 DJ의 제보로 인해 폭력조직 단속반에 체포되었다. 그레이스가 그 배후에 있었음은 쉽게 추론할 수 있다. 그 후 DJ를 그레이스가 직접 물귀신으로 만들어버렸으니 부모의 죽음에 대해 최고의 복수를 한 셈이다. 진짜 살해범이 이렇게 사라져버렸으니 한인 청과상들은 살인 공모라는 누명을 벗겨줄 유일한 증인을 잃게 된다. 이들은 영락없이 감옥살이를 하거나 아니면 누명을 풀기 위해서는 상당한 고생을 할 것으로 예상된다. 마약 소지죄로 체포된 갱 단원들도 자신들이 살인범이 아니라는 것을 증명해야 하나, 진범이 죽어버렸으니 이를 증명하기가 쉽지 않을 것이다. 또한, 청과상들이 체포되어 수사가 본격적으로 시작되면 박씨 부부가 이민국과 경찰의 끄나풀 노릇을 했다는 사실이 백일하에 드러날 테니, 수지는 경찰과 이민국 모두에게 제대로 한 방 먹인 셈이 된다. 수지가 레스터에게 신랄하게 지적한 바 있듯, 그동안 경찰은 박씨 부부의 살인을 "우연한 살해"로 치부하여 미제 사건으로 덮어버렸다.[73] 박씨 부부와 경찰, 그리고 이민국과의 깨끗하지 못한 관계가 드러날 것

---

73 Ibid., p.180.

이 두려웠던 것이다. 그러니 그레이스는 부모의 죽음과 관련된 모든 개인, 집단, 기관에 보복한 셈이다. 그러나 이미 사망한 DJ를 제외한 이들에게 보복을 제대로 하기 위해서는 실행해야 할 마지막 단계의 행동이 있다. 누군가가 경찰에게 엉터리 제보를 해주어야 했던 것이다. 이 역할을 수지가 한 것이다.

이처럼 결말에서 작가는 수지와 그레이스를 부모의 죽음과 관련된 모든 이들에게 보복하는 궁극적인 응징자로서 내세운다. 이 보복은 분명 과잉된 것이다. 독자에게는 이것이 마음에 걸릴 일일지 모르겠으나, 수지는 이에 개의치 않는다. 자신이 언니와 함께 실현하는 정의가 자로 잰 듯 정확하게 공정한 것이 아니라는 사실이 그녀에게는 불편하지 않다. 수지가 보여주는 기존의 도덕률로부터의 독립은 최초의 하드보일드 추리물 작가로 일컫는 캐럴 존 댈리가 자신의 주인공 레이스 윌리엄즈(Race Williams)의 입을 빌려 다음과 같이 표현한 바 있다. "내게는 옳고 그름이 어느 법규에도 쓰여 있지 않으며, 나의 도덕적 규범은 지루한 교수들의 에세이에서도 발견되지 않는다. 나의 윤리는 나만의 것. 그것이 좋다고 말하는 것도 아니고 나쁘다는 것을 인정하는 것도 아니다. 더군다나 나는 이 주제에 관한 타인의 의견에 대해 관심도 없다."[74] 아가사 크리스티가 주장한 바 있듯, 영국의 고전 추리물이 "도덕이 있는 이야기요, 악의 소탕과 선의 승리가 있는 모든 사람(Everyman)의 도덕극"[75]이라면, 하드보일드 범죄 소설은 이 도덕적 전통과 헤어진다. 대신 하드보일드 탐정물은 선과 악의 기준이 모호

---

74 Carroll John Daly, *Snarl of the Beast*, HarperPerennial, 1992, p.1.

75 Agatha Christie, *Agatha Christie: An Autobiography*, Ballantine, 1977, p.527; Porter, op. cit., pp.160-161 재인용.

하여 도덕적으로 불확실하고 불안정한 세상을 그린다. 그런 점에서 이 서사는 독자들에게 그들이 문학에서 통상 바라는 위안을 주지는 못한다. 아이온 밀즈가 주장한 바 있듯, "범죄 소설은 순수한 도피주의와 안전을 표방하는 역사 로맨스와는 다른 것이다."[76]

『통역사』가 그려내는 세상은 도덕적 허무주의로부터 그리 멀지 않다. 그곳에서는 백인의 권력이 소수민을 착취하고, 그러한 불의에 대한 저항이 있기는 하나, 그렇다고 해서 피해자가 도덕적인 우위를 점유하지는 못한다. 피해자 집단 내에서도 지배와 피지배의 권력 관계가 존재할 뿐만 아니라, 한 개인도 그가 상대하는 집단에 따라 피해자가 되기도, 가해자가 되기도 하기 때문이다. 이러한 세계에서는 기성의 악을 바로 잡기 위한 행동이 또 다른 사악한 행위로 나타난다. 이러한 허무주의적 세상에서 살아남기 위해 주인공은 자신의 행동 규범만을 따른다. 그것이 기성의 도덕이나 법률과 충돌하는가 그렇지 않은가 하는 것은 그녀의 관심 밖이다. 그러한 점에서 수키 김의 소설은 해미트가 보여준 하드보일드 범죄 소설에 매우 근접해 있다.

『말타의 매』의 결말에서 탐정 스페이드는 마침내 그가 쫓던 범인을 체포한다. 공교롭게도 그 범인은 스페이드 자신이 사랑하던 브리지드(Brigid O'Shaughnessy)로 판명이 된다. 그녀가 함께 도피하자고 애원하지만, 스페이드는 연인을 경찰에 넘겨버린다. "그래서 어쨌다고? 누가 누구를 사랑하든 개의치 않아"[77]라는 말을 남기고. 스페이드가 그렇게 사랑하던 여인마저 경찰에 넘겨버리는 행위가, 그가 남보다 정

---

76 Andrew Pepper, *The Contemporary American Crime Novel: Race, Ethnicity, Gender, Class*, Fitzroy Dearborn, 2000, p.32.

77 Dashiell Hammett, *The Maltese Falcon*, Vintage, 1992, p.213.

제6장 코리아타운의 하드보일드 탐정

의감이 투철해서가 아니라는 사실은 주목할 만하다. 만약 이 연인을 놓아주면 그에 대한 책임이 자신에게 돌아올 것이니, 탐정으로서의 경력을 망치기보다는 사랑을 포기하는 것이 낫다는 현실적인 계산을 한 결과이다. 하드보일드 탐정은 자신이 종종 악당과 구분이 되지 않음을 인정한다. 챈들러의 주인공 말로의 표현을 빌리면, "나 또한 이 끔찍함의 일부였다"[78]는 것이다. 하드보일드 탐정이 스스로를 악당들로부터 변별할 수 있는 것은, "자신도 경제적 이익을 추구하기는 하지만 궁극적으로 탐욕에 의해 추동되지는 않는다"[79]는 정도의 차이이다. 중요한 개인적인 이득이 걸려 있을 때는 기성의 도덕률을 가차 없이 버린다는 점에서 수지의 행동은, 정의의 집행도 철저한 계산속에 따라 실천하는 스페이드의 이기적이고도 반(反)감상주의적 태도와 같은 뿌리에서 나온 것으로 여겨진다.

작가의 인터뷰에서 드러나듯, 이 소설에서 수키 김은 서사가 감상적으로 흐르는 것을 피하고 싶어 했고, 그 시도는 성공적이었다고 평가된다. "비록 [수지]는 결국에는 초연함을 잃고 말기는 하지만 소설은 완전히 거리를 유지하는 주인공을 제시함으로써 시작된다. 이러한 전제는 서사의 구조상 기억이 본질적이기에 종종 감상적으로 흐르는 대부분의 아시아계 미국 서사들과는 다른 것이다. 나는 그 기억을 다루는 다른 방식을 발견하고 싶었다. 여러 장르를 가로지르는 것을 가능하게 해준 탐정 소설의 관점이 그러한 정형화를 부수는 방법 중의

---

78 Raymond Chandler, *The Big Sleep*, Vintage, 1992, p.230.

79 Horseley, op. cit., "From Sherlock Holmes", p.33.

하나였다."⁸⁰ 이와 같이 감상주의를 배격한 결과 작가는 『통역사』에서
자신의 이익과 안전을 가장 우선하는 강고하고도 비정한 개인주의가
지배하는 어둔 세상을 그려낼 수 있었던 것이다.

80 Cindy Yoon, "Interview with Suki Kim, author of *The Interpreter*", *Asia Source*
    24 Mar. 2003, <http://www.asiasource.org/arts/sukikim.cfm>; Nitsa Ben-Ari,
    "Fictional vs. Professional Interpreters", *The Changing Role of the Interpreter:
    Contextualising Norms, Ethics and Quality Standards*, eds. Marta Biagini, Michael
    S. Boyd, & Claudia Monacelli, Routledge, 2017, pp.12-13에서 재인용.

8.
코리아타운의 트라우마

•

중요한 개인적인 이득이 걸려 있을 때, 수지가 기성의 도덕률이나 개인적인 연민과 같은 감상주의를 가차 없이 팽개친다는 주장을 앞서 한 바 있다. 완전한 거짓은 아니나 그렇다고 해서 완전히 옳지도 않은 제보를 경찰에 함으로써, 수지는 어떠한 이득을 챙길 수 있다고 생각했을까? 이 질문에 대한 대답은 그레이스의 유언에서 발견된다. 결말에서 수지는 복수에 관련된 그레이스의 속마음만을 읽은 것은 아니다. 그레이스가 남긴 유언에 따르면, 자신이 사 놓은 한인 마켓의 권리증서는 "그것으로 무엇을 해야 할지 아는"[81] 수지가 받도록 하고, 나머지 재산은 모두 마리아의 딸—수지 언니의 이름을 딴—그레이스에게 물려주는 것으로 되어있다. 한국인 피가 섞였지만 한국인을 닮지 않은 외모 때문에 한인 남편에게 버림받고 한인사회에서 겉도는 마리아와 그 딸을 도와줌으로써, 그레이스는 한인사회 최하층의 약자에게 정의를 베푼다. 수지는 그레이스가 부모의 재산을 일부

---

81 Suki Kim, op. cit., p.293.

처분하여 마련한 10만 불로 한인 마켓을 샀다는 것을 알았을 때, 처음에는 그것이 부모로 인해 고통받은 김용수에게 줄 금전적인 보상이라고 생각했었다.

그러나 그레이스의 복수 계획을 알아낸 후 수지는 유산에 대한 언니의 의중에 대해 다시 생각한다. 그녀의 상상 속에서 언니는 이렇게 속삭인다. "사랑하는 수지야. 나의 유일한 혈육. 이것이 바로 너의 꿈이 실현된 거야." 무슨 꿈이 실현되었단 말인가? 이어지는 수지의 생각을 들어보자.

> 해변의 파스텔 색조 집. 부모님의 눈부신 얼굴. 결코 죄가 없어. 결코. 가정과 가정이 아닌 것 사이의 경계를, 옳은 행동과 완전히 그릇된 행동 간의 경계를, 한국과 조국이 아닌 것 사이의 경계를 한 번도 위반한 적이 없으니. 그 경계는 항상 그곳에 있었어. 처음부터 그어져 있었고 두 소녀의 몸을 너무나 꽁꽁 묶은 나머지, 아무리 노력해도, 아무리 열심히 공부해도, 아무리 많은 남자아이들을 유혹해도, 아무리 많은 남편들을 훔치더라도, 어떤 신을 섬기더라도, 그들의 부모가 떠나지 않는 한, 돌아오지 않을 배를 타고 출항하지 않는 한, 어느 날 아침 일터로 차를 타고 나간 뒤 다시는 돌아오지 않는 한, 이 [자매들은 길을 찾을 수가 없었어.[82]

이 인용문에서 수지는, 엄격히 말하자면 부모님이 "옳은 행동과 완전히 그릇된 행동 간의 경계"를 넘은 적은 없으니, 그들에게는 죄가 없

---

82   Ibid., pp.293-294.

음을 천명한다. 불법 체류자를 제보함으로써 이익을 취하는 비양심적인 행위를 했을지는 몰라도, 그것이 실정법을 어기는 "완전히 그릇된 행동"은 아니었다는 논리이다. '죄 없는 사람'을 집어넣은 것은 아니라는 점에서 그렇다. "죄 없음"은 수지와 언니에게도 적용된다. 그렇게 함으로써 수지는 부모의 죽음에 연루된 사람들에 대한 복수를 정당화한다. 동시에 이렇게 함으로써 김용수에게 물질로 보상해야 할 필요성도 사라지게 된다. 그에게 죄가 없으면 경찰 조사를 통해 풀려 나올 것이요, 죄가 있다면 죗값을 치러야 할 것이다. 어떤 경우이든 불법 체류자의 신분이기에 그는 미국을 떠나야 할 몸이다. 이렇게 확보한 10만 불짜리 부동산 권리증서는 수지가 그리는 "해변의 파스텔 색조 집"이 상징하는 미국인으로서의 삶을 구가할 경제적 밑천이 된다.

동시에 수지는 부모와 부모의 죽음에 대해서도 새로운 인식에 도달한다. 즉, 자신과 언니가 성장하면서 겪은 고통과 탈선이 실은 부모로부터 기인하는 것이었음을 고려할 때, 이들의 죽음이 슬퍼해야만할 일은 아니라고 마음을 고쳐먹은 듯싶다. 부모가 "돌아오지 않을 배를 타고 출항하지 않는 한" 자신들이 "길을 잃은" 존재라고 여긴다는 점에서 그렇다. 부모가 이왕지사 돌아가신 마당에, 또한 자식 된 도리로서 복수까지 해 드렸기에, 이제는 슬퍼하거나 죄의식으로 고통받기를 그만두고 자신과 언니가 멋지게 살아갈 수 있다는 생각을 하게된 것이다. 그런 점에서 소설의 마지막 구절 "부모가 없는 두 소녀, 그렇게 멋진 미국의 미녀들"은 의미심장하게 다가온다. "멋진 미국의 미녀"로 살기 위한 필요충분조건 중 하나가 경제적 수입이라면, 또 다른하나는 '한인 부모'로부터의, 그들의 영향력으로부터의 자유이기 때문이다. 언니가 그의 상상 속에서 "바로 너의 꿈이 실현된 거야"라고 들

고발과 연루

려준 속삭임의 의미가 바로 이것이다. 이처럼 수지는 소설의 결미에서 자신이 그리던 미래를 위해서 도덕심과 연민의 정을 결정적인 순간에 가차 없이 버림으로써, 냉정한 계산에 의해 움직이는 진정한 하드보일드의 영웅으로 거듭난다. 동시에 이 하드보일드 영웅의 탄생은, 작가가 이 서사 내에서 견지해온 주류 사회에 대한 비판의 메시지를 일정 부분 중화시켜버리고, "미국인의 삶"을, "멋진 미국의 미녀"의 삶을 약속하는 동화주의와 제휴한다. 이 소설을 전복적인 서사로 읽는 기성의 비평이 제대로 다루지 못한 부분이 바로 이 결론 부분이다.

이 소설을 저항적인 이민자 소설로 읽은 평자들에게는 실망스러운 결말로 여겨질 수 있는 이 서사의 퇴행적인 마지막 한 수는 사실 갑작스러운 것은 아니다. 수지가 한인사회에 관한 부정적인 인식을 이미 반복적으로 드러낸 적이 있다는 점에서, 이는 텍스트에서 어느 정도 예고되어 온 것이다. 수지에 의하면 대부분의 한인들은 이성식이나 김용수처럼 영어를 읽고 말하지 못하기에 한인사회의 바깥 세계와 소통하지 못한다. 수지가 신랄하게 지적한 적 있듯, "이민자들의 하부 문화는 바깥세상 미국과는 관계가 없었다. 딸들이 아프면 어머니는 처방전을 보자는 말을 결코 하는 적이 없는 동네 약국에서 약을 지어왔다. 아버지는 입맛이 없으시면 웅담을 한 첩 지으러 아스토리아의 한의사를 찾았다. 그런 경우는 드물었지만, 여윳돈이 있으면 은행이 아니라 계에 부었다."[83] 이 문화적인 섬에 고립되어있는 대표적인 인물이 바로 수지의 아버지 박씨이다. 1975년에 이민을 왔다고 하니 미국에서 보낸 시간만도 25년에 가깝지만, 그는 여전히 한국 문화

---

83 Ibid., p.165.

속에 살고 있다. 그는 자신의 문화적인 집착을 딸에게도 강요한다는 점에서 문화 순수주의자이며, 동시에 현지에서의 문화번역에 실패한 문화 부적응자이다.

박씨는 딸들이 학교 댄스파티에 가고 싶다고 하면 "학교에서 춤을? 왜? 학교는 춤추고 노는 곳이 아니지!"라고 윽박질렀고, 몸가짐을 엄격하게 훈육하는 "한국 소녀의 규칙"을 강요하였다. 이 규칙에는 "립스틱 금지, 눈 화장 금지, 머리 염색 금지, 파마 금지, 향수 금지, 미니스커트 금지, 흡연 금지, 데이트 완전 금지, 미국인 남자아이들은 특히 더 금지"가 포함되어 있다. 그는 딸들에게 "깨끗한 몸"을, 즉 혼전 순결을 요구하고, 그들의 결혼 상대는 한국인이어야 한다고 주장한다는 점에서 혈통 순수주의자이기도 하다. 그런 점에서 그는 백인 인종주의의 거울상이다. 한번은 온 가족이 교회로 가는 길에 차우차우와 테리어 사이에 난 잡종 강아지를 치일 뻔한 적이 있는데, 혼혈에 대한 그의 과민 반응은 이때 그가 사용하는 경멸적인 언사에서 잘 드러난다. "피를 섞으면 어찌 되나 알겠지? 개조차도 망가져 나오잖아, 멍청하고 못생긴 놈!"[84]

주위 세계로부터의 고립과 가족의 생계에 대한 책임감은 수지 아버지의 정신을 극도로 압박한다. 그의 폭력적인 언사는 그렇지 않아도 고된 노동으로 인해 힘들어하는 수지의 어머니를 "중요한 부분을 잃어버린" 여성, "내면이 죽어버린" 여성으로 변모시킨다. 박씨는 분노 조절이 되지 않을 때는 "식탁에 음식을 올려놓기 위해 하루 종일 노예처럼 일해야 하는 것"[85]이 보이지 않느냐고 고래고래 소리 지르며 불

84　Ibid., p.53.
85　Ibid., p.121.

만을 딸들에게 터뜨린다. 이러한 분노의 끝에는 항상 한국을 떠난 것에 대한 후회가 있다. 수지가 지적하듯, "마지막 대답은 한국이었다. 그들의 모든 불만, 불행, 뉴욕시 외곽의 슬럼가를 끝없이 방랑하는 것모두, 그들이 한국을 떠났기 때문이었다." 그러나 박씨는 한국전쟁의 고아 출신이기에 한국으로 돌아가 봤자 사실 그를 반겨 줄 사람도 없다. 피붙이가 없는 곳이고 따라서 고향이라고 할 것이 없으니, 한국으로 돌아갈 의향이 그에게는 전혀 없다. 그런 점에서 박씨의 한국 타령은 "부모가 자식들을 자신의 방식에 옭아매는 구실에 불과했다."[86] 박씨의 고답적이고 억압적인 훈육 방식은 일찍부터 자유분방했던 그레이스와 충돌하게 되고, 그레이스는 어느 날부터 음식을 거부한다. 아버지가 무서운 그녀의 정신은 입을 닫치고 있는 반면, 그녀의 몸이 아버지의 권위에 무언의 반항을 하는 것이다. 박씨의 가부장적 권위가 "식탁 위에 음식을 올리기 위해 노예처럼 일하는" 그의 노고에서 유래한다는 점을 고려할 때, 그레이스의 거식증은 아버지가 힘들여 수확한 결과물을 향유하기를 거부함으로서 그의 권위에 반항하는 것이다. 음식을 거부하는 딸을 보다 못한 박씨는 딸에게 군만두 한 접시를 강제로 다 먹임으로써 자신의 노동의 가치를 확인하려 한 적이 있다. 그렇지만 그레이스는 억지로 넘긴 음식을 결국 다 토해 버림으로써, 경제 주체로서의 권위를 살리려는 아버지의 시도를 실패로 만든다.[87] 전제적인 아버지에 대한 수지의 평가는 더이상 냉혹할 수가 없다. "그는 가족을 두지 말았어야 하는 유형의 사람이었다."[88]

---

87   Ibid., p.169.

88   Ibid., p.164.

한인 1세대에 대한 수지의 부정적인 인식은 작가에게서도 발견되는 것이다. 『뉴욕타임즈』에 실린 수키 김의 기고문에 의하면, 과수원과 연못이 딸려 있고 공작을 관상용으로 키우는 언덕 꼭대기의 대저택에서 살던 작가의 가족은, 아버지의 사업이 부도가 나는 바람에 무일푼의 신세로 미국으로 도망쳐 나왔어야 했다. 13세의 나이에 미국의 공교육에 편입된 수키 김은 영어가 모국어가 아닌 학생들을 위해 편성된 영어 수업을 들어야 했고, 그때 이 '특별' 클래스를 들었던 한국인 학생들의 심경을 다음과 같이 토로한 바 있다.

> 우리 중 많은 이들이 십대의 나이에 미국으로 왔기에 한국의 방식과 언어에 이미 익숙해져 있었다. 우리는 영어 소통력이 부족하여 시간 왜곡이 벌어지는 이민자 게토에서 빠져나오지 못하는 1세대와도 종종 충돌했지만, 아시아계 미국인 특유의 불안과 뉴스 앵커맨의 영어 능력을 보여주는, 다른 미국인들에 비해도 훨씬 더 낯설게 느껴지는 2세대와는 더더욱 공감할 수 없었다.[89]

수키 김은 위의 글에서 1.5세대 자식들과 이민 1세대인 부모들 간에 존재하는 문화적 차이도 작은 것이 아니었지만, 미국에서 태어나고 자란 2세대 한국인들과의 문화적 차이는 간격이 더 컸다고 진술한다. 작가의 이러한 발언은 다양한 배경을 가진 한인 거주자들을 '한국계 미국인'이라는 하나의 동질적인 집단으로 분류하는 기성의 담론에 대

---

89 Suki Kim, "Facing Poverty With a Rich Girl's Habits", *The New York Times* Nov. 21, 2004 <https://www.nytimes.com/2004/11/21/nyregion/thecity/facing-poverty-with-a-rich-girls-habits.html>.

하여 문제 제기를 하고 있다는 점에서 주목할 만하다. 동시에 이민자 1세대를 "시간 왜곡이 벌어지는 이민자 게토"에 갇힌 존재로 일반화하고 있다는 점에서, 아버지 세대를 바라보는 주인공 수지의 인식과 크게 다르지 않다.

수지는 한국을 "흉한 문신"[90]이라고 부른다. 지우려야 지울 수 없는 문신처럼 자신을 따라다닌다는 뜻이다. 대학 재학 중에 영어 발음이 유창하지 못해 유학생임이 드러나는 한인 학생들과 마주쳤을 때, 이들이 "역병"[91]인양 피한 것도 한국 문화와 정체성에 대하여 그녀가 가진 피해망상 때문이다. 수지가 데이미언과 불륜 관계를 시작한 것도 게토에 갇힌 부모의 영향으로부터, 미국 내에서 소수 민족의 한계를 벗어나지 못하는 한국의 문화로부터 자유롭고 싶었기 때문이다. 그레이스가 대학에서 종교학과를 지원한 것도 알고 보면 아버지에 대한 반발이었다. 이 행동은 평소 기독교를 "천당행 티켓을 얻기 위해서는 제 어미도 팔아먹을 개자식들"[92]이라고 혐오하던 아버지에 대한 복수의 의미를 갖는 것이다. 그레이스가 대학을 졸업한 후 한인 지역 고등학교에서 영어가 모국어가 아닌 아이들에게 영어를 가르치는 교사로 취직한 것도, 또 교회에 나가며 주일학교 교사를 한 것도, 수지에 의하면 "부모의 소망을 따라간 것이다. 정반대의 방향으로."[93] 수지가 다른 사람도 아닌 백인 기혼자와 동거 생활을 시작한 것도 평소 아버지가 가장 혐오하는 두 가지, 백인과 사귀는 것, 그리고 기혼자와의 불륜을

---

90 Suki Kim, op. cit., *Interpreter*, p.123.

91 Ibid., p.252

92 Ibid., p.45.

93 Ibid., p.209.

한 번에 해치운 것이다. 그러니 두 자매의 인생은 아버지로부터 받은 억압과 그 억압에 대한 반발로 얼룩진 것이다. 마리아와의 대화에서 수지는 그레이스가 한 직업에 오래 있지 못하고 "부적응자"처럼 계속해서 이직하였다는 말을 듣고, 자신과 똑같다는 생각을 하게 된다.[94] 부모의 문화적인 적응 실패가 자매의 인생 탈선으로 이전된 것이다.

미국 내의 한인사회와 한국의 문화를 이런 식으로 정의해 놓고 보면, 백인의 인종주의 담론과 수지의 인식 간에 도대체 어떤 차이가 있는가 하는 질문이 생겨난다. 한인사회에 관한 묘사가 이 사회가 미국에서 얼마나 주변화되고 또 격리되어 있는지, 한인 이민자들이 어떤 고통을 겪는지를 드러내는 데 멈추지 않고, 한인사회를 전반적으로 게토화시키고 가부장적 권위가 지배하는 숨 막히는 전제적 공간으로 만들어내기 때문이다. 이러한 환원적인 재현을 위해 이 서사는 개연성을 희생시키기도 한다. 대표적인 예가 앞서 언급한 바 있는 최정순이다. 소설에 의하면, 최정순은 영어 소통이 어려워서 수지가 법정에서 통역을 해주어야 하는 인물이다. 법정에서 변호사가 영어 구사력에 대해 물었을 때 "Little"이라고 대답한 데서 알 수 있듯, 그녀는 영어로 소통할 수 없는 문화적·언어적 섬의 거주자이다. 또 다른 "박씨"인 것이다. 그러나 최정순의 법정 진술을 곰곰 상기해보면, 그녀는 1972년에 유학생으로서 미국 생활을 시작하였다. 이화여대에서 석사를 마치고 줄리아드 음대에 입학한 것이다. 그런데 집안이 파산을 하게 되자 그녀는 학비를 벌기 위해 휴학을 하여 돈을 벌다가 그만 어쩌다 보니 눌러앉게 되었다. 이후의 최정순의 삶의 경로는 소설에서 자세히

---

94 Ibid., p.258.

나오지 않는다. 그러나 그녀가 근 28년을 미국에 살았다는 사실은 쉽게 추론할 수 있다.

한국의 엘리트도 미국에 오면 경제적 최약자층으로 떨어지며, 미국이 이들을 어떤 편견으로 대하는지를 강조하기 위해서 작가가 최정순이라는 인물을 만들어냈는지는 모르겠다. 그러나 여기에서 묻지 않을 수 없는 질문이 하나 생겨난다. 한국의 유수 대학에서 석사를 마치고 미국의 명문 음대에 입학 허가를 받아 대학원 공부를 한 사람을 통역이 필요한 문화적·언어적 섬으로 묘사하는 것이 개연성이 있는 것인지? 그러니 출신 배경에 관한 일체의 애착 관계로부터 자유로운 하드보일드형 영웅을 만들어내기 위해, 또한 이민자들을 대하는 미국 정부 기관의 정의롭지 못한 태도를 비판하기 위해, 이 소설이 뉴욕의 한인사회를 특정한 과거의 시간에, 즉 소통력이 없는 한인들의 생계형 이민으로 특징 지워지는 1960년대~1970년대의 시간에 동결시켰어야 했는가 하는 질문 말이다.

결론적으로, 수키 김의 소설은 거대 주체에 대한 비판이 소수민을 위한 공감의 정치학이나 저항의 정치학으로 필연적으로 번역이 되지는 않는 서사이다. 궁극적으로 강자를 비판하나 그렇다고 해서 약자의 편을 맹목적으로 들지는 않는다는 점에서, 이 소설이 주창하는 강고한 개인주의는 탈정치적인 성격이 짙다. 만약 수지가 김용수에게 금전적인 보상을 하는 등 도덕적 비전이 작품의 결미에서 제시되었다면, 혹은 유사한 맥락에서 수지가 사회적 약자인 한인들에 대해 일관되게 연민을 느끼고 정의롭게 행동하였다면, 이 소설이 하드보일드 범죄 소설이기를 포기한 셈이 되었을 것이다. 그러나 작가는 아시아계 미국 문학의 도덕적 정형에서 탈피한다. 그러니 수키 김의 이 소설은 하드보일드적인 장르적 특징은 지켜내나, 이를 위해 한인사회를 과거의 어느 시점에 동결시켜 재현함으로써 서구의 오리엔탈리즘에 동조하는 문제를 안게 된다.

고발과 연루

자신의 정체성을 알 권리는 무엇보다 입양 기록을
비밀로 하는 관행에 의해 직접적으로 영향을 받는
정치적 문제이다.

사생아 국가, "입양인의 권리를 위한 우리의 임무"

나의 마음속에는 두 엄마를 위한 공간은 없었어요.

디엔 보세이 임, 입양 다큐『일인칭복수』

제7장

입양 문학과
인종적 우울증

1.

해외 입양과 구원 서사

•

　　한국인의 해외 입양은 이승만 정권이 한국전으로 생겨난
전쟁고아들과 소위 "GI 베이비"라고 불리는, 미군과 한국인 여성들 사
이에서 태어난 혼혈아들을 해외로 입양 보낸 1954년으로 거슬러 간
다. 이로부터 1961년까지 해외로 입양된 아동 중에서 혼혈 아동이
2,691명으로 전체의 62%를 차지하였다고 하니, 해외 입양의 역사 초
기에는 순수 혈통에 대한 한국인의 집착이 중요한 변수 역할을 하였
다고 여겨진다.[1] 이후 일어난 해외 입양의 현황을 한번 살펴보자. 60
년대에는 해외 입양이 정체되는 현상을 보이다가 70년대 중반 들어 6
천여 명으로 증가세를 보인다. 1979년~1981년 사이에는 4천 명대로
감소하나, 이후 다시 7천~8천 명대로 급증하고, 1990년에 들어 처음으
로 2,962명으로 급감한 후 지속적으로 하락하여 2006년에 1,899명, 그
리고 2007년에는 1,203명을 기록하였다.[2] 최근의 통계에 의하면, 국내

1　이예원, 「한국사회의 귀환 입양인 운동과 시사점」, 『민족연구』 37집, 2009, 160-161면.
2　임영언과 임채환, 「해외입양 한인 디아스포라: 한국 내 주요 신문보도의 내용분석

외 총입양아 수는 2016년에 880명, 2017년에 863명이고, 그중 해외 입양아의 수는 2016년에 334명, 2017년에 398명의 추세를 보인다.[3]

한국의 해외 입양 규모는 정부의 시책과 밀접한 관계를 맺어왔다. 1970년대 후반부터 줄어들기 시작하던 해외 입양아의 수가 1980년대 초중반에 급증하게 된다. 구체적으로 해외 입양아 수는 1979년에는 4,148명, 1980년에는 4,144명을 기록하다가, 1983년에 7,263명, 1984년에 7,924명, 1985년에 8,837명, 1986년에는 8,680명으로 점점 치솟는다.[4] 이는 전두환 정부가 '이민 확대 및 민간 외교'라는 차원에서 입양 정책을 추진한 것과 관련이 있다. 1981년 제5차 보건사회부 보고서에서는 해외 입양이 "친한(親韓) 인사를 만들기 위한 방책"으로 언급되었다. 반면 1990년의 급감 현상은 1988년 올림픽을 개최할 만큼 국력이 신장한 나라가 '고아 수출' 세계 1위라는 불명예스러운 사실이 해외 언론에 보도되면서 실시된 혼혈아와 장애아를 제외한 해외 입양 중단 조치에 영향을 받은 것으로 풀이된다.[5] 입양 초기와 달리 1960년대~1970년대는 가난으로 인해 버려진 아이들이 해외로 많이 입양되어 나갔고, 80년대 이후에는 비혼모의 입양아가 높은 비율을 차지하는 특징을 보여준다. 이 두 번째 현상에는 비혼모에 대한 사회적 편견과 남의 자식을 키우지 않으려는 한국인들의 유난히 강한 핏줄 의식

을 중심으로」, 『재외한인연구』 26집, 2012, 86면.

3 「작년 입양아동 863명 '최저'」, 『연합뉴스』 2018년 5월 11일 <http://www.yonhapnews.co.kr/bulletin/2018/05/11/0200000000A KR20180511050600017.HTML?input=1195m>.

4 임영언과 임채환, 앞의 글, 86면.

5 이예원, 앞의 글, 164-165면.

이 있다고 추정된다.[6] 오늘날 해외 입양아의 수는 정부 추산 16만 명에 이르고, 그중 미국에 입양된 수가 11만 명으로 압도적으로 많다.

한국 아동의 해외 입양에서 가장 큰 비중을 차지하는 입양 수용국은 미국이었다. 해리 홀트(Harry Holt)는 '홀트 양자회'(홀트아동복지회의 전신)를 설립하여 한국 아동의 해외 입양에 중대한 역할을 하였다. 한국 아동을 여덟 명이나 입양한 그는 입양에 대해 종교적인 접근을 한 대표적인 경우로 꼽힌다. 이예원이 지적한 바 있듯, 홀트는 입양 가정의 종교적인 성향을 가장 중요하게 생각하여 기독교 가정에 입양의 우선순위를 부여하였다고 한다. 그러나 이는 입양아동의 입장에서 보았을 때 매우 자의적인 선정 기준이었다. 또한 홀트 양자회와 같이 사적인 기관이 주선하는 입양의 경우, 미국 내부의 공적 기관을 통할 때 준수해야 하는 각종 절차를 우회하는 문제가 있었다. 무슨 말인가 하면, 사적 기관이 입양을 주선할 경우 입양 부모에 대한 다양한 조사를 통해 양부모의 적격성을 따지는 까다로운 심사를 피할 수 있다는 점

---

6   임영언과 임채환, 앞의 글, 89면.

7   해외 입양을 위해 1956년 처음으로 띄운 전세기 내부 모습 (왼쪽); 홀트 아동복지회 창설자인 해리 홀트가 1955년 처음으로 입양한 아이들 8명과 찍은 사진 (오른쪽). 국가기록원 제공.

에서 부적격한 부부가 입양 부모가 될 위험이 있었고, 실제로 공적 입양 기관에 의해 부적격 판정을 받은 부모들이 홀트 양자회를 통해 입양을 받았다고 한다.[8]

입양에 대한 종교적인 믿음이 버려진 아동들에게 새로운 가족을 주는 데 기여한 것은 사실이지만, 이러한 접근이 공헌한 바에 못지않게 심각한 문제를 노출 시킨다는 것도 사실이다. 이 문제 중의 하나는, 입양을 하나님의 사업으로 보는 이 초기의 접근이 입양아를 제3세계의 가난으로부터 구해준다는 '구원'(rescue) 수사학과 고도로 정치화된 '가족' 수사학에 의존하였다는 점에 있다. 가족 수사학의 문제점은 펄 벅(Pearl S. Buck)의 입양 담론이 잘 보여준다. 우리에게는 『북경에서 온 편지』(Letter from Peking)로 잘 알려진 이 문인이자 사회사업가는, 1949년에 '웰컴 하우스'라는 입양 기관을 설립하여 미국 국내의 혼혈 아동을 양가족과 연결하는 일을 시작하였고, 이어서 중국과 한국 아동의 해외 입양으로 사업을 확대한 바 있다. 선교사 집안에 태어나 중국에서 자라난 그는 아시아에서 공산세력이 득세하는 것을 목격해야 했고 이를 안타깝게 생각했다. 이러한 상황에서 입양은 그에게 아시아 출신의 입양인과 미국인 가정이 합쳐짐으로써 미국과 아시아 국가 간의 유대를 돈독히 하는 수단의 의미를 띠었고, 이로써 민주주의 세상을 공산주의로부터 지킬 수 있다고 생각하였다.[9]

미국의 아시아 정책과 관련하여 입양 및 가족 담론이 수행하는 이데올로기적 기능에 관하여 크리스티나 클라인은 다음과 같이 지적한

---

8 이예원, 앞의 글, 161면.

9 Christina Klein, *Cold War Orientalism: Asia in the Middlebrow Imagination, 1945-1961*, U. of California Press, 2003, p.90.

바 있다. "가족은 이러한 [인종적인] 차이들을 유지하면서도 초월할 수 있는 프레임, 책임과 지도력으로 비유되는 미국의 힘을 국가 경계선을 넘어 영원히 확장하는 것을 상상적으로 정당화하는 프레임이 되었다."[10] 이는 앞서 언급한 바 있는 해외 입양을 해외에 친한파를 심는 방편으로 생각한 전두환 정부와 동전의 앞뒷면 관계에 있다. 그러나 김대중 정부에 들어서 실제로 해외 입양인을 민족 공동체 내로 다시 포용하려고 했을 때, 이들로부터 비판이 제기되었는데, 이는 한국 정부의 이중적인 태도를 뼈아프게 지적한 것이다.

펄 벅과 해리 홀트의 인도주의적인 접근에는, 인종과 민족의 차이를 넘어서는 이상을 설정하고 이를 실현하기 위해 노력한 긍정적인 면이 있다. 일례로, 관료적 절차주의로 인해 당대 입양 기관이 입양에 오히려 방해가 되고 있음을 비판하는 한 서한에서 펄 벅은 진정한 종교적 사랑이 혈연이나 인종과 같은 모든 인간적인 구분과 장벽을 초월할 수 있음을 역설한 바 있다.

> 아이에 대한 친부모의 권리는 규정되어야 한다. 아이들은 소유물이 아니지만, 우리의 법 아래에서는 그렇게 간주된다. [……] 태만이나 유기의 행위로 인해 부모가 아이들과의 관계를 끊을 때, 혈연에는 어떤 마법적인 힘도 없다. 그러나 우리의 법과 관습에서는 진실된 사랑이 아니라 혈연이 여전히 우월한 권리이다. [……] 인종과 종교보다는 사랑, 이해, 그리고 포용과 같은 인간적인 특징이 어린이의 운명을

---

10 Ibid., p.92.

결정해야 한다.[11]

사랑과 이해, 포용의 힘이라는 보편적 가치 아래에서 피부의 색을 초
월하여 하나가 된다는 비전은 고결한 것이다. 그러나 현실에서는 유
색인 아동과 백인 양부모가 피부색을 초월하는 제3의 중립 지대에서
만나지 않는다는 데 문제가 있다. 유색인 입양아가 백인의 가정에 소
속되고, 따라서 백인의 가치가 지배하는 사회에 편입되는 것이 일반
적인 현실이라는 점에서 보았을 때, 보편주의적인 가치나 다문화적인
조화는 '문화적으로 기울어진 운동장'을 은폐하는 수사에 지나지 않는
다. 입양에 관한 구원 서사의 또 다른 문제는, 가족 담론과 마찬가지
로 개인들 간의 극히 사적이고도—적어도 표방하기로는—인도주의적
인 실천이, 광범위한 규모로 저질러진 국가 간의 침탈이나 지배 행위
를 은폐하는 기능을 해왔다는 사실이다. 데이비드 엥의 표현을 빌리
면, "초국가적인 입양인이 '저곳'에서 '이곳'으로, '고아원'에서 '가족'으
로 하게 되는 이동은 입양인 개인을 너무나 왜소하게 개체화한다. 그
뿐만 아니라 제국주의 역사와 그것이 자국에 미치는 영향을 가족이
라는 사유화된 공간으로 축소시켜버린다."[12] 이러한 맥락에서 보았을
때 적어도 1950년대의 입양은 인도주의에 입각한 구원적인 시각과
냉전 이데올로기가 동시에 발생한 장이었다고 할 수 있다
   '인종적 색맹주의'(color-blindness ideology)는 이러한 보편주의적 서사

---

11   Pearl Buck, "The Children Waiting: The Shocking Scandal of Adoption", *The Adoption History Project* <http://pages.uoregon.edu/adoption/archive/BuckTCW.htm>.

12   David Eng, "Transnational Adoption and Queer Diasporas", *Social Text* 76, 2003, p.9.

에서 유래하는 파생 담론 중의 하나이다. 피부색으로 사람을 구분하지 않는 것은 이상적인 목표일 수는 있으나, 백인의 가치가 지배하는 사회에서 소수민의 피부색이나 그것이 함의하는 정치적 특수성과 경제적 불평등을 고려하지 않는 것은, 오히려 소수민에게서 최후의 자기 구제의 수단마저 빼앗는 것이다. 이러한 보편주의적 서사는 입양아가 살아온 구체적인 역사의 특수성, 즉 그와 밀접한 관계를 맺는 정치적이고도 경제적인 역사의 특수성을 인정하지 않는다는 점에서, 또한 그 역사적인 맥락이 그에게 갖는 가치와 중요성을 인정하지 않는다는 점에서 입양아의 정체성을 부정하는 것이다. 보다 근본적으로, 종교적인 성향을 띠는 보편주의적 서사는 입양아를 '구원받아야 할 대상'으로 규정함으로써, 그의 인격권을 침해하였을 뿐만 아니라, 사회의 각종 권력 관계로부터 그를 지켜줄 최후의 보루인 '가족'을 아이러니하게도 또 다른 권력 관계로 변질시켰다는 비판에 열려 있게 된다.

이러한 관점에서 고려되었을 때, 제인 정 트렌카(Jane Jeong Trenka 1972~)의 첫 회고록 『피의 언어』(Language of Blood 2003)는 국가 및 인종의 경계선을 넘어서 이루어지는 이른바 초국가적/초인종적(transnational/transracial) 입양에 따르는 문제들을 폭로하고 있다는 점에서 시사하는 바가 크다. 이 서사가 제기하는 문제 중에는 구체적으로 입양아와 입양 부모 간의 갈등, 입양인의 정체성의 분열, 본질론적인 혈연주의, 양부모가 표방하는 인종적 색맹주의, 백인 사회의 노골적인 오리엔탈리즘 등이 있다. 흥미로운 점은 이 회고록에 관한 적지 않은 기성의 비평이 "인종적 우울증"(racial melancholia)의 문제에 주목하여왔다는 것이다. 이와 같은 접근법을 취한 대표적인 학자로는 민은경, 제니 윌리스, 레나 알린을 꼽을 수 있다. 이 학자들의 주장은 서로 조금씩 결이 다르기는 하나 모두 앤 앤린 쳉, 그리고 데이비드 엥과 한신희 같은 학자들이 프로이트의 우울증 개념을 입양의 맥락에서 재해석한 "인종적 우울증"[13] 개념을 토대로 삼았다. 『피의 언어』에 대한 이 학자들의 분석에 의하면, 이 서사는 "어머니의 상실"을 제대로 애도할 길이 없어 발생한 우울증에 맞서 어머니를 되찾으려는 "영웅적인 추구"[14]를 보여주거나, 혈연관계의 상실을 애도하고 "인종적 우울증과 비가시성으로 인해 분열된 주체"를 극복하려는 글쓰기[15]의 형태를 띠거나, 혹은 양부모의 조력이나 이해 없이 입양인 홀로 상실을 감당하고 애도해야 했다는 점에서 "이중의 인종적 우울증"[16]을 그려내고 있다. 본 연구에서는 이 학자들의 이론적 토대를 이루는 "인종적 우울증" 개념이 프로이트의 원 개념에 얼마나 충실한 것인지, 또한 이 파생 개념이 트렌카의 회고록이 그려내는 주인공이자 저자의 심리 상태를 분석하는 데 얼마나 적절한지를 논한다. 이어서 『피의 언어』가 그려내는 해외 입양인의 정체성 추구가 본질론적 혈연주의, 인종적 색맹주의, 구원 서사 등과 어떠한 관계를 맺으며 발전하는지를 분석한다.

---

13 Anne Anlin Cheng, *The Melancholy of Race*, Oxford U. Press, 2001; David Eng & Shinhee Han, "A Dialogue on Racial Melancholia", *Psychoanalytic Dialogues* Vol.10, No.4, 2000, pp.667-700.

14 Eun Kyung Min, "The Daughter's Exchange in Jane Jeong Trenka's *The Language of Blood*", *Social Text* Vol.26, No.1, 2008, p.123.

15 Jenny Heijun Willis, "Fictional and Fragmented Truths in Korean Adoptee Life Writing", *Asian American Literature: Discourses and Pedagogies* Vol.6, 2015, p.55.

16 Lena Ahlin, "Writing and Identity in Jane Jeong Trenka's Life Narratives", *International Adoption in North American Literature and Culture*, ed. Mark Shackleton, Macmillan, 2017, p.128.

2.
프로이트와 인종적 우울증
•

프로이트는 「애도와 우울증」(Mourning and Melancholia)에서 우울증을 설명할 때 "애도"와 "자기애적 동일시"라는 두 개념에 의존한다. 애도와 우울증은 사랑하는 대상을 상실하였을 때 개인이 보이게 되는 정서적 반응이라는 점에서 기원이 동일하다. 그뿐만 아니라 각 현상을 구성하는 구체적인 특징에 있어서도 공통점이 있다. 프로이트의 표현을 직접 빌리면,

> 우울증의 구분되는 정신적 특징에는 심오하게 고통스러운
> 실의(失意), 외부 세상에 관한 관심의 중지, 사랑할 능력의
> 상실, 모든 활동의 억제, 자기 비난과 자기 매도로 표현하다
> 못해 형벌을 기대하는 망상에 사로잡힐 정도의 자존감 실
> 추가 있다.[17]

---

17 Sigmund Freud, "Mourning and Melancholia", *On the History of the Psycho-Analytic Movement Papers on Metapsychology and Other Works*, Vol. 14 of *The Standard Edition of the Complete Psychological Works of Sigmund Freud*, trans. &

이어서 프로이트는 사실 이 정신적 특징들이 자존감의 장애만 빼고는 애도의 특징이기도 하다고 서술한다. 즉, 우울증과 다르지 않게 애도도 사랑하는 대상을 상실했을 때 개인이 보이는 반응이기에, 정신적인 고통, 외부 세상에 관한 관심의 상실, 새로운 사랑의 대상을 찾을 능력의 상실, 사랑하는 대상에 관한 생각과 관련되지 않는 모든 활동의 중지를 포함한다.

그러나 우울증과 달리 애도는 개인이 궁극적으로 현실에 적응하도록 돕는 역할을 한다. 프로이트에 의하면, 사랑하는 대상을 잃게 되었을 때 현실 세계는 이전에 대상에 투여한 성적 에너지, 즉 리비도를 철회할 것을 개인에게 요구하게 된다. 존재하지 않는 대상을 계속 사랑할 수는 없기에 그렇다. 동시에 현실의 이 요구는 심각한 반대에 직면하게 되는데, 그 이유는 개인이 자기가 진심으로 사랑했던 대상에 대한 애착 관계를 쉽게 포기하려고 하지 않기 때문이다. 현실에 대한 부정의 욕망이 너무 큰 나머지 개인은 환각적인 이상 증세에 의존해서라도 사랑의 대상에 매달리게 된다. 이를테면 둘이 자주 가던 장소를 방문했을 때 죽은 연인이 언제라도 문을 열고 들어올 것 같은 생각이 들고, 이러한 생각에서 헤어 나오기가 싫은 것이다. 결국에는 현실의 수용이 이루어지기는 하나 이는 고통스러운 과정을 통해 아주 조금씩 진전된다. 리비도가 대상에 투여되었던 과거의 순간들 하나하나를 기억 속에서 되살리고, 이에 대한 최대한의 집중이 있고 난 다음에야 리비도의 철회가 가능해진다는 것이다. 이것이 애도의 과정인데, 이 과정이 완료될 때 개인은 비로소 상실로부터 자유롭게 된다. 즉,

---

gen. ed. James Strachey, Hogarth Press, 1963, p.244.

대상 상실에서 대상 포기로 전환하게 되고, 새로운 애착 관계를 시작하는 것이 가능하게 된다.[18]

반면 우울증은 상실을 극복하여 정상적인 상태로 돌아가기 위해 주체가 겪는 과정과는 거리가 멀다. 우선 그것은 사랑의 대상을 상실하는 데서 온다는 점에서는 애도와 유사하나, 그 대상이 관념적인 (ideal) 것이라는 점에서, 또한 상실의 대상이 정확히 무엇인지를 개인이 인식하지 못한다는 점에서 애도와 다르다. 심지어는 상실의 대상을 인식할 때조차도, 정확히 그 대상의 '무엇을' 상실했는지를 깨닫지 못한다는 점에서 우울증 환자에게 있어 상실은 '무의식적인 것'이다. 우울증 환자는 또한 애도자와 달리 극도로 낮은 자존감에 사로잡혀있다. 프로이트의 표현을 빌리면, "애도의 경우 세상이 빈곤하고 텅빈 곳이 되나, 우울증의 경우 그런 일은 자아에 일어난다."[19] 즉, 우울증 환자를 괴롭히는 것은 자아의 빈곤감이라는 것이다. 자신을 비난하고 욕하다 못해 자학적으로 되며, 또한 공개적인 자책과 자기 고발에 대해 아무런 부끄러움을 못 느낀다는 점에서 우울증 환자의 자기 비난은 정상인의 자책과도 구별된다.

프로이트는 대상 상실이 주체의 자책과 자기혐오로 이어지는 현상을 "자기애적 동일시"(narcissistic identification 自己愛的同一視)의 이론으로 설명한다. 그에 의하면, 주체가 대상에 대하여 실망을 느끼거나 대상으로부터 모욕을 받는 등 리비도의 대상 고착이 더이상 가능하지 않게 되었을 때, 대상 상실에 대처하기 위한 방편으로서 대상과 스스로를 동일시하게 된다. 애착의 대상을 자신의 에고 내부로, 에고의 일

---

18 Ibid., pp.244-245.

19 Ibid., p.246.

부로 불러들임으로써, 갈 곳 없게 된 그의 리비도가 새로운 대상을 찾는 대신 그의 내부를 향할 수 있게 되는 것이다. 이렇게 함으로써 개인은 사랑의 대상을 상실한 현실을 직시하지 않아도 된다. 여기에는 애초부터 애착 대상의 선택이 나르시시즘, 즉 자기애에 기반해 있다는 생각이 있다. 누군가를 사랑의 대상으로 선택하는 것은 근본적으로 그와의 자기애적 동일시, 즉 그를 자신과 동일시하고 자신의 일부로 만드는 행위와 다르지 않기 때문이다. 둘 사이에 차이가 있다면 자기애가 성애적 관계로 발달했느냐의 유무이다. 프로이트에 의하면,

> 대상 선택은 자기애적 토대에서 효과를 발해왔기에, 장애물이 나타날 때 대상 집중은 자기애로 퇴행할 수 있다. 대상과의 자기애적 동일시가 성애적 집중을 대체하게 되는 것이다. 그 결과 사랑하는 이와의 갈등에도 불구하고 사랑의 관계를 포기하지 않아도 된다. 사랑의 대상을 동일시로 대체하는 것은 자기애적 애정에 있어 중요한 기능이다.[20]

이러한 맥락에서 보았을 때, 우울증 환자가 스스로에게 퍼붓는 악담이나 비난, 증오는 실은 자신을 향한 것이 아니라 자신에게 내삽된 타자, 즉 자신에게 모욕을 준 연인을 향한 것으로 해석된다. 여기에서 우울증 환자의 또 다른 특징인 양가성(ambivalence 兩加性)이 등장한다. 우울증 환자도 보통 사람처럼 무한한 자기애를 소유하고 있지만, 자기 증오도 소유하고 있다. 이 증오심은 애초에 자신을 모욕한 연인을 향했던 것이지만, 동일시의 결과로 인해 자신의 내부로, 연인을 대

---

20 Ibid., p.249.

체하는 자신에게로 향하게 된 것이다. 그런 점에서 우울증 환자가 흔히 보여주는 자기 학대 행위는 상실한 애착 대상에게 집행하는 복수의 의미를 띤다. "자신이 병이 듦으로써 연인에게 복수하는 것이다."[21] 결론적으로 우울증 환자가 보여주는 자기 비난, 자기 학대, 자기 증오, 이 모두는 그가 상실한 대상과 동일시하게 되면서 발생하는 부산물이라고 할 수 있다.

프로이트의 우울증 이론은 인종주의 주제를 다루는 비평가들의 주목을 받게 되는데, 앤 앤린 쳉과 데이비드 엥이 대표적인 예이다. 두 비평가 모두 프로이트의 이론을 인종적 상황에 적용한 "인종적 우울증"이라는 개념을 사용하는데, 쳉의 경우 1997년에 발표한 논문에서 이 개념을 선보인 후, 2001년에 출간한 저서에서 이를 본격적으로 다루었다. 쳉은 프로이트의 이론에서 우울증 환자가 타자(포기된 연인이나 그를 대신하는 관념 등)와 하게 되는 동일시 관계에 주목한다. 타자를 자아 내부로 편입시킴으로써 상실에 대처하고, 타자에 대한 증오의 감정을 자기혐오라는 형태로 발산하는 우울증 환자의 모습에서, 이 비평가는 인종주의적인 백인 사회와 유색인의 관계에 대한 유추를 발견한다. 애착 대상이 '자아의 일부로' 자리를 잡기는 하였으나 여전히 증오를 유발하는 '내부의 타자'라는 지위를 유지한다는 심리학 이론에서 애착 대상 대신에 유색인을, 자아 대신에 백인 사회를 앉힘으로써, 쳉은 "인종적 우울증"의 개념을 완성한다. 엄밀히 말하자면, 프로이트의 우울증에서 대상은 리비도의 집중을 일으키는 '애착 관계'에 맥락화되어있는 반면, 인종주의 사회에서 유색인은 대개 애초부터

---

21   Ibid., p.251.

'증오와 착취의 관계'에서 출발한다는 점에서, 두 이론은 전혀 다른 대상관계를 논의하고 있지만 이러한 중요한 차이점은 쳉의 이론적 작업에서 주목을 받지 못한다.

극도의 낮은 자존감, 자기 비하, 자기 학대 등 우울증의 징후를 구성하는 대부분의 중요한 요소들을 논외로 하면서 쳉이 대신 주목하는 요소는 백인 사회가 인종적 타자를 위해 예비해 놓은 이중적이고도 양가적인 위치이다. 프로이트는 "대상 선택은 동일시의 예비 단계"이며, 동일시란 "타자를 자신의 내부로 병합하는 것"이며, 리비도 발달 초기인 구순기(oral phase)에 자아는 무엇이든 입으로 가져가 "삼킴"[22]으로서 이러한 동일시의 욕구를 실현시키려 한다고 지적한 바 있다. 아래의 인용에서 드러나듯 쳉이 주목하는 바가 바로 이 "삼킴"이다.

> 이 불편한 [타자] 삼키기에 관한 프로이트의 개념은, 어떻게 상실에 대처하며 또 배제에 의해 상실이 공고히 되는지에 관하여 이 개념이 함의하는 바는, 미국 "내부의 외국인"으로 여겨지는 인종적 타자의 성격에 관해 도발적인 안목을 제공한다. 어떤 점에서, 인종적 타자는 사실 미국 국민(American nationality) 속으로 완전히 동화되었거나 혹은 좀 더 정확히 말하자면, 가장 불편하게 소화된 상태에 있다. 미국의 민족적 이상주의의 역사는 병합과 거부라는 이 우울증적인 관계에 항상 놓여 있었다.[23]

22　Ibid., pp.249-250.
23　Cheng, op. cit., p.10.

위의 논리에 의하면, 백인 사회의 건설과 유지를 위해 그의 노동력이 필요로 되었기는 하나, 그렇다고 해서 그를 온전한 '우리의 일원'으로 받아들이지 않는다는 점에서 유색인은 "합법화된 배제"[24]의 경우를 구성한다. 이러한 경계인으로서의 모호성이 프로이트의 동일시 개념이 상정하는 자·타의 모호성과 유사하다는 것이다.

미국 사회가 건설되기 위해 살육을 당했고 그 이후에는 보호구역 내에서 수용되어야 했던 북미 원주민들이나 신대륙에 노동력을 공급하기 위해 끌려온 아프리카 노예의 후손인 흑인들이 미국 사회에서 받는 이중적인 대우가 경계인으로서의 모호성을 잘 설명한다. 즉, 공식적으로는 미국 사회의 일원이기는 하되 환영받지 않는 일원으로서의 대우가 이러한 우울증의 조건을 충족하는 예가 될 것이다. 사실, 이러한 주장은 그다지 새롭지는 않다. 소수민 출신의 유색인이 백인 사회에서 갖는 위치의 모호성은 사실 호미 바바가 식민 관계에 관한 논의에서 이미 정교하게 이론으로 제시한 바가 있기 때문이다. 메트로폴리스의 내부에서 이질적이고도 혼종적인 존재로 남게 되는 이민자들의 "소수민 담론"이나 그들의 "문화적 차이"[25]에 관한 바바의 이론이 그 예다. 차이가 있다면 한 사람은 라캉의 정신분석학과 데리다의 해체주의를 동원한 반면, 다른 한 명은 프로이트의 심리학을 사용하였다는 점이라고나 할까.

쳉은 "인종적 우울증"의 개념으로써 개인이나 집단의 심리를 설명하기보다는 주류와 비주류 집단의 불편한 관계에 대한 은유적 의미

---

24 Ibid.

25 Homi Bhabha, *The Location of Culture*, Routledge, 1994, pp152-157; 이석구, 『저항과 포섭 사이: 탈식민주의 이론에 대한 논쟁적인 이해』 소명, 2016, 640-646면.

로 사용한다. 그러나 집단 간의 권력 관계라는 사회적 현상을 설명하기 위해 자아심리학의 용어를 굳이 들여올 이유가 있는지 의문이 드는 것도 사실이다. 반면, 엥과 한신희는 같은 개념을 소수민 집단의 지배적인 정조(情調)라는 의미로 사용한다. 이에 의하면 "인종적 우울증"은 개인의 심리적 문제에서 발생하는 정신병리학적 성향이 아니라 "탈정신병리학적 정서구조"[26]로 정의된다. 즉, 이들은 이 개념을 정신병리학의 영역에서 탈피시키되, 미국 사회에 편입된 이민자들과 입양인들이 집단적으로 겪는 정서적 현상으로 보자는 주장을 하는 것이다. 엥과 한신희는 이 정조가 발생하는 이유를 이민자와 입양인을 대하는 미국의 이중적인 태도에서 찾는다.

> 우울증은 아시아계 미국인들이 보여주는 불안정한 이민을, 이들이 민족 공동체로 동화되는 과정이 중지되는 미해결의 과정을 묘사한다. 중지된 동화, 즉 아메리카라는 용해의 도가니(melting pot) 속으로 섞여 들어가지 못하는 이 현상은, 아시아계 미국인들이 이상적인 백인상(ideals of whiteness) 으로부터 지속적으로 괴리되어 있음을 암시한다. 그것은 매력적인 판타지이자 상실한 이상으로서 도달할 수 없는 거리에 놓여 있다.[27]

한편으로는 소수민에게 백인 주류 집단의 이상이나—중산층 백인에게서 발견되는 이성애와 가정에 대한 믿음 같은—가치를 받아들일 것

---

26 Eng & Han, op. cit., p.669.
27 Ibid., p.671.

을 요구하면서, 다른 한편으로는 이들을 인종화하고 차별함으로써 동화를 애초부터 불가능한 것으로 만드는 미국 사회의 모순이 이민자들과 입양인들을 우울증 환자와 유사한 상황에 처하게 만드는 것이다.

엥과 한신희의 이론에서 인종적 우울증은 이처럼 판타지의 대상이 되는 백인성이 이민자들에게는 영원히 성취 불가능한 것이라는 사실에서 기인하는 것으로 풀이된다. 이 두 이론가들은 우울증을 발생시키는 기제인 '동화의 요구와 배제의 현실'이라는 모순된 상황을 아시아계 이민의 역사에서 읽어냄으로써 자신들의 이론에 역사성 맥락을 부여한다. 이들이 염두에 두고 있는 편입과 배제의 역사는 이차 세계대전 시기에 미국 정부가 단행한 일본계 미국인의 강제 수용, 중국인의 이민을 일찍부터 막았던 1882년의 중국인 배제법, 거의 모든 아시아인의 이민을 실질적으로 중지시켰던 1924년과 1934년의 이민법이 입증한다. 이러한 차별법이 폐지된 이후에도 아시아 이민자들이 처한 상황은 실질적으로 크게 나아지지 않았다. 미국 사회 내에서 존재하기는 하되 사회적 인정을 받지 못하고 있다는 점에서 아시아계 이민자들은 "부재하는 존재"(absent presence)이다.

3.
우울증의 인종화

•

　　쳉이 제시하는 인종적 우울증론의 문제는, "삼킴으로써 불편한 하나가 되는" 프로이트의 관점을 인종주의 사회에 적용했을 때, 삼키는 주체가 백인 사회이기에 우울증 증후를 보이게 되는 환자도 백인 사회라는 데 있다. 이를 쳉은 "백인의 인종적 우울증"(white racial melancholia)[28]이라고 이름 붙인다. 사회의 온전한 일원으로 포용되지 못한 소수민과의 관계로 인해 주류 사회가 안게 되는 각종 사회병리적인 문제에 인종적 우울증이라는 은유적 명칭을 붙일 수는 있겠으나, 이 오래된 문제에 새 이름을 갖다 붙임으로써, 즉 제국의 존재와 함께 시작된 인종적인 문제를 자아심리학으로 재명명함으로써 얻을 수 있는 소득이 무엇인지는 사실 불분명하다. 더군다나 백인 주류 집단은 이 인종적 타자를 상실한 적이 없다. 애초부터 '우리'의 일부로 받아들인 적이 없기 때문이다. 그러니 상실에 대해 애도해야 할 이유도 없는 것이다. 정작 애도가 필요한 집단은, 상실을 경험한 주체는 백인 사회가

28　Cheng, op. cit., p.12.

아니라 그 사회에 폭력적인 방식으로 내삽되어야 했고, 그 과정에서 한때 친숙했던 모든 것과 결별해야 했던 강제 이주의 희생자들이다.

쳉은 백인 우울증을 설명한 후 이어서 소수민도 우울증을 앓을 수 있다고 주장함으로써 우울증의 범주에 백인 주류 사회와 소수민 모두를 포함시킨다. 우울증을 앓는 환자뿐만 아니라 그 환자에게 우울증의 원인을 제공한 대상도 우울증의 피해자라는 논리이다. 그는 이 논지를 입증하는 사례를 문학 텍스트에서 찾는데, 그 중 하나가 미국 사회에서 차별받는 흑인의 사회적 지위를 투명 인간에 비유한 랠프 엘리슨(Ralph Ellison 1914~1994)의 『보이지 않는 사람』(Invisible Man 1952)이다. 이 소설에서 쳉은 흑인 주인공이 백인과 부딪히게 되는 소설의 첫 사건에 주목한다. 쳉이 인용하는 이 대목을 살펴보자.

> 어느 날 밤 나는 우연히 한 남자와 부딪혔고 [……] 그가 푸른 눈으로 무례하게 쳐다보며 악담을 퍼붓기에 [……] 나는 "사과하시오! 사과하시오!"라고 외쳤다. 그러나 그는 악담을 퍼붓고 저항하기를 계속했고, 나는 그가 육중하게 쓰러질 때까지, 그를 계속해서 들이받았다. [……] 나는 그를 흠씬 걷어찼는데, 그러다가 이 자가 나를 실제로 못 봤을지도 모른다는 생각이, 그가 길을 가다가 느닷없이 악몽을 꾸게 되었다고, 자신이 유령의 손에 거의 죽을 뻔한 사건을 겪고 있다고 느낄 것이라는 생각이 떠올랐다.[29]

이 일화에서 쳉은 흑인 화자의 입장에서 가능한 해석을 우선 보여준다. 이 관점에 의하면, 흑인 주인공과 부딪혔을 때 문제의 백인이 그

---

29 Ibid., pp.15-16.

를 무례하게 쳐다본 것은 보고 싶지 않고 인정하고 싶지 않는 존재를 맞닥뜨렸기에 느낀 분노를 표현한 것이다. 같은 맥락에서 백인이 악담을 퍼붓는 것도—첸의 표현을 빌리면—"자신과 다를 바 없는 존재임을 인정해 줄 것을 요구하는 이 보이지 않는 대상을 부정하고 싶은 적극적인 욕망"에서 비롯되는 것이다. 첸은 백인의 이러한 태도가 프로이트가 언급한 바 있는 '불편한 타자 삼키기' 혹은 '자아 속의 낯선 타자가 주는 불편함'과 상통하다는 점에서, 우울증으로 분류하고 싶었던 듯하다. 이때 백인의 인종적 우울증은 구체적으로 다음과 같은 모순에서 유래한다. 백인은 한편으로는 인종적 타자를 인정과 부인 (否認)의 간극에 위치시킴으로써 백인으로서의 권위를 유지하고 싶어 한다. 다른 한편으로 그는 이 인종적 타자가 영원히 추방되기를, 그래서 존재에 대한 그의 권리 주장을 다시는 접하지 않아도 되기를 바라는 모순적인 심정을 가진다.

이어서 첸은 위의 충돌 사건을 다른 관점에서 재고함으로써, 백인뿐만 아니라 흑인 주인공도 실은 상대를 보지 못했을 가능성이 있음을 상정한다. 그리고 이 가능성을 근거로 해서 이제는 흑인 주인공의 반응을 '인종적인 것'으로 해석한다.

> 누가 보이지 않는 자인가? 화자가 백인과 부딪혔다면, 혹시 백인이 화자에게 보이지 않았던 것은 아닌지? [그럴 경우] 화자는 자신이 보지 못해서 부딪혀놓고는, 상대방이 자신을 보지 못했다고 비난한 것이다. 우리가 화자의 설명을 곧이곧대로 받아들이지 않는다면, 문제의 백인이 흑인에게 악담을 한 것은 인종적인 이유에서가 아니라 흑인의 서투른 행동 때문이라고 보는 것도 가능해진다. (그러면 인종적 갈

등이 아니라 남성적 갈등이 문제가 되는 것이다) 그럴 경우 상대
의 "무례함"에 대한 화자의 견해는 (역사적으로) 도발적인 기
호였던 "푸른 눈"에 대한 반응이자 동시에 흑인의 자기 비하
와 상처받은 자부심에 대한 우울증적인 반응일 수 있다.[30]

즉, 상대방을 보지 못한 실수를 자신이 저질렀음에도 불구하고, 주인
공이 이 충돌을 백인의 인종주의 탓으로, 흑인을 보지 않으려 하는 백
인의 성향 탓으로 돌린다는 점에서, 이 사건은 흑인이 그간 백인 사회
의 "규율과 부정"(discipline and rejection)을 얼마나 잘 내면화하여 왔는지
를 보여준다. 자신이 백인의 눈에 보이지 않을 것이라는 예단이 흑인
주인공으로 하여금 인종주의와 관련 없는 상황에서조차 인종적으로
반응하게 만들었다는 것이다.

이 인종적 예단이 초래한 반응을 쳉은 "우울증적"인 것이라고 정
의한다. 아마도 우울증 환자가 보이는 특유의 자기 비하와 실추된 자
긍심, 그리고 엘리슨의 흑인 주인공이 내면화한 "보이지 않는 존재"로
서의 사회적 위상 사이에 유사성이 있다고 판단을 한 듯하다. 그러나
쳉이 주장하는 것처럼, 주인공이 보인 폭력적인 반응이 흑인을 보이
지 않는 존재로 취급하는 백인들의 시각을 내면화한 결과로 볼 수도
있겠지만, 반대로 읽을 가능성도 있다. 무슨 말인가 하면, 흑인 주인공
의 폭력적인 반응이 그의 내면에 자리 잡은 자신의 옳음에 대한 확신
에서 기인하는 것으로, 혹은 흑인의 가치와 권리를 부정하는 백인 담
론을 반박하고자 하는 네그리튀드적인 신념에서 기인하는 것으로 보
는 것도 가능하다는 것이다. 이렇게 말하고 보면, 쳉이 프로이트의 이

---

30   Ibid., p.16.

론을 원용하며 만들어낸 "인종적 우울증론"은 개념적인 모호성의 문제도 있지만, 인종적 상황에 관한 하나의 해석을 바탕으로, 무엇보다 흑인의 정신 세계에 관한 비관적인 해석을 바탕으로 만들어진 것이 아닌가 하는 의문이 든다.

우울증을 겪는 집단의 범주를 주류와 소수민 모두에게로 확장하는 면모는 엥과 한신희의 글에서도 발견된다. 이들의 시각에 의하면, 주류 사회가 회복할 수도 없고 애도할 수도 없는 상실을 겪는 데에는 모범적 소수민에 관한 담론이 한몫을 하는 것으로 나타난다. 아시아계 미국인을 모범적인 소수민으로 추켜올리는 백인 담론은 몇 가지 중대한 정치적 행위를 하게 된다. 첫째, 이들을 성공한 집단으로 일반화하여 호명함으로써 이 모범 시민상에 부합하지 않는 집단을 논의의 테이블에서 배제하고, 이들의 인종적·민족적·문화적 다양성이나 문화적 혼종성을 부인한다. 둘째, 이 성공 담론은 소수민을 그간 배제하고 차별해왔던 주류 사회의 실상을 은폐하는 기제로서도 작용한다. 이처럼 주류 사회는 소수민의 역사와 정체성을 억압하여 왔지만, 그 사회가 '보편적인 포용의 원칙'을 내세우는 한 이들의 역사를 완전히 삭제하거나 망각할 수는 없다. 그러한 점에서 소수민의 역사와 정체성은 주류 사회 주변을 떠도는 유령으로 존재한다. 이 유령은, 그것의 존재가 시사하는 억압과 차별은 주류 사회가 스스로 표방하는 민주주의의 이상과 동일시하는 것을 끊임없이 방해한다.

이처럼 주류 사회가 잊고 싶지만 잊을 수 없는 '내부의 타자'를 엥과 한신희는 "우울증적 민족 대상"(melancholic national object)[31]으로 명명

---

31   Eng & Han, op. cit, p.674.

한다. 쉽게 삭제될 수 없는 소수민의 역사적 유산으로 인해 주류 사회가 우울증을 겪게 된다는 뜻이다. 엥과 한신희 이론의 문제점은 소수민과의 관계에서 주류 사회가 누리는 현실의 권력을 지나치게 과소평가한다는 데 있다. 이를 달리 표현하면, 엥과 한신희의 우울증 이론이 소수민이 주류 사회에 미치는 영향력을 과대평가한다는 뜻이다. 소수민과 주류 사회 간에 벌어지는 권력 갈등의 문제에 있어 아무런 힘을 발휘할 수 없는 소수민에게 근거 없는 '심리적인 힘'을, 주류 집단의 자기동일시에 제동을 거는 '전복적인 힘'을 귀속시키려 한다는 점에서, 이 개념은 소수민에게 나르시시즘적인 '저항의 공허한 이미지'를 제공할 가능성이 있다.

이제는 인종적 우울증 이론과 양가적 감정에 관계에 대해서 살펴보자. 프로이트의 주장에 의하면, 우울증 환자는 심각한 자존심의 실추를 겪게 되면서 스스로를 비난하는데, 이러한 자기혐오의 감정을 엥과 한신희는 다음과 같이 설명한다.

> 상실된 대상과 동일시함으로써 우울증 환자는 그 대상을 보존할 수는 있으되, 오로지 일종의 떨쳐버릴 수 없는 유령 같은 존재로서 보존할 따름이다. 달리 표현하면, 우울증 환자는 대상의 상실, 이상(理想)의 비어있음을 상정하며, 그것과 동일시하고, 그 결과 자기 비하와 자존감의 훼손에 참여하게 된다. 프로이트는 애도와 우울증에 대하여 자주 인용되는 다음의 말로써 이를 요약한 바 있다. "애도에 있어 가난해지고 비게 되는 것은 이 세상이지만, 우울증에서는 자

아가 그렇다."[32]

대상의 "비어있음" 때문에 그 대상과 동일시하게 된 개인 주체의 자존 감이 낮아진다는 논리는 흥미로운 것이다. 앞서 논의한 바 있지만, 프로이트는 우울증 환자의 자기 비하나 자기혐오를 애도할 수 없는 대상, 즉 상실한 대상을 자신의 일부로 내면화한 데서 찾았다. 상실한 대상에 대한 원망과 증오가 환자 자신에게로 투사된 것이다. 그러니 프로이트의 우울증 개념에 있어 자아가 "비게 되었다"는 뜻은 상실한 애착 대상에 대한 부정적인 감정이 본인에게로 투사됨으로 말미암아 낮아지게 된 자존감에 대한 비유로 이해해야 한다.

근본적으로 프로이트에게 있어 동일시는 양가적인 것으로 이해된다. 이를 달리 표현하면, 타자와의 동일시는 필연적으로 적대적인 감정을 동반하는 것이다. 왜 그럴까? 누군가를 좋아하게 되고 그래서 그를 나의 일부로 받아들이는 자기애적 동일시에 어째서 적대적인 감정이 끼어들게 되는 걸까? 여기서 김동규의 설명을 들어보자.

> 사랑이 한 개체의 정체성을 뒤흔드는 '타자의 침입사건'이라고 규정할 수 있다면, 사랑의 대상은 처음부터 위협적인 대상, 증오를 낳을 수밖에 없는 대상이라 말할 수 있을 것이다.[33]

---

32 Ibid., p.672.

33 김동규, 「프로이트의 멜랑콜리론—서양 주체의 문화적 기질(disposition)론」 『철학 탐구』 28집, 2010, 270면.

이 설명에 의하면, 사랑한다는 것은 타자가 나를 침입하는 행위, 나의 주체성과 독자성을 파괴하는 행위이므로, 이에 대해서 주체는 양가적인 태도를 가질 수밖에 없다는 것이다. 이러한 관점에서 보았을 때 사랑과 증오는 동전의 양면에 불과하다.

쳉뿐만 아니라 엥과 한신희도 우울증을 겪는 집단의 범주에 가해자와 피해자를 모두 포함시키는데, 이러한 범주의 확대가 그들의 이론적 작업을 얼마나 명쾌하고 효과적인 것으로 만들지는 의문이다. 이를테면, 쳉은 인종주의의 희생이 된 집단의 역사에 관한 논의가 그들의 "아픔을 자연스러운 것으로 만들 가능성"이나, 고통에 관한 논의가 "권력자가 역사적으로 행사해온 봉쇄의 기능을 할 가능성"[34]에 대해 경계해야 할 것을 천명한다. 그러나 의도와 달리 그의 인종적 우울증론은 주류 사회와 소수민 집단 모두를 같은 환자군에 위치시킴으로써 가해 집단과 피해 집단의 경계선을 불분명하게 만드는 결과를, 정작 사회적 주목과 치료가 필요한 '진짜 환자'의 절박성을 희석시키는 결과를 초래할 가능성이 있다. 이 비판은 엥과 한신희에게도 동일하게 적용된다. 또한, 자아심리학의 개념을 개인이 아닌 인종적 집단에 적용시키는 것도 조심스러워야 하지 않나 생각된다. 한 인종이나 민족 집단을 심리적 병리 현상을 앓는 환자군으로 특정하였을 때, 이는 백인의 인종주의가 저지른 일반화/정형화의 논리를 강화할 수 있기 때문이다. 이러한 시각은 한편으로는 백인 담론이 흑인의 정신을 얼마나 피폐하게 만들었는지를 폭로하는 효과를 거둘 수도 있지만, 다른 한편으로는 앞서 엘리슨의 흑인 주인공이 보인 분노의 행동을

---

34 Cheng, op. cit., p.14.

"자기 비하와 상처받은 자부심에 대한 우울증적인 반응"으로 읽은 쳉의 해석이 예시해보이듯, 흑인의 자기주장마저 정신적 병리현상으로 분류함으로써 저항의 가능성을 봉쇄해버리는 결과를 초래할 수 있다. 인종적 우울증에 관한 논의는 이쯤 해두고, 트렌카의 텍스트에 관한 논의를 시작해보자.

4.

구원 서사에 대한 반박

•

일라이 조렌슨의 연구에 의하면, 양부모 담론이 제기하는 문제 중의 하나는 가족이 반드시 혈연으로 구성되어야 하는가 하는 질문이다. 그리고 이러한 질문에 대해 준비되어 있는 대답은 대체로 부정적이다. 이러한 시각에 의하면, 양부모가 입양 자식을 키울 때 쏟는 사랑은 친부모의 사랑 못지않은 진정성이 있는 것이기에, 혈연이 가족 구성에 있어 충분조건은 될지 모르나 필요조건은 되지 못한다는 것이다. 중국인 여아를 입양한 백인 어머니 자넷 바이저의 감정 어린 호소가 대표적인 예이다. "제게는 이 아이뿐입니다. 제가 아이와 같이 밤을 보내지 못할 때, 저의 몸은 팔다리를 잃어버린 것처럼 갈피를 못 잡습니다."[35] 조렌슨은 양부모의 이러한 호소에 진정성이 없다고 생각하지는 않지만, 그럼에도 불구하고 이런 유의 담론이 특정한 문제들이 제기되는 것을 효과적으로 막아버리는 "부모 중심적인

---

35   Janet Beizer, "One's Own: Reflections on Motherhood, Owning, and Adoption", *Tulsa Studies in Women's Literature* Vol.21, No.2, 2002, pp.248-249.

방식"의 수사학에 의존해왔으며, 그런 점에서 양부모의 목소리가 입양인 본인이나 친부모의 목소리를 무시하거나 대체해왔다고 지적한다.[36] 이 지적은 입양인들 본인의 입에서 수년 전에 나온 적이 있다.

해외 입양인들의 글을 모은 『내부의 외부인』의 서문에서 트렌카와 그의 동료 입양인들은 이 책의 출판을 기획한 이유를 다음과 같이 설명한다.

> 지난 50년 동안 백인 양부모들, 학자들, 정신과 의사들, 그리고 복지사들[의 목소리]가 초민족적 입양에 관한 문헌을 지배해왔다. 이 "전문가들"이 "[입양의 경험]이 어떤 것인지" "우리가 어떤 모습을 갖게 되는지"를—입양인을 포함하는—대중에게 들려주는 자들이었다. 우리가 백인 가정의 피부색과 친족관계를 급격하게 바꾸어왔음에도 불구하고, 우리의 수가 적지 않음에도 불구하고, 어른이 된 초국가적 입양인들의 목소리는 전반적으로 들리지 않게 되었다.[37]

양부모 담론에서 무시당한 입양인들의 대표적인 현안 중에는 본인의 입양 사유에 관한 궁금증과 정체성의 모호함이 있다. 정확한 입양 사유를 알지 못할 때, 입양인은 자신의 출생과 입양에 대해 부정적인 사고를 하게 되고, 이러한 사고가 그의 건전한 자아 형성을 방해하게 된

---

36 Eli Park Sorenson, "Korean Adoption Literature and the Politics of Representation", *Partial Answers: Journal of Literature and the History of Ideas* Vol.12, No.1, 2014, pp.161-162.

37 Jane Jeong Trenka, Julia Chinyere Oparah, & Sun Yung Shin, "Introduction", *Outsiders Within: Writings on Transracial Adoption*, eds. Jane Jeong Trenka, Julia Chinyere Oparah, & Sun Yung Shin, South End, 2006, p.1.

다. 또한, 양부모 담론은 궁극적으로 초국가적 입양을 윤리적이고 정상적인 관행으로 합법화해왔다는 점에서도 문제적이다. 이러한 상황에서 입양인들이 자신의 목소리를 내는 것은 "두 문화 간의 반쪽 삶이라는 저주받은 희생자로 정의되는 것에 저항하기"[38] 위해서이며, 더 나아가서 초민족적 입양이 입양인에게 어떠한 고통과 상실을 안겨주는지를 폭로하기 위해서이다.

『피의 언어』에서 양부모 담론의 시혜주의적인 성격은 트렌카와 미국인 친구 간의 대화에서 드러난다. 입양의 문제점을 토로하는 트렌카에게 이 친구는 그러면 한국에서 양육되었기를 바라느냐고 묻는다. 이 친구가 이 질문을 하였을 때 그에게는 이미 준비된 대답이 있었다고 트렌카는 말한다. 그 대답은 그 친구가 평소 주변에서 입양과 관련해서 들은 말에 근거해 있다.

> 그녀가 들은 말은 이러했다. 나는 "구조"되었고, "엄마의 심장 아래가 아니라 마음으로 낳은" 아이라는 것. 만약 내가 한국을 떠나지 않았더라면, 나는 시설에 맡겨졌을 테고, 그 후에는 아시아의 고아 소녀들이 그렇게 되듯 창녀로 전락하였을 것이라는 것.[39]

아시아인 입양아에 관한 이러한 시각은 제3세계의 빈국에 대한 서양의 부권적이고 시혜주의적인 태도를 명료한 언어로 표현하고 있다. 그러한 점에서 양부모 담론은 서양의 오리엔탈리즘과 정치적인 제휴

---

38 Ibid., p.4.

39 Jane Jeong Trenka, *The Language of Blood*, Borealis, 2003, p.198.

관계를 맺고 있다. 이 시각은 제인의 양부모가 될 부부에게 입양을 권고하는 루터교 교회 목사의 입을 통해서도 들려온다. 입양아의 생모들이 "창녀가 아니면 미성년자"[40]라는 목사의 견해는 입양에 대한 양부모들의 시각과 입양아에 대한 그들의 태도를 선결정하는 효과를 갖는다. 이에 의하면, 입양은 곧 구조 활동이 되며, 입양아들의 인격권은 이들이 구조 대상으로 정의되면서 자연스럽게 사라진다.

양부모 담론의 시혜주의는 트렌카의 양부모의 입에서도 들린다. 제인은 생후 6개월의 나이에 네 살 반이 된 언니 미자와 함께 미네소타 할로(Harlow)의 한 가정으로 입양된다. 그녀는 한국 이름 정경아 대신 트렌카 바우어, 언니 미자는 캐롤 바우어라는 이름을 받는다. 양부모는 이들에게 곧잘 "우리가 너희를 선택했지"라는 말을 하는데, 이 말에는 이 선택의 덕택으로 제인과 캐롤이 중산층 가정의 혜택을 받게 되었다는 의미가 함축되어 있다. 이 "선택"이라는 표현은, 특히 어린 제인에게는 축복이나 행운의 의미가 아니라 일종의 트라우마로 각인이 된다. "입양 시장에서 사용되는 상품화의 언어"[41]로 인해 자신의 입양이 장난감 가게에서 하게 되는 소비자의 선택처럼 느껴졌기 때문이다. 그보다 더 충격적인 생각은, 만약 어린아이가 상품처럼 선택되고 구입된다면 '반품' 처리도 가능할 것이라는 점이다. 그래서 제인은 자기의 행동이 양어머니의 심기를 거슬리게 되면 언젠가 자신도 반품당할지 모른다는 공포에 휩싸이게 된다.

---

40   Ibid., p.24.

41   Ina C. Seethaler, "Transnational Adoption and Life-Writing Oppressed Voices in Jane Jeong Trenka's *The Language of Blood*", *Meridians: Feminism, Race, Transnationalism* Vol.13, No.2, 2016, p.92.

나도 가게로 반품될 수 있어. 더 좋은 아이, 더 고운 생각을 하는 아이, 마음을 상하게 하는 말을 하지 않는 아이와 교환될 지도 몰라. 아니, 반품되고 싶지 않아. 이곳에 있고 싶어. 내 가족을 사랑하니까. 만약 두 엄마 모두가 나를 버리면, 그때는 아무도 다시는 나를 원하지 않을지 몰라. 그렇게 되면 가게에서 영원히 살아야 할 거야.[42]

밤에는 인형들만 있게 되는 캄캄한 가게의 진열장으로 돌아가야 할지도 모른다는 생각에, 제인은 양부모의 말에 절대적으로 복종하는 착한 아이가 되려고 노력한다. 선택과 구원을 받았다는 생각을 입양아에게 주입했을 때, 아이는 양부모에게 항상 감사해야 하는 존재로 호명 당한다. 사랑으로 맺어진 가정이 탄생하는 것이 아니라 구원자와 피구원자 간의 권력 관계가 탄생하는 것이다.

　양부모와 백인 사회가 제인과 캐롤을 보는 시각이 어떠한 것인지는 소설 내에 삽입된 뮤지컬에서도 짐작될 수 있는 것이다. 이 뮤지컬에서 제인은 초등학교 2학년이고, 캐롤은 6학년이다. 두 자매는 양부모와 함께 식당을 방문하는데, 한 백인이 이 아시아인 자매를 노골적으로 쳐다보기 시작하자 제인은 양어머니 마가렛(Margaret)에게 이 사실을 주지시킨다. 그러나 마가렛은 이를 인정하지 않고 아무도 너희를 보지 않는다는 말로써 딸의 입을 막는다. 곧 식당 내의 모든 백인들이 그들의 테이블을 둘러싸고, 제인과 캐롤이 신기한 물건이라도 되는 듯 이들을 함부로 대하기 시작한다.

42　Trenka, op. cit., p.23.

쌀 농사꾼들! 우리 아이들이 이 여자아이들과 어울리기를 원치 않아. 너희들이 온 곳으로 돌아가. 애들이 영어를 말할 수 있나요? Roses are red, violets are bigger. 너희들은 아프리카 검둥이의 입술을 가졌구나! 학교에서 도움이 더 필요하지 않니? 우리가 발견한 이 길 잃은 개를 입양하겠니? 너희들은 모두 수학을 잘 하지. 개구리눈을 한 동양 것! 난민! 이 아이들에게 돈이 얼마나 들었어요? 어디서 이 아이들을 얻었어요? 중국인, 일본인, 무릎 더러운 것 좀 봐. 내 말이 무슨 말이지 알겠니? 아이들을 입양하시다니, 참 친절하셔라.[43]

이 무례한 백인들에 대한 묘사를 통해 작가는 입양에 대한 백인 사회의 일반적인 시각, 즉 입양이 돈을 지불하고 불쌍한 아이들을 구제하는 행위라는 물질주의적인 시각을 고발한다. 또한, 작가는 이러한 소비주의적이고 물질주의적인 관행을 이타주의로 치장하며, 양부모들을 "친절하다"고 칭찬하는 백인들의 도덕적인 이중성을 고발한다.

입양 가정을 지배하는 권력 관계에는 양부모와 입양 기관의 비밀주의도 중요한 역할을 한다. 자신의 출생과 입양 사유를 알지 못하는 아이에게 입양 비밀주의는 자신의 입양이 어떤 식으로든 불법적인 것에 연루되어 있다는 암시를 주게 되고, 이러한 암시를 내면화한 결과 자신이—베티 리프튼의 표현을 빌리면—"불명예스러운 생존자"[44]

---

43   Ibid., p.31.

44   Betty Jean Lifton, "Wilkomirski the Adoptee", *Tikkun* Vol.17, No.5, 2002, n.g. <https://www.questia.com/magazine/1P3-156410651/wilkomirski-the-adoptee>.

라는 인식을 갖게 된다. 바우어의 가정에서도 제인과 캐롤은 입양에 관한 어떠한 질문을 하는 것도 금지당한다. 양어머니는 제인을 자신의 무릎에 올려놓고 다정하게 대해주다가도, 그녀가 친어머니에 관한 질문을 할라치면 그녀를 냉정하게 밀치고 아무 말 없이 자리를 떠남으로써, 어린 제인에게 금기를 위반하였음을 경고한다. 제인은 양어머니를 분노하게 만든 것에 대해 두고두고 죄책감에 시달린다. 제인은 이 죄책감에 대해 성인에 된 훗날 이렇게 회고한다. "달려가서 말하고 싶었다. 죄송해요. 죄송해요. 화나게 만들어서 죄송해요. 다시는 묻지 않을게요."[45]

친부모와 입양 사유에 대해 아무것도 알 수 없었던 제인이 궁금증을 해소하기 위해, 또한 시혜주의적 입양 서사가 지정해놓은 '구조되어야 할 제3세계의 아이'라는 위치를 탈피하기 위해, 무엇보다 추락한 자존감을 높이기 위해 그녀가 선택한 방안은 자신의 출생에 관한 대항 서사를 만들어내는 것이다.

> 나는 어린아이에게 그럴듯하게 들리는 나만의 설명을 꾸며냈다. 나는 나의 엄마가 아름다운 공주라고 결정했다. (어쩌면 용이 관련되는) 끔찍한 일이 엄마에게 일어났고, 그래서 엄마는 아이들을 빼앗긴 것이다. 나는 내게서 너무 멀리 떨어진 어떤 탑 속에 갇힌 엄마에 관한 그림들을 그렸다. 당연히, 엄마는 나를 그리워했고 나에 대해 계속 생각했다.[46]

---

45 Trenka, op. cit., p.23.
46 Ibid., p.40.

자신의 출생에 대해 어린 제인이 꾸며내는 이 서사는 출생 비밀주의가 입양아에게 미치는 영향을 예시한다. 그것은 입양아로 하여금 자신의 부모가 끔찍한 일을 당했고, 자신의 입양이 그러한 불행의 결과라고 상상하게 만드는 것이다.

그러나 제인의 경우 한 가지 다른 점은 리프튼이 주장한 바 있듯, 보통 이러한 상상은 입양아들이 자신의 숨겨진 과거에 대해 수치스럽거나 불명예스럽게 생각하도록 만드나, 제인은 "불명예스러운 생존자"의 위치에 묶이기를 거부한다는 사실이다. 입양 비밀주의가 암시하는 불법적인 관계, 그리고 그러한 관계에서 태어난 사생아이거나 사회적으로 비천한 출신이라는 출생 대본을 받아들이는 대신, 제인은 자신이 즐겨 들었던 이야기들을 동원하여 새로운 대본을 만들어낸 것이다. 이 새 대본은 어린이 애니메이션 『슈렉』(Shrek 2001)이 예시하는 '사악한 용과 공주'에 관한 동화의 파생 서사 중의 하나이다. 자신의 생모가 사악한 용에 의해 탑에 유폐된 공주라고 상상함으로써, 제인은 자신의 입양이 불가항력적인 사건의 결과였지, 부모가 자신을 사랑하지 않았던 것이 아니라는 생각을 스스로에게 주입시킨다. 또한 자신을 공주의 딸로 상상함으로써 실추한 자존감을 회복하려 한다.

훗날 제인은 자신의 가족사에 대해서 소상하게 알게 된다. 그리고 자신이 상상 속에서 만든 출생 대본이 사실과 많이 다르지 않았음을 깨닫는다. 그녀의 생모는 공주는 아니었지만 사회적 지위가 높았던 양반집 태생이며, 조부모 때까지 힘든 농사는 소작농들에게 맡기고 한학자로서의 여유로운 삶을 즐겼던 집안 출신이었다. 그러나 일제의 지배를 받는 동안 집안은 몰락하게 되고, 제인의 어머니가 아홉 살 되던 해에 외할머니가 심장마비로 돌아가시게 된다. 오빠의 손에서 자라난 생모는 가난한 집안의 남성과 결혼을 하게 된다. 결혼 후 3개월 만에 남편을 한국전쟁에서 잃은 그녀는 유복자를 키우는 처지가 된다. 그녀는 10년간 시어머니를 모신 후 시어머니의 권고에 따라 아들을 남겨두고 재혼을 하게 되는데, 제인은 이 두 번째 결혼에서 낳은 아이였다. 이 어머니를 괴롭힌 것은 물론 동화에 나오는 용이 아니고 어머니의 두 번째 남편, 즉 제인의 아버지였다는 것이 나중에 밝혀진다. 제인의 아버지는 전처와의 관계에서도 딸 둘을 두었고, 제인 어머니와의 재혼에서는 은미, 미자, 경아 딸 셋을 연달아 두게 된다. 의처증을 앓게 된 제인의 아버지는 급기야 막내 경아가 혼외 자식이라고 의심을 하여 갓난아기인 경아를 내쫓으려고 할 뿐만 아니라, 아기의 생명까지 위협하게 된다. 제인의 생모는 경아를 살리기 위해 언니와 함께 보내는 조건으로 경아를 입양시키게 된다.[47] 이처럼 주인공의 입을 통해 자신의 가족사를 자세히 들려줌으로써, 트렌카는 백인 양부모의 구원 담론이 무책임하고 비정한 여성으로 비하하였던 생모를 재(再)인간화한다. 즉, 자신의 가족사를 "탈병리화"[48]하는 시도를 한다.

---

47 Ibid., pp.42-43, p.7.
48 Seethaler, op. cit., p.87.

5.
인종적 색맹주의와의
동일시

•

　　바우어씨 부부는 제인과 캐롤의 피부색에 신경 쓰지 않고 여느 백인 가정의 자식처럼 키운다. 제인과 캐롤은 부모의 이러한 가정교육에 부응하도록 규율되고, 이 가정교육은 그들이 살고 있는 도시 할로의 순응주의적 분위기에 의해 강화된다. 양가정에서 강요된 백인성은 앞서 언급한 바 있는 뮤지컬의 식당 장면에서도 드러난다. 양부모는 주변의 백인들이 제인과 캐롤에게 짓궂은 행동을 해도 아무런 제재를 가하지 않는데, 그 이유는 이 아이들을 백인으로 보기로 '선택'하였기 때문이다. 『피의 언어』의 속편이라고 할 수 있는 『덧없는 환영』에서 성인이 된 제인은 아이들이 자기를 "개구리 눈을 하고, 검둥이 입술을 하고, 덤보의 귀를 한 칭크"라고 놀렸을 때 왜 양어머니가 자기편을 들어주지 않았냐고 묻는다. 양어머니의 대답은 이렇다. "그래서? 애들은 다 짓궂어. 누구나 놀림을 당해. 한국인이라고 놀리지 않으면 다른 이유로, 뚱뚱하다고 놀리지. 왜 특별한 대우를 바라니?" 이 대답을 들은 제인은 양어머니가 자신을 백인으로 여긴다며,[49] 어머니의 인종적 색맹주의를 비판한 바 있다.

인종적 색맹주의의 가장 큰 문제점은 개인 간의 인종적인 차이를 인정하지 않음으로써 결국 특정한 인종적 가치를 강요한다는 데 있다. 이에 대해 알린은 아리사 오(Arissa Oh)의 『한국 어린이의 구조』(To Save the Children of Korea)를 인용하면서 다음과 같이 논평한다. "인종적 색맹주의의 역설은 '한국인 입양아들을 백인에 가까운 방식으로 인종화함으로써 그들의 후견인들이 흑백의 이분법을 분열시키기보다는 이를 조심스럽게 존중하고 말았다'는 데 있다. 아이의 차이를 부정함으로써 백인의 이상(理想)을 옹호한 것이다."[50] 양부모가 제인과 언니에게 백인의 이상을 강요한 것은 이 아이들이 태어나고 자란 문화에 대한 무관심에도 기인하지만, 다른 한편으로는 입양아의 역사를 인정하지 않음으로써 그를 "새 아이로, 온전히 자신의 것"[51]으로 만들려는 욕망과도 관련된 것이다.

가정에서 이루어지는 백인성의 강요는 제인이 나이가 들면서 훨씬 더 노골적이 된다. 고등학생이 된 제인은 몽족 출신의 남자 친구를 사귀게 되는데, 이 문제로 양아버지 프레드(Fred)와 심하게 다투게 된다. 프레드가 몽족 친구들을 "사람이 아닌 것처럼, 시커멓고 아둔한 원숭이인 것처럼" 흉내 내며 조롱하였기 때문이다. 그는 또한 이들의 긴 외국 이름을 고의로 줄여 발음함으로써 그들의 문화적 배경을 조롱하였다. 양아버지의 이 행동은 아시아인 남자 친구를 사귀는 것이

---

49   Jane Jeong Trenka, *Fugitive Visions*, Graywolf, 2009, p.29.

50   Ahlin, op. cit., p.128.

51   Seethaler, op. cit., p.89.

적절치 않다는 자기 검열적인 생각을 딸에게 심어주게 된다. 백인 가정의 아이는 백인 남자 친구를 사귀어야 하는 것이다. 제인은 양아버지가 자신의 남자 친구들을 그들의 등 뒤에서 모욕하는 것에 분개하고, 이 모욕을 자신에 대한 모욕으로 받아들인다.

> 내가 데이트를 하러 나갈 때마다 느끼는 위 속에 나비가 들어가 있는 이 기분은 사랑의 흥분과는 무관한 것이었다. 그것은 자기혐오였고, 자신이 아버지에게 둘 중의 하나, 즉 보이지 않는 존재이거나 우스꽝스러운 존재 중의 하나임을 발견하게 될 때 드는 그런 유의 기분이었다. 자신의 얼굴을 증오할 때 드는 그런 유의 기분, 아빠를 사랑하고 싶지만 증오하게 될 때 드는 그런 유의 기분이었다.[52]

제인의 자기혐오는 자신이 존경하고 의존하는 양아버지의 눈에 아시아인이 어떻게 비치는지를 알게 됨으로써 생겨난 것이다. 달리 표현하면, 양아버지의 눈에 비친 아시아인 남자 친구의 상을 스스로에게 투사하고, 그 결과 한 없이 실추하게 된 자존감의 결과로 생겨난 감정인 것이다. 실추한 자존감, 즉 자기비하를 표현하고 있다는 점에서 제인의 이 감정은 프로이트의 우울증에 상당히 근접해 있다. 이는 제인이 겪는 인종적 우울증의 대상(원인)을 "어머니의 상실"로 간주하는 최근의 비평[53]에 대해 시사하는 바가 크다. 적어도 이 시기의 제인에게 상실의 대상은 어머니도, 어머니가 표상하는 한국도 아니기 때문이다.

---

52 Trenka, op. cit., *Language of Blood*, 59.
53 Min, op. cit., p.123.

고등학교 시절의 제인이 무엇을 상실하였는지에 대하여 알아보기 위해서는 십 수 년 전의 입양 사건으로 거슬러 올라가는 것도 하나의 방법이겠지만, 그녀의 자기혐오감이 표출된 직접적인 사건, 즉 남자 친구에 대한 아버지의 모욕에서 논의를 출발해야 한다. 그리고 이 논의는 '이 남자 친구들이 그녀에게 무엇을 의미하는가'라는 질문에서 시작해야 한다. 몽족 남자 친구에 관한 제인의 묘사를 들어보자. 첫 남자 친구는 루터교 교회의 도움을 받아 라오스에서 이민을 온 몽족 가정 출신이었다.

> [그]는 자라나서 호넷 풋볼팀의 스타 키커, 또 괜찮은 농구 선수가 되었고 (동작은 빨랐지만, 키가 크지는 않았다), 인기 있는 그룹의 일원이었다. 나는 그를 좋아했다. 그는 내게 친절했다. [……] 그는 삼촌에게서 받은 귀중한 소장품인 체인이 달린 조그만 불상을 내게 선물했다. 나는 이 불상을 호주머니에 넣고 다니다가 지옥에 갈지도 모른다고 생각했고, 그래서 그를 성경공부 모임에 초대해서 개종시키려 했다. [……] 나를 한번 보자마자 무척 인기 있는 백인 여자 친구를 버리고 나와 데이트를 시작한 것을 보면, 나의 다음번 남자 친구는 나를 예쁘다고 생각했음에 틀림없었다. 그는 태국 출신의 젊은이였는데 40마일 떨어진 2년제 대학을 다니고 있었다. [……] 이 남자 친구는 6피트의 키에 근육질이었고 모델처럼 생겼었다. 그는 머리를 길러 앞머리 장식을 했다. 그는 훗날 내게 선물로 준 표백한 진 자켓, 광채 나는 가죽 구두, 그리고 그의 토피 사탕색 피부의 아름다움을 강조

하는 흰색 버튼이 달린 셔츠를 입고 다녔다.[54]

제인에게 몽족 출신의 남자 친구들은 '아시아적 이상'(Asian ideal)의 의미를 띤다. 아시아 이민자 출신의 또래가 미국의 국민 스포츠인 풋볼의 스타 키커가 되었다는 사실, 또한 학교의 인기 그룹의 일원이라는 사실은, 운동선수로서의 그의 매력이 할로를 지배하는 백인의 가치와 규범을 압도하였음을 입증한다. 두 번째 남자 친구는 근육질의 모델 같은 아시아인으로서, 그가 인기 많은 백인 여자 친구를 두었다는 사실은 그의 매력이 인종적 범주를 초월하는 것임을 입증한다. 두 남자 친구 모두 할로의 유색인 금기에 맞서 아시아적인 육체를 자랑스럽게 과시하는 인물임을 고려할 때, 이들과의 데이트는, 이들이 제인에게 보여주는 친절과 사랑은 자신의 인종적 정체성을 억눌러야 했던 제인에게 아시아적인 것에 대해 긍정적인 시각을 갖게 해주었다고 추측된다. 이처럼 아시아적 이상과의 동일시를 통해 제인은 가정과 공동체에서 강요해왔던 백인과의 동일시에 맞서는 정서적, 심리적 자원을 마련할 수 있었다.

이러한 맥락에서 보았을 때, 몽족 남자 친구들에 대한 프레드의 모욕은 아시아적 이상을 추락시키고, 그럼으로써 궁극적으로 제인의 아시아적 동일시를 교란하는 행위이다. 제인이 아시아인과 사귀는 한 자신이 아버지에게는 "보이지 않는 존재이거나 우스꽝스러운 존재"라고 느끼는 것은 바로 이러한 교란 행위의 결과이다. 그러니 제인이 남자 친구를 모욕하는 양아버지에게 "제가 누구라고 생각하세요?"라고

54　Trenka, op. cit., *Language of Blood*, pp.58-59.

소리 지른 것은, 가정과 학교에서 이루어지는 백인화의 교육에도 불구하고 그의 내면에서 진행되고 있었던 '아시아인과의 동일시'가 그 배후에 있는 것이다. 그러나 양아버지의 개입으로 인해 이 동일시는 결국 억압된다. 이는 제인이 침실의 벽에 압정으로 새겨 놓은 한국 이름을 게시판으로 가리는 행위에서 상징적으로 드러난다. 한국 이름을 완전히 잊고 싶지는 않지만, 그렇다고 해서 자신과 직접적으로 연관시키기도 싫은 '비체화의 대상'이 된 것이다. 아버지와의 다툼이 있은 이후로 제인이 다시는 아시아 출신 남자를 만나지 않게 되었다는 사실도 같은 맥락에서 이해될 수 있다. 이후 제인은 탈인종화를 위해, 온전한 백인이 되기 위해 필사의 노력을 기울인다. "이 시기에 나는 나의 머리카락을 형체를 알아볼 수 없을 정도로 거대한 곱슬 덩어리로 파마를 했다. 엄마는 이를 좋아했다. 나의 머리카락이 마룻바닥과 평행하게 되면 더 좋았다. 이러한 점에서 나는 성공적이었다. [……] 나는 파마와 탈색하기를 계속하다가 마침내 나의 머리카락이 무더기로 부서지기 시작했다."[55] 이처럼 제인은 백인의 외모를 갖기 위해 끊임없이 노력하지만 이러한 노력은 실패로 끝이 난다.

제인에게 아시아적 동일시를 일으켰을 법한 또 다른 사건은 그가 고등학교 3학년이 되던 해에 시작된 생모와의 서신 교환이다. 생모로부터 편지를 받던 날, 제인은 한국에 전화 거는 것을 허락받아 생모와 통화를 하게 된다. 이때 바우어씨 부부는 아무 일도 없는 듯 평상시처럼 행동한다. 양아버지는 TV를 시청하고 양어머니는 장을 볼 식품 목록을 작성함으로써, 이들은 이 기록적인 사건에 의미를 부여하기를

---

55 Ibid., p.59.

거부한다. 제인을 한국인 생모가 있는 한국인 입양아로 보기를 거부하는 것이다. 제인을 이처럼 백인아이로 키우려는 바우어씨 부부의 노력은 일정 부분 성공을 거두게 된다. 적어도 대학 시절에서 어떤 사건이 발생할 때까지 제인은 자신이 백인이라고 생각하게 되기 때문이다. 제인이 완성하게 된 백인과의 동일시는 다음과 같이 표현된다.

> 겉은 노랗고 속은 하얀 진짜 트윙키 과자처럼 나는 모든 대학 서류의 인종 분류란 중 "백인"에 체크했다.
>
> 진짜 이유: 나는 한국인이 되기를 원하지 않았다. 한국은 우리 집에서는 말할 수 없는 곳이었고, 학교에서는 아이들이 나를 놀리게 만든 곳이었다. 한국은 나의 얼굴이 흉하게 된 이유였고, 안경이 나의 코 위에서 미끄러지는 이유였고, 맞는 옷을 고르기 어려운 이유였다. 그것은 또한 아이들이 나와 놀지 않으려는 이유였고, 어떤 애들은 나를 칭크나 쌀 농사꾼이라고 불러도 된다고 느끼는 이유였고, 어른들이 나의 편을 들 필요를 느끼지 못하는 이유였다.
>
> 자기 기만적인 이유: 내면의 것이 중요한 것이기에. 내가 "백인"란에 체크한 이유는 내가 **문화적으로** 백인이었기 때문이었다.[56]

이처럼 제인이 백인과 동일시하게 된 데에는, 가정교육도 그렇지만 그녀가 자라난 공동체가 다른 인종을 존중하지 않았기 때문이다. 아시아인이 경멸 받는 곳에서 제인이 아시아적 동일시를 유지하는 것은 불가능한 것이었다.

---

56 Ibid., p.113; 원문강조.

할로는 독일 출신이나 스칸디나비아 출신들이 다수를 차지하는 백인 공동체이다. 백인이 주류를 이루다 보니 백인 중산층의 가치를 받아들이지 않는 구성원은 발을 붙이기가 힘들다. 제인은 문화적 소수자들이 할로에서 어떤 대접을 받는지에 대해 구체적인 표현을 하는 대신, 이들이 할로에서 뿌리를 내리지 못하고 떠난다는 말로써 공동체로서의 할로의 성격을 요약해 보인 바 있다.

> 할로는 나름의 정화 시스템을 갖추고 있다. 몽족이 왔다가 떠났다. 게이/레즈비언/양성애자/트랜스젠더의 지지 세력이 이곳에는 없다. 할로의 유일한 흑인은 백인 가정에 입양되어 길러졌고, 고등학교 때 드럼의 귀재로 세월을 보냈는데, 양여동생을 겁탈했다는 소문이 끊이지 않았고, 그러다 이곳을 떠나서는 다시는 돌아오지 않았다. 니카라과 출신의 가족이나 그 누구라도 횃불을 든 집단에 의해 쫓겨난 것은 아니었다. 이 동네의 동질성이 유지되는 것은 교회 사람들의 소개로 전입해온 소수민들이 어디로 가면 같은 출신이 있는지를 결국 알아내게 되었기 때문이라고 봐야 한다.[57]

제인은 KKK단 같은 백인 우월주의자들의 노골적인 인종주의 때문에 소수자가 발을 못 붙인 것이 아니라고 할로를 변호하지만, 이 변호에는 가시가 돋쳐 있다. 소수민들이 자발적으로 떠났다는 말과 동시에, 할로의 유일한 흑인 입양인에게 양여동생을 겁탈했다는 소문이 끊임없이 따라다녔고 그가 한번 동네를 떠난 후 다시는 돌아오지 않았다

---

57   Ibid., p.20.

는 말을 덧붙임으로써, 이곳이 유색인을 환대하는 곳이 아님을 은밀하게 드러내기 때문이다. 인종적 색맹주의의 문제점은 제인이 대학을 다니게 되는 미니애폴리스에서도 크게 다르지 않았다. 미니애폴리스의 진보주의자들은 인종적 구분이 중요하지 않다고 말하였지만, 제인은 이러한 '비(非)구분'이 실은 현실의 인종차별을 은폐하는 것임을 신랄한 언어로 지적한다. "인종적 구분이 중요하지 않은 것은 죄의식을 느낀 정책결정자들이 자신의 조직 내에 있는 '유색인들'의 수를 세기 전까지만 그렇다."[58] 유색인을 구분지을 때 이들이 현실에서 어떤 대접을 받고 있는 지가 드러나고, 그때서야 유색인을 고려하는 선심 정책들이 쏟아져 나오는 것이다.

제인에게 있어 백인과의 동일시가 깨어지는 데는 그녀가 대학에서 당하게 되는 스토킹 사건이 결정적인 역할을 한다. 대학에서의 첫 1년 동안 제인은 인종주의적인 언사를 들어본 적이 없어서 자신감을 갖게 되었고, 또 자신이 멸시 받는 아시아인인 줄도 모르고 살았다고 고백한다. 그러다 우연히 만난 한 백인 학생으로부터 스토킹을 당하게 되고, 그로부터 "너는 백인 사회 속의 한국인일 뿐이야. 너는 국(gook)이고 칭크야"[59]라는 말을 듣고서 자신이 미국 사회에서 어떤 존재로 취급되는지를 깨닫게 된다. 그뿐만 아니라 이 스토커가 할로의 부모 집에까지 침입해 들어오는 등 그로 인해 생명의 위협까지 받게 된다. 본인이 백인이라고 믿고 있는 제인을 아시아인으로 재인종화시키는 사례는 미니애폴리스의 한 식료품 가게에서 마주친 백인 남성과의 만남에서도 드러난다. 그 백인 남성이 제인에게 직장을 찾느냐

---

58   Ibid., p.113.
59   Ibid., p.73.

고 대뜸 물어오자, 그가 그 가게의 매니저라고 생각한 제인은 자신에게는 직업이 있으니 괜찮다고 대답한다. 그 백인은 한 시간에 50불을 지불하겠다고 제인을 유혹한다.

> "당신의 나라에서는 사람들에게 매질을 하나요?"
> 나는 여전히 무슨 소린질 못 알아듣고 "아뇨"라고 대답했다. 아시아인들을 제대로 이해하지 못한 백인 남자가 여기 한 명 더 있다는 생각에 짜증이 났다.
> "나의 집에 오면 돈을 줄 수 있어요. …… 정말로 정말로 나쁜 짓을 하고 싶다는 생각이 든 적이 없나요? 나에게 벌을 주면 나는 정말 기분이 좋아질 텐데."[60]

이 성적 자학증 환자와의 만남에서 제인은 자신이 아무리 미국적 이상과 동화하려고 노력하더라도, 어떤 미국인들에게는 자신이 그저 그들의 끈적거리는 동양적인 판타지를 불러일으키는 아시아의 몸뚱이일 뿐임을 깨닫게 된다. 이러한 깨달음으로 인해 제인은 한국과 친가족에 관하여 관심을 갖게 되고, 정체성에 대하여 깊이 있는 질문을 하게 된다. 작품의 결미에 다다르게 되면 제인은 "입양인"이라는 말이 자신의 삶을 적절히 표현하지 못한다고 생각한다. 그녀가 대신 선택하는 단어는 "유배자"(exile)[61]이다.

---

60 Ibid., 87.
61 Ibid., 199.

6.
혈연주의의 결정론

•

    엥에 의하면,[62] 친부모와 조국을 떠나게 된 해외 입양인은 존재 깊숙이 상실의 역사를 갖게 되는데, 양가족이 이러한 상실을 인정하지 않을 때 고통이 배가된다. 상실에 대한 애도를 혼자서 감당해야 하며, 그 애도는 쉽게 완료될 수 있는 성질의 것이 아니기 때문이다. 그러한 점에서 생모 및 다른 친가족과의 만남은 제인의 존재 깊숙한 곳에 있는 상실을 채워주는 것으로 묘사된다. 이 상실을 달리 표현하면 소속감의 부재라고 할 수 있을 터이다. 한국 방문을 통해 제인은 양가족에게서 받지 못했던 애정과 미국 사회에서 갖지 못했던 소속감을 경험하고 이에 희열을 느낀다. 입양인 방문단의 일원으로 한국을 처음 방문을 했을 때, 그녀는 일행에서 떨어져 나와 홀로 남대문 시장을 걷게 되는데, 이때 동질감과 소속감이 그녀를 압도한다.

    아무도 눈치 채지 못했다. 나는 아무런 말도 하지 않고 주변

---

62   Eng, op. cit., p.21.

으로 섞여 들어갔다. 적어도 한 시간 동안 들키지 않고 "진짜" 한국인이 된 경험을 즐기면서. 어깨끼리 부딪히는 혼잡한 군중이 나를 받아들여 삼켜버렸고, 나는 이 사람의 바다 속으로, 동질성으로 빠져들었다. 갑자기 모든 것이 훨씬 더 리얼하게 느껴졌다. 경계들이 더 날카롭고 선명해졌다. 색깔은 더 밝아지고, 소리는 더 분명해지고, 냄새는 더 강렬해졌다. [……] **더 이상 미국 사람이 아니었다. 한국 사람이었다.**[63]

물론 이러한 소속감은 그녀가 주변의 한국인들에게 자신의 정체를 속였기에 가능하다. 그런 점에서 그것은 지속가능한 성격의 것이 아니며 현실에 바탕을 둔 것도 아니다. 그러나 허구적인 것이요, 상상적인 것이라고 해서 이 소속감이 트렌카에게 의미가 없는 것은 아니다. 트렌카가 처음으로 민족과 하나 됨을 느끼게 되었기 때문이다. 또한 이 일화는 출발국의 민족에 소속되고 싶어 하는 트렌카의 열망이 얼마나 강렬한 것인지를 지시한다는 점에서도 유의미하다.

트렌카가 사용하는 생물학적 언어에 대해 불편해 하는 학자들이 적지 않다. 이들은 이러한 불편함을 해소하는 방편으로서 작가/주인공이 생모를 찾고 그와 일체감을 느끼려는 노력을 혈연주의적 결정론과는 거리가 있는 것으로 해석하는 경향이 있다. 여기서 '혈연주의 결정론'이라 함은 혈연과의 관계와 이에 대한 지식이 개인의 온전한 정체성 형성에 필수적이라는 사유를 일컫는다. 이를테면, 마크 정은 생물학적 정체성을 가족, 민족, 인종의 범주와 혼동하는 것을 경계하며, 입양인의 "인격의 권리와 그것의 진정성이 출생에 대한 지식과 필

---

63 Trenka, op. cit., *Language of Blood*, p.104; 원문강조.

연적으로 관계가 있음"[64]을 주장하는 규범적 사고를 비판한다. 민은경은 트렌카의 생모에 대한 집착이 "혈연에 의한 유전을 재확인하려는 것이 아니라, 개인의 경험에 의미를 부여할 수 있도록 혈연의 상징적인 중요성을 이용하는 것"이며, 그의 추구는 "생물학적인 것이 아니라 심리적이고 정치적인 것"[65]이라고 주장한다. 이러한 주장은 페미니즘의 맥락에서도 이해될 수 있는 것이다. 가부장제 하에서 여성들이 남성들과의 생물학적 차이로 인해 억압을 받았기에, 근자의 페미니스트 학자들에게 있어 생물학적 결정주의는 금기어가 되었고, 대신 구성주의나 포스트모던한 정체성 개념이 그 대안으로 주장되어왔다.

앞서 인용한 민은경의 주장은 입양아의 성장과 자아 형성에 있어 혈연과의 관계를 절대적인 것으로 중요시하는 일군의 정신분석학 학자들과 대조를 이룬다. 마크 정이 논의한 바 있듯, 이 정신분석학 학자들은 자신의 출생에 관하여 아는 바가 전혀 없는 입양아가 출생에 대해 상상의 나래를 펴는 경향에 주목한다. 이 학자들은 이러한 관찰에서 출발하여 입양인이 현실로부터 유리되어 있다는 정신분석학적 진단을 내린 바 있다. 입양인이 현실을 직시하고 이와 협상하는 능력을 결여하였으며, 그래서 현실을 뛰어넘는 환상을 만들어낼 뿐만 아니라 그 환상의 포로가 되어있다는 진단을 내리는 것이다. 어린 시절에 부모와 헤어진 입양인의 경우 자신의 근원에 관한 질문에 대한 대답을 현실에서 발견할 수 없기에 "환상적인 상상의 세계에 빠진다"고 본 플로렌스 클로디어(Florence Clothier)의 주장, 입양인의 집요한 혈

---

64   Mark C. Jerng, *Claiming Others: Transracial Adoption and National Belonging*, U. of Minnesota Press, 2010, p.147.

65   Min, op. cit., pp.124-125.

고발과 연루

연 추적을 "계보학적 혼란"이라 이름 붙인 산츠(H. J. Sants)의 이론, 입양인이 "도피주의적 환상"에 병리학적으로 집착한다는 비올라 버나드(Viola Bernard)의 주장이 대표적인 예이다.[66] 그러나 민은경의 시각에서 보면, 입양인이 근원에 집착하는 것은 단순히 환상 속으로 빠져드는 도피 행위가 아니라 인종적 우울증을 극복하기 위한 자기 구제의 행동이요, "억압된 어머니와 그녀의 구원적인 사랑을 찾는 영웅적인 추구"[67]라 할 수 있다. 클로디어와 산츠, 버나드 같은 학자들의 연구와는 다른 시각에서 상상이나 환상적 요소를 완전히 배제한 개인의 정체성 형성이 가능한 것인가 하는 질문이 있을 수 있다. 이에 대해서는 다시 다루기로 한다.

생물학적 결정론에 대해 학자들이 어떠한 입장을 보이든지 간에, 트렌카는 자신이 유전적인 확인으로부터 안정감과 중요한 소속감을 얻을 수 있었다고 증언한다. 무엇보다도 자신이 누군가와 닮았다는 사실을 알게 되고 자신과 유전학적으로 거의 동일한 사람들이 존재함을 발견했을 때, 그는 자신이 뿌리가 없는 존재가 아니라는 사실을 깨닫는다.

> "내가 가족과 닮은 것을 보고 모두가 놀라워했다. 캐롤이 몇 년 후에 방문했을 때도 모두 같은 놀라움을 느꼈다. 마치 미국에서 우리가 보낸 세월이 우리의 외양을 바꿔 놓았을 것이라고 생각한 것처럼. 그렇지 않았다. 우리는 여전히 변함

---

66 Jerng, op. cit., pp.134-135에서 재인용.

67 Min, op. cit., p.123.

이 없었고, 여전히 유전적으로 가족이었다."[68]

제인에게 자신이 뿌리를 가진 존재라는 인식을 가장 강렬히 심어주는 이는 물론 그의 생모이다. 어머니가 뇌종양으로 쓰러졌을 때 간호하러 다시 달려온 제인은 병상에 누운 어머니를 보며 다시 한번 강력한 일체감을 느낀다. "저는 당신의 모습대로 만들어졌어요. 당신의 육신과 마음을 본 딴 딸이에요. 제가 당신을 말로써 다시 만들어내지는 못하더라도, 저는 항상 피의 언어 속에서 당신과 함께 할 거예요."[69] 이처럼 제인에게 있어 생물학적 유사성과 혈연관계는 그녀의 정체성에 있어 중요한 부분을 차지한다.

가족과의 재상봉은 또한 제인의 자기 이해를 도와준다. 이전에는 인지하지 못했던 자신의 특이한 행동을 '혈연의 닮음'이라는 프레임에서 이해함으로써, 제인은 자기 정체성을 유전학적 계보 내에서 위치시킬 수 있게 된다. 즉, 자신의 행동이 한 개체에서 무작위로 발현한 것이 아니라 계보학적인 '뿌리'가 있는 것임을 깨닫게 되는 것이다. 이처럼 개인의 경험에 의미를 부여하는 것이 '혈연'을 통해서 가능해진 것인지, 아니면 "혈연의 상징적 중요성을 이용해서"[70] 가능해진 것인지 여기에서 질문을 다시 해보자. 이 질문에 대한 학술적인 대답은 한 가지가 아니겠지만, 애초에 작품의 해석과 관련되어 제기된 질문인 만큼 여기에서는 소설에서 어떤 대답을 하고 있는지 살펴보자.

제인은 남자 친구 마크(Mark)와 동거 생활을 시작하면서 음식에 관

---

68   Trenka, op. cit, *Language of Blood*, 112.

69   Ibid., p.140.

70   Min, op. cit., pp.124-125.

고발과 연루

한 두 사람의 태도가 매우 다름을 발견한다. 마크는 매번 새로운 음식을 먹기를 원하는 반면, 제인은 조금의 음식이라도 낭비하는 것을 싫어해서 남은 음식이 있으면 이를 새롭게 양념을 한다든지 해서 어떻게든 재활용하려는 편이다. 사실, 컴퓨터 프로그래머인 남자 친구의 벌이가 좋은 편이어서 식비 걱정은 하지 않아도 되는데, 제인은 유독 낭비를 싫어하고, 어찌 보면 걱정을 하지 않아도 되는 상황에서도 걱정을 만들어서 하는 성격이다. 이 때문에 두 사람이 다투게 되면서 제인은 이러한 성격을 어머니에게서 받았음을 문득 깨닫는다. 그리고 자신을 태중에 가졌던 시기에 어머니가 주정뱅이 아버지 때문에 슬픔과 걱정이 많았을 것임을 추측하게 된다. 제인은 이 추측을 뒷받침하는 이야기를 들려준다. 이에 의하면, 한 첼로 연주자가 임신한 동안 특정 곡을 집중적으로 연습하게 되었다. 훗날 이 연주자의 아들이 자라나서 어머니를 따라 첼로를 전공하게 되었는데, 어느 날 그는 자신이 연습한 적이 없는 곡을 멋지게 연주할 수 있음을 발견하게 된다. 그의 정신은 몰랐지만 몸이 그 곡을 알고 있었던 것이다. 그 곡이 어머니가 임신 기간에 집중적으로 연습했던 곡이었음은 말할 것도 없다.[71] 임산부의 감정이나 행동이 아기에게 유전될 수 있다는 트렌카의 믿음은 생모와 자신 간의 정서적 관계에 실체를 부여해주기도 하지만, 궁극적으로는 자신이 어떤 정체성을 '타고났는지'를 이해하는데 도움이 된다. 다른 한편으로는, 트렌카의 이 생각은 개인의 성격이나 행동의 특징이 임신 중의 모체에 의해 결정된다는 유전학적 결정론을 지지하는 의미를 띤다.

---

71 Trenka, op. cit., *Language of Blood*, pp.163-164.

입양인들이 어렸을 때 겪었던 어머니와의 이별이 이들에게 일종의 트라우마로 작용할 가능성이 높은 것은 사실이다. 그러나 그렇다고 해서 이 박탈의 경험이 입양인들을 "(피터)팬 같은 환상 속의 인물"[72]로, 도피주의적 인물로 만든다는 주장은 지나친 예단이다. 재닛 카스튼의 연구에 의하면, 대부분의 입양인들에게 있어 혈연과의 만남이 부정적인 결과를 낳은 반면, "몇몇 소수의 제보자들의 경우에서만 혈연과 조화로운 관계를 가질 수 있었다. 이 긍정적인 결과들은 입양인들과 양부모들의 관계가 명백히 정에 넘치고 조화로울 때 나타나는 경향이 있었다."[73] 또한 민은경의 연구가 예시하듯, 혈연에 대한 입양인의 집착이 함의하는 생물학적 결정론에 대하여 학자들이 보여주는 경계는 십분 이해가 가는 것이다. 아래에서 논하겠지만, 개인의 정체성을 구성함에 있어 혈연이 유일한 결정 인자가 아닐뿐더러 정체성이 환경과 유전적 영향 간의 상호작용에 의해서 형성되는 것임을 고려하면 그렇다. 그러나 학자들의 이러한 경계가 혈연이 입양인들에게 갖는 의미를 과소평가하는 우를 범할 수도 있음은 지적되어야 할 사실이다.

입양인들이 자신의 출생에 관해 환상을 꿈꾸는 경향이 있다는 학자들의 지적처럼, 트렌카도 생모와의 일체감을 꿈꾼다. 그리고 그 꿈은 매우 강력한 생물학적 언어를 통해 표현된다. 제인은 한국을 처음 방문할 때 탄 비행기 엔진의 소음에서 태아가 산모의 뱃속에서 듣게

---

72 Betty Jean Lifton, *Journey of the Adopted Self: A Quest for Wholeness*, Basic Books, 1994, p.3.

73 Janet Carsten, *After Kinship*, Cambridge U. Press, 2003, pp.148-149.

되는 어머니의 심장 박동 소리를 연상한다.[74] 알린이 지적한 바 있는 것처럼, 그런 점에서 생모는 이 소설에서 핵심적인 위치를 차지하며, "한국으로의 귀환은 모성적 근원을 향한 여행"[75]을 의미한다. 이러한 맥락에서 보았을 때, 생모와의 일체감을 갈구하는 욕망과 혈연에 대한 집착을 생물학주의로 읽어서는 안 된다는 주장은 재고해 봄 직하다. 그러니 이 회고록의 제목에 언급되는 "피"를 생물학적 기표가 아니라 억압당한 기억에 대한 은유로 읽어야 한다는 민은경의 주장, 그리고 트렌카가 한국을 자신의 자아의 진정성을 담보해 줄 본질론적인 범주로부터 "상상과 현실의 경계에 대한 가변적인 협상"으로 변형시키고 있다는 마크 정의 주장은[76] 이 작품을 생물학적 본질주의나 결정론으로부터 구하기는 한다.

동시에 이러한 구제 행위가 작가의 의도를 제대로 읽은 것인지, 혹은 작품에 충실한 것인가 하는 관점에서 재고해볼 필요가 있다. 공교롭게도 학자들의 이러한 시각에는 양부모 담론과 접점을 이루는 부분이 있다. 조렌슨이 지적한 바 있듯,[77] 양부모 담론은 가족과 정체성을 혈연이나 민족, 인종 같이 '주어진 범주'로 이해하는 경향에 맞서, 이것들이 반본질론적이고 탈인종적이며 포스트모던한 가치임을 주장해왔기 때문이다. 양부모 담론에서는 낳은 정보다는 기른 정이 더 중요하며, 혈연 친족주의 못지않게 법적인 "서류 친족주의"(paper kinship)가 가족과 정체성 구성에 있어 중요함을 강조해왔다. 이러한 담

---

74 Trenka, op. cit., *Language of Blood*, p.92.

75 Ahlin, op. cit., p.129.

76 Min, op. cit., p.125; Jerng, op. cit., p.150-151.

77 Sorenson, op. cit., p.169.

론의 기저에 양부모들이 입양인으로부터 부모로서 인정을 받지 못할지도 모른다는 불안이 있음은 두말할 필요가 없다.

혈연이 모든 입양인에게 있어 똑같은 중요성이나 의미를 갖지는 않는다는 사실은 앞서 언급한 바 있는 카스튼의 연구에서 잘 드러난 바 있다. 조국을 방문한 입양인들의 심리에 관한 국내 연구도 이와 유사한 결론을 내리고 있다. 이에 의하면, 입양인들은 친부모에 대해서 "자신을 버린 것에 대한 분노와 그리움"을, 또 친부모가 돈을 요구할 때는 "분노와 동정"을 느끼는 등 양가적인 감정을 경험했다고 한다. 또한 혈연 가족과 한국 사회에 대해서는 "소속감 결여"를 느꼈다고 한다.[78] 이는 제인이 한국 방문 때 하게 된 경험과는 대조적이다. 이처럼 입양의 경험이 개인마다 상당히 다를 수 있기에, 어느 누구의 경험도 다른 사람의 경험을 자동적으로 대변할 수 없는 것이다. 이를 전제로 한 후 말하자면, 적어도 트렌카의 경우에는 혈연과의 만남이 그녀에게 중요했는데, 그 이유는 혈연 가족과의 만남이 정체성 내부의 중요한 결여를 메울 수 있었기 때문이다. 개인의 정체성 형성에 있어 혈연이 어떤 역할을 하는지에 관해 잉베송과 마호니의 주장을 들어보자.

> 한 가족의 "완전함"은 다른 가족들과의 차이에 일부분 의존한다. 그러므로 완전함과 정체성은 (생물학, 인종, 계급, 성별 담론과 같이) 특정한 사안을 따라 차이를 구성하는 체계 및 경계선과 관련이 깊다. 마찬가지로 자신을 잉태하고 출산한 부모들과 연결 지어 주는 고유한 생물학적·사회적 역사에 의해 다른 사람들과 구분이 될 때만, "정상적인" 개인은 "온

---

78 임영언과 임채완, 앞의 글, 83면.

전"해질 수 있다. 즉, 온전한 정체성을 가질 수 있다. 이 고유한 생물학적, 사회적 역사에 관한 지식이 개인의 "정체성"을 구성한다.[79]

이러한 관점에서 보았을 때, 앞서 언급한 바 있는 태중 산모의 심장박동 소리를 상상하는 제인의 행동에는 근원으로의 회귀를 상상함으로써 과거의 상실을 메우고, 그렇게 하여 현재의 정체성을 온전하게 하고자 하는 욕망이 작동한 것이다. 이러한 점에서 트렌카가 두 회고록을 통해 출생/근원의 신화를 해체하고 있다는 알린의 주장은 작가의 논점을 완전히 잘못 읽은 것으로 보인다.[80] 출생의 확인이 자신의 정체성에 얼마나 큰 변화를 주었는지를 작가가 강력한 언어로 입증하고 있음을 고려한다면 말이다. 한국을 처음 방문한 후 제인은 그때 찍은 사진들을 보며 생각한다. "내가 이 큰 사진을 보여줄 때마다 친구들은 묻는다. '이게 진짜 너니?' [사진 속의] 나의 얼굴은 내가 떠날 때 미니애폴리스의 공항에서 찍은 사진에서보다 더 둥글다. 표현이 다르다. 나는 다른 사람이 되었다."[81]

---

79 Barbara Yngvesson & Maureen Mahoney, "'As One Should, Ought and Wants to Be': Belonging and Authenticity in Identity Narratives", *Theory, Culture & Society* Vol.17, No.6, 2000, p.87; 원문강조.

80 Ahlin, op. cit., p.122.

81 Trenka, op. cit., *Language of Blood*, p.99.

7.

생모의 트라우마

•

입양 문학은 주로 양부모 담론에 대항하여 자신의 목소리를 내는 입양인의 입장에 초점이 맞춰져 있다. 친부모와의 이별 후 이어지는 양가족으로의 강제 편입으로 인해 입양인이 겪었던 상실을 애도하거나 그의 성장의 궤적을 그리는 것이 그 예이다. 양부모 담론에서도, 입양인 자신의 서사에서도 목소리가 들리지 않는 또 다른 희생자를 꼽으라 한다면 자식을 포기해야 했던 친부모이다. 미혼모에 대한 사회의 편견, 경제적 최하위 계층으로서의 생존 문제, 아이 친부의 책임 방기 등으로 인해 자식을 떠나보내야 했던 친모 또한 트라우마를 겪었으나 이들의 목소리는 서사화되지 않는다. 현재의 삶을 위해 과거사를 숨겨야 하는 처지이기에 친부모 담론을 공론화할 수 있는 가능성은 폐제되는 것이다. 트렌카의 생모는 자식을 입양 보낸 다른 생모들과는 사정이 다소 다르다. 그녀는 입양 보낸 자식이 자기를 찾기 전에 먼저 자식을 찾으려는 노력을 하였고, 그렇게 해서 자식의 소식을 알게 되었을 때 자신의 과거를 밝히고 용서를 구하기 때문이

고발과 연루

다. 트렌카는 생모가 보내온 편지를 회고록의 제일 첫 부분에 실음으로써 생모에게 목소리를 허락할 뿐만 아니라, 그의 처지에 공감하는 모습을 보인다. 그런 점에서 트렌카의 회고록은 작가가 자신의 트라우마를 극복하는 과정에 관한 기록이면서, 동시에 생모가 자신의 트라우마를 극복하는 과정에 관한 기록이기도 하다.

경아와 미자 두 딸을 보낸 후 생모가 겪어야 했던 육체적, 정신적 고통은 두 딸과 공항에서 헤어지던 날 그녀가 신발을 신지 않은 채, 또 신발을 신지 않았다는 사실도 알지 못한 채 맨발로 공항을 걸어 다녔다는 사실에서 짐작된다. 그녀의 존재 한 가운데를 타격한 이 상실이 얼마나 감당하기 힘들었던 것인지는 그녀가 입양을 보낸 딸 대신 개를 등에 업고 다녔다는 사실에서도 짐작이 가능하다. 남은 자식들과 자신을 포악한 남편으로부터 지키기 위해 엄마는 딸들과 함께 집을 나와야 했고, 그 이후 수레 아래에서 잠을 자야 했고, 남의 집 대문을 두드려 빵을 팔고, 남편에게 붙잡힐 것을 두려워하면서 15년을 그렇게 살아왔다. 결혼 생활이 지속되는 한 자신과 딸들이 남편에게 학대를 받을 것을 알면서도 그와 이혼하지 않은 것은 트렌카의 생모가 "양반" 집안의 딸이었기 때문이었다.[82]

트렌카의 생모는 주변의 사람들에게 자신의 어려웠던 과거사를 들려줌으로써, 또한 트렌카가 한국을 방문했을 때는 딸에게 그 이야기를 반복해서 들려줌으로써, 구술 행위를 통해서 이 트라우마를 극복하려 한다. 생모의 집요한 과거지사 구술에 대해 트렌카는 다음과 같이 논평한다.

---

82   Ibid., p.102.

엄마는 그 이야기를 몇 년 동안 들었던 친구들에게, 알지 못하는 타인들에게, 나에게 들려주었다. 이 이야기의 구술이 그녀를 구원해줄 것을, 구술을 통해서 사람들이 엄마의 현재 모습이 아니라 엄마가 되고 싶어 했던 모습을 볼 수 있기를 희망했던 것 같다. 엄마가 이 이야기를 들려주는 어느 날 이야기의 결론이 요술처럼 바뀔 것을, 이야기 구술을 통해서 자신의 인생을 바로 잡을 수 있기를 희망했는지도 모르겠다.[83]

요세프 브루어(Josef Bruer)의 환자였던 애나 오(Anna O)의 히스테리 증상에 관한 연구가 드러낸 바 있듯, 고통스러운 과거를 다시 기억하여 청자에게 들려 줄 때, 환자는 강렬했지만 그간 전치되어 있던 과거의 감정들을 다시 불러냄으로써 억압된 트라우마를 해소할 수 있게 된다. 과거사에 관한 구술 행위를 통해 얻어낸 카타르시스의 경험을 애나는 "대화 치료"(talking cure)[84]라고 부른 바 있다. 트렌카의 생모에게서도 두 딸과 헤어져야 했던 아픈 과거사가 트라우마로 남아 있었기에, 이를 서사화함으로써 생모는 트라우마를 극복하고자 한 것이다.

트렌카의 회고록이 여느 입양 문학과 다른 점은 이처럼 생모가 겪은 트라우마를 심도 있게 다룰 뿐만 아니라 생모와 입양아가 트라우마를 같이 극복할 수 있는 치유의 가능성을 모색한다는 사실이다. 이 치유의 길은 입양인이 생모를 용서함으로써, 그렇게 해서 가능하게 된 생모와의 일체감을 통해서 열릴 수 있게 된다. 그러나 생모는 뇌종

---

83 Ibid., p.101.

84 Anthony Elliott, *Psychoanalytic Theory: An Introduction*, Duke U. Press, 2002, p.14.

양이 너무 진행되어 치료가 힘들다는 진단을 갑자기 받게 되고, 이후 집에서 모르핀에 의존하며 살아간다. 섬망증을 겪으면서도 트렌카에 관한 생각을 놓지 않고 그를 "이쁜 애기"라고 부르는 생모를 보고 작가는 생각한다.

> 엄마의 마음속에 들어갈 수 있으면, 그래서 그 작은 아기에게 목소리를 줄 수 있으면, 그래서 내가 엄마를 얼마나 사랑하는지 말해줄 수 있으면 얼마나 좋을까. 엄마가 그렇게 오랫동안 기억하고 있는 그 슬픈 이야기에 들어가서 결론을 행복한 것으로 바꾸고 싶다. 엄마에게 아직 엄마가 있었을 때, 엄마가 소녀였을 때 꿈꾸었던 동화 속의 삶으로 그 결론을 바꾸고 싶다. 무엇보다 엄마가 두 마디의 말, 이쁜 애기라는 말로써 나의 이야기의 나머지 부분을 바꾸어놓았다고 엄마에게 말해주고 싶다. 나는 내가 그토록 필요로 되고 또 사랑을 받는다고 느낀 적이 없었다. 이 순간부터—지금, 여기서, 엄마와 함께—이것이 나의 깊은 힘의 원천이 될 거야.[85]

트렌카는 자신이 어머니의 품에 안겨 있는 아기가 다시 되어 사랑한다는 말을 어머니에게 들려주고 싶어 한다. 생모는 비록 섬망증으로 인해 정신은 과거의 시간을 살고 있지만, 그녀의 몸은 현재의 시간에서 뇌종양과 싸우고 있다. 그러니 트렌카가 생모의 마음속으로 들어가서 자신이 얼마나 어머니를 사랑하는지를 들려줄 수만 있다면, 이 과거의 시간대에서 재생된 사랑의 메시지가 어머니가 현재 벌이고

---

85 Trenka, op. cit., *Language of Blood*, p.150.

있는 사투에 도움을 줄 수 있을 것이라고 트렌카는 믿는다. 어머니로부터 받은 사랑이 자신의 추락한 자존감을 살려내고 앞으로 살아나갈 힘을 주었듯, 자신의 사랑이 어머니에게도 긍정의 힘이 될 수 있을 것이라고 믿는 것이다.

트렌카는 생모로부터 들은 "이쁜 애기"라는 사랑의 표현이 자신에게 "정서적 힘의 원천"[86]이 된다고 말한다. 또한 자신의 삶에 관한 기록을 남김으로써, 특히 브라우어씨의 가정으로 입양되면서 겪어야 했던 소외와 강요된 동일시가 초래한 고통을 글로 남김으로써 트렌카는 자신의 트라우마를 극복할 수 있는 위치에 서게 된다. 글쓰기가 트라우마 환자에게 가져다주는 치유에 대해서 연구자들은 다음과 같이 주장한 바 있다.

> 환자가 원래부터 차별과 억압을 받는 사회적 위치에 있다면, 이는 특별히 중요하다. "글쓰기를 통한 치유는, 치유의 사회적 맥락 (소수민 가족을 상담하는 치유자의 경우)에 있어서, 사회 정의에 관련된 문제들을 논의함에 있어서 유의미하다." [……] 이러한 맥락에서 글쓰기는 힘의 원천을 제공하며 또 포괄적이다. 오스트레일리아와 미국에서 이루어진 가족 치유의 경우를 보면, 청소년과 어린이들이 양부모에 관한 경험을 글로 써서, 그들의 인생에 관하여 결정을 내릴 권한이 있는 전문가 패널에게 그 글을 제출하도록 독려 받는다.[87]

---

86 Ibid.

87 Jeannie K. Wright, "The Passion of Science, the Precision of Poetry: Therapeutic Writing—A Review of the Literature", *Writing Cures: An Introductory Handbook of Writing in Counselling and Therapy*, eds. Gillie Bolton, et al., Routledge, 2004, p.10.

고발과 연루

우리는 아직도 왜 고통스러운 사건에 대한 글쓰기가 건강을 증진시킬 수 있는지에 대해서 정확히 알지 못한다. 그러나 그 대답은 아마도 스트레스와 질병 간의 아직도 신비로운 관계에서 발견된다. 트라우마적인 경험을 직시하지 못하면, 그것이 곧 스트레스의 형태가 되고, 그래서 병이 생길 가능성이 증가하는 것이다.[88]

이 시각에 의하면, 트렌카의 생모가 구술을 통해 딸들을 입양 보내야 했던 트라우마를 극복하고자 하였다면, 트렌카는 자신의 입양 경험을 글로 남김으로써 트라우마를 극복할 수 있게 된 것이다.

---

88 Geoff Lowe, "Cognitive Psychology and the Biomedical Foundations of Writing Therapy", *Writing Cures: An Introductory Handbook of Writing in Counselling and Therapy*, eds. Gillie Bolton, et al., Routledge, 2004, p.21.

8.
상상된 정체성 vs.
현실의 진정성

•

앞서 남대문 시장을 홀로 걸으면서 트렌카가 느낀 한국인
들과의 일체감이 '상상'에 바탕을 둔 것이라 했다. 그러나 트렌카가 자
신의 정체성을 어머니와의 관계에서 완성하게 될 때조차도, 이 정체
성 형성의 기획이 실은 많은 부분 '상상'에 의존하고 있음은 지적할 만
한 사실이다. 스튜어트 홀이 주장한 바 있듯, 정체성 형성은 개인의
"이야기하기"에 의존한다. 이와 관련하여 홀을 직접 인용하자면, "정체
성은 부분적으로 서사이며, 부분적으로 재현의 영역에 항상 있다. 그
것이 바깥에 있고 우리가 그것에 대해서 이야기하는 것이 아니다. 그
것은 우리의 자아 내부에서 구술된다."[89] 홀의 이 주장을 따라 잉베송
과 마호니도 "개인의 정체성 형성은 자신에 관한 이야기를 만들 수 있

---

89 Stuart Hall, "Old and New Identities, Old and New Ethnicities", *Culture,
   Globalization and the World-System*, ed. A. D. King, U. of Minnesota Press, 1997,
   p.49.

고발과 연루

는 능력에 달려 있다. 그리고 이 이야기는 자신의 출생에 관한 것이요, 어머니와의 생물학적인 관계에서 출발하는 그런 이야기"[90]라고 주장한 바 있다.

그러나 생후 6개월에 어머니와 헤어져야 했던 트렌카로서는 이 중요한 시기에 대해 구술할 지식이나 정보가 없다. 이러한 맥락에서 보았을 때 생모가 트렌카를 목욕시켜주는 장면은 시사하는 바가 크다.

> 물은 양수처럼 따뜻했다. 흙덩이를 파헤치는 인내심 있는 양파 수확꾼처럼, 엄마는 매끈한 결을 가진 노동의 만족스러운 수확물을 찾기 위해, 잃어버렸다고 믿었던 딸을 찾기 위해 다리를 바깥으로 벌려 쭈그리고 앉는다. 엄마는 나를 세게 재빨리 씻는다. 열정이 넘친 그 손길이 아프게 느껴지고 나는 다시 아이가 된다. 나는 몸에 대한 미국적 수치심을 내려놓고, 엄마가 그렇게 오래전부터 하고 싶었던 대로 나의 팔을 들고 그 아래를, 등을, 다리를 박박 문지르게 몸을 맡긴다.[91]

작가는 생모가 데워 준 목욕물을 "양수"(羊水)에 비유하며, 다리를 바깥으로 벌린 엄마의 자세에서 산모의 자세를 유추함으로써, 자신의 출산을 상상 속에서 재구성한다. 이러한 해석은 위 인용문에서 발견되는 "노동의 만족스러운 수확물"이라는 어구 중 "노동"의 영어 표현인 "labor"가 산고(産苦)를 뜻하기도 한다는 사실에서 더욱 확실해진다.

---

90 Yngvesson & Mahoney, op. cit., p.91.

91 Trenka, op. cit., *Language of Blood*, p.107.

때를 미는 엄마의 손에 맡겨진 작가는, 한편으로는 엄마의 이러한 노동(labor)의 결과로서 매끈한 피부를 가진 딸로 변신하겠지만, 그 순간 엄마에게 그녀는 산고(labor)의 결과로 낳았던 아기 제인으로 돌아가게 된다. "labor"의 중의법에 의해 이중의 변신이 가능한 것이다.

그러니 목욕 장면에 관한 서술에 출산의 근원 서사를 덧입힘으로써 작가는 자신의 근원으로, 출생의 시점으로 되돌아가는 시간 여행을 할 수 있게 된다. 회복할 길 없이 상실해버린 과거를 상상적으로 재창조/재해석하는 이 시도는 생모를 병구완할 때에도 모습을 보인 바 있다. 뇌종양의 진단을 받은 후 퇴원한 생모를 집에 모신 후, 트렌카는 동생 명희와 함께 병구완을 한다.

> 엄마는 나의 머리카락을 쓰다듬는다. 또 말한다. "이쁜 애기."
> 나는 정신이 혼미한 엄마가 1972년으로 돌아가 있다고, 엄마는 40세이고, 나는 갓난아기라고 상상한다. 엄마는 나를 막 낳았다. 세 번째 딸, 부끄럽지도 실망스럽지도 않으며, 투자의 대상도 아니며, 돈이 드는 대상도 아닌 사랑의 원천. 엄마는 아기의 머리에 입 맞추고 등을 토닥거린다. 아기를 해치려는 모든 것으로부터 보호하기 위해 아기를 힘차게 포옹한다. 아기는 자신이 할 수 있는 최고의 사랑으로 엄마를 쳐다본다. 엄마가 이 넓은 세상 전체에서 자신이 알고 있는 모든 것이기에. 엄마의 뱃속에서 그렇게 오랫동안 있었기에, 지금 엄마의 몸으로부터 떨어져 있다는 사실도 아기는 알지 못한다.[92]

---

92   Ibid., p.150.

인용문에서 드러나듯, 트렌카는 자신이 태어난 1972년으로 되돌아감으로써 자신이 당시에 경험했을 법한 순간들을 상상적으로 복구해낸다. 이러한 시간여행을 통해 작가는 생모와의 일체감을 다시 맛보고, 자신이 생모에게 부끄러움이나 실망의 대상이 아닌 사랑의 원천임을 확인함으로써, 생모에게 자신이 항상 "이쁜 애기"임을 확신함으로써 입양인으로서 겪어야 했던 추락한 자존감을 회복할 수 있게 된다.

결론적으로, 트렌카가 생모와의 관계를 통해서 상실을 메꾸는 방식은 두 가지 점에서 시사하는 바가 크다. 먼저, 그녀가 정체성을 형성하고 자신의 삶에 관한 서사를 구축함에 있어 혈연주의가 절대적인 역할을 한다는 점이다. 물론 생물학적 근원이 모든 입양인에게 똑같이 중요한 것은 아니다. 생물학적 근원이나 민족적/인종적 정체성이 개인에게 중요한 정도는 그가 도착국에서 얼마나 성공적으로 적응하였는지에 상당 부분 좌우되는 것이 사실이다. 제인의 언니 캐롤이 그 예이다. 캐롤이 보여주는 미국 중산층의 일원으로의 완벽한 변신은 그녀가 "교외에 살며, SUV를 소유하고, 아이가 있는"[93] 가정을 꾸리고 있다는 데서 잘 드러난다. 미국 사회에서 성공적으로 동화한 캐롤은 한국에 관심이 없다. 제인의 표현을 빌리면, "캐롤의 동화(同化)는 너무나 완전하고 완벽해서 그녀는 자신의 한국어 이름도 기억하지 못했고, 한국에도 관심이 없었고, 내가 한국에 대해 가진 관심에 대해서도 관심이 없었다." 입양인 고국 방문단에서 트렌카의 룸메이트가 되었던 또 다른 한국인 입양인도 "나는 미국인이고, 그곳[미국]이 내가 속하는 곳이에요"[94]라는 말로 한국에 대한 거리감을 표현한 바 있다.

---

93 Ibid., pp.122-123.

94 Ibid., p.106.

앞서 인용한 바 있듯, 인종차별이 심할수록 개인은 자신의 인종적 정체성, 혹은 소수민의 정체성에 더 보호적인 태도를 취하는 것이다.[95] 도착 사회의 주류 집단이나 그 사회의 가치와 동일시하는 것이 불가능할 때 개인은 그것을 대체할 것을 찾게 된다. 어딘가 기댈 자리, 자신을 위치시키고 동일시할 자리가 필요하기 때문이다. 그때 소수민 출신의 개인은 자신의 과거를, 뿌리를 찾게 된다.

트렌카가 생모와의 관계를 통해서 결여를 메우는 방식이 시사하는 두 번째 메시지는, 혈연과 같은 '본질적인' 요소가 개인의 정체성 구축에 있어 필수불가결한 역할을 할 때조차도 개인은 많은 부분을 '상상'에 의존한다는 사실이다. 잉베송과 마호니는 이 역설을 다음과 같이 표현한다. 입양인들은

> 분노, 수치, 모욕뿐만 아니라 자기가 존재하지 않는다고 느끼게 된다. 그리고 입양으로 인해 자신이 박탈당한 권리였던, 선(先)규정된 혈연에 근거를 둔 온전하고 진정한 (개인적이거나 집단적인) 정체성을 비입양인들은 아무런 문제 없이 누리고 있다고 상상한다. 그러나 입양인의 경험은—이는 때로 미묘하고, 또 모두가 겪는 문제이기도 한데—연약한 발판 위에 세워진 정체성과 소속감이 실은 얼마나 자의적인 것인지를 좀 더 분명하게 드러낼 뿐이다.[96]

윗글에 의하면, 입양인은 비입양인들과 달리 자신만이 정체성의 문제

---

95 Marlon B. Ross, "Commentary: Pleasuring Identity, or the Delicious Politics of Belonging", *New Literary Theory* Vol.31, No.4, 2000, p.836.

96 Yngvesson & Mahoney, op. cit., pp.101-102.

로 고통을 받고 있다고 생각한다. 트렌카의 증언을 빌리면, "내가 원했던 것은 온전함이었다. 나의 몸이 나의 정신처럼 희고 미네소타 북부에 속하기를 바랐다. 정상적이기를 원했고, [……] 정상적인 부모들이나 조부모를 닮은 나의 사촌처럼 되기를 원했다."[97] 반면, 위 인용문에 의하면 입양의 여부와 관계없이 정체성과 소속감은 본래 자의적으로 구성된 범주이다. "정상인"과 스스로를 비교하는 스튜어트 홀도 인종주의적 백인 사회에 편입된 유색인이 뿌리를 찾기 위해서 자신의 정체성을 재정의하고 탈영토화하려는 시도가 상상적인 경로를 취함을 지적한 바 있다.[98]

주목할 사실은 트렌카 자신도 자신의 정체성을 재구성하는 것이 순전히 현실에 뿌리를 박은 것이 아님을 인정하고 있다는 점이다. 트렌카는 출발국의 혈연에 바탕을 둔 "가족의 텍스트를 재구성"하는 것을 과제로 삼는다. 그는 이 작업을 "기억과 상상력을 이용하여 새로운 퀼트를 뜨는 것"[99]에 비유한다. 이 작업을 수행함에 있어 문제는 트렌카의 경우 생후 6개월 만에 한국을 떠났기에 기억할 만한 것이 거의 없다는 점이다. 작가는 "알려진 것과 알려지지 않은 것을 병치하고 간과되었던 것들과 잔해(殘骸)들을 수집"하여 새로운 가족 텍스트를 만든다고 했는데, 사실 수집할 수 있는 것이 별로 없는 형편인 작가로서는 기억보다는 상상에 더 의존해야 한다. 이것이 트렌카가 자신의 서사를, 더 나아가 가족 서사를 새로 구성함에 있어 안게 되는 문제이다. 동시에 트렌카는 상상/기억 작업을 통해 다시 쓰게 되는 자신의

---

97 Trenka, op. cit., *Language of Blood*, p.207.

98 Hall, op. cit., pp.52-53.

99 Trenka, op. cit., *Language of Blood*, p.130.

정체성이 균열이나 분열로부터 자유롭기를 희망한다. 작가는 남편 마크와 함께 한국을 다시 방문했을 때 해인사에서 배운 불법(佛法)의 언어를 빌려, 이 온전한 정체성을 "분열되지 않고 고요하며 해탈한 진정한 정체성"[100]이라고 부른 바 있다.

트렌카는 『피의 언어』의 후반부로 갈수록 초월적이고도 "감상주의"[101]적인 경향을 보인다. 이 초월적인 세계에서는 사별한 생모와 태어나지 않은 트렌카의 딸이 모습을 드러내어 삼대의 만남이 이루어진다. 이 비전 속에서 트렌카와 딸, 그리고 생모는 한복으로 곱게 차려입고, 희미한 기억에만 의존하여 몇 천 마일을 날아갔다 다시 고향으로 돌아가는 황제 나비 무리와 함께 여행을 떠난다. 혈연에 바탕을 둔 단일하고 통합된 한국적 정체성을 열망하는 트렌카의 이러한 모습은 『덧없는 환영』이나 그 이후에 쓰인 글과는 확연한 대비를 이룬다.

앞서 입양인 고국 방문단으로부터 떨어져 나와 남대문 시장을 홀로 거니는 트렌카가 한국인이 된 경험에, "사람의 바다 속에서 동질성에 빠져"[102] 든 것에 황홀해 하는 것을 논한 바 있다. 길지 않은 기간이지만 한국을 방문하는 동안 트렌카는 한국 문화에 대해서 배우려고 애쓴다. 일례로, 가족과 친족 관계에 있어 서로를 이름이 아니라 친족 명칭으로 부르는 관습에서 집단적이고 관계적인 문화를 배우게 되고, 산 낙지와 소주를 즐기기도 하고, 어머니를 병간호하는 동안에는 보호자가 환자와 함께 숙식을 하는 한국의 병실 문화도 배운다.

---

100   Ibid., 214.

101   김현숙, 「초국가적 입양과 탈경계적 정체성—제인 정 트렌카의 『피의 언어』」, 『영어영문학』 57권 1호, 2011, 163면.

102   Trenka, op. cit., *Language of Blood*, p.104.

『피의 언어』가 한국인으로서의 혈연적 정체성을 확인하고, 한국의 문화에 가능한 한 빨리 동화되기를 위해 노력하는 작가의 모습을 담았다면, 후속작인 『덧없는 환영』은 한국으로 영구 귀국한 작가의 변화된 태도를 그려낸다.

> 초국가적 입양이 나에게, 우리들에게 준 기회 중에서 우리가 받아보지 못했던 단 하나의 기회는 평범한 한국인으로 살아갈 기회였다. 평범한 가게 주인, 평범한 노동자, 평범한 학생이나 남편 혹은 아내로서의 삶 말이다. 이것 때문에 **나는 동화하지 않으려고 의식적으로 노력하였다.** 한평생을 살면서 두 번씩이나 그렇게 할 수는 없는 노릇이기에. 한국 사회의 경계인으로서 보내는 시간 동안 나는 자신들에게 가해진 운명을 되돌릴 수 없는 사람들과 함께 살아왔다. 본래의 모습 외 다른 모습인 체할 이유가 없는 사람 중 가장 용감한 사람들과 함께 살아왔다. 나는 이들의 증인이 되기를 바란다.[103]

위 인용문에서 트렌카는, 한국 문화와 동일체가 되고 싶어 했던 동화주의적 입장을 버렸음을 선언한다. 그가 동일시하는 대상은 더이상 한국인이 아니다. 그가 동일시하는 이들은 "본래의 모습 외에 다른 모습인 체할 이유가 없는 사람들", 즉 귀국한 입양인들이다. 초기의 감상주의를 벗어던진 트렌카의 자아관은 2006년에 출간한 편저의 서문에서 다음과 같이 드러난다. "우리는 이분법적/대립적 사유에 얽매이

103　Trenka, op. cit., *Fugitive Visions*, p.174; 원문강조.

지 않으며, 어떠한 종류의 종족적/문화적 정체성도 입양인에게 '올바른' 것으로 선결정내리지 않는다. 우리는 유색인 입양인 고유의 창의성과 정신을 동원하여 우리 자신과 세상을 새롭게 발명한다."[104]

위 인용문에서 트렌카는, 한국을 여전히 사랑하지만, 그럼에도 불구하고 자신과 같은 어린아이들을 외국으로 보낸 한국에 대해 책임을 엄중하게 묻는다. "도시의 부(富)가 스카이라인에 펼쳐져 있는 서울이 보여주는 한강의 반짝이는 기적은 많은 사람의 인내 덕택으로 생겨난 것이다. 우리들, 버려진 자들도 그 일부이다."[105] 한국 정부가 혼혈아들, 결혼 제도 바깥에서 출생한 아이들, 그리고 극빈층의 자식들의 해외 입양을 적극 추진했을 때 이 취약 계층에 속한 아이들에 대한 사회적인 책임을 회피함으로써 국가 재정 지출을 줄이려는 의도가 있었다. 이러한 사실을 고려할 때 한국 사회의 근대화는 이 입양인들에게 빚진 바가 있다. 트렌카는 오늘날 한국이 이룩한 경제적 성장의 이면에 이러한 비인간적인 사회적 책무의 방기가 있었음을 냉엄한 어조로 지적하는 것이다.

---

104 Trenka, Oparah, & Shin, op. cit., p.14.

105 Trenka, op. cit., *Fugitive Visions*, p.188.

고발과 연루

명료함은 예속의 수단.

트린 T. 민-하

제8장

공감의 정치와
여성적 글쓰기

1.
사적인 언어 vs. 공감 정치
•

차학경(Theresa Hak Kyung Cha 1951~1982)의 『딕테』(Dictée 1982)만큼 작가 사후에 많은 논란을 낳은 소설도 그리 많지 않다. 이 작품은 출판된 후 10여 년간 큰 주목을 받지 못하였다. 그러다 소수의 아시아계 미국 문학 비평가들이 이 작품을 한국의 역사와 한국계 이민자의 경험에 천착시켜 이해해야 할 것을 강조하면서, 영미권 및 국내 학자들로부터 새롭게 주목을 받게 되었다. 이 비평가들은 『딕테』를 처음 읽었을 때 가졌던 소회를 다음과 같이 토로한다.

처음 『딕테』를 대했을 때 나는 흥미를 잃었다. 테레사 차는 나 아닌 다른 사람에게, 내게서 너무 멀리 떨어져 있어 알아볼 수 없는 어떤 "그"에게 말을 걸고 있다고 생각했다. 내가 기대할 수 있는 것이라고는 그녀가 "그"에게 말을 걸고 있는 동안 그 옆에 서 있기를 허락받는 정도라고 생각했다.

이 책의 "포착할 수 없는 미끄러움"이 내게는 가장 절망스러웠다. 이 텍스트가 항상 접근을 허락하지는 않는다는 것, 내가 동일시할 수 없는, 고도의 학식을 갖추고 이론적으로 원숙한 청자에게 말을 거는 것처럼 여겨진다는 점이 나를 분노하게 만들었다.[1]

두 인용문 중 첫 번째의 것은 일레인 김의 것이고, 두 번째의 것은 강현이의 것이다. 이 두 비평가의 소감은 『딕테』를 처음 읽은 대부분의 독자들이 느끼는 바를 대변한다고 보아도 무방하다. 그도 그럴 것이 이 소설은 자서전, 전기, 프랑스어 문법책, 근대 한국 역사, 그리스 신화, 프랑스 성녀의 일화, 한국의 무속신앙, 도교, 영화 대본, 시, 탁본, 캘리그라피, 사진 등 다양한 문화 및 예술 장르들을 혼합시킴으로써, 직선적인 서사 전개와 완결된 구조에 익숙한 독자와 비평가를 혼란에 빠트리기 때문이다. 이 소설이 "종종 파열되고 고통스럽게 중단되는 텍스트"[2]라는 리사 로우의 고백에 가까운 표현에서 드러나듯 주인공의 경험에 공감하는 데 익숙한 독자에게 이 소설의 전개는 고통스럽게 다가온다.

　『딕테』가 난해한 이유는 무엇보다도 작품이 작가의 개인적인 비전과 경험을 극히 '사적인 언어'로 표현하기 때문이라고 요약할 수 있을 터이다. 여기서 사적인 언어가 문제가 되는 이유는 물론 작가가 선택

1　Elaine H. Kim, "Poised on the In-between: A Korean American's Reflections on Theresa Hak Kyung Cha's *Dictée*", *Writing Self, Writing Nation*, eds. Elaine H. Kim & Norma Alarcón, Third Woman Press, 1994, p.3; Laura Hyun Yi Kang, "The 'Liberatory Voice' of Theresa Hak Kyung Cha's *Dictée*", *Writing Self, Writing Nation*, eds. Elaine H. Kim & Norma Alarcón, Third Woman Press, 1994, pp.75-76.

2　Lisa Lowe, "Unfaithful to the Original: The Subject of Dictée", *Writing Self, Writing Nation*, eds. Elaine H. Kim & Norma Alarcón, Third Woman Press, 1994, p.36.

　　　　　　　　　　　　　　고발과 연루

한 언어의 극단적인 주관성이 개인의 경험을 타자와 공유하는 데 방해가 되기 때문이다. 리얼리즘 문학에서도 주관적인 상징이나 비유가 발견되듯 어떤 문학이든 사적이고 주관적인 언어를 내포하지 않는 경우가 없겠지만, 공적인 영역에 대한 문학의 개입을 중요하게 생각하는 입장에서는 언어의 주관주의가 작지 않은 흠결일 수 있다. 아시아계 이민자 문학이 그러한 입장을 취하는지, 혹은 취해야 하는지에 관해서는 논란이 있을 수 있지만, 적어도 일레인 김과 그의 기획에 공감한 동료 학자들의 입장은 문학의 사회적 참여와 개입을 중요시하는 것이었다. 이들에게 있어 중요한 비평적 화두 중의 하나인 '문화적 정체성'이 인종적·민족적 집단과 관련된 것이며, 특히 미국 주류 사회의 인종 정치학과 관련된 것이라는 점에서 그렇다.

차학경의 소설에서 여성들 간의 '공감 정치'는 매우 중요한 화두이다. 다시 설명하겠지만 본 연구는 이 화두를 한국계나 아시아계 미국 여성의 경험과 역사에 천착하여 읽어야 한다는 시각과는 다소 거리를 둔다. 작가가 개진하는 동지론이 여성에 관한 추상적이고도 단일한 개념에서 출발하는 것이 아니고, 또 그러한 개념을 수립하는 것을 목적으로 하는 것도 아니다. 이 소설의 기획은 한 여성 이민자의 삶에서 출발하여 시간과 공간의 벽, 사실과 허구의 공간을 넘나들며 가부장제 하의 여성들이 처한 상황을 수렴하고, 이에 근거하여 동지 관계의 중요성을 역설하는 유의 것이다. 다양한 상황들을 모자이크해 놓은 서사적 구조에도 불구하고 본 연구에서는 소설을 관통하는 공통적인 주제로서 '상상적인 여성 동지 관계[3]'와 '발화의 정치성'을 지적한

---

3 이 용어에는 로렌스 라인더(Lawrence Rinder)가 "욕망의 끈에 의해 묶인 친척"이라고 부른 개념과 상통하는 면이 있다. Patti Duncan, *Tell This Silence: Asian American*

다. 그래서 여성 동지의 관계를 구축하기 위해 어떠한 서사 형식이 이용되며, 누가 이 동지 관계에 초대되는지, 또한 발화의 모티프가 고발이나 저항의 주제를 형상화하는데 어떻게 사용되는지를 분석한다. 마지막으로 이러한 주제적 기획이 여성적 글쓰기론과 맺는 관계를 살펴보고, 작가가 지향하는 '공감 정치'라는 관점에서 이 소설의 공과를 평가한다.

이 난해한 작품의 전체적인 구성을 간략히 살펴보자. 작품의 서론에 해당하는 "낭송녀" (DISEUSE) 챕터에서는 한 어린 학생이 프랑스어와 가톨릭 교리를 배우는 장면이 묘사되고, "클리오 역사"(CLIO HISTORY)에서는 유관순의 행적이 조명을 받는다. 이어서 "칼리오페 서사시"(CALLIOPE EPIC POETRY)에서는 작가의 어머니 허형순이 만주에서 보낸 시간, 그리고 화자의 미국 이민과 한국 방문이 교차된다. "우라니아 천문학"(URANIA ASTRONOMY)은 병원에서의 채혈(採血) 과정과 발성(發聲)에 관한 시로 채워져 이민자들이 겪는 이민 수속과의 연관성이 암시된다. "멜포메네 비극"(MELPOMENE TRAGEDY)은 일제에 의한 36년의 강압적인 통치가 끝난 후 허형순이 귀국하는 장면, 그리고 18년 만에 조국을 방문하는 화자의 귀국 장면, 이어서 5·16 군사정변 이후의 혼란스러운 정국에서 자식을 잃게 되는 한 가족의 모습과 5·18 광주 민주항쟁 이후의 한국 정국, 그리고 동족상잔의 비극인 한국전에 관한 화자의 소감이 병치된다.

그러나 작품의 후반부에 접어들면서 소설의 무대는 한국적인 맥락과 멀어지게 된다. 우선, "에라토 연애시"(ERATO LOVE POETRY) 챕

Writers and the Politics of Speech, U. of Iowa Press, 2003, p.140에서 재인용.

고발과 연루

터에서는 한 익명의 여성 영화 관람객에 관한 묘사, 그 여성이 영화 관에 등장하는 것을 영화로 만든 것, 그 외 여러 건의 결혼 생활의 대비가 이루어진다. 이 챕터에서 묘사되는 결혼 중 하나는 성녀 리지외의 테레즈(Thérèse de Lisieux 1873-97)의 자서전에서 묘사되는 예수님과의 결혼, 즉 서원식(誓願式)이다. 등장인물의 익명성은 "엘리테레 서정시"(ELITERE LYRIC POETRY)에서부터 더욱 강화된다. 이 챕터에서는 올림포스 열두 신 중의 하나인 디메테르(Demeter)의 일화와 보들레르의 시가 발견되고, 이어지는 "탈리아 희극"(THALIA COMEDY) 챕터는 전달되지 못한 두 통의 편지와 몇 건의 기억이 혼재되어 있다. "테르프시코레 합창 무용"(TERPSICHORE CHORAL DANCE) 챕터는 겨우내 굳어버리고 말라버린 나무에 물이 올라오는 자연의 신비, 돌처럼 단단히 얼어붙은 땅속에 뿌리를 내리고 싹을 틔우는 씨앗의 신비, 고통과 기다림, 주저 끝에 말문을 열게 되는 외국어 학습자의 변모 등 자기 목소리를 내게 되는 여성 주체의 상황이 다양한 알레고리를 통해 묘사된다. 마지막 장 "폴림니아 성시"(POLYMNIA SACRED POETRY)에서 작가는 우물가에서 물을 긷는 여성과 병든 어머니를 치유할 약을 찾고 있는 소녀의 만남을 우화적으로 그려낸다. 결말에 이르러 작가는 동서양의 신화를 중첩적으로 씀으로써 여성 간의 동료애를 보편적인 수준에서, 즉 신화적이고도 추상적인 수준에서 노래한다.[4]

---

4 "바리데기 공주" 민담, 디메테르 신화, 성경의 예수 일화가 중첩된 이 챕터에 관한 자세한 분석은 다음의 연구를 참조할 것. Kun Jong Lee, "Rewriting Hesiod, Revisioning Korea: Theresa Hak Kyung Cha's *Dictee* as a Subversive Hesiodic Catalogue of Women", *College Literature* Vol.33, No.3, 2006, pp.77-99; 최하영, 「"말하는 여자"의 계보로서 테레사 학경 차의 『딕테』」 『미국 소설』 17권 2호, 2010, 121-145면.

2.
상호인용과 상상적 동지론[5]
•

이렇게 소설의 줄거리를 요약하고 보면, 이 소설을 실험적인 텍스트나 포스트모더니즘 계열의 텍스트로 보지 않기가 사실상 힘들다. 주인공의 도덕적 성장을 다루는 성장 서사(bildungsroman)나 독자의 즉각적인 이해와 공감을 염두에 쓰인 서사에 익숙한 독자들에게, 이 작품은 독자들에게 익숙한 집단의 정치학을 대변하는 것은 고사하고 소설과 정체성에 관한 기성의 관념을 깨뜨릴 것을 요구한다. 일레인 김이 차학경의 "고도로 사적이고, 감정적이며, 개인적인 텍스트를 받아들일 준비가 전혀 되어있지 않았다"[6]고 회상하였을 때, 이 진술은 작가가 사용한 언어가 독자에게 전통적인 문학의 언어와 얼마나 다르게 다가오는지를 증명하고 있다. 그럼에도 불구하고 본 저서의 주장은 이 작품을 면밀히 살펴보면 심각한 파편화와 주관주의

---

5 본 챕터에서 상호인용과 상상적 동지론 및 여성적 글쓰기론 중 일부는 다음의 논문에서 발표된 것을 수정한 것이다. 이석구, 「『딕테』에 나타난 공감의 정치화 여성적 글쓰기」『현대영미소설』25권 1호, 2018, 139-159면.

6 Kim, op. cit., p.4.

를 넘어서려는 노력이, 공통된 경험에 토대를 둔 '공감의 정치'를 지향하는 면이 발견된다는 것으로 요약된다.

차학경은 하나의 챕터에서 묘사되는 사건이나 경험을 다른 챕터에 끼워 넣거나, 시공간은 다를지라도 본질적으로 동일한 성격을 띠는 사건을 하나의 챕터 내에서 혹은 여러 챕터에 걸쳐서 반복시켜 보여주는 등, 챕터 간의 상호인용이나 상호 텍스트성을 통해 다수의 여성 주인공들이 겪는 상이한 경험들이 실은 '남의 일'이 아니라 여성 모두에 관련된 것일 수 있음을 암시한다.[7] 몇 가지 두드러진 예만을 들어보자. 서문에 해당하는 "낭송녀" 챕터가 한 소녀의 프랑스어 구술 및 번역, 그리고 그녀의 가톨릭 교리의 학습에 관한 것임은 앞서 언급한 바 있다. 프랑스어 "diseuse"는 "diseur"의 여성형으로서 전문적인 낭송녀(朗誦女)를 의미한다. 오정화가 해설한 바 있듯, 이 단어는 "전문적으로 말을 하는 여성"이라는 점에서 현대적인 맥락에서 보면 여성 작가를 의미한다.[8] 1962년에 11살의 나이로 가족을 따라 미국으로 이민을 간 차학경이 어린 학생들 사이에서 영어를 배워야 했다는 사실, 그리고 미국의 성심수녀원 부속 고교 재학 중에는 또 프랑스어와 가톨릭 교리를 배워야 했던 사실 등을 고려할 때, "낭송녀" 챕터가 그려내는 외국어 학습은 작가의 전기적 사실을 일정 부분 반영하며, 동시에

---

7 이와는 다른 해석으로는, 『딕테』의 각 챕터가 연결되어 있기보다는 충돌하고 병치되어 있다는 주장이 있다. 이귀우, 「『딕테』에 나타난 탈식민적 언어와 파편적 구조」 『영미문학 페미니즘』 8권 1호, 2000, 138면; Eun Kyung Min, "Reading the Figure of Dictation in Teresa Hak Kyung Cha's *Dictée*", *Other Sisterhoods: Literary Theory and U.S. Women of Color*, ed. Sandra Kumamoto Stanley, U. of Illinois Press, 1998, pp.309-324.

8 오정화, 「『딕테』―한국계 미국 이민 여성으로서 '말하는 여자' 되기」 『여성학논집』 23권 1호, 2006, 79면.

영어가 낯선 이민자들이 미국에서 필연적으로 겪게 되는 집단적 경험으로 의미가 확장된다.

챕터 간의 상호인용은 "클리오 역사"와 "에라토 연애시" 사이에서 두드러진다. 이 상호인용은 프랑스의 성녀이자 투사였던 잔 다르크를 매개로 이루어진다는 점이 특징적이다. 먼저 "클리오 역사" 챕터부터 보면, 여기에서는 일본 제국이 지배하던 시기에 있었던 조선 관제의 변화에 관한 매켄지(F. A. McKenzie)의 기록, 독립군 전투에 관한 『대한매일신보』 영문판 기사를 매켄지가 인용한 것,[9] 3·1 만세 운동에 참가한 유관순의 행적에 관한 기록, 하와이의 한인 교포들이 루스벨트 대통령에게 보낸 탄원서가 병치되어 있다. 이 소설에서 등장하는 유관순은 두 명의 역사적인 인물을 거명한다. 열사의 표현을 빌리면, "그녀는 잔 다르크의 이름을 세 번 부른다. 그녀는 안중근의 이름을 세 번 부른다."[10] 이와 같은 언급을 통해 작가는 유관순이 프랑스와 한국의 두 애국지사를 정신적인 동지로 삼고 있음을 드러낸다. 유관순과 안중근의 공통점으로는, 안중근 의사가 중국 여순 감옥에서 상고를 포기하고 1심만으로 사형을 맞은 것과 같이, 유관순도 조선 전체가 감옥인데 "어딜 가면 감옥이 아니겠냐"[11]는 말로써 고등법원에 상소할 것을 포기한 데서도 드러난다. 유관순과 잔 다르크가 처한 상황의 상동성은 두 사람이 외부의 침략자와 내부의 적 모두를 상대해야 했다는 점에 있다. 반일 저항의 대열에 참가하기 위해서 유관순이 '어린 소

---

9 Fred Arthur McKenzie, *Tragedy of Korea,* Hodder and Stoughton, 1908, p.46, p.47, p.237 참조; 『대한매일신보』의 영문판 *Korea Daily News* 10월 24일, 26일자 기사.

10 Theresa Hak Kyung Cha, *Dictée,* U. of California Press, 2001, p.29.

11 김기창, 「유관순 전기문(집)의 분석과 새로운 전기문 구상」, 『유관순 연구』 2권 2호, 2003, 115면.

고발과 연루

녀'를 인정하지 않는 조선인 남성 민족주의자들의 편견과 싸워야 했다면, 잔 다르크는 백년 전쟁의 말엽에 조국 프랑스를 위해 혁혁한 공을 세웠지만, 영국군에 의해 체포된 후 친영주의적 프랑스인 성직자들에게 넘겨져 이들의 심문을 견뎌야 했다.

유관순이 상상의 동지로 호명하는 잔 다르크는 "에라토 연애시"에서 좀 더 구체적으로 성녀 테레즈의 몸을 통해서 현현된다. "에라토"의 첫 페이지는 잔 다르크로 분장한 어린 성녀 테레즈의 사진이 장식하고, 마지막 페이지는 프랑스의 여배우 팔코네티(Renée Jeanne Falconetti)의 사진이 장식한다. 두 사진의 내력을 설명하자면, 평소 잔 다르크의 애국적 투쟁에 감동을 받은 바 있는 테레즈는 1894년에 이 열사에 관한 두 편의 짧은 희곡을 쓰는데, 그중 하나가 『임무를 완성한 잔 다르크』(Jeanne d'Arc accomplissant sa mission)였다. 이 희곡이 1895년 1월 21일에 테레즈가 소속되어 있던 수녀원에서 상연되었을 때 성녀는 잔 다르크로 출연을 하였고, 이때 잔 다르크로 분장하고 찍은 사진이 "에라토"의 첫 장을 장식하는 것이다.

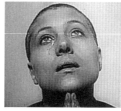

12

---

12 왼쪽 사진부터 보면, 잔 다르크로 분장한 성녀 테레즈의 사진. Archives du Carmel de Liseux <http://archives-carmel-lisieux.fr/english/carmel/index. php?option=com_fwgallery&view=image&id=644:photo-11-saint-therese-of- lisieux&Itemid=2110#fwgallerytop>; 『잔다르크의 수난』에 출연한 팔코네티의 모습. Carl Theodor Dreyer, dir., *La passion de Jeanne d'Arc*, Société générale des

두 번째 사진은 팔코네티의 것인데, 이는 덴마크 출신의 영화감독 드레이어(Carl Theodor Dreyer)가 제작한 『잔다르크의 수난』(*La passion de Jeanne d'Arc* 1928)에서 여주인공으로 출연한 모습이다. 이러한 정황을 고려한다면, 연극과 영화라는 각기 다른 장르에 사용되었을 뿐, 또한 작품이 공연된 시간과 공간이 다를 뿐, 잔 다르크에 관한 연극과 영화 모두 일종의 '역할'로서의 '여성 전사/순교자'를 보여주고 있음을 추론할 수 있다. 여기에서 '역할'은 중요한 개념이다. 그 이유는 역할로 이해되었을 때, 여전사의 이상(理想)인 잔 다르크가 유관순과 성녀 테레즈에게뿐만 아니라 질곡의 상황에 처한 모든 여성들에게 일종의 모방 가능성, 즉 수행성(performativity)의 전범으로 제시될 수 있기 때문이다.

"에라토 연애시" 챕터의 내용은 사실 잔 다르크와 별 관련이 없어 보인다. 이 챕터는 드레이어 감독이 제작한 또 다른 영화 『게르트루드』(*Gertrud* 1964)와 유사한 면이 있다. 『게르트루드』는 여성 해방을 꿈꾼 입센의 극작품 『인형의 집』(*A Doll's House* 1879)에 비견되는 작품이다. 여주인공 게르트루드는 자신의 직업과 사회적 지위만을 최고로 아는 이기적인 남편을 견디다 못해 마침내 그의 곁을 떠난다. 그녀는 연인 엘란드와의 사랑을 추구하지만, 그 연인마저도 진실하지 못하다는 사실을 깨닫는다. 과거의 연인 가브리엘이 그녀를 다시 찾기도 하지만 이를 거절하고, 남편의 간곡한 재결합 요구도 뿌리친 게르트루드는 홀로 길을 떠난다. 이러한 내용을 염두에 두고 "에라토" 챕터의 구성을 분석해 보자. 이 챕터에서는 극장 안으로 들어서는 한 여성의 움직

---

films, 1928 (https://www.youtube.com/watch?v=Brau3goyIBM); 영화 『게르트루드』에서 여주인공 게르트루드와 불륜의 연인 엘란드의 모습. Carl Theodor Dreyer, dir., *Gertrud*, 1964 <https://www.youtube.com/watch?v= 5zyfk9oquIY>.

임에 관한 묘사가 처음 제시되고, 이어서 이 여성의 움직임을 영화(혹은 그 대본으)로 만든 것이 제시된다. 독자는 관객으로, 더 나아가 영화 속에 등장하는 손님으로서 서사 내에 초대된다. 그러니 독자는 자신이 극장에 들어서는 여성 인물에 관한 묘사를 읽고 있는 것인지, 그러한 묘사를 영화로 만든 것을 보고 있는 것인지, 본인이 그 영화의 관객으로 위치되어 있는지, 아니면 영화 속의 손님으로 불려내진 것인지, 아니면 이 모든 것이 공존하는 것인지 혼란스러워진다. 이처럼 현실과 영화의 구분을 불분명하게 만드는 설정에는, 이 챕터가 묘사하는 게르트루드의 슬픈 삶이 영화에만 한정된 것이 아니라는 메시지가 숨어 있다.

한 가지 문제는, 작가의 언급이 없었더라면[13] 이 챕터가 『게르트루드』로부터 영감을 받았다는 사실을 추측하기가 불가능할 만큼 원작과 작가의 재서술 간에 큰 차이가 있다는 점이다. 반복적으로 언급되는 호수 장면, 피아니스트 연인, 연인의 피아노 반주에 맞추어 노래 부르는 여주인공, 남편에게 재산 취급을 당하는 여성의 불행한 결혼 생활이라는 단편적이고도 막연한 사실들을 제외하고는, 작가의 재서술에서 드레이어 감독의 영화를 암시하는 바가 거의 없기 때문이다. 이러한 모호함에도 불구하고 분명하게 다가오는 것은 여성 주인공의 삶이 얼마만큼 불행한 것이었는가 하는 메시지이다.

> 그녀는 그의 아내였다 그의 소유물 그녀의 남편에게 속했
> 다 그녀에 대한 소유권을 주장했던 그녀가 거절할 수 없었
> 던 그. 어쩌면 그래야 했다. 그때는 그랬다. 어쩌면 지금도.

---

13   Cha, op. cit., p.108.

[……] 그는 자신의 지위에 의해 그녀를 만진다. 자신의 지위에 관한 지식에 의해. 자신의 지위의 요구에 의해. 그녀의 몸뚱이와 정신은 공짜였다.[14]

이 에피소드의 모호함에 한 가지 장점이 있다면, 그것은 상호인용을 통해 의도되는 보편화의 효과를 극대화하는데 기여한다는 점이다. 달리 표현하면, "그의 소유물"인 여주인공에게서 특수성을 박탈함으로써 소설가는 가부장제로 인해 고통받는 여성 전체를 호명할 수 있게 된다.

앞서 이 소설에서 잔 다르크가 "클리오 역사"의 유관순과 "에라토 연애시"의 성녀 테레즈를 매개하는 역할을 한다고 말한 적이 있다. "에라토"의 첫 페이지에서 사진으로 등장한 성녀 테레즈에 관한 이야기는 한참 후에야 게르트루드에 관한 이야기와 교차되어 제시된다. 이때 짝수 페이지에서는 게르트루드의 비극적인 삶에 관한 이야기가, 홀수 페이지에서는 성녀 테레즈의 서원식 초청장과 테레즈 자신이 쓴 글이 등장한다. 이 후자의 글은 차학경이 성녀의 자서전 『영혼의 이야기』에서 그대로 베껴온 것이다. 이 글의 일부만 인용해보자.

아 불쌍한 여성들, 이들은 얼마나 큰 오해를 받고 있는지! 그러나 이 여성들 중 하나님을 사랑하는 이의 수가 남성들의 수보다 훨씬 많으며, 우리 주님께서 수난을 받으시는 동안 군인들의 모욕을 견뎌내고 사랑스러운 예수님의 얼굴을

---

14 Ibid., p.112; 차학경의 이 텍스트를 출전으로 하는 모든 인용문의 번역은 필자의 것이며, 번역시 원문에 임의로 구두점 등을 추가하는 일은 하지 않았음을 밝힌다.

감히 닦아드린 이 여성들은 사도들보다도 더 용감하였습니다. [……] 하나님께서는 당신의 생각이 곧 남성들의 생각이 아니심을 천국에서 보여주실 것입니다. 왜냐하면 그때는 나중 오는 자가 처음이 될 것이니까요.

나의 사랑스러운 남편님, 당신처럼 저도 고통받고 십자가에 못 박히겠나이다. 성 바르톨로뮤처럼 살갗이 벗겨지고, 성자 요한처럼 뜨거운 기름에 던져지고, 순교자들에게 가해진 모든 고통을 제가 겪겠나이다. 성 아그네스와 성 시실리아와 함께 칼날 앞에 목을 내놓겠나이다. 나의 친애하는 자매 잔 다르크처럼 화형대 위에서 당신의 이름을 속삭이겠나이다, 오 예수님.[15]

첫 번째 인용문은 테레즈가 1887년에 아버지와 함께 이탈리아를 순례하던 도중에 느낀 소감을 피력한 것이다. 성녀가 순례 도중에 들른 한 가르멜 수도원은 외부인들에게 수도원 외부의 회랑만을 개방하였는데, 테레즈는 이에 만족하지 않고 수도원 내부로 들어가려다 한 수도사로부터 제지를 당한다.[16] 이 사건을 회고하면서 성녀는 가톨릭교에 배어있는 남성우월주의를 비판한다. 차학경은 회고록의 이 대목을 인용함으로써 가부장제가 하나님께서 허락하시지 않은 제도라는 메시지를 들려준다. 두 번째 인용문은 예수에 대한 사랑과 고마움에 사

---

15 Ibid., p.105, p.117; Saint Thérèse of Lisieux, trans. John Clarke, O. C. D., *Story of a Soul: The Autobiography of St. Thérèse of Lisieux*, Institute of Carmelite Studies, 1976, p.193, p.195.

16 St. Thérèse of Lisieux, op. cit., 140.

무친 성녀가 순교의 의지를 불태우는 내용이다. 여기에서 성녀는 자신이 평소에 존경하는 잔 다르크를 언급하는데, 차학경은 이 대목을 인용함으로써 서로 관련이 없는 유관순과 성녀 테레즈 간에 연결고리를 챕터 경계를 넘어 만들어낸다. 즉, 잔 다르크에 대한 추앙이라는 공통분모를 통해 시공간을 달리하는 여성들 간의 공감 영역을, 이에 바탕을 둔 상상적인 동지 관계를 만들어내는 것이다.[17]

이 여전사들의 동지 관계에는 만주에서 교사 생활을 한 차학경의 어머니 허형순도 초대된다. "칼리오페 서사시"에 의하면, 허형순은 타지에서 교사 생활을 시작한 지 일주일 만에 폐렴으로 병석에 드러눕게 된다. 그녀는 그때 어떤 비전을 보게 되는데, 그 비전에서 세 명의 여성이 맛있는 음식으로 몹시 굶주린 허형순을 유혹한다. 신약성경의 일화가 연상되는 대목이다. 작가는 이처럼 어머니가 만주에서 하게 된 망명 생활을 예수가 광야에서 하게 된 자기유배와 비교하고, 또한 어머니가 받은 유혹을 예수가 광야에서 사탄에게서 받게 된 유혹과 병치시킴으로써, 어머니를 성자의 위치에 올려놓는 효과를 거둔다. 이러한 맥락에서 보았을 때, 『딕테』는 유관순 열사, 잔 다르크, 성녀 테레즈로 이어지는 여성들 간의 동지 관계를 만들어낼 뿐만 아니라, 이 관계에 만주에서 교육에 힘썼던 조선인 여성 허형순, 남성들의 유혹과 배신에 맞서 방랑의 길을 떠나는 게르트루드 등 허구의 인물까지 초대한다. 이 인물들의 일화는 때로는 병치되고, 또 때로는 파편의 형

---

17 이와는 다른 해석으로 정은숙의 글이 있다. 이 글에 의하면, 여기에서 성녀가 순교의 의지를 표명하는 것은 종교 권력에 의해 순교를 강요받는 삶에 대한 비판으로 해석된다. 테레즈를 "예수의 사랑에 의한 희생자"로 보는 시각은 일레인 김의 글에서도 발견된다. 정은숙, 「상호텍스트성의 관점으로 차학경의 『딕테』 읽기」, 『비교문학』 42집, 2007, 132면; Kim, op. cit., p.17.

태로 다른 인물들의 일화 속에서 발견되기도 한다. 이 파편들은 한편
으로는 권위적인 담론과 충돌하며, 다른 한편으로는 상호인용과 상호
침투를 통해 시공간의 벽을 뛰어넘는 연대의 밑그림을 그려낸다.

3.

발화(성)의 정치성

•

발화는 『딕테』 작품 전체를 아우르는 또 다른 주제이다. 구술(口述)을 뜻하는 프랑스어 명사 'dictée'는 학습자가 표본으로 주어진 말을 글로 바꾸는 행위이다. 이를 통해 학습자는 대상 언어의 단어, 문법, 구문 등에 대하여 배우게 된다. 이 언어 학습이 갖는 정치적·문화적 함의를 로우는 다음과 같이 설명한다. "학생은 주어진 예문의 형태를 재생산함으로써 순응적인 형태의 학습이 이루어지게 하는 교육적인 명령을 내면화한다. 이 과정에서 모든 학생은 언어적 재생산이 이루어지는 획일적이고도 등가적인 지점으로 반복적으로 추상화된다."[18] 푸코의 『훈육과 처벌』(*Discipline and Punish*)의 언어를 빌려 설명하면, 언어 교육을 통해서 피교육자는 개체로서의 고유함이나 차이를 박탈당한 채 규율과 규제의 대상으로, 법칙과 지시에 대한 순응이 재생산되는 권력의 한 지점으로 전락한다. 'dictée'는 또한 동사 'dicter'의 과거분사 'dicté'의 여성형이기도 하다. 동사로 쓰일 때 이 단어는 '구술

---

18   Lisa Lowe, op. cit., pp.38-39.

하다' 혹은 '조건 지우다'를 의미하는데, 그런 점에서 이 소설의 제목은 구술 행위가 은유하는 규제와 훈육을 통해 여성이 '쓰이고 조건 지워지는' 과정, 즉 주체 형성(subject formation)까지도 의미한다.

『딕테』에서 이민자들이 겪는 언어 습득/발성의 문제는 소설의 첫 챕터에서 거론된 후 외국어 학습과는 상관이 없어 보이는 다수의 챕터에서 반복된다. 이를테면, "우라니아 천문학"에서는 채혈 경험이 서술되고, 이어서 프랑스어 시와 그 시의 영문 번역이 발견된다. 여기서 채혈의 일화는 한편으로는 이민 수속을 위한 검진 과정으로 이해되기도 하며, 또 다른 한편으로는 글쓰기에 대한 비유로서 기능하기도 한다. 채혈 주삿바늘을 뽑은 자리에서 피가 흘러나오고, 이로 인해 거즈가 얼룩지는 모습을 보면서, 화자는 다음과 같이 표현한다.

> 핏자국이 흘러나온 거즈를 빨아들이기 시작한다.
> 속에서 나온 얼룩을 담은 잉크 같은 것 경계, 표면 속으로 그 위로 쏟아진 것. 더 많이. 다른 것들. 가능하면 조금이라도 가능하면 구멍을 내고 긁고 새기고. 배출. 숨지 마. 너를 드러내. 피. 잉크. 속의 것을 몸 밖으로 내어놓기.[19]

작가는 첫 문장에서 거즈와 핏자국의 역할을 전도시킴으로써 핏자국에 동인(動因 agent)으로서의 적극적인 지위를 부여한다. 또한, 피를 잉크의 은유로 보았을 때, 잉크를 보다 강렬한 이미지인 핏자국에 비유함으로써 글쓰기의 위상도 고양시킨다. 이러한 맥락에서 작가는, 얼룩이 되기 위해서 피가 몸의 내부와 외부 간의 경계를 침범해야 하듯,

---

19 Cha, op. cit., p.65.

여성의 글쓰기는 기성의 법이 정해 놓은 경계를 위반하고 뛰어넘는 것임을 암시하고 있다.

　이러한 맥락에서 작가는 주변화된 주체들에게 자신의 의사를 적극적으로 표시할 것을 촉구한다. "숨지 마"라는 것이다. 자신을, 자신의 의사를 드러내라는 것이다. 이러한 의사 표시는 "구멍을 내거나 긁고, 새기는" 등 가능한 모든 표현 수단을 동원해야 한다. 외국인 독자를 어리둥절하게 만들었을 소설의 속표지를 장식하는 탄광 벽의 탁본이 상기되는 대목이다. "어머니 보고싶어 배가고파요 고향에 가고 싶다."

일본 제국에 의해 강제 징용당한 조선인들이, 절망적인 상황에서도 귀향을 포기하지 않고, 그 희망을 표시한 방식이 바로 여기에 있다. 마치 주삿바늘을 뽑은 후 방울져 나오는 피처럼 자신의 강렬한 소망을 "몸 밖으로 내어놓기" 위해 사용한 방식이 바로 탄광 벽 "표면 위에, 표면 속으로" "긁고 새기는" 것이었다.

20　이 탁본이 일제에 의해 징용당한 조선인 광산 노동자의 글이라는 해석에 대해, 사용된 철자법을 보아 해방 이후의 한글 철자법과 일치한다는 반대 의견이 있다. Kang, op. cit., p.99; 정은숙, 앞의 글, 124-125면.

같은 챕터의 이어지는 글에서 차학경은 앞서 "낭송녀"에서 다룬 주제인 프랑스어의 영문 번역을 능란하게 실습해 보인다. 이때 짝수 페이지에는 프랑스어 시를, 홀수 페이지에는 그 시의 영문 번역을 싣는데, 조세핀 박의 연구가 자세히 밝히고 있듯[21] 이 시는 프랑스의 상징주의 시인 보들레르의 「백조」(Le Cygne)를 참조한 것이다. 원시에서 보들레르는 트로이 최고의 용사인 남편 헥토르를 아킬레우스에게 잃은 후 첩이 되어 그리스로 끌려간 안드로마케를 불러내고, 이어서 파리의 이방인이 되어 아프리카의 종려나무를 그리워하는 한 흑인 여성도 시에 불러냄으로써, 시공간을 달리하여 여성들이 겪는 공통의 아픔인 유배와 이산을 노래한다. 보들레르의 원시를 보자.

> 나는 새장에서 탈출한 한 마리 백조를 보았네.
> 물갈퀴 발로 메마른 보도를 스치며
> 고르지 않는 지면 위로 제 하얀 깃털을 끌고 갔지.
> 메마른 도랑 가에서 그 새는 부리를 열었어.
> 안절부절 먼지 속에서 날개를 씻고는
> 고향의 아름다운 호수가 사무쳐서 소리치지
> "비여, 그대는 언제 올 것인가? 천둥이여, 그대는 언제 내려
> 칠 것인가?"

이 시에서 등장하는 안드로마케와 익명의 흑인 여성처럼 백조는 유배의 상징이다. 메마른 도시에 갇힌 백조에게, 한때 저 태어난 호수의 푸른 물에서 자유롭게 자맥질하며 먹이를 잡고 또 날개를 씻던 기억

---

21   Josephine Nock-Hee Park, "What of the Partition: *Dictée*'s Boundaries and the American Epic", *Contemporary Literature* Vol.46, No.2, 2005, pp.220-226.

은 한낱 아픈 추억일 따름이다.

　호수는 고사하고 단비라도 내려 도시의 메마름을 견뎌낼 것을 희망하는 도시의 백조 모티프는 차학경의 시에서 다음과 같이 변용된다.

　　　나는 백조들의 소리를 들었다
　　　빗속에서 나는 들었다
　　　나는 들었다 진실된 말을
　　　혹은 진실되지 않은 말
　　　말하기 불가능한 말.
　　　그곳. 몇 년 후
　　　더이상 빗소리를 구분할 수 없게 된.
　　　[……]
　　　나는 표식들을 들었다. 남은 것들. 사라진.
　　　말 없는 표식들. 완전히 다른.
　　　없는.
　　　이미지들만. 홀로. 이미지들.
　　　빗속에서 표식들을 나는 들었다[22]

유럽의 상징주의나 주지주의를 연상시킬 법한 이 시에서 작가는 고향에 관한 이민자의 기억 내부로 호수를 갈구하는 백조의 사연을 들여온다. 그나마 비를 갈구하는 백조의 울음이라도 들렸던 때는 적어도 화자에게 귀향에 대한 욕망이 남아 있었을 때이다. 또한, 백조의 울음이 들렸던 과거는 삶에 대한 진실된 외침이 가능했을 때이다. 시에서 이러한 과거는 외침이 진실성을 상실하게 된 현재, 외침이 더이

22　Cha, op. cit., pp.67-69.

고발과 연루

상 들리지도 않게 된 현재, 그래서 백조의 울음과 빗소리를 구분할 수 없게 된 현재와 비교된다. 백조의 울음소리를 더이상 듣지 못하게 된 화자에게 "백조"(cygnes)는 애초의 의미를 잃고, 그 자리는 동음이의어인 "표식들"(signes), "말 없는 표식들"(signes muets)이 대체하게 되었다. 실향의 기억마저 아득하게 된 이민자에게 "고향"은 아무런 울림이 없는 죽은 기호가 되고 만 것이다.

앞서 "낭송녀"에서 다룬 발화/번역의 주제는 이처럼 이 챕터에서 시 번역 작업을 통해서 구체적으로 형상화되고 있다. 그뿐만 아니라 이 챕터에 실린 시는 프랑스어 발성 및 구두점, 문장, 문단 등 문법에 관한 내용을 담고 있다. 이 챕터에서 인간의 발성 기관 해부도가 실려 있는 페이지를 지나면 발성 연습에 관한 묘사가 발견되는데, 이 난해한 구절은 도착국에서 이민자를 기다리고 있는 사회적 지위와 관련지을 때 의미가 좀 더 분명해진다. 문제의 시를 보자.

> 멈춘다. 시작한다. 시작한다.
> 수축. 소음. 소음 비슷한 것.
> 부서진 말. 일대일. 하나씩.
> 갈라진 혀. 부서진 혀.
> 피젼(Pidgeon). 말 비슷한 것.
> 삼킨다. 내쉰다. 더듬거린다. 시작한다. 시작하기 전에
> 시작한다.[23]

발성을 위해 숨을 삼키고 내쉬는 이민자의 입을 통해 나오는 도착국

---

23 Ibid., p.75.

의 언어는, 그가 외국어에 능숙하게 될 때까지는 "소음"이나 "소음 비슷한 것"에 지나지 않는다. 이 시에서 "갈라진 혀"는 또한 도착국의 언어를 배워야 하는 이중 언어자로서의 이민자들의 처지를 상징한다. 낯선 음을 제대로 발성하기 위해서는 혀가 마음대로 구부려지고 휘어져야 하지만 그럴 수 없다는 점에서, 이민자가 "더듬거릴" 수밖에 없는 도착국의 언어는 "부서진 혀," 즉 "부서진 말"에 지나지 않는다.

외국어를 흉내 내는 위의 발성 장면은 성녀 테레즈를 기리고, 한 익명의 여성의 불행한 결혼 생활을 다루는 "에라토 연애시"의 홀수 페이지에서도 나타난다.

> 너무 빨라요. 속도를 늦추세요. 제발요. 더 느리게, 훨씬 더
> 느리게. 제가 따라할 수 있게. 부드럽게. 느리게. 부드럽게
> 느리게. 한 번 더. 또 한 번. 두 번.[24]

이 인용문에서 프랑스어를 말하는 속도를 늦추어 달라는 요청은, 원어민의 말을 잘 알아듣지 못하는 외국어 학습자의 청취력의 한계를 지시한다. "멈춘다"로 시작하는 이전의 인용문에서 드러나듯, 발성의 결과가 "부서진 말"(Broken speech)이라는 사실도 아무리 흉내를 내어도 원어민 발음과 문장에는 미치지 못하는 외국어 학습자의 한계를 지시한다.

이 외국어 학습자의 부실한(?) 어휘력은 단어 "피젼"(Pidgeon)의 철자에서도 암시된다. 옥스퍼드 영어사전은 단어 "pidgeon"을 비둘기를 뜻하는 "pigeon"의 고어로 수록하고 있으며, 또한 피진어를 의미하는

---

24   Ibid., p.99.

"pidgin"이 과거에는 "pidgeon"으로 철자화되기도 하였음을 밝히고 있다.[25] 그러나 화자가 "비둘기"가 되었든, "피진어"가 되었든, 18세기의 고어를 여기에서 사용하였을 리는 만무하다고 생각된다. 그렇다면 남는 경우의 수는 "피진어"라고 말하려다가 철자법의 혼동을 일으켜 "pidgin" 대신 "pidgeon"으로 쓴 것이 아닌가 싶다. 이 인용문은 축자적인 수준에서는 외국어 학습자의 "부서진 말," 즉 그의 언어 능력의 한계를 지시하지만, 동시에 상징적인 수준에서는 백인이 주류인 사회에서 사회적 발언권을 갖지 못하는 아시아계 이민자들의 주변화된 지위를 암시한다.

발화의 모티프는 "칼리오페 서사시", "엘리테레 서정시", "테르프시코레 합창 안무" 등의 챕터에서도 지속적으로 발견된다. "칼리오페"의 예를 들어보자. 허형순이 만주로부터 귀국하는 사건과 작가의 귀국을 다루는 이 챕터에서 허형순의 사진은 챕터의 제일 마지막 페이지에 배치되고, 그 직전 페이지는 다음과 같이 끝을 맺는다.

> 몸의 구성, 수태에서부터 고려하기, 흙, 씨앗, 필요한 빛과 물의 양, 계보, 마지막 역(驛)까지 단 한마디도 안 하기. 그들은 수화물을 조사할 것을 요구한다. 당신은 입을 반쯤 연다. 눈물이 나올 뻔. 말을 할 뻔. 나는 너를 알아 나는 너를 알아. 이렇게 오랫동안 너를 보기 위해 기다려왔어. 그들은 수화물 하나하나를 점검하고 외국 물품에 대해 질문하고 당신을 보낸다.[26]

---

25 "Pidgeon", *Oxford English Dictionary* <http://www.oed.com/search?searchType=dictionary&q=pidgeon &_searchBtn= Search>.

26 Cha, op. cit., p.58.

위 인용문에서 "몸의 구성"이라는 표현은 원문 "Composition of the body"를 번역한 것이다. "composition"에는 구성이라는 뜻 외에 작성(作成)의 뜻도 있는데, 이러한 의미를 고려할 때 문제의 표현은 우리의 몸이 "쓰이는" 과정을, 즉 개인의 주체 구성과정을 지시한다. 그런 점에서 이 말은 소설의 제목인 "dictée"와 뜻이 상통한다. 발성(화)의 모티프는 위 인용문에서 말을 하지 않는 행위, 말을 거의 할 뻔했던 순간, 입을 반쯤 여는 행위에서도 반복되어 나타난다. 또한, 발성과는 상관이 없어 보이는 구절인 "수태, 흙, 씨앗, 빛, 물"이라는 표현도 발성과 밀접한 연관을 맺고 있음이 발견된다. 그 연관성은 소설에서 한참 후에야, 4개의 챕터를 뛰어넘은 후 아홉 번째 챕터 "테르프시코레 합창 안무"에서 비로소 드러난다. 이 챕터는 개인이 목소리/언어를 습득하게 되는 사건을 겨우내 돌 같이 굳어있던 나무에 물이 오르는 과정에 비유하고, 한 알의 약한 씨앗이 단단한 땅속에서 싹을 틔우는 과정에 비유하여, 언어 습득이 오랜 기다림과 지난한 노력의 결과물임을 노래한다.

위의 인용문에서는 다른 의미들도 발견된다. 이 챕터의 앞에서 작가가 줄곧 이야기 해 온 어머니의 귀국과 자신의 귀국 사건이 다시 압축적으로 형상화되기 때문이다. 인용문 중 "마지막 역까지 단 한마디도 안 하기"라는 표현은 어머니 허형순의 귀국을 인유하는 것으로 해석된다. 이차세계대전이 끝난 후 만주에서 해방된 조선으로의 귀환이 주로 열차로 이루어졌음을 고려했을 때, 이 "마지막 역"은 허형순이 탄 귀국 열차의 종착역, 즉 해방된 조국의 도시를 지시한다. 이 여행 내내 그녀가 입을 다물고 있었다는 사실도 은유적인 수준에서는 일제 강점기에 조선어를 말할 수 없었던 상황, 일제에 의해 빼앗긴 한 민족의 주권을 뜻하기도 한다. 그러나 "이렇게 오랫동안 너를 보기 위

고발과 연루

해 기다렸어"의 구절에 이르게 되면, 이 표현이 허형순의 귀국 감회인지, 일제에서 해방된 한민족 모두의 감회인지, 1962년에 한국을 떠난 후 18년 만에 돌아온 화자의 감회인지 성격이 모호하다. 인용문의 마지막에서 수화물을 검사받고 외국 물품에 대해 대답을 한 후에야 갈 수 있었다는 구절도 어머니의 귀국 절차를 지칭하는지, 아니면 바로 이전 페이지에서 묘사되는 "십 피트마다 그들은 당신의 정체에 대해 묻는다"와 같은 화자의 진술을 참조할 때 화자 자신이 조국에서 받은 대접에 관한 냉소적인 표현인지 모호하다. 1945년의 귀국과 1980년의 귀국을 중첩시킴으로써 발생하는 이 모호성은 시대는 다르지만 두 사건이 본질적으로 크게 다르지 않음을 시사한다.

4.
여성적 글쓰기론

•

앞서 언급한 바 있듯, 『딕테』의 난해한 내용을 본격적으로 다룬 비평서 『자아 쓰기 민족 쓰기』의 서문에서 일레인 김은 자신을 포함한 네 명의 학자들이 저술 작업에 참여한 이유로서 『딕테』에 관한 서양의 기성 비평을 든다. 그에 의하면, 이 비평들은 한국과 한국계 미국인들의 경험을 이 소설과 무관한 것으로 취급해왔다는 것이다.[27] 반면, 비평가 셔발리에는 초기의 『딕테』 비평이 이 소설의 미학을 한국적이거나 아시아적인 맥락에서 논의하고 있다고 주장한 바 있다.[28] 사실 일레인 김이 동료 학자들과 공동 편저한 비평서보다 이전에 출간된 『딕테』 비평은 그리 많지 않다. 초기 비평 중에는 로버트 시글, 마이클 스티븐즈, 스티븐 폴 마틴의 저술과 롭 윌슨의 짧은 글이 눈에

---

27 Elaine Kim, "Preface", *Writing Self, Writing Nation*, eds. Elaine H. Kim & Norma Alarcón, Third Woman Press, 1994, p.ix.

28 Flore Chevaillier, "Erotics and Corporeality in Theresa Hak Kyung Cha's DICTEE", *Transnationalism and Resistance: Experience and Experiment in Women's Writing*, eds. Adele Parker & Stephanie Young, Rodopi, 2013, p.24.

띤다. 이 중 윌슨과 마틴의 비평에서는 일레임 김이 불만을 토로한 대로 한국의 역사나 한국계 이민자의 경험이 "여성적 언어와 목소리"에 관한 논의로 인해 주변으로 밀려난 감이 있는 것은 사실이다.

이를테면, 윌슨은 작가가 들려주는 여성적 목소리에 관한 관심을 어머니(모국)의 상실에 대한 대응으로, 그래서 시를 통하여 잠재의식 속의 "숭고한 힘"[29]을 회복하려는 시도로 이해한 바 있다. 마틴도 이 소설을 "가부장적 억압의 이미지들, 그리고 여성적 초월의 반복적인 순간들을 중심으로 느슨하게 배열된 다양한 언술적, 시각적 양식들을 종합한 결합물"이라고 정의 내린 바 있다. 이에 의하면 작가의 목표는 남성적 글쓰기 전통에 맞서 여성의 경험과 의식을 담아내는 글쓰기를 실천해 보이는 것이다. 이는 구체적으로 아홉 뮤즈의 어머니이자 기억의 여신인 므네모시네(Mnemosyne)의 기운을 회복하여 기억을 복구하고, 이를 파편화된 "여성적 언어"로 구현하는 것이다.[30] 반면 스티븐즈는 한반도에서 숱하게 벌어진 전쟁의 참상이라는 맥락, 그가 "그렇게 많은 피를 들이킨 산맥"[31]이라고 부른 역사적 맥락에서 소설의 일부 챕터를 논한다. 시글의 저술도 『딕테』을 논의할 때 "클리오"와 "멜포메네"와 관련하여 한국의 역사를 일정 부분 언급한다.[32] 이러한 상황을 전반적으로 검토해 보았을 때, 기성 비평이 한국인과 한국

---

29 Rob Wilson, "Falling into the Korean Uncanny", *Korean Culture* Vol.12, No.3, 1991, p.37.

30 Steven Paul Martin, *Open Form and Feminine Imagination*, Maisonneuve Press, 1988, p.188.

31 Michael Gregory Stephens, *The Dramaturgy of Style: Voice in Short Fiction*, Southern Illinois U. Press, 1986, p.189.

32 Robert Siegle, *Suburban Ambush: Downtown Writing and the Fiction of Insurgency*, Johns Hopkins U. Press, 1989, pp.240-241.

계 미국인의 경험을 배제하고 있다는 일레인 김의 주장이 아주 틀렸다고 할 수는 없지만, 동시에 당시 비평을 제대로 평가했다고도 여겨지지는 않는다.

『딕테』의 의미적 지평을 특정한 국적(國籍)과 연관시키려는 일레인 김의 개입에도 불구하고, 차학경의 언어를 포스트모던 글쓰기로 이해하는 시각이 훗날 대부분의 비평에서 발견된다고 해도 과언이 아니다. 이 비평 중 적지 않은 수가 차학경을 프랑스 후기구조주의 페미니스트 엘렌 식수(Hélène Cixous)에 비교한다. 이를테면, 『딕테』의 언어를 식수의 전복적인 여성적 글쓰기(écriture féminine)의 예로 이해하는 파멜라 준과 이건종의 글, 식수의 "유동성"(fluidity) 및 "제3의 몸" 개념을 성애(性愛)의 관점에서 논하는 셔발리에의 글이 있다. 이와는 조금 다른 시각에서 작가의 파편적인 글쓰기 방식과 구술의 주제에서 이민자들의 탈구된 삶에 대한 비유를 읽어내는 민은경의 글이 있다.[33] 이러한 논의를 여기에서 새삼 하는 이유는 이 소설의 형식에 후기구조주의 계열의 해석을 불러들이는 요소가 분명 있다고 여겨지기 때문이다.

우선 식수의 관점을 취하는 비평을 들여다보자. 파멜라 준이 『딕테』에서 식수의 "반란적 글쓰기"(insurgent writing)의 예로 주목하는 대목은 "에라토 연애시"에서 발견된다. 이 챕터에서 작가는 어떤 여성이 극장에 들어서는 모습을 묘사한 후, 그 등장을 마치 영화로 찍은 듯 동일한 장면을 카메라 앵글의 지시문과 함께 제시한다.

　　　그녀의 얼굴을 익스트림 클로즈업 쇼트로. 거리에서 다섯 개

33　Pamela B. June, *The Fragmented Female Body and Identity*, Peter Lang, 2000, pp.22-46; Lee, op. cit., pp.77-99; Min, op. cit., pp.309-324.

의 흰 기둥들 중 둘을 미디엄 롱 쇼트로 그녀가 왼편으로 들
어서서 두 개의 기둥 사이로 움직일 때 이에 따라 카메라는
회전하며 카메라가 문 입구에서 멈추고 그녀가 들어선다.[34]

여성 영화 관람객이 피사체, 즉 관람의 대상이 된다는 점에 착안한 준
은 이 대목이 남성의 시선 앞에서 "객체화된 타자"로 전락하는 여성의
현실을 폭로한 것이라고 주장한다. 또한 작가가 파편화된 언어를 사
용하는 이유는, 여성의 신체가 겪는 대상화와 파편화를 드러내기 위
한 것[35]이라 한다.

유사한 시각에서 셔발리에는 작가가 "여성적 유동성"(feminine
fluidity)에 입각한 "반(反)근원적인 글쓰기"를 보여준다고 주장한다. 그
에 의하면, 작가는 언어적 물질성과 신체적 물질성이라는 데카르트적
인 이분법을 무너뜨려 보인다. 대표적인 예가 앞서 논의한 바 있는 채
혈 장면이다. 여기에서 "피"와 "잉크"가 병치되어 있음에 주목하는 셔
발리에는 이 대목이 여성의 몸과 언어 간의 상호교환성을, 즉 둘 간의
유동성을 비유한 것으로 해석한다.

죽은 단어들. 죽은 혀. 사용하지 않음(disuse)으로 인해. 시
간의 기억 속에 묻혀. 고용되지 않아서. 말하여지지 않아서.
역사. 과거. 낭송녀(diseuse)가, 아홉 낮과 아홉 밤을 기다린

---

34 Cha, op. cit., p.96.

35 June, op. cit., p.35. 프랑크푸르트 학파의 대중문화론적 관점을 취하는 민은경이
    이 대목이 "수동적인 관객"의 위치에 머물고 싶은 독자의 욕망을, 수동적인 관객
    을 생산하는 대표적인 장르인 영화의 유혹에 비유함으로써 비판한 것으로 이해
    한다. Min, op. cit., p.320.

어머니인 자가 발견되게 하라. 기억을 회복하라. 낭송녀가, 딸인 자가 지하로부터 매번 모습을 드러낼 때마다 봄을 회복케 하라. 쓰기를 완전히 멈추기 전에 더이상 나오지 않게 되기 전에 잉크는 가장 진하다.[36]

셔발리에에 의하면, 위 인용문에서 작가는 "글"과 관련하여 어머니와 딸, 낭송녀를 언급함으로써 식수의 여성적 글쓰기를 인유할 수 있게 된다. 구체적으로, 혀의 "사용하지 않음"은 여기서 여성의 글쓰기 재능을 억압하는 가부장제의 횡포를 상징하는데, 이 "사용하지 않음"(disuse)과 "낭송녀"(diseuse) 간의 언어적인 유희를 통해 식수가 정의한 여성적 글쓰기의 특징인 "의미의 지연"을 실천해 보인다는 것이다.[37]

이제 차학경의 비평가들이 인용하는 식수의 글을 살펴보자. 『메두사의 웃음』에서 식수는 "남근적 재현주의"에 갇히지 않은 자유로운 자아를 여성적 자아로 제시한 바 있다. 이 자아는 그 내부에서 어느 한 성(性)도 배제당하는 일 없이 양성(兩性)이 공존하며, 성적인 차이가 억압되기보다는 장려되고 추구되는 그러한 자아이다.[38] 여성적 자아에 관한 식수의 설명을 더 들어보자.

> **여성을 위한 여성.**—타자, 특히 다른 여성을 생산하고, 또 다른 여성에 의해 생산되는 힘이 여성에게는 항상 있다. 그녀에게는 모체와 요람이 있다. 자신의 어머니로서 베푸는 자이며 또 자식이기도 하다. 그녀는 자신의 자매이자 딸.

---

36 Cha, op. cit., 133.

37 Chevaillier, op. cit., p.40, pp.34-35.

38 Hélène Cixous, "Laugh of the Medusa", *Signs* Vol.1, No.4, 1976, p.884.

[……] 숨겨져 있지만 항상 준비되어있는 자원이 여성에게
는 있다. 타자를 위한 자리.[39]

남성과 달리 여성은 타자의 생(출)산이 가능하다는 점에서 "타자를 위
한 자리"가 그녀에게는 있다. 가부장제를 유지하기 위해 아버지와 아
들 간에 엄격한 역할 구분과 위계질서가 있어야 하는 것과는 달리, 여
성은 한 어머니의 딸이면서 또 딸의 어머니가 되기에 이들은 모두 생
명을 베푸는 역할이라는 점에서 하나가 된다.

식수의 이 글을 염두에 두고, "죽은 단어들"로 시작되는 바로 이전
의 인용문으로 돌아가 보자. "낭송녀가, 아홉 낮과 아홉 밤을 기다린
어머니인 자가 발견되게 하라. 기억을 회복하라. 낭송녀가, 딸인 자가
지하로부터 매번 모습을 드러낼 때마다 봄을 회복케 하라." 이건종이
지적한 바 있듯,[40] 이 대목은 작가가 호머의 「디메테르 찬가」("Hymn to
Demeter")에 의존하여 헤시오드의 『신통기』(Theogony)를 다시 쓰는 부분
이다. 여기서 아홉 낮과 아홉 밤을 기다린 어머니가 인유하는 존재는
디메테르이다. 이 수확의 여신은 제우스와의 사이에서 낳은 딸 페르
세포네(Persephone)를 어느 날 납치당한다. 디메테르는 딸을 되찾기 위
해 아홉 날과 밤을 헤매는데, 열 번째 날에야 비로소 하데스가 제우스
의 동의 하에 자신의 딸을 납치하였다는 사실을 알게 된다. 이에 디메
테르는 엘레우시스(Eleusis)로 물러나서 슬퍼하는데, 수확의 여신이 이
처럼 은둔하자 세상의 곡식이 성장을 멈추게 된다. 인간 세상에서 곡
식의 수확이 없게 되면 신들도 인간들로부터 제물을 못 받게 될 것을

---

39   Ibid., p.881; 원문강조.
40   Lee, op. cit., pp.90-91.

염려한 제우스는, 디메테르의 분노와 상심을 위로하려고 애쓰나 실패한다. 마침내 제우스의 항복을 받아낸 디메테르는 페르세포네를 되찾게 되고, 봄의 도래와 함께 모든 식생의 성장도 다시 시작된다. 그러나 어머니와 합류하기 전에 하데스가 건네준 석류 씨앗을 먹는 바람에 페르세포네는 매년 일 년 중 4개월은 하계에 머무르게 되고, 이 기간에 모든 식생의 성장이 멈추게 되어 식생의 죽음과 탄생이 반복하게 된다.[41]

주목할 사실은 "죽은 단어들"로 시작되는 단락에서 세 여성이 작가의 손을 거치면서 하나가 된다는 점이다. "낭송녀가, 아홉 낮과 아홉 밤을 기다린 어머니인 자가 발견되게 하라"에서는 낭송녀가 "어머니인 자"인 디메테르와 동일시되고, "낭송녀가, 딸인 자가 지하로부터 매번 모습을 드러낼 때마다 봄을 회복케 하라"에서는 낭송녀가 페르세포네와 동일시된다. 낭송녀를 매개로 하여 어머니와 딸이 하나가 되는 이 삼위일체의 상황은 여성의 유동적인 정체성에 관한 식수의 사유를 강력하게 인유한다. 즉, 디메테르 신화를 변용함으로써 차학경은 여성이 "타자를 위한 자리"라는 식수의 주장을, 즉 어머니이기도, 딸이기도 하며 또 자매이기도 한 여성의 모습을 자신의 시 속에서 그려내는 것이다. 동시에, 외국어를 배우는 낭송녀의 상황이 도착국의 언어를 새로 배워야하는 이민자의 상황과 중첩되면서, 낭송녀와 이민자 모두 신화적인 의미를 부여받는다. "죽은 언어"와 "죽은 혀"가 페르세포네가 하계에 내려가 있는 동안 지상에 닥친 재앙에 비유된다면,

---

41 Andrew Lang, *The Homeric Hymns: A New Prose Translation and Essays, Literary and Mythological*, *The Gutenberg eBook* <www.gutenberg.org/files/16338/16338-h/16338-h.htm>, pp.184-211.

고발과 연루

낭송녀/이민자의 언어 습득이 디메테르/페르세포네가 휘두르는 만물의 재생력에 비유되는 것이다.

디메테르의 신화는 마지막 챕터 "폴림니아 성시"에서도 변주된다. 신화에 의하면, 디메테르가 딸을 찾아 세상을 헤맬 때 들르는 곳 중의 하나가 앞서 언급한 엘레우시스라는 곳인데, 이곳에 도착한 여신은 늙은 여자로 변장하여 '처녀의 샘'이라 불리는 곳에서 쉰다. 그러던 중 엘레우시스를 다스리는 왕 켈레우스(Celeus)의 네 딸을 만나게 되고, 디메테르는 이들에게 일자리를 청한다. 이들의 도움으로 여신은 왕가의 유모로서 은둔 생활을 하게 되지만, 그녀의 정체가 결국 밝혀지게 되자 왕은 여신을 위해 신전을 지어준다. 여기까지가 디메테르와 관련된 신화의 내용인데, 차학경의 마지막 챕터에서는 디메테르 대신에 병든 어머니를 낫게 할 약을 찾아 헤매는 어린 소녀, 그리고 엘레우시스 왕의 네 딸 대신에 샘에서 물을 긷는 젊은 여성이 등장한다. 이 물 긷는 여성은 어린 소녀에게 시원한 물과 어머니의 병을 낫게 해줄 열 첩의 약을 선물로 준다. 디메테르 신화에 느슨하게 바탕을 둔 여성들 간의 동지애라는 주제가 소설의 마지막을 장식하는 것이다.

이렇게 말하고 보면, 일레인 김의 해석과 달리 『딕테』는 후반부로 가면서, 정확히 말하자면 "에라토 연애시"를 거치면서 한국인이나 한국인 이민자의 현실과는 점차적으로 거리를 두고 보편적인 여성의 문제로 화두를 바꾸는 경향을 보여준다. 차학경이 한국계 이민자의 경험과 출발국의 역사를 작품 속으로 들여온 것은 사실이다. 한국인 여성과 한국계 이민자 여성의 상황이 차학경이 여성에 대해 가지고 있었던 전망과 비전에 있어 중요한 자리를 차지하는 것은 사실이지만, 한국인 여성이나 한국계 이민자 여성의 상황이 작가의 비전에서 유일한 자리를 차지하거나 가장 중요한 자리를 차지하고 있는 것은 아니라고 생각된다. 그러니 차학경의 글쓰기는 한국적인 소재에서 출발하나 시공간의 경계를 뛰어넘어 여성 전체의 문제를 다루는 것이라고 보아야 더 정확하지 않을까 싶다. 이러한 관점에서 보았을 때, 차학경의 소설에서 어디까지가 "한국적인 것"이고 어디부터가 "서양의 것"인지의 구분이 사실상 큰 의미가 없다. 작가가 디메테르의 신화를 마지막 장에서 들여오면서 신화의 구체적인 내용을 거의 알아볼 수 없을 정도로 변형시킨 것도 이와 무관하지 않다. 특수성의 특성을 존중하되 그것이 '특수성으로만' 남기를 원하지는 않았기 때문이다.

차학경에게 영감을 준 식수는 이를 다음과 같이 표현한 바 있다.

> 모순들을 하나의 전장으로만 내몰며, 세력들을 동질화시키고 이끄는 통합적이고 규율적인 역사와 단절하는 사유를 여성은 한다. 여성에게 있어 개인적인 역사는 국가와 세계의 역사뿐만 아니라 모든 여성의 역사와 섞이게 된다. 전사로서 여성은 모든 해방의 필수적인 부분이다.[42]

위의 인용문에서 식수는 여성들을 동질화시켜 하나의 전장으로 내모는 역사에 반대할 것을 천명한다. 그러한 역사가 남성들의 역사였고, 그러한 전쟁이 남성들의 전쟁이었기 때문이기도 하지만, 무엇보다도 여성을 선(先)결정된 정체성에 고정시키려는 가부장제의 호명을 거부하고 싶었기 때문이다. 소설이 진행될수록 차학경이 서사의 반경을 넓히려고 노력한 것도 바로 이러한 특수성의 한계와 간계(奸計)를 피

---

42 Cixous, op. cit., p.882.

하려고 한 것이었다고, 그래서 여성의 해방운동이 일종의 '칸막이 정치'에 갇힐 것을 염려한 것이었다고 생각하면 억측일까.

앞서 언급한 바 있는 일레인 김의 비평은 후기구조주의적 비평이 이 작품에 내포된 한국의 역사를 배제하거나 한국계 이민자의 역사를 소외시키는 상황에 대한 염려에서 나온 것이다. 이와 관련하여 차학경의 소설은 특수성과 보편성 간의 딜레마를 잘 보여준다. 특수한 경우를 다룬다고 해서 보편성을 포기해야 한다는 법은 없지만, 맥락의 구체성이나 특수성이 약해지는 만큼, 즉 추상화의 정도가 강화되는 만큼 작가가 보편적 지평을 '쉽게' 확보할 수 있는 위치에 서게 되는 것 또한 사실이다. 소설의 후반부에서 보여주는 모호한 화법과 추상적이고도 파편화된 글쓰기를 통해서 차학경은 특정한 소수민 이민자의 상황을 넘어서 가부장제에서 고통받는 여성들 모두에게 '공감의 정치'에 동참하라는 메시지를, '상상적 동지의 관계'에 참여하라는 초대장을 발부할 수 있게 된다. 여기서 문제는 이 열린 초대장이 고도의 문학비평 훈련을 받은 극소수에게만 전달된다는 사실이다. 남성적인 언어 세계관인 팰로고센트리즘(phallogocentrism)을 반대하고, 탈맥락화를 실천하기 위해 추상적이고도 파편적인 언어를 선택하였는데, 그 결과 대다수의 독자를 소설에서 소외시켜버린 것이다. 이 챕터의 서론에서 인용한 바 있는 일레인 김 자신의 고백이 이 소외를 증명한다. 작가는 동서양을 가로지르고 현실과 허구를 넘어서는 보편적인 여성의 동지 관계를 소설에서 구축해 보이나, 이 동지 관계에서 정작 '현실의 동지'들이 배제되고 만 셈이다.

5.
다시 역사 재현의 문제로
•

　　『딕테』의 연구자들이 논의하였을 법했으나 그렇게 하지 못한 것 중에는 역사 재현의 문제가 있다. 사건들과 이미지가 고도로 파편화되고 상징적으로 사용되는 저술의 후반부와 달리, 한국의 역사를 다루는 "클리오 역사" 챕터는 산문체로 서술되어 있을 뿐만 아니라 서한과 신문 기사, 역사책 등을 인용하면서 역사적인 글쓰기의 형태를 고수하는 편이다. 이러한 구성과 무관하지 않게 많은 연구자들이 이 챕터를 한국의 남성적 민족주의 사관을 비판하는 것으로 이해한다. 이러한 독법은 소설에서 유관순의 항일 운동의 행적이 당시 조선의 상황에 대해 정서적으로 거리를 두고 있는 외국인들의 기록, 그리고 이승만과 윤병구가 비굴할 정도로 공손한 언어로 작성한 루스벨트 대통령 청원서와 차례로 병치되고 있는 점에 주목한다. 이 독법은 또한 작품에서 묘사된바, 남성들로 이루어진 기성의 독립단체가 "어린 여성"이라는 이유로 유관순의 독립운동 참여 의지를 무시하였다는 일화에 주목한다. 차학경이 한국 민족주의 담론에 개입하여 여성 영웅을 발굴하고 동시에 대안적인 역사쓰기를 하였다는 이건종의 평가, 한국 민족주의의 남성적 서사를 "여성화"하였다는 로우의 비평, "한국의 역사를 무시하는 미국의 공식 역사, 그리고 여성의 역할을 삭제하는 한국의 민족주의 담론에 저항하는 시도"라는 패티 던칸의 비평, 작가가 한국 민족주의를 고취하면서도, 남성 운동가들의 만류에 굴하지 않고 지도력을 발휘한 유관순의 행적을 영웅시하였다는 일레인 김의 비평[43] 등이 그러한 독법의 예이다.

반면 조선의 역사 기록에 개입한 차학경의 서술이 실제 역사와 얼마나 부합하는지를 다룬 연구를 발견하기는 힘들다. 작가가 그려내는 유관순의 행적이 역사 기록과 다르다는 사실을 지적하는 비평으로서 이건종의 글이 있을 뿐이다. 이 연구에 의하면, 『딕테』의 서술과 달리 3·1 운동은 민비 시해 사건이 아니라 고종의 독살로 촉발되었으며, 유관순이 조직하였던 운동도 3·1운동이 아니라 음력 3월 1일, 즉 양력 4월 1일에 유관순의 고향에서 있었던 아우내 장터 만세 운동이었다. 이 해석에 의하면, 3·1 만세 운동은 일제에 의한 고종의 독살로 인해 촉발된 것이었지만, 차학경은 이 사건을 일제의 민비 시해로 교체함으로써 민비를 항일 운동의 숨은 주역으로 내세웠다.

차학경의 유관순 묘사를 먼저 보자. 작가에 의하면, 유관순은 1903년 음력 3월 15일생으로서 애국자 집안의 네 자녀 중 외동딸이었다.

> 이 사건[민비 시해]의 여파로 관순은 동무들과 저항 집단을
> 형성하고 혁명에 적극적으로 뛰어든다. 이미 전국적으로

43　Lee, op. cit., p.86; Lowe, op. cit., p.49; Duncan, op. cit., p.148; Kim, op. cit., "Poised on the In-between", p.16.

조직된 운동 단체가 있었으나 이들은 그녀의 진지함을 어린 여성이라는 이유로 인정하지 않고 그녀를 만류하려 한다. 그녀는 이에 굴하지 않고 그들에게 운동에 대한 자신의 신념과 헌신을 보여준다. 그녀는 전령으로 임명되어 40개 마을을 도보로 다니며 1919년 3월 1일에 열린 조선의 대중 시위를 조직한다.[44]

도둑의 사슬에 얽매인 이 고장에 태어나서, 총과 칼에 시달린 채, 비와 바람에 부대끼기 열이요 여섯, 천생으로 타고난 맵고도 붉은 맘에 찾아든 겨레의 설음을 그대로 품고, 기미년(己未年) 삼월 일일에 천안(天安)도 아[우]내를 뒤흔든 자유군(自由軍)의 선두(先頭)를 가로맡았으니, 이 곧 "순국의 처녀" 샛별-같이 빛나는 우리의 꽃이었다.[45]

1919년 3월 1일, 서울 탑골 공원에서 시작된 독립 만세 운동이 바로 그것이었다. 그날, 유관순도 친구들과 함께 거리로 나갔다. 태극기를 든 남녀노소가 한 목소리로 독립만세를 부르고 있었다. 유관순의 마음도 뜨거워졌다. 유관순은 친구들과 함께 목이 터져라 독립 만세를 불렀다. [⋯⋯] 1919년 3월 10일, 일본은 학교 문을 강제로 닫게 하였다. 그래서 기숙사의 학생들은 뿔뿔이 흩어지게 되었다. 유관순도 고향으로 내려왔다. 고향으로 돌아온 유관순은 독립 만세를 부를 준비를 하였다. 유관순은 사촌 언니와 함께 동지들을 모으고, 독립 만세를 부를 계획을 치밀하게 세웠다. 날

---

44 Cha, op. cit., p.30.
45 김기창, 「교과서에 수록된 유관순 전기문」, 『유관순 연구』 17, 2012, 15면.

고발과 연루

마다 이 마을 저 마을을 찾아다니며 독립 만세를 부르는 일
에 함께 참여할 것을 부탁하였다.[46]

위의 인용문 중 첫 번째는 차학경이 쓴 유관순의 행적이다. 일레인 김
과 대부분의 학자들이 주목한 대로 작가는 여기에서 기성 독립운동 단
체와 유관순 간에 애초에 있었던 갈등을 기록하고 있다. 두 번째와 세
번째 인용문은 1953년에 편찬된 중학교 3학년 국어 교과서와 2011년
에 편찬된 초등학교 5학년 국어 교과서에 수록된 유관순의 행적이다.

다소 장황한 분량에도 불구하고 두 국어 교과서의 글을 인용한 이
유는 이렇다. 앞에서 언급한 바 있듯 "클리오 역사" 챕터를 다루는 대
부분의 비평가들은 유관순의 행적을 소리 높여 외침으로써 차학경이
한국 민족주의의 남성중심적인 서사에 비판적으로 개입하고 있다고
한 목소리로 주장한다. 그러나 이러한 주장이 정당화되려면 무엇보
다 한국 민족주의가 추동하는 역사가 남성중심적이어야 하고, 또 그
역사에서 유관순이 주변적인 존재이여야 한다. 지면의 제약 상 여기
에서 두 건의 교과서 수록 사례만을 들었지만, 해방 이후 한국의 국어
교과서들은 모두 유관순을 독립운동의 선두에 세워왔다는 것이 유관
순 연구자들이 밝히는 사실이다.

최근에 이루어진 유관순 연구는 유관순과 만세 운동의 관계를 새
롭게 조명해왔다. 이와 관련하여 새로운 증언들이 발견되었는데, 그
중 하나가 조병옥의 증언이다. 그의 회고에 의하면, 조병옥의 부친 조
인권은 유관순의 아버지 유중권과 함께, 유관순이 활약한 병천 만세
운동을 주도한 핵심 인물이다.

46　위의 글, 30면.

당시 이화여학교를 다니다가, 서울서 3·1 운동에 참여하
여 열렬히 독립운동을 한 바 있는 유관순양이 향리로 돌아
온 것을 기회로 유관순양의 부친 유중권씨와 상의하여 나
의 부친은 유관순양을 설득한 후 병천 시장에서 군중을 모
아가지고 독립만세 시위운동을 하자고 제의하였던 것이다.
물론 나의 부친 및 유중권씨도 유관순양을 통하여 서울 소
식을 소상하게 알게 되었던 것이다.[47]

조병옥의 증언은, 적어도 병천 운동을 애초에 기획함에 있어 유관순
의 역할이 훗날의 역사가 기록한 정도로 크지는 않았다고 진술한다.
역사가들이 더 밝혀내어야 할 부분이지만 이 증언과 비교해보았을
때, 국어 교과서에서 유관순을 병천 운동의 최초 기획자로 이구동성
으로 묘사한다는 점에서, 앞서 언급한 비평가들의 주장과 달리 우리
의 교과서는 유관순에 대한 평가에 인색하지 않다는 생각이 든다.

그러니 차학경의 연구자들이 민족주의 서사에서 여성이 독립운동
의 주역으로 채택됨에 따라 현실의 여성이 처한 질곡이 후경화된다
거나 여성이 사적인 영역에 이어 공적인 영역에서조차 정치적 봉사
를 위해 동원되고 있다는 비판을 제기하면 모를까 기성의 역사에서
독립운동의 아이콘으로 추앙되는 인물의 행적을 두고, 차학경이 역사
를 전복하기 위해 이 인물의 행적을 발굴하여 "여성 영웅주의"를 다시
썼다고 주장하는 것은 앞뒤가 좀 맞지 않다. 이러한 비평은 유관순을
여성 영웅으로 선택한 작가가 역사에 대해 무지하였거나, 작가가 알
고 했다면 유관순을 자신의 의제에 맞춰 재단함으로써 자신의 대변

---

47 김기창, 앞의 글, 「유관순 전기문(집)의 분석과 새로운 전기문 구상」 109면.

자로 만들었다는 결론을 낳을 뿐이다. 한국의 역사에서 여성이 주변화되어 왔음은 부인할 수 없는 사실이나 이러한 차별과 왜곡을 바로잡기 위해 또 다른 왜곡을 불러들인다면 그보다 더한 자기모순도 없을 것이다.

앞서 거론한 바 있지만, 이러한 지적은 소설가에게 상상력을 동원하여 역사를 다시 쓸 자유가 없음을 뜻하는 것이 아니다. 사실 엄격히 보자면 모든 역사는 해석의 역사가 아니었던가. 역사적 인물의 행적을 여성주의적 시각에서 새롭게 해석할 자유가 작가에게 있는 것은 사실이다. 이러한 다시쓰기가 해석의 문제인지 아니면, 기성의 역사를 왜곡하거나 부인하는 것인지에 관한 상세한 점검과 엄격한 논의는 항상 필요하다. 서론에서 언급한 바 있듯, 중국계 비평가 친과 챈의 비평이 남성주의적 사관에도 불구하고 의미를 갖는 것도 같은 맥락에서이다. 유관순 열사의 행적이 차학경의 상상적 글쓰기를 통해 후대에 알려지는 것은 가치가 있는 일이다. 그러나 작가가 새로운 역사적 해석을 선보일 때 이것이 기성의 역사와 얼마나 일치하는지 혹은 그렇지 못한지를 지적하는 일마저 가치가 없는 일이라고 생각되지는 않는다. 이처럼 상상적인 '역사 다시 쓰기'가 어떤 정치적 함의를 가지며, 실제 역사에 비추어 보았을 때 어떤 의미를 갖는지를 논의하는 것이 비평가의 몫일진대, 기성의 비평가들이 차학경의 역사 다시 쓰기를 '거대 서사로서의 민족주의'와의 대결 구도로 너무 쉽게 불러들인 것이 아닌가 하는 생각이 든다.

하와이는 역사가 결여된 놀이터로서
타인의 즐거움을 위해 존재한다.

브렌다 권, 『키아오모쿠를 넘어』

제9장

민족주의와
하와이 지역주의

1.

한인 디아스포라와 현지화

•

　앞서 언급한 바 있는 새프란의 고전적인 정의에 의하면, 디아스포라는 조국의 이상화(理想化), 조국에 관한 기억의 공유 외에도 조국의 번영을 위한 헌신, 그리고 민족 공동체 의식의 유지 등의 요건을 포함한다.[1] 반면 로저스 브루베이커는 과거에 디아스포라가 "조국 지향성"과 "문화적 경계의 보존" 등의 특징을 가졌다면, 최근의 상황은 많이 달라졌음을 지적한다. 귀환의 욕망이나 뿌리에 관한 관심보다 "현지에서 독자적인 문화를 재생산하는 능력"이 디아스포라의 중요한 특징이 되었다는 것이다.[2] 이처럼 디아스포라를 구성하는 요건들은 학자들 간에 합의가 잘 이루어지지 않는 개념들이다. 디아스포라의 요건 중 가장 중요한 "공간적인 이산"(dispersion in space)만 해도 그렇다. 훗날 브루베이커도 인정하였지만, 이산이 강제적이거나 트라우

1　William Safran, "Diasporas in Modern Societies: Myths of Homeland and Return", *Diaspora* Vol.1, No.1, 1991, pp.83-84.

2　Rogers Brubaker, "The 'diaspora' diaspora", *Ethnic and Racial Studies* Vol.28, No.1, 2005, pp.5-7; 이석구, 『제국과 민족국가 사이에서』 한길사, 2011, 393-394면.

마를 동반하는 월경(越境)으로 인해 발생하는 것인지, 이유를 불문하고 국경을 넘는 것은 모두 이산에 포함되는 것인지, 심지어는 국경을 넘지 않아도, 즉 국가 경계선 내에서 이루어지는 이동이나 분산도 이산에 포함되는 것인지 하는 질문들이 있지만 이에 관한 비평적인 합의는 없다.[3]

디아스포라의 또 다른 요건인 "조국에 대한 지향성"도 크게 다르지 않다. 새프란이 "가치, 정체성, 충절"의 근원으로서의 조국의 중요성을 강조한다면, 제임스 클리포드는 뿌리(root)보다는 여정(route)을, 귀국보다는 "현지에서의 상호작용"이나 새로운 관계 맺음의 중요성을 강조한다.[4] 이 후자의 관점에 의하면, 떠나온 조국보다는 현재의 삶의 기반이 중요한 것이다. "경계선의 유지 여부"와 관련해서도 한편에서는 정체성을 보존하고 현지 사회와 문화적으로 구분되는 공동체를 형성하는 것이 디아스포라의 필수 요건이라고 보았다면, 호미 바바(Homi Bhabha), 폴 길로이(Paul Gilroy), 아르준 아파두라이(Arjun Appadurai)는 혼종성, 유동성, 제3의 공간을 더 중요하게 생각한다. 그뿐만이 아니다. 디아스포라에는 심지어 반민족적인 코즈모폴리터니즘과 반동적인 종족적 민족주의(ethno-nationalism)까지도 발견된다.[5] 이처럼 다양한 패러다임을 모두 고려하였을 때, 디아스포라는 고전적인 의미에서는 일종의 "장거리 민족주의"에 근접하며, 근자의 관점에 의하면 혼종과 다양성, 다국적 네트워크, 탈영토성을 특징으로 하는 "초민족주의"

---

3 Rogers Brubaker, "Revisiting 'The diaspora diaspora'", *Ethnic and Racial Studies* Vol.40, No.9, 2017, pp.1557-1558.

4 James Clifford, "Diasporas", *Cultural Anthropology* Vol.9, No.3, 1994, p.322.

5 Mary Kaldor, "Cosmopolitanism vs. Nationalism, The New Divide?", *Europe's New Nationalism*, eds. Richard Caplan & John Feffer, Oxford U. Press, 1996, pp.42-43.

에 가까울 뿐만 아니라 심지어는 코즈모폴리터니즘에도 수렴이 된다. 이 중 장거리 민족주의의 예로는 미국에서 이스라엘의 국익을 도모하는 유태계 미국인들이나 일본의 조총련계 한인들이 출발국과 맺는 관계가 될 것이다.[6]

하와이 거주 한인 이민 3세인 개리 박(Gary Pak 1952~)은 『한지(韓紙) 비행기』(A Ricepaper Airplane 1998)에서 가족사에 바탕을 둔 한인 디아스포라를 그려냈다. 일제의 억압을 피해 고향을 떠난 주인공 김성화(Kim Sung Wha)는 하얼빈과 상해 등지에서 항일 혁명 투쟁을 하다 일본군에 의해 체포된다. 그는 일본 본토로 압송되지만 결국 하와이로 탈출한다. 하와이에 정착한 그는 사탕수수 농장에 취업하게 되고, 그곳에서 농장 노동자들의 권리를 주장하다 죽을 뻔한 고비를 넘기기도 하며, 또 조국의 광복을 위해 독립군을 조직하여 훈련시키기도 한다. 말년에 병석에 누운 성화를 보며 그의 사촌 조카 용길(Yong Gil)은 생각한다. "아저씨가 이 모든 일을 했다는 걸 믿을 수가 없어. 중국에서는 혁명가였고, 한인 애국자였으며, 공산주의자에다 비행사라는 걸. 그외 또 무얼 하셨지? 그 외 어떤 말을 더 할 수 있을까?"[7] 그러나 성화의 인생 경력을 나열한 용길의 목록에는 중요한 한 가지가 빠져 있다. '하와이 섬사람'으로서의 성화이다. 성화는 하와이에서 평생을 노동 계급의 이익을 대변하는 노동 운동가로, 말년에는 동료들의 거주권을 확보하

---

6 이석구, 앞의 책, 394면.

7 Gary Pak, *A Ricepaper Airplane*, U. of Hawaii Press, 1998, p.3. 소설의 제목 "ricepaper airplane"을 김영미와 이명호의 번역과 달리 '종이비행기'로 번역하지 않았다. 성화가 만든 비행기는 날개에만 비교적 질긴 한지가 사용되었을 뿐 '종이비행기'가 흔히 연상시키는 종이를 접어 만든 비행기가 아니다. 그래서 좀 어색하지만 직역을 택했다.

기 위해 싸우는 취약 계층을 위한 운동가로 변신하였기 때문이다.

성화의 여정은 조선인의 항일 중국 디아스포라와 하와이 디아스포라를 포함한다. 본 연구는 성화의 여정이 어떤 점에서 "조국 지향성"과 "조국에 관한 기억과 신화의 공유"를 견지하며, 또 어떤 점에서는 배타적인 민족주의를 탈피하는지를 논한다. 이를 위해서 우선 조선의 지주 계급에 대한 성화의 비판과 호랑이에 비유되는 조선인들의 독립 투쟁에 관한 기억을 검토하며, 이어서 하와이에 정착한 성화가 보여주는 현지화의 양상을 분석한다. 주인공은 조국에 관한 향수에 빠져 있기도 하지만, 시간이 지나면서 하와이의 현지 문화에, 하와이 하위 계층의 사회적 문제에 적극적으로 개입한다. 후자의 맥락에서 보았을 때, 이 소설은 롭 윌슨의 표현을 빌리면, "아시아-태평양의 문화적 차이와 역사를 [······] 풍요로운 바다 풍경으로 간단하게 환원시키는"[8] 오리엔탈리즘을 반박하는 서사이다. 본 연구에서 성화의 현지화 된 삶에 초점을 맞추는 것도 이 소설을 미국 주류 문화에 대한 대항 서사로 읽으려는 의도에서 출발한다. 그러니 본 연구는 『한지 비행기』가 한인 디아스포라에 관한 서사이면서, 동시에 현지화의 변화를 보여주는 텍스트, 즉 하와이에 대한 미국 주류 사회의 인식에 도전하는 대항 텍스트라는 관점을 견지한다.

브렌다 권(Brenda Kwon), 김영미와 이명호, 김민정 등 『한지 비행기』를 연구한 국내외 연구자들은 대체로 이 소설을 대항 서사로 읽는 데 동의를 하는 듯하다. 본 저술에서는 선행 연구의 안목을 참조하되, 하와이에 도착한 이후의 성화의 삶을 하와이의 약탈적인 농장·상업 자

---

8   Rob Wilson, *Reimagining the American Pacific: From South Pacific to Bamboo Ridge and Beyond*, Duke U. Press, 2000, p.133.

본주의 체제에 편입된 당대의 조선인 노동자들의 역사와 병치하며 읽고자 한다. 브렌다 권이 일찍이 문제를 제기한 바 있듯, 이러한 작업은 20세기 초 하와이의 농장 노동에 관한 훗날의 기억이 얼마나 균형 잡혀 있는 것인지를 역사적인 검증을 통하여 검토하는 형식을 취할 것이다. 본 연구에서는 이 소설이 노동 운동과 거주권 운동에 참여하는 성화의 모습을 통해 당대에 관한 기성의 기억이 제대로 조명하지 못한 한인 노동자들의 목소리를 복구하는 작업을 수행한다고 주장한다. 『한지 비행기』에서 이 목소리는 노동자들의 인권을 짓밟았던 백인 농장주들과 자본의 권리를 최우선으로 삼는 현대 상업 세력의 민낯을 폭로하는 등 주류 사회와 비판적인 대화 관계를 구성한다. 개리 박의 소설은 이처럼 한편으로는 조선인 노동자들이 하위 계층 소수민으로서 겪는 좌절과 희망을 그려내지만, 다른 한편으로는 조선인 이민자 공동체를 넘어서는 범소수민 공동체에 대한 비전을 표출한다는 점에서도 주목할 만하다. 이 비전은 농장 노동의 현장을 떠나 항만 노동자로 일하게 되는 훗날의 성화의 경력을 통해서도 강조된다. 본 연구에서는 개리 박의 소설이 한인 디아스포라를 현지화의 관점에서 조명하는 지역주의 서사일 뿐만 아니라, 주류 사회가 지배하는 재현의 영역에서 배제되어 온 소수민 이민자 계층에 목소리를 부여하는 하위 계층의 서사라는 결론을 내린다.

2.

프레임 서사와 탈맥락적 독서

•

　　개리 박의 『한지 비행기』는 형식적인 면에서도 주목할 만한 부분이 있다. 이 소설은 주인공 성화가 사촌 응환(Eung Whan)의 아들 용길에게 과거사를 들려주는 형식을 취하고, 이 회상에서 또 다른 인물들의 회상이 겹겹이 등장한다. 이 액자 형식의 회상 속에서는 1) 하와이에서 조우하게 된 성화와 응환이 서로에게 들려주는 그간의 이야기들이 발생할 뿐만 아니라, 2) 성화가 하와이의 한인 목사 장일북(Chang Il-buk)에게 그간의 과거사를 들려주며, 3) 성화가 목사에게 들려준 서사에서 해순(Hae Soon)이 등장하여 아버지 임동일(Lim Tong Il)로부터 들은 "호랑이 인간"의 내력을 다시 들려주고, 성화의 또 다른 사촌 용화(Yong Wha)가 등장하여 소녀 독립투사 정민자(Chung Min Ja)의 이야기를 들려주기도 한다. 개리 박의 소설에서는 이처럼 하나의 서사 내부에 다양한 서사들이 존재할 뿐만 아니라, 이 서사 내부의 서사에 또 다른 미니 서사들이 존재한다. 이 미니 서사들 중에는 용길의 할머니 이야기, 일제로부터 고문을 받게 되는 임동일의 아내에 관한 이야기들이 있다.

"프레임 서사"(frame narrative)나 "이야기 속의 이야기"라고 불리는 서사 구조는 서사화되는 사건의 개연성을 강조하는 역할을 한다. 이를테면, 콘래드의 『어둠의 심연』에서 익명의 화자는 일인칭 화자 말로(Marlow)에게서 아프리카 콩고의 여행담을 듣고 이를 독자에게 전달한다. 이러한 프레임 서사의 형식은 서구의 합리적 정신으로는 이해하기 힘든 탐욕과 광기에 관한 말로의 경험담에 어느 정도의 객관성과 개연성을 부여하는 기능을 한다. 이러한 맥락에서 보았을 때, 성화의 이야기를 둘러싼 다중적인 서사 프레임은, 한편으로는 한지를 붙인 대나무 날개를 단 고물 자전거로 태평양을 날아서 횡단하려는 성화의 황당하기 짝이 없는 시도에 대해 독자의 이해를 구하며, 다른 한편으로는 일제의 압박과 미국 자본주의의 착취 아래에서 한인들이 받았던 고통에 대해 독자의 공감과 연민을 선제적으로 확보하려는 전략으로 읽힐 수 있다.

등장인물에 관한 서로 다른 이야기들이 성화의 이야기 속에서 병치되면서 주(主)서사인 성화의 이야기의 흐름을 끊기도 하는데, 이러한 형식은 독자가 텍스트를 소비하는 것이 아니라, 그 의미에 천착하고 음미하는 방향으로 유도하는 효과를 갖는다. 무슨 말인가 하면, 출생에서 시작하여 성장 과정을 거쳐 결혼이나 성공적인 정착으로 끝나는 직선적인 서사 형식으로는 성화가 고향 땅을 떠난 이후로 겪게 되는 고통과 좌절의 깊이를 담기에 적절하지 않기 때문이다. 응환이 고향에서 일본 순사를 모욕한 이후 성화와 함께 고향 평양을 등지게 되는 사건, 성화가 임동일을 만나 혁명 학습을 하고, 일본 경찰의 습격으로 임동일이 죽자 그의 딸 해순과 도주하는 사건, 해순과 함께 금강산으로 숨어들어 공산주의에 대해서 학습한 후 중국에서 반일 혁명에 헌신하는 것, 하얼빈과 상하이 등지에서 게릴라 활동을 하다 일본군에 의해 체포되어 일본으로 압송된 후 탈출하는 사건, 하와이로 옮겨온 후 농장주의 횡포에 맞서다 죽을 뻔했던 사건, 고향으로 돌아가고 싶은 일념에 많은 시간과 돈을 들여 비행기를 만드나 한순간의 실수로 비행기를 잿더미로 만드는 사건, 은퇴 후에는 하층민으로 살다가 죽게 되는 그의 굴곡진 인생은 이민자의 성공적인 정착을 텔로스로 삼는 기존의 이민자 서사에 담기가 적합하지 않다. 그러니 등장인물들의 이야기들이 서로를 내포하고 또 서로 병치되는 구조는 독자가 주인공의 순탄하지 않은 인생 역정을 한눈에 재단하고 포착하는 것을 지연시킴으로써, 그의 굴곡진 디아스포라를 단순화시켜 탈역사적으로, 탈맥락적으로 소비하는 유의 독서를 막으려는 의도로 이해될수 있다.

상이한 이야기들을 병치시킴으로써 독자의 탈맥락적인 독서를 방해하는 작가의 전략은, 이민자들을 착취를 위한 노동력으로만 간주하는 하와이의 약탈적 자본주의에 대항하는 작가의 정치적 입장과 무관하지 않다. 상이한 인용문들이 병치되면서 독서의 원만한 흐름을막게 되는 예들 중 하나만을 들어보자.

> "그래, 그 사람 좋은 여자였지. 그이 이야기를 해줄게."
> "네 남편과 아이는 어디에 있나!"
> "오 어머니, 지금 당신을 부릅니다. 어디 계셨어요? 지금 어디 계세요? 고통스러운 세월이 지난 후 이제 당신은 평화를 찾으셨습니다. 어머니?"
> "네 남편이 어디 있어? 말해!"

"그 이야기 다시 해주실래요? 할머니가 어렸을 때 도라지를 캐러 산비탈을 올라가시다가, 사냥꾼의 화살을 심장에 맞아 죽은 어미 [호랑이] 옆에서 할아버지를 발견한 이야기요."

"마지막 기회야! 네 남편과 아이가 어디에 있어?"

그가 각목으로 얼굴을 치자 그녀가 바닥에 쓰러졌다.[9]

위의 인용문에서 첫 번째 대사는 고향을 등지고 길을 떠난 성화가 만난 임동일이 아내의 사진을 보며 들려주는 말이고, 두 번째, 네 번째, 여섯 번째 대사는 임동일의 아내를 취조하면서 남편과 딸의 행방을 묻는 일본 순사의 말이다. 세 번째 대사의 화자는 문맥만으로 봤을 때는 특정할 수 없는 일반인으로서, 그의 외침은 일제하에서 고통받는 조선인이면 누구나 한번쯤은 했을 말이다. 개리 박은 이 대사를 썼을 때 임동일의 아내를 염두에 두고 있었지만 조선인이면 누구라도 할 만한 말이라고 언급한 바 있다.[10] 다섯 번째 대사는 어린 성화가 할머니와 할아버지의 첫 만남에 관한 이야기를 어른들에게 다시 해달라고 졸라대는 내용이다.

이렇게 설명하고 보면 위 대사들은 각기 다른 인물들의 입에서 나온 말이기에 당연히 서로 다른 맥락과 의미를 갖는다. 이처럼 맥락 없이 병치되어 있는 인용문들을 대할 때 독자는 혼란스러워진다. 그러나 곰곰 생각해 보면, 이 맥락이 제거된 인용문들 간에는 상이한 점만큼이나 공통점도 발견된다. 인용문들 모두가 여성에 관한 것이라는

---

9   Pak, op. cit., p.132.

10   Gary Pak, "A Query", received by Suk Koo Rhee, Feb. 11, 2019, email interview.

점, 이루 말할 수 없는 고통이나 충격을 받는 상황에서 의연하게 견디는 여성/어머니에 관한 것이라는 점이 그렇다. 이 견인적인 어머니 상에는 임동일의 아내, 익명의 화자의 어머니, 호랑이를 발견하고도 놀라지 않고 새끼 호랑이이자 미래의 남편을 구하는 성화의 할머니가 포함된다. 이러한 해석적 가능성을 고려했을 때 개리 박의 텍스트는, 독자가 허기를 채우기 위해 순식간에 조리해서 삼켜버린 후 잊어버리는 인스턴트식품이 아니라, 천천히 요리하고 시간을 두어 음미하는 슬로우 푸드 같은 독서 경험을 제공하는 서사이다.

고발과 연루

3.
호랑이 신화와 한국인
•

성화의 서사 중에서 특히 믿기 어려운 부분은 호랑이와 관련된 이야기이다. 개리 박은 『한지 비행기』에서 한민족의 조상으로 호랑이를 등장시킴으로써, 독립 운동과 한인 디아스포라를 다루는 사실주의적인 서사 한가운데서 신화적인 세계를 펼쳐 보인다. 작가는 한민족이 단군의 자손이면서도 동시에 호랑이의 피가 흐르는 호랑이 민족임에 강세를 둔다. 호랑이와 한민족의 혈연관계는 임동일의 배다른 형제인 나무꾼 박(Bhak)씨가 구현해 보인다. 해순이 아버지로부터 들은 바에 의하면, 박씨는 금강산 호랑이와 승려 사이에서 태어났는데 그 사연은 이렇다. 하루는 박씨 성을 한 승려가 암호랑이 새끼를 구해주었는데, 훗날 성체가 된 이 호랑이가 물에 빠져 죽을 처지에 놓인 그를 구해준다. 이 암호랑이가 기진맥진한 박씨를 굴로 데리고 와 지극정성으로 간호하고, 둘은 종(種)의 장벽을 넘어 사랑에 빠지게 된다. 승려가 암자로 돌아간 후 암호랑이는 새끼를 낳게 되는데, 새끼를 먹여 살리기 위해 민가를 습격하다가 결국 사냥꾼의 손에 죽는다. 자초지

종을 알게 된 승려가 이 새끼를 거두어 키운 것이 박씨라는 것이다.[11]

　　　침묵이 있었다. 마침내 입을 연다. "그것 참 재미있는 이
야기네."
　　"지어낸 이야기가 아니에요"라고 해순이 말했다. "진실
이에요."
　　"그럼 당신 말을 믿으리다. 그러나 …… 이 이야기를 어
떻게 속속들이 알게 되었소?"
　　"저의 아버지와 박씨 삼촌은 매우 가까워요. 이분들은
가족이에요. 이분들은 …… 형제간이에요."[12]

해순에 의하면 이 승려는 박씨를 키우기 위해 파계한 후 다른 여성을
만나 가정을 꾸리게 되는데, 이때 이 여성과의 사이에서 낳은 자식이
바로 임동일이다. 해순 아버지의 진짜 성은 박씨이나 일제의 추적을
피하기 위해 임동일이라는 가명을 사용한 것이다.

　호랑이와 인간 간의 사랑에 관한 믿기 어려운 이 이야기를 들었을
때, 이를 허구로 치부하는 성화는 예상되는 독자의 반응을 대신 한 것
이다. 그러나 해순이 정색을 하며 진실이라고 주장하자 성화는 이에
선뜻 동의한다. 이처럼 해순과 성화 사이에 이 대화를 집어넣음으로
써 작가는 호랑이-인간 신화에 대한 독자의 예상되는 의구심에 선제
적으로 대응한다. 해순의 아버지가 들려준 이야기에 의하면, 박씨가
젊었을 때는 호랑이 무리를 이끌고 일본군 연대를 습격하여, 군인들

11　Pak, op. cit., *Ricepaper*, pp.150-152.
12　Ibid., p.153.

을 호랑이 밥으로 만들었다고 한다. 그 결과 일본군은 금강산 쪽으로는 얼씬도 하지 않게 되었다. 해순을 통해 작가는 이 신화적인 서사가 "이 일대에서는 잘 알려진 이야기"[13]라고 확언함으로써 한민족과 호랑이 간의 특별한 관계에 개연성을 부여한다.

한민족에 흐르는 호랑이의 피는 성화의 가문에서 면면히 전해 내려오는 가족사에서도 입증된다. 앞서 인용한 바 있듯, 성화의 할머니가 어렸을 때 산에서 남편 될 사람을 처음 만나게 되는데, 이때 이 미래의 남편은 새끼 호랑이의 모습을 하고 있었다. 할머니의 기억에 의하면, "죽은 어미의 헤진 털가죽 너머로 두려워하며 나를 보는 그의 푸른 눈을 보았을 때, 비록 나는 그때 나이가 어렸지만 그가 나의 남편감이라는 것을 알았지."[14] 성화의 할아버지를 사냥꾼의 손에 어미 호랑이를 잃어버린 새끼로 형상화함으로써, 작가는 한편으로는 성화의 가족사에 호랑이의 혈통을 들여오며, 다른 한편으로는 국부(國父)와 국권을 일본에 잃어버리게 되는 조선의 암담한 상황을 성화의 가족사에 투영해낸다.

개리 박의 소설에서 호랑이의 피는 조선인 남성들뿐만 아니라 조선인 여성들에게서도 발견된다. 일례로, 성화 할머니는 "호랑이 눈을 한" "호랑이 할머니"로 불린다.[15] 다른 조선인 여성들도 호랑이라고 불리지만 않을 뿐 불같은 성정에 타협을 모르는 인품을 가졌다는 점에서 호랑이를 연상시키는 인물들이다. 성화와 응환의 도주를 도와준 농민 최(Choe)씨의 아내 순자(Soon Ja)가 한 예이다. 응환이 하와이로 가

---

13 Ibid., p.158.

14 Ibid., p.133.

15 Ibid., p.131, p.145.

서 돈을 벌어 조선의 독립을 위해 일하겠다는 계획을 밝혔을 때, 순자는 조국이 일본 놈들과 싸울 젊은이들을 필요로 하는데 어딜 가냐고 힐난한다. 최씨가 젊은이들의 선택이니 간섭하지 말라고 타이르지만 순자의 호통을 멈추지는 못한다.[16] 두 아들을 일본인들에게 잃었고 만주에서 독립 운동을 하는 딸을 둔 순자는 조국의 해방을 위해, 투쟁을 위해 자식들까지 내놓는 타협을 모르는 호랑이 어머니이다.

　성화가 아내로 맞이하게 되는 해순도 다르지 않다. 해순은 어머니에 이어 아버지마저 일본군의 손에 잃었지만 이를 의연하게 견뎌내어, 이를 지켜보는 성화를 오히려 주눅 들게 만든다. 해순의 견인적인 태도에 감동한 성화는 자신이 남자인데도 해순에 비하면 한낱 철부지 아이에 지나지 않는다고 느낀다. 해순의 불같은 성정과 실천을 중요시하는 행동주의자로서의 면모는 도망 중에 나무꾼 박씨의 집에서 머물며 도움을 받을 때도 드러난다. 성화가 나무꾼 박씨의 초연한 삶에 감명을 받아 그와 함께 산에 머물고 싶다는 생각을 표명하자, 해순은 성화를 거짓말쟁이라고 격렬하게 비난한다. 그녀는 만주로 가서 혁명에 동참하겠다는 성화의 그간의 약속이 모두 거짓말이었다고 비판하며 약속을 행동으로 옮길 것을 요구한다. 해순의 뼈아픈 지적에 성화는 결국 그녀의 말을 따르지 않을 수 없게 된다. 금강산의 한 사찰에 들렀을 때도 해순은 사찰에 숨어 철학을 논하는 조선의 지식인들을 지적인 놀음에 빠져 있는 속물이라고 냉혹하게 비판한다. 현실의 변화를 목표로 삼고 이 목표의 달성을 위해 물불을 가리지 않는 해순은 호랑이 투사요, 주춤거리는 남편 성화를 투쟁의 길에 나서게 만

16　Ibid., p.109.

　　　　　　　　　　　　　　　　고발과 연루

드는 호랑이 아내이다.[17]

성화가 하와이의 한인 목사에게 들려주는 이야기에서 드러나듯, 소녀 투사 정민자(Chung Min Ja)도 조국을 위해 목숨을 초개같이 던진다는 점에서는 여느 남성을 능가한다. 그녀는 조선인을 폭행하고 모욕하는 일본 군인의 코앞에서 태극기를 꺼내 흔들며 일본인들이 물러가라고 소리 높여 외친다. 일본군이 태극기를 든 그녀의 팔을 칼로 내리치자 그녀는 다른 손으로 태극기를 치켜든다. 그녀의 이러한 영웅적인 모습은 겁에 질려 구경만 하고 있던 조선인들을 움직여 일본군에 저항하게 만든다. 정민자의 영향력에 대해 성화는 이렇게 말한다. "그 아이와 함께 나의 내면의 무엇인가가 죽었어요. 이제 이전의 삶으로 돌아갈 수 없었어요. 거기 있던 모든 사람들도 그랬어요. 그 아이는 그토록 용감했습니다."[18] 어린 소녀가 죽음으로써 보여준 처절한 저항이 보는 이로 하여금 자신의 모든 것을 던지지 않을 수 없게 만들었던 것이다.

여성 투사는 하와이 국민회 회원 강인자(In Ja Kang)에게서도 발견된다. 하와이의 한인들은 이승만을 지지하는가 그렇지 않은가의 문제를 두고 동지회와 국민회로 양분되었다. 개리 박은 소설에서 이승만에게 한인들을 분열시킨 책임을 묻는다. 성화의 표현을 빌리면, "국민회는 이승만이 온다고 하니까 이를 어떻게 할 것인가를 두고 회의를 하고 있었디. 아무짝에도 쓸모없는 개자식. 쓸모없는 반역자. 아첨꾼."[19] 이 회의에 참석한 강인자는 이승만이 하와이로 오는 것에 반대

---

17 Ibid., p.141, p.157, p.171.

18 Ibid., pp.106-107.

19 Ibid., p.12.

의사를 밝힌다. 그녀의 성토를 들은 성화의 말을 옮기면,

> 그 녀자가 말을 할 때면 모두가 겁을 먹었디. […] 호! 그 녀
> 자 입에서 불꽃같은 말들이 튀어나왔디. 그러나 이 모임에
> 는 동지회 회원들도 참가했더랬디. […] 어떤 김가란 놈이
> 길에서 바로 달려 들어오디 않갔써. 인자를 향해 달려들었
> 디. 그 녀자는 그놈이 오는 걸 못 봤써. 그 놈이 글쎄 그 녀자
> 의 머리채를 잡고 팔을 비틀기 시작하지 않갔어! 그러자 사
> 람들이 모두 싸우기 시작했디. 의자, 책, 손에 잡히는 건 무
> 엇이든 던졌디. 국민회 회원들과 동지회 회원들이 맞붙은
> 게야. 그리고 모두 잠잠해졌을 때 강인자가 머리에서 피를
> 흘리며 바닥에 누워있는 걸 보았디. 망할 놈의 김가 놈이 그
> 녀의 머리털을 한 무더기 뽑아버린 거이야. 그 겁쟁이 놈이.
> 그 놈은 제가 벌여 놓은 일을 감당하지 못하고 튀어 버렸디.
> […] 그런데 놀라운 건 말이디. 이 소란통 내내 그 녀자는
> 머리에서 피를 줄줄 흘렸지만 단 한 마디도 말도 없었다는
> 거이야. 눈물도 흘리지 않고 불평도 없이 말이야. 정말로 보
> 통 강철 같은 여자가 아니었디.[20]

이처럼 조선의 여성들은 개리 박의 서사에서 담대함이나 용맹함에
있어 남성들을 능가하면 능가했지 조금도 모자라지 않는다. 순자, 해
순, 정민자, 강인자 모두 남성들이 머뭇거릴 때, 강력한 언사와 행동을
보임으로써 이들의 등을 떠밀기 때문이다. 하와이로 가려는 응환에게
조선에서 싸워야 한다고 나무라던 순자, 혁명을 향한 여정에서 주춤

---

20   Ibid., pp.12-13.

거리는 성화를 혹독하게 비판하던 해순, 일본군이 모욕을 해도 참기만 하던 동네 사람들을 항일 투쟁으로 이끈 정민자, 한인 사회를 분열시킨 이승만을 거침없이 비판함으로써 국민회 회원들을 반이승만 투쟁에 뛰어들게 만든 강인자가 그 예이다.

조선인 여성에 대하여 개리 박이 제시하는 초상화의 의미는 1990년대 아시아계 미국인에 관한 역사 연구에서 맥락화 될 때 가장 잘 드러난다. 일례로, 출간되자마자 아시아계 미국인들의 150년 역사에 관한 최초의 독창적인 연구서로 주목을 받은 바 있는 로널드 다카키(Ronald Takaki)의 『다른 해안에서 온 이방인들』(Strangers from a Different Shore 1990)이 있다. 이 역사서가 그려내는 아시아계 여성들의 초상에 대하여 비평가 일레인 김은 이들이 중심성도, 주체성도, 자율성도 결여하였다고 비판한 바 있다. "남성들이 아메리카로 데려왔고, 이 남성들을 그리워하고, 이 남성들이 그리워하는 인물"[21]일 따름이라는 것이다. 개리 박이 그려내는 강인자도 소위 "사진 중매 신부"(picture bride)이다. 그녀는 늙은 조선인 남성이 자기 사진이라고 보내온 그의 젊은 동료의 사진을 보고 속아서 하와이로 시집왔다. 그럼에도 불구하고 강인자는 남성의 권위에 쉽게 복종하는 인물이 아니다. 그녀의 강인한 성품과 행동에 탄복한 성화는 자신이 결혼한 몸만 아니었다면 강인자와 결혼했을 것이라고 말하곤 한다.

한 가지 지적하고 넘어갈 사항은, 이 소설에서 조선인 여성들이 동포 남성들에게 귀감이 되는 강인한 의지력의 소유자로 소개된다고 해서, 조선인들이 남녀평등을 구현하는 민족으로 재현되지는 않는다는

---

21   Elaine H. Kim, "A Critique of *Strangers from a Different Shore*", *A Companion to Asian American Studies*, ed. Kent A. Ono, Wiley-Blackwell, 2005, p.112.

점이다. 남녀평등 사상이 텍스트에서 드러나기는 하나 이는 임동일 같이 깨어난 인물이 실천해 보일 뿐, 성화 같은 대부분의 평범한 조선인들은 남성 우월주의를 믿고 있기 때문이다. 이는 임동일로부터 성 평등에 대해 배운 해순과 전통적인 유교 사회에서 자라난 성화의 대화에서 극명하게 드러난다. 부녀간에 논쟁이 벌어졌을 때 해순이 조금도 양보를 하지 않고 대드는 모습을 본 성화는 해순의 얼굴을 치고 싶은 욕구를 겨우 참는다. 전통적인 사회에서 자라난 성화로서는 딸이 아버지에게 대드는 모습이 낯설다 못해 인륜의 법을 어기는 것으로 여겨졌기 때문이다. 성화는 나중에 해순에게 딸로서의 도리를 타일러보지만 해순은 아버지가 평소에 "진실을 위한 투사"가 되도록 자신을 훈련시켰다고 대답한다. 그리고 아버지로부터 배운 진실 중의 하나가 "여성이 있어야 할 곳은 가정이나 부엌이 아니라 남성의 옆 자리"[22]라는 것이다. 세상을 바꾸려면 남녀가 평등한 관계에서 투쟁을 해야 한다는 것을 딸에게 가르친 것이다. 남녀 평등주의자로서의 해순의 당찬 면모는 가부장적 사고에 젖어있던 성화를 조금씩 변모시킨다.

---

22   Pak, op. cit., *Ricepaper*, p.135.

고발과 연루

4.
매판적 부르주아와
희생자 민족주의
•

성화가 고향 땅을 떠나게 된 구체적인 연유는 이렇다. 하루는 응환의 형 일환(Il Whan)이 술이 취한 일본 군인에게서 소총을 탈취해온다. 총기가 분실되었음을 알고 놀란 일본군은 마을로 쳐들어와서 무기가 될 만한 연장이란 연장은 모두 빼앗는다. 이때 일본군이 동네 사람들을 모욕하자 더이상 참을 수 없게 된 응환과 성화가 일본군 장교에게 대들게 되고, 마을 사람들도 이에 합세하여 일본군을 마을에서 몰아내게 된다. 이렇게 해서 일본군이 물러나기는 했지만, 나중에 더 많은 병력이 몰려와서 마을 사람들을 괴롭힐 것을 염려한 성화와 응환은 마을을 위해 고향을 떠나기로 결정한다. 각자도생하는 것이 생존의 가능성을 높일 것이라고 판단한 두 사람은 서로 다른 길을 가기로 한다. 그래서 성화는 만주로 독립 운동의 길을 떠나고, 응환은 부산을 거쳐 하와이로 향하게 된다. 이처럼 일제에 대한 저항에서 출발한 성화가 혁명가로 변신하게 된 것은 도피 도중 만나게 된 임동일의 영향력이 크다. 임동일의 딸 해순이 이끄는 야학에 참가하게 된 성화는 제국주의와 자본주의에 대해 비판적인 시각을 기르게 된다. 혁명 교육은 성화와 해순이 일경을 피해 숨어들어간 금강산의 한 사찰에서도 계속된다. 이 사찰에 모여든 조선인들은 헤겔, 포이에르바하, 레닌 등을 읽고 토론을 함으로써 조선이 앞으로 나아갈 길을 모색하고 있었다. 성화는 그 길이 공산주의 혁명으로 이어지는 길임을 알게 된다.

혁명에 눈을 뜬 자와 그렇지 못한 자 간의 차이는 훗날 하와이에서 조우하게 된 성화와 응환 간의 대화에서 잘 드러난다. 성화가 조선의 미래를 알기 위해서는 중국에서 현재 벌어지는 사건들에 대해서 잘 알아야 한다고 말하자, 응환은 자신은 중국에 대해 관심이 없다고 잘라 말한다. 이때 중국에서 일어나는 사건이란 항일 공산 혁명을 일컫는다. 성화는 중국에서 혁명이 성공해야 조선인들이 일본 제국을 물리칠 수 있고, 또 조선의 착취적인 지주 계급도 물리칠 수 있다고 믿는다. 제국주의가 무엇인지도 모르는 응환에게 성화는 다음과 같이 설명한다.

> 일본의 양반들은 더 강력하고 그래서 더 위험해. 그것이 제국주의야. 한 나라의 지배 계층이 다른 나라의 지배 계층보다 더 강력한 것 말이야. 우리네 양반은 우리와 함께 적에 맞서서 싸우기는 할 거야. 일본의 양반들에게 뺏긴 것을 되찾아서 우리를 다시 지배할 수 있다면 말이야.[23]

---

23   Ibid., pp.61-62.

성화의 이 설명은 민족주의가 전면에 표방하는 "하나 됨의 미덕"이 실은 민족 공동체를 가로지르는 위계적이고도 착취적인 이해관계를 은폐하는 역할도 함을 폭로한다. 이때 그는 조선의 지배 계층이 외세에 대항하는 것도 실은 민족적 투쟁이 그들의 이익에 봉사할 때만이라고 일갈한다. 그러니 개리 박의 소설에서 '양반'은 계급적 이해에 따라 민족의 공동 전선을 언제라도 떠날 수 있는 매국적인 계급으로 묘사된다.

임동일이 사는 마을의 농민들이 지주들의 행패와 착취에 항의하는 집회를 열었을 때, 이들은 이구동성으로 양반이 일제와 한 패거리임을 성토한다. 항의에 참여한 한 여성의 입을 빌리면, "그들은 도둑의 장물에서 자기 몫을 받고 있어요. 그들의 빌어먹을 인생에서 단 한 번도 정직한 노동으로 손을 더럽혀 본 적이 없어요!"[24] 여기서 도둑이라 함은 식민 지배자 일본인들이요, 장물이라 함은 일제가 동양척식회사를 설립하여 빼앗은 농민들의 땅이다. 이 여성의 시각에서 보았을 때 지주 계급은 식민 지배자와 결탁한 매국적 부르주아와 다를 바가 없다. 식민 통치 하에서 건재했던 이 수탈적인 민족 부르주아지는 탈식민 시대가 도래하더라도 조금도 달라지지 않는다는 것이 파농의 통찰이다. 민중으로부터 유리된 민족 부르주아지의 문제점에 대해서 파농은 다음과 같이 신랄한 언어로 비판한 바 있다.

> 사상을 결여했기에, 민중으로부터 유리된 유아독존의 삶을 살기에, 민족의 모든 문제들을 민족 전체의 관점에서 고려할 수 있는 능력을 선천적으로 결여하였기에, 중산층 계급

---

24 Ibid., p.126.

은 서구의 기업들을 위한 매니저의 역할, 자신의 조국을 유럽을 위한 매음굴로 만드는 역할 외에 할 것이 없다.[25]

이 시각에 의하면 지주 계급도 중산층 계급과 다를 바가 없다. 이들은 식민 통치 기간에는 식민 지배자들과 결탁하여 배를 불리고, 독립 이후에는 외래의 "정착자들이 소유한 농토를 싹쓸이하여" 자신의 배만 불리는 데 여념이 없기 때문이다.

일제 치하에서 조선인 지주들이 동포 소작농들을 얼마나 착취했는지에 대해서 임동일은 다음과 같이 증언한다.

> "많은 아이들에게 이번 겨울이 마지막이 될 거야. [……] [농민들]은 그걸 알고 있어. 농촌 지역에는 자살이 횡행하게 될 거야. 젊은 엄마들이 병들어 우는 아기를 얼음처럼 차가운 강에 던지고, 그 다음에는 자신의 몸도 던질 거야. 아침이면 우리는 그들을 건져내어 묻어주지. 엄마들은 신원이라도 확인이 되지만 아기들은 이름도 몰라. 이 농부들은 답을 찾아 이리로 찾아온 것이야. 그들은 혼란스러워 해. 그들은 분노해 있어. 그들은 무력하고 절망적이야."[26]

그러니 일제 치하 조선의 민중에게 있어 '공공의 적'은 두 부류였다. 하나는 조선인 소농들의 땅을 빼앗은 일본인들이었고, 또 다른 부류는 같은 동포 소작인들이 살인적인 지대를 바치게 만들었던 조선인

---

25 Frantz Fanon, trans. Constance Farrington, *The Wretched of the Earth*, Grove Weidenfeld, 1963, p.154.

26 Pak, op. cit., *Ricepaper*, p.128.

지주들이었다. 이러한 시각에서 보았을 때, 성화가 항일 독립투사이면서도 동시에 조선의 봉건적인 질서에 저항하는 혁명가가 된 것은 놀랍지 않다.

이처럼 개리 박은 『한지 비행기』에서 일제 치하의 한민족이 단일한 피해 집단이나 단일한 저항 집단으로 고려될 수 없음을 명백히 드러낸다. 외부의 침략이 있기 전에 이미 한민족이 '내부 식민주의'에 의해 속이 곪은 집단으로, 계급간의 단층선에 의해 분열될 대로 분열된 공동체로 재현된다는 점에서, 『한지 비행기』는 단일대오를 형성할 것을 요구하는 유의 민족주의에 의해 호명당하기를 거부한다. 민족 공동체 '내부의 적'에 대한 이러한 적시는 일제 치하의 민족 구성원들을 단일한 피해자 집단으로 생산하는 훗날의 민족주의적 상상력과 기억에 맞서 일종의 대항 기억(counter-memory)으로 작용한다는 점에서 중요하다. "가해자 집단 대 피해자 집단"에 토대를 둔 이분법적 사유가 흔히 만들어내는 역사의 왜곡에 대해 역사가 임지현은 다음과 같이 주장한 바 있다.

> 집단적 죄의식과 결백에 관한 이분법적인 인식론은 집단적인 기억이 피해자 의식으로 전환되는 것을 용이하게 만들었다. 집단적 죄의식을 단정 짓는 사유 하에서 사람들은 자신이 저지른 행위가 아니라 자신의 이름으로 저질러진 행위에 대하여 죄가 있거나 죄의식을 느낀다고 추정된다. 집단적 죄의식과 더불어 집단적인 결백도 자칭 피해자들 간에 강력한 연대감을 형성시키는 데 기여한다. 희생자 지위(victimhood)라는 강력한 연대가 전후(戰後) 과거 청산의 가장 핵심적인 요소가 된 듯하다. 기억 투쟁에서 집단적인 희

생자의 지위를 경쟁적으로 추구하는 민족적 기억들을 설명하는 작업가설로서 나는 "희생자 민족주의"를 선택한다. "희생자 민족주의"는 희생자의 지위가 민족의 역사적 상상력에서 세습적인 것이 될 때 완성된다. [……] "과거의 청산"에 관한 초민족적인 역사는 희생자 민족주의가 어떠한 역사적 화해의 노력에도 항상 주요한 장애물이었음을 보여준다.[27]

희생자의 처지가 역사적 기억 속에서 절대적인 지위, 즉 어느 누구도 질문을 제기할 수 없는 성스러운 지위를 획득할 때, 피해와 가해에 대한 합리적 성찰과 논의가 불가능해진다. 과거에 식민 지배자들에게 협조한 부역자들뿐만 아니라 오늘날 또 다른 가해자가 된 집단들까지 이 특권적 지위의 뒤편에 숨는 것이 가능해진다. 임지현의 표현을 다시 빌리면, "가해자 개개인들이 희생된 민족이라는 기억의 벽 뒤편에 숨음으로써 집단적인 피해자가 되는 것이다."[28] 개리 박은 지식인 임동일과 농민들의 관계, 또 이들과 성화의 관계에 대한 묘사를 통해 피해자들 간의 연대가 중요함을 강조하지만, 동시에 수탈적인 한인 지주들을 그려 넣음으로써 연대에 대한 강조가 맹목적인 민족주의로 또 다른 역사의 왜곡으로 흐르는 것을 경계한다.

개리 박의 소설이 흥미로운 것은 정작 그 이후이다. 작가는 한편으로는 민족 부르주아지의 매국적인 성향을 폭로하면서, 다른 한편으로는 식민 지배자들을 도매금으로 비난하는 것에 대해서는 자제하는

---

27 Jie-Hyun Lim, "National Mourning and Global Accountability", *Memory in a Global Age: Discourses, Practices and Trajectories*, eds. Aleida Assmann & Conrad Sebastian, Macmillan, 2010, p.139.

28 Ibid., p.140.

고발과 연루

모습을 보이기 때문이다. 이러한 면모는 일본인 등장인물 와카타니(Wakatani)와 야마무라(Yamamura)에 관한 묘사에서 드러난다. 와카타니는 와세다 대학 출신의 지식인으로서 일본 제국이 만주국에 교사로 파견한 인물이다. 성화와 해순은 랴우퉁행 기차에서 그를 만나게 되는데, 이때 와카타니는 자신의 일본인 신분을 이용하여 이 낯선 조선인들이 국경을 넘는 것을 돕는다. 성화의 표현을 빌리면, "그러나 이 교사는, 그는 내가 처음 만난 인간적인 일본인이었디. 그는 다른 사람들과 달랐써. 그는 달랐디. 우리에게 음식도 사주고 자기 책을 읽는 것도 허락해 주었디. 책 몇 권을 주기도 했고. 그뿐만 아이야, 이 친구는 나중에는 우리를 도와주었써. 우리의 목숨을 구해 주었디."[29] 나중에 드러나지만, 와카타니에게 있어 교사직은 혁명 활동을 숨기기 위한 알리바이였다. 그는 일본에서 숨겨서 나온 인쇄기를 이용하여 중국의 항일 공산 혁명을 돕는다. 나중에 성화가 동경에서 만나게 되는 야마무라는 아나키스트이다. 성화가 항일 혁명 활동 중에 체포되어 일본으로 압송되었다가 탈출했을 때, 야마무라는 그에게 은신처를 제공할 뿐만 아니라 위조 여권을 제공하여 하와이로 탈출할 수 있도록 도와준다.[30]

다르지 않은 맥락에서, 하와이의 일본인들을 본토의 일본인과 같은 유로 취급해서는 안 된다는 목소리도 이 소설에서는 들려온다. 성화가 들은 바에 의하면, 한일합방 소식이 하와이에 전해졌을 때 한인 노동자들은 벌판에서 하던 일을 멈추고 곡괭이 자루를 분질러 손에 쥐고는 일본인 노동자들을 공격했다. 개리 박에 의하면, 이는 하와이

---

29 Pak, op. cit., *Ricepaper*, p.178.

30 Ibid., p.190.

에서 실제로 있어났던 사건이다. 그러나 작가는 등장인물 장일북 목사의 입을 통해 하와이의 일본인들을 본토의 일본인들과 같은 집단으로 취급하는 것이 옳지 않음을 역설한다. "나는 일본 정부를 옹호할 생각이 없습니다. 그러나 그러한 범죄의 책임이 죄 없는 사람들에게 씌워져서는 안 된다고 생각합니다."[31] 텍스트의 이러한 방점에 대해 김영미와 이명호는 다음과 같이 주장한다. 성화는 "만주로 건너갈 때, 그리고 만주에서 다시 미국으로 건너올 때, 그를 도와주었던 일본인들의 도움, 미국에서 겪은 양심적인 일본인의 모습을 통해, 민족이라는 단일한 범주로 포괄되지 않는 개인들의 차이를 인식하고 있다."[32] 이처럼 양심적이거나 죄 없는 일본인들을 소설 공간 내로 들여옴으로써, 저자는 지배 민족을 예외 없이 단일한 가해 집단으로 뭉뚱그리기 쉬운 훗날의 역사적 기억을 선제적으로 교정한다.

진보적인 일본인들에 관한 개리 박의 묘사는 연전에 왓킨즈(Yoko Kawashima Watkins)의 『머나 먼 대나무 숲』(So Far from the Bamboo Grove 1986)을 두고 국내에서 벌어진 논란과 비교해 볼 만하다. 왓킨즈의 주장에 의하면, 이 소설은 일본이 이차세계대전에서 패망한 이후 나남(오늘의 청진)을 떠나 부산을 거쳐 일본으로 귀국하게 된 작가의 가족사에 바탕을 둔 것이다. 이 자전적 소설에서 조선인 청년들이 성폭력의 가해자로, 일본인 여성들이 그 피해자로 묘사되면서, 일제의 식민 침탈로 인해 조선인들이 받은 고통이 은폐되거나 후경화되는 결과를 낳게 되었고, 이러한 역사 재현의 문제가 한국의 비평계를 뜨겁게 달구

---

31 Ibid., p.87.

32 김영미와 이명호, 「개리 팩의 『종이비행기』에 나타난 하와이 공간의 재현」, 『영미문학교육』 14권 1호, 2010, 51면.

었다. 그의 의도가 무엇이 되었든, 왓킨즈는 가족사의 재현에는 충실하였는지는 몰라도, 해방 이후 조선의 상황에 관한 전체적인 그림을 편향적으로 축소하였다는 비판을 피하기가 어렵게 되었다. 또한 이 소설이 미국의 공교육 기관에 의해 부교재로 채택된 데에는, 일차적으로 동아시아에 대한 미국인들의 역사의식의 부재를 원인으로 꼽을 수 있다.[33] 적지 않은 수의 한국인 독자들이 조선인도 가해자였다는 줄거리에 평정심을 잃고 격하게 반응하게 된 데에는, 희생자 민족주의가 작동하였을 수도 있지만,[34] 그보다 개인에게는 사실일지라도 그것이 총체적인 진실을 오도하는 것에 대한 부당함의 인식이 있었기 때문이다.

---

33 이석구, 『머나 먼 대나무 숲』의 논란을 통해 본 이분법과 기억의 문제」, 『영어영문학』 58권 5호, 2012, 895면.

34 박정애, 『『요코 이야기』와 『떠나보낼 수 없는 세월』의 '기억' 문제 비교 연구」, 『여성문학연구』 21, 2009, 285면.

5.

약탈적 자본주의와
노동 운동의 기억[35]

•

---

35 이 챕터에서 '약탈적 자본주의와 노동 운동의 기억' '소수 민족 연대의 비전' 그리
    고 '민족주의와 비판적 지역주의' 절은 다음의 졸고 중 일부를 수정한 것임. 「『한지
    비행기』에 나타난 노동 투쟁의 기억과 비판적 지역주의」 『현대영미소설』 26권 1
    호, 2019, 71-98면.

36 왼쪽 사진부터 보면, 이민 초기의 하와이 조선인 농장 노동자들의 모습(koreadaily.
    com); 이민 초기 하와이 농장의 노동자 막사의 모습(koreadaily.com).

37 왼쪽 사진부터 보면, 고종황제 생신을 기념하는 하와이의 한인들의 모습(1907

고발과 연루

일본을 탈출하여 하와이로 옮겨온 성화는 와이파후(Waipahu)의 사탕수수 농장에 취업을 한다. 그는 이곳에서 한인 노동자들이 인간 이하의 취급을 당하는 것을 체험하고 경악한다. 조카 용길과의 대화에서 성화는 사탕수수 농장에서 "개보다 못한 취급을 받았다는" 말로써 당시 한인 노동자들이 받아야 했던 서러움과 고통을 전한다. 농장주의 비인간적인 경영 방식에 관한 성화의 증언은 다음과 같다.

> 용길아, 사람들이 얼마나 가혹하게 일을 했어야 했는디 그만 쓰러져 죽을 거이라고 느꼈다고 말하는 거 들었디? 그거 농담이 아이야. 많은 사람들이 겪은 거이야. 그땐 얼마나 많은 사람들이 과로로 죽었는디 몰라. 사람들이 너무 아파서 농장에 의사를 찾아가면, 그 의사란 작자는 이 아픈 사람의 말을 믿지 않고서, 일터로 돌려보냈디 머이가. 얼마나 많은 사람들이 다음날 그 상태로 일하러 가서 죽었는디 몰라. [……] 농장에서 일하던 그 시절에 사람 목숨은 아무것도 아니었디. 한 사람이 죽어나가면 다른 사람으로 채우면 되디. 그거이 그 사람들이 했던 생각이야. 그 개새끼 백인 자본주의자들 말이야. 누우아누 계곡에 오아후 묘디를 한번 가보라우. 너이 장모님이 묻혀 있는 그 구석으로 가봐. 그곳 묘석들을 한번 봐 보라우. 그곳에는 한국 이름들 천디야. 모두 젊어서 죽은 거이디. 과로해서 죽은 거이야. 굶주리고 치료를 못 받아서 말이디. 그거이 범죄야. 일꾼들이 아파서 거의 죽어가는디, 주인이 나타나서 하는 말이, 집에서 쉴 수 없으

년, koreadaily.com); 1915년 비숍박물관 앞에서 열린 국민회 창립 기념행사 모습(koreadaily.com).

니 들판에 나가서 일해라는 거야. 힘든 일이었디, 오랜 시간
해야 하는 일이었디.[38]

성화의 입을 통해서 들려오는 이민 초기의 조선인 노동자들의 비참
한 삶은 오아후 묘지가 입증한다. 그곳에 묻힌 조선인들이 대부분 과
로로 사망한 젊은이들이었기 때문이다. 성화는 "하올레"(haole)라고 불
린 하와이 현지의 백인 농장주들이 병든 노동자에게 치료를 거부하
였을 뿐만 아니라 과로사로 이어지는 노동을 강요하는 등 그들의 농
장 경영이 범죄 행위와 다를 바가 없다고 비판한다.

1898년에 하와이가 미국에 합병된 이후 하올레 농장주들은 "중국
인 배척법"에 의해 중국인 연한 노동자(indentured laborer)를 더이상 들여
올 수 없게 되었다. 이들은 부족한 농장 노동력을 보충하기 위해 일본
인들을 집중적으로 들여왔으나 곧, 특정 민족이 노동 시장을 장악하
는 것에 경계심을 갖게 된다. 한편으로는 이러한 위협에 선제적으로
대처하고, 다른 한편으로는 계약 기간을 채운 중국인 연한 노동자들
과 일본인 이민 노동자들이 시내로, 또 캘리포니아로 더 나은 삶을 찾
아 빠져 나감으로써 생긴 인적 공백을 채우기 위해, 농장주들은 대리
인을 내세워 인천, 부산, 군산, 원산 등 각지에서 조선인들을 모집하였
다. 이때 농장주들이 조선인들에게 약속한 것은 이들이 나중에서 현
지에서 맞닥뜨리게 된 삶과는 많이 달랐다.

당시 조선인들을 유혹하였던 농장 인력 채용 공고는 이렇다. "월
급은 미화 15불로서 일본 화폐 30엔, 조선 돈 67원에 해당함. 일요일은
쉬며 하루 10시간 노동. 노동자와 그의 가족은 거처, 땔감, 물, 의료 서

---

38 Pak, op. cit., *Ricepaper*, p.25.

고발과 연루

비스와 약을 무료 제공."[39] 당시 조선의 도시 노동자가 받은 월급이 미화 3불 정도였다고 하니, 조선인들에게 하와이의 일자리는 엄청난 유혹이었다. 그러나 하와이 현지에서 그들이 맞닥뜨린 삶은 예상과는 크게 달랐다. 우선 기후와 음식이 체질에 맞지 않았고, 농장에서 제공한 거처는 헛간과 다를 바가 없었으며, 상대적으로 높은 음식비와 기타 생활비를 급여에서 제하고 나면 돈을 모아서 귀국한다는 것은 불가능에 가까웠다. 대가족은 말할 것도 없이 소가족의 경우도, 한 달 수입 15불 중 최소 10불은 음식비와 세탁비에 써야했고, 농장의 각종 규칙을 어겼을 때 농장주가 강요한 벌금을 내야 했고, 또 처음 한동안은 하와이로 올 때 들었던 뱃삯 등의 비용을 징수당했으니 경제적 여유라고는 없었다.[40]

그뿐만이 아니었다. 농장주가 고용한 포르투갈인 감독관들은 노동자들을 짐승처럼 다루었다. 또한, 노동자들이 가혹한 노동에 병이 들어 농장이 지정한 의사를 찾았을 때, 이들은 제대로 된 치료도 받지 못하였다. 조선인 노동자를 대하는 감독관과 의사에 대하여 역사는 다음과 같이 기록한다.

> 나의 어머니의 양 손은 물집이 생겼고, 생살이 나와서 천으로 감싸야했다. 하루아침은 어머니가 늦잠을 주무셔서, 일하러 나오라는 호각 소리를 듣지 못하셨다. 우리 모두—형, 형수, 큰 누나, 그리고 나— 잠이 들어있었다. 나는 그때 일

---

39   Young Ho Son, *From Plantation Laborers to Ardent Nationalists: Koreans' Experiences in America and Their Search for Ethnic Identity, 1903-1924*, Dissertation, Louisiana State U., 1989, p.40.

40   Ibid., pp.157-158.

곱 살이었는데, 갑자기 문이 열려 젖혀지더니 덩치 큰 감독 관이 "일어나서 일하러 가"라고 소리 지르고 욕을 하며 뛰어 들어왔다. 그는 방안을 돌아다니며 이불을 찢었다. 우리가 옷을 입고 있었는지 벗고 있었는지 상관치 않았다. 그 일을 잊을 수가 없다.[41]

이 회고는 20세기 초반에 하와이로 이주한 조선인 가족의 경우, 남편 뿐만 아니라 아내도 생계를 위해 일을 해야 했다는 사실, 노동의 강도 가 어느 정도였는지, 이주 노동자들의 사회적 지위가 어느 정도였는 지를 시사한다. 약속과 달리 제대로 된 의료 서비스를 받지 못하여 동 료들이 죽어 나가자, 조선인 노동자들의 분노가 극에 달해 실력 행사 를 한 사례도 있었다. 열악한 의료 서비스와 동료의 죽음에 분노한 2 백 명의 한인 노동자들이 1904년에 벌인 파업이 그 예이다.[42] 이러한 사실을 고려한다면, 앞서 인용한 글에서 성화가 오아후 묘지에 묻힌 이민 1세대가 대부분 과로사한 젊은이들이며, 또한 치료받지 못해 산 고(産苦) 속에 죽어간 젊은 어머니들이라고 말했을 때 이는 과장된 말 이 아니라고 봐야 한다.

성화에 의하면, 뜨거운 태양 아래에서 한인들이 해야 했던 비참한 노동이 있었기에 하올레 농장주는 이미 소유하고 있는 막대한 재산 외에도 더 큰 돈을 모을 수 있고, 그의 백인 아내가 본토의 어딘가에 서 근사한 티 파티를 할 수 있으며, 그 집 아이들은 비싼 푸나호우 학 교에 다니고 나중에는 동부의 일류대학교 아이비리그에 갈 수 있었

---

41 Ibid., pp.150-151.
42 Ibid., p.144.

다.[43] 이러한 비판적인 의식을 가졌던 성화는 농장주와 노동자들 간에 갈등이 생겼을 때 후자의 편을 든다. 소설의 초입에서 묘사되듯, 1928년의 어떤 날 일본인들과 필리핀인들이 연대 파업을 벌이게 된다. 성화는 처음에는 다른 조선인들과 함께 파업 대체 인력에 합세하나 곧 마음을 바꿔 동료들에게 대체 인력으로 일하기를 그만두자고 종용한다. 이때 그의 동료 중 일부는 조선을 식민지로 만든 일본인들에게 보복하기 위해서라도 이들의 파업을 파괴해야 한다고 반박한다. 이 말을 들은 성화는 생각한다.

> 일본인들과 필리핀인 노동자들이 파업을 하는데, 우리가 어떻게 일을 할 수 있겠어? 그들도 우리와 다를 바가 없어. 그런가? 망할 농장주는 우리를 분열시키길 원해. 그러나 만약 우리가 파업을 하게 되면, 일본인들이 우리를 지원할까? 그리고 왜 농장주들은 그렇게 많은 반장들을 동원해서 우리를 감시할까? 파업 중인 노동자들이 우리를 해칠까 봐? 아님 우리가 도망갈까 봐? 이 일도 강제로 하는 건가?[44]

브렌다 권의 해석에 의하면, 일본인들과 필리핀인들의 연대 파업에 동조할 것을 동료에게 설득하는 성화의 모습은 "탈인종화"[45] 되어 있다. 그리고 성화가 당시 열렬한 민족주의자임을 고려한다면, 이러한 파업 동조의 노력이 성화의 성격에 맞지 않기에 이 대목에 설득력이

---

43 Pak, op. cit., *Ricepaper*, p.24.

44 Ibid., p.21.

45 Brenda Kwon, *Beyond Ke'eaumoku: Koreans, Nationalism, and Local Culture in Hawai'i*, Garland, 1999, p.117.

없다고 권은 주장한다. 또한 그에 의하면, 이 시기를 연구한 역사가들은 당대의 한인 노동자들을 파업 파괴 인력의 역할을 한 "억압적인 질서의 추종 세력"으로 기억한다고 한다.

우선 20세기 초 하와이의 농장 노동 파업에 대하여 일부 역사가들이 어떻게 기억하고 있는지의 문제부터 살펴보자. 브렌다 권이 지적하는 대표적인 저술이 다카키의 『다른 해안에서 온 이방인들』이다. 브렌다 권이 이 저술에서 옮겨 온 바에 의하면,

> 파업을 분쇄하기 위해 농장주들은 하와이인들, 포르투갈인들 그리고 한국인들을 파업 파괴인력으로 고용하였다. 그들은 한국인들이 일본인들에 대해 유독 적대적임을 알고 있었기에 한국인들을 일본인들의 파업을 분쇄하는 데 사용하였다.[……] 백 명이 넘는 한국인 남녀가 파업 파괴 연맹을 구성하여 하와이 사탕수수 농장주들의 연맹에 서비스를 제공하였다. [……] 비록 완전히 패배당했지만, 노동자들은 1920년의 파업에서 중요한 교훈을 배웠다. 필리핀인들과 일본인들이, 스페인인들, 포르투갈인들이, 그리고 중국인 노동자들까지 이에 합세했는데, 하와이 역사상 처음으로 대규모의 범민족적 노동계급투쟁에 참가하였다.[46]

이 저술에서 조선인 노동자들은 오롯이 파업 파괴인력으로만 묘사될 뿐만 아니라 하와이 역사상 최초의 대규모 노동계급투쟁에 불참한 유일한 소수민으로 드러난다. 동시에 필리핀인들과 일본인들이 벌였

---

46 Ronald Takaki, *Strangers from a Different Shore*, Penguin, 1989, pp.153-154; Kwon, op. cit., p.13.

던 파업이 범민족적인 노동 투쟁으로 기록된다. 구체적으로, 다카키는 이 연대 파업을 "종족적 경계선을 초월하는 새로운 통일성"을 구현한 것으로 보아 필리핀인들과 일본인들이 "분열되지 않은 하나의 몸이 되어"[47] 싸웠다고 주장한다. 아래에서 다시 논하겠지만 이 두 집단이 정말로 분열되지 않고 하나가 되어 싸웠는지는 재론의 여지가 있다. 또한, 조선인들이 유독 "억압적 질서의 추종 세력"이라고 훗날 기억되고 있다면, 그 기억이 옳은 것인지, 또한 그렇게 보인 연유가 무엇인지는 좀 더 자세히 논의할 만한 성질의 문제라고 생각한다.

19세기 말엽 하와이의 농장주들이 중국인 연한 노동자들을 대체하기 위해 대거 들여온 일본인 노동자들은 20세기 초에 들어 빠른 속도로 조직화되면서 적지 않은 파업을 단행하였다. 이때마다 농장주들은 파업 대체 인력을 고용함으로써 파업의 효과를 최소화하였다. "하와이 사탕수수 농장주 연합"(HSPA)이 취했던 파업 대책에 대하여 역사가 에드워드 비처트는 다음과 같이 설명한다.

> [농장주들의] 네 번째 전략은 사기를 떨어뜨리기 위해 파업 파괴 인력을 사용하는 것이었다. 일당 1.5불이라는 높은 임금을 제시하고 호놀룰루에서 채용된 하와이인들, 중국인들, 그리고 포르투갈인들이 파업의 종료를 알리는 깃발을 단 특별 기차 편으로 와이파후와 아이에아에 매일 수송되었다. 다른 민족들, 특히 파업을 벌이는 소수민들과 적대적인 관계에 있는 민족을 고용하는 것이 통상적이었다. 그렇게 고용된 인력의 수는 적었는데, 그 이유는 이들이 [파업자

---

47   Ibid., pp.154-155.

들의| 사기를 꺾어놓기 위한 상징적인 인력이었기 때문이
었다. 이 파업 파괴 인력은 흔히 한번 써먹고 버려지는 존재
들이었다.[48]

위 인용문에서 주목할 내용은 파업을 분쇄하기 위해 다양한 소수민
들이 고용되었으며, 파업 파괴인력도 농장주에 의해 이용당했다는 부
분이다. 이 기록에서 드러나듯, 다양한 소수민들이 파업 파괴를 위해
고용되었음을 고려할 때, 소수민 중 유독 한인들을 파업 파괴인력으
로 기억하는 것은 재고의 여지가 있다.

하와이의 초기 한인 노동자들에 관한 또 다른 역사 연구에서도 다
르지 않은 견해가 개진된다.

> [농장주들이 취한] "분리를 통한 통치" 정책은 이익을 최대
> 화하고 비용을 최소화하기 위해 계획된 것이었다. [……] 농
> 장주들은 상황을 교묘하게 이용하였다. 만약 한 농장의 중
> 국인들이 파업을 하면, 일본인 노동자들에게 가외 급여를
> 약속함으로써 파업자들을 대체하도록 유도하였다. 한국인
> 들도 파업 대체 인력으로 일했다. 1904년 12월에 와이아루
> [아]의 농장에서 1,196명의 일본인 농장 노동자들이 파업을
> 시작했을 때, 한국인 노동자들이 이들의 파업을 분쇄하고
> 집단적 결속력을 약화시키기 위해 고용되었다.[49]

---

48 Edward Beechert, *Working in Hawaii: A Labor History*, U. of Hawaii Press, 1985,
    p.173.

49 Son, op. cit., pp.140-141.

위에서 언급된 1904년의 파업은 최초로 효율적으로 조직된 일본인들의 노동 운동이었다. 임금 인상, 작업환경 및 거주환경 개선을 요구하면서 총 2,534명의 일본인 농장 노동자 중 1,196명이 파업에 들어갔고, 이때 조선인 노동자 256명이 대체 인력으로 투입된 바 있다.[50] 1903년~1905년 사이에 약 7천 명의 조선인이 하와이에 최초로 대거 이민을 왔다고 하니, 아마도 위 인용문에서 언급된 한인 대체 인력은 하와이에 상륙한지 얼마 안 되는 1세대 조선인 노동자들이었을 것이다. 위에서 인용한 기록에 의하면, 중국인 노동자들이 파업에 돌입했을 때는 일본인 노동자들이 대체 인력으로 투입되었다. 그러나 조선인들만 유독 "억압적인 질서의 추종 세력"으로 기억하는 것은 사실(史實)에 부합하지 않는다.

다카키의 저술에서 조선인 노동자들이 파업 파괴인력으로만 묘사될 뿐만 아니라 하와이 역사상 최초의 대규모 노동계급 투쟁에 불참한 유일한 소수민으로 재현됨을 앞서 지적한 바 있다. 그러나 비처트의 연구에 의하면, 1920년의 파업 동안 와이아루아 농장에서 고용한 민족별 대체 인력의 수를 보면 조선인이 1/3을 차지할 정도로 많았지만, 고용된 인력을 민족별로 보면 미국인을 포함하여 일본인, 중국인, 필리핀인, 스페인인, 푸에르토리코인 등 9개 민족에 이르렀다.[51] 또 한 가지 중요한 점은 이때 와이아루아 농장에서 파업 파괴에 동원된 100여 명의 조선인 노동자들이 자신들만의 파업을 단행하기도 하였다는 사실이다. 이들은 일본인들과 필리핀인들의 연대 투쟁에 동조하지는 않았지만, 파업 기간에 급여가 오르지 않는 것에 불만을 품고 감독관

---

50   Beechert, op. cit., p.165.
51   Ibid., p.205.

과 심하게 다툰 후 농장에서 집단 퇴거해버림으로써, 농장주를 곤란하게 만드는 데 한몫을 하였다.[52] 이러한 파업 행위는 다카키의 저술이나 하와이의 범인종적 노동조합의 활동에 관한 톰슨의 연구[53]에도 기록되어 있지 않으며, 이 역사가들의 문제를 지적하는 브렌다 권의 글에서도 지적되지 않았다.

이 시기의 파업과 파업 파괴의 문제를 논할 때 제대로 고려되지 않는 측면이 또 있는데, 그것은 바로 이민 노동자들 간의 권력 관계이다. 20세기 초 하와이의 노동 파업을 다루는 대부분의 논자들이나 역사가들은 이 농장 노동자들을 하나의 계급으로 간주하는데, 이는 소수민들 간에 존재했던 권력 관계와 이해관계를 은폐하는 결과를 낳는다. 20세기 초 하와이 농장 노동자들은 상호 수평적인 관계에 있었는가? 정문기의 연구에 의하면 이에 대한 대답은 부정적이다. 그에 의하면, 하와이의 농장 노동자들이 분리되어 통치된 것은 맞으나, 이들은 "수평적으로" 분리된 것이 아니라 "수직적으로 분리되어"[54] 통치되었다. 1910년 이후로 포르투갈인, 일본인, 필리핀인 3대 종족 집단이 하와이 농장 노동력의 절대다수를 차지하였다. 이들을 집단의 규모와 직종, 급여 수준으로 비교해보면 반비례 관계가 성립하였다. 즉, 수적으로 가장 많았던 필리핀인들은 거의 모두 비숙련직이었던 반면, 백인의 "먼 친척"으로 고려되었던 포르투갈인들과 "동양인과는 다른 인

---

52 Ibid., p. 208.

53 David E. Thompson, "The ILWU as a Force for Interracial Unity in Hawaii", *Kodomo No Tame Ni: The Japanese American Experience in Hawaii*, eds. Dennis M. Ogawa & Glen Grant, U. of Hawaii Press, 1978, pp.496-512.

54 Moon-Kie Jung. *Reworking Race: The Making of Hawaii's Interracial Labor Movement Account*, Columbia U. Press, 2006, p.57.

종"으로서 예외적인 우대를 받았던 일본인들은 적지 않은 수가 관리 직과 숙련직에 채용되었다.[55]

그러니 소수민들의 사회적 지위는 직군에 따르는 경제적인 차이, 직군을 따라오는 권력의 차이, 현지의 백인들이 종족에 따라 달리 대하는 차별 등에 의해 결정되었다. 이러한 위계질서의 가장 극명한 형태는 『한지 비행기』에서 "루나"(luna)라 불리는 감독관들과 조선인 노동자들의 관계에서 드러난다. 이 포르투갈 출신의 감독관들과 백인 농장주는 조선인 이치하(Lee Chi Ha)가 노동자들의 권리 확보를 위해 조선인들을 선동하였다고 해서, 그를 살해한 후 한인 교회의 십자가에 매달아 본보기를 보인 바 있다.[56] 감독관 수자(Souza)에게 대들었다가 자신도 살해를 당할 뻔했던 성화는 이렇게 될 줄 알았더라면 "그놈[수자]을 그때 그 자리에서 조각조각 내어서 들판의 몽구스 밥으로 만들었어야 했다"[57]고 분노를 표출한 바 있다. 개리의 이 소설은 당대의 플랜테이션이 현행법의 지배가 미치지 않는 곳이었고 하와이의 소수민 중에서도 조선인들이 사회적으로 매우 취약한 계층이었음을 드러낸다.

1910년 이후 하와이에서 단일 민족으로는 가장 큰 규모였던 필리핀인들이 사회적 지위와 경제적인 수준에 있어 가장 낮은 위치에 있었음을 고려한다면, 수적으로 필리핀인들과 비교도 되지 않는 조선인들이 현지의 노동 시장에서 어떠한 목소리도 낼 처지가 아니었을 것이라는 점은 쉽게 추론할 수 있는 사실이다. 노동 시장에서 의미 있는 행동을 취할만한 '규모의 경제'가 애초에 성립이 안 되는 것이다. 그뿐

---

55 Ibid., p.76, pp.83-84, p.62.

56 Pak, op. cit., *Ricepaper*, p.35.

57 Ibid., p.27.

만 아니라 일본 정부의 보호를 받고 있던 일본인들과 달리 조선인들은 나라마저 잃은 처지였으니, 이들이 노동 투쟁에 참여했을 때 현지 법의 보호를 기대하기란 더더욱 힘들었다. 그러니 조선인 노동자들을 "억압적 질서의 추종 세력"으로만 기억하는 것은 당대 노동 시장에 존재했던 소수민들 간의 위계 관계, 그리고 그 관계 내에서 조선인들이 처해 있던 열악한 지위를 고려하지 못한 것이다.

이외에도 기성의 노동 투쟁사에서 제대로 고려되지 못한 중요한 사실이 있다. 하와이에서 먼저 자리를 잡은 일본인들이 나중에 도착한 조선인들을 "직장과 다른 기회들을 빼앗아 갈 적대적인 경쟁자"로 여겼고, 그 결과 조선인들이 현지의 일본인 이민자 공동체로부터 배척과 차별을 받았다는 점[58]도 조선인들이 파업 파괴에 참여하게 된 중요한 요인이었다고 판단된다. 하와이에서 일본인 노동자들의 독점적인 권익을 보호하기 위해 일본 정부가 적극 나섰다는 점은 특기할 만하다. 일본은 대한제국이 조선인들의 하와이 이민을 막도록 압력을 넣었고, 그 결과 1905년 4월 1일자로 조선인들의 해외 이민이 일체 금지되었다. 가증스러운 점은 그전에 멕시코에서 조선인 노동자들이 부당한 대우를 받은 사례가 있었는데, 이를 기화로 일본이 "조선인 이민 보호령"을 강요하였고, 그 결과 명목상으로는 "해외에서 조선인을 보호하기 위해서"였지만 실질적으로는 하와이의 일본인 이주자들의 이익을 보호하기 위해서 이 정책이 시행되었다는 사실이다.[59] 이러한 관

---

58   Yong-ho Ch'oe, "The Early Korean Immigration: An Overview", *From the Land of Hibiscus: Koreans in Hawai'i, 1903-1950*, ed. Yong-ho Ch'oe, U. of Hawaii Press, 2007, p.15.

59   Ibid., pp. 16-17.

고발과 연루

점에서 보았을 때, 조선인들의 파업 파괴 활동을 한일합방에 기인하는 조선인의 분노로만 설명하는 것은 하나의 설득력 있는 해석이기는 하나, 그 역시도 하나의 해석일 뿐이다.

6.
하와이 낙원 담론

·

20세기 초반 하와이의 사회 문제가 백인 자본가들에 의해 저질러진 소수 민족 노동자들의 착취라고 한다면, 이차세계대전 이후 하와이의 상황도 크게 다르지 않다. 이민 초기에 유색인 이민자들이 와이키키 해변에 출입하는 것을 금하는 차별은 이제 없다 할지라도, 미국 주류 사회가 유색인들을 대하는 태도는 20세기 초반이나 지금이나 크게 변한 것이 없는 것이 현실이다. 하와이에서 처음으로 활동사진을 보았을 때를 회상하며 성화는 말한다.

그리곤 세계의 뉴스가 나오디. 아메리카의 시각에서 본 세계 말이야. 아메리카의 합중국이 본 세계. 세상 곳곳에 파병하라. A를 만들어라. 그리곤 담배 선전하는 카우보이가 나와서 예쁜 처녀와, 예쁜 백인 처녀와, 금발 머리를 하고 푸르고 푸른 눈을 한 [……] 처녀와 말을 달려가디. 꿈의 나라로, 이국적인 하와이의 석양을 향해, 어디가 되었든 낙원으로. 그래! 그래! 하와이, 이 낙원은, 우리의 낙원은 그들이 잃

어버렸다고 생각했다가 회복한 청교도의 낙원 아니야? 하
나님이 주신 것을 다시 찾은 것 말이다. 원주민들로부터 뺏
은 것, 복구해낸 것. 이들이 뭘 알겠느냐는 거디. 원주민들
의 뻗쳐진 갈색 손들, 흰색 위의 갈색, 할리우드 종자들은
생각하지. 원주민들은 흰 젖가슴과 핑크빛 젖꼭지를 만지
고 싶어 환장했다고, 냄새나고 털 부스스한, 빈혈에 걸린 송
아지의 간처럼 허연 여성의 아랫도리와 성교를 하고 싶어
한다고. 그래, 그거이 검둥이들과 유색인들의 마음을 사로
잡은 거라는 거디. 같은 피부색을 한 여성들을 버리고 백인
여성의 육체를 만지고 냄새 맡으려고 환장했다고. 그래서
그들은 우리네 여성들에게 입 맞추면서, 우리에게는 수음
이나 하라고 그들의 여자 사진이나 던져주디.[60]

성화의 비판적 시각에 의하면, 미국의 주류 사회는 군사적으로, 문화
적으로 세상에 대한 '그들의 비전'을 재생산한다. 이 비전은 다른 문화
를 미국인들의 체제 내로 흡수하여 붕어빵 기계가 그러듯 세상을 하
나의 닮은꼴로 만드는 것이다. 즉, 세상을 A의 아류로, 아메리카의 아
류로 만드는 것이다. 1898년에 미국에 의해 합병당하고, 1959년에 미
국의 50번째 주가 된 하와이가 바로 그런 경우이다.

　미국 주류 문화를 대표하는 할리우드가 유통시키는 정형(定型) 중
에서 하와이는 미국 자본가들의 지친 심신을 재충전해주는 휴식처이
자 약육강식의 세상으로부터 보호되는 낙원의 형상을 부여받는다. 하
와이를 지칭하게 된 "낙원"이라는 개념은 하와이 문학 연구자 수미다
의 표현을 빌리면 "상상되고 낭만화되고, 전원적이며, 탈역사적인 영

60　Pak, op. cit., *Ricepaper*, p.5.

원성의 개념과 함께 1778년 이후 꽃을 피웠다."[61] 그러나 낙원의 이면에는 미 본토나 일본에서 건너온 자본에 땅을 넘겨주고 조상 때부터 살던 곳에서 농장 노동자로 일해야 하는 하와이 토착민들의 슬픔이 있다. 외래의 질병과 가혹한 노동 환경에 숫자가 급감한 토착민들은 하와이의 소수민으로 전락해버렸다. 개발주의의 명목 아래 땅을 빼앗겨야 했던 하와이 현지인들의 고통과 저항 운동은 개리 박의 『와이푸나의 파수꾼과 다른 단편들』에서 자세히 다루어진 바 있다. 일례로, 「로지타에게 건배를」("A Toast to Rosita")의 주인공은 고속도로 개통을 위해 땅을 빼앗기게 된 현지인들을 이끌고 저항을 주도하며, 「와이푸나의 파수꾼」("The Watcher of Waipuna")의 주인공 산체스(Gilbert Sanchez)도 조상의 땅을 관광지로 개발하려는 세력에 대항하여 투쟁을 벌인다.[62]

할리우드는 유색인에 관한 정형도 유통시키는데, 이에 의하면 유색인은 백인 여성이라면 사족을 못 쓰는 족속이다. 이 할리우드의 문법에 의하면, 유색인들은 백인에 대한 열등감을 해소하기 위해 백인 여성을 욕망한다. 유색인 남성은 백인 남성이 욕망하는 대상을 자신이 "정복"함으로써 백인 남성에 견줄 위치를 우회적으로 누리고자 한다는 것이다. 그러니 백인 여성의 몸은 백인 인종주의자들이 무슨 일이 있어도 순결함을 지켜주어야 할 혈통적·문화적 자산이다. 백인 여성의 몸이 유색인 남성들을 받아들일 때, 백인의 인종적 우월성을 담보하는 혈통적 차이가 무너질 것이기 때문이다. 파농은 백인을 지배자로 모셔야 하는 처지에 놓인 흑인이 백인 여성과의 사랑을 통해

61 Stephen H. Sumida, *And the View from the Shore: Literary Traditions of Hawai'i*, U. of Washington Press, 2014, p.5.

62 Gary Pak, *The Watcher of Waipuna and Other Stories*, Bamboo Ridge Press, 1992.

고발과 연루

탈인종화를 시도하는 심리를 다음과 같이 들려준다. "나의 쉬지 않는 두 손이 백색의 젖가슴을 애무할 때, 그것들은 백인의 문명과 위엄을 거머쥐어 나의 것으로 만들어 준다."[63] 이때 흑인 남성은 백인 여성과의 성관계를 통해 비로소 "진정한 남성"이 되었다는 기분에 충만하게 된다.

그러나 개리 박은 성화에 대한 묘사를 통해 하와이의 유색인들은 파농이 분석대상으로 삼은 식민 치하의 앙티유 흑인들과 달리, 그들의 정신이 백색으로 물들지 않았음을 주장한다. 파농이 그려내는 앙티유의 흑인들과 달리 성화는 이데올로기적으로 깨어있는 인물이다. 백인의 욕망을 모방하기를 거부하는 성화의 면모는 백인 여성의 성기를 "빈혈에 걸린 송아지의 간"에 비유하며 조소하는 그의 언사에서 잘 드러난다. 성화의 날 선 비판에서 주류 문화는 유색인 남성들에게 백인 여성의 사진을 던져줘 이들의 성적 욕망을 도발하되, 그 욕망의 실현을 현실에서 금지하는 모순을 고발당한다. 또한, 주류 사회는 인종의 장벽을 세워놓고 유색인들을 장벽 바깥에 세우지만, 백인 남성들은 이를 마음대로 드나들면서 권력과 금력을 이용하여 유색인 여성들을 유린하는 체제의 모순을 고발당한다.

---

63 Frantz Fanon, trans. Richard Philcox, *Black Skin, White Masks*, Grove Press, 2008, p.45; 이석구, 『저항과 포섭 사이: 탈식민주의 이론에 대한 논쟁적인 이해』, 소망, 2016, 367-368면 참조.

7.
소수 민족 연대의 비전
·

　　하와이의 하올레 농장주들이 조선인 인력을 수입해오고자 했을 때 그들의 의도는, 중국인들이 그랬고, 그 뒤를 이어 일본인들이 그랬던 것처럼 특정 민족 출신이 농장 노동을 장악하는 것을 막기 위해서였다. 농장주들이 스페인인, 포르투갈인, 심지어는 러시아인을 조선인들과 비슷한 시기에 하와이로 불러들인 것도 그러한 이유에서였다. 이 이민 노동자들을 대하는 농장주들의 의도는 "분리하여 통치한다"는 것이었고, 실제로 노동자들이 단결하여 투쟁했을 때 이러한 분리 정책 덕택에 파업을 성공적으로 분쇄할 수 있었다. 하와이 노동투쟁사에 의하면 이러한 상황 중에서도 노동자들 간에 민족의 장벽을 뛰어넘으려는 시도가 없지는 않았다. 일본인 농장 노동자들과 필리핀인 농장 노동자들이 1920년에 벌였던 첫 연대 파업이 대표적인 예이다. 이 사건은 필리핀인 노동조합이 파업을 먼저 전개하였고 일본인 노동조합이 동참을 선언함으로써 시작되었다. 잘 정비된 조직을 이미 가지고 있었던 일본인 노동자들과 달리 당시 하와이에 진출한지 얼마

　　　　　　　　　　　　　　　　　　　고발과 연루

되지 않는 필리핀인들은 조직이나 리더십이 모두 열악한 상황이었다. 이러한 이유로 이 연대 파업은 계획대로 잘 진행되지 않았다.

1920년의 이 연대 파업은 『한지 비행기』에서도 연도만 1928년으로 달리하여 재현된다. 이 시기의 조선인 노동자들이 필리핀인들이나 일본인들과 연대하여 파업에 동참하지 않은 것은 사실이다. 그러나 앞서 언급한 바 있듯, 조선인 노동자들이 "억압적 질서의 추종 세력"이라는 기성의 기억과 달리, 1920년의 연대 파업 동안 파업 파괴에 동원된 100여 명의 조선인 노동자들은 자신들만의 파업을 단행하기도 하였다. 파업 파괴를 '파괴'한 이 조선인 노동자들의 모습은 동료들에게 파업 파괴 노동을 그만둘 것을 종용하는 성화의 모습과 무관하지 않다. 그러나 와이아루아 농장의 조선인 노동자들과 달리 소설 속의 성화는 포르투갈인 감독관들의 감시와 견제로 인해 파업에 성공하지는 못한다. 한인 노동자들의 '적극적인' 파업 동조가 실제로는 없었다는 점을 고려한다면, 성화의 이러한 실패는 연대의 비전을 표현은 하되 사실(史實)을 왜곡하지는 않으려는 작가의 절묘한 서사 전략의 결과물이다. 그러니 이 소설이 "한인 이민 노동의 역사에 관한 대항 기억"[64]을 제공하는 것이라고 본다면 이러한 맥락에서 가능하다고 여겨진다.

앞서 언급한 바 있듯, 브렌다 권은 성화가 파업 동조를 종용하는 장면을 지적하며 주인공이 "탈인종화" 되었다고 주장하는데,[65] 주인공이 소수 민족 간의 장벽을 뛰어넘는 노동 운동의 연대를 꿈꾸고 있다

---

64   John R. Eperjesi, "Gary Pak's *A Ricepaper Airplane*: Memories of Mountains in the Korean Diasporic Imagination", *ISLE* Vol.25, No.1, 2018, p.98.

65   Kwon, op. cit., p.117.

고 해서 그를 탈인종화되었다고 보는 것은 다소 앞서 나간 비평이다. 특히 이민 초기의 성화가 한인 교회에서 독립군을 훈련시키기도 한 민족주의자였다는 점에서 그렇다. 1920년에 실제로 연대 파업을 일으 킨 일본인들과 필리핀인 농장 노동자들도 "탈인종화"의 상태와는 거 리가 멀었다. 1920년의 연대 파업이 큰 성과를 거두지 못하고 끝나게 된 데에는 두 파업 집단이 하나가 되어 효율적으로 움직이지 못했다 는 사실이 있다. 농장주들의 수탈적인 경영 방식이 두 상이한 집단으 로 하여금 연대 투쟁을 고려하게 만들었을 뿐, 비처트의 표현을 빌리 면 "두 집단 간의 거리는 항상, 잘해야 멀었던 것이다."[66] 정문기는 이 연대 파업을 두고 "곧 실패하게 된 친숙하지 못한 두 집단 간의 짧은 정략적인 결혼"[67]이라고 평가했을 정도이다.

개리 박은 이 소설에서 일본인 농장 노동자들과 조선인 농장 노동 자들 간의 성공적인 협업이나 동조를 그려내지 않는다. 당대 조선인 노동자들의 민족주의적인 성향을 알고 있었던 작가는 이러한 재현 이 역사와 부합하지 않음을 인지하고 있었기 때문이다. 대신 작가는 1920년대에 성화가 필리핀인들과 맺는 사적인 관계를 통해서 소수민 연대의 비전을 어렴풋하게 보여준다. 필리핀인들이 조선인들과 더불 어 농장 인력 중 가장 하위 계층에 속하였음을 고려한다면, 성화와 필 리핀인들이 민족의 벽을 넘어 서로의 처지에 공감하게 된다는 스토 리는 설득력이 있다. 이러한 공감의 관계가 먼저 있었기에, 훗날 성화 가 다른 소수민들을 위한 노조 운동과 사회 운동에 헌신할 수 있게 된 것이다.

---

66 Beechert, op. cit., p.199.
67 Jung, op. cit., p.55.

고발과 연루

먼저 성화와 필리핀인 농장 노동자들 간에 싹트는 유대감에 대해서 보자. 사탕수수 농장에서 목숨의 위협을 받고 도주한 성화는 하와이에서 우연히 재회한 사촌 응환의 도움을 받아 파인애플 농장에서 다시 일하게 된다. 돈을 벌어 고향에 돌아갈 꿈을 꾸고 있던 그는 어렵게 모은 돈을 조선인 사기 도박꾼들에게 걸려 모두 날려버린다. 낙담한 성화는 개평으로 받은 돈으로 술을 사서 대취하여 현실을 잊으려 한다. 그가 필리핀인 노동자들에게 마시던 술을 좀 팔라고 요청했을 때, 이들은 술을 파는 대신 술자리에 합석할 것을 제안한다. 피진어로 의사를 충분히 교환하기에는 문제가 있지만, 그럼에도 불구하고 성화와 필리핀인들은 함께 토론하고 취하고 노래한다.

> 엉터리 영어와 피진어로 그들은 생각을 교환한다. 그들 간에는 공통점이 많이 있다. 모두가 백인 소유 농장의 노동자들이고, 모두가 왕처럼 지낼 수 있는 돈을 벌어 고향으로 갈 여행을 꿈꾸고 있고, [……] 그래, 그래 우리는 집으로 돌아갈 때 부자가 되고 싶어. 주지사나 농장 주인처럼 말이야. 만약 우리가 돈을 충분히 모을 수 있다면 바나나 농장주나 코코넛 농장주가 될 수 있을 거야. 그러자 한 명이 끼어든다. 바보야, 그러려면 돈이 얼마나 많이 필요한데. 우리들 중 누구도 직업이 없는데 어떻게 돈을 벌 수 있겠어? 그러자 다른 한 명이, 아이구, 우리의 불행에 대해서 말하지 않았으면 좋겠어. 또 다른 한 명이, 말하길 우리는 이번 파업에서 굴하지 않고 버티어야 해. 모두를 위한 일이야.[68]

68　Pak, op. cit., *Ricepaper*, pp.73-74.

이 대화에서 개리 박은 성화가 겪는 고통, 소망, 좌절이 혼자만의 것이 아님을 드러낸다. 인용문에서 필리핀인 노동자들은 돈을 벌어 조국으로 돌아가서 특권 계급으로 지내고 싶어 한다는 점에서 성화의 혁명의 비전에 동참하지는 않는다.[69] 그렇지만 주인공과 이들이 같은 처지에 있다는 것은 중요한 사실이다. 고된 타국살이, 탐욕스러운 백인 농장주를 주인으로 모셔야 하는 처지, 고국을 그리워하지만 돌아갈 수 없는 슬픈 이주민의 운명과 같은 공통분모가 이들에게 있는 것이다. 클리포드의 표현을 빌리면, "이산자로서의 감정이 타 소수민에 대해 적개심이나 우월감도 낳지만, 식민화, 전치, 인종화를 겪은 공통의 역사가 제휴의 기초를 형성할 수 있는 것"[70]이다. 성화와 필리핀인들 간의 '보통 이상의' 인연은, 성화가 앞서 동료 조선인들에게 파업 동조를 종용했을 때 그가 동조하기를 원했던 파업자들이 바로 이 마음씨 좋은 필리핀인들이었음이 밝혀질 때도 드러난다.

민족과 언어의 장벽을 넘어서는 동료애는 성화가 거처로 돌아가려고 할 때 다시 강조된다. 생면부지의 택시 기사 에디(Eddie Miguel)와 성화 사이에 꽃 피운 우정이 그것이다. 에디는 처음에는 성화에게 승차를 허락하지 않는다. 성화에게 남은 돈 10센트가 택시 요금 25센트에 크게 못 미치는 것도 문제였지만, 실은 술 취한 조선인이 강도로 돌변할 지도 모른다는 두려움이 있었기 때문이다. 그러나 성화가 끈질기게 졸라대자 이 필리핀인 운전수는 결국 승차를 허락한다. 택시를 타고 가는 내내 성화는 에디에게 비행기를 만들어 고향으로 가는 꿈을 들려주고, 에디는 그 황당함에 웃음을 터뜨린다. 목적지에 도착

---

69 김영미와 이명호, 앞의 글, 51면.

70 Clifford, op. cit., p.315.

한 성화가 에디에게 택시 요금을 지불하려 하지만 그는 받으려 하지 않는다. 성화가 10센트를 차 안에 던져주고 나오자, 에디가 따라 나와서 성화의 뒷주머니에 무엇인가를 찔러주며 비행기 만드는 데 쓰라면서 가버린다. 성화는 그것이 5불짜리 지폐인 것을 발견하고 그의 선함과 관용에 눈물을 흘린다.[71] 에디와 성화의 만남은 비록 아주 짧은 조우임에도 불구하고, 마음을 여는 소통에 의해 타민족에 대한 불신과 두려움을 극복할 수 있음을 보여준다는 점에서 시사하는 바가 크다. 나중에 성화가 필리핀인들과 "형제 대 형제로"[72] 연대 파업을 벌이게 된 것도 편협한 민족주의의 정서나 이념을 뛰어 넘는 이러한 인간관계가 있었기 때문에 가능한 것이다.

사회적 약자에 대한 성화의 헌신은 그가 농장 노동을 그만둔 후에도 계속된다. 항만 노동자로 일할 때 그는 "국제 항만 및 창고 노조"의 지도자로서 수많은 파업을 이끌고 또 노조 대표로도 활동한다.[73] 은퇴 후에 성화는 은퇴자들의 권리를 위해 싸운다. 이처럼 끊임없이 이어지는 투쟁의 이면에는 피부색이나 민족을 넘어서는 인간의 선함에 관한 믿음과 정의감이 그에게 있기 때문이다. 성화가 말년에 벌이는 싸움은 차이나타운에 거주하는 하층민들의 거주권을 위한 것이다. 이 투쟁은 농지 개발 반대 운동, 그리고 차이나타운 철거민을 위한 운동에 관여했던 적이 있는 작가 자신의 경험을 반영하는 것이다.[74] 1970년대 말에 하와이에서 노동자로서 은퇴하는 것이 무엇을 의미하는지

71　Pak, op. cit., *Ricepaper*, pp.77-78.

72　Ibid., p.4.

73　Ibid., p.194.

74　김영미와 이명호, 앞의 글, 42면.

성화의 입을 통해 들어보자.

> 요즈음 돈을 손에 쥐기란 어려웠다. 망할 놈의 연금으로는
> 먹고 살기도 충분치 않았다. 작은 방 한 칸 임대료로 130불
> 밖에 지출하지 않는데도 말이다. 화장실과 작은 부엌을 열
> 두어 명의 다른 독신 은퇴자들과 함께 써야 하는 그런 주거
> 환경이었다. 그리고 몇 명의 동성애자들도. 그것이 이 비참
> 한 거처를, 빌어먹을, 집이라고 지키려는 싸움을 하는 이유
> 였다. 주인은 그들을 퇴거시킨 후 그 오랜 구조물을 뜯어내
> 고 유리, 콘크리트, 그리고 스테인리스로 된 높은 건물을 짓
> 고 싶어 했다. 하지만 퇴거당하면 망할, 어디로 가란 말인
> 가? 베레타니아가(街) 건너 한 달에 임대료가 적어도 천불이
> 나 하는 고층 콘도로?[75]

20대 초엽에 하와이로 온 후 평생 노동을 한 성화가 말년에 정부에서
받는 연금은 푼돈에 지나지 않는다. 매달 내야 하는 임대료가 130불
밖에 되지 않는데도 먹고 살기에 부족한 상황임을 고려한다면, 주거
지를 더 비싼 곳으로 옮겨야 할 경우 그의 연금으로는 임대료를 내기
에도 부족할 것이다. 개발을 이유로 세입자를 쫓아내는 상황은 성화
가 거처로 삼은 케하우리케 호텔에 국한되지 않는다. 그의 친구 새미
(Sammy)가 오랫동안 묵은 알로하 마우나케아 호텔도 마찬가지이다. 새
미는 퇴거에 반대하였지만 결국에는 쫓겨났고 호텔은 철거되어 버렸
다.[76] 새미와 성화가 처한 상황을 통해 개리 박은 가진 자의 이윤 추구

---

75 Pak, op. cit., *Ricepaper*, p.196.
76 Ibid., p.197.

고발과 연루

권리가 가지지 못한 자의 생존권보다 우선시 되는 자본주의의 민낯을 드러낸다. 새미가 철거에 항의하여 하와이의 주지사를 찾아가보지만, 주지사는 어디로 몸을 숨겼는지 코빼기도 보이지 않았다. 성화는 이 주지사의 선거 구호가 "주민의 신임을 받는 후보"[77]였음을 상기하며, 정치인들이 가진 자들의 편임을 다시 한번 깨닫고 씁쓸해 한다.

---

77   Ibid., p.198.

8.
민족주의와 비판적 지역주의
•

    흥미롭게도 개리 박은 『한지 비행기』에서 한편으로는 성화를 통해 약자의 권익을 옹호하는 급진적인 비전을 보여주고, 다른 한편으로는 용길을 통해 이 비전을 반박하는 면모를 보인다. 아저씨가 호텔 퇴거 반대를 주도하는 것에 대해 용길이 조심스럽게 반대의 뜻을 표하기 때문이다. 물론 이는 노령인 데다가 건강도 좋지 않은 성화가 거주권 투쟁에 참여하다가 건강이 더 악화될 것을 용길이 염려한 것이기도 하지만, 그는 근본적으로 세입자들이 호텔 주인의 권리 행사를 막는 것이 옳지 않다고 여긴다. "호텔 주인 말이에요. 그건 그의 건물이에요. 그러니 이 건물로 뭘 하든지 그 사람 마음이에요. 아저씨와 친구 분들이 행동하시는 걸 보면 마치 주인이 빚이라도 진 것 같잖아요. 그 사람은 아저씨에게 빚 진 게 없어요."[78] 성화와 동료 거주자들이 호텔 주인의 권리 행사를 막고 있다는 용길의 주장은 원칙적으로 틀리지 않다. 이런 생각을 함에 있어 용길은 혼자가 아니다. 이는

---

78   Ibid., p.209.

성화가 강연자로 초대되어 간 하와이 대학의 한 강의실에서 거주권 확보를 위해 자신이 벌인 투쟁에 대해 들려주었을 때, 학생들이 보여준 미적지근한 반응이 잘 말해주고 있다. 중산층의 상식적이고도 합리적인 관점에서 보았을 때, 세입자들의 퇴거 거부는 이익 집단의 억지에 지나지 않는다. 적어도 개인의 권익 보호를 최고의 선(善)으로 간주하는 자유주의적 자본주의 사회에서는 그렇다.

개리 박은 사회적 약자의 거주권을 둘러싼 양쪽의 시각을 보여줌으로써 독자에게 이 사안에 관해 판단 내릴 것을, 그래서 어느 쪽에 설 것인지를 묻고 있다. 이 질문에 어떻게 대답해야 할지 잘 모르겠다면, 소녀 독립투사 정민자의 투쟁에 관한 이야기를 성화로부터 들었을 때 용길이 어떻게 반응하는지 들어보자. 아저씨의 이야기를 듣던 용길은 자신도 이차세계대전에 참전하여 피비린내 나는 세상을 구경한 적이 있다고 하면서 전쟁에 대한 소감을 이렇게 들려준다.

> 우린 민주주의를 위해, 자유세계를 위해 싸우고 있었어요. 일본인들에게 맞섰고, 이탈리아인들과 독일인들에게도 맞섰죠. 그들은 모두, 인종적 우월주의를 믿는 파시스트였어요. [……] 미군이 없었다면 이 미친 짓거리가 한국에서 여전히 계속되고 있을 거예요. 나머지 세상도 마찬가지고요.[79]

미국이 이차세계대전에 참전하여 군국주의로부터 자유 세계를 지킨 것은 맞다. 문제는 나치주의와 파시즘에서 인종주의의 문제를 지적하는 용길이 미국의 인종주의와 독선에 대해서는 무지하다는 점이다.

---

79 Ibid., p.107.

용길이 아저씨 앞에서 미국을 자유 민주주의의 수호자로 치켜세울 수 있는 것은 자신이 현재 살고 있는 사회에 대해 무지하기 때문이다. 미국이 아니었다면 세상은 아직도 나치주의와 파시즘, 공산주의 아래에서 핍박받고 있으리라는 용길의 예측은 세계 경찰로서의 미국의 역할에 대하여 과신하고 있다는 점에서, 그리고 다른 나라들이 그간 전체주의에 맞서 벌인 저항의 역사나 투쟁의 역량을 깡그리 무시하고 있다는 점에서도 문제적이다. 우리가 세상을 구했다는 미국의 독선적인 믿음은 이차세계대전이 끝난 후 미국이 주재한 샌프란시스코 강화 회의에서 잘 나타난다. 미국은 한국이나 중국과 같은 당사국을 제외하고 자신의 입맛대로, 미국의 냉전 인식에 맞춰 일본과 평화협정을 맺었었다. 용길이 미국을 세계의 경찰로 추켜세울 수 있었던 것은 미국이 주도하는 세계에 대한 그의 맹목적인 믿음이 있었기 때문에 가능한 것이다. 이러한 맹목성을 은연중에 폭로함으로써, 작가는 용길과 성화가 각각 대변하는 두 입장 중 어느 것이 정의로운 것인지 독자가 판단하기를 기대한다.

개리 박은 성화의 다음과 같은 자조적인 독백을 들려주는데, 이 역시 독자에게 자본주의를 무제한으로 허락하여야 한다는 입장과 이를 제약해야 된다는 입장 중 어디에 서는 것이 도덕적인 것인지를 암시한다.

내가 원하는 것이라고 해봐야 죽어서 뻗기 전까지 나의 머리를 뉠 편안한 곳뿐이다. 내가 원하는 것이라고 해봐야 내가 죽은 후에 나의 유골을 파내서 다른 곳으로 옮기지 말았으면 하는 거이다. 그러나 만약 그들이 내 유골을 파낸다면

고발과 연루

몽땅 쓰레기통에 넣어서 버릴지도 몰라. 그러면 누구도 신경 쓰지 않아도 되지. 사람들은 죽은 자의 뼈를 보고 싶어 하지 않디. 그러니 어쩌면 그들은 내가 묻혀 있는 바로 그 위에 건물을 지어버릴지도 모르디. 젠장, 요사이는 사람들이 하고 싶은 건 무어든지 할 수 있는 세상이거든.[80]

이윤의 무한 추구가 개발주의를 불러오고, 자본주의 사회에서는 개발이라는 명목 아래에 무슨 일이든지 벌어질 수 있다는 것이 성화의 폭로이다. 호텔 퇴거 문제를 둘러싼 공청회에서 지역 위원회는 호텔 소유주가 요청한 구역 재조정을 거부한다. 위원회의 이러한 결정은 사회적 약자의 거주권 문제가 일개인의 권리문제가 아니라 공동체 전체의 문제라는 판단을 전제로 한 듯하다. 그런 점에서 용길과 성화 간에 드러나는 입장의 차이는 공리주의와 공동체주의 간에, 혹은 자유주의와 공동체주의 간에 벌어진 논쟁을 연상시킨다. 선과 정의를 순전히 개인의 선택 문제로 보는 자유주의자들의 입장을 마이클 샌들은 "우리는 어떤 이들에게 [사적인] 정의(justice)가 요구하거나 허락하는 것보다 더 빚진 바가 있다"[81]는 말로써 반박한 바 있다.

호놀룰루의 지역 위원회가 사회적 약자의 입장을 고려하여 호텔 소유주의 구역 재조정 요청을 거부하지만, 성화는 이 위원회의 결정이 성에 차지 않는다. 위원회가 구역의 변경만 거부했을 뿐 낙후된 호텔의 수리 문제나 임대료 인상과 같이 시급한 문제에 대해서는 아무

---

80 Ibid., pp.229-230.

81 Michael J. Sandel, "Justice and the Good", *Liberalism and Its Critics*, ed. Michael J. Sandel, Basil Blackwell, 1984, p.172.

런 조치도 취하지 못하였기 때문이다. 거주자들의 관점에서 보았을 때 위원회의 결론은 미봉책에 지나지 않는 것이다. 개리 박은 성화의 불만을 통해, 그가 현재 살고 있는 1970년대 말의 하와이가 농장 감독관들이 마음대로 사형(私刑)을 집행하였던 1920년대의 농장 시절보다는 좀 나아졌을는지 모르나, 사회적 약자가 제대로 보호받는 정의로운 사회로부터는 아직 거리가 멀다는 사실을 강조한다.

이처럼 개리 박은 『한지 비행기』에서 각종 노동 운동, 거주권 투쟁 등과 같은 사회적 문제를 작품의 소재로 삼는다. 그로 인해 이 작품은 하와이 원주민의 권리와 개발주의의 문제 등 지역적 현안에 집중한 그의 이전의 소설들 못지않게 지역적인 정체성을 강력하게 드러낸다. 이러한 향토색은 성화가 사용하는 하와이 토착어와 포르투갈어 등이 섞인 혼성영어(pidgin English)에서도 짙게 배어나온다. 또한, 혼성어는 이 소설에서 백인 주류 집단에 의해 이루어지는 재현을 반박하는 기능도 담당한다. 김민정이 주장한 바와 같이, 영어와 섞임으로써 영어를 "유창하지 못한 형태"로 만드는 토착어와 이민자의 언어는 주류 사회의 "유창한" 언어가 재현의 영역에서 배제해 온 토착민들과 이민자들의 고통의 역사를 인유하기 때문이다. 보통 아시아계 미국 문학에서 혼성어가 이국성을 강조하는 이민자 문학의 징표로서, 혹은 이민자 문화와 주류 문화 간의 갈등을 표출하는 수단으로서 사용되었다면, 개리 박의 소설에서 혼성어는 이민자들을 이민 이전의 역사 내로 맥락화시키는 역할을 한다.[82] 미국 주류 사회가 이민자들의 출신국의 역사와 문화를 무시한 채 이들을 단순한 동화의 대상으로만 여긴다

---

82   Min-Jung Kim, "Politics of the Literary: Reading Form in Gary Pak's *A Ricepaper Airplane*", *English Language and Literature* Vol.52, No.5, 2006, pp.1051-1052.

고발과 연루

는 사실을 고려할 때, 혼성어가 인유하는 이민자들의 "이민 이전의 역사"는 이러한 주류의 인식을 반박하고 교정하는 기능을 한다.

미국 주류 사회의 인종주의에 대한 개리 박의 비판은 『한지 비행기』의 주인공을 통해서 신랄한 언어로 표현된 바 있다. 성화는 용길에게 과거지사를 들려주면서, 백인들이 피부색을 근거로 아시아인들을 차별하지만 그들 자신은 해변에서 피부색을 검게 태우기를 소망한다며 조소한 바 있다. 또한 이 백인들이 플랜테이션에 와서 유색인 노동자들의 일을 거들어 주면 순식간에 피부도 태우고 체력 단련도 되니 얼마나 좋겠냐는 말로써 인종적 정의에 무관심한 백인들의 이기주의를 비판한다.[83] 이 주류 사회가 하와이에 들여온 소비주의와 관광주의, 개발주의에 매몰되는 것을 막기 위해 성화는 이민자들과 그의 후손들이 비판적인 사회 인식을 견지할 것을 촉구한다. 그러기 위해서는 무엇보다 과거를 직시하는 것이 필요하다. 성화가 용길에게 과거지사를 들려주는 것도 같은 이유에서이다. 주인공의 표현을 빌리면,

> 이거이 역사다. 이거이 과거에 일어났던 일이다. [⋯⋯] 과거에 어땠는디를 잊을 수는 없다. 과거에 있었던 일을 우리가 이저버리도록 백인들이 어떻게 했는디 이저서는 아이돼. 우리 모두를 세뇌시킬라고 했디. 여기 살게 되어 얼마나 운이 좋으냐, 하와이에 오게 되어 얼마나 운이 좋으냐, 아메리카에 살게 되어서 얼마나 운이 좋으냐 개소리를 하면서 말이디. 그 놈들은 역사책을 쓰고 또 쓸 때마다 진짜로 일어났던 일을 바꾸디. 학상들부터 시작해서 모든 사람을 세뇌시

---

83 Pak, op. cit., *Ricepaper*, pp.26-27.

키려하디. 미국인이 되는 거이 얼마나 큰 영광인가 하면서. 추수감사절을 기리는 칠면조와 옥수수 빵은 먹으면서, 아메리카에 원래 있던 사람들, 백인들이 굶지 않도록 식량을 내놓았던 원주민들을 이저버리고, 바로 그 원주민들에게서 땅을 빼앗은 거는 이저버리는 거랑 다르지 않디. 개소리디. 그 원주민들 말이디 청교도들을 굶게 내버려뒀어야 해.[84]

성화를 통해 작가는, 하와이의 유색인들이 과거를 잊지 않고 그들의 경험을 다음 세대에 전달하고 나눔으로써, 주류 사회가 실행하는 '망각의 정치'에 대항할 것을 요구한다.

『한지 비행기』에서 한국은 주인공에게 돌아갈 수 없는 과거에 대한 그리움의 결정체이다. 반면 개리 박의 『같은 하늘 아래의 형제들』(*Brothers under a Same Sky* 2013)에서 한국은 향수(鄕愁)를 넘어 혈연이라는 측면에서 사유된다. 주인공 중 한 명인 한남건(Nam Kun Han)은 해방 직후의 조선에 미군정 소속 군인으로 파견된다. 그는 이때 광주에서 한 여성을 알게 되어 아들을 하나 두게 된다. 그의 동생 남기(Nam Ki)는 한국전(1950~1953)에 참전하는데, 그도 전쟁 중에 임현해(Lim Hyun Hae)라는 한국인 여성과 사랑에 빠지나 헤어지게 된다. 남기는 전쟁이 끝난 후 현해를 찾아 다시 한국을 방문하지만 전쟁 직후의 혼란 속에서 매춘녀로 전락해 있는 그녀를 발견하고 실망한다.[85] 이 소설에서 한국은 로맨스 플롯을 통하여 '한국계 미국인과 혈연적으로 재결합할 가능성'이라는 주제와 관련되어 사유된다. 그러나 남건, 남기 두 형제에

---

84   Ibid., p.25.

85   Gary Pak, *Brothers under a Same Sky*, U. of Hawaii Press, 2013, p.45, p.148.

고발과 연루

게 있어 한국인 여성과의 로맨스는 합법적인 결혼으로 이어지지 못한다. 작품의 결말에서 남건의 딸 셸리(Shelly)가 배다른 오빠를 찾아 한국으로 가겠다는 강력한 소망을 밝히니, 이성 간의 결합은 아니더라도 최소한 이복형제의 연(緣)이 끊어지지 않고 유지되는 정도이다. 개리 박은 이 작품에서 남기의 눈을 통해 한국전에 참가한 미군들의 잔혹 행위를 고발하기도 하는데, 미군의 양민 학살에 관한 복기를 통해 이 서사는 스스로를 시혜자로, 정의로운 세계의 경찰로 기억하는 미국의 자기 이미지를 반박한다.

이처럼 한국의 역사가 끊임없이 참조되고 있음에도 불구하고 한국을 배경으로 하는 개리 박의 소설은 한인 이민자의 향수적 민족주의만으로 수렴되지는 않는다. 반면 그의 소설이 하와이 현지의 문화와 정치에 대하여 깊숙이 개입하고 있다는 사실은 아무리 강조해도 지나치지 않다. 자신이 하와이에서 평생을 살았지만 지역 사회에 속한다는 느낌을 갖지 못한다고 성화는 고백하지만,[86] 향수에 빠진 주인공의 말을 곧이곧대로 믿기에는 문제가 있다. 현재 시점의 그에게 한국은 어느 날 비행기를 타고 날아가서 언제 떠났냐는 듯 다시 살 수 있는 곳이 아니다. 50년이 넘는 시간이 흐르는 동안 한국도 변했고 그도 변했기 때문이다. 현재의 그는 마음으로만 고향을 그리워할 뿐 실은 온전히 하와이 사람이다. 용길의 표현을 빌리면,

> 아저씨의 가족은 여기에 있어 …… 우리말이야. 그리고 여기서 삶의 대부분을 사셨어. 그쪽이라기보다는 이쪽 출신이시지. 그리고 친구들은 모두 이곳 현지인들이지. 한국인

---

86   Pak, *Ricepaper*, op. cit., p.212.

친구는, 옛날부터 알던 친구는 한 명도 없으실 걸.[87]

고향이 타향이 되고, 타향이 고향이 되어버린 것이다. 가족의 소식도 모를뿐더러 돌아가서 살 고향도 사라지고 없다는 점에서, 성화에게 있어 한국은 루쉬디(Salman Rushdie)의 표현을 빌리자면 "상상의 조국"에 지나지 않는다. 사실 루쉬디에게 있어, 이민자는 비록 시민권은 갖고 있지 않으나 상상의 고향과 여전히 정서적인 끈으로 연결되어 있으며, 그 끈이 개인의 정체성과 삶의 중요한 부분을 구성한다. "나는 두 문화에 걸쳐 있다"[88]는 그의 유명한 표현이 시사하듯, 루쉬디는 영국으로 귀화한 후에도 인도의 정치적 상황에 논평하거나 이를 서사화함으로써 민족국가 인도에 관하여 자신의 목소리를 내왔기 때문이다. 반면, 성화에게는 과거에 대한 동경이나 연락이 끊긴 가족에 대한 지울 수 없는 그리움은 있지만, 동시대의 한국에 대해 그가 알고 있는 바가 거의 없으며, 따라서 현재 시점의 한국에 대하여 어떠한 개입을 할 욕망도, 의지도 그에게는 없다. 조국에 관한 자신의 의견이나 의지를 비공식적인 경로를 통해 표출하는 이른바 "시민권 없는 정치적 참여"를 하지 못한다는 점에서, 조국을 향한 그의 애틋한 마음에도 불구하고 그를 "장거리 민족주의자"[89]로 볼 수는 없다.

하와이에서도 독립군을 결성하고 미 본토로 건너가서 독립자금 모금을 하는 등 성화는 조선의 독립을 위해 수고를 아끼지 않았지만,

---

87 Ibid., p.215.

88 Salman Rushdie, *Imaginary Homelands*, Granta Books, 1991, p.15.

89 Benedict Anderson, "The New World Disorder", *New Left Review* 193, May-June 1992, p.13.

민족주의자로서 그의 면모는 농장 노동 시절에 국한된다. 이후 성화는 하와이의 하층계급과 동일시하며 이들의 권익을 지키는데 앞장서왔다. 루쉬디는 디아스포라에 동반되는 이러한 변화를 다음과 같이 표현한 바 있다.

> '번역'이라는 말은 어원적으로 '가로지름'을 의미하는 라틴어에서 파생되었다. 세상을 가로질러 온 만큼 우리는 번역된 존재들이다. 번역에서는 항상 무언가가 상실된다고 일반적으로 추정되어왔다. 무언가를 또한 얻기도 한다는 생각을 나는 고집한다.

처음에는 농장 노동자들을 위하여, 나중에는 부두 노동자들을 위하여 노동 투쟁에 헌신한 성화는 하와이 지역민으로서의 정체성을, 하와이 하층계급의 지도자로서의 정체성을 획득하였다. 이처럼 이민 1세대 한인을 통해서 한국에 대한 향수를 진하게 그려낼 때조차도 개리 박은 성화가 두 발을 딛고 서 있는 곳이 하와이임을 독자에게 상기시킨다. 그러니 작가에게 있어 한국은 하와이의 한인 이민자들의 역사의 일부로서 유의미하다. 이를 달리 표현하면, 『한지 비행기』에서 한국에 관한 기억은 한인 이민자들의 정체성을 다른 소수민들과 구분 짓기 위해, 그리고 이들의 문화적 정체성이 미국 주류 문화로 채워질 백지장(tabula rosa)이 아님을 역설하기 위해 필요한 것이지, 한인 이민자들이 출발국의 문화를 보존해야 한다는 당위성을 주장하기 위해서는 아니다. 즉, 작가에게 있어 한국의 기억은 현지의 정치학에 의해 의미를 부여받는다. 이 현지의 정치학에서 소수민들이 추구하는 목표는 이민자들이 자신들의 '다름'을 존중받는 것이다. "지역민"(locals)이라는 큰 틀에서 보았을 때, 이러한 다문화주의적인 현안은 이전의 작품에서 작가가 제기한 토착민들의 문화적 생존이나 이들의 권리문제와 크게 다르지 않다.[90]

이민자들에게 민족국가 내에 포섭되는 대가로 아메리칸 드림의 성취를 약속하는 미국의 민족주의는 직선적인 서사 형태를 취한다. 이러한 주류의 민족 서사에서 미국은 이민자들의 나라이자 기회의 나라로 칭송되고, 이러한 비전에서 파악되는 하와이는 미국이 상업과 선교를 통해 구원한 태평양 지역의 일부이다. 롭 윌슨의 표현을 빌리면 하와이는 "세기 말 북미와 아시아의 시장을 연결하기 위해 팽창하던—암스트롱의 사회 진화론적 논거에 따르면—미국의 '명백한 사명'(manifest destiny) 앞에서 무기력하였던 지역"[91]이다. 개리 박의 소설은 앵글로색슨족의 특정한 텔로스를 지향하는 미국의 민족주의 서사에 맞서, 그러한 서사가 애초에 존재하기 위해 있어야 했던 '특정한 지역사의 망각'에 맞서, 이민자들이 미국 땅에서 겪어야 했던 차별과 착취의 역사를 보존한다. 그런 점에서 이 소설은 쿡 선장이 하와이를 "풍요의 땅"이라고 부른 이래로 그곳을 서양인의 낙원에 관한 꿈이 실현된 "목가적인 곳"으로 보는 서사 전통[92]에 대해 제동을 건다. 이러한 작업은 구체적으로 훌라춤, 해변, 원시적인 자연, 고귀한 야만인, 혹은

---

90 하와이 토착인들의 정치적 현안에 개리 박의 입장은 브렌다 권의 저술 외 다음 참조. 김영미와 이명호, 「태평양 탈식민주의문학의 한 가능성: 『와이푸나의 파수꾼과 다른 단편들』」, 『안과밖』 29, 2010, pp.298-325; Mojca Penja, "The Politics of Natural Disasters in Gary Pak's *Children of Fireland*", *American Fiction Studies* Vol.24, No.1, 2017, pp.139-170.

91 Wilson, op. cit., 86.

92 Sumida, op. cit., p.5.

호화로운 관광호텔과 리조트, 비키니 입은 미인들로 채워진 미국인의 상상계를 현지의 고통받는 지역인들로 대체함으로써, 즉 원시의 신화와 마취적인 향락의 기억 대신에 소수민의 역사를 각인함으로써 가능해진다. 그리고 이 소수민에는 한인들만 포함되는 것이 아니고, 성화의 친구이자 파업 동료였던 필리핀인들, 성화가 동조하기를 원했지만 그러지 못했던 일본인 농장 노동자들, 그 외 다양한 민족 출신의 항만 노동자들이 포함된다. 그러한 점에서 개리 박은 미국 주류 사회의 인종주의와 약탈적 자본주의를 비판하는 하와이 지역주의를 대표하는 문인이다.

우리는 말의 세상을 통해 사물의 세상을 상상한다.

데니스 포터, 『범죄의 추적』 120

제10장

재현의 공정성

1.
공공재로서의 민족 서사

•

　　이민자 문학은 작가에게 마땅히 허용되어야 할 창작의 자유와 일종의 '공공재'(公共財)로서 민족 서사가 갖는 성격이 첨예하게 부딪히는 담론의 장이다. 민족 서사에는 개인이 사적인 영역에서 즐기는 향유물이라는 측면도 있지만, 이에 못지않게 공공재로서의 측면도 있다. 여기서 민족 서사를 '공공재'라고 부르는 것은 그것이 동시대에 생산된 서사와 달리 민족 공동체가 오랜 기간 공유해왔고 그 결과 공동체로부터 불문의 인증을 받은 '공동의 지식 아카이브'에 속해 있기 때문이다. 이 공공재에는 민족의 역사 기록뿐만 아니라 신화, 설화, 민담, 종교적 경전이 포함된다. 이 공공재를 향유할 권리는 공동체의 성원 여부를 떠나서 누구에게나 있으며, 이 향유의 권리에는 '원칙적으로' 개작, 개사 같은 변경의 권리까지 포함된다. 그러나 공동체의 아카이브에 대한 변경의 권리는 그 권리의 사용이 개인적인 즐거움이나 그 외 사적인 용도에 국한될 때에 한하는 것이지, 변경의 결과물이 대중과 공유될 때는 상황이 다소 달라진다. 이 권리의 공적인 사용이 해당 공동체의 성원들을 공론의 장으로 끌어들이고, 그 결과 이들의 비판이나 인정 등 다양한 평가를 유발하여 이에 대한 책임을 질 수도 있게 되기 때문이다. 이 평가에서 작동하는 주요한 잣대에는 재현의 진정성, 정확성, 대표성이 포함된다.

1장에서 언급한 바 있듯, 민족의 설화와 역사를 재서사화 하는 작업과 관련하여 진정성의 문제는 중국계 미국 작가들과 비평가들 사이에서 뜨거운 화두가 된 바 있다. 『여성무사』가 중국의 설화를 왜곡하였다는 비판에 대해 맥신 홍 킹스튼은 자신이 "정확한 신화의 원본을 보존하는 기록 보관원이라고 주장한 적이 없음"을 상기시키며, "항상 변화하는 살아있는 신화를 쓰고 있다"고 반박한 바 있다.[1] 한 공동체의 역사나 그 구성원들이 향유한 설화들이 훗날 개인의 창작에 의해 변경되고 개작되어 온 것은 사실이다. 그러나 그러한 변경이 창작자 개인의 의견과 소유를 넘어 해당 공동체의 지식체계나 아카이브로 편입되는 순간, 즉 출간되어 대중에게 공유되는 순간 개작이 원전에 대하여 '예술적인 가치가 있는 상상적인 기여'로 간주될 수 있는지 평가를 받는 판단의 대상이 된다. 이민자 문학에서 이 문제가 첨예하게 불거져 나오는 이유는 원전이 속하는 최초의 공동체와 개작이 일차 독자로 삼은 공동체가 다르기 때문이다. 동시에, 이 일차 독자군에는 개작을 원전과 비교하여 평가할 문화적·언어적 역량이 부족한 경우가 흔하게 있기 때문이다. 이를 달리 표현하면, 여러 가지 사정으로 인하여 원전에 대한 개작의 예술적 기여를 평가할 적절한 위치에 있지 못하는 공동체를 일차 독자로 선택하였다는 점에서, 이민자 출신

---

1   Edward Iwata, "Word Warriors", *Los Angeles Times* June 24, 1990.

의 작가가 출발국의 문화와 역사를 작품 속에 담는 것은 조심스러워
야 할 행위일 수밖에 없다. 특히, 이민자 출신의 작가 본인부터 출발
국 문화에 관한 심도 있는 이해를 결여한 경우가 드물지 않다는 점에
서 더욱 그렇다. 기억의 저편에 있는 출발국의 문화를 제대로 이해하
지 못한 상황에서 그 문화에 관한 창작물을 생산하는 행위는 표현의
자유라는 민주적인 원칙에 의해 허용되나, 그것이 설익은 지식으로
인한 왜곡이거나 특정한 의도에 봉사하는 변형임을 지적하는 비판이
나 그러한 유의 검증으로부터의 면죄부까지 누리지는 못한다.

『여성무사』가 중국 문화를 이국화시키고 있다고 보는 비평가들은
이 소설이 자서전의 범주 아래에서 출판되었다는 사실에 대해서 문
제를 삼는다. 게다가 이 서사는 "귀신들 사이에서 보낸 소녀 시절의
회고록"이라는 부제까지 달고 있었다. 즉, "회고록"이라는 이름으로 출
간되었기에 서구의 독자들이 이 책에서 발견되는 모든 문화적 재현
들, 특히 허구적인 재현까지도 사실로 오해할 가능성이 높다. 이 작품
이 독자들에게 미칠 부정적인 영향력에 대하여 우려하는 평자들 중
에는 캐서린 퐁이 있다. 그녀에 의하면, 이 작품이 소설인 것을 감안
하더라도, 즉 "어머니가 윤색한 이야기를 작가가 또 윤색한" "하나의
이야기"임에도 불구하고, 이 이야기가 "우리 모두에 관한 결정적인 묘
사"가 될 가능성이 있다는 것이다. 허구가 아님을 알지 못하는 비중국
계 독자들이 이 이야기의 내용을 "중국 및 중국계 미국인의 역사에 관
한 진실된 서술"[2]로 여기게 될 위험이 다분히 있기 때문이다.

반면 킹스튼에 의하면 자신의 책이 '비소설'(非小說)로 분류된 것은

---

2 Katheryn Fong, "To Maxine Hong Kingston: A Letter", *Bulletin of Concerned Asian
   Scholars* Vol.9, No.4, 1977, p.67.

의도적인 것이 아니었다. 신시아 웡과의 면담에서 작가는 "나의 책들의 분류와 관련하여 출판사와 나눈 대화로는, 비소설이 [나의 책에 대하여] 가장 정확한 범주가 될 것이며, 심지어는 '시도 비소설로 간주될 만큼' 비소설이 두루뭉술한 표현이라는 말을 들은 것이 전부였다"[3]고 주장한 바 있다. 작가는 자신의 작품이 시와 같은 장르로 분류된다고 하니 기분이 좋았다고 한다. 그러니 작품의 진실성에 대하여 제기된 비판에 대해 신시아 웡은 『여성 무사』에 대한 잘못된 분류가 작가의 의도가 아니었다고 말하고 있을 뿐만 아니라, 비판하는 진영이 제기하는 "독자의 오독 가능성"은 궁극적으로 독자 수용 문제이기에 작가가 책임을 질 영역은 아니라는 논리로 킹스튼을 변호한다.[4] 웡의 표현을 직접 빌리면, 비판 진영의 논리에 따르면 『여성무사』의 문제는 작가가 아니라 독자에게 있다. 『여성무사』를 비난하는 근거가 실질적이고, 수용에 달린 것이고, 독자에게 달린 것이라는 점에서 그렇다. [……] 자신의 발표작이 어떻게 읽힐지를 통제하는 권한이 작가에게는 없기에 이 문제 제기를 부적절한 것으로 무시해도 될 듯하다."[5]

웡의 이 주장이 흥미로운 이유는 작품의 의미 생성에 있어 작가의 역할과 책임을 완전히 배제하고 있다는 점이다. 그러나 특정한 작품이 특정한 식으로 읽히게 되는 것이 온전히 독자의 몫이요, 책임이라는 웡의 주장에 얼마나 많은 비평가들과 독자들이 동의할지는 의문스럽다. 작품의 의미 생산에 독자가 참여하는 지분이 적지 않다는 것이

---

3 Sau-Ling Cynthia Wong, "Autobiography as Guided Chinatown Tour?", *Maxine Hong Kingston's The Woman Warrior: A Casebook*, ed. Sau-Ling Cynthia Wong, Oxford U. Press, 1999, p.30에서 재인용.

4 Ibid., p.31.

5 Ibid.

최근의 문학 해석학의 한 경향이기는 하다. 그러나 작가의 역할은 페이지에 특정한 기호들을 배열하는 것으로 끝나며, 작품의 의미는 순전히 개개 독자의 독서 활동의 결과라고 보는 급진적인 바르트(Barthes)의 관점에서 사유하지 않은 다음에야, 작품의 수용에 대해 작가가 전적으로 책임 없음을 선언할 수 있을까 싶다. 적지 않은 수의 독자들이 일정한 방식으로 텍스트를 해석하는 일이 발생한다면, 특정한 해석을 유도하는 무엇인가가 텍스트에 있다는 의미이고, 이 현상에 대한 책임(?)은 작가에 있는 것이다. 이러한 상황을 고려하건대, 텍스트 해석의 책임을 도매금으로 독자에게 넘기는 웡의 주장은 재고되어야 한다.

또한 웡에 의하면, 소수민의 역사와 문화에 관한 오역이나 실수에 의한 왜곡도 문화인류학적인 의미가 있는 것이다. 일례로, 중국에서는 식용으로서 사용하는 황소개구리를 '전계'(田雞)라고 부르는데, 이를 영어로 옮기면 "field chicken"이 된다. 킹스튼은 『여성무사』에서 이를 "heavenly chicken"으로 옮기는 실수를 한 바 있다. 광동어로 '밭'과 '하늘'의 음이 톤만 다를 뿐 유사하기 때문에 일어난 현상이다. 웡은 이러한 오역이 자문화를 이국화하기 위해서가 아니며, 출발국의 문화나 역사로부터 멀어진 세대가 응당 겪게 되는 경험을 드러낸다는 점에서 의미 있는 것이라고 변호한다. 데브라 우(Debra Woo)의 표현을 빌면, "문화가 정체성의 원천으로 제대로 작동하지 못할 때는 문화적인 무지 자체가 그런 [문화가 제대로 작동하지 못함에 기인하는] 경험의 진정성이 있는 부분"이 된다는 것이다.[6]

이민자 문학에 있어 도착국의 역사와 민족 설화를 개작하는 행위가

6　Ibid., p.44.

문제가 되는 것은 그러한 개작물이 '문화적 대표성'의 문제와 맞물려 있기 때문이기도 하다. 「창작을 하는 아시아계 작가들은 진짜건 가짜건 다 와라」에서 비평가 친이 문제를 제기한 작가들의 작품에 대하여[7] 실제로 영어권 독자들이 어떠한 논평을 내놓았는지는 그러한 점에서 한번 살펴볼 만하다. 킹스튼의 『여성무사』와 관련하여 아마존닷컴 웹사이트에 올라온 독자 후기는 2018년 4월 29일자의 조회에 의하면 총 264개이다. 그 중 66%가 별 5개 중 4개 이상을 주었으며, 9%가 별 3개를 주었고, 나머지 23%가 별 2개 이하를 주었다.

별 두 개를 준 "AppleSaucy"라는 아이디 사용자는 "과거에 동결된 중국 문화에 관한 선정주의자의 견해"라는 제목 아래에 다음과 같은 독서 후기를 피력한다.

> 중국 문화에 관한 황색저널 유의 이국적이거나 선정주의적인 견해에 만족하는 사람이라면 그에게 이 책을 권하겠다. 그렇지 않다면 이 책을 무시함으로써 당신 자신에게 호의를 베풀라. 중국계 미국인들이 정체성 문제로 고통받고 있음을 부정하지는 않겠지만, [킹스튼]이 그려내는 "고대의" 중국은 빠르게 변화하고 새롭게 등장하는 중국에 관한 만화경 같은 복합성을 포착해내지 못한다. 『여성무사』는 『다가오는 중국과의 갈등』과 같은 저널리즘 서적이 공유하는 오리엔탈리즘의 편견에 놀아난다. 즉, 중국을 악마화하거나 이국적 타자로 그려내는 (그래서 서구의 우월성을 정당화하는) 것은 무엇이든 열렬한 호응을 받을 것이다. 솔직히 말해

---

7   Frank Chin, "Come All Ye Asian American Writers of the Real and the Fake", *A Companion to Asian American Studies*, ed. Kent A. Ono, Blackwell, 2005, p.135.

서 중국 문화의 복합성을 온전히 포착하는 균형 잡힌 이해
를 제공하지 못했다는 점에서, 이 작가는 중국계 미국인들
의 공동체에 해를 끼쳤다. 이 작가가 『여성무사』에서 그려
보이는 것이 중국을 대표하는 것이라고 잘못 믿고 있는 이
들에게 나는 이런 초현실적인 저질 예술품을 즐기는 대신
중국 문화에 관한 보다 깊이 있는 작품들을 읽음으로써 편
견에서 벗어나기를 권할 수 있을 뿐이다. 이것은 책임감 없
는 최악의 형태의 포스트모더니즘이다.[8]

위 후기의 요지는, 중국 문화의 복합적인 면모를 킹스튼의 작품이 제
대로 포착하지 못하였기에 중국 문화를 대표할 자격을 상실하였다는
점, 그래서 이 작품이 중국을 악마적이거나 이국적으로 그려내는 서
구의 오리엔탈리즘에 영합하였다는 비판으로 요약될 수 있다. 이처
럼 중국 문화를 온전히 재현해내지 못하였다는 비판은 킹스튼이 중
국 문화를 논할 자격이 있는지의 문제를 불러낸다. 이 작품에 별 하나
를 준 "yam child" 아이디 사용자는 "믿을 수 없을 만큼 해로운 책"이라
는 제목 하에 자신도 아시아 여성의 한 사람이지만 "아시아 여성들을
서구 문화가 구조(救助)해야 할 [억압적인] 문화의 희생자임을 주장하
는 책이 정말로 필요한가?"[9]라고 반문한 바 있다.

---

8 AppleSaucy, "Sensationalist's view of Chinese culture frozen in the past", Amazon.
com, July 29, 2000
<https://www.amazon.com/Woman-Warrior-Memoirs-Girlhood-Ghosts/product-reviews/0679721886/ref=cm_cr_arp_d_hist_2?ie=UTF8&filterByStar=two_star&reviewerType=all_reviews&pageNumber=1#reviews-filter-bar>.

9 yam child, "an incredibly detrimental book", Amazon.com, Jan. 13, 2000
<https://www.amazon.com/Woman-Warrior-Memoirs-Girlhood-Ghosts/product-reviews/0679721886/ref=cm_cr_getr_d_paging_btm_2?ie=UTF8&filterByStar=

이러한 논란과 함께 고려해 볼 사항은, 백인의 사회나 문화를 비판적으로 그려낸 유색인 작가의 작품을 두고서도 백인 독자들이 재현의 공정성이나 대표성을 문제 삼으며 이처럼 열띤 논쟁을 벌일까 하는 질문이다. 창작의 자유에 익숙한 백인 독자가 그렇게 반응할 리 없으니, 혹은 어떠한 이유에서든 백인 사회에서는 그러한 문제가 좀처럼 제기되지 않으니, 유색인 독자나 비평가도 입을 닫는 것이 옳다고 본다면 이는 이 문제의 깊이를 제대로 파악하지 못한 것이다. 왜냐하면 백인 주류 독자층에 비해 소수민이나 이민자 출신의 독자들이 출발국에 관한 재현에 대해 예민하게 반응하는 데는 나름의 이유가 있기 때문이다.

일차적으로, 이러한 반응은 소수민이나 이민자들이 떠나 온 조국에 대해 가지고 있는 애정이나 향수에 기인한다고 볼 수 있다. 동시에 이러한 견해는 이민자의 반응이 함의하는 바를 절반 밖에 보지 않은 것이다. 나머지 절반은, 이민자들에게 조국이 남달리 사무치게 느껴지는 데에는 그가 도착국의 주류 사회로부터 받는 차별이 이면에 있다는 사실이다. 이를 달리 표현하면, 백인이 지배하는 사회에서 이민자가 소수민으로 차별받는 한 그는 진정으로 출발국의 문화와 결별하지 못한다. 말론 로스가 주장한 바 있듯,

> 사람들은 문화를 유지하기 위하여 집단적인 생존 투쟁을 벌이지 않는다. 즉, 자신의 문화적 정체성을 보존하기 위해 생존 투쟁을 하지는 않는다는 것이다. 오히려 생존하기 위해서, [……] 개인의 생존을 위한 방안으로서 사람들은 문화

---

one_star&reviewerType=all_reviews&pageNumber=2#reviews-filter-bar>.

적 정체성을 보존하는 싸움을 벌인다. 단결할 수 있는지의 여부에, 정치화할 수 있는지의 여부에, 집단적인 정체성 때문에 박해 받는 하나의 집단으로서 목소리를 낼 수 있는지의 여부에, 개인의 생존이 달려 있음을 그들은 알고 있다. 숫자가 많을수록 강력해지며, 단결할 때 가장 강해질 수 있다는 것이 냉혹한 정치적 현실이다.[10]

인종차별이 심할수록 개인은 자신의 인종적 정체성 혹은 소수민의 정체성에 대하여 더 보호적인 태도를 취하게 된다. 그러한 점에서 이민자들이 본국에 두고 온 동포들보다 종족 정체성에 더 매달리고, 민족적 자부심이 더 강한 민족주의자가 되는 경우가 종종 있다. 그에게 있어 문화적 정체성의 고수가 개인의 생존을 확보하는 것과 직결이 되기 때문이다.

---

10   Marlon B. Ross, "Commentary: Pleasuring Identity, or the Delicious Politics of Belonging", *New Literary Theory* Vol.31, No.4, 2000, p.836.

2.
재현 전략의 성취와 한계
•

     본 연구에서 다루기로 한 작가들에는 모두 한국의 암울했던 과거를 서사화하였다는 공통점이 있다. 이렇게 말하고 보면, 노라 옥자 켈러, 이창래, 하인즈 인수 펭클, 수잔 최, 차학경, 개리 박 등 한국계 미국인 작가들의 작품에서 한민족의 역사가 동일한 존재론적 위상을 갖는 것처럼 들린다. 일제 치하 한민족의 굴욕적인 역사나 한국 전쟁이라는 동족상잔의 역사, 그리고 해방 이후에도 계속된 종속의 역사 말이다. 그러나 개개의 서사를 들여다보면, 출발국의 역사가 텍스트 내에서 어떠한 왜곡이나 굴절됨이 없이 모두 투명하게 반영되거나 기록되어 있지는 않다. 비평가 제임슨이 주장한 바 있듯, 문학의 역사적 맥락은 해당 문학 작품과 동시에 생겨난다고 하지 않았던가. 어찌 보면 너무나 당연한 것 같지만 모든 역사는 텍스트 내에 진입하는 순간 다시 쓰이는 것이다.

     본 저술에서 다룬 작품 중에서 한인 디아스포라의 현실이 가장 문제적으로 표현된 예로는 켈러의 『종군 위안부』와 이창래의 『제스처 라이프』를 들 수가 있다. 켈러의 작품은 일본군 성노예의 고통스러운 현실을 미학적으로 승화시키기를 거부하고 생경한 모습 그대로 들려주는 전략을 택했고, 위안부 문제를 국제적인 이슈로 만드는데 나름 공헌한 바 있다. 다른 한편 이 작품은 하와이에서의 순효의 삶에 국적이 불분명한 샤머니즘을 덧씌움으로써, 해결되지 않은 과거의 멍에로 인해 고통받는 위안부를 신화화하여 그를 탈역사적인 존재로 만드는 데 일조하기도 하였다. 순효가 동료 위안부의 혼령에 의해 빙의된 존재로, 그러한 정신 상태를 이용하여 돈벌이에 나선 얼치기 무속인으로 재현되면서, 일본군의 성노예로 희생을 강요당했던 이들이 줄기차게 요구해왔던 배상과 사죄의 문제가 재현의 영역에서 폐제되고 만 것이다. 코믹하게 그려진 그녀의 현재의 삶에 관한 이야기에서 위안부들이 현실에서 해 온 요구와 이들의 고통을 담아낼 수가 없기 때문이다.

이창래의 작품은『종군 위안부』와는 상반되는 재현 전략을 사용하는데, 서정적인 이미지, 특히 기사도 로맨스의 장르적 요소들을 동원함으로써 위안부의 처참한 삶과 죽음을 미학적으로 승화시키기는 예술적인 성과를 거둔다. 이 작품의 성취에는 일인칭 화자의 자기기만, 언어의 모호한 사용, 그리고—상황에 어울리지 않는 표현을 동원하는—언어의 오용으로 인한 '의미 해독의 지연', 일인칭 관찰자의 인식과 그의 보고를 접하는 독자 간의 인식론적 간극에 기인하는 '미스터리의 발생' 등도 포함된다. 이러한 서사적 요소들은 이 작품을 기교적인 면에서 최고의 위치에 올려놓은 반면, 위안부의 고통스러운 삶에 관한 기록을 일종의 지적 게임의 재료로, 작가의 표현을 빌리면 흥미를 더해주는 "드라마"로 만드는 문제를 안게 된다. 즉, 위안부에 관한 총체적인 진실이 독자의 시야에서 가려지고, 그 진실은 독자가 퍼즐의 조각들을 정확하게 맞춰 전체의 그림을 완성할 때 받게 되는 보상으로 제시된다. 이때 위안부의 삶은 전모를 꿰맞춤으로써 '앎의 쾌'를 보상해주는, 단편적이고도 모호한 퍼즐 조각으로 분열된다. 앎이 쾌가 되는 이 지적인 게임에서 위안부들의 삶과 죽음은, 그 비극성은 후경화된다.

고도로 양식화된 서사 형식은 차학경의 『딕테』에서도 발견된다. 차학경은 파편화된 현실 인식을 극히 주관적인 언어로 표현함으로써, 텍스트가 다루는 역사나 주인공이 처한 현실에 대하여 독자가 총체적인 인식에 도달하는 것을 불가능하거나 혹은 매우 어렵게 만들어버린다. 그 결과 이창래의 서사에서처럼 여기에서도 '해독의 지연'이 발생한다. 그러나 차학경의 서사에서 해독의 지연은 쾌를 종국적인 보상으로 예비하고 있지 않다. 일레인 김과 그의 동료 비평가들이 고백한 바 있듯, 차의 서사를 읽는 행위는 고통스럽고 개인의 지력에 대한 모욕으로조차 여겨지기에 그렇다. 훈련받은 비평가들이 그렇게 느끼거늘 일반 독자는 말할 것도 없다. 차학경의 여성 주인공들은 한결같이 제국주의나 가부장제로 인해, 혹은 인종주의로 인하여 고통받는 인물들이다. 이 인물들의 분열된 이야기들을 서구의 원형적인 신화의 프레임에 넣음으로써, 작가는 지역적으로나 인종적으로 단층화되고 분열된 서사들에 공통된 해석적 준거의 틀을 제공한다. 그러나 이것이 독자의 이해에 얼마나 도움이 될지는 미지수이다. 분열된 여성주체들의 파편화된 이야기들을 병치시키고 또 중첩시킴으로써 작가는 공감의 정치와 여성 동지론을 펼쳐내나, 작가가 선택한 매체의 주관주의와 실험주의가 이 연대의 가능성을 심각하게 손상시키기 때문에 그렇다.

『딕테』에서 차학경이 모더니스트를 연상시키는 주관적 언어를 사

고발과 연루

용하여 역사의 가시성을 제약하였다면, 수잔 최의『외국인 학생』은 명징한 사실주의적 언어를 사용한다고 해서 역사의 투명한 재현이 담보되지는 않음을 잘 예시한다. 비평가들에 의하면, 작가는 주인공 안창의 미국 교회 강연을 통해, 한국전을 공산세력과 자유 민주세력 간의 대결구도로 보는 냉전 체제의 인식을 반박한다. 이 저술에서 자세히 다룬 바 있듯, 비평가들은 이 냉전 인식에 대한 화자의 반박이 커밍스가 주장한 바 있는 수정주의적 사관에 연유하는 것으로 해석한다. 이 소설에 있어 흥미로운 점은 안창의 강연을 통해 암시된 이 수정주의적 사관이 정작 해방 이후의 한국 현실에 관한 전지적 화자의 묘사에서는 찾아볼 수가 없다는 사실이다. 미군정과 이승만 정권 하의 정치 현실을 묘사하는 전지적 화자의 입장은 오히려 냉전 체제의 인식을 복제한 듯한 인상을 준다. 무엇보다, 당대 사회 혼란의 책임을 공산주의의 책동에 놀아난 농민 게릴라와 도시 노동자들에게 묻는다는 점에서 그렇다.

수잔 최의 소설에서 냉전 인식과 닮아보이는 재현이 가능한 것은 이 서사에서 '왜 당대의 농민들과 노동자들이 미군정과 이승만 정권으로부터 차례로 등을 돌리게 되었는가?'라는 질문이 제대로 제기되지 못했기 때문이다. 질문이 제기되지 않았으니 제대로 된 답을 가지고 있을 리가 만무하다. 당대의 노농 세력이 시위와 투쟁을 가열 차게 한 것은 사실이다. 이들이 저항적으로 변모하게 된 데에는 당시의 위정자들이 특정 세력과 손을 잡고 이 세력의 기득권을 보호해주고 노동자와 농민들을 탄압하는 정책을 펼쳤기 때문이었다. 이 특정 세력은 다름 아닌 친일부역자들이었다. 일제의 유산이 청산되지 않았다는 점에서, 조선인 친일부역자들이 해방 이후 지배계층으로 다시 등단

했다는 점에서, 미군정과 이승만 정권은 당대의 많은 노동자와 농민들이 보기에 식민 시대의 연장에 지나지 않았다. 이 시기에 관한 재현에서 작가가 당대의 정치 역학에서 가장 중요한 역할을 한 친일 부역 세력을 제외함으로써 노농 세력의 저항과 투쟁을 제대로 설명하기가 어려워진다. 그러한 점에서 수잔 최가 당대의 역사를 조망할 때, 민중 봉기를 공산주의자의 준동으로 치부한 위정자들의 시각에 동의하게 된 것은 논리적인 귀결이었다.

펭클은 1960년대 부평의 기지촌의 모습을, 수키 김은 1990년대 말 뉴욕의 코리아타운의 모습을 그려냈다. 약 40여 년의 시간적인 차이가 남에도 불구하고 독자가 『나의 유령 형의 기억』에서 발견하는 한국인의 삶과 『통역사』에서 발견하는 한인 이민자의 삶은 크게 달라 보이지 않는다. 샤머니즘, 억압적인 가부장제, 정글의 법칙이 지배하는 자본주의 사회, 주류 사회의 차별, 백인 우월주의 등으로 요약하고 보면, 두 작가가 그려내는 한인들의 삶은 서로 구분이 명확하게 되지 않는다. 펭클이 어린 화자의 눈을 통해 그려내는 한국 사회는 간난 누나의 혼령, 일본군 대령의 혼령, 형 쿠리스토의 혼령 등이 목격되는 샤머니즘의 세상이요, 참기름 장수가 가가호호 방문하면서 외상 장부를 들고 참기름을 파는 전근대적 경제와 미군 PX에서 흘러나온 고급 소비재가 부추기고 또 만족시키는 부르주아의 근대적인 욕망이 혼재하는 곳이다. 소년들이 작당하여 미군에게 사진을 찍어준다고 속여 카메라를 빼앗아 이를 중고시장에 팔아 횡재를 하고, 아이스크림값을 내지 않고 달아났다고 소년들 사이에서 칼부림이 나며, 소년과 소녀의 몸뚱이가 단돈 몇 달러에 미군의 욕망을 채워주는 부평의 기지촌은 일견, 미군의 오리엔탈리즘 렌즈로 찍은 당대 한국의 초상화의 모습을 하고 있다.

수키 김이 그려내는 브롱스의 코리아타운도 남들이 버린 매트리스를 침대 삼아 가족이 잠을 청하고, 부모들은 노동을 위해 아이들을 홀로 내버려 두는 곳이요, 누추하고 억압적인 가정과 가난을 피해 소녀들이 마리화나에 탐닉하고 룸살롱을 들락거리며, 한인 이민자가 이민국과 경찰의 끄나풀이 되어 동료 한인들을 고발하고 권력으로 행세하는 곳, 처방전이 없어도 약을 살 수 있고, 여윳돈이 있으면 은행이 아니라 계에 붓는 곳으로 재현된다는 점에서 서양의 오리엔탈리즘과 변별하기가 쉽지 않다.

그러나 펭클과 수키 김의 서사 간에는 무시 못 할 차이가 있다. 부평에 관한 펭클의 묘사에는, 1960년대 한국의 기지촌에 관한 그의 재현에는 그 시대를 살았던 독자라면 공감하지 않기가 힘든 진정성이 있다. 반면 수키 김이 그려낸 1990년대 말의 브롱스는 동시대 한인들의 모습이라고 보기 힘든 부분이 많다. 한국전 중에 고아가 된 수지의 아버지가 한국에서 제대로 된 교육을 받지 못하였을 것이라는 점은 어느 정도 예측이 가능하나, 이화여대 음대를 졸업하고 뉴욕으로 유학을 온 최정순 같은 지식인까지도 영어 소통이 어려운 한인으로 뭉치는 것은 한인 이민자들을 바라보는 수키 김의 시선이 소수민을 깔보는 백인 주류 사회의 시선과 일치하는 것이 아닌가 하는 의구심을 불러일으키기에 충분하다. 90년대 말 브롱스의 코리아타운을 1970년대로 회귀시켰다는 점에서 그러하다.

펭클과 수키 김의 서사 간의 또 다른 차이는 권력을 가진 집단을 대하는 입장에서도 발견된다. 이 주류집단에는 미국이나 미군 혹은 한국의 가부장적 사회가 포함된다. 『나의 유령 형의 기억』에는 어린 인수와 성숙한 인수 두 화자가 등장하는데, 어린 인수에게 미군은 경제적 풍요와 특권의 기표로 여겨진다. 그러나 성숙한 인수의 발언을 어린 인수의 철없는 발언과 함께 들려줌으로써 작가는 미군에 대한 견해가 한쪽에 치우치는 것을 막는다. 백인과 결혼하기 위해 흑인 혼혈아들을 없애야 했던 제임스의 어머니, 새로 얻은 흑인 남편과의 결혼을 유지하기 위해 남편 몰래 혼외 자식을 얻으려 하는 장미의 어머니를 생각하며, 성숙한 인수는 아메리카라는 "낙원"을 위하여 아이들을 희생시킨 이 어머니들이 훗날 "서쪽 나라의 해안가에서 이를 후회하며 회고할 것"[11]이라고 질책의 목소리를 낸다.

기지촌의 비인간적인 삶을 목격해야 했던 일인칭 화자 인수의 기록은 음울한 것이지만, 그의 기록이 이러한 음울함에 완전히 함몰되어 있지는 않다. 작가가 그려내는 어머니의 삶에서 절망과 비관주의를 극복하는 요소들이 발견되기 때문이다. 인수의 어머니는 생존을 위해 첫 아들을 입양 보내야 했지만, 그녀는 "성질 있는" 백인 남편에 억눌려서 불행한 삶을 한탄하며 사는 그런 나약한 여인이 아니다. 그녀는 남편 몰래 암시장 거래를 해서 언니 가족을 먹여 살리고, 인수와 안나를 잘 키워내고, 남편이 외지 근무로 인해 집을 비우는 기간에는 "더 젊어진 양 더 행복하게"[12] 인생을 즐기는 억척스러운 여성주체이다. 또한, 그녀는 다른 여성들과 달리 비판적인 사유가 가능한 깨어 있는 여성이다. 작품의 말미에서 미국행을 계획하는 인수의 어머니는 장미나 제임스의 어머니처럼 아메리카에 관한 환상에 빠져 있지 않기 때문이다. 그녀의 미국행 계획은 병에 걸린 남편을 뒷바라지하려는

---

11   Heinz Insu Fenkl, *Memories of My Ghost Brother*, Plume, 1997, p.232.

12   Ibid., 121.

목적도 있지만, 암 환자인 남편이 오래 버티지는 못할 것을 예상하고, 남편과 사별하게 될 때 미국으로 입양시킨 쿠리스토를 찾으려는 목적이 더 크다. 인수 어머니에 주목하여 보았을 때, 이 소설은 "양색시"로서 삶의 밑바닥에서 시작해서 어머니로서, 여성으로서 자신의 삶을 적극적으로 산 여성, 자신이 목표하는 바를 언제고 관철시키기 위해 노력하기를 포기하지 않는 강인한 여성의 삶을 그려내고 있다.

어떤 점에서는 『통역사』의 주인공 수지와 그레이스도 강인한 여성상에 부합한다. 전제적인 아버지가 한국의 문화와 가치를 강요하지만 이 소녀들은 이에 굴복하지 않는다. 부권주의에 반발한 이들은 성인이 되면서 아버지가 평소 제일 싫어하는 두 가지—기독교를 믿는 것과 백인 사위를 맞이하는 것—를 해치움으로써 아버지에게 보복한다. 그레이스는 대학에서 종교학을 선택하고 졸업한 후에는 한인 교회의 주일학교 교사로 일하며, 수지는 백인 유부남과의 동거를 위해 집을 나가버린 것이다. 동시에 작가는 수지의 눈과 입을 통해 백인 권력의 위선과 부패를 비판함으로써 아메리카의 주류 사회로부터 거리를 두는 듯하다. 그러나 이러한 거리두기는 작품의 결미에서 수지가 "멋진 미국의 미녀"로 살기로 결정하면서 진정성이 다소 훼손되는 면이 있다.

수지가 그리는 멋진 미국인의 삶은 한국인으로 살기를 강요해 온 부모님이 돌아가시고 그레이스가 10만 불짜리 가게 권리증서를 그녀에게 물려줌으로써 가능해진다. 이 소설의 문제는 이민 1.5세대 출신의 주인공이 한국적인 정체성을 버리기로 했다는 사실, 즉 미국적 가치를 수용하고 그래서 백인 사회에 동화되기를 열망한다는 사실에 있지는 않다. 사실, 한인 이민자들이 미국 사회에 적응하고 성공하기 위해서는 주류 사회로의 동화가 필요하다. 이민의 역사가 2세대, 3세대로 내려가면 한국계라는 표현이 무색해질 정도로 현지화가 진행되기 마련이다.[13] 그럼에도 불구하고 이들이 한국인으로서의 문화적 정체성을 지키기를 바라는 것은 그들을 해외로 떠나보낸 고향의 친지들에게나 어울릴 생각이다. 아리프 딜릭은 이민자들을 출발국의 문화와 연결 지어 생각하는 행위를 "재(再)인종화"라고 부르며, 이러한 행위가 다양한 이유로 인해 출발국과 도착국 모두에서 행해지고 있음을 지적한 바 있다.[14]

도착국이 이민자들을 재인종화하는 데는 이들을 민족국가의 경계선 밖으로 몰아내어 이들에 대한 차별을 합법화하려는 의도가 있다. 반면, 출발국에 의한 재인종화는 이들을 해외 동포라는 이름으로 출발국 공동체의 연장으로 포섭하여 출신국의 이익에 봉사하게 하려는 의도가 있다. 어느 경우든, 이민자들이 도착국의 합법적인 성원으로 살아가는 것을 방해한다는 점에서는 다르지 않다. 그러니 수키 김의 주인공의 문제는 그녀가 미국의 미녀로서 살고자 하는 데 있는 것이 아니다. 그녀가 꿈꾸는 미국 미녀의 삶이 부모로 인해 고통받은 한인들을 무고(誣告)하고, 10만 불짜리 권리증서가 표상하는 중산층의 물질주의와 소비주의에 영합함으로써 가능해지고, 결말에서 주인공이 백인의 이익을 보호하는 데 여념이 없는 국가 권력과 기득권층에 대한 이전의 비판의식을 까맣게 잊고 만다는 데 있다. 수지의 최종 행동이 주류 사회로의 '동화'가 아니라 '영합'인 이유가 여기에 있다. 한인 1.5

---

13 이석구, 『제국과 민족국가 사이에서: 탈식민시대 영어권 문학 다시 읽기』, 한길사, 2011, p.453.

14 Arif Dirlik, *Postmodern Histories: The Past as Legacy and Project*, Rowman, 2001, p.176.

세대의 이 빗나간 아메리칸 드림에 대해 작가가 비판적인 거리를 두고 있지 않다는 점은 특기할 만하다.

『한지 비행기』에서 개리 박은 주인공 김성화의 눈을 통해 일제의 침략에 대한 조선인들의 저항과 패배, 그로 인한 하와이로의 이산의 아픈 경험을 그려낸 바 있다. 식민 통치에 대한 고발은 이창래의 『제스처 라이프』와 차학경의 『딕테』에서도 그려지지만, 『한지 비행기』는 이들의 아픔을 미학적으로 승화시키기보다는 때로는 생경한 리얼리즘으로, 또 때로는 신화를 사용하여 표현한다. 주인공은 일제 치하의 조선을 벗어나 만주와 중국에서 항일 독립투사로서 활동하다가 하와이로 탈출한 후에는 독립군을 현지에서 조직하는 등 투사로서의 삶을 계속한다. 개리 박의 이 서사가 특별하게 가슴에 와 닿는 이유는 조선인으로서의 김성화의 삶과 하와이 현지인으로서의 삶이 병치되어 제시되고 있다는 점이다. 그는 이 1세대 한인 이민자에게 조선인으로서의 정체성도 부여하지만, 훗날 노조 지도자의 모습, 은퇴한 후에는 취약 계층의 거주권을 위해 싸우는 투사의 모습을 부여함으로써 현지화가 이루어진 하와이인으로서의 삶의 중요성도 강조한다. 미국 본토와 하올레 농장주들의 약탈적인 자본주의에 대한 비판을 통해 개리 박은 하와이의 비판적 지역주의를 대표하는 문인으로 자리 잡았다. 그는 2013년에 출간된 『같은 하늘 아래의 형제』에서 한국전에 참전한 한국계 미국인의 눈으로 남과 북으로 나뉘어 싸우는 한민족의 비극을 그려낸 바 있다. 이 작품이 한국전에 관한 이전의 문학과 다른 점은 미군의 한국전 개입을 일종의 수정주의에 비견될 만한 시각에서 그려내고 있다는 점이다. 주인공의 눈을 통해 시혜자가 아니라 가해자의 모습을 한 미군의 행적이 그려지기 때문이다.

3.
자가 오리엔탈리즘의 위험
•

　　앞서, 미국인 작가가 미국에 관해 쓴 작품에서보다 한국의 역사와 문화를 다룬 한국계 이민자의 문학에서 재현의 대표성이나 역사적 진정성이 문제가 될 소지가 더 클 가능성에 대하여 논한 적이 있다. 그 이유는 이 작품들이 한국의 역사나 문화에 관한 지식이 거의 없는 영미권의 일반 독자들, 즉 한국에 관한 특정한 재현이 전형적인 것인지 그렇지 못한 것인지를 판단할 문화적 자원이나 판단력이 없는 이들을 독자군으로 상정하고 있기 때문이다. 묘사되는 대상의 정확성이나 전형성에 관하여 판단할 능력이 없는 이에게 있어 그가 읽은 한 권의 책은 그 대상에 관한 지식의 전부이다. 그런 점에서 이 '부분 지식'은 심각한 오도의 가능성을 가지고 있다. 표현의 자유는 존중되어야 하고, 그래서 누구든지 공동체의 자산에 속하는 설화나 역사를 새롭게 서사화하고 개작할 자유가 보장되어야 한다. 동시에 이 개작이 공영역에서 공유되는 순간 작가는 해당 공동체의 성원들의 비판적 논의에서 자유롭기를 바랄 수는 없다. 이러한 유의 창작이나 개

　　　　　　　　　　　　　　　　　　　고발과 연루

작에 대한 올바른 자리매김을 위해서라도 그에 대한 엄중한 비판은 그에 대한 뜨거운 찬사나 인정과 마찬가지로 장려되어야 한다.

이러한 생각이 기우(杞憂)인지 아닌지는 본 저술에서 다룬 작품들이 영어권의 일반 독자들에게 어떻게 수용되어왔는지를 살펴보면 잘 알 수 있다. 우선, 켈러의 『종군 위안부』에 달린 아마존닷컴 웹사이트 후기를 보자. 2019년 8월 16일자 조회에 의하면, 총 40개의 후기가 이 작품에 달려 있다. 그중 별 5개가 50%, 별 4개가 25%, 별 3개가 18%, 별 2개와 1개가 각 2%와 5%이다. 전체 후기의 75%가 별 4-5개를 주었고, 7%가 별 1-2개를 준 셈이니 켈러의 이 작품은 아마존닷컴의 소비자들로부터 매우 좋은 평가를 받았다고 여겨진다. 문제는 여기에서부터이다. 별 3개를 준 후기 중에는 미신의 요소가 아주 많은 "이상한 책"이라는 평, 공감이 되지 않았는데 자신이 남자라서 그럴 것이라는 자평, 이상하기에 "힘들다"는 평이 눈에 띈다.[15] 흥미로운 사실은 동일한 이유로 해서 별 5개를 준 독자들이 있다는 점이다. "최고의 귀신 이야기"라는 제목의 후기에서 한 독자는 이 소설을 "일본군에 의해 집단 강간을 당한 후 정신적으로 죽은 한국인 어머니가 한국적 유산인 귀신과 악마와 싸우며 딸을 해악으로부터 보호하는 이야기"로 정의하며 찬사를 보낸다. 다른 독자들은 "한국의 무속 문화에 관한 놀라운 안목을 제공하는 놀라운 소설"이라는 제목과 "문화적 영적 요소들이 놀라워"라는 제목의 후기를 올린 바 있으며, "아름답고 슬픈 이야기"라는 제

---

15 아마존닷컴 웹사이트의 이 후기들을 순서대로 소개하면 다음과 같다. Stephanie Kyelberg, "Odd book"; Amazon Customer, "Great for a class but for pure reading pleasure... ummmm..."; Sharon T, "Challenging", Amazon.com, Aug. 17, 2019 <https://www.amazon.com/product-reviews/0140263357/ref=cm_cr_arp_d_hist _3?pageNumber=1&filterByStar=three_star>.

목의 후기를 올린 독자는 이 소설의 "전통적인 심령주의"가 좋았다고
한다.[16]

켈러의 소설에 최저점과 최고점을 준 독자들을 비교 분석해 보면,
전자의 집단은 성노예의 삶, 귀신에 의한 빙의, 굿, 살풀이 등의 무속
활동과 같이 끔찍하고도 기이한 사건들이 낯설어서 낮은 점수를 준
반면, 동양의 "무속 문화"나 "심령주의"에 관심이 있는 후자의 집단은
이 소설의 이국적 요소를 흥미롭게 여기고 주인공과도 공감할 수 있
어서 높은 점수를 주었다고 판단된다. 이처럼 켈러의 소설에 있어 무
속이나 신비주의적 요소가 공히 서구 독자의 평가를 좌우하는 중요
한 요인 중의 하나라는 사실은 여러 가지를 시사한다. 첫째, 개인에
따라 호불호가 갈릴 수는 있지만 서구 독자들의 주목을 확실히 끌만
한 주제를 켈러가 제공하고 있다는 점이다. 둘째, 높은 점수를 준 독
자들이 그렇게 한 이유가 이 작품이 "한국의 무속 문화에 관한 놀라운
안목"을 제공해준다는 것이었는데, 이러한 평가를 하였다는 사실 자
체가 이들이 한국의 무속 문화에 대하여 관심은 있지만 지식은 없음
을 반증한다.

이를테면, 순효가 하와이에서 빙의의 순간에 보여주는 행동은 한
국 무속과는 거리가 멀다. 옥(玉)으로 만든 부적을 사용하는 것, 고인
의 기일에 종이돈과 종이옷을 불태우는 것[17]은 중국 문화의 일부이며,

---

16   Harry Eagar, "The best kind of ghost story"; Matt, "A wonderful novel that gives
       insights into Korean shaman culture"; christina2tw, "the cultural spiritual points
       were amazing. Third"; Bookbosomed, "Beautifully sad story," Amazon.com, Aug.
       17, 2019 <https://www.amazon.com/product-reviews/0140263357/ref=cm_cr_
       arp_d_hist_3?pageNumber=1&filterByStar=three_star>.

17   Nora Okja Keller, *Comfort Woman*, Penguin, 1997, p.43, p.1.

빙의 상태가 된 순효가 집안을 걸어 다니면서 가구에 부딪힌다는 묘사[18]는 빙의와 몽유병을 혼동한 것이다. 동양의 샤머니즘을 알지 못하는 서양의 독자들이 이 국적 없는 무속에 관한 묘사를 두고 "한국의 무속 문화에 관한 놀라운 안목"이라고 여기며 최고의 점수를 주었다는 사실을 고려할 때, 위안부 문제의 공론화라는 이 작품이 거둔 성취와는 별도로 한국의 문화에 관한 왜곡된 인식을 서양 독자에게 심어 주었다는 비판을 피할 수는 없어 보인다.

이와 관련하여 언급할 만한 또 다른 독자 후기는 별 1개를 준 집단에서 발견된다. 좀 길기는 하나 이 중 하나만을 소개해 보자.

> 이 책이 보여주는 글쓰기의 높은 수준에도 불구하고, 문제는 이 책이 위안부 제도의 끔찍함에 관한 역사적 기록을 제공한다는 주장을 켈러가 한다는 점이다. 그러나 『종군 위안부』는 역사적 부정확성으로, 때로는 완전한 날조로 가득 차 있다. [……] 땔감으로 쓰기 위해 소똥을 말리는 관습은 한국의 것이 아니다. 위안부를 가리키는 피(P)라는 용어도 한국말 여성 생식기가 아니라 중국말 피(생식기의 속어 pi)에서 나온 것이다. 한국의 관습, 많은 사건들 혹은 건물들에 대하여 이 책은 명백한 이해의 결여를 보여 준다. (순효의 어머니가 이화여대를 다녔다고 하나 이는 전쟁이 끝난 몇 년 후인 1952년이 되어야 설립되었다.) 위안소에 관한 묘사 중 어떤 것들은 순전히 문학적 창작의 영역에 속하는 것이지 실제 위안소에 관한 정확한 묘사가 아니다. 위안소의 여성들은 작가의 주장과 달리 번호가 찍힌 옷을 입지 않았다. 켈러는 역사에 관한

---

18 Ibid., p.4.

철저한 연구를 바탕으로 이 책을 썼다고 주장하나 사실 그렇지 않다. 역사적 재현으로서 이 책이 거둔 성공은 이 주제에 관한 일반 독자의 무지가 있기에 가능한 것이었다.[19]

켈러가 언급한 이화여대가 이화학당을 지칭하였다고 본다면 이화학당이 고종의 재위 시절에 창립되었으니 이 부분에 관한 한 켈러의 묘사가 완전히 틀렸다고 생각되지는 않지만, 그 외의 면에서 있어서 위후기는 비교적 정확한 지식에 근거를 두고 켈러의 오류를 지적하고 있다. 이러한 지적은 일본군 성노예 문제같이 민감하고도 엄중하며 무엇보다도 관련된 희생자가 아직 생존해 있는 문제에 대해서 창작하기로 선택하였을 때 그 창작 활동이 좀 더 철저한 사료 연구에 기반을 둘 것을 촉구한다. 적어도 역사의 영역에 한 다리에 걸치기로 했다면 창작의 자유를 누리는 것과 마땅히 해야 할 사료 연구를 하지 않는 것은 최소한 구분되어야 하지 않겠는가.

한국전과 미국 유학생 안창의 연애를 다루는 수잔 최의 『외국인학생』에 관한 영미권 독자의 반응을 살펴보는 것도 흥미롭다. 이 작품에 관한 아마존닷컴 구매자의 평가는, 총 22개의 후기 중 별 5개가 45%, 별 4개가 27%, 별 3개가 18%, 별 2개가 5%, 별 1개가 5%이다. 전체 후기의 수가 많지는 않으나 별 4-5개가 전체의 72%이니 좋은 평가를 받은 셈이다. 이 소설에 높은 점수를 준 많은 독자들이 시어의 유려함

---

19 Benedicte, "it is not the perfect introduction to the history of comfort women it has...", Amazon.com, Aug. 17, 2019 <https://www.amazon.com/Comfort-Woman-Nora-Okja-Keller/product-reviews/0140263357/ref=cm_cr_arp_d_hist_1?ie=UTF8&filterByStar=one_star&reviewerType=all_reviews&pageNumber=1#reviews-filter-bar>.

고발과 연루

을 지적하고 있는 점을 특기할 만하다. "시적인 언어", "기억에 남는 대조의 이야기를 들려주는 우아한 언어", "매혹적이며, 섬세하고, 잊히지 않는"이라는 제목의 후기들이 대표적인 예이다.[20] 이 소설이 한국전에 관한 창의 회상 그리고 캐서린과 창의 로맨스라는 두 서사로 이루어져 있는 만큼 독자들은 이 두 주제에 주목하게 되는데, 한국 전쟁에 관한 이들의 언급을 보자. 별 4개를 준 독자들 중 한 명은 "아주 훌륭해"라는 제목 아래에 한국전에 대해 이 소설이 주는 "정보"가 환상적으로 훌륭하며, 특히 이 전쟁이 이차세계대전과 베트남 전쟁에 가려져 잘 알려져 있지 않기에 이 전쟁에 관한 정보 중 어떤 것들은 미국 독자들에게 충격적으로 여겨질 것이라는 후기를 올렸다.[21]

"시간을 멈추는 소설"이라는 제목 아래 별 5개를 준 독자도 한국전에 관한 정보의 정확성에 주목한다.

> 나는 한국계 미국인의 소설을 읽는 것을 좋아하지 않는데 그 이유는, 작가들이 한국에 대해 쓸 때 그 문화와 역사에 대해 편향되고 왜곡된 묘사를 하며, 주류 사회에 영합하는 자가오리엔탈리즘의 주제를 사용하기 때문이다. 이 소설

---

20 alg41, "Poetic language"; janewhard@aol.com, "Graceful words presenting a memorable tale of contrast"; Michelle Kim, "Spellbinding, delicate, haunting," Amazon.com, Aug. 18, 2019 <https://www.amazon.com/Foreign-Student-Novel-Susan-Choi-ebook/product-reviews/B000XUAD3G/ref=cm_cr_arp_d_hist_5?ie=UTF8&filterByStar=five_star&reviewerType=all_reviews&pageNumber=1#reviews-filter-bar>.

21 Maggy, "Very good", Amazon.com, Aug. 18, 2019 <https://www.amazon.com/Foreign-Student-Novel-Susan-Choi-ebook/product-reviews/B000XUAD3G/ref=cm_cr_dp_d_hist_4?ie=UTF8&filterByStar=four_star&reviewerType=all_reviews#reviews-filter-bar>.

은 다르다. [……] 최는 이 알려지지 않은 전쟁에 관한 미국의 전통적인 편견에 맞서서 한국전에 관한 진실을 밝히고 있다. 최는 1950년 6월에 한국 전쟁이 발발하기 전에도 이미 10만 명의 생명을 앗아간 제주/여수반란 사건, 한국의 이승만 대통령이 저지른 정치범들의 처형과 같이 거의 알려지지 않은 전쟁의 양상들을 파헤치기를 두려워하지 않는다. 더구나 최는 외국인으로서 창이 미국 남부에서 겪는 인종주의적이고 오리엔탈리스트적인 경험을 묘사하고, 이를 한국의 미래를 뒤틀리게 만든 미국의 좋지 않은 외교 정책과 미묘하게 연결시킨다. 그녀는 남한 미군정의 사령관이었던 하지 중장에 대해서도 통렬하면서도 설득력 있는 묘사를 복구해낸다. [……] 『뉴요커』지의 오류 점검자로 일한 나는 그녀가 한국전의 기원에 관하여 꼼꼼한 연구를 하는데 능력을 발휘하였다고 판단한다. 한국에서 산 적이 있는 (그리고 작가가 정확하게 묘사한 클라크 거리와 벨몬트 거리가 있는 시카고에서도 살은) 나에게 그녀의 정확성과 지엽적 사실들의 "진실"이 놀랍다.[22]

위 후기를 쓴 독자는 제주 4.3 봉기와 여수 반란 사건, 이승만 정권 하에 이루어진 정적 제거에 대해서 언급할 만큼 한국의 역사에 대하여 많이 알고 있다. 그는 한국전에 관한 "미국의 전통적인 편견"이 무엇인지 밝히지는 않고 수잔 최의 저작이 이를 반박하고 있다고 주장하

---

22 Amazon customer (sofomtext), "A Novel That Stops Time," Amazon.com, Aug. 18, 2019 <https://www.amazon.com/Foreign-Student-Novel-Susan-Choi-ebook/product-reviews/B000XUAD3G/ref=cm_cr_arp_d_hist_5?ie=UTF8&filterByStar=five_star&reviewerType=all_reviews&pageNumber=1#reviews-filter-bar>.

고발과 연루

는데, 그 편견이 무엇이며 최의 저작이 어떤 반박을 하고 있는지를 구체적으로 밝히지 않아서 아쉽다. 추측건대, 하지 중장이 이끈 미군정의 실정과 이승만 정권 하의 사회적 혼란에 대하여 작가가 비판적으로 묘사한 것을 두고 진실을 "파헤치기를 두려워하지 않는다"는 평가, 그리고 사료를 꼼꼼히 연구하였다는 호평을 준 것 같다.

앞서 밝힌 바 있듯, 미국과 미군이 가지고 있던 자기 이미지, 즉 아시아를 군국주의로부터 구한 구원자라는 이미지를 비판하였다는 점에서 수잔 최는 국내외의 우파 지식인들이 흔히 '기억하고 싶어 하는 역사'를 바로 잡는 노력을 기울였다고 평가될 수 있다. 동시에 이러한 역사 바로 잡기는 친일 부역세력이 해방 이후의 남한에서 행사한 영향력에 관한 역사적인 무지로 인해 적지 않은 부분 손상당했다고 보는 편이 정확할 것이다. 결론에서 이 이야기를 새삼 다시 하는 이유는, 한국전과 같이 한 민족이 관련된 중요한 역사적 사건을 서사화하는 행위가 한국을 전혀 모르는 영미권의 독자들은 말할 것도 없으려니와 한국에 관해 잘 알고 있다고 자부하는 독자들도 오도할 수 있는 위험이 있음을 강조하고 싶어서이다. 엄정하게 말하자면, 해방 이후 한국 사회에 관한 작가의 묘사는 급하게 쓴 저술이라는 인상을 지울 수가 없다. 작가가 한국사의 적지 않은 부분을 연대기적인 면에서 또한 정치 역학적인 면에서 뒤죽박죽으로 만들어 놓았다는 사실이 이를 입증한다. 한국학 전공자인 브루스 풀튼과 가진 인터뷰에서 작가는 이 소설과 관련하여 "완성되지 않았다고 믿었지만 끝내기를 너무나 바랐던 원고를 출판사에 넘겼다"[23]고 회고한 바 있다. 충분한 사료

---

23 Susan Choi, "A Conversation with Susan Choi", *Acta Koreana* Vol.7, No.2, 2004, p.192.

연구에 의해 뒷받침 되지 않은 타국 역사에 관한 창작은, 백인 독자들의 이국주의 입맛을 충족시키려는 의도가 없을 때조차도 해외 독자들을 오도하는 책임으로부터 자유롭지 못하며, 그 결과 오리엔탈리즘에 영합한다는 비판을 초래한다.

4.

소수민 문학과 "보이지 않는 손"

•

    주류 문학보다 이민자 문학과 소수민 문학에 있어서 역사적 정확성이 더 큰 문제가 되는 것은 출발국의 문화에 관한 재현이 도착국의 문화적 기반에서 '규모의 경제'를 구성할 만큼 많지도 다양하지도 않다는 사실과 관련이 있다. 출발국에 관한 다양한 종류의 재현이 문화적인 인프라를 구축하고 있지 못한 상황이기에 한두 작품이 특정 민족과 문화 전체에 관한 인상을 섣불리 결정짓는 결과를 가져올 수 있다는 뜻이다. 그런 점에서 소수민 작가의 작품은 재현의 공정성이나 대표성의 시비에 연루될 가능성이 매우 높다. 이 말을 하는 이유는 이민자들이나 그들의 후손이 출발국의 문화와 역사에 대하여 비판적인 진술을 해서는 안 된다는 말을 하기 위해서가 아니다. 더욱이 특정 민족과 그들의 문화에 대해서 글을 쓰기 위해서는 그 민족의 "정식" 구성원이 되어야 한다는 민족적 점유주의(possessivism)를 주장하기 위해서도 아니다.

    소수민에 속한다고 해서, 이민자 출신이라고 해서, 혹은 작가의 개인적인 경험이 그가 속한 소수민 공동체의 보편적 경험과 다르다고 해서 작가로부터 그의 경험을 발표할 기회를 빼앗아서는 안 될 노릇이다. 전체의 의견과 다르다는 이유만으로 개인에게 재갈을 물려서도 안 될 것이다. 동시에, 소수 민족에 관한 문학적/문화적 재현이 주류 사회의 시장 논리를 따라가는지, 그래서 특정한 방향으로 쏠림 현상을 보이지는 않는지 검증하고자 하는 논의 자체를 개인의 창작권을 유린하는 행위로 간주하는 것 역시 성숙되지 못한 태도이다. 강조하고자 하는 바는, 출발국의 문화 자산에 속하는 서사를 가져다 쓸 때에 창작의 자유가 해당 민족 공동체의 문화를 존중하지 않아도 됨을 의미하지는 않는다는 뜻이다. 여기서 '존중'이 해당 문화의 부정적인 면으로부터 눈을 돌리고 그 문화의 긍정적인 면만을 칭찬함을 의미하지는 않는다. 비판도 칭찬 못지않은 존중과 애정의 표현일 수 있다. 창작의 대상이 특정 집단의 공동 문화에 관한 것인 한 자신의 창작이 재현의 공정성과 충돌할 수 있다는 의식이 작가에게는 있어야 한다. 무엇보다 자신의 시각이 전체의 한 면만을 보는 외눈의 것이 아닌가에 대한 성찰이 요구된다. 여기에서 비평가의 역할이 중요해진다. 무지에 기인하는 왜곡으로부터 창의성을 구분하고, 비판과 비난을 나누고, 불의에 대한 고발과 자가 오리엔탈리즘을 분리하며, 자문화의 소개와 이국주의를 명료하게 구분하는 작업이 항상 가능한 것은 아닐는지 모른다. 그러나 이 임무가 어렵다고 해서 불가능한 작업으로 제쳐두는 것은 옳지 않다. 프랭크 친과 그의 동료들이 동시대의 중국계 여성작가들에 제기한 비판에 전적으로 동의하지는 않지만, 그럼에도 불구하고 이들의 비판적 노력을 높이 사는 이유가 여기에 있다.

이와는 다른 의견도 물론 개진된 바 있다. 중국 출신의 한 학자는

『여성무사』를 처음 읽었을 때 중국 문화에 대한 작가의 원망이 너무 크고 또 역사적인 왜곡으로 인해, 이 책이 "미국적 상상력으로 가득 찬" 이야기일 뿐 중국에 관한 이야기는 아니라고 판단했다고 회고한다. 그러나 이 첫인상은 그녀가 방문 교수로 머문 미국의 어느 대학에서 한 중국계 미국인 교수가 개설한 강의를 듣고 학생들의 토론을 접하고는 바뀌게 되었다고 술회한다. 이 작품을 처음 대했을 때 자신이 가지고 있었던 전제가 틀렸다는 것이다. 이 작품을 중국 이야기로 생각했는데 알고 보니 미국 이야기였다는 것이다.[24] 중국에 관한 이야기로 생각했을 때 문화적 왜곡이 문제가 되었지만, 미국에 관한 이야기라는 새로운 전제 하에서 보았더니 그런 문제가 더이상 문제가 안 되더라는 것이다.

그러나 소수민 문학을 미국 문학의 일부로 편입시킨다고 해서 출발국 문화에 관한 왜곡 문제가 저절로 사라진다는 논리는 이해가 되지 않는다. 미국 문화의 일부가 되었기에—이제는 타국(他國)이 된—출발국의 문화를 왜곡해도 된다는 뜻인지? 그리고 무엇이 "미국 이야기"이고 또 무엇이 "중국 이야기"인지? 일차 독자층의 국적이 기준이 되는 것인지, 아니면 작중인물의 활동 소재지가 기준이 되는 것인지? 이러한 지적을 하는 이유는 출발국의 신화를 가져다 쓸 뿐만 아니라 그 문화에 관한 논평을 포함하는 문학이 온전히 도착국의 문학으로만 간주될 수 있을지 의문이 있기 때문이다. 이민자 문학이 기본적으로 간(間)문화적인 의식의 결과물이라는 점, 그리고 오늘날 영어로 쓰인 글이 지구적 공동체에 의해 소비되고 있다는 점을 고려할 때, 작가

---

24   Ya-jie Zhang, "A Chinese Woman's Response to Maxine Hong Kingston's *The Woman Warrior*", *MELUS* Vol.13, No.1-2, 1986, p.103, p.104.

의 현재 국적에 의거하여 그의 작품을 어느 한 국가의 문학으로 일률적으로 귀속시키는 것은 이 문제가 갖는 파장을 애써 축소하려는 노력으로 보일 뿐이다.

다른 지면에서 논의한 바 있지만, 이 문제는 궁극적으로 문화 시장의 자유주의적 사유와 맞물려 있다. 파키스탄 출신의 아버지와 영국인 어머니 사이에서 태어난 영국작가 하니프 쿠리이쉬(Hanif Kureishi)의 극작품 『나의 아름다운 세탁소』(My Beautiful Laundrette)가 영화로 만들어져 뉴욕에서 상영된 적이 있다. 이때 뉴욕에 거주하는 아시아계 미국인들이 그 영화가 상영 중인 영화관 앞에서 시위를 벌였다. 이 영화에서 아시아인이 동성애자로 표현된 것에 항의한 것이었다. 한 인터뷰에서 이에 관한 논평을 요구받았을 때 작가는 왜 그런 시위가 생겨났는지 이해는 할 수 있다는 말을 하면서 이렇게 주장하였다. "결론적으로, 다른 사람들이 원하는 대로 글을 쓸 수는 없는 노릇이지요. 아시아인들이 특정한 식으로 재현되어야 한다고 생각하는 사람들은 자신이 직접 그 이야기를 써야 할 것입니다."[25]

쿠리이쉬의 이 결론은 아시아인의 집단적인 이미지를 보호하기 위해서, 즉 자신이 종족적으로 속한 집단의 정치학을 위해서 개인의 믿음이나 진실(術)을 왜곡하지는 않겠다는 소신을 표현한 것이다. 이 결론을 내림에 있어 쿠리이쉬는 표현의 자유가 보장되어 있는 한 개인들은 자신이 진실이라고 믿는 바를 표현할 수 있어야 하며, 그 외의 문제 혹은 그 이상의 문제는 본인이 걱정할 바가 아니라는 개인주의적인 태도를 견지한다. 혹은 좀 더 잘 봐주면, 쿠리이쉬는 민주주

25 Nahem Yousaf, *Hanif Kureishi's The Buddha of Suburbia: A Reader's Guide*, Continuum, 2002, p.10.

고발과 연루

의 사회에서 개인들이 각자 소신을 말할 때 전체적인 재현의 공정성이 확보될 수 있다고 생각한 듯하다. 즉, 표현의 자유라는 대원칙만 잘 지키면 자신의 작품이 그러하듯 동성애자 아시아인을 등장시키는 작품이 있는가 하면, 이성애자 아시아인을 등장시키는 작품들도 있을 터이고, 혹은 트랜스섹슈얼 아시아인도 묘사하는 작품도 있을 터이니, 이와 같은 다양한 작품들의 존재가 재현의 공정성을 담보해 줄 것이라는 믿음이 암묵적으로 있는 것이다.

원칙적으로 모든 개인에게 발언권이 있으니 재현의 공정함은 이 모든 자유 발언들을 주재하고 지휘하는 '보이지 않는 손'에 확보될 것이라고 믿었다는 점에서 쿠리이쉬는 자유주의를 추종한다. 또 그러한 점에서 쿠리이쉬는 자유주의 사상가들이 받았던 비판과 동일한 비판에 열려 있다. 울프강 펄라버의 표현을 빌면, "자유주의가 지향하는 정의의 실현은 사실 정의로운 사회에서만 가능하다는 점에서 자유주의 이데올로기는 이상주의적"[26]이다. 이러한 관점에서 보았을 때 쿠리이쉬의 주장은, 재현의 영역이 '이미' 공정함을, 즉 모두에게 동일한 발언권이 있음을 전제로 하고 있다는 점에서 이상주의적이다. 그러니 쿠리이쉬의 주장에 동의하기 전에 제1세계의 자본이 지배하는 서구의 출판과 언론의 세계가 과연 그처럼 투명한 원칙에 의해 작동하는지 물어봄 직하다. 또한 영미의 문화 시장에서 아시아인에 관한 다양한 재현이 얼마나 축적되어 있는지, 서양이 동양을 지배해 온 수백 년 동안 재생산되어 온 동양에 관한 시각, 즉 오리엔탈리즘의 강력한 영

26　Wolfgang Palaver, "Schmitt's Critique of Liberalism", *Telos* Vol.102, 1995, pp.43-71, *Academic Search Elite*, 1 Sep. 2019 <http://www.epnet.com/ehost/indiana/ehost.html> par. 4.

향력을 상쇄할 만큼 강한 대항 문학의 전통이 서구의 시장에서 자리 잡았는지 물어봄 직하다. 이러한 질문에 부정적인 대답을 하는 한, 모든 개인의 발언이 똑같이 재현의 공정성에 기여할 것이라는 시각은 현재의 상황이 기울어진 운동장임을 애써 무시하고 있다.

5.

약자의 재현과
"문화 정보원" 논란
•

       한국계 미국 작가들은 미국 내부의 이민자 중에서도 대체로 취약계층에 속하는 한인을 주인공으로 삼았다. 특히 켈러의 『종군위안부』에서 순효는 일본 군대의 성노예로서, 선교사들에 의해 구출(?)된 이후에는 개종 대상자로서, 목사 남편과 결혼한 후에는 전도사업의 도구로서, 밤에는 그의 성노리개로서, 남편과 사별한 후에는 저소득층의 한부모로서 고통스러운 삶을 살아야 했다. 켈러는 이러한 여성을 주인공으로 삼음으로써 순효가 평생 싸워야했던 모든 억압적인 권력들, 즉 일본 제국주의, 위선적인 기독교, 가부장적인 결혼제도, 하층민 이민자들의 생존에 무관심한 미국의 기득권층을 심판대 위에 세운다. 수잔 최의 『외국인 학생』의 주인공은 풍요로운 어린 시절을 보냈다는 점에서는 순효와 다르지만, 성장한 후에는 한국의 이데올로기적인 갈등의 희생자로서 전쟁과 폭력의 트라우마를 겪었으며, 미국에서는 언어가 서툰 언어적 약자요, 가난한 유학생으로서 경제적인 취약계층에 속하며, 백인 우월주의의 희생자로 등장한다. 특히, 여름 일자리를 찾아 방문한 시카고에서 인종차별적인 대우를 받는 모습, 캐서린을 만나러 내려간 뉴올리언스에서 중국인 스파이로 오인 받아서 당하는 봉변, 직장에서 100불을 훔친 대가로 학교에서 쫓겨나 대학의 식당에서 일을 해야 하는 주인공의 처지는 그를 미국 사회의 약자 계층에 소속시키기에 충분하다.

이창래의 경우, 하타는 베들리 런에서 물질적인 성공과 사회적인 인정을 받았다는 점에서 경제적인 소수자는 아니다. 그러나 이러한 인정을 받기 위해서, 그리고 이러한 지위를 유지하기 위해서 그가 제스처 인생을 살아야 했다는 점에서 그도 사회적 약자이며, 그런 점에서 그의 인생을 의미 없는 허위로 점철되게 만든 백인 주류 사회에 대해 책임을 물을 수 있을 것이다. 『제스처 라이프』에는 기지와 링크 같은 약자 유색인 계층이 등장하기는 하나 이들이 소설의 주 관심 대상은 아니다. 『통역사』에서도 작가는 주인공의 눈을 통해 주류 사회와 공권력이 공모하여 힘없는 유색인과 한인 이민자들을 괴롭히는 것을 신랄한 언어로 비판한 바 있다. 수지의 아버지 박씨가 생존을 위해 동료들을 이민국과 경찰에 팔았어야 했던 상황, 건물주의 사주에 의해 가게를 전소당한 헌츠 포인트의 한인 가게 주인의 억울한 사정, 박씨의 횡포에도 불구하고 국가 권력에 보호를 요청할 수 없었던 한인 청과상들, 모두에게 공평해야 할 미국의 법정에서조차 보안 검색을 위해 줄을 서야하는 집단과 그렇게 하지 않아도 되는 집단으로 나누는 관행을 다룸으로써, 수키 김은 특혜를 받는 계층과 약탈당하는 계층으로 나뉘는 계급 사회 미국의 민낯을 비판한 바 있다.

사회적 약자를 주인공으로 삼음으로써 이 작가들은 각종 권력에,

특히 주류 사회의 권력과 그것을 움직이는 백색의 정치학에 비판과 해부의 칼날을 들이댄다. 문제는 이러한 비판의 효과가 종종 텍스트의 다른 기제에 의해 상쇄되고 있다는 점이다. 편파적이거나 억압적인 공권력, 주류 사회의 인종주의, 부권주의 등이 비판의 도마에 오르긴 하나, 트라우마를 겪는 이민자 출신의 희생자를 신화적·주술적 세계에 편입시킴으로써(켈러), 혹은 인종주의적 차별은 있었지만 이에 굴하지 않고 백인 여성과 결합하는 성공적인 로맨스의 주인공으로 그려냄으로써(수잔 최), 그간의 자신의 삶에서 위선과 기만을 깨닫고 모든 것을 내려놓는 자기 성찰적이고도 반성적인 인물로 만듦으로써(이창래), 혹은 부르주아 계층으로의 손쉬운 편입을 위해 그간 견지해 온 사회 비판적 시각을 편리하게 망각하는 인물로 묘사함으로써(수키 김), 사회적인 약자들을 애초에 선택한 취지가 무색해지고 만 것이다. 이러한 논의의 끝에 당면하게 되는 것은 약자층에 속하는 한인 이민자들의 삶을 다루기로 한 선택의 진정성에 대한 의구심이다. 이 이민자들이 안고 있는 문제가 너무나 쉽게 해결되고 있거나, 제기된 문제에 걸맞지 않은 해결책이 결말에 제시되고 있기 때문이다.

이 작가들의 작품에 있어 사회적 약자가 서사화되는 방식에 주목해 보면, 이러한 유의 서사화가 주류 사회에 대한 비판적인 발언권을 약자들에게 정말 주기 위한 것인지, 즉 그들에게 주류 사회의 폭력에 대항할 수 있는 서사 권력을 나누어 주기 위한 것인지 하는 의문이 생겨난다. 발언권이 없는 사회적 약자를 소재로 삼음으로써, 이들을 주인공으로 삼고 이들의 처지와 동일시함으로써 이민자 출신의 작가들이 무엇을 얻기를 기대할 수 있는가? 이 질문에 대한 대답은 레이 초우의 한 책에서 발견된다. 초우는 낸시 암스트롱(Nancy Armstrong)

과 레너드 테넌하우스(Leonard Tennenhouse)가 공저한 『재현의 폭력』(*The Violence of Representation*)에서 발견되는 『제인 에어』(*Jane Eyre* 1847) 논의를 인용한다. 그에 의하면, 샬롯 브론테(Charlotte Brontë)의 『제인 에어』는 "스스로를 힘없는 약자로 재현함으로써 지배력을 확보하는 폭력의 패러다임"을 잘 보여주는 작품이다. 마치 생존하기 위해서는 아무런 권력도 가지지 말아야 하는 것처럼, 화자로서의 권위나 진실을 말할 수 있는 권리가 약자의 지위에 의존이라도 하는 것처럼, 제인이 소설에서 모든 유의 권력, 즉 교사, 사촌, 상속녀, 선교사 부인의 지위에 따라오는 권력을 포기한다는 것이다. 그래서 소설의 끝에 다다르게 될 때까지 그녀는 모든 종류의 사회적 권력에서 배제되어 있고, 그렇게 함으로써 "발언의 권력"을 갖는다는 것이다.[27] 초우가 이 논의를 인용하는 이유는 서구에서 제3세계 출신인 것을 과시함으로써, 더 나아가서는 사회적 약자와 동일시함으로써, 말하는 사람 자신의 "타자성"이나 "정치적인 올바름"[28]을 강조하려는 의도가 있다는 것이다.

사실 초우나 암스트롱과 테넌하우스의 이론을 굳이 빌리지 않더라도, 특권층보다 사회적 약자가 정의를 대변하고 진실을 말한다는 사유 자체는 오래 된 것이다. 한국의 근현대사만을 보더라도 이는 크게 틀리지 않다. 그러나 집단적 기억과 희생의 문제를 다루는 사학자 임지현은 "희생자 민족주의"[29] 개념을 제시하면서 그러한 사유가 오

---

27   Rey Chow, *Writing Diaspora: Tactics of Intervention in Contemporary Cultural Studies*, Indiana U. Press, 2017, p.11.

28   Ibid., 13.

29   Jie-Hyun Lim, "Victimhood Nationalism in Contested Memories", *Memory in a Global Age: Discourses, Practices and Trajectories*, eds. Aleida Assmann & Conrad Sebastian, Macmillan, 2010, p.139.

용될 수 있음을 경계한 바 있다. 그는 집단적 기억 구성방식이 근자에 들어 "영웅적 순교"로부터 "결백한 희생"(innocent victimhood)으로 변해왔음을 지적한다. 이러한 경향에 따라 국가들은 "누가 더 고통받았는지를 두고 벌이는 역겨운 경쟁"에 돌입하게 되고, 심지어는 범죄에 협력한 개인도 희생자 집단에 편입됨으로써 자신의 범죄를 희석시키거나 은폐하는 경우가 있다.

서구 사회에 자리 잡은 제3세계 출신의 지식인의 역할에 관해서 아마드는, 직업적인 이유로 메트로폴리스로 이주해 살면서도 "수백 년의 고통과 박탈의 의미가 새겨진 '유배'니 '디아스포라' 같은 말을 편의적으로 사용하는 개인"과 "본인의 의지와 희망에 반하여, 태어난 나라에서 사는 것이 국가의 권위에 의해 금지되거나 살해에 대한 공포로 불가능한 사람들"[30]을 구분해야 한다고 주장한다. 경제적 이득이나 개인적인 야망에 의해 이주를 선택한 사람들과 박해로 인해 고향을 떠나야 했던 사람들과의 구분이 모호해지면서, 메트로폴리스의 학계에서 자리를 잡은 전자의 집단이 수행하는 출발국의 역사와 문화에 관한 연구가 소위 "제3세계 연구"의 주류가 되었다. 또한, 이들의 담론이 바람직한 "저항의 형태"로 여겨지면서, 이들이 제도권에 의해 이미 승인되고 순치된 정치학 내로 포섭되었다는 것[31]이 아마드의 주장이다.

앞서 언급한 한국계 미국 작가들이 제3세계 출신인체 하면서 정당하지 못한 이익을 챙기고 있음을 본 저술이 주장하려는 바는 물론 아니다. 아마드나 초우의 이론이 탈식민주의 연구나 소수민 문학연구에 있어 시사하는 바는 약자의 저항이나 고통에 관한 서사화가 자

---

30 Aijaz Ahmad, *In Theory: Classes, Nations, Literatures*, Verso, 1992, p.85.

31 Ibid.

칫하면 목소리를 빼앗긴 약자들의 처지를 영속화하는데 기여할 수가 있다는 것이다. 한국계 미국 작가들에게도 이러한 경계나 문제 제기가 가능함을 본 연구는 주장한다. 굳이 사회적 약자를 서사의 주제나 소재로 선택했을 때는 사회의 불의에 대한 통렬한 비판의식이 있었을 것이라고 생각되는데, 서사가 전개되고 종결되는 방식이 애초에 제기된 문제를 임시 봉합하거나 종국적으로 회피하는 인상을 줄 때, 사회적 약자에 대한 진정한 공감이나 주류 집단에 대한 비판 의식이 이 작가들에게 애초에 있기는 했었나 하는 의구심이 들기 때문이다. 이러한 관점에서 보았을 때, 이민자가 안게 되는 생존의 문제나 주류 사회의 인종주의 및 역사적 트라우마에 맞서 그가 벌이는 분투(奮鬪)가, 그에 걸맞은 서사적 전개와 종결을 얻지 못함으로써 결국 내용 없이 그 명의만 빌려준 셈이 된다. 사회적 약자의 실존적 상황, 트라우마적인 고통, 인종주의에 대한 저항 등의 주제가 손쉽게 사용됨으로써, 정작 주류 사회의 인종주의나 역사적 상흔으로 인해 고통받는 '현실의 이민자들'의 출구 없는 상황이, 그들이 겪는 고통의 진정성과 심각성이 훼손당하는 위험에 처하게 된다. 사회적 발언권이 없는 이 약자 계층을 "위해서" 그들 대신 말하기를 선택함으로써, 이 이민자 출신의 작가들은 그들의 발언권을 다시 한번 유린한 셈이다.

　이민자 출신의 작가들이 사회적 경계인(境界人)의 고통을 다룸으로써 얻고자 한 바가 무엇일까? '내부 비판자'나 '정의의 감시자'라는 도덕적 아우라를 작품에 부여하기 위한 것인가? 혹은, 주류 사회의 미디어가 은폐한 사회적 약자에 관한 진실을 다루는 인식론적 우위를 누리기 위해서인가? 아니면, 아시아계 이민자에게서 음습한 과거와 끔찍한 트라우마를 기대하는 영미 문화 시장의 기대에 부응하기 위한 것인가? 설사 이러한 의도가 없었다고 하더라도, 현실의 약자들의 고통에 값하는 서사적 전개를 부여하지 않는 한 이 작가들이 주류 독자를 위해 일하는 '문화 정보원'이라는 비판에서 자유롭기가 힘들지 않을까 싶다.

한국과 그 외 아시아 지역에 관한 담론이 영미권을 비롯한 해외에서 끊임없이 생산되어 유통되지만 해외 담론의 장에서 국내 학자들의 목소리는 아직 미약한 편이다. 본 연구는 한국계 작가에 관한 국내외 비평 담론에 대해 국내 학자의 입장에서 개입한 것이다. 이 작가들의 문학에서 서사화되는 역사가 동아시아의 역사인 한 그 소설이 재현하는 역사를 바라봄에 있어 영미의 주류 학자와 동아시아 학자 사이에는 차이가 있을 수 있다. 일본의 식민 통치를 받은 경험이 있는 민족들이 일본 제국주의나 태평양 전쟁에 대해 갖는 시각은 영미권의 학자들이 지식으로 알고 있는 것과는 다를 수 있다. 또한 이러한 사건들에 관한 한 미국계 한국 작가들이나 비평가들과 시각이 다를 수가 있다. 이러한 시각의 차이나 그에 비롯하는 논쟁이 반드시 부정적인 것으로 인식되어야 할 필요는 없다고 본다. 이러한 논쟁이 들리지 않는 비평계는 또 다른 죽은 시인의 사회일 뿐이다.

Primary Sources

이창래, 정영목 역, 『제스처라이프』, 개정판, 서울: 랜덤하우스중앙, 2005.

Cha, Theresa Hak Kyung, *Dictée*, London: Univ. of California Press, 2001.

Chandler, Raymond, *The Big Sleep*, New York: Vintage, 1992.

_____, *Fingerman*, New York: Ace, 1960.

Choi, Susan, "A Conversation with Susan Choi", *Acta Koreana* Vo.17, No.2, 2004, 185-192.

_____, *The Foreign Student*, New York: Perennial, 1998.

_____, *A Person of Interest*, New York: Penguin, 2008.

Christie, Agatha, *Agatha Christie: An Autobiography*. New York: Ballantine, 1977.

Dreyer, Carl Theodor, dir., *Gertrud*, 1964
⟨https://www.youtube.com/watch?v=5zyfk9oquIY⟩.

_____, *La passion de Jeanne d'Arc*, Société générale des films, 1928
⟨https://www.youtube.com/watch?v=Brau3goylBM⟩.

Fenkl, Heinz Insu, *Memories of My Ghost Brother*, New York: Plume, 1997.

Hammett, Dashiell, *The Maltese Falcon*, New York: Vintage, 1992.

Keller, Nora Okja, *Comfort Woman*, New York: Penguin, 1998.

Kim, Suki, "Facing Poverty With a Rich Girl's Habits", *The New York Times* Nov. 21, 2004
⟨https://www.nytimes.com/2004/11/21/nyregion/thecity/facing-poverty-with-a-rich-girls-habits.html⟩.

_____, *The Interpreter*, New York: Farrar, Straus and Giroux, 2004.

Lee, Chang-rae. *A Gesture Life*, New York: Riverhead, 1999.

Pak, Gary, *Brothers under a Same Sky*, Honolulu: Univ. of Hawaii Press, 2013.

_____, *A Ricepaper Airplane*, Honolulu: Univ. of Hawaii Press, 1998.

_____, *The Watcher of Waipuna and Other Stories*, Honolulu: Bamboo Ridge, 1992.

Saint Thérèse of Lisieux, trans. John Clarke, O.C.D., *Story of a Soul: The Autobiography of Saint Thérèse of Lisieux*, 3rd ed., Washington DC: Institute of Carmelite Studies, 1976.

Trenka, Jane Jeong, *Fugitive Visions: An Adoptee's Return to Korea*, St. Paul: Graywolf, 2009.

_____, *The Language of Blood*, St. Paul: Borealis, 2003.

Secondary Sources

고부응과 나은지, 「수잔 최의 『외국인 학생』과 초민족적 공간」, 『미국 소설』 15.1,2008, 29-52.

김광식, 「8·15직후 한국사회와 미군정의 성격」, 『역사비평』 1, 1987, 49-72.

김기창, 「교과서에 수록된 유관순 전기문」, 『유관순 연구』 17, 2012, 5-32.

_____, 「유관순 전기문(집)의 분석과 새로운 전기문 구상」, 『유관순 연구』 2.2, 2003, 81-141.

김동규, 「프로이트의 멜랑콜리론—서양 주체의 문화적 기질(disposition)론」, 『철학탐구』 28, 2010, 259-287.

김미현, 「동화와 전이: 이창래의 『제스처 라이프』」, 『새한영어영문학』 52.2, 2010, 1-27.

김영미, 「쑤전 최의 『외국인 학생』에 나타난 아시아 남성과 백인 여성의 사랑」, 『영미 문학연구』 17, 2009, 151-179.

_____, 「창래 리의 『원어민』과 숙이 킴의 『통역사』에 나타난 한국계 미국인의 정체성 문제」, 『현대영미소설』 13.2, 2006, 33-55.

김영미와 이명호, 「개리 팩의 『종이비행기』에 나타난 하와이 공간의 재현」, 『영미문학교육』 14. 1, 2010, 39-62.

_____, 「태평양 탈식민주의문학의 한 가능성: 『와이푸나의 파수꾼과 다른 단편들』」, 『안과밖』 29, 2010, 298-325.

김창진, 「8·15직후 광주지방에서의 정치투쟁」, 『역사비평』 1, 1987, 99-135.

김현숙, 「초국가적 입양과 탈경계적 정체성—제인 정 트렌카의 『피의 언어』」, 『영어영문학』 57. 1, 2011, 147-170.

나영균, 『제스츄어 인생』: 신역사주의적 고찰」, 『현대영미소설』 7. 2, 2000, 106-121.

노은미, 「아시아계 이민자에 대한 감시와 미국적 규범: 『요주의 인물』을 중심으로」, 『현대영미소설』 24. 1, 2017, 35-52.

박보량, 「제스처 라이프(A Gesture Life): 이민사회 속에서의 하타의 정체성 모색」, 『미국소설』 2. 2, 2005, 127-149.

박정애, 『『요코 이야기』와 『떠나보낼 수 없는 세월』의 '기억' 문제 비교 연구」, 『여성문학연구』 21, 2009, 271-306.

변화영, 「혼혈인의 디아스포라적 기억의 재구성」, 『한국문학논총』 제65집, 2013, 615-641.

오정화, 『『딕테』—한국계 미국 이민 여성으로서 '말하는 여자' 되기」, 『여성학논집』 23. 1, 2006, 73-107.

이규태, 「해방 직후 건국준비위원회의 활동과 통일국가의 모색」, 『한국근현대사연구』 36, 2006, 7-46.

이귀우, 『『딕테』에 나타난 탈식민적 언어와 파편적 구조」, 『영미문학페미즘』 8. 1, 2000, 125-143.

이석구, 『『딕테』에 나타난 공감의 정치와 여성적 글쓰기」, 『현대영미소설』 25. 1, 2018, 139-159.

_____, 『『머나 먼 대나무 숲』의 논란을 통해 본 이분법과 기억의 문제」, 『영어영문학』 58. 5, 2012, 881-901.

_____, 『『제스처 라이프』에 나타난 '차별'과 '차이'의 징후적 읽기」, 『영어영문학』 56. 5, 2010, 907-930.

_____, 『『한지(漢紙) 비행기』에 나타난 노동 투쟁의 기억과 비판적 지역주의」, 『현대영

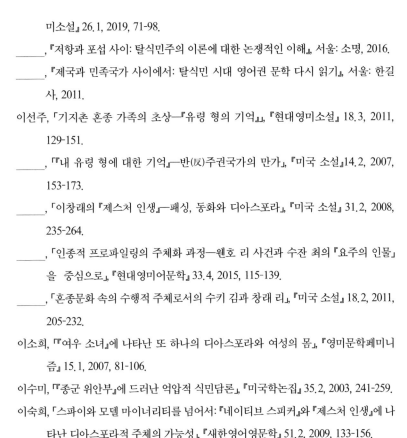

미소설』26.1, 2019, 71-98.

_____, 『저항과 포섭 사이: 탈식민주의 이론에 대한 논쟁적인 이해』, 서울: 소명, 2016.

_____, 『제국과 민족국가 사이에서: 탈식민 시대 영어권 문학 다시 읽기』, 서울: 한길사, 2011.

이선주, 「기지촌 혼종 가족의 초상—『유령 형의 기억』」, 『현대영미소설』18.3, 2011, 129-151.

_____, 「『내 유령 형에 대한 기억』—반(反)주권국가의 만가」, 『미국 소설』14.2, 2007, 153-173.

_____, 「이창래의 『제스처 인생』—패싱, 동화와 디아스포라」, 『미국 소설』31.2, 2008, 235-264.

_____, 「인종적 프로파일링의 주체화 과정—웬호 리 사건과 수잔 최의 『요주의 인물』을 중심으로」, 『현대영미어문학』33.4, 2015, 115-139.

_____, 「혼종문화 속의 수행적 주체로서의 수키 김과 창래 리」, 『미국 소설』18.2, 2011, 205-232.

이소희, 「『여우 소녀』에 나타난 또 하나의 디아스포라와 여성의 몸」, 『영미문학페미니즘』15.1, 2007, 81-106.

이수미, 「『종군 위안부』에 드러난 억압적 식민담론」, 『미국학논집』35.2, 2003, 241-259.

이숙희, 「스파이와 모델 마이너리티를 넘어서: 『네이티브 스피커』와 『제스처 인생』에 나타난 디아스포라적 주체의 가능성」, 『새한영어영문학』51.2, 2009, 133-156.

이예원, 「한국사회의 귀환 입양인 운동과 시사점」, 『민족연구』37, 2009, 158-178.

임영언과 임채환, 「해외입양 한인 디아스포라: 한국 내 주요 신문보도의 내용분석을 중심으로」, 『재외한인연구』26, 2012, 77-104.

장준갑, 「미군정의 제주 4·3 사건에 대한 대응: 폭력과 학살의 전주곡」, 『전북사학』31, 2007, 205-226.

정은경, 「식민지 지식인 후예의 사랑」, 『디아스포라 문학: 추방된 자, 어떻게 운명의 주인공이 되는가』, 서울: 이룸, 2007, 120-131.

정은숙, 「상호텍스트성의 관점으로 차학경의 『딕테』 읽기」, 『비교문학』42, 2007, 119-139.

최영묵, 「미군정의 식량생산과 수급정책」, 『역사와 현실』 22, 1996, 55-98.

최하영, 「'말하는 여자'의 계보로서 테레사 학경 차의 『딕테』」, 『미국 소설』 17.2, 2010, 121-145.

황은덕, 「디아스포라와 문화번역: 수잔 최의 『외국인 학생』을 중심으로」, 『현대영미소설』 20.1, 2013, 151-174.

Agamben, Giorgio, Trans. Daniel Heller-Roazen, *Homo Sacer: Sovereign Power and Bare Life*, Stanford: Stanford Univ. Press, 1998.

Ahlin, Lena, "Writing and Identity in Jane Jeong Trenka's Life Narratives", *International Adoption in North American Literature and Culture*, Ed. Mark Shackleton, London: Macmillan, 2017, 121-142.

Ahmad, Aijaz, *In Theory: Classes, Nations, Literatures*, London: Verso, 1992.

Anderson, Benedict, "The New World Disorder", *New Left Review* 193, 1992, 1-13.

Beechert, Edward, *Working in Hawaii: A Labor History*, Honolulu: Univ. of Hawaii Press, 1985.

Beizer, Janet, "One's Own: Reflections on Motherhood, Owning, and Adoption", *Tulsa Studies in Women's Literature* 21.2, 2002, 237-255.

Ben-Ari, Nitsa, "Fictional vs. Professional Interpreters", *The Changing Role of the Interpreter: Contextualising Norms, Ethics and Quality Standards*, Eds. Marta Biagini, Michael S. Boyd, & Claudia Monacelli, New York: Routledge, 2017, 7-31.

Bhabha, Homi, *The Location of Culture*, New York: Routledge, 1994.

Bolaki, Stella, *Unsettling the Bildungsroman: Reading Contemporary Ethnic American Women's Fiction*, New York: Rodopi, 2011.

Braendlin, Bonnie Hoover, "*Bildung* in Ethnic Women Writers", *Denver Quarterly* 17.4, 1983, 75-87.

Brubaker, Rogers, "The 'diaspora' diaspora", *Ethnic and Racial Studies* 28.1, 2005, 1-19.

_____, "Revisiting 'The diaspora diaspora'", *Ethnic and Racial Studies* 40.9, 2017, 1556-1561.

Buck, Pearl, "The Children Waiting: The Shocking Scandal of Adoption", *The Adoption History Project,*

⟨http://pages.uoregon.edu/adoption/archive/BuckTCW.htm⟩.

Carroll, Hamilton, "Traumatic Patriarchy: Reading Gendered Nationalism in Chang-Rae Lee's *Gesture Life*", *Modern Fiction Studies* 51.3, 2005, 592-616.

Carsten, Janet, *After Kinship*, Cambridge: Cambridge Univ. Press, 2003.

Cassuto, Leonard, *Hard-Boiled Sentimentality: The Secret History of American Crime Stories*, New York: Columbia Univ. Press, 2008.

Cava, F. A. Della & M. H. Engel, "Racism, Sexism and Antisemitism in Mysteries Featuring Women Sleuths", *Diversity and Detective Fiction*, Ed. K. G. Klein, Bowling Green, OH: Bowling Green Univ., 1999, 38-59.

_____, *Sleuths in Skirts: Analysis and Bibliography of Serialized Female Sleuths*, London: Routledge, 2002.

Chandler, Raymond, "Introduction", *Fingerman* by Raymond Chandler, London: Ace, 1960, 5-8.

Chang, Joan Chiung-huei, "*A Gesture Life*: Reviewing the Model Minority Complex in a Global Context", *Journal of American Studies* 37.1, 2005, 131-152.

Chang, Juliana, *Inhuman Citizenship: Traumatic Enjoyment and Asian American Literature*, Minnesota: Univ. of Minnesota Press, 2012.

Cheng, Anne Anlin, *The Melancholy of Race: Psychoanalysis, Assimilation, and Hidden Grief*, New York: Oxford Univ. Press, 2001.

_____, "Passing, Natural Selection, and Love's Failure: Ethics of Survival from Chang-rae Lee to Jacques Lacan", *American Literary History* 17.3, 2005, 553-574.

Cheung, King-Kok, "The Woman Warrior versus The Chinaman Pacific: Must a Chinese American Critic Choose Between Feminism and Heroism?", *A Companion to Asian American Studies*, Ed. Kent A. Ono, New York: Blackwell, 2005, 157-174.

Chevaillier, Flore, "Erotics and Corporeality in Theresa Hak Kyung Cha's *DICTEE*", *Transnationalism and Resistance: Experience and Experimenting Women's Writing*,

Eds. Adele Parker & Stephanie Young, New York: Rodopi, 2013, 21-43.

Chin, Frank, "Come All Ye Asian American Writers of the Real and the Fake", *A Companion to Asian American Studies*, Ed. Kent A. Ono, New York: Blackwell, 2005, 133-156.

_____, "Confessions of Chinatown Cowboy", *Bulletin of Concerned Asian Scholars* 4.3, 1972, 58-70.

Chin, Frank & Jeffery Paul Chan. "Racist Love", *Setting through Shuck*. Ed. Richard Kostelanetz, New York: Ballantine Books, 1972, 65-79.

Chin, Frank, Jeffrey Paul Chan, Lawson Fusao Inada, & Shawn Hsu Wong. "Aiieeeee! An Introduction to Asian-American Writing", *Bulletin of Concerned Asian Scholars* 4.3, 1972, 34-46.

Chiu, Monica, *Scrutinized!: Surveillance in Asian American Literature*, Honolulu: Univ. of Hawaii Press, 2014.

Cho, Sungran, "Adieu: The Ethics of Narrative Mourning—Reading Nora Okja Keller's *Comfort Woman*", *Modern Fiction in English* 10.1, 2003, 1-16.

Ch'oe, Yong-ho, "The Early Korean Immigration: An Overview", *From the Land of Hibiscus: Koreans in Hawai'i, 1903-1950*, Ed. Yong-ho Ch'oe, Honolulu: Univ. of Hawaii Press, 2007, 11-40.

Choi, Sang Young, "Trusteeship Debate and the Korean Cold War", *Ruptured Histories: War, Memory, and the Post-Cold War in Asia*, Eds. Sheila Miyoshi Jager & Rana Mitter, Cambridge, MA: Harvard U. Press, 2007, 13-39.

Chow, Rey, *Writing Diaspora: Tactics of Intervention in Contemporary Cultural Studies*, Bloomington: Indiana Univ. Press, 2017.

Christian, Ed, "Introducing the Post-Colonial Detective: Putting Marginality to Work", *The Post-Colonial Detective*, Ed. Ed Christian, New York: Palgrave, 2001, 1-22.

Chu, Patricia P., *Assimilating Asians: Gendered Strategies of Authorship in Asian America*, Durham: Duke Univ. Press, 2000.

_____, "'To Hide Her True Self': Sentimentality and the Search for an Intersubjective Self in Nora Okja Keller's *Comfort Woman"*, *Asian North American Identities: Beyond the Hyphen*, Eds. Eleanor Ty & Donald C. Goellnicht, Bloomington: Indiana Univ. Press, 2004, 61-83.

Chuh, Kandice, "Discomforting Knowledge: Or, Korean 'Comfort Women' and Asian Americanist Critical Practice", *Journal of Asian American Studies* 6.1, 2003, 5-23.

Chung, Hyeyurn, "Love Across the Color Lines: The Occlusion of Racial Tension in Susan Choi's *The Foreign Student"*, *American Fiction Studies* 20.2, 2013, 55-70.

Cixous, Hélène, "Laugh of the Medusa", *Signs* 1.4, 1976, 875-893.

Clifford, James, "Diasporas", *Cultural Anthropology* 9.3, 1994, 302-338.

_____, *The Predicament of Culture: Twentieth-Century Ethnography, Literature, and Art*, Cambridge, MA: Harvard Univ. Press, 1988.

Conrad, Joseph, *Heart of Darkness: An Authoritative Text, Backgrounds and Sources, Essays in Criticism*, 3rd ed. Ed. Robert Kimbrough, New York: Norton Company, 1988.

"Contemporary Forms of Slavery: Systematic Rape, Sexual Slavery and Slavery-like Practices during Armed Conflict", *Comfort Women Speak: Testimony by Sex Slaves of the Japanese Military*, Eds. Sangmie Choi Schellstede & Soon Mi Yu, New York: Holmes & Meier, 136-152.

Cumings, Bruce, *The Origins of the Korean War Vol II: The Roaring of the Cataract 1947-1950*, Princeton: Princeton Univ. Press, 1990.

Daly, Carroll John, *Snarl of the Beast*, New York: HarperPerennial, 1992.

Dieckmann, Katherine, "Found in Translation", *The New York Times* Jan. 26, 2003 〈https://www.nytimes.com/2003/01/26/books/found-in-translation.html〉.

Dirlik, Arif, *Postmodernity's Histories: The Past as Legacy and Project*, New York: Rowman & Littlefield, 2000.

Dolgopol, Ustinia, *Comfort Women: An Unfinished Ordeal: Report of a Mission*, Geneva: International Commission of Jurists, 1994.

Duncan, Patti, *Tell This Silence: Asian American Writers and the Politics of Speech*, Iowa

City: Univ. of Iowa Press, 2003.

Eder, Richard, "Innocent but inept, an emigre arouses suspicion", *The Boston Globe*, Mar. 9, 2008
〈http://archive.boston.com/ae/books/articles/2008/03/09/innocent_but_inept_an_emigr_arouses_suspicion/?page=full.〉

Elliott, Anthony, *Psychoanalytic Theory: An Introduction*. Durham: Duke Univ. Press, 2002.

Eng, David, "Transnational Adoption and Queer Diasporas", *Social Text* 76, 2003, 1-37.

Eng, David & Shinhee Han, "A Dialogue on Racial Melancholia", *Psychoanalytic Dialogues* 10.4, 2000, 667-700.

Eperjesi, John R., "Gary Pak's A *Ricepaper Airplane*: Memories of Mountains in the Korean Diasporic Imagination", *ISLE* 25.1, 2018, 95-114.

Fanon, Frantz, Trans. Richard Pilcox, *Black Skin, White Masks*, New York: Grove Press, 2008.

_____, Trans. Constance Farrington, *The Wretched of the Earth*, New York: Grove Weidenfeld, 1963.

Feng, Pin-Chia, *The Female Bildungsroman by Toni Morrison and Maxine Hong Kingston*, New York: Peter Lang, 1997.

Fong, Katheryn, "To Maxine Hong Kingston: A Letter", *Bulletin of Concerned Asian Scholars* 9.4, 1977, 67-69.

Freud, Sigmund, "Mourning and Melancholia", *On the History of the Psycho-Analytic Movement Papers on Metapsychology and Other Works*, Vol. 14 of *The Standard Edition of the Complete Psychological Works of Sigmund Freud*, Gen. Ed. James Strachey, London: Hogarth Press, 1963, 243-58.

Gavin, Adrienne E., "Feminist Crime Fiction and Female Sleuths", *A Companion to Crime Fiction*, Eds. Charles J. Rzepka & Lee Horsley, Oxford: Wiley-Blackwell, 2010, 258-269.

Genette, Gerard, Trans. Jane E. Lewin, *Narrative Discourse: An Essay in Method*, New

York: Cornell Univ. Press, 1972.

Gibson, Campbell, & Kay Jung, "Historical Census Statistics on Population Totals by Race, 1790 to 1990, and by Hispanic Origin, 1970 to 1990, for Large Cities and Other Urban Places in the United States", *Working Paper No. 27*, Washington D.C.: U.S. Bureau of the Census, Population Division, 1998.

Hall, Stuart, "Old and New Identities, Old and New Ethnicities", *Culture, Globalization and the World-System*, Ed. A. D. King, Minneapolis: Univ. of Minnesota Press, 1997, 41-68.

Henry, Nicola, "Memory of an Injustice: The 'Comfort Women' and the Legacy of the Tokyo Trial", *Asian Studies Review* 37.3, 2013, 362-380.

Hirsch, Arnold R., "Massive Resistance in the Urban North: Trumbull Park, Chicago, 1953-1966", *The Journal of American History* 82.2, 1995, 522-550.

Hogan, Ron, "Chang-rae Lee: 'I'm a Fairly Conventional Guy, but I'm Bored with Myself a Lot'" 〈www.beatrice.com/interview/lee/.〉

Hong, Grace Kyungwon, "Ghosts of Camptown", *MELUS*. 39.3, 2014, 49-67.

Horseley, Lee, "From Sherlock Holmes to the Present", *A Companion to Crime Fiction*, Eds. Charles J. Rzepka & Lee Horsley, Oxford: Wiley-Blackwell, 2010, 28-42.

_____, *Twentieth-Century Crime Fiction*, Oxford: Oxford Univ. Press, 2005.

Howard, Keith, ed., *True Stories of the Korean Comfort Women*, London: Cassell, 1995.

Hwang, Junghyun, "Haunted by History: Heinz Insu Fenkl's *Memories of My Ghost Brother* and 'Ghostly' Politics in the Shadow of Empire", *Journal of American Studies* 44.1, 2012, 105-122.

Hwang, Su-Kyoung, "Silence in History and Memory—Narrating the Comfort Woman", *Trans-Humanities* 2.1, 2010, 195-224.

Iwata, Edward, "Word Warriors", *Los Angeles Times* June 24, 1990.

Jameson, Fredric, *The Political Unconscious: Narrative as a Socially Symbolic Act*, Ithaca: Cornell Univ. Press, 1981.

Jerng, Mark C., *Claiming Others: Transracial Adoption and National Belonging,*

Minneapolis: Univ. of Minnesota Press, 2010.

Jeyathurai, Dashini, "Intergenerational Transmission of Trauma in Nora Okja Keller's *Comfort Woman"*, *Asian Journal of Women's Studies* 16.3, 2010, 62-79.

Jung, Moon-Kie, *Reworking Race: The Making of Hawaii's Interracial Labor Movement Account*, New York: Columbia Univ. Press, 2006.

June, Pamela B., *The Fragmented Female Body and Identity*, New York: Peter Lang, 2000.

Kaldor, Mary, "Cosmopolitanism vs. Nationalism, The New Divide?", *Europe's New Nationalism*, Eds. Richard Caplan & John Feffer, Oxford: Oxford Univ. Press, 1996, 42-58.

Kang, Laura Hyun Yi, "Conjuring 'Comfort Women': Mediated Affiliations and Disciplined Subjects in Korean/American Transnationality", *Journal of Asian American Studies* 6.1, 2003, 25-55.

_____, "The 'Liberatory Voice' of Theresa Hak Kyung Cha's *Dictée*", *Writing Self, Writing Nation*, Ed. Elaine H. Kim & Norma Alarcón, Berkeley: Third Woman Press, 1998, 73-99.

Kakutani, Michiko, "'A Gesture Life': Fitting in Perfectly on the Outside, but Lost Within", *New York Times* August 31, 1999
〈http://www.nytimes.com/books/99/08/29/daily/083199lee-book-review.html〉.

Kim, Daniel, "Bled In, Letter by Letter: Translation, Postmemory, and the Subject of Korean War: History in Suan Choi's *The Foreign Student"*, *American Literary History* 21.3, 2009, 550-583.

Kim, Elaine H., *Asian American Literature: An Introduction to the Writings and Their Social Context*, Philadelphia: Temple Univ. Press, 1982.

_____, "A Critique of Strangers from a Different Shore", *A Companion to Asian American Studies*, Ed. Kent A. Ono, Malden: Wiley-Blackwell, 2005, 108-116.

_____, "Defining Asian American Realities through Literature", *A Companion to Asian*

American Studies, Ed. Kent A. Ono, New York: Blackwell, 2005, 196-214.

_____, "Korean American Literature", *An Interethnic Companion to Asian American Literature*, Ed. King-Kok Cheung, Cambridge: Cambridge Univ. Press, 1997, 156-191.

_____, "Myth, Memory, and Desire: Homeland and History in Contemporary Korean American Writing and Visual Art", *Holding Their Own: Perspectives on the Multiethnic Literatures of the United States*, Eds. Dorothea Fischer-Hornung & Heike Raphael-Hernandez, Tübingen:Stauffenburg Verlag, 2000, 79-91.

_____, "Poised on the In-between: A Korean American's Reflections on Theresa Hak Kyung Cha's *Dictée*", *Writing Self, Writing Nation*, Eds. Elaine H. Kim & Norma Alarcón, Berkeley: Third Woman Press, 1998, 3-30.

_____, "Preface", *Writing Self, Writing Nation*, Eds. Elaine H. Kim & Norma Alarcón, Berkeley: Third Woman Press, 1998, ix-xi.

Kim, Elaine H., & Norma Alarcón, eds., *Writing Self, Writing Nation*, Berkeley: Third Woman Press, 1994.

Kim, Jodi, "'I'm Not Here, If This Doesn't Happen': The Korean War and Cold War Epistemologies in Susan Choi's *The Foreign Student* and Heinz Insu Fenkl's *Memories of My Ghost Brother*", *Journal of Asian American Studies* 11.3, 2008, 279-302.

Kim, Minjeong, & Angie Y. Chung, "Consuming Orientalism: Images of Asian/American Women in Multicultural Advertising", *Qualitative Sociology* 28.1, 2005, 67-91.

Kim, Min-Jung, "Politics of the Literary: Reading Form in Gary Pak's *A Ricepaper Airplane.*" *English Language and Literature* 52.5, 2006, 1039-1059.

Kim, Min Hoe, "Transnational Memory of a Comfort Woman and Ethnic Identity in Nora Okja Keller's *Comfort Woman*", *American Fiction Studies* 20.1, 2013, 203-223.

Kim, Soo Yeon, "Lost in Translation: The Multicultural Interpreter as Metaphysical Detective in Suki Kim's *The Interpreter*", *Detective Fiction in a Postcolonial and*

Transnational World, Ed. Nels Pearson & Marc Singer, Burlington, VT: Ashgate, 2009, 195-207.

Kim-Gibson, Dai Sil, dir., *Silence Broken: Korean Comfort Women*, Center for Asian American Media, Videofile, 1999 ⟨https://indiana.kanopystreaming.com/video/silence-broken-korean-comfort-women⟩.

Klein, Christina, *Cold War Orientalism: Asia in the Middlebrow Imagination, 1945-1961*, Berkeley: Univ. of California Press, 2003.

Ko, Jeongyun, "Translating Korean American Life: Suki Kim's *The Interpreter*", *American Fiction Studies* 18.1, 2011, 185-205.

Kong, Belinda, "Beyond K's Specter: Chang-rae Lee's *A Gesture Life*, Comfort Women Testimonies, and Asian American Transnational Aesthetics", *Journal of Transnational American Studies* 3.1, 2011, n. p.

Koo, Eunsook, "Immigrants as Detectives and Cultural Translators: Suki Kim's *The Interpreter*", *Comparative Korean Studies* 11.2, 2003, 23-36.

Kwon, Brenda L., *Beyond Ke'eaumoku: Koreans, Nationalism, and Local Culture in Hawai'i*, London: Garland, 1999.

Labovitz, Esther, *The Myth of the Heroine: The Female Bildungsroman in the Twentieth Century*, New York: Peter Lang, 1988.

Lait, Jack, & Lee Mortimer, *Chicago Confidential*, New York: Dell, 1950.

Lang, Andrew, *The Homeric Hymns: A New Prose Translation and Essays, Literary and Mythological*, The Gutenberg eBook ⟨www.gutenberg.org/files/16338/16338-h/16338-h.htm⟩.

Layfield, Allison, "Asian American Literature and Reading Formations: A Case Study of Nora Okja Keller's *Comfort Woman* and *Fox Girl*", *Reception: Texts,Readers, Audiences, History* 7, 2015, 64-82.

Lee, Eunah, *The Sensibility of the Adopted: Trauma and Childhood in the Contemporary Literature and Cinema of East Asia and Its Diaspora*, Ph. D. Dissertation,

Michigan State University, 2016.

Lee, Gui-woo, "'Fatherland' and Gender: Transnational Feminism in Nora Okja Keller's *Comfort Woman* and Lan Cao's *Monkey Bridge*", *Modern Fiction Studies* 14.2, 2007, 251-278.

Lee, Jin-kyung, *Service Economies: Militarism, Sex Work, and Migrant Labor in South Korea*, Univ. of Minnesota Press, 2010.

Lee, Kun Jong, "Princess Pari in Nora Okja Keller's *Comfort Woman*", *Positions: East Asia Cultural Critique* 12.2, 2004, 431-456.

_____, "Rewriting Hesiod, Revisioning Korea: Theresa Hak Kyung Cha's *Dictee* as a Subversive Hesiodic Catalogue of Women", *College Literature* 33.3, 2006, 77-99.

Lee, So-Hee, "A Comparison of *Comfort Woman* and *A Gesture Life*: The Use of Gendered First Person Narrative Strategy", *Asian American Literature Association Journal* 9, 2003, 1-25.

_____, "Cultural Citizenship as Subject-Making in *Comfort Woman* and *A Gesture Life*", *Feminist Studies in English Literature* 14.2, 2006, 91-123.

Lee, Young-Oak, "Gender, Race, and the Nation in *A Gesture Life*", *Critique* 46.2, 2005, 146-159.

_____, "Language and Identity: An Interview with Chang-rae Lee", *Amerasia Journal* 30.1, 2004, 215-227.

_____, "Nora Okja Keller and the Silenced Woman: An Interview", *MELUS* 28.4, 2003, 145-165.

Lifton, Betty Jean, *Journey of the Adopted Self: A Quest for Wholeness*, New York: Basic Books, 1994.

_____, "Wilkomirski the Adoptee", *Tikkun* Vol.17, No.5, 2002, n.g. ⟨https://www.questia.com/magazine/1P3-156410651/wilkomirski-the-adoptee⟩.

Lim. Jeehyun, "Black and Korean: Racialized Development and the Korean American Subject in Korean/American Fiction", *Journal of Transnational American Studies* 5.1, 2013, n.g. ⟨https://escholarship.org/uc/item/2vm8z5s2⟩.

Lim, Jie-Hyun, "National Mourning and Global Accountability", *Memory in a Global Age: Discourses, Practices and Trajectories*, Eds. Aleida Assmann & Sebastian Conrad, London: Macmillan, 2010, 138-162.

Lowe, Geoff, "Cognitive Psychology and the Biomedical Foundations of Writing Therapy", *Writing Cures*, Eds. Billie Bolton, et al., New York: Routledge, 2004, 18-24.

Lowe, Lisa, *Immigrant Acts*, Durham: Duke Univ. Press, 1996.

_____, "Unfaithful to the Original: The Subject of *Dictée*", *Writing Self, Writing Nation*, Ed. Elaine H. Kim & Norma Alarcón, Berkeley: Third Woman Press, 1994, 35-69.

Ludgate-Fraser, Verity, "Determined Quiet After a Desperate Past", *Christian Science Monitor* August 26, 1999

〈http://www.csmonitor.com/1999/0826/p19s2.html〉.

lye, colleen, "The Literary Case of Wen Ho Lee", *Journal of Asian American Studies* June 2011, 249-282.

Ma, Sheng-Mei, *The Deathly Embrace: Orientalism and Asian American Identity*, Minneapolis: Univ. of Minneosta Press, 2000.

Macherey, Pierre, Trans. Geoffrey Wall, *A Theory of Literary Production*, London: Routledge, 1980.

MacShane, Frank, ed., *The Notebooks of Raymond Chandler*, London: Weidenfeld and Nicolson, 1976.

Madden, David, ed., *Tough Guy Writers of the Thirties*, Carbondale, IL: Southern llinois Univ. Press, 1968.

Martin, Steven Paul, *Open Form and Feminine Imagination*, Washington DC: Maisonneuve Press, 1988.

McCann, Sean, *Gumshoe America: Hard-Boiled Crime Fiction and the Rise and Fall of New Deal Liberalism*, London: Duke Univ. Press, 2000.

McKenzie, Fred Arthur, *Tragedy of Korea*, London: Hodder and Stoughton, 1908.

Min, Eun Kyung, "The Daughter's Exchange in Jane Jeong Trenka's *The Language of Blood*", *Social Text* 26.1, 2008, 115-133.

_____, "Reading the Figure of Dictation in Teresa Hak Kyung Cha's *Dictée*", *Other Sisterhoods: Literary Theory and U.S. Women of Color*, Ed. Sandra Kumanoto Stanley, Urbana: Univ. of Illinois Press, 1998, 309-324.

Minear, Richard H., *Victor's Justice: The Tokyo War Crimes Trial*, Princeton: Princeton Univ. Press, 1971.

Moon, Katharine H. S., *Sex among Allies*, New York: Columbia Univ. Press, 1997.

Moraru, Christian, *Cosmodernism: American Narrative, Late Globalization, and the New Cultural Imaginary*, Ann Arbor: Univ of Michigan Press, 2011.

Moretti, Franco, *Signs Taken for Wonders: On the Sociology of Literary Forms*, New York: Verso, 1988.

Najmi, Samina, "Decolonizing the Bildungsroman: Narratives of War and Womanhood in Nora Okja Keller's *Comfort Woman*", *Form and Transformation in Asian American Literature*, Eds. Xiaojing Zhou & Samina Najmi, Seattle: Univ. of Washington Press, 2005, 209-230.

Needham, Gary, "Japanese Cinema and Orientalism", *Asian Cinemas: A Reader and Guide*, Eds. Dimitris Eleftheriotis & Gary Needham, Honolulu: Univ. of Hawaii Press, 2006, 8-16.

Ninh, erin Khuê, "The Mysterious Case of Suki Kim's *The Interpreter*", *Journal of Asian American Studies* 20.2, 2017, 193-217.

Oh, Bonnie B. C, "Introduction: The Setting", *Korea under the American Military Government 1945-1948*, Ed. Bonnie B. C. Oh, London: Praeger, 2002, 1-11.

O'Neale, Sondra, "Race, Sex, and Self: Aspects of Bildung in Select Novels by Black American Women Novelists", *MELUS* 9.4, 1982, 25-37.

Palaver, Wolfgang, "Schmitt's Critique of Liberalism", *Telos* 102, 1995, 43-71, Academic Search Elite

〈http://www.epnet.com/ehost/indiana/ehost.html〉.

Palumbo-Liu, David, *Asian/American Historical Crossings of a Racial Frontier,* Stanford: Stanford Univ. Press, 1999.

Parikh, Crystal, "Writing the Borderline Subject of War in Susan Choi's 'The Foreign Student'", *Southern Quarterly* 46.3, 2009, 47-68.

Park, Hyungji, "Diaspora, Criminal Suspicion, and the Asian American: Reading *Native Speaker* and *A Person of Interest* from across the Pacific", *Inter-Asia Cultural Studies* 13.2, 2012, 231-250.

_____, "Western Princesses in the Great Game: U.S. Military Prostitution in Memories of My Ghost Brother", *Modern Fiction in English* 14.3, 2007, 305-331.

Park, Josephine Nock-Hee, *Cold War Friendships: Korea, Vietnam, and Asian American Literature*, New York: Oxford Univ. Press, 2016.

_____, "What of the Partition: *Dictée*'s Boundaries and the American Epic", *Contemporary Literature* 46.2, 2005, 213-242.

Penja, Mojca, "The Politics of Natural Disasters in Gary Pak's *Children of Fireland"*, *American Fiction Studies* 24.1, 2017, 139-170.

Pepper, Andrew, *The Contemporary American Crime Novel: Race, Ethnicity, Gender, Class*, London: Fitzroy Dearborn, 2000.

_____, "The 'Hard-boiled' Genre", *A Companion to Crime Fiction*, Eds. Charles J. Rzepka & Lee Horsley, Oxford: Wiley-Blackwell, 2010, 140-151.

Porter, Dennis, *The Pursuit of the Crime: Art and Ideology in Detective Fiction*, New Haven: Yale University Press, 1981.

Purdy, Matthew, "The Making of a Suspect: The Case of Wen Ho Lee", *The New York Times* 4 Feb. 2001.

Pyrhönen, Heta, "Criticism and Theory", *A Companion to Crime Fiction*, Eds. Charles J. Rzepka & Lee Horsley, Oxford: Wiley-Blackwell, 2010, 43-56.

"Report of the Special Rapporteur on Violence against Women, Its Causes and Consequences", *Comfort Women Speak*, Ed. Sangmie Choi Schellstede & Soon Mi Yu, New York: Holmes & Meier, 2000, 112-30.

Rhee, Suk Koo, "Consumable Bodies and Ethnic (Hi)Stories: Strategies and Risks of Representation in *A Gesture Life*", *Discourse* 34.1, 2012, 93-112.

_____, "Suki Kim's *The Interpreter*: A Critical Rewriting of the Hard-Boiled Detective Fiction", *Genre: Forms of Discourse and Culture* 53.2, 2020, 159-182.

Ricoeur, Paul, Trans. Denis Savage, *Freud and Philosophy: An Essay on Interpretation*, London: Yale Univ. Press, 1970.

Ross, Marlon B., "Commentary: Pleasuring Identity, or the Delicious Politics of Belonging", *New Literary Theory* 31.4, 2000, 827-850.

Rushdie, Salman, *Imaginary Homelands: Essays and Criticism 1981-1991*, New York: Penguin Books, 1981.

Rzepka, Charles J., *Detective Fiction*, Malden, MA: Polity Press, 2005.

Rzepka, Charles J., & Lee Horsley, *A Companion to Crime Fiction*, Oxford: Wiley-Blackwell, 2010.

Safran, William, "Diasporas in Modern Societies: Myths of Homeland and Return", *Diaspora* 1.1, 1991, 83-99.

Said, Edward, *Orientalism*, New York: Vintage Books, 1979.

Sandel, Michael J., "Justice and the Good", *Liberalism and Its Critics*, Ed. Michael J. Sandel, Oxford: Basil Blackwell, 1984, 159-176.

Schellstede, Sangmie Choi, ed. *Comfort Women Speak: Testimony by Sex Slaves of the Japanese Military*, New York: Holmes & Meier, 2000.

Seethaler, Ina C., "Transnational Adoption and Life-Writing Oppressed Voices in Jane Jeong Trenka's *The Language of Blood*", *Meridians: feminism, race, transnationalism* 13.2, 2016, 79-98.

Shears, Matt, "Race, fear collide in Choi's 'Person'", SFGATE 17 February 2008 〈http://articles.sfgate.com/2008-02-17/books/17142812_1_wen-ho-lee-consciousness-federal-investigation〉.

Siegle, Robert, *Suburban Ambush: Downtown Writing and the Fiction of Insurgency*, Baltimore: Johns Hopkins Univ. Press, 1989.

Soh, C. Sarah, *The Comfort Women: Sexual Violence and Postcolonial Memory in Korea and Japan*, Chicago: Univ. of Chicago Press, 2008.

Son, Young Ho, *From Plantation Laborers to Ardent Nationalists: Koreans' Experiences in America and Their Search for Ethnic Identity, 1903-1924*, Dissertation, Louisiana State University, 1989.

Sorenson, Eli Park, "Korean Adoption Literature and the Politics of Representation", *Partial Answers: Journal of Literature and the History of Ideas* 12.1, 2014, 155-179.

Spivak, Gayatri, "Can the Subaltern Speak?" *Marxism and the Interpretation of Culture*, Eds. Cary Nelson & Lawrence Grossberg, Urbana: Univ. of Illinois Press, 1988, 271-313.

Stephens, Michael Gregory, *The Dramaturgy of Style: Voice in Short Fiction*, Carbondale: Southern Illinois Univ. Press, 1986.

Sumida, Stephen H., *And the View from the Shore: Literary Traditions of Hawai'i*, Seattle: Univ. of Washington Press, 2014.

Takaki, Ronald, *Strangers from a Different Shore*, New York: Penguin, 1989.

Tanaka, Yuki, *Japan's Comfort Women: The Military and Involuntary Prostitution during the War and Occupation*, London: Routledge, 2002.

Trenka, Jane Jeong, Julia Chinyere Oparah, & Sun Yung Shin, "Introduction", *Outsiders Within: Writings on Transracial Adoption*, Eds. Jane Jeong Trenka, J. C. Oparah, & S. Y. Shin, Cambridge, MA: South End, 2006, 1-15.

Thompson, David E., "The ILWU as a Force for Interracial Unity in Hawaii", *Kodomo No Tame Ni–For the Sake of the Children: The Japanese American Experience in Hawaii*, Eds. Dennis M. Ogawa & Glen Grant, Honolulu: Univ. of Hawaii Press, 1978, 496-512.

Todorov, Tzvetan, "The Typology of Detective Fiction," *Modern Criticism and Theory: A Reader*, Eds. N. Lodge and D. Woods, 2nd ed., London: Longman, 2000, 42-52.

Totani, Yma, *The Tokyo War Crimes Trial*, Cambridge, MA: Harvard Univ. Press, 2008.

Vox, Lisa, "The Emmett Till Story Played a Key Role in the Civil Rights Movement", *ThoughtCo.* Mar. 08, 2017

고발과 연루

〈https://www.thoughtco.com/emmett-till-biography-45213〉.

"Wen Ho Lee Freed after Guilty Plea", *ABC* News 13 Sep. 2000.

Willis, Jenny Heijun, "Fictional and Fragmented Truths in Korean Adoptee Life Writing", *Asian American Literature: Discourses and Pedagogies* 6, 2015, 45-59.

Wilson, Rob, "Falling into the Korean Uncanny", *Korean Culture* 12.3, 1991, 33-37.

_____, *Reimagining the American Pacific: From South Pacific to Bamboo Ridge and Beyond*, Durham: Duke Univ. Press, 2000.

Wong, Sau-Ling Cynthia, "Autobiography as Guided Chinatown Tour?", Ed. Sau-Ling Cynthia Wong, *Maxine Hong Kingston's The Woman Warrior: A Casebook*, Oxford: Oxford Univ. Press, 1999, 29-53.

Woo, Merle, "Letter to Ma", *This Bridge Called My Back: Writings by Radical Women of Color*, Eds. Eherrie Moraga & Gloria Anzaldua, New York: Kitchen Table, 1981, 140-147.

Wright, Jeannie K., "The Passion of Science, the Precision of Poetry: Therapeutic Writing—A Review of the Literature", *Writing Cures: An Introductory Handbook of Writing in Counselling and Therapy*, Eds. Gillie Bolton, et al., New York: Routledge, 2004, 7-17.

Yngvesson, B. & M. A. Mahoney, "'As One Should, Ought and Wants to Be': Belonging and Authenticity in Identity Narratives", *Theory, Culture and Society* 6, 2000, 77-110.

Yoon, Cindy, "Interview with Suki Kim, author of *The Interpreter*", *Asia Source* 24, 2003, n.p. 〈http://www.asiasource.org/arts/sukikim.cfm〉.

Yoshimi, Yoshiaki, Trans. Suzanne O'Brien, *Comfort Women: Sexual Slavery in the Japanese Military during World War II*, New York: Columbia Univ. Press, 1995.

Yousaf, Nahem, *Hanif Kureishi's The Buddha of Suburbia: A Reader's Guide*, London: Continuum, 2002.

Zhang, Ya-jie, "A Chinese Woman's Response to Maxine Hong Kingston's *The Woman Warrior*", *MELUS* 13.1-2, 1986, 103-107.

인명

주제어

지은이 **이석구** (李奭具 Suk Koo RHEE)

연세대학교 영어영문학과와 동 대학원 석사 과정을 졸업하고, 미국 인디애나대학교 영문학과에서 박사 학위를 받았다. 지금은 연세대학교 영어영문학과와 비교문학문화학과에서 교수로 있으면서 탈식민주의 문학, 비평이론, 아시아문화연구를 강의한다. 역서로는 『어둠의 심연』이 있다. 영어권 문학비평『제국과 민족국가 사이에서』로 제1회 영어영문학 학술상과 연세 학술상을 수상하였고, 탈식민주의 이론을 논쟁적으로 다룬 『저항과 포섭 사이』는 세종우수도서로 선정되었으며, 영국 모험소설 비평서 『들려준 것과 숨긴 것』은 학술원 우수도서로 선정되었다. 그 외 다수의 논문이 국내외 학술지에 실렸다.

고발과 연루
한국계 미국 소설에 나타난 오리엔탈리즘

초판 1쇄 인쇄 2021년 4월 15일
초판 1쇄 발행 2021년 4월 30일

엮 은 이	이석구
펴 낸 이	이대현

책임편집	이태곤
편　　집	문선희 권분옥 임애정 강윤경
디 자 인	안혜진 최선주 이경진
기획/마케팅	박태훈 안현진

펴 낸 곳	도서출판 역락
주　　소	서울시 서초구 동광로46길 6-6 문창빌딩 2층(우06589)
전　　화	02-3409-2055(대표), 2058(영업), 2060(편집) FAX 02-3409-2059
이 메 일	youkrack@hanmail.net
홈페이지	www.youkrackbooks.com
등　　록	1999년 4월 19일 제303-2002-000014호

ISBN 979-11-6244-706-2　　93840